rororo

SZCZEPAN TWARDOCH, geboren 1979, gilt als die herausragende neue Stimme der polnischen Literatur. Mit der Veröffentlichung von «Morphin» (2012) gelang ihm der Durchbruch, der Roman war in Polen ein Bestseller und wurde u. a. mit dem renommierten Polityka-Passport-Preis ausgezeichnet. Szczepan Twardoch lebt in Pilchowice/Schlesien.

«Ein provokanter Roman über die deutsche Besetzung Warschaus.» FAZ

«Ein Roman, der in seiner Wucht und Anschaulichkeit alles hinter sich lässt, was im Genre des zeithistorischen Romans üblicherweise angeboten wird.»
SÜDDEUTSCHE ZEITUNG

«Kühn und begeisternd erzählt der Autor vom Krieg als unangenehmer Unterbrechung eines Boheme-Lebens.»
DER SPIEGEL

«Ein mutiges Buch über einen Helden in der Männlichkeitskrise.» DEUTSCHLANDRADIO KULTUR

SZCZEPAN TWARDOCH

MORPHIN

ROMAN

AUS DEM POLNISCHEN
VON OLAF KÜHL

ROWOHLT TASCHENBUCH VERLAG

DIESE PUBLIKATION WURDE GEFÖRDERT VOM POLNISCHEN BUCHINSTITUT

THE ©POLAND TRANSLATION PROGRAM

INSTYTUT KSIĄŻKI ©POLAND

Die Originalausgabe erschien 2012 unter dem Titel
«Morfina» bei Wydawnictwo Literackie, Krakau.

5. Auflage September 2026
Veröffentlicht im Rowohlt Taschenbuch Verlag,
Rowohlt Verlag GmbH, Kirchenallee 19, 20099 Hamburg

Zuerst veröffentlicht im Rowohlt Taschenbuch Verlag,
Reinbek bei Hamburg, Oktober 2015

Umschlaggestaltung any.way, Hamburg, nach einem Entwurf
von Anzinger | Wüschner | Rasp, München
Umschlagabbildung Ernst Ludwig Kirchner, «Paar im Zimmer»,
Kunsthalle Hamburg, Foto von Leemage / Getty Images
Satz aus der Adobe Garamond, InDesign,
bei Pinkuin Satz und Datentechnik, Berlin
Printed in Germany
ISBN 978-3-499-23825-3

Kontaktadresse nach EU-Produktsicherheitsverordnung:
produktsicherheit@rowohlt.de

And the days are not full enough
And the nights are not full enough
And life slips by like a field mouse
Not shaking the grass
Ezra Pound

TEIL EINS

KAPITEL EINS

Schädel. Gestank.

Der Schädel will platzen. Die Zunge eine dürre, tote Schnecke, rau. Der Gaumen verkrustet von angetrocknetem Schleim. Der Schädel will platzen. Wüste. Gestank.

Also ist er wach geworden? Nein, noch nicht wach. Weiterschlafen? Schlaf, vergeht das Leiden im Schlaf? Nein.

Doch im Schlaf …

Also wird er wach. Wach. Bin wach geworden. Die Augen brennen, ich pule Schleimklümpchen heraus, mit dem Finger, die Wimpern sind verklebt. Ich öffne die Lider. Wo bin ich? Nicht bei mir.

Aufstehen, auf die Toilette gehen. Keine Lust aufzustehen. Noch liegen bleiben, liegen. Wo? Nicht bei mir.

Aufgestanden. Schwindel. Setze mich auf den Bettrand.

Ich sitze, Schwindel, erbrechen, deshalb plötzlich hoch und vorangestürmt wie ein Fechter, wie ein Schwimmer, nur voran, immer voran, aus der Wohnung, die nicht meine ist, auf den Flur, zum Abort.

Ich erleichtere mich, mein praller Bauch erschlafft. Der Schädel will platzen. Wasser da? Ich drehe den vierarmigen Griff des Hahns mit der blauen Plakette, wie ein Orden, wie der Virtuti Militari, kein Wasser, immer noch nicht. Im Eimer ist welches, Aniela hat es gebracht oder wer anders.

Die Kloschlüssel mit dem Eimer spülen. Dann das Waschbecken, den Stöpsel drücken, der Strahl geht in die Porzellanmuschel, Wasser, trinkst du? Ich trinke. Wir trinken.

Gestern veröffentlichte die Stadtverwaltung eine Liste mit zweiundzwanzig Stellen zur Wasserversorgung. Das dort geholte Wasser ist umsonst und vor Gebrauch abzukochen. Scheiß drauf. Ich benetze mein Gesicht, gieße den Rest über den geschwollenen Schädel, die Hirnschale knirscht, ich höre, wie es knirscht, von innen drückt das verquollene Hirn gegen den Knochen, von außen lässt ihn das eisige Wasser gefrieren.

Er hebt den Kopf. Sieht mich im dreckigen Spiegel.

Das bin ich. Konstanty Willemann.

Sowie die Folgen des Wodkatrinkens. In diesem Fall Wein, die letzten vier Flaschen, einsam, am Küchentisch, dazu Brot, das Aniela auf dem Blech angeröstet hat, gesalzen und mit geriebenem Knoblauch. Die letzten Flaschen. Nachschub gab's nicht. Vielleicht wird es nie wieder Wein geben? Blödsinn, Wein wird es immer geben. Aber nicht für mich.

Den dreiundfünfzigsten Tag nüchtern vom Morphin. Vierzehnter Tag der Deutschen in Warschau. Einsames Trinken, nach der halben zweiten Flasche Singen ausschweifender Lieder, bei der dritten patriotische Lieder, bei der vierten Weinen, Weinen, Weinen. In der angelehnten Küchentür Anielas verschlafenes Gesicht, braucht der Herr etwas? Fort mit dir, du Schlampe, alte Puderdose, Einsamkeit brauche ich, in meiner Tragödie und der meiner Stadt brauch ich nur Einsamkeit und die fünfte Flasche Burgunder und kriege doch nichts!

Ich muss mich heute nicht bei Aniela entschuldigen, sie hat sich daran gewöhnt. Wenn er getrunken hat, verhöhnt der Herr Gott und die Welt. So ist der Herr eben, Herren sind nun mal so.

Ich erinnere mich an dieses Gebrüll, als ich mich im Spiegel betrachte. Erinnere mich an sie: Aniela, die alte Näherin, Schwester der Bediensteten meines Schwiegervaters. Ich verstecke mich in ihrer Kammer. Sie schläft in der Küche. Die Vermieter sind nicht da. Geflohen. Ich bin nicht geflohen. Und jetzt schaue ich in den Spiegel.

Das bin ich. Zerwühltes Haar, blasses Gesicht, Zweitagebart.

Erst jetzt kommt mir alles wieder, oder eher, kommt es zurück: die demolierte Stadt, die nicht mehr meine ist, Hela und Jureczek in unserer Wohnung im Haus des Schokoladenfabrikanten Wedel in der Madalińskistraße, die Mobilmachung, die Belagerung, Kapitulation, Starzyński redet etwas vom Schandfleck in der deutschen Armee, die mit der armen Bevölkerung von Praga kämpft, Orden, ausstehender Sold, Ksyks Irrsinnstat und sein schwarzer Schnurrbart, nach der Kapitulation der Wechsel von unseren Positionen am Sieleckipark zu den Chevaulegers-Kasernen, wo wir die Gefangennahme abwarten sollten. Aber ich gehe nicht in Gefangenschaft; Gefasel, dass man weiterkämpfen soll, der Oberst lässt mich gehen, geh, hast ja recht, weiterkämpfen, meine Pistole vergraben wir im Garten bei den Nazarethschwestern in der Czerniakowska, zusammen mit den Waffen einiger Kameraden, die Uniform verbrennen wir danach im Ofen, sogar die Stiefel, obwohl es um die schade ist und wahnsinnig stinkt; Gefangenschaft kommt nicht in Frage. Und vorher, vor der Mobilmachung – das Gelöbnis. Nüchternheit. Nach der Kapitulation hab ich mich auf Abstinenz von Morphin beschränkt, deshalb gestern die letzten Flaschen Wein, wo kriegt man jetzt Wein her? Nirgends.

Rauch über der lodernden Zitadelle, erhaben und schön. Brüderliche Grüße senden wir den auf Hel kämpfenden Soldaten, sagt der Radiosprecher mit brechender Stimme, es lebe Polen, noch ist Polen nicht verloren. Und dennoch.

Ich gebe auf.

Trinke noch Wasser, direkt aus dem Eimer, hebe ihn hoch,

trinke, bis der Magen wieder voll ist. Spiegel. Das bin ich, das bin ich, das bin ich.

Ich hasse diesen Ort.

«Aniela, mach sie mir Kaffee!», rufe ich, das Rufen durchschlägt meine Schläfen wie mit fingerdicken Nägeln.

«Kaffee gibt's keinen nich!», ruft Aniela geduldig zurück, gestern hat sie genauso gerufen.

Ich weiß doch, dass es keinen gibt, wozu frage ich?

«Dann mach sie mir Tee.»

«Tee gibt's keinen nich. Ich heize erst den Herd.»

«Aber zu Essen ist was da?»

«Nee. Gehen Sie was kaufen. Brot kriegt man in der Mirowska, dreißig Groszy das Kilo, Viertellaibe», grummelt Aniela aus der Küche, der kleinen Küche in dieser kleinen Wohnung, wo sie noch ein Zimmerchen vermietet, ein Zimmerchen, in dem es nach alter Frau stinkt, nach gekochtem Kohl und Zwiebeln, obwohl sie bestimmt seit einem Monat weder Zwiebel noch Kohl gekocht hat, es stinkt auch so, oder bilde ich mir diese Gerüche ein, um mich aufzumuntern?

In die Stadt, ich muss raus in die Stadt. Raus aus dieser Wohnung. Draußen Regen, unangenehme Kälte. Zurück ins Bad. Rasieren oder nicht? Rasieren, mit kaltem Wasser? Ja, trotzdem. Und die Haare zurechtmachen. Aber ohne Brillantine, obwohl welche da ist, in der Dose auf dem Regal, doch jetzt ist keine Zeit für Brillantine, Kriegszeit, deshalb nur der Kamm, nur nicht zerzaust herumlaufen. Eine Aspirin, besser zwei. Gehen auch zu Ende. Dann Unterhemd, Unterhosen, Strümpfe. Danach ziehe ich dicke schottische Wolle an, unter das Jackett einen warmen Pullover. Hut. Schal. Den Mantel nehme ich nicht, ist noch keine Mantelzeit. Das reicht nicht, Tweed hält warm, reicht aber nicht. Einen Anzug, der schützt vor dem Zerfall der Welt, der soll zeigen, dass ich nicht irgendwer bin.

Ich bin ich. Ich bin Konstanty Willemann, ich mag Autos und elegante Anzüge, ich mag keine Pferde, keine Uniformen, keine Versager. Ich – das ist nicht irgendwer. Und dennoch.

Das hilft nicht, reicht nicht. Ich betrachte mich im Spiegel, ich, das bin ich, aber die Welt ist nicht mehr da, und ohne die Welt bin ich nicht mehr ich, und selbst wenn, dann bin ich nur noch irgendwer. Sogar im teuren Anzug, in teuren Schuhen. Irgendwer: Ich gehe raus. Verächtlich fällt die Tür hinter mir zu. Verhöhnt mich, diese Altweibertür, Anielatür, die nicht mir gehört und zu der ich doch gehöre. Ich komme nicht mehr zurück. Ich weiß noch nicht, wohin ich gehe, aber zurück komme ich nicht.

Ich bin draußen, die Stadt ist nicht meine. Keine Scheiben in den Fenstern, stattdessen ist Papier eingeklebt, über Latten wie Andreaskreuze, an diese Kreuze wurde unser Leben geschlagen; öfter noch als Papier blindes Sperrholz und die schwarzen Augenhöhlen leerer Rahmen, herausgeschlagener Scheiben. Die Läden geschlossen, mit Brettern vernagelt oder zertrümmert, stattdessen Straßenhandel, die Leute verhökern alles: englische Reitstiefel, Lampen und Essen zu Preisen, für die man erschossen gehört. Und was für Leute – Marktweiber aus den Warschauer Vorstädten, die irgendwo was aufgetrieben haben, elegante Damen, Schieber, Betrüger, Halbstarke. Die Gesellschaft zerfallen, es gibt jetzt weder Juden noch Griechen, weder Damen noch Huren, weder Professor noch Dieb. Ware aus aufgebrochenen Läden, geraubt, geplündert, auch eigene Pelze, die alte Welt wird flüssig gemacht, ausgelegt auf Zeitungen und Kartons, die Ordnung der Dinge zerläuft wie schmelzendes Kristallglas, Pelze, die der kalte Oktober aus ihren Schränken auf die Straße ruft und von dort in falsche Hände. Ein Weib versucht, einen Herrensattel zu verkaufen – von welchem Pferd gerissen, unter welchem Arsch weggezogen, und was fängt man jetzt mit einem Ulanensattel an? Man könnte ihn sich auf den Rücken schnallen, um Deutsche über die Straßen zu tragen.

Sie erschießen noch.

«Dafür können Sie erschossen werden, Frau», sage ich.

«Geh weg, wenn Sie nicht kaufen, weg!»

Also gehe ich. Wie gut, dass ich Geld habe, dass ich gescheit genug war. Ich gehe die Krochmalna entlang, die vor Juden wimmelt, sie wollen mir alles Mögliche verhökern, ausschließlich für Dollar und Gold, sie haben es eilig und höllische Angst, und ich gehe, keinen Blick schenke ich ihnen, gehe zur Hala Mirowska, Brot kaufen, Speck und Eier. Die Hälfte der Marktbuden besetzt. Wahnsinnspreise, ein Kilo Brot für einen Złoty siebzig. Brot aus der Magistratszuteilung für dreißig Groszy ist alle, ausverkauft. Nur zum Marktpreis, schlimmer als beim Juden. Ich nehme ein Kilo. Dazu kaufe ich einen Becher Dickmilch, die trinkt man aus einem ekligen Becher an der Schnur, jedem Durstigen schöpft das Marktweib für zehn Groszy etwas aus der Kanne ab, ich zahle, zum Teufel, widerlicher Lippenabdruck auf dem Becherblech, ich trinke, das hilft.

Hat nicht geholfen. Ein Weib mit Schokolade, Vorkriegsware, die Tafel zwölf Złoty. Zwölf! Ich nehm für Jureczek für drei Złoty, die Alte bricht mit schmutzigen Fingern aufs Geratewohl was ab und wickelt es in Zeitungspapier.

Mit dem Essen in der Aktentasche, ich laufe schließlich nicht mit einem Einkaufsnetz herum wie eine Dienstmagd, gehe ich weiter. Wenn der Mensch Geld hat, ist alles für ihn da, da kann er alles erleben.

Und ich habe welches. Noch im August, eine Woche vor der Mobilmachung, hab ich das Konto bei der PKO abgeräumt, viel war es nicht, aber immerhin, also runter damit, so weitsichtig ist man, ich kaufte Gold zu Schieber-, aber Vorkriegspreisen, kaufte Dollar. Und jetzt hat man was, und auch

Hela hat was, um Jureczek zu ernähren, daran dachte ich stolz, als ich jetzt an der Schlange vor der PKO vorbeikam. Den Umweg habe ich nur gemacht, um mir diese Schlange anzusehen, die bis zur Philharmonie reicht, bis zu fünfzig Złoty kriegt man ausgezahlt, die Leute lauern mit Wolfsblicken unter dem Hutrand, und diese Blicke sagen: Sanacja, Diebe, Obristengesindel, wo ist unser Geld, mein Geld!

Ich hab welches. Denn ich bin gescheit und die anderen Idioten.

Denn du bist klug, die Leute Idioten.

Den Umweg habe ich aber auch gemacht, weil ich in der PKO das letzte Mal mit dem Obristen und Major Tomaszewski gewesen bin, dem Vertreter und Rittmeister Chochoł von der schweren MG-Schwadron, am Tag der Kapitulation, noch bevor sie es verkündeten: Tomaszewski hatte den Virtuti bekommen, Chochoł ebenfalls Virtuti, ich den Tapferkeitsorden für gar nichts, also waren wir in den Kellerräumen der PKO. Ich hielt mich taktvoll zurück, kein Wort, denn dort standen die Generäle. Rómmel, Kutrzeba, Tokarzewski, Czuma gebeugt über die Karten, rauchten Zigaretten, besiegt, geschlagen, Kapitulanten, sie haben Polen verschissen und standen jetzt über den Karten, hochgeknöpft, Silberkrägen, Generalspistolen in kleinen Halftern auf der Arschbacke, Damenpistolen, Kaliber sechs oder sieben, genau richtig, um sich ins Maul zu schießen, nur tat das niemand, obwohl sie weggegeben hatten, was wegzugeben war, mehr als den Mantelknopf.

Unser Oberst redete mit Stabschef Rómmel, ja, definitive Kapitulation, und ich hatte große Lust, die Pistole zu ziehen und ihnen die Generalsköpfe runterzuschießen, einen nach dem anderen.

Heute keine Spur von Generälen, nur die Leute in der Schlange, die auf ihre fünfzig Złoty warten.

Mit dem Essen in der Aktentasche gehe ich ins Hotel Europejski, in die Konditorei Lours, mal hören, was die Leute sagen, was sie quatschen, stammeln, mit den Kiefern klappern wie die Bettelfiguren auf dem Bürgersteig mit ihrer Dose. Aber egal, ich gehe, gehe ins Lours, um noch ein bisschen aufzuschieben, was später kommt.

Drinnen ein unglaubliches Gedränge, die meisten sind Offiziere. Ein Teil tut so, als wäre man ganz jemand anders, doch man sieht ihrer Fresse den Suppensöldner schon von weitem an, ihrer Fresse, denn sie alle haben ein und dieselbe Berufssoldatenfresse, Obristen-, Majors-, Kapitänsfresse, die Herren Adligen, so hübsch machte sich ihre glattrasierte Fresse über den Tressen in ihren Stehkrägen, beschattet von lackierten Mützenschirmen, und jetzt sitzen diese Fressen traurig auf mageren oder fetten Hälsen, über den dreckigen Krägen der Zivilhemden, den grauen oder braunen Anzügen, die sie Gott weiß wo aufgetrieben haben. Der lange Faliński in einem Anzug, den er wohl vom Trödel hat, die Jackenärmel enden auf halber Strecke zwischen Ellbogen und Handgelenk, über der weißen Spur der verschwundenen Armbanduhr. Dem Fettsack in der Ecke drohen die Jackenschöße auf der feisten Brust aufzuplatzen, wie die Hülle einer Blutwurst, das mit Mühe zugeknöpfte Hemd lässt in regelmäßigen Ellipsen zwischen den Knöpfen den Bauch als haarigen Teig durchblicken.

Andere in Uniformen oder Halbuniformen, zivilen Jacketts und Jagdbreeches, Militärmänteln, aber von Hüten gekrönt. Die müssen sich nicht verstecken, das sind Soldaten aus der Festung Modlin. Vor wem auch verstecken, hier gibt's keine Deutschen, die gehen nicht in Cafés.

Alle wollen natürlich per Du mit mir sein, aber nicht wegen mir. Hier wollen alle mit allen per Du sein und glauben, auch ich zähle mich zu diesen «allen».

Und sie spucken Töne: Frankreich! Die Sikorski-Regierung, unser Sikorski, Ministerpräsident im Pariser Exil! Und Rydz interniert! Sanacja dies, Sanacja das. Ein Idiot am Fenstertischchen, Idiot im klinischen Sinn, hält große Reden: Polen müsse eine geistige Form annehmen, müsse zu einem Staat des Geistes, aus dem Geist heraus neugeboren werden, als ein Land ohne Ungleichheit und Verfolgungen, als Land aufgeklärter Bürger, die ihre Liebe zum Guten und Schönen, zu Fortschritt, Gott, Gerechtigkeit und Freundschaft vereint.

Und Anisbonbons, unbedingt. Das fällt mir gerade ein, Anisbonbons gehören unbedingt dazu, Rosenlikör und Kokain umsonst. Ich suche mir einen Tisch am anderen Ende des Saales, sonst müsste ich dem Idioten eine reinhauen, dort sitzen Rudzik und Malinkowski bei einer Flasche Wodka, ich setze mich dazu.

Sie sind voll in Fahrt. Sich melden oder nicht? Die Bekanntmachung von Cochenhausen vorgestern, hast du gelesen? Ja. Gestern die Namen von A bis K. Morgen von L bis Z. Rudzik sagt, er geht nicht, Malinowski zögert, Tendenz auch eher nicht. Wenn man sich registriert, hat man keine Wahl mehr, nur das Lager. Oder vielleicht nicht? Und dennoch: Frankreich, Frankreich, und die Deutschen schlagen.

«Habt ihr nicht genug auf die Nase gekriegt in den drei Wochen?», frage ich. «Wollt ihr noch mehr Dresche?»

Sie spulen ihr Ding ab. Sanacja, bestrafen, abrechnen.

«Wen wollt ihr bestrafen?», fragte ich. «Den Marschall? Wollt ihr ihm aufs Grab pissen?»

«Geht nicht, ist bewacht», antwortet Rudzik – mit vollem Ernst!

Sie hören gar nicht zu.

«Hör mal, Kostek, ist doch einfach, erst nach Krakau, von Krakau nach Budapest und so weiter, über die Tatra auf Skiern oder so, und in Budapest, hilft angeblich das Honvéd-Ministerium sehr, Minister Bartha hilft, wenn sie dich internieren, lassen sie dich auch gleich wieder frei, und wenn du frei bist, gehst du nach Constanza und dort hopp auf ein Schiff und ins Mittelmeer bis nach Marseille. Dort sind frische Kräfte, der Alliierte gibt uns Panzer, wir werden den Deutschen schlagen, den Bolschewiken werden wir schlagen, alle werden wir schlagen, für eure Freiheit, hurra, auf nach Berlin, so sind wir! Vivat! Vivat!»

«Wäre es dann nicht einfacher gewesen, sie hätten uns schon im August welche gegeben?», frage ich.

Sie schenken mir böse Blicke, empört hochgezogene Brauen, und ich frage mich, ob sie das Wort schon auf der Zunge haben oder noch nicht, ihre Augen ähneln den mit Papierstreifen verklebten Fenstern. Auf der Zunge liegt es ihnen, aber sie halten sich zurück, haben Angst, das Leben ist auch so schon zu kompliziert, muss man sich nicht noch ein Kameradschaftsgericht einhandeln. Also lassen sie's.

Rudzik nimmt eine Zeitung.

«Was ist das?», frage ich.

Rudzik zuckt mit den Schultern. Was schon? Der neue «Kurjer Warszawski». Den alten «Kurjer Warszawski» gibt's nicht mehr, aber hier, bitte, die erste Ausgabe des neuen. Auf der Titelseite gibt es «Wichtige Erklärungen zu den Ereignissen, die dem deutsch-polnischen Konflikt vorausgingen» und daneben: «Churchillismus. Ein interessanter Artikel von Bernard Shaw». Ich lese den Verfassernamen. Franciszek Sowiński, kenne ich nicht. Bestimmt ein Pseudonym: Das Jüngelchen hat Angst, dass niemand ihm mehr die Hand gibt, weil er sich den Deutschen andient.

Ein Kerl im Mantel setzt sich zu uns, Rudzik und er begrüßen sich wie alte Freunde. Ein Offizier, alles Offiziere.

Er guckt mich an. Klein, Bauch wie ein Fußball, aber das Gesicht hager.

«Gestatten, Kalabiński. Oberst.»

Und streckt die Pfote aus, also drücke ich sie.

«Willemann. Trinker», erwidere ich.

Sie lachen beide, Kalabiński und Rudzik.

«Der Leutnant ist ein Witzbold», sagt Rudzik, damit der bescheuerte Oberst ja nicht einen Augenblick daran zweifelt, dass er mit einem Offizier redet, auch wenn man mir den Unteroffizier doch sofort ansieht, zwar nur Reserve, aber Offizier bleibt Offizier.

«Der Herr Oberst ist auch aus Schlesien», fügt er hinzu.

«Aus Sosnowiec», korrigiert Kalabiński. «Sie sind Schlesier?»

«Nein», bestreite ich. «Warschauer. In Schlesien nur geboren.»

Er bohrt nicht nach, glücklicherweise.

«Furchtbar haben wir uns in Schlesien geschlagen», sagt er stattdessen, sagt es in den Raum hinein, nicht zu mir. «Und danach die ganze Zeit. Haben Sie gekämpft?»

Ich schaue ihn so an, dass er meinen Widerwillen sieht.

«Nur in Kneipen mit dem Zuhälter, wenn die Nutte mich nicht umsonst ranlassen wollte», erwidere ich.

«Och, Herr Willemann hat im Neunten Ulanen-Regiment gekämpft!», erklärt Rudzik eilig und lacht unsicher.

Und schenkt Kalabiński nach. Der kippt es runter.

«Da fällt mir eine lustige Sache ein», sagt er, wie vom Wodka befeuert, dämpft aber plötzlich die Stimme. «Wir waren in so einem Städtchen, Stopnica, voller Juden, und da kommt ein Bus mit Deutschen, wir halten drauf, und nachher kommt raus – das waren Musiker! Militärkapelle, alle in Uniform. Der Bus durchsiebt, die Musikanten auch, die Trompeten durchlöchert, Mensch. Dumm gelaufen, Gewehre hatten sie keine, bloß ihre Tröten.»

Mir ist zum Kotzen.

Ich trinke den Wodka aus, habe die Ehre, mich hält hier nichts.

Ich gehe. Muss nachsehen, wie es Hela und Jurek geht, mich

erkundigen, Zuwendung schenken, Zärtlichkeiten. Aber erst mal etwas für den Geist. Also ins Ujazdowski-Krankenhaus.

Ich verlasse das Lours, ich werde sonst krank von der Niederlage.

Meine Stadt, nicht mehr die meine, durchlöchert, ich gehe die Krakowskie Przedmieście entlang, da läuft ein Trupp Kaftanjuden mit Spaten, in Dreiergruppen, mit Bart und Käppele, etwa dreißig. Gehen zu irgendeiner Arbeit, eskortiert von drei Deutschen in Uniformen, aber keine Wehrmacht, der Oberst hat mir erklärt: Nur die Wehrmacht trägt den deutschen Adler auf der linken Brust, die anderen bewaffneten Formationen nicht. Und solche Formationen gibt es viele. Diese hier haben keine Adler. Weiß der Teufel, eine Art Polizei oder SS. Die Leute treten beiseite, wenden sich ab, die Juden unter deutscher Eskorte laufen mitten auf der zerstörten Straße.

Und ich gehe weiter, den Nowy Świat entlang, auf dem Nowy Świat habe ich noch kürzlich ähnliche Kolonnen mit Spaten gesehen, in Anzug und Hut. Freiwillige gingen für die Verteidigung Warschaus Gräben ausheben. Jetzt sind nur noch Gräber, wo einst die Fahrbahn war, auch keine Busse, Bauernfuhrwerke statt Straßenbahnen, da fährt so eins, auf dem Wagen sitzen ganz ruhig fünfzehn Warschauer in Mantel und Hut, die Aktentasche auf den Knien, es fehlt wenig, und so einer schlägt die Knie übereinander und liest Zeitung, als fahre er mit dem Taxi zur Premiere des neuen Szaniawski ins Atheneum. An den Mauern hängen statt Flugblättern handgeschriebene Zettel:

«An Józef Marecki. Deine Frau und Kinder. Józeczek, das Haus ist zerstört, wir sind bei Staś's in Grochów. Warten!» – «Verkaufe Ausstellungstauben, Wierzbowa 14, nach Andrzej fragen.»

Die Wierzbowa ist abgebrannt, ich war kurz vor der Kapitulation noch dort. Hunderte von solchen Zetteln. Vor den

Zetteln stehen Leute, suchen, fragen. Fangen Sie hier an, ich dort, falls Sie den Namen Marian Kowalczyk sehen, sagen Sie mir Bescheid, gute Frau, und wen suchen Sie, dann schau ich danach. Und wie alt? Ein Unglück, ach, so ein Unglück.»

Weiter gehe ich, die Wiejska hoch. Ich suche niemanden, keiner geht mich etwas an, nur Hela und Jureczek, und sie sind sicher in unserer Wohnung. Die Bodenplatten teils herausgerissen, für die Barrikaden, auf dem Bürgersteig Schlamm, meine Halbschuhe sofort verdreckt, auf der Straße Schmodder und Fuhrwerke, in zwei Wochen haben sie uns um zweihundert Jahre zurückgeworfen. Die Barrikaden sind schon wieder aufgebrochen, beiseitegeräumt, aber das Trottoir hat noch niemand neu gepflastert.

Wieder zwei Deutsche, Soldaten. Mäntel, Gurte, Feldmützen. Die Leute glotzen sie an, als hätten die gerade ihre Mutter vergewaltigt, umgebracht und aufgegessen. Vielleicht haben sie ja auch wen umgebracht oder vergewaltigt, wer weiß. Aufgegessen wohl kaum, und die beiden haben vermutlich nicht einmal getötet, eher hat ihr Flieger getötet, das Flugzeug mit seinen Bomben.

Junge Soldaten, sie schauen etwas verschreckt aus der Wäsche, unbewaffnet, was lauft ihr hier durch die Stadt, die euer General erobert hat, schließlich hast nicht du sie erobert, Soldat, erobern ist Sache des Generals, du bist nur auf dem Lkw gefahren oder gelatscht, hast dich versteckt, geschossen, auf wen hast du geschossen? Auf den, den sie dir gezeigt haben, weil dann das Schießen von der anderen Seite aufhört. Der General hat euch Schnaps gegeben, und jetzt gibt dir gleich einer was aufs Maul – dem General Cochenhausen, Stadtkommandant von Warschau, oder dem Brauchitsch kann er ja keins geben, irgendeiner hält's gleich nicht mehr aus und haut den Soldaten eine rein, und schon gibt's Ärger.

Ich gehe weiter. An der Mauer: «Bekanntmachung!» Links

in alles auf Deutsch, in Schwabacher Schrift, rechts: «Obwieszczenie!» In der Mitte ein kleiner schwarzer Adler, wie geschmackvoll. Ich bleibe wie angewurzelt vor der Bekanntmachung stehen. Lese den Teil auf Deutsch, dann kommt mir die Erkenntnis. «Wird mit dem Tode bestraft» – so redete mein Vater, das ist seine Sprache, nicht nur, weil es Deutsch ist, nicht wegen der Todesstrafe, sondern wegen des Tons, mein junger Vati hat genauso geredet: Konstantin, wenn du unartig bist, wenn du dich schlecht benimmst, dann wirst du bestraft! Konstantin, sprich Deutsch!»

Mir wird übel. Weiter, nur weiter, etwas für den Geist besorgen.

Zwei Viertelstunden Spaziergang, schon bin ich beim Ujazdowski-Krankenhaus. Die Pavillons sind voll: Da liegen die Verwundeten, dämmern und stöhnen, es fehlt an Medikamenten, die von Kugeln und Splittern gerissenen Löcher schmerzen, es sieht schlimm aus. Ich weiß selbst nicht, was mir mehr Sorgen macht: dass all diese braven Jungs hier solche Qualen erleiden, und auch die weniger braven, oder doch eher, dass Jacek mir nichts geben könnte, weil es ihm ein schlechtes Gewissen macht, wenn er mir etwas zum Entspannen gibt, statt den Jungs Erleichterung zu verschaffen.

Vielleicht habe ich selbst Gewissensbisse? Na, eher nicht. Ich sehe mich nach meinem Doktor um, frage eine hübsche blonde Schwester mit einem Arsch so rund, als wäre kein Krieg. Sie mustert mich, ist aber zu erschöpft, um sich noch für Männer zu interessieren, schade um ihren Arsch, kommt durch den Krieg zuschanden. Streicheln, Drücken, einen Klaps und einen liebestollen Biss braucht es doch auch, nicht immer nur Gerenne mit Urinflaschen und Verbandsstoff. Aber es ist Krieg. Ich frage die Schwester, sie weiß nicht, wo Dr. Rostański ist, geht weiter, halb wie von Sinnen.

Ich lehne mich an ein hohes Fensterbrett und ertaste zu

meiner Überraschung etwas Hartes in der Jackentasche: die Zigarettenschachtel, die habe ich vergessen! Ich öffne sie voller Hoffnung – drei Zigaretten drin! Einen vorbeigehenden Verwundeten bitte ich um Streichhölzer und rauche. Der Tabak ist ausgetrocknet und kratzt in der Kehle, aber er ist gut, aus einer anderen Welt, drei Tage hab ich nicht geraucht, weil ich dachte, ich hätte keine Zigaretten mehr. Und ich denke: Hätte ich Gewissensbisse?

Das steht doch den angeschossenen Jungs hier zu, bei mir haben die braven Deutschen keine Löcher reingekriegt, obwohl die ganze Stahl- und Bleilawine, gezielt und abgeschossen, sich als metallischer Strom über mich ergoss, sie traf bloß nicht, erreichte mich nicht, sie haben es nicht geschafft. Ich hab also wohl ein schlechtes Gewissen. Nach der Zigarette mache ich mich in den Krankenhausfluren auf die Suche nach Dr. Rostański. Und finde Rostańskis Gespenst. Ausgemergelt, bestimmt zehn Kilo abgemagert, dunkle Augenringe, ganz bläulich weiß, doch erfreut, mich zu sehen. Jacek, mein Jacek.

Er freut sich nur in der ersten Sekunde, beim ersten Blick, dann begreift er, sträubt sich sogleich, vermauert sich in Empörung.

«Ausgeschlossen», wirft er mir so kalt hin, wie er kann, sehr kalt, aber nicht genug, um mich zu entmutigen.

«Guten Tag, Jacek.»

«Lass das Guten-Tag-Getue und das Geplänkel, Kostek. Ich weiß, was du willst. Du kriegst nichts, ausgeschlossen. Ich habe kein bisschen.»

«Hast du.»

«Nein.»

Er dreht sich um und geht, als wolle er nicht mehr mit mir reden. Er weiß, dass ich bleiben werde, er wird mir was geben, das weiß ich. Ich also ihm nach, in sein kleines Arbeitszimmer, er will mir die Tür vor der Nase zumachen, aber ich verschaffe mir Zutritt. Ich weiß, dass er was hat, irgendeine eiserne Reserve, unregistrierte, süße Fläschchen, die auf keiner Liste stehen. Scheiß auch auf die Liste, wen interessiert das noch, die Deutschen sind da.

«Gib mir was, bitte. Ich kann nicht mehr, ich halt es nicht mehr aus, ich erschieß mich.»

Er sieht mich prüfend an. Jacek, mein Jacek. Jacuś. Rostański. Mein Lieber. Überlegt er, ob ich das wirklich könnte, mich erschießen?

«Versteckst du irgendwo eine Pistole, du Idiot?»

Ich schweige. Vielsagend.

«Ich gebe dir nichts, mach keine Panik, du hast Frau und Sohn. Selbst wenn ich was hätte, würde ich dir nichts geben, aber ich habe nichts. Alles wird hier gebraucht. Für die Verwundeten, verdammter Mist.»

«Wenigstens zwei Fläschchen, Jacuś, mein Lieber, ich flehe dich an», sage ich, ohne mich zu erniedrigen, flehend, aber hartnäckig.

Er seufzt. «Pervitin kann ich dir geben.»

Da weiß ich, dass er nachgibt.

«Von den Deutschen gekauft, schwarz.»

«Ich will kein verdammtes Pervitin.»

«Ich hab aber nur Pervitin.»

«Du lügst. Was soll ich mit Pervitin? Wozu brauchst du Pervitin?»

«Sie haben es billig verkauft, da hab ich's genommen. Was anderes habe ich nicht!»

«Doch, hast du!»

Er seufzt. Schweigt. Schüttelt den Kopf.

«Idiot. Eine gebe ich dir. Das letzte Mal. Bis der Krieg vorüber ist.»

Ich drücke ihn, er windet sich, ich küsse ihn auf beide Wangen, Jacek holt das Wunderfläschchen aus dem Safe, ich stecke es sofort in die Tasche und herze ihn noch einmal, dann drehe ich mich um und will gehen.

«Kostek …», fängt er an, die Stimme hebend, als ich schon in der Tür stehe.

Ich drehe mich um, er sieht mich an, der begonnene Satz hängt in der Luft.

«Kostek …»

«Ja, was denn?»

Er hat Angst. Bringt es nicht fertig, den Satz zu beenden, und winkt ab.

«Ich werde mich nach ihr umschauen, alter Freund, das verspreche ich dir», sage ich energisch wie ein Soldat beim Appell. «Und ich werde sie finden, ich finde sie bestimmt. Ständig werden jetzt Leute gefunden.»

Jacek winkt noch einmal ab, ich geh raus und höre vor der Tür, wie er sich auf die Liege niederlässt, die Federn quietschen nicht von der Last seines ausgemergelten Kleinjungenkörpers, sondern von der Last der Angst und Sorge, des Wehs. Und der Sehnsucht.

Ich gelobe mir hoch und heilig, das Versprechen zu halten, ich werde meine Fühler ausstrecken, hätte ich schon vorhin im Lours machen können, es war mir nur irgendwie entfallen. Ich war vom Morgen an drauf bedacht gewesen, dass nun endlich Schluss ist mit Nüchternheit, deshalb. Eine Schande, die Frau meines Freundes, Iga, einfach vergessen …

Aber ich werde mich umsehen und suchen.

Deshalb spüre ich leichte Gewissensbisse, doch als ich in die Stadt komme, hat diese, nicht mehr meine Stadt, schon andere Farben angenommen: Das Fläschchen in meiner Tasche war es, das die hohläugigen Häuser schon etwas bunter strahlen lässt, Häuser mit skalpierten Dächern, ausgeweideten Wohnungen. Ich weiß: Noch heute werde ich all das Grau verlassen, werde dorthin fliehen, wo mich kein Deutscher und kein Bolschewik erreicht, wo weder unser Oberst noch patriotische Matronen mich kriegen und auch keine Greise, die sich noch an den Januaraufstand erinnern, mich kriegt dort keiner, da können sie mir im Galopp auf ihren Stöcken, in Pekeschen und Konfederatkas nachhinken, die Zukunft des Volkes erreicht mich so wenig wie seine Vergangenheit, die Elektrifizierung nicht, keine Kristallradios und auf Dorfbäumen aufgespannte Antennen, weder die Bauernfrage kriegt mich noch die Demokratie, nichts und niemand. Auch mein Vater kriegt mich dort nicht, ich erinnere mich an ihn vor dem Krieg, an seinen hellen, schütteren Schnurrbart und wie er meinen Namen durch seine zusammengekniffenen Lippen zischt.

«Konstantin!», zischelt mein junger Vater.

Er wird mich nicht kriegen dort, wird mich nicht fassen können aus seinem Grab.

Leichten Schritts gehe ich die Szucha und die Puławska entlang, ganz in der Nähe haben wir vor zwei Wochen gekämpft, heute laufe ich über die Gräber der Kameraden und über das Blut unserer Pferde und pfeife beinahe. Ein Fahrrad wäre jetzt gut, denke ich und komme schließlich in Mokotów an, bei Hela und Jureczek, an unserem Wedel-Mietshaus, Neuzeit und Moderne, glatte Wände und Gesims, ohne Dekor und Voluten, modern wie das Aeroplan und der Luxtorpeda-Zug. Ich schaue auf die Uhr, die meines Vaters, eine Electa mit roter Zwölf, aus dem vorherigen Krieg: Das Zifferblatt zeigt siebzehn.

Auf einem Rad könnte ich jetzt eine Weile sitzen und käme rechtzeitig zurück. Vor unserem Haus bleibe ich stehen und denke daran, dass Hela vielleicht meine Taschen abtasten wird. Ich könnte das Fläschchen irgendwo verstecken, im Tor oder im Treppenhaus, doch ich habe den Mut nicht, mich von ihm zu trennen, nicht jetzt. Ich sehe nach oben, im zweiten Stock brennt Licht, warmes Licht, in diesem Licht sitzt Jureczek auf dem Sofa und schaut sich ein Album mit Tieren an oder baut eine Klötzchenburg. Wenn ich an die Tür klopfe, wird Hela wissen, dass ich es bin, jemand anders würde klingeln, sie wird empört sein, dass ich komme, das sei gefährlich. Für sie bin ich ein Flüchtling, und jeder einzelne Deutsche in der Stadt sucht speziell nach mir, Hitler und Himmler brüllen ins Telefon: «Schnappt diesen Kostek Willemann, aber schnell, ihr Ochsen! Kerls! Schnappt ihn, foltert ihn, erschießt ihn und dann hängt ihn auf!» Ich lächle in mich hinein. Hela also wird erst empört sein, dass ich überhaupt gekommen bin, dann wird sie denken, ich sei betrunken oder im Rausch, wird durch den Spion gucken und erkennen, dass ich nüchtern bin, und dann wird sie sich freuen und rufen: «Jureczek, der Papa, der Papa ist da!»

Und Jureczek wird zur Tür laufen, Hela wird öffnen und mich rasch in die Wohnung ziehen, damit ja kein Nachbar mich sieht, Jureczek wird mich an der Hand nehmen, sie küssen, ich frage nach allem, er erzählt mir, kindlich-durcheinander, sicher von Teddybären, von der Mama und was sie heute zu Mittag gegessen haben, ich werde ihm die Schokolade geben, und Jureczek wird sie ganz aufessen und sich den Mund vollschmieren.

In der Wohnung ist es warm, ich habe noch im August dafür gesorgt, dass für das ganze Haus ein ausreichender Kohlenvorrat angelegt wird, woanders frieren sie, bei uns wird die Zentralheizung befeuert und macht in allen Wohnungen warm. Weil ich dafür gesorgt habe. Ich.

Und wenn es warm ist, werde ich meine Jacke, meinen Pullover ausziehen müssen. Ich könnte das Fläschchen in die Hosentasche stecken, aber Hela, wenn Jureczek ins andere Zimmer gelaufen ist, wird sich gewiss mit ihrem ganzen Körper an mich schmiegen, wird mir die Hand auf die Brust legen, sie dann nach unten wandern lassen, am Gürtel vorbei, über den Bauch und tiefer. Und wird das Fläschchen ertasten.

Jureczek. Hela. Geliebte Hela. Eine Woche habe ich sie nicht gesehen, genau eine Woche. Schokolade für den Jungen habe ich, Schokolade tut ihm gut, er ist so mager. Jureczek wird den Papa knuddeln. Ein Gedicht aufsagen. Hela bringt ihm «Wer bist du?» bei, ich hatte nicht mal Lust zu protestieren, obwohl es schrecklich dumm ist, richtig verantwortungslos in solchen Zeiten, einem Dreijährigen so furchtbaren Kitsch einzutrichtern. Ein Dreijähriger ist noch kein Pole, ein Dreijähriger ist kaum ein halber Mensch, ein halbes Tierchen, verrücktes Äffchen, kein Pole. Aber Hela meint, das sei wichtig. Soll sie es ihm beibringen, soll es beim Großvater oder der Großmutter hören, die jeden zweiten Tag zu Besuch kommen und ihn mit ihrem patriotischen Geseiche volllabern. Pflicht. Polnische Frau, Mutter, Hygiene. Künftige Generationen. Die Kinder sind das Wichtigste, sind die Zukunft des Volkes. Physik, Eugenik und Schwarzafrika. Es geht nicht um Jureczek, das blonde, Cherubimenkelchen, nein – um Kinder, polnische Kinder. Gekotzt darauf.

Ich fühle in der Tasche nach. Da ist es, mein Gold, mein Leben.

Und mache auf der Stelle kehrt. Vor sieben schaffe ich es noch nach Powiśle, so kurz vor der Polizeistunde wird sie mich nicht auf die Straße werfen. So lange war ich nicht dort, zwei Monate, wie ein halbes Leben, ich wollte nicht hin und gehe jetzt endlich doch.

Und wieder: Warschau, nicht mehr meine Stadt, gut, dass es nicht gießt, sonst wären nicht nur die Schuhe, sondern auch die Hose bis zu den Knien verdreckt. Mit verdreckten Hosen kann man sich nirgendwo zeigen.

Blumen sollte ich mitbringen, aber woher kriege ich jetzt

Blumen? Ohne Blumen zu ihr geht schlecht. Wenigstens Chrysanthemen.

Ja, warum keine Chrysanthemen? Sie wird das zu schätzen wissen, in doppelter Hinsicht. Erstens, weil ich überhaupt mit Blumen komme, zweitens, weil es Friedhofsblumen sind, düstere Blumen, das hätte sie schon früher zu schätzen gewusst, bevor alles zu Bruch ging, jetzt wird sie es umso mehr schätzen.

Nachdem ich durch den Schlamm gewatet bin, stehe ich schließlich vor ihrem Haus. Mit Chrysanthemen, von einem Grab gestohlen, ein Holzkreuz aus Latten, gekrönt von einem französischen Helm Typ Adrian, auf der Tafel ungeschickt eingekratzt: Hier ruht Gefreiter Głowiński vom Dreißigsten Infanterieregiment. Was soll der noch mit Blumen? Der Herr Gefreite ist tot.

«Sie Dreckskerl», hat mir eine Dame mit empörter, zitternder Stimme zugeflüstert, sie wirkte schon ein wenig runtergekommen, der Mantel mit Pelzkragen aus billigem Nutria. Aus ihrem verhärmten Gesicht schloss ich, dass ihr auch der Kragen nicht mehr lange bleiben wird. Ich lächelte sie breit an, damit sie kapiert, dass sie, wenn ich mir nur ein bisschen Mühe gäbe, bis zum Abend mein wäre. Wenn ich meinen Charme mit dem Versprechen eines üppigen Abendessens verbinden würde, sowieso. Könnte ich mir leisten, auch jetzt noch, sie nicht unbedingt.

Doch ich ging weiter und stehe jetzt vor dem hundertjährigen Mietshaus in der Dobra, Ecke Radna, stehe vor dem Haus, äußerlich ansprechend dekoriert, im Innern dagegen Decken, Treppen und Geländer aus moderndem Holz, ein weiß verputztes Mietshaus, im Innern durchlöchert von Holzwürmern, Menschenwurmlöcher die Flure in der muffigen Luft, gleichwohl steige ich die morsche Treppe hoch in den zweiten Stock und stehe vor der Tür. Ich klopfe und zerdrücke ein paar Krümel abblätternder Farbe.

Ich klingle nie, elektrische Klingeln widern mich an, sie sind gut für die Feuerwehr oder Flugalarm, nicht für einen kultivierten Menschen, der zu Besuch kommt. Zu Besuch bei seiner Geliebten.

Als ich geklopft habe, hundert Fragen: Wohnt sie denn noch hier? Bei Gott, lebt sie überhaupt noch? Wir haben uns im August gesehen, zwei Monate, das ist lange her. Sie könnte tot sein. Und wenn sie lebt, wohnt sie dann noch hier? Und wenn ja, ist sie zu Hause? Und wenn sie da ist, ist sie allein? Und selbst wenn, erwartet sie dann vielleicht jemanden?

Stille.

Und wenn sie durch den Spion guckt – sie bringt das fertig, so leise, dass ich nichts höre –, wenn sie mich sieht und nicht öffnen will? Ich klopfe noch einmal, und beim zweiten Schlag geht die Tür einen Spalt auf.

«Kostia, du bist gekommen …», flüstert sie.

Begehren, Versprechen, Freude liegen in diesem Flüstern, wie immer, wenn ich zu ihr komme. Aber es ist noch etwas mehr, und das ist Liebe.

Leider. Zum ersten Mal Liebe. So wenig war dazu nötig: zwei Monate Trennung und Hitlers Idee, Polen zu überfallen, unsere Niederlage innerhalb von zwei Wochen, so wenig – schon hat Sala mich liebgewonnen. Wie sie die Worte mit tiefer Stimme hinhaucht, ja, das ist Liebe. Eine überflüssige Liebe. Doch jetzt habe ich weder die Kraft noch die Zeit, mich diesem überflüssigen Gefühl zu widmen, es zu ersticken. Jetzt brauche ich nur Trost.

«Sala», flüstere ich. Sie lässt mich ein. So oft habe ich diese Tür zugeschlagen, so oft hat sie mich aus der Wohnung geworfen, so oft hatte ich um Einlass gewinselt, während irgendein Freier bei ihr saß, dem ich dann, armer Kerl, mit dem Schlagring die Fresse polierte und ihn die Treppe hinunterwarf, nur weil er den gleichen Geschmack hatte wie ich und in Salas großen Augen versank, den Augen meiner Salomé. Und gewiss nicht nur in ihren Augen.

Ich gebe ihr die Blumen.

«Grabblumen», sagt sie.

«Wir leben auf einem Friedhof», erwidere ich.

«Schön sind sie. Komm, setz dich.»

Ich trete ein. Die Blumen stellt sie in eine schwarze Vase, blickt auf die Uhr, versteht.

«Du bleibst, du bleibst über Nacht!» Sie klatscht in die Hände.

Ich setze mich. Zieh das Fläschchen heraus, lege es auf den Tisch. Für zwei etwas wenig, aber Sala wird nicht so viel nehmen, es wird schon reichen. Allein will ich nicht. Einsam ja, mit Morphin ist man immer einsam, aber nicht allein.

Sie lächelt.

«U menja jest butylka starogo burgunda. Aber zeichnest du mich erst?»

Ich würde den Inhalt von Jaceks Fläschchen am liebsten sofort in meinen Venen aufgehen lassen, will aber nicht nein sagen, es steht ihr zu.

«Woher hast du Burgunder, du Luder?», frage ich dann doch, plötzlich erbost, Burgunder kann ihr nur irgendein Verehrer gebracht haben.

«Gute Menschen haben mir das aus den Schlosskellern gebracht. Präsidentenburgunder. Besser, wir trinken ihn, als die Germanzy, oder?»

Es ist mir egal, als sie das erzählt in ihrem Alt, ist es mir sofort egal, wir hatten in den Chevaulegers-Kasernen auch schon Wein aus den Präsidentenkellern getrunken, und Madeira, so alt, dass man ihn mit dem Messer schneiden konnte. Dass ein Verehrer ihr ihn gebracht hat, was macht das schon? Der hat ihn gebracht, Kostek trinkt ihn aus.

«Aber du zeichnest mich?» Ihr Tonfall, weich wie die Steppen vom Dnjestr bis zum Don. «Ja?» Sie zeigt auf die Skizze über der Tür, die erste meiner Zeichnungen von Sala, am ersten Tag unserer Bekanntschaft gemacht, kurz bevor sie meine Geliebte wurde.

«Dunkel hier.»

«Damals war es hier auch dunkel.»

Stimmt. Wir hatten uns im Adria kennengelernt, am Tisch von Jarosław, sie lud mich auf der Stelle zu sich ein, ich solle sie zeichnen. Ich hielt das natürlich für einen reinen Vorwand, lief ihr gleich nach, schon wegen ihrer kupferroten Locken, aber als ich in ihrer Wohnung war und ohne Umschweife zur Sache kommen wollte, hielt sie mich lachend auf, warte, gleich. Dann setzte sie mich auf einen Stuhl, gab mir ein Brett mit einem mit Reißzwecken befestigten Karton, drückte mir einen Rötelstift in die Hand und machte es sich auf dem Sofa bequem. Sie zog sich nicht ganz aus, knöpfte lediglich die Bluse auf, streifte den BH nach unten, machte die Brüste frei und zog den kurzen Rock so weit hoch in die Hüften, dass ihr Damm zu sehen war, ein Höschen trug sie nicht, da war nur der Riemen von den Strümpfen. Als wäre sie leibhaftig den Blättern Egon Schieles entstiegen. Und ich sah gar nicht sie selbst an, nicht diese merkwürdige, rothaarige Jüdin oder Russin, ich weiß nicht genau, nicht sie sah ich an, diese Quasikünstlerin, Muse und Bacchantin, Mänade, von der Witkacy mir einmal gesagt hat, sie sei eine heilige Nutte und über ihren Körper laufe der Champagner wie über keinen, nicht sie saß vor mir, sondern die kondensierte Weiblichkeit. Nicht der Schatten der Idee von Weiblichkeit wie bei all den anderen Frauen, sondern die Weiblichkeit an sich, verdichtet zu körperlicher Gestalt.

Ich zeichnete sie damals mit rostroter Kreide, so vulgär breitbeinig, so schön, alle Grenzen der Vulgarität hinter sich lassend, das war nicht Schamlosigkeit, sondern Unscham, und in dieser Unscham war sie so schön, als kennte sie überhaupt keine Scham, als wäre allein sie nicht aus dem Paradies vertrieben worden, als wäre sie ihr eigener, gesonderter Frauenstamm, Evas Schwester, die im Paradies geblieben ist. Später ließ sie die Zeichnung rahmen und hängte sie über die Tür, geraffter Rock, die dunkle Stelle darunter, Urheimat der Männer, die Hände auf den weißen Schenkeln, nah am Schritt, als würde sie sich selbst die trägen Beine auseinanderdrücken, die schweren Brüste ungeschickt aus dem Halter geschält wie aus einer aufgeplatzten Schote, alles weich, das Gesicht fast unsichtbar, den Kopf wie in Ekstase zurückgeworfen.

Es ist keine gute Zeichnung, weder kompositorisch noch im Detail, kein guter Strich – aber sie erzählt die Wahrheit über Sala. Und die Wahrheit über Sala ist die Wahrheit über die Frauen überhaupt.

Hela ist auch irgendwie in dieser Zeichnung. Sogar meine Liebe zu Hela, zu ihrem Leib, gesund wie eine griechische Skulptur. Alle meine Geliebten sind auf dieser Zeichnung, alle, auch wenn es gar nicht so viele waren, wie die Gerüchte der Vorkriegszeit sagen, vor denen ich meine Frau schützen musste und vermutlich nicht schützen konnte. Auf Sala wirkten zutreffende wie falsche Gerüchte über meine Abenteuer als Aphrodisiakum, Sala hält nichts von männlicher Treue, wenn sie auch weibliche Treue, die sie natürlich selbst nicht praktiziert, zu schätzen weiß. Männer, die nur eine Frau hatten, sind für sie Nichtmänner, Invaliden der Männlichkeit, reizen sie nicht, und nie versucht sie, sie zu verführen, die Avancen solcher Männer weist sie mit herablassender Nachsicht ab, wie ein Geigenlehrer, dessen Schüler schon in der zweiten Stunde nach der Stradivari greifen will. Dafür verkuppelte sie sie oft mit ihren Freundinnen, von denen sie viele hat und die sie verachtet.

Anders Hela, die ihre Vorstellung von der Liebe aus Lyzeumslektüren hat. Für sie ist ein Liebhaber der Frauen ein Tier, sie akzeptiert noch nicht einmal die Zweitehen von Witwern, zur Weißglut treiben sie allein schon Gerüchte, dass dieser oder jener Familienvater ins Bordell gegangen sei – mit Geld, das seiner Frau und den Kindern zusteht.

Hätte sie von meinen Geliebten erfahren, was dann? Ich wäre ein Vieh für sie, aber ich weiß, dass erst dann die wahre Leidenschaft für mich in ihr entflammt wäre, um die Wunde nach der gestorbenen Liebe auszufüllen. Ich glaube, alle Frauen sind gleich, Salas Abneigung gegen die Treue und Helas Hass auf die Untreue sind ein und dieselbe Emotion, dasselbe Prinzip, die Essenz der großen Allfrau. Die Männer sind im Übrigen auch alle gleich. Ich tat also alles, damit Hela nichts von meinen Geliebten erfuhr. Sala musste ich einmal ins Gesicht schlagen, als sie bei einem Streit schon unsere Nummer über die Zentrale bestellt hatte, um Hela am Telefon alles zu gestehen. Sie stürzte sich mit Fäusten auf mich, und als ich ihre Unterarme packte, drückte sie sich mit dem Körper gegen mich, heiß wie eine läufige Katze, und biss mir in die Lippen. Ich konnte nicht nach Hause, wie hätte ich die blutenden Lippen erklären sollen?

Sala hat jetzt Kohle und einen Karton geholt, die Requisiten unserer Leidenschaft. Und sie wartet, ich sehe, sie ist schon erregt, ihre Augen blitzen, die geleckten Lippen glänzen.

«Zieh dich aus, dreh dich um und bück dich», sage ich.

Ich habe nie ihr Gesicht gezeichnet, höchstens die Kontur einer Wange oder die Nasenspitze im weggedrehten Halbprofil, das Kinn des zurückgeworfenen Kopfes.

Salas Gesicht. Schön wie die Schönheit Beiruts, Jerusalems und Damaskus', auch wenn ihr Teint hell ist, also vielleicht eher Kalabriens, Siziliens und Kretas Schönheit, aber ihr Gesicht macht in diesen unseren Zeichnungen nichts aus. Ich zeichne es nicht, mag den Anblick ihres Gesichts nicht einmal, es interessiert mich nicht. Und heute, nach der langen Trennung, befehle ich ihr gerade dies, denn Sala mag nicht, wenn man sie fragt, sie bittet oder es ihr bequem machen will. Sala will Weisungen, Sala kann nur mit einem Mann sein, dessen Willen und Macht sie in Befehlen hört. Ein bittender, flehender Mann ist für Sala ein Unmann.

«Lass Pantoffeln, Gürtel und Strümpfe an», sage ich.

In der Wohnung ist es kalt, das Zeichnen dauert, aber Sala erträgt es ohne Murren. Und ich mag es, wenn ihre Haut so kühl ist, als streichelte ich einen Stein.

Sie steht reglos, die Füße weit auseinander. Die runden Oberschenkel mit den Zacken des Spitzenstoffs darüber, die zierlichen Unterschenkel, große Hüften, schwere Gesäßbacken, die Rinne des Rückgrats wie mit dem Meißel gehauen, reglos erstarrt, so wie sie im Saal der Akademie erstarrte, umgeben von Studenten und Studentinnen. Aber die zeichneten eine Frau, ich zeichne das Weib an sich.

Wenn die Kohle auf dem Karton anders zu quietschen beginnt, wenn ich die Zeichnung zu Ende bringe, hört sie das, und ihre Hüften werden regsam, und mein Blut beginnt zu perlen, und für einen Augenblick vergesse ich das Fläschchen voller Güte und Glück, denn ein Stück davon, sein Vorzeichen, erwartet mich dort, zwischen ihren weißen, fülligen Schenkeln.

Dann, wenn alles vorbei ist, steckt die nackte, vollbusige Sala sich selbst in die dicke Mappe, auf die sie in Druckbuchstaben meinen Namen geschrieben hat: Konstanty. Es gibt mehrere solcher Mappen, ich habe nie hineingeschaut. Der Papp-Kostek ist voller verschiedener Salomés: Die gebückte Sala, mit Strümpfen und herausgestrecktem Hintern, kam zu der wie der Blaue Engel auf dem Stuhl posierenden Sala, nackt, aber mit meinem Hut; die Sala im Profil, auf dem Rücken liegend und die Hüften anhebend, die Brüste fließen zu den Seiten, die Linie des erhobenen Gesäßes, das Haargestrüpp weist auf Sinn und Thema dieser Zeichnung hin, kam zu der Sala in dramatischer Perspektive, mit den Fußsohlen im Vordergrund, dahinter die geöffneten Schenkel, zwischen ihnen das Urtor und dann die Gesäßbacken, die fernen Schultern und die Bögen der im Nacken verschränkten Finger. Die verschiedenen Salomés, mit Kohle oder Rötelstift, eine in Tusche, ich erinnere mich an alle.

Die körperliche, fleischliche Salomé dagegen, diese mehr oder echte Salomé nimmt eine Aluminiumdose, ich kenne sie gut, darin ruht auf rotem Samt eine gläserne Spritze mit einem Korb aus rostfreiem Stahl, dazu vergoldete Nadeln. Wir teilen das Morphin im Fläschchen nach Gewicht auf, zwei Fünftel für Sala, drei Fünftel für mich, für mich zuerst, denn Sala setzt sich ihre Spritze selbst, ich mag das nicht. Vorher öffnet sie noch den Burgunder, bettet mir Kissen unter den Rücken, fragt, ob mir bequem sei, ich trinke, nackt, und sie zieht das Gummiband an meinem Unterarm fest, findet wie eine gute Krankenschwester die Vene, beklopft sie, setzt die goldene Nadel unter die Haut und drückt langsam den Kolben herunter. Ich sehe noch, wie ihre Lippen mich umschließen, wie sie mich küsst, so wie ich mich von Hela nie habe küssen lassen.

Danach. Ich tauche in Wärme ein. Der Burgunder verdunstet. Neben mir mein Salakörper. Meine beiden Körper nackt. Meine Salazunge leckt die Nadel ab. Immer leckt sie die Nadel ab. Flüssige Wärme verbreitet sich in meinem Salakörper. Flüssiges Glück, und mein Salakörper kehrt zum Kuss zurück.

Und ich drifte ab. Sala deckt meine zwei Körper mit Federbetten zu, schmiegt sich an mich, und ich treibe in warme, weiche Dunkelheit, Dunkelheit wie ein Liebeskrampf, zerdehnt wie eine Uhr von Dalí, Dunkelheit wie warmes, weichwerdendes Blei, unten an meinem Körper dringt Lust in die Welt, schwillt an und platzt, ergießt sich in Kaskaden von glänzender Dunkelheit, in die Lungen, in die Kehle, in den Schoß, den Schwanz, die Beine, bis in die Fingerspitzen, ergießt sich in mich und beklebt die Welt. Und alles leuchtet auf, und alles erlischt.

Warschau erlischt. Mein Leben erlischt. Meine Mutter erlischt, Jacek, Hela, Jureczek erlöschen. Die Erinnerung an das väterliche «Konstantin!» erlischt, der Vater, mein erstes Bild von ihm, seine graue Uniform vergeht und der Helm mit dem viereckigen Ulanen-Deckel, die Ulanenstiefel, das zerschmetterte Gesicht, auch die Mutter erlischt, ihr lauter Streit in zwei Sprachen, aus der Zeit, als sie sich noch liebten, die höflichen, natternzischenden Invektiven aus der Zeit, als sie sich hassten, Warschau, zum ersten Mal gesehen, erlischt, aus einem Zugabteil erster Klasse, der erste Gang zur neuen Schule und Warschau, zum letzten Mal gesehen, erlischt, vor einer Stunde, all das vergeht, was dazwischen ist, die Oberschule, das Abitur, Studium und Grudziądz, Pferde, Säbel und das Praktikum in Trembowla, der mit ruthenischen Mädchen vor dem Denkmal Zofia Chrzanowskas auf dem Trembowler Schlossberg getrunkene Wein erlischt, und alle Regimentsplänkeleien, als es noch Komorowski unterstand, erlöschen, sogar der beim Versuch, auf die Mauern des Schlosses von Trembowla zu reiten, gebrochene Unterarm erlischt, der silberne Sektpokal mit meinem eingravierten Namen, die Cafés, das Oaza, Paradis, Ziemiańska und das Adria erlöschen, berühmte Menschen, die ich kannte, also Jarosław, der mir bei Simon schöne Augen machte, und Witkacy, der Sala lüsterne Augen machte, das blöde Duell mit Rostański erlischt und die Farce, zu der es geriet, Iga, die Rostański mir abspenstig gemacht hat oder die ich ihm abgetreten habe, ich weiß nicht mehr, erlöschen, und meine Trauung mit Hela, die blöden Säbel, unter denen wir hindurchgehen, und unser erster Streit, weil ich mir dieses Säbelritual verbitten wollte, während Hela es hinter meinem Rücken mit den Kameraden vereinbarte, die Kameraden erlöschen und der Reis, der auf uns gestreut wurde, Jureczeks Geburt und der Augenblick, da ich ihn zum ersten Mal auf den Arm nehme und in dieses bläuliche, runzlige Schnäuzchen blicke wie in mein eigenes Gesicht, die neue Wohnung im Mietshaus erlischt, das Treffen der Neuner in Trembowla letztes Jahr erlischt, das Trinken und überhaupt das Regimentsfest zur Zwanzigjahrfeier seiner Wiederaufstellung erlischt, wie schön war das damals, wer war man schon damals, nichts deutete darauf hin, was kommen würde, und auch dieses Nichthindeuten ist erloschen, die Mobilmachung vor gut einem Monat, die Nüchternheit erloschen, der Krieg, die Kapitulation, die Okkupation, die Resignation. Erloschen.

Erloschen. Nichts mehr da, ich in der Mitte der Dunkelheit, ohne Körper, ohne Gedanken, ohne alles, das reine, passive Ich, das Nicht-Ich, das nicht da ist. Nicht-Ich löse mich in der Dunkelheit auf wie ein Regentropfen im Ozean. Und Nicht-Ich fühle, ohne zu denken: Nicht-Mir ist wohl vom Nichtsein, so süß ist Nicht-Mir, warm, weich, warm von lustvoller Feuchtigkeit, samten, matt, weißhäutig, Salomé ist und ist nicht, denn Nicht-Ich bin nicht da, meine Hände von Sala auf meiner eigenen Haut, Nicht-Ich bin leer innen drin.

Nicht-Ich.

Nicht-Ich öffne die Augen. Ich öffne die Augen.

Die Uhr. Zweiundzwanzig. Schnell vergangen. Neben mir Sala.

Ich muss raus hier. Sofort. Trotz der Polizeistunde. Ich schaue Sala an, scheinbar meine Sala, und sie kommt mir abstoßend vor: Sie schläft, so weiß, mit offenem Mund, die Höhle dieses Mundes ist eine abscheuliche Wunde, die Zähne Knochenstümpfe. Ich stehe auf, ziehe mich an. Als ich mir schon an der Tür die Schuhe zubinde, kommt Sala aus dem Schlafzimmer. Nackt, die Augen Spalten, die Lider wie mit dem Messer aufgeschlitzt, nackt, mit zerzaustem Haar, sie versucht gar nicht erst, die Brust oder den Schritt zu bedecken. Mich widert der Anblick ihrer Brüste an, dralle Hautkugeln, die Warzen darauf wie die Köpfchen von Geschwüren, und mich widert der Anblick des haarigen Urwalds an, der bis auf die Schenkel reicht und sich in dunkler Linie gefährlich dem abscheulichen Knäuel des Nabels nähert. Sie schaut mich leicht berauscht an, versteht nicht und sieht plötzlich, dass ich gehe.

Sie fällt mich an wie ein Raubtier.

«Kostia, wo willst du jetzt hin?», winselt sie, bohrt ihre Fingernägel in meinen Ärmel. «Kuda pajdjosch, Kostia, kuda?»

Sie ekelt mich an, meine Sala ekelt mich, ich will sie nicht mehr sehen.

«Ich gehe», knurre ich.

«Das erlaube ich nicht! Nelsja! Du gehst nicht!», heult sie, hält mich fest, zieht an der Jacke, zerreißt sie fast, und ich kann mich nicht losreißen, öffne schon die Tür, sie, nackt auf den Knien, krallt sich in meine Hosenbeine.

«Sie werden dich töten, Kostja, töten!», weint sie. «Geh nicht!»

Ich gebe ihr eins mit der flachen Hand auf die Wange, ein Schlag wie mein eigener Sturz. Salomé auf dem Boden, das kupferne Haar dramatisch auf ihre Schultern und das Parkett wallend, als hätte sie diesen Sturz geübt, nackte Frau, bekleideter Mann, ich gehe.

«Ich liebe dich, Kostia …», flüstert sie.

Ich schlage die Tür zu. Im offenen Türspalt gegenüber die Nachbarin, ein nach fremden Dramen lechzendes Weibsstück, für so eine ist die Nachbarschaft meiner Salomé besser als jedes Theaterabonnement, denn hier sind die Tragödien echt.

«Was glotzt du, altes Fotzenmaul», spucke ich der Alten galant ins Gesicht. Sie verschwindet.

Ich trete in die Nacht. Jesus.

Jesus?

Das sagt man so.

Nach der Polizeistunde darf ohne Warnung geschossen werden. Sagen sie in der Stadt. Sollen mich erschießen. Nur Jureczek, nur für Jureczek lohnt es, am Leben zu bleiben, nur ihm kann ich lebendig etwas nutzen. Nur ihm. Vielleicht nicht einmal ihm.

Ich gehe, gehe, in den Ruinen werde ich mich nicht verstecken, nein, auch nicht durch die Nebenstraßen schleichen. Ich gehe den 3. Mai, biege in die Marszałkowska ab, gehe die Hauptstraßen. Ich schreite. Er schreitet. Warschau, nicht mein Warschau, Warschau durchlöchert, Warschau in Kälte, Dreck und Schneeregen, Warschau vergewaltigt. Warschau der Gräber, der Pferdewagen und Aushänge an den Zäunen, Warschau wie meine Salomé, geohrfeigt, am Boden, Warschau spreizbeinig, mit zottligem Haardickicht.

Jemand geht mir nach, ich kenne ihn.

Kostek kennt mich, weiß, wer ich bin, dreht sich nicht um. Hat Angst, mich zu sehen, aber er kann mich gar nicht sehen. Ich gehe Konstanty nach, ich, seine einzige Freundin, seine wahre Geliebte. Später, später wird er weggehen, immer geht er am Ende weg und kommt dann immer wieder, mein Bruder, Kamerad, Gefährte.

Ich laufe zu Hela, zu Jureczek, nur rasch zu ihnen, so weit wie möglich weg von Salomé und von dem, das mir folgt, wie ein brüllender Löwe.

Ich gerate außer Atem, höre auf zu laufen, gehe wieder ruhig.

Eine Streife kommt mir entgegen. Die aufgesetzten Bajonette drohen dem Himmel, Helme breiten Schatten über die

Gesichter und Mäntel. Sie können mich kontrollieren, verhaften, erschießen, was werden sie tun?

Ich spüre, ich weiß: Der, der hinter mir geht, nähert sich, gleicht seinen Schritt meinem an, als würden wir defilieren, nähert sich, legt mir die Hände auf die Schultern, den Arm über die Schultern, und so gehen wir, meine Linke, seine Linke, meine Rechte, seine Rechte, wie bei einem Kinderspiel, auf Armlänge, und er umgibt mich mit diesen Armen, und wir gehen, er geht direkt auf die Streife zu, direkt auf sie zu, der da hinter mir geht, macht, dass sie vor mir auseinandertreten, vor ihm, stehen bleiben, ich frage mich, ob sie salutieren? Sie salutieren nicht, stehen nur verblüfft da, ich gehe vorbei, der hinter mir geht, verliert sich irgendwo, und ich gehe wieder allein und doch nie allein, einsam, nicht allein.

Die Tür, ich klingele, warte auf den Concierge, er öffnet, ich gebe ihm fünf Złoty, er grummelt was, ich steige die Treppe hoch, unsere Tür, ich klopfe leise.

Hela. Sie schaut in meine wie mit der Nadel gestochenen Pupillen. Lässt mich wortlos ein, schließt die Tür, sorgfältig, Schlösser, Riegel, Ketten. Erst dann sagt sie etwas.

«Du hattest es versprochen. Bis zum Kriegsende.»

«Der Krieg ist zu Ende», antworte ich stammelnd. «Wir haben verloren.»

«Man hätte dich verhaften können!»

Ich drehe mich um, gehe zum Zimmer.

«Du weckst ihn auf!», protestiert Hela.

Ich will, muss ihn sehen, das kleine, hellhaarige Ich im Kinderbett. Da ist er, schläft, Pausbäckchen, das Händchen unter der Wange, lange Wimpern. Ich sehe ihn, beginne ihn zu streicheln, gleich wird dieses kleine Ich erwachen.

Hela zieht mich aus dem Zimmer, führt mich in die Küche zum Tisch, und so sitzen wir da, schweigend. Kurz darauf sage sie: «Weißt du was von Iga?»

«Nein, nichts.»

Jacek, Jacek, mein Gewissensbiss, Jacek, Quell meines in die Wunderfläschchen gebannten Glücks.

«Papa war gestern hier.»

«Und?»

«Er sagt, man könnte uns nach Schweden bringen und von dort direkt nach New York, zu Onkel Albert.»

«Und?»

«Lass uns fahren, alle, wir drei. Nur weg von diesem Krieg und der Angst.»

Ich weiß, was Hela erwartet. Dass ich jetzt nein sage. Dass ich sage: Fahrt allein. Du und Jureczek. Nimm deinen Vater oder deine Mutter und fahrt, nimm Geld. Ich muss hierbleiben, für mich geht der Krieg noch weiter, ich muss bleiben und kämpfen, mich nach Frankreich durchschlagen oder in den Untergrund gehen und kämpfen, für Polen. So heißt das jetzt.

Dann wird Hela mir ins Gewissen reden, die Familie sei wichtiger, in der Hoffnung, dass ich widerspreche, dass ich sage, ich liebe euch mehr als alles auf der Welt, aber Polen ist meine Pflicht, und wenn ich diese Pflicht verletze, dann wäre ich nicht mehr der Kostek, den sie einst geliebt hat. Deshalb muss ich. Und sie könnte dann eine Pose einnehmen wie auf einem Gemälde von Grottger: Wenn du bleibst, dann ist mein Platz an deiner Seite. Ich werde bei dir ausharren. Sie wird sich berauschen an diesem dummen weiblichen Heldengetue, das eigentlich nicht weiblich, sondern nur bizarr, weil polnisch ist und überhaupt nichts ändert, außer dass Hela sich besser fühlt.

Ich zuckte nur mit den Schultern.

«Was?» Hela schaut mich prüfend an.

«Nichts. Wir können fahren, wenn du willst. Jureczek wird Englisch lernen und als Amerikaner aufwachsen, er wird Kaugummi kauen und in die Klubs gehen, Negermusik hören», erwidere ich.

«Kostek, was soll denn das … Wir hören doch nicht auf, Polen zu sein, wir kehren sofort zurück, sobald der Krieg aus ist.»

Arme Hela. Sie weiß nichts über mich, die arme Hela kennt mich nicht, sie glaubt, sie hätte jemand ganz anderen geheiratet.

«Aber mir wäre es wirklich lieber, Jureczek würde ein netter amerikanischer Junge», antworte ich. «Was ist denn schlecht an Jazz?»

Hela sieht mich mit ihrem Helablick an, dem gewöhnlichen Helablick, als hätte nichts sich geändert, als wäre kein Krieg und ich hätte einfach nur ein Paradox vorgeführt, allen Ernstes ein kontroverses Urteil geäußert, von dem Hela nicht wusste, was davon halten, also sieht sie mich an, wie sie es gelernt hat, mit diesem Blick: nicht zustimmen und sich nicht widersetzen.

«Ich muss mich hinlegen.»

«Papa hat eine Bitte an dich. Einer gewissen Łubieńska am Erlöserplatz ein Paket zu bringen. Ich habe Angst, mir wäre lieber, du tust es nicht. Das ist so eine Sache … wenn sie dich erwischen, erschießen sie dich. Verstehst du? Du sagst nein, ja? Ich habe Papa schon abgesagt, aber er ist ja hartnäckig.»

Und wieder, wieder: Helas kleine Versuche. Wird mein Kostuś sich der großartigen Unabhängigkeitstraditionen unserer Familie als würdig erweisen? Wird er sich so tapfer zeigen, wie der Ehemann von Helena Willemann de domo Peszkowska aus der Linie Jastrzębiec zu sein hat? Wird er den Tod nicht fürchten?

Ist mein Kostuś würdig, sich einen Polen zu nennen? Dummes Geschwätz.

Ich denke, Hela wünscht mir den Tod. Sie würde gern

Witwe werden, in Schwarz eingewoben einherschreiten, mein Grab mit dem Birkenkreuz pflegen, Jureczek in der Gewissheit erziehen, dass sein Papa ein wahrer Pole war. Und dann irgendeinem gutaussehenden Offizier erlauben, sich um sie und Jurek zu kümmern, seine Hilfe in Anspruch nehmen, sich in ihn verlieben und umgekehrt, ohne sich natürlich auch nur anfassen zu lassen, und dann in einer herzzerreißenden Szene seinen Heiratsantrag ablehnen. Ihm zu gestehen: Ja, ich liebe, aber ich kann nicht, ich habe schon einen Mann, Konstanty hat sein Leben für Polen geopfert, ich kann ihm das nicht antun. Der Offizier wird natürlich verstehen, das hat er erwartet, hat es sogar hören wollen, die Frau oder besser Polin, in die er sich verliebt hat, so nur konnte sie antworten. Hätte sie zugestimmt, hätte sie ihn enttäuscht, und er hätte sie in stiller Verachtung geheiratet und sie später vielleicht mit der Reitpeitsche gestraft. Jacek könnte in dieser Rolle auftreten, mein süßer, lieber Jacek Rostański, aber er würde Hela nicht schlagen. Sie würden an einem Tisch im Kerzenlicht ausharren, würden sich höchstens bei den Händen halten oder vielleicht auch nur schmachtend daran denken, Helas Finger würden gern den kraftvollen Druck von Jaceks sicherer Hand spüren, es gibt aber keinen Grund dafür, weil schon alles gesagt ist, sie würden ihre stille Liebe auf dem Altar der Entsagung darbringen, es würde sie zu besseren Menschen machen, deshalb berühren sich die Hände nicht, und sie sitzen da und kosten stolz und stumm ihre intime Tragödie aus. Später fällt Jacek auf der Barrikade oder bei einem Aufstand, Streik, das Medaillon mit ihrem Foto an sich drückend, und Hela wird dann zwei Gräber pflegen und eine schwarz gewandete Heilige sein. Eine Polin.

«Mir ist schlecht», stöhne ich mit zusammengebissenen Zähnen und fahre vom Tisch auf.

Renne ins Bad und erbreche, lange, wieder und wieder.

Hela stützt meinen müden Kopf, wischt die Lippen mit einem nassen Handtuch, und ich erbreche Sala, erbreche ihren weiblichen Geruch, ihren Wein und ihre Liebe.

Dann lege ich mich schlafen. Ich bin sehr erschöpft, und über meine Stadt herrschen die Deutschen.

KAPITEL ZWEI

Er öffnet die Augen. Liegt neben seiner Frau, neben seinem Sohn und liegt doch allein. Ich stehe über ihm. Es ist Nacht, Oktober, es ist kalt, und erster, dünner Schnee fällt. Es ist Krieg, und über die Stadt herrschen die Deutschen.

Er öffnet die Augen und weiß nicht: Ist er erwacht, oder träumt er von ihrem ehelichen Schlafzimmer, den bürgerlichen Möbeln, seiner Frau, dem Fenster, früher ein helles Rechteck, hell vom Licht der Gaslaternen, heute dunkel vom Nicht-Licht der besiegten Stadt. Es ist Nacht. Ist er also wach, oder träumt er?

Er ist erwacht. Er sitzt auf dem Bett, die Schläfen pulsieren und auch die Gewissensbisse: Er hat das Morphin genommen, das den Verwundeten zustand. Polen zustand. Er betrügt seine Frau mit diesem verdorbenen, abstoßenden, großartigen Weib, das sich vor ihm entblößt wie eine Mänade, den Schoß hinstreckt und ihn so küsst, wie er sich nie von seiner Frau küssen lassen würde.

In seinen Gewissensbissen steht er vom Bett auf, die Wohnung ist kühl, der Heizer spart bestimmt mit der Kohle. Er hüllt sich in den warmen Schlafrock, was ist dieser Schlafrock jetzt? Früher war es der Schlafrock, in dem er arbeitete, in den er sich hüllte, wenn er vor dem Brett oder dem Wachsrahmen saß oder vor der Schreibmaschine, jetzt ist es der Schlafrock eines Leutnants der Reserve des Neunten Ulanenregiments aus Trembowla, der sich versteckt. Die Mobilmachung, von Warschau nach Trembowla, der Kampfweg, nach Westen, nach Osten, durch die Wälder, Feindkontakt, Schießen, Verstecken, Flucht und zurück nach Warschau, die Kapitulation, jetzt im Schlafrock, in seinem warmen Schlafrock, als wäre kein Krieg, nur das Fenster erloschen.

Schlafrock der Kapitulation. Und wenn die Deutschen ihn verhaften?

Ich denke an Sala. Ich will nicht an Sala denken.

Und denke doch an Sala.

Sala. Salomé. Dann: Hela. Helena. Die böse Helena, die gemeine Helena wünscht mir den Tod, ich soll für Polen fallen. Salomé, meine Salomé, vergöttert mich. Salomé ist sogar mein Gestank heilig.

Blödsinn, Blödsinn, Blödsinn. Helena liebt mich wirklich. In ungespielter Liebe. Salomé, die rothaarige Verrückte, trinkt mein Blut.

Das hat sie mir gesagt, als wir uns das erste Mal sahen, bevor ich sie zeichnete. Wir tanzten im Adria unter flackernden, kreisenden Kronleuchtern, wir drehten uns, und sie schmiegte sich mit ihrem ganzen Leib an mich, streckte sich, um mir zuzuflüstern: Ich werde dein Blut austrinken. Dann leckte sie mich ins Ohr.

Vorher hatte sie bei Simon Austern geschlürft, wir saßen mit Iwaszkiewicz an dem einen Tisch, Sala saß am anderen, hinter Jarosław, und verführte mich hinter seinem Rücken. Iwaszkiewicz, ein schöner Mann, machte mir irgendwelche Komplimente, redete über Literatur, über Kopenhagen und Brüssel, und Sala hob hinter seinem Rücken nur die Austern vom Eis und saugte sie aus, schamlos schlürfend. Sie sah mich mit Iwaszkiewicz sitzen, das hieß, ich bin nicht irgendwer, bestimmt verführte sie mich deshalb. Dabei kenne ich ihn kaum. Sehe ihn ab und zu. Manchmal reden wir ein paar Worte. Außer ihm kenne ich überhaupt keine berühmten Leute. Gut, ich grüße manche, und sie grüßen zurück, manchmal sind wir uns sogar vorgestellt worden, aber das heißt nicht, dass ich sie kenne.

Und sie, Austern essend, streckt mir vorsichtig die Zunge raus, nur die Spitze, sie weiß, wie das wirkt, der Typ, mit dem sie sitzt, wird ärgerlich, weil er sieht, dass sie mich und nicht ihn ansieht, den Blick nicht von mir lassen kann und an diesen Austern lutscht, ich bin nichts im Vergleich zu ihm, aber sie macht Theater für mich. Am Ende verabschiedet er sich, zu dünnhäutig, und geht. Ich habe gewonnen.

Und sie schloss sich uns an, man ging ins Adria. Dort brillierte schon Járosy, wir setzen uns dazu, Alkohol, Kokain, Lüster, Orchestertusch, und Sala setzt sich zu mir, wir tanzen, sie leckt mir das Ohr und flüstert, sie werde mein Blut austrinken. Später ein Vermögen auf der Rechnung, ich weiß, sie hätten gern gehabt, dass ich alles bezahle, aber wenn ich das tue, werden sie keinen Respekt vor mir haben, deshalb sehe ich sie an und gebe ein Viertel, den Rest sollen sie selber hinlegen, das gebe ich deutlich zu verstehen, ich bin ihnen ebenbürtig, wenn auch ein Niemand, und sie fügen sich, es gilt, sie zahlen den Rest, ungern, die Säcke, aber sie zahlen, und ich bin euch ebenbürtig, Iwaszkiewicz, Járosy, jeder hat seinen Teil bezahlt, jeder seine zweiundfünfzig Złoty, Sala schaut mich bewundernd an, ich habe mich nicht unterkriegen lassen.

Und jetzt Schluss, aus, vorbei, null, schwarzes Loch, Verzweiflung und Scheiße.

Ich werde zu dieser Łubieńska gehen, wer immer das ist, werde das verfluchte Paket hintragen, was immer drin sein mag, aber ich lasse mich in keine idiotischen, höllischen Konspirationen hineinziehen. Deshalb schickt mein lieber Schwiegervater mich dorthin, damit ich hübsch mein Polentum beweise, sie sind furchtbar stolz auf einen wie mich – Vater

Preuße, na bitte, die Mutter eine eher frisch gekürte Polin, spricht schönes Polnisch, ihre Großeltern noch kein Wort, und ich nun hier in Warschau, entschieden, Pole zu sein. Ach, wie wunderbar! Was für eine Geschichte! Was für eine große Sache ist das Vaterland und solches Blabla.

So wie Járosy, den sie für einen Ungarn halten, dabei ist er in Prag geboren, redet Deutsch und sieht sich als Österreicher. Im Cyrulik ist er mit seinem «Prouschi Panstwa» herausgeplatzt, «Bitte die Herrschaften!», das reichte, damit Grydz ihn zum Polonus humoris causa erklärte. Und jetzt versteckt er sich irgendwo. Oder sie haben ihn abgeholt. Weiß der Teufel.

Hela war am zweiten September in einer Aufführung des «Figaro» und erzählte mir danach, als ich von unserem lächerlichen kleinen Krieg, in dem wir uns hauptsächlich im Wald versteckt hielten, heimgekehrt war, wie Járosy im Theater aufgefordert habe, die Hymne zu singen, und der ganze Saal weinte, Járosy auch. Und jetzt versteckt er sich und seine polnische Seele. Oder wurde abgeholt.

Scheiße.

Ich stehe in der Schlafzimmertür. Es ist dunkel, doch ich erkenne ihre Umrisse: Hela und Jureczek unter den Federdecken, die Körper, die mir am nächsten waren, gesund, rein, geliebt.

«Ich werde zu dieser Łubieńska gehen», sage ich. Als würde ich dem Vaterland die Treue schwören. Wie ich es schon einmal getan hatte. Worte, in die Dunkelheit gesprochen.

«Ich weiß, Kostuś, ich weiß, dass du gehen wirst. Ich liebe dich, Kostuś.»

Sie antwortet mir sofort, bestimmt hat sie gar nicht geschlafen.

«Sie warten dort auf dich, du kannst kommen, wann es dir passt. Klopf erst dreimal, dann viermal. Wenn sie öffnen, sag die Losung: Ist Herr Kazimierz zu Hause? Wenn sie antworten, dass er weggegangen ist, heißt das, du musst fliehen. Er ist da, gehst du rein. Kannst du es dir merken?»

Ich murre zur Bestätigung.

Ich werfe den Schlafrock ab, lege mich wieder ins Bett, grabe mich in die Federn, berühre ihren Rücken, die Hüften. Helas Leib ist völlig anders als der Salomés. Ein sportlicher Körper, muskulös, wo es möglich ist, mit harten und kräftigen Brüsten, selbst ihre Weichheit war anders als jene, ein rassiger Körper, während Sala die Schönheit einer hübschen Promenadenmischung hat.

Helena, wie sie auf dem Höhepunkt ihrer Schönheit war, vor zwei Jahren in Paris: Wir waren zu einer Ausstellung gefahren, Józek hatte uns eingeladen, gingen danach zum Empfang, sogar Speer habe ich dort gesehen, nur von weitem, natürlich hat uns niemand vorgestellt. Da stehen wir mit Józek, ein wenig verloren, was ich mir damals natürlich nicht eingestehen wollte, und ich sehe, wie Hela die ganze Zeit von einem Typen mit glatt zurückgekämmtem Haar angestarrt wird, hartnäckig fährt sein Blick über meine junge Frau. Ich hätte Lust gehabt, ihm eine reinzuhauen, fürchtete aber den Skandal, fragte deshalb, wer das sei, und bevor Józek antworten konnte, sah ich den Kerl auf uns zukommen. Er stellte sich in österreichischem Deutsch vor, Thorak, er ist von ihrer Schönheit entzückt und bitte seine Kühnheit zu entschuldigen, aber würde die Dame ihm Modell stehen?

Helena hatte keine Ahnung, wer das war, aber ich wusste es und Józek auch. Danach lange Dispute im Hotel, Józio war natürlich dagegen, Helena schwankte, und ich redete ihr zu. Am Ende riefen wir an, gut, einverstanden, aber wir seien nur noch drei Tage in Paris.

Am nächsten Morgen stand Hela nackt mitten in einem großen Hotelzimmer, alle Vorhänge geöffnet, um mehr Licht hereinzulassen, sogar die Lampen waren angeschaltet. Ich saß im Sessel dabei, auch wenn Thorak das ganz offensichtlich nicht gefiel, er wäre lieber mit seinem Modell allein gewesen. Ich hätte sie von mir aus auch gern allein gelassen, doch Hela wollte das nicht, also saß ich da, die Beine übereinandergeschlagen, rauchte eine Zigarette und sah zu, wie der deutsche Bildhauer meine Frau skizzierte. Ich sah die muskulösen Schenkel und Waden, den gemeißelten Rücken, die weichen Schultern mit gleichwohl sich sichtbar abzeichnenden Muskeln, harte, hohe Brüste, in glatter Linie zu den Rippen abfallend, bruchlos, kräftige Hüften und Nacken, der Körper einer Sportlerin, ein Körper, der auf Skiern, beim Bogenschießen, vom Reiten gemeißelt worden war. Das Tageslicht umspülte die weiße, nackte Hela, sie war stolz, dass wir sie so ansahen – ich und der Bildhauer. Stolz nicht auf ihre Fraulichkeit, denn sie hatte nichts Frauliches, das war Marmor, sie war stolz auf den Marmor ihres Körpers. Auf seine Bronze, den rostfreien Stahl, so wie der Arbeiter oder die Kolchosebäuerin einer Skulptur von Muchina im sowjetischen Pavillon stolz auf ihre Körper waren.

Und ich sah, wie Thorak sie betrachtete: nicht wie eine Frau, sondern als die Skulptur, die er bereits in ihr sah.

Diese Skulptur ist dann doch nicht entstanden. Helenas Vater, mein entzückender Schwiegervater, hatte 1918 die Vorderzähne verloren, ein deutscher Gefreiter hat sie ihm mit dem Kolben ausgeschlagen, und seit jener Zeit hasste er die Deutschen mit feuriger Inbrunst und verbot es. Hela fuhr nicht nach Berlin, sie schrieb Thorak einen idiotischen Brief, in dem sie ihm aus patriotischen Gründen absagte. Ohne auf mich zu hören, auf meine Erklärungen, dass die Beziehungen gerade sehr innig wären, seit Hitler Kanzler geworden sei, dass die Deutschen seit Jahrhunderten keine so polenfreundliche Regierung gehabt hätten, dass Hitler sowieso Österreicher sei, ohne die preußischen Vorurteile gegen Polen, nur die Tschechen und Juden möge er nicht, anders als die preußischen Junker. Aber Hela sagte ab. Sie erklärte mir feierlich, sie lasse sich nur von einem Polen in Stein hauen oder auf Leinwand festhalten. Bald meldeten sich ein paar Künstlerkollegen, denen Józek Szanacja das erzählt hatte, aber damit war nun ich wieder nicht einverstanden, aus purem Trotz. Thorak hatte sie nicht gewollt, da sollte sie auch keiner von den hiesigen Lehmknetern verewigen.

Doch dass ich mir eine Geliebte nehmen müsste, hatte ich schon vorher entschieden, in dem Hotelzimmer in Paris, als Thorak Hela skizzierte. Ich betrachtete ihren schönen, sportlichen Körper und begehrte alle schönen Frauen der Welt, nur meine Frau nicht, ich begehrte fette Gesäße, rundliche Schultern, die nie etwas gehoben hatten, weiche Schenkel, die nie gelaufen waren, und schwere Zitzen, die niemals Kinder stillen würden, ich wollte weiche, zügellose, verderbte Frauen, die sportliche Reinheit meiner Ehefrau stieß mich ab.

Doch das war damals, früher, in einer vergangenen Welt.

Jetzt berühre ich Helas Hüften. Schmiege mich an ihren warmen Leib, meine Hände wandern nach vorn zu ihrer Brust. Ich will reine Liebe, keine verdorbene wie mit Salomé, und ich will in diesem Moment sogar, dass aus dem Akt ein neuer kleiner Pole oder eine kleine Polin entsteht. Ich fasse unter ihr Nachthemd, schiebe es hoch, berühre die nackte Haut ihrer Pobacken.

«Kostuś, Jureczek schläft doch hier», sagt sie und drückt meine Hand weg.

«Hela …», flüstere ich.

Sie spürt meine Erregung, muss sie spüren.

«Kostuś, kommt nicht in Frage. Geh aufs Sofa und schlaf», sagte sie mit der harten Stimme des Posener Nationaldemokraten, der Stimme ihres Vaters, genauso redet der alte Peszkowski: die Dominanz der Juden in den Rechtsberufen ist die große Tragödie unseres Vaterlandes. Kostek, geh aufs Sofa, schlafen.

«Ich habe doch gesagt, dass ich der Łubieńska dieses Paket bringen werde», jammere ich. «Und für Jureczek habe ich Schokolade …»

«Kostuś, sei kein Jammerlappen», kommt es aus den Lippen meiner Frau mit der Stimme meines Schwiegervaters.

Sie braucht nicht viel körperliche Liebe. Körperliche Liebe ist für Hela ein Bestandteil der hygienischen Lebensführung, einmal in der Woche muss man sich dem Mann hingeben. Unbedachte Schwangerschaften gilt es zu vermeiden, deshalb nutzt sie die Broschüren der Polnischen Eugenik-Gesellschaft, sie liest sie, meine ich, was sie benutzt, weiß ich nicht, will damit nichts zu tun haben. Nach dem Verkehr, wie sie es nennt, begibt sie sich immer ins Bad und beschäftigt sich dort längere Zeit, das Wasser rauscht aus dem Hahn. Die Entscheidung, wann und wie viele Nachkommen wir haben würden, obliegt Helena. Und dem Schwiegervater, selbstverständlich. Der Schwiegervater tönte beim Mittagessen, das eugenische Denken sei unabdingbares Element der Lebenshygiene, so wie regelmäßiger Stuhlgang, entsprechende Diät und gute Manieren. Natürlich, Papa, sagte Hela. Und wie sieht es mit eurem Eheleben aus, fragte der Schwiegervater bei der Suppe, denn er akzeptierte es nicht, dass «diese Dinge» stigmatisiert und aus der normalen Unterhaltung verbannt wurden. Da warf ich den Löffel hin und sagte, ich verbitte mir das und so weiter, und alle drei Peszkowskis am Tisch sahen mich mit ihren eugenischen, stählernen Augen verächtlich an.

«Ich liebe dich», winsele ich. Ich könnte sie vergewaltigen, denke ich, dann würde sie mich fürchten lernen und vielleicht wirklich zu lieben beginnen.

«Ich liebe dich auch, Kostuś. Gute Nacht, Kostuś. Geh aufs Sofa», sagt mein Schwiegervater.

Ich lege mich aufs Sofa. Denke daran, zu Salomé zurückzugehen, um meine quälende Erregung zu befriedigen, aber ich habe Angst vor den Deutschen und befriedige mich selbst, im Bad.

Und jetzt kann ich nicht einschlafen. Kann nicht einschlafen. Nicht einschlafen.

Er kann nicht einschlafen. Liegt auf dem Sofa, besudelt, unter der Decke, einsam, klein, dumm, zertreten. Da liegt er, mein Lieber. Steht auf, sucht nach Zigaretten, legt sich wieder hin, steckt sich eine an, liegt unter der Decke, denkt nach. Ich schaue ihn an, stehe hinter ihm.

Und ich schlafe bis zum Morgen nicht. Statt des Schlafes – Fragen. Wer bin ich? Wozu bin ich? Oder eher, vor allem: Warum bin ich ein Mistkerl, ein Schwein, eine moralische Null, ein gemeiner Hund? Ich könnte sein, wer ich will, habe alles, bin zur Größe dressiert, könnte groß sein in halb Europa, in Berlin und Warschau, ich bekam so viele Chancen wie nur wenige, stattdessen trinke ich nur, ich trink im Cristal oder in der Gastronomia, ich trinke, berausche mich und zeichne Weibsbilder, und jede nackte Frau, die ich zeichne, ist meine Besiegerin, sie unterwirft mich, jede Nackte, die ich zeichne, nimmt mich in Besitz. Deshalb zeichne ich fast gar nicht mehr. Ich bin kein Künstler, hab nur ein bisschen so getan. Ich bin ein Niemand, je mehr ich bekommen habe, desto größer wurde meine Gemeinheit, meine Niedertracht, mein Elend und mein Scheitern. Ich, Nicht-Ich, Niemand-Ich.

Nur gut, dass ich schon in meiner Wohnung bin, zu Aniela gehe ich nicht mehr zurück. Für die Katz, dieses Versteckspiel. Und wozu?

Hela ist aufgestanden, früh, sie macht Frühstück, Frühstück für mich, auch Jureczek ist aufgestanden, und ich, besudelt, verdreckt, widerlich, ekelhaft, liege im Halbschlaf auf dem Sofa, im Nicht-Schlaf, liege da und ekle mich, Jureczek kommt zu mir, lieber Papa, liebster Papa, drückt mich, meine Arme, unwürdig den Erstgeborenen zu umarmen, umfassen ihn dennoch, mein Söhnchen, worauf ich mich losreiße und schon weiß, was ich tun muss. Ich simuliere plötzlich männlichen Aufbruch, männliche Eile, zupackende Tatkraft, Entscheidungsstärke, rasch, Hela, das Frühstück, dieses Paket darf nicht warten, schnell stopfe ich mir rein, was da ist, viel ist es nicht, Brot, das ich selbst gebracht habe, ich esse, trinke Kaffee, den gibt es noch, bei Aniela nicht, bei uns schon, weil ich einen Vorrat gekauft habe, einen großen Vorrat, denn ich bin klug, andere sind Dummköpfe, ich wusste Bescheid, ich sah voraus und kaufte, sie dagegen glaubten, sie würden bis Berlin kommen und ihre Pferde in der Spree tränken, warum sollte da in Warschau der Kaffee ausgehen, die Kohle?

Jetzt also trinke ich diesen Kaffee, echten Kaffee, kleide mich an, ordentlich und warm, ich werde zur Łubieńska gehen, das Paket hintragen, dort werden bestimmt die Verschwörer am Tisch sitzen, bei Kerzenlicht, möglicherweise hat sie nicht einmal Strom, am Erlöserplatz haben sie ihn vielleicht noch nicht wieder angeschlossen. Ich gehe dorthin, am Tisch Verschwörer, militärische Gestalten, aber in ziviler, unangepasster Kleidung, als wäre das schick, diese allzu engen Jacken und zu weiten Hosen, auf dem Tisch also Kerzen, und sie beim Kerzenlicht wie die Jakobiner von Wilna, wie die Fähnriche, wie der Kiewer Dreierbund, wie der Offizierskreis von Sierakowski in Petersburg, wie die Kämpfer des Kommandanten, die Revolver in den Taschen, hecken aus und verschwören, und ich bringe ihnen dieses Paket. Deshalb werde ich gehen und trinke jetzt Kaffee. Hela sieht mich an, gut, wohlwollend, herzlich, sieht in mir Nicht-Mich, deshalb sieht sie mich gut an. Ich habe mich schon entschlossen, ich werde handeln wie

Nicht-Ich und das Paket zur Łubieńska bringen. Und jetzt trinke ich Kaffee und lache Jureczek an, der herzhaft in sein Butterbrot beißt.

Dann gehe ich. Auf der Treppe nach unten, in die Puławska und weiter in die vergewaltigte Marszałkowska, die aufgerissenen Bürgersteige. Mein Auto ist nicht da. Der Kakaosalon von Wedel geschlossen. Ich hasse die, die meiner Stadt das angetan haben. Ich habe den Schlagring mitgenommen, heute bin ich nicht mehr Soldat, heute gehöre ich dieser Stadt, meiner Wahlheimat, und als Warschauer Apache trage ich einen Schlagring, damit werde ich meine Stadt verteidigen. Auch ein Taschenmesser habe ich mitgenommen, ein zierliches Ding mit Perlmuttgriff, keine richtige Waffe.

Mein Hass erlischt, erlischt langsam, denn der Durst kommt. Ich denke mehr an das Taschenmesser als an den Schlagring. Ein bisschen nur aus den lieben Fläschchen, eine kleine Dosis wenigstens. Aber Jacek wird mir nichts geben, ganz bestimmt nicht heute, nach nur einem Tag. Gestern war der elfte Oktober, heute ist der zwölfte, heute müsste ich mich registrieren, gestern hat er was gegeben, heute wird er es nicht tun, kann es nicht, schließlich ist er mein Freund, das ist sehr viel, jemandes Freund zu sein. Zu Jacek gehen hat also gar keinen Zweck. Höchstens könnte ich ihn etwas wegen Iga fragen, nach einem Detail, das bei der Suche helfen könnte, die ich noch gar nicht begonnen habe.

Weshalb suche ich Iga nicht? Jacek sucht nicht, weil er nicht kann, die Pflicht, er ist jetzt Arzt, zwei Wochen nach Kriegsende kann er wirklich nicht nach seiner Frau suchen, die Leute sterben ihm unter der Hand weg. Er darf nicht, wirklich nicht. Aber ich könnte. Müsste. Schließlich ist Jacek mein bester, aufrichtigster Freund.

Und dann das, was zwischen uns war, zwischen mir und Iga. Vor langer Zeit, vor zehn Jahren, aber es ist gewesen und war nicht wenig, ich war ihr erster Liebhaber und sie meine erste Geliebte, wenn auch nicht die erste Frau, vorher gab es ein paar Prostituierte, aber das zählt nicht, dem Akt mit ihnen fehlte die Unterwerfung, sie boten sich dar, weil ich ihnen zehn Złoty zahlte, Iga dagegen unterwarf sich mir, weil ich ich war, weil ich ein Mann war, sie bestätigte mir das in ihrer Unterwerfung. Und ich glaube, Jacek hat mir bis heute nicht verziehen, dass er sie nach mir besaß, dass seine Iga meine Spur in sich trug, meine Besudelung. Obwohl ich ihm ja nicht gesagt hatte, er solle sie nehmen, ich habe sie ihm nicht angedient, sie war nicht mehr meine, als er sie bekam, er hat sie von selbst genommen, er wollte sie selbst, der Groll ist dennoch in ihm gewachsen, als wäre das meine Schuld, dass er sich in Iga verliebt hat.

Heute werde ich gehen, heute werde ich Iga suchen, heute bestimmt, heute muss ich Iga finden. Wegen dieser Spur, die ich in ihr hinterlassen habe, schließlich hinterlässt der Mann in jeder Frau, mit der er war, eine Spur. Nichts Körperliches, etwas in ihrer Aura, ihrem zweiten, geistigen Körper, wie Stach meiner Mutter sagte. Selbst wenn sie sich später zu hassen beginnen, sich gleichgültig und fremd werden, sogar dann lässt sich diese Spur nicht wegwischen, selbst wenn beide diese Beziehung für einen Irrtum halten, die Spur bleibt, das immaterielle Band zwischen ehemaligen Geliebten. Diesem Band nach werde ich Iga suchen, dem Band alter Geliebter nach.

Aber zuerst das Paket für die Łubieńska. Erlöserplatz, Ecke 6. Sierpnia, zu den Verschwörern, zum Tisch mit den Kerzen, den Revolvern in den Taschen. Vorwärts.

Vorwärts. Mit dem Paket. In der Aktentasche.

Vorwärts. Abteilung im Zweiertrab marsch! Ich entwickle die Schlachtordnung. Lanze auf den Oberschenkel, Säbel kampfbereit. Abteilung – marsch, marsch! marsch, marsch! Und die Jungs gingen in entwickelter Gefechtsordnung zum Angriff, sie gingen.

Ich gehe. Mit der Aktentasche. Was ist in dem Paket? Zu leicht für eine Waffe. Also was?

Geht mich nichts an, soll mich nicht interessieren. Nicht fragen, neugierig sein, nur ausführen.

Aber zuerst ins Lours. Doch zuerst. Ja? Ja. Ich könnte zwar leicht über den Erlöserplatz gehen und das Paket dort lassen, aber irgendwie habe ich Lust auf einen Umweg. Zuerst also ins Lours. Um zu vergessen. Vielleicht gibt es Wodka.

Also geradeaus, auf den Piłsudskiplatz, noch nicht in die Dobra, noch nicht nach rechts, zuerst ins Lours, so drängt mich der, der hinter mir geht, wir gehen also. Ein kalter Tag, Regentag, Koffer und Pakete sind auf Zweirädern unterwegs, kutschieren in Kinderwagen, wir lavieren zwischen Löchern, zwischen Ruinen, zwischen Schutthaufen, Fuhrwerke, die Fahrt nur zehn Złoty, fahren Sie? Ich fahre nicht, sondern gehe, schwanke, doch der hinter mir hält mich an den Schultern, erlaubt mir nicht hinzufallen, beschützt mich und führt mich durchs dunkle Tal.

Ich gehe weit, lang, eine halbe Stunde, die Beine wollen mich heute nicht tragen, doch am Ende bin ich da, stehe vor dem Hotel Europejski und trete ein.

Ins Lours. Nebenan, im Gebäude des ehemaligen Generalstabs, sollte ich mich heute registrieren, so befiehlt es der Stadtkommandant von Warschau, Generalleutnant von Cochenhausen, mein Name ist Willemann, und wenn ich mich heute nicht registriere, riskiere ich meine Verhaftung.

Ich riskiere sie.

Im Lours ist alles wie gehabt, was sollte sich ändern.

Alkohol wird nicht gereicht bis sechzehn Uhr, jeder Gastronomiebetrieb, der Speisen anbietet, ist unbedingt verpflichtet, seiner Kundschaft ein gutes und nahrhaftes Gericht zuzubereiten, das als Eintopf zubereitet wird. Dieses Gericht darf keine gewöhnliche Suppe sein, sondern muss unbedingt aus zusammengekochten, dichten und sättigenden Zutaten bestehen (Kartoffeln, Makkaroni, Grütze, Gemüse und Fleisch). Jeder Versuch, dieses Gericht als dünne Suppe zuzubereiten, wird sowohl persönlich an den Verantwortlichen als auch durch vollständige Schließung des Gastronomiebetriebes bestraft. Preis dieses Gerichts in einem Lokal der ersten Klasse: ein Złoty fünfzig.

So steht es an der Wand, in der Bekanntmachung und im Lours, wo es sonst nach Kardamom, Zimt, Kaffee, Schokolade und Zuckerguss duftet, und dem Rauch guter Zigaretten, im Lours, in dem die Frauen Parfüm umgab und die Männer zur besten Gesellschaft zählten, stinkt es heute wie in einer Arbeitersuppenküche nach nahrhaftem Eintopf für einen Złoty fünfzig die Portion.

Und die erstklassigen Männer sind degradiert, zerrissen die Uniformen, Fracks und Jacketts und Streifenhosen, abgerissen Epauletten und Orden, keine phantasievoll drapierten Tücher und Nelken im Knopfloch, keine Seidenkrawatten, sie selbst haben sie abgerissen im Bewusstsein ihrer Niederlage, sie selbst haben sich degradiert nach ganz unten, die erste Klasse, das sind heute die Wehrmachtoffiziere, die manchmal mit seltsamer Miene durch die Straßen gehen, scheinbar triumphierend, ohne noch zu wissen, was sie mit dem Triumph anfangen sollen, hier dagegen tafelt die fünfte oder fünfzigste Kategorie, ohne Krawatten, ohne Krägen, Mode à la Witos, Kavalleriestiefel, besiegte, erniedrigte Mienen, gebeugte Nacken.

Ich dagegen trage eine Krawatte. Habe ein Seidentüchlein in der Brusttasche der Jacke aus erstklassigem englischem Tweed. Karierte Socken und flache, gewienerte Schuhe, glänzend. Denn mich hat niemand besiegt, ich habe mich nicht unterworfen, ich habe keinen Kapitulationsbefehl gehört.

Iga. Ich muss nach Iga fragen, muss sie für Jacek suchen –

Jacek würde für mich Hela suchen, ohne zu schlafen oder zu essen.

Plötzlich sehe ich, da ist er! Jarosław sitzt mit Offizieren an einem Tisch, Jarosław, mit dem mich zu duzen ich die Ehre habe, und dieser Jarosław sieht traurig, verschreckt aus. Was ist mit dir passiert, Jarosław, in diesen schlimmen Tagen, hast du in Stawisko gesessen? Was ist mit deinem schönen Kopf passiert, deiner hohen Stirn, deinen erlesenen Anzügen? Was hast du gemacht, schöner Jarosław, wie geht es deinen Kindern?

Jarosław bemerkt mich, lächelt breit, strahlt, hebt seinen großen Leib über den Tisch, winkt mich mit seinen schönen Händen zu sich, lädt an den Tisch. Ich setze mich dazu, grüße. Jarosław sitzt mit noch zweien, sie sehen nach Offizieren aus wie viele heute, wie Vergewaltigungsopfer. Er schaut sie an mit einem Blick wie eine Reitpeitsche, sie murmeln etwas in ihren Bart, irgendwelche Rechtfertigungen, gleich, sie müssten erst noch, stehen vom Tisch auf, und Jarosławs edler Kopf wendet sich zu mir, seine breite, hohe Stirn zielt auf mich wie der Spiegel eines Flakscheinwerfers.

«Im Krug ist Kaffee, elende Plörre», sagt Iwaszkiewicz. «Aber bedien dich. Bist du hungrig?»

«Auf Neuigkeiten», erwidere ich.

Er gießt mir Kaffee ein, unter der Jacke den Flachmann vorgezogen, schwupps ein symbolischer Schuss Alkohol von brauner Couleur, zwinkert mir vielsagend zu, aber nicht fröhlich, sondern mit vordergründiger Fröhlichkeit, elegant vordergründig, ich kippe den Kaffee auf einmal hinunter und wiederhole: «Also, was gibt's Neues, Jarosław?»

Er schweigt eine Weile, lächelt gleichsam in sich hinein, die weite Brust hebt sich in diesem einen Lächeln und senkt sich wieder.

«Am siebten verließen wir Stawisko, sind danach ein bisschen herumgeirrt, haben die Kinder geholt ... Vor einer Woche kamen wir zurück», stößt er endlich hervor. «Im Herrenhaus sitzen die Deutschen, aber das obere Stockwerk ist für uns.»

«Und wozu bist du dann nach Warschau gekommen?», frage ich.

«Die Stadtbahn fährt schon, bis Szczęśliwice. Weiter mit dem Fuhrwerk. Ich erkenne diese Stadt nicht wieder», antwortet er, nicht auf meine Frage.

«Niemand erkennt sie …», sage ich, aber er hört nicht zu, unterbricht mich, redet zwanglos weiter, als hätte er mich nicht gehört.

«Bin heute zu Simon und Stecki gegangen, dachte, ich treff dich. Aber dort sind nur Deutsche, und Ludwik Simon sitzt am Tisch und isst zu Mittag, als wäre nichts passiert, denkt bestimmt über Wyspiański nach. Ringsum Deutsche, und er isst zu Mittag, als wäre er nicht der, der er ist.»

Ich lasse ihn reden, ich mag seine Stimme, mochte sie immer. Besser gesagt, er lässt sich nicht unterbrechen.

«Das letzte Mal war ich am fünften September dort. Da war es leer. Zuvor am einunddreißigsten August, da war es normal. Du warst schon weg, mobilisiert. Und heute – die Deutschen hier, und Ludwik Simon sitzt über seinem traurigen Eintopf und denkt über Wyspiański nach.»

Er verstummt, wird nachdenklich, sieht mich mit seinen großen, traurigen Fischaugen an.

«Und du, wie hast du den Krieg erlebt?», fragt er, ohne den Blick von mir zu lassen, als wäre es ihm einen Augenblick lang peinlich, von sich zu erzählen.

«Normal, mit dem Regiment …» Ich winke ab.

«Im Neunten Ulanen?»

«Ja.»

«An der Bzura?», fragt er, den Blick auf mein Gesicht geheftet.

«Bei Pażęczewo, später in der Puszcza Kampinoska, wo wir

den Fritzen ein paar Panzer abgefackelt haben, dann nach Warschau und bis zum Ende hier, Dąbrowskifestung, bis zur Kapitulation. In Gefangenschaft bin ich nicht gegangen.»

«Wir fuhren über das Schlachtfeld an der Bzura», sagt Jarosław, ohne mich anzusehen. «Stapelweise Sattel, meterhoch, Schober von Gewehren, die Bajonette knirschten unter den Hufen, unter den Rädern.»

Eine Weile schweigen wir beide, als hätte sich zwischen uns diese ja doch gemeinsame Niederlage materialisiert, wäre greifbar geworden und aufgeblüht auf unserem Tisch und hätte uns in ihren Bann geschlagen.

«Iga ist verschwunden, Jacek Rostańskis Frau, Iga Rostańska», sage ich nach einem Augenblick.

«Jacek Rostański … das ist dieser sympathische, gutaussehende Arzt vom Ujazdowski, den du manchmal in die Ziemiańska mitgebracht hast?»

«Genau der. Iga ist gleich nach der Kapitulation verschwunden.»

Und wenn es Hela gewesen wäre? Was dann? Ich schlug mich mit den Deutschen an der Dąbrowskifestung, Jacek flickte die löchrigen Jungs im Ujazdowski-Krankenhaus zusammen, und einen Kilometer weiter versteckte Hela sich im Keller unseres Hauses. Jureczek war bei den Schwiegereltern auf dem Land, Hela war geblieben, sie grub Panzergräben gleich Rissen im getrockneten Schlamm. Wenn sie verschwunden wäre auf dem Weg zu irgendwelchen freiwilligen Arbeiten, was würde ich dann tun? Jacek tat seit zwei Wochen nichts anderes, als sich um Verwundete zu kümmern, und ich, was würde ich tun?

«Du bist mit deinen Gedanken woanders, Kostuś», sagt Jarosław.

«Ja. Entschuldige. Ich sollte sie suchen, aber ich weiß nicht, wie.»

Und wir schweigen erneut.

«Ich habe mir Sorgen gemacht, ich wusste nicht, ob du den Krieg überlebt hast. Wir haben uns fast zwei Monate nicht gesehen», sagt Jarosław.

So ein Freundschaftsgeständnis, und ich zucke nur mit den Schultern, aber nicht geringschätzig, sondern dankbar, eher als Zeichen, dass die Sorgen überflüssig waren.

«Und was diese Rostańska angeht. Wenn sie sich zwei Wochen lang nicht gemeldet hat, bin ich nicht sehr zuversichtlich. Aber man darf natürlich die Hoffnung nicht aufgeben.»

«Aber du fragst herum, Jarosław, ja? Sagst, dass wir nach ihr suchen? Iga Rostańska. Ihr Mann wartet.»

Er sieht mich an mit seinen Fischaugen, versteht oder versteht nicht, und ich weiß schon: Ich muss raus, bevor er antwortet, seine Antwort könnte alles vernichten, deshalb rufe ich danke, vielen Dank, sehr verpflichtet!, verabschiede mich eilig und laufe aus dem Lours, ich habe Iga nicht vernachlässigt, habe an Iga gedacht, die doppelt mit mir verbundene Iga, Frau meines Freundes und meine frühere Geliebte. Wie sollte ich sie sonst suchen? Die Steine in den Ruinen umdrehen?

Jetzt zur Łubieńska mit dem Paket, die Pflicht erfüllen.

Und im Herzen, was trage ich in meinem Herzen? Spielt die Trompete zum Marsch und Angriff, die Trompete der Pflicht?

In meinem Herzen spielt keine Trompete. In meinem Herzen ist nur ein Sehnen, ein Begehren. Im Herzen, vor allem aber im Bauch, der sich jetzt mit Übelkeitswellen bemerkbar macht. Und im Kreuz, das reißt. In den wie mit der Tischlerzwinge zusammengepressten Schläfen.

Warum also soll ich mich betrügen? Warum sollte ich mit diesem verfluchten Paket in die Wohnung von Frau Łubieńska in der 6.-August-Straße gehen, wenn ich zuerst nach Powiśle gehen kann, in die Dobra, in die gute Straße, das ist viel näher, dort steht ein hässliches altes Mietshaus, dort wohnt Sala, die mich heute mehr lieben wird, weil ich ihr gestern eins gegeben habe, deshalb werde ich heute ein richtiger Mann für sie sein, anders als für Hela, die ich nie geschlagen habe, sie wäre sonst sofort ausgezogen, und der alte Peszkowski hätte mich noch am selben Tag erschossen. Obwohl, er hat seine Waffe bei den Deutschen abgeliefert, jetzt würde er mich wohl mit dem Krückstock totschlagen.

Ich könnte also zum Erlöserplatz gehen, doch ich kann auch zuerst in die Dobra gehen, wo Salomé auf mich wartet, sehnsuchtsvoll. Und wenn ich ihr sage: Geh! – dann wird sie gehen, ich gebe ihr Geld, und sie wird auf die schmutzigen Höfe gehen und mit Fläschchen oder Pulver zurückkommen. Geld habe ich ja bei mir, dreihundert Złoty, wie viel Glück kann man für so viel Geld kaufen! Das Paket bringe ich später.

In die Dobra!

Da geht er: so kläglich! Geht in der Hoffnung, etwas würde passieren, etwas, durch das er ein anderer würde, das sein Leben ändern könnte, überhaupt irgendetwas, ganz egal was. Dabei wird sich nichts ereignen, also gehe ich ihm nach.

Der mir nachgeht, ist nah, ganz nah.

Ich gehe, wir gehen, er geht. Nah, nah. Die Karowastraße geht es in Schneckenwindungen den Hügel hinab.

Und schon kommt die gute Straße, die räudigen Mietshäuser, die räudige Gesellschaft.

Und die Treppe, und er steigt sie empor, und schon die Tür, von der die Farbe abblättert. Er klopft.

Ich klopfe. Klopfe.

Er klingelt nicht. Ich klingle nicht.

Die Tür geht einen Spalt weit auf, die Kette spannt sich, dahinter das glotzende, gemeine Gesicht von Salomé und ihre Kupferlocken. Über den Schultern ein Hauskleid aus Seide, darunter ist sie nackt, der glänzende Stoff fließt über ihre Brust, rotes Haar im Schritt. Ich sehe sofort, dass sie betrunken ist, denn ihr Gesicht ist unscharf, schlaff und die Züge verwaschen, die Augen blitzen. Ich mag, wenn sie betrunken ist. Sogar durch die Tür rieche ich, dass sie nach Alkohol stinkt. Aber sie stinkt auch nach Mann. Sie taxiert mich, als würde sie mich nicht erkennen, sieht mich an, schnurrt schließlich, unsicher auf den Beinen und mit entgleitendem Blick: «Kostek, paschol won …»

«Lass mich rein, du Hurenstück», rufe ich und drücke gegen die Tür. Die Kette hängt an einem einzigen Nagel, sie muss mich reinlassen.

Und sie lässt mich rein.

«Kostia, hau ab», stammelt Sala, versucht, mich aufzuhalten, ich schiebe sie beiseite. In der kleinen Küche ist niemand, leere Flaschen, ich stelle die Aktentasche auf den Tisch, weiter ins Zimmer, dort zwei Männer, eine Flasche Wodka, viel Qualm von guten Zigaretten.

Sie sehen mich an. Ich sie, die Rechte in der Hosentasche, die verschwitzten Finger wandern in die Öffnungen des Schlagrings.

Beide im Unterhemd. Einer mager, über der Stuhllehne hängt die feldgraue Offiziersjacke. Der springt bei meinem Anblick auf, wirft sich mit der rechten Hand die Jacke über, hebt mit der linken das Wodkaglas und trinkt aus, sammelt seine Sachen ein – Mütze, Gurt, Halfter – eilig, aber ohne Furcht, er will einfach keine Sekunde länger hierbleiben, dabei hat er überhaupt keine Angst vor mir. Er geht ohne ein Wort. An mir vorbei, sehr nah.

Seine Augen sind wässrig wie die von Jarosław, blass, groß, warm, feucht. Klebrig beleckt mich sein Blick, und ich lese daraus, dass er mich zwischen zwei Schluck Kaffee umbringen könnte. Ich ihn ebenso, aber nur aus der Entfernung, mit dem Gewehr, dem MG, ich könnte eine Bombe aus dem Flugzeug abwerfen oder ihm im Anritt eins mit dem Säbel versetzen, ihn mit der Lanze durchbohren. Er aber könnte mich von nahem töten, so wie er mich mit diesem feuchten Blick übergießt.

Wir könnten uns ineinander verklammern, er würde mir die Zähne in die Kehle schlagen, mir Luftröhre und Schlagader und Nacken zerbeißen, würde einen großen Schluck Blut nehmen und dann seine blutigen Zähne entblößen, sie der Welt zeigen.

Die Rechte habe ich in der Tasche, die so groß ist wie ein Halfter, die stahlbeschlagene Rechte, die Panzerfaust, die im Straßenboxen, im Zuhälterkampf geübte Faust.

Er geht an mir vorbei. Wortlos. Ich schau ihm nicht nach, Schritte, er schließt die Tür, auch zu Salomé sagt er kein Wort.

Ich sehe den anderen an, er mich auch. Dick. Kleine Äuglein hinter runden, schmutzigen Brillengläsern, aufgeschwemmte Visage, borstig, über dem Drahtgestell Brauen wie beim Marschall, darunter diese Äuglein wie Bohrer.

Und nichts weiter, denn woran soll man denken, jetzt, wo ich sehe, dass er nach dem Messer tastet?

Da reißt meine Panzerfaust sich aus ihrem Versteck, mit einem Satz bin ich bei ihm, werfe ihn mit einem Hieb der metallbeschlagenen Rechten zu Boden, schlage ihn dafür, dass er meine Salomé besudelt oder sie dem Fritzen verkauft hat, ich frage nicht. Vielleicht später, wenn Salomé ihn wiederzubeleben versucht.

In die Fresse hauen kann ich, da kann der ganze Tisch in der Ziemiańska sich verstecken. Sie schätzen mich sicher auch dafür, ich parliere mit ihnen auf Augenhöhe, über Proust oder Nietzsche, und dann sahen sie eines Tages völlig verschreckt, wie ich Apachen niederstreckte, die einem armen Dichterling sein letztes Kleidungsstück rauben wollten, das einzige, was er besaß. Betrunken war ich ein Edelmann, ich konnte das nicht zulassen, hatte keine Angst vor dem Messer und warf den Apachen aufs Straßenpflaster. Es gefiel ihnen, dass ich gewissermaßen mit einem Bein in einer anderen Welt stand, obwohl das nicht stimmte.

Also habe ich keine Angst. Ich fürchte den Kampf nicht. Vielleicht ein bisschen mehr als die Schlacht, den Kampf mit Faust und Messer fürchte ich mehr als Maschinengewehre und Kanonen, aber nicht so sehr, dass ich nicht über den Dicken hergefallen wäre.

Doch sein Kopf weicht meiner Donnerfaust aus, und plötzlich hänge ich am Arm des Dicken, der mich zur niedrigen Zimmerdecke hebt, wie ich Jureczek im Spiel hochhebe, und dann fliege ich, fliege langsam auf die Bodenbretter, die stöhnen, als mein Körper hinschlägt, auch ich würde stöhnen, wenn ich Luft bekäme, die bleibt mir aber weg, der Dicke lässt es nicht zu, er springt mit den Knien auf meine Brust, meine Rechte wie ein totes Tier verheddert in den Schlaufen des Schlagrings, meine weiße, weiche Rechte wie ein Kopffüßler, kraftlos.

Der Fette hebt seine große Hand, ich rieche den Schnaps, und seine Faust kracht auf meine Wange, sind das Knochen, die da knacken? Ein zweites Mal hebt sich die Faust, fällt wieder und Schluss, Vorhang, Dunkelheit.

Wo bin ich, wo liege ich, in einer anderen Welt.

Ich öffne die Augen.

Der Dicke steht im Zimmer, Salomé an seinem Hals flüstert ihm etwas ins Ohr. Der Dicke schaut zu mir her, im selben Augenblick küsst meine Sala ihn auf die grauborstige Wange.

Der Dicke steht also da, Salomé küsst ihn, und Kostek liegt auf dem Boden und kommt zu sich. Salomé küsst den Dicken, der stößt sie weg, brutal, heftig, so wie er ihn weggestoßen hat, nur dass der Dicke sie nicht ins Gesicht schlägt, er dreht sich um, geht in die Küche und kommt sofort mit einem gewaltigen Hackmesser zurück.

Und Kostek liegt auf dem Boden wie ein toter Fisch, will

sich aufrichten, stützt sich auf die Ellbogen, die weiche Faust im Schlagring gefangen, der Dicke nähert sich, er wird morden.

«Da werd ich den feinen Herrn kaltmachen für diesen Abbruch», stammelt er mit ostpolnischem Akzent und lächelt widerlich, bleckt das lückenhafte Gebiss.

Und der auf dem Boden ist so weit ernüchtert, dass er anfängt zu lachen. Er lacht, das ist so furchtbar lustig, furchtbar, dass er sich nicht von den Deutschen hat umbringen lassen, den ganzen September vorsichtig genug war, sich keine Kugel einzufangen, kein Schrapnell und auch nicht das schreckliche Wort Feigling. Und jetzt kommt er zu einer Nutte, und irgendein dicker Lude oder Kunde oder ein gewöhnlicher Apache oder eher Straßenganove bringt ihn mit dem Küchenhackbeil um. Die Panzer haben es nicht geschafft und nicht die Stukas, weder die Herren Mauser, Messerschmitt oder Walther, erst Herr Solingen schafft es.

Deshalb lacht er, lacht atemlos, aber er lacht.

Und weint, weil er an Jureczek denkt. An Hela denkt er auch, aber ohne Bedauern: Jetzt wird sie sehen, wie viel sie verloren hat, wie wenig sie ihn zu schätzen wusste. Also doch mit Bedauern, denn er muss ehrlich zugeben, dass Hela so viel dann auch nicht verlieren wird. Den halben Ehemann, einen halben Mann. Wie viele von denen wandern über die Erde? Halbmänner, Halb- oder Pseudokünstler, Halbväter, Halbehemänner, alles halb, zum Verführen reicht es gerade, zum glaubwürdigen Versprechen, aber nicht, um die Versprechen einzuhalten. Also ein halber Mann, genug, damit sie ihn liebgewann, damit er irgendwie diese Stelle für den Mann ausfüllte, die jede Frau in sich trägt: in ihrem Körper, ihrem Herzen, im Kopf und in der Seele, aber nicht genug, als dass da nicht Platz für die Sehnsucht nach etwas geblieben wäre – wonach? Nach etwas mehr, jemandem mehr, jemand Größerem, dem Mehr.

Ein Halbkünstler also, denn was tat er schon: Zeichnungen und Graphiken, gerade gut genug, um nicht als Pfuscher zu gelten, und schlecht genug, um nie ein richtiger Maler zu werden, aber zumindest ausreichend, dass er mit echten Künstlern bekannt wurde, doch was waren das für Bekanntschaften, kann sich jemand mit denen befreunden? Keine Freundschaft.

Ein Halbvater also, denn gezeugt hatte er Jureczek zwar, aber trug er genug zu seinem Unterhalt bei? Schon, aber genug? Wäre die Mutter nicht, in was für einer Wohnung müsste Jureczek hausen, in was für einer Aufmachung herumlaufen, was könnte Hela ihm auftischen? Was hätte er von meinen Graphiken? Ich will meine Graphiken und Zeichnungen vergessen, anstelle der Welt, denn die Welt kann sie nicht vergessen, weil sie nie von ihnen erfahren hat.

Ein halber Ehemann also, denn ja, manchmal war er Helena eine Stütze, eher in der Gesundheit als in der Krankheit. Krankheiten ekeln mich, deshalb war ich selten krank, weil ich zu sehr von meiner eigenen Melancholie aufgefressen wurde. Als Hela mit Jureczek schwanger war und ich für ein halbes Jahr nach Wien fuhr, um mich zu bilden, und mich überhaupt nicht bildete, sondern beim Heurigen in lustiger Gesellschaft soff, in den Museen herumsaß und im Herbst Kastanien aß und Sturm dazu trank, direkt auf der Straße mit Gesang und Tanz, während Hela mit dickem Bauch noch in der alten Wohnung war, allein mit den Wänden und ihrem nationaldemokratischen Vater, alle seriös und ganz reizend. Patriotisch und eugenisch.

So liegt er, halb Mensch, halb Vieh, und lacht seinen Tod an, lacht Herrn Solingen an, lacht den Herrn Hackebeil an, hält Ausschau nach ihm und wartet auf Herrn Hackebeil ein Weilchen. Komm, Hackebeil!

Der dicke Ostpole gerät aus der Fassung. Er ist nicht gewohnt, dass man ihn auslacht.

Salomé wiederum klammert sich an seine Rechte, er ist ins Schwanken geraten, sie hat es geschafft und hängt an seinem dicken Unterarm, lässt ihn nicht mit dem Beil ausholen, hängt und heult, als wolle sie etwas Teures beschützen, nicht nur einen halben Menschen, der auf den Dielenbrettern liegt, lacht und weint.

Warum heult Salomé? An Salomés Heulen denkt er jetzt, zwischen Tränen und Lachen, er versteht dieses Heulen nicht, will sie ihn schützen, was hat sie von ihm, warum will sie dem Dicken nicht gestatten, ihm den Schädel zu spalten, so ein schöner Tod wäre das, ohne einen Kratzer durch den Krieg. Mit dem Tapferkeitskreuz dekoriert, will weiter gegen die Deutschen kämpfen, Herr Oberst!, will nicht in die Gefangenschaft – und jetzt liegt er auf den Brettern, und der Dicke spaltet ihm den Schädel mit dem Beil, mit dem Salomé Rindsknochen hackt, um im großen Topf Brühe zu kochen, damit es für einen mehrtägigen Morphinhänger reicht, vielleicht hat sie so eine Brühe gekocht, um eine ganze Legion von Freiern aus Künstlerkreisen damit zu verköstigen. Und jetzt zerhaut ihm dieses Hackebeil aus der schönen Stadt Solingen den Schädel, keine deutsche Kugel, keine Bombe, kein deutsches Schrapnell, sondern ein deutsches Hackmesser in den Händen einer fetten Kanaille.

Also liegt er auf dem Boden und lacht, er lacht wie ein Irrer und weint wie ein Irrer.

Der Dicke stößt die heulende Salomé von sich, die fette Hand schlägt ihr ins Gesicht, aber nicht mehr so, wie man einer Frau zärtlich einen Klaps gibt, um sie zur Ordnung zu rufen, sondern mit aller Kraft, sodass Salomés Kopf sich einmal dreht wie ein Kreisel und fällt und ihren Körper mit sich reißt, und er liegt auf dem Boden, lacht und weint und fragt sich selbst, ob dieser Hieb ihr den Hals gebrochen hat, ob Salomé nun leblos zu Boden stürzen wird. Und sie fällt, falls lebendig, dann jedenfalls ohne Bewusstsein, macht eine Pirouette und bleibt zerknickt liegen.

Der Dicke findet die Situation höchst unpassend: Er mag keine Tobenden, will sich mit Tobenden nicht einlassen, Tobende widern den fetten Sack an. Er bringt Kostek nicht um, spuckt ihm nur dicke Spucke ins Gesicht, das ist dein Urteil und die Strafe für Nicht-Dich, den Halbmenschen, Nichtmenschen, den Tobenden. Er schleudert das Hackmesser zu Boden.

Dreht sich um, packt seine Kleidung auf dem Stuhl, greift nach der halbvollen Wodkaflasche und geht, knallt die Tür, geht raus, fluchend.

Und Kostek liegt, ich liege, neben mir liegt Salomé ganz zerknickt, lebt Salomé? Ich sehe sie an mit der Liebe, die ich für sie nicht habe, oder liebe ich diese Frau?

Warum hat er mich nicht getötet? Jetzt werde ich mit dem Paket zum Erlöserplatz gehen müssen.

Er liegt und weint. Würde lieber nicht leben.

Also knie ich neben ihm nieder und lege die Arme um ihn, damit er mich spürt, ich bin ganz Liebe. Und er weint.

Ich weine. Fasse mein eigenes Gesicht an, und der, der mir nachgeht, ist bei mir, drückt mich an sich, schützt mich und wacht über mir, warum hielt er mich nicht auf, als ich hierherging, er hätte mich doch noch auf der Treppe umkehren lassen können, mir den Weg zum Erlöser zeigen, mich auf diesen Weg ziehen können, damit ich Gut und Böse unterscheiden lerne. Der oder die?

Niemand.

Ich stehe auf, komme hoch. Kurze Überlegung, Salomé oder mein Gesicht? Ich wähle den Spiegel.

Ich-Nicht-Ich. Im Spiegel. Die Wange geschwollen, blutunterlaufen, die Lider des rechten Auges dick, ich fasse die Nase an, sie ist heil, nicht gebrochen. Betaste das schwammige, geprellte Gewebe, bin ich es oder nicht, ist dieses aufschwellende Gesicht auch ich, diese langsam blutunterlaufenen Augen?

Salomé zerknickt. Schon bin ich bei ihr, bin ich das bei ihr?

Er nähert sich ihr, beugt sich über sie. Der Schlafrock geöffnet, da liegt sie nackt, die schweren Brüste stehen, die Beine auseinander, rotbraunes Haar im Schoß, unter den Achsel, Geruch von Wodka, Männern, Geschlechtsverkehr. Sie lebt. Ist bei Bewusstsein. Geschlagen, schmerzgekrümmt, aber lebendig und wach.

«Sala.»

«Kostia, ich habe dir gesagt: Paschol won, hab ich gesagt!», flüstert sie.

«Wer war das?»

«Nicht deine Sache», erwidert sie strikt.

Sie steht auf, wickelt sich in den Schlafrock, plötzlich nüchtern, plötzlich beschämt von der eigenen Nacktheit, sie schämt sich ihrer Nacktheit nie, hält zwar nichts von Freikörperkultur, denn sie weiß um ihre Wirkung, geht deshalb nicht allzu freizügig mit ihrem Körper um, aber geschämt hat sie sich nie für etwas. Sie wartet auf dem Boden, wartet, bis ich zu ihr komme, und das tue ich, wenn das eine Prüfung war, dann habe ich sie nicht bestanden.

«Was willst du von mir, Kostia?»

«Ich habe Geld. Geh und kauf Morphin in der Stadt.»

«Aber wo?», wundert sie sich.

«Du weißt schon, wo. Ich warte hier.»

Sie schweigt, betastet ihren Hals, die Rippen, kratzt sich den Schoß durch die Seide des Schlafrocks.

«Gehst du?», frage ich.

Sie sieht mich an, und etwas in ihrem Blick verändert sich, erst liegen in diesem Blick Erschöpfung, Rausch, Unlust, Schmerz, dann geht es über in Wollust, die Lippen öffnen sich – die Lippen gehören zum Blick, Blick, das sind nicht nur die Augen, sondern auch, wie sie mich ansieht, der Blick ist der Ort, an dem mein Sehen dem ihren begegnet, der Blick ist die Kreuzung des Sehens, und in meinem Sehen sind nun eben ihr Mund und ihren Lippen, die sich leicht öffnen, ich lese die Wollust von ihnen ab, die anderen Männer, der Deutsche und der Dicke, sind weg, ich aber bin hier.

«Gehst du?», frage ich.

«Ja. Aber erst kommst du mit mir, Kostia.»

Sie packt ihn am Revers, schiebt ihn vor sich her, der Schlafrock geht auf, sie ist nackt, er angezogen, sie stößt ihn aufs Bett, er fügt sich, lässt sich von ihr führen, geht rückwärts, aufs Bett, sie knöpft ihm die Hosenknöpfe auf, und ich stehe dabei, sehe, wie sie sich an ihm reibt, ihr ganzes hurenhaftes weibliches Selbst in ihn hineinreibt, ich sehe, wie sie sich mit ihm paart, sich danach über der Schüssel wäscht, schamlos abreibt.

Als alles vorbei ist, spüre ich ihren Geruch und den Geruch des Mannes, mit dem Sala vor mir kopuliert hat. Ich weiß nicht, welcher es war, der Deutsche oder die fette Kanaille, ich glaube, der Deutsche, Salomé ekelte sich vor beleibten Männern.

«Mit wem hast du geschlafen?», frage ich.

«Wie, mit wem?», wundert sie sich und zieht sich die dicken Strümpfe über.

«Mit wem, mit dem Dicken oder dem Deutschen?»

Sie lacht nur kurz.

«Wozu waren sie hier, und wer war das überhaupt, hm, Sala?», bohre ich nach.

Doch Salomé antwortet nicht, lacht und zieht sich weiter an. Dann geht sie. Und ich bleibe hier, mit meinem ganzen überflüssigen Leben.

Ich bleibe damit, wie ich nach Grudziądz gegangen bin,

obwohl ich Pferde hasse und überhaupt die Armee hasse, Bortenschnüre, polierte Knöpfe, gewienerte Stiefel, Falben, schrottreife Säbel, oxydierte Gewehre, Auftragsmorde, erlesene Flüche. Ich hätte ja nicht gehen müssen, viele sind nicht gegangen, so schwer war es nicht, sich zu drücken, sich freistellen zu lassen, man wurde dann in die Reserve versetzt und musste nur ein paar Tage im Jahr mit einem Haufen jüdischer Apachen und sonstigen Gesindels Gräben ausheben.

Grudziądz verließ ich als Fähnrich, bei den Übungen in Trembowla wurde ich nach einem Zusatzkurs für Reservisten Leutnant, denn Offizier zu sein ist wichtig, natürlich, also wurde ich Offizier, auch wenn ich es hasse, Befehle zu geben, genauso, wie Befehle zu bekommen.

Alles für ihre Augen, für das Bild, das sich in diesen Augen spiegelt. Um zu zeigen, dass ich würdig bin. Würdig in den Augen meiner Mutter, um in ihren blassen, hellen Augen das Bild meines Vaters zu überwinden, des Jungen in Kavalleriestiefeln, der bleich in den Krieg mit den Franzosen zog, als würde er sich mit Napoleon schlagen, Säbel, Rüstung, Sattel, Stahlgewitter in den Schützengräben. Auch jetzt bei Salomé mit der Tasche für die Łubieńska, auch für meine Mutter.

Er versucht, sich zu erinnern, liegt im zerwühlten Lager, Salomé ist weggegangen, ist also weder unterworfen noch Siegerin, sie ist weg, und er versucht den letzten Moment zu rekonstruieren, an dem noch alles da war. Denn was ist jetzt? Jetzt ist alles weg.

Und er sieht sich selbst im Spiegel. Sein Gesicht sieht er im Spiegel, den mageren Hals und die schmalen Schultern. In der einen, zitternden Hand ein Rasierpinsel, in der anderen das Schälchen mit Schaum.

Ein Pinsel der Firma Omega, italienisch. Dachshaar mit silbrigen Spitzen, weich, schön, hübsch zur Rosette geformt, kratzt die Haarstümpfe, weiche Rasiercreme schlägt Schaum, als Konstanty sie energisch mit dem Bausch im Schälchen verrührt. Der Pinselgriff aus edlem Ebenholz. Hat zwölf Złoty gekostet.

Dann das Dachshaar auf Kosteks borstiger Wange, kein Fenster im Bad, neben dem Waschbecken das Bidet, hinter dem Bidet auf ganzer Raumbreite die Wanne, luxuriös, meine Herren, denkt Konstanty im elektrischen Licht, und das Marderhaar tanzt auf seiner Haut und verstreicht den Schaum der Marke Truefitt & Hill. Auf Glyzerinbasis. Schön und stark ist dieser Schaum, Konstanty kann sich gar nicht fassen vor Begeisterung, dass er die Rasiercreme der Marke Omega gegen Truefitt getauscht hat. Dieser Schaum ist viel besser. Auf Glyzerinbasis, dichter und kräftiger Schaum. Lavendelduft.

Es ist früher Morgen. Ein Sommermorgen. Das Jahr 1937. August. Die Kraft, das Raubtierhafte des Dachses geht vom Haar unter Konstantys Haut. Es ist August 1937. In Spanien schlagen die Franquisten die Republikaner unweit Madrid, melden die Zeitungen. In der Sowjetunion führt Stalin Säuberungen durch, so nett bezeichnen sie das, Säuberungen. Sauber und rein. Die Kommunisten, die Kommunisten, meldet das Radio.

Radio Elektrim Gloria, ein Geschenk des Schwiegervaters. Siebenhundert Złoty. Es ist Wirtschaftskrise, aber der Schwiegervater ist nicht betroffen. Ihn betrifft nichts.

Bauernstreik, meldet das Radio. In Kasinka Mała im Kreis Limanowa neun Tote. Mikołajczyk schreibt: «In dieser Zeit sollten die Bauern Polens – außer denen in Pommern, Wilna, Wolhynien, dem östlichen Kleinpolen und Oberschlesien – nichts kaufen und auch nichts verkaufen. Nicht in die Städte fahren, nur die notwendigen Arbeiten auf ihren Höfen verrichten. Wir rufen euch auf, Bauern, unserem Appell zu folgen. Seid solidarisch. Klärt die anderen auf und bestraft die Streikbrecher gehörig. Fordert Zusammenarbeit und Hilfe von den anderen Gruppen der Gesellschaft, besonders den Arbeitern.»

Und in Moskau die Revolutionstroikas. Jeschowschtschina, melden die Zeitungen. Heute die, morgen eine andere, singt Bodo in der neuen Komödie «Einen Stock höher». Raubtierisches sickert unter Kosteks Haut, das Messer der Marke Merkur schabt die hellen Barthaare ab.

‹Sex-Appeal ist unsere weibliche Waffe. Das schwache Geschlecht. Wie schön, wieder eine andere Perlenkette. Hübsche Augen, hübsche Brauen›, summt Kostek. Sex-Appeal. Adapadibididibamba.

Und Kostek ist alles egal. Kostek ist jetzt wieder achtundzwanzig, Kostek rasiert sich vor dem Spiegel, im Schlafzimmer zu Hause spielt Hela mit dem kleinen Jureczek, Jureczek sagt «abla-bla-bla», und Kostek rasiert sich, singt mit dem Herrn Bodo, klopft sich Rasierwasser auf die Wangen, dann knöpft er das Hemd zu, bindet die Krawatte, zieht den cremefarbenen Anzug an, polnisches Leinen, die Reklame in der Zeitung dazu: ‹Die Frucht der Arbeit von Menschenhand und die Frucht der Arbeit des polnischen Herrenhofes, kauf die Früchte der Arbeit des polnischen Herrenhofes›, als hätten die Hofherrschaften persönlich dieses Leinen gewebt. Er zieht die schwarz-weiße, noch nicht ausgeleierte Golfhose an. Küsst Hela, die er aufrichtig liebt und der er ziemlich treu ist, Hela sagt, sie geht mit dem Kleinen an die Sonne, auf die Dachterrasse, ja tut das, meine Lieben, geht nur, er küsst das Söhnchen, das er hütet und beschützt, dann setzt er vor dem Spiegel den Hut auf, verwegen schief übers rechte Ohr. Sex-Appeal ist unsere weibliche Waffe.

Wie glücklich er ist, wie ruhig, in sich gefasst. Noch hat er seine Frau nicht gesehen, wie sie in Paris von Thoraks Blick bespült wurde, nach Paris fahren sie erst in ein paar Tagen. Noch ist alles gut.

Jetzt verlässt er also pfeifend die Wohnung, Fahrstuhl ins Erdgeschoss, ach wie modern, ach wie Corbusier, ein Haus auf Säulen, als schwebe es in der Luft, die Augustsonne und vergiss die Krise, Franco, Jeschow, Witos, Bauernstreiks und unterm Kinn festgezurrte Polizeimützen, Polizeisäbel, Gewehre und Pferde, wo ist das alles, wenn der helle Hutrand die Augen vor der Sonne schützt. Also geht er in den Laden an der Ecke ihres Hauses, ins Firmengeschäft, in den Kakaosalon E. Wedel auf einen Kaffee, der Hut segelt an den Haken, da dreht er sich noch um, meine Hochachtung die Dame, Jadzia erglüht, denn der Herr Konstanty ist schön, wie jeden Tag, er setzt sich an ein Tischchen und streicht die Seiten des «Kurjer» glatt, Kaffee und Pfannkuchen zum Frühstück, ein Bein über das andere, Beinchen über Beinchen, der neue, schwarz-weiße Schuh tanzt im Takt der Morgenmelodie aus dem Radio, karierte Socke, das Leben, lieber Mann, das Leben muss man leben, aus voller Brust, mit vollem Bauch, gesundem Leib, reiner Hand, raschem Blick, treffendem Witz und klarem Kopf. Bitte noch ein Käffchen, Fräulein Jadzia, kommt sofort, Herr Kostek.

Dabei hat er tausend Sorgen: Dass er Geld von der Mutter bekommt, ist ihm ein bisschen peinlich, aber die Mutter sagt, Konstanty, das ist nicht mein Geld, das ist deins. Und die Sorge, dass niemand seine Graphiken zu schätzen weiß. Und auch keiner sie kaufen will. Dass er Żorawskis Wettbewerb für die künstlerische Gestaltung der Wedelsalons nicht gewonnen hat, Żórawski hat ihm auf die Schulter geklopft und gesagt: «Beim nächsten Mal, Herr Kostuś, beim nächsten.» Dass sie ihn in der Ziemiańska auf der Empore schief ansehen. Dass Jacek nach der ganzen Affäre immer noch sauer ist. Dass am Motor des Autos irgendetwas unheilvoll pfeift. Tausend Probleme.

Nach dem Kaffee geht Kostek auf die Straße, wechselt auf die andere Seite der Madalińskiego. Vom Dach, hinter dem

Gitter, hinter dem Zwei-Meter-Buchstaben C in «CZEKOLADA» beugt sich Hela mit Jureczek im Arm herunter, sie winken dem Papa, und Papa winkt ihnen, dann öffnet Kostuś die Tür zu seinem kleinen Opel, die Mama hat ihm das Sümmchen für einen Opel Olympia geschenkt, und er hat ihn gekauft, einen gelben. Das Wetter ist schön, da wickelt er das Dach zusammen zu einer zierlichen Rolle am Sterz des Automobils, nur die Fensterrahmen bleiben stehen, und gleitet ruhig die Puławska entlang, in seinem Olympia mit selbsttragender Originalkarosserie, ein bescheidenes Wägelchen, aber immerhin, es gehört ihm, er tankt am Erlöserplatz, Standard Nobel Tankstelle, volltanken, Chef?, Ja, volltanken und weiter, die Marszałkowska, dann nach rechts in die Jerozolimskie, dann nach links in den Nowy Świat und zu Simon, zum richtigen Frühstück in richtiger Gesellschaft. Im Motor pfeift etwas unheilvoll, die Sonne heizt die Sitzpolster auf.

Und wo ist das alles hin? Was ist geblieben? Salomés verschmuddeltes Lager, klebriges Bettzeug, Gestank. Das Automobil haben sie am zweiten September requiriert, behauptet Hela, Konstanty ist am neunundzwanzigsten August requiriert worden, der Kakaosalon ist weiterhin geöffnet, nur die Stimmung ist nicht mehr die alte. Die Stadt haben ihm die Deutschen gestohlen, die Cafés und Restaurants haben sie ihm gestohlen, die Bankette, die Tanzabende und die Autoausflüge ins Umland, und alles, schon lange vor dem Krieg.

Bei dem Besuch in Paris ist etwas in ihm zerbrochen. Nachdem Hela für Thorak posiert hatte, waren sie auf ihr Zimmer zurückgekehrt und schwiegen sich an, dann schloss Konstanty sich im Bad ein und stand eine Viertelstunde vor dem Spiegel und noch eine, in der er in seinem Gesicht die Antwort auf die Frage zu lesen versuchte: Was ist eigentlich passiert?

Er verstand damals nicht, dass soeben sein Inneres zerbrochen war. Er spürte etwas, ahnte aber nicht, wie bedeutend diese Veränderung war, wie fundamental, er erwartete nicht, dass sie sein Leben auf den Kopf stellen würde.

Wenn er überhaupt irgendein Leben hatte. Früher oder später. Als sie nach Warschau zurückkamen, bemerkte niemand etwas, niemandem fiel auf, was geschehen war, nur die Mutter wusste es.

Konstantys alte, kluge und verrückte Mutter, vierzig Jahre älter als ihr einziger Sohn, ohnehin früh gealtert, eine Hexe mit grauem, aufgelöstem Haar, das in dünnen Rinnsalen auf die Schulter fiel, auf die Arme, die welke Brust, Bauch und Schenkel, eine schlesische Zauberin mit knochigen Knien, verborgen unter der Decke, böse Königin im Rollstuhl. Konstanty kam aus Paris zurück, schaute seine Mutter an und sah einen alten Indianerhäuptling: das lange, strähnige Haar, die Wolldecke über den Beinen und die Pfeife, eine kurze Pfeife, in der seine Mutter eine Mischung aus Tabak und Kräutern rauchte, ihr geliefert von einem ganzen Heer von Scharlatanen, die ihr Vermögen aussaugten.

«Warschau ist keine slawische Stadt», flüsterte sie, ich weiß nicht, ob zu mir oder einfach vor sich hin. «Hör doch nur – Wars, Sawa. Das sind keine slawischen Wörter. Ich glaube, die etymologische Wurzel ist keltisch oder illyrisch, genauer habe ich mich noch nicht damit befasst. Ich gehe dem bald nach.»

Ihr Vermögen schien unerschöpflich: Ernte der Arbeit von zwanzig Generationen derer von Strachwitz, ausgegeben von Frau Willemann, und die Früchte der Arbeit der Familie Willemann. Die Mutter hatte nach der Scheidung ihren Mädchennamen wieder angenommen und das Kapital der Gesellschaft Federbusz, Rosmarin und Teilhaber zur Verwaltung übergeben, es war sicher investiert, in Gold und Immobilien in Amerika, keine Geschäfte, kein Papiergeld, nur Wertgegenstände, Gold, Häuser auf Long Island ...

Mutter, sagte Konstanty, Mutter. Katarzyna Willemann,

primo voto Strachwitz von Gross-Zauche und Camminetz de domo Willemann, alter Häuptling, weiße Adlerin, ihr Gesicht wie gemeißelt, wie aus Sandstein, in den der Regen Runzeln hineingewaschen hat, tief und starr wie in Fels. Konstanty in seinem teuren Anzug kam sich zu ihren Füßen plötzlich klein vor, unwürdig, schließlich verdankte er diesen Anzug wie so vieles nur ihrer Gunst, ihrer Gunst den gelben Opel mit Originalkarosserie und Zelttuchdach. Mit ihrer Erlaubnis, ihrem Wahn, ihrem Einverständnis zum eugenischen Schwiegervater lebte Konstanty sein eigenes, schönes Leben, in einer Wohnung im vierten Stock des Schokoladen-Mietshauses in Mokotów von Le Corbusier und Żórawski in einer unechten Welt, einer Welt, fingiert von Geld aus dem Nichts. Das doch irgendwo herkam.

Unwürdig ließ er sich auf den Hocker zu ihren Füßen nieder, die Indianeraugen blickten auf die Wand, auf ein Kruzifix.

Das einfache Holz des Kreuzes aus Mooreiche, tief im Wassergrund versteinert, hart wie Fels, schwarz, darauf ein Kruzifixus aus Silber, der Leib menschlich, nur statt des Jesushauptes der Kopf eines Vogels, Adler oder Falke, und nicht auf die Schulter gesenkt, sondern erhoben, an die Decke gerichtet.

Ihr Blick folgte dem des Raubvogels in die Höhe, zur Decke, zurück zu Kostek. Langsam, gründlich tastete sie mit ihren Augen das Zimmer ab, das sie seit zwanzig Jahren nicht verlassen hat, das sie seit zwanzig Jahren niemals hat streichen oder reinigen lassen, als verberge sich in den grau gewordenen Wänden, den Staubballen und Spinnweben ein Geheimnis, und zwar kein geringes, das Geheimnis des menschlichen Seins …

Die durchdringenden Augen also auf das Kruzifix gerichtet, die siebenundzwanzig Knochen jeder Hand mit vertrockneter, durchscheinender Hautmembran überzogen, die gelben

Fingernägel kratzten sanft den festen Einband eines Buches, und Konstanty sah den Titel: «Histoire de l'Œil». Er kannte dieses Buch, er hat es nicht gelesen, denn sein Französisch ist ziemlich dürftig, aber er weiß, wovon es handelt, die Silberaugen des Indianerhäuptlings fest auf dem Kruzifix, die Perversionen auf den Blättern unter den rauen Fingerkuppen. «Du bist reifer geworden, Konstanty», sagte da seine Mutter. «Hast endlich Eier in der Vagina. Der Knabe in dir ist mitten durchgebrochen und verreckt. Du bist jetzt reif dafür, ein Pole zu sein.»

«Ich bin doch ein Pole, Mutter», sagte dieser andere Konstanty.

«Ein potenzieller, mein Sohn», antwortete die Mutter mit einer Stimme wie aus dem Radio, einer Stimme wie das Mantra eines buddhistischen Mönchs, tief, ohne Modulation. «Obwohl du einen keltischen Schädel hast, ist dein Protoplasma polnisch, doch dein Boden war unfruchtbar. Jetzt wird dieses verreckte Kind ihn fruchtbar machen, und das Polentum wird in dir aufkeimen, wird aufgehen und hervorschießen. Denk daran, dich jetzt mit vielen Frauen zu paaren, such dir die Wollüstigen, Geilen und Verdorbenen, Fötzchen, die viele männliche Glieder beherbergt haben, reine Frauen rühr nicht an, vor Jungfrauen hüte dich wie vor dem Feuer, Jungfrauen saugen deine Manneskraft aus. Dein Polentum verlangt Gülle, verlangt Jauche als Dünger, nicht die unfruchtbare Weiblichkeit der Jungfrauen.»

Die Wahnideen strömten ihr aus dem kaum geöffneten Mund, kein einziger Muskel ihres Gesichts bebte, sie starrte auf das Relief an der Wand: Stach aus Warta hat meine Mutter in Bronze gegossen. Ihr Unterkiefer mein Helm, unter ihrem Kinn wächst mein kleiner Kopf hervor, ich bin in diesem Kopf ein kleiner Junge mit großen, pupillenlosen Augen. Früher einmal war sie nicht völlig irrsinnig, früher, ehe sie sich in einen grauhaarigen Indianerhäuptling verwandelt hat. Aber verrückt war sie schon immer.

Der erste Blickkontakt zwischen ihr und seinem Vater, sie ist vierzig, sein Vater sechzehn, sie begegnen sich auf einem kleinbürgerlichen Empfang in Kattowitz, Oberschlesien, den Graf von Strachwitz mit seinem Sohn beehrt, der Sohn ist fast noch ein Knabe, und in seinen jungen Lenden schlummert der halbe Konstanty. Was für ein Wahn in ihren Augen, sie flüstert ihm zu, als sie sich in der Halle treffen, flüstert ihm ins jungenhafte Ohr, fährt mit den Fingern seinen Kiefer entlang, auf dem erster, dünner Bartwuchs sich zeigt, flüstert: «Komm morgen zu mir, Richard-Holzer-Straße 1, im ersten Stock, du erkennst es am Namensschild.» Ihre damals fürchterliche Lüsternheit, von der Konstanty weiß, nie hat er sie erlebt, doch er weiß, dass es sie gab, heute ist ihre Lüsternheit wie ein ausgeglühtes Stück Kohle, dessen weiße Asche nicht brennt und nie mehr entflammt, aber doch noch da ist. Er sieht seinen Vater, wie er zitternd in seiner Schüleruniform die Steinstufen zum ersten Stock des Kattowitzer Mietshauses emporsteigt, wie er vor der Tür steht und klopft, Konstanty klopft, als wäre er selbst sein sechzehnjähriger Vater mit dem sehr langen und sehr alten Namen, als wäre er selbst sein Vater und solle sich selbst zeugen.

Bolko Strachwitz klopft an die Tür, das Papierschildchen im Blechrahmen zittert, der kursiv geschriebene Name zittert: Katharina Willemann und Katarzyna Willemann, mit vierzigjährigem, hungrigen Leib geschrieben, zittert, einem Leib, von dem sie glaubt, dass er unfruchtbar sei, einem Leib, den keiner der vielen Liebhaber hat befriedigen können und in dem keiner neues Leben hat zeugen können.

Woher weiß das Kostek, woher weißt du das, Konstanty, woher weißt du von den Liebhabern deiner Mutter? Ich streichle Kostek übers Gesicht und stelle ihm diese Frage.

Hat sie mir nicht davon erzählt, als ich zehn Jahre alt war?

Als wir mit dem Zug nach Warschau fuhren, hat da nicht eine greise Matrone die Tür des Erste-Klasse-Pullman-Abteils hinter sich zugeworfen, weil sie zuerst ihren Ohren nicht trauen wollte und dann trauen musste, zu ihrem Riechfläschchen griff und sah, wie ihre Welt, das viktorianische Bühnenbild ihres Lebens in Flammen aufging: Neben ihr saß eine trockene, distinguierte Fünfzigerin im halshoch zugeknöpften Kleid und erzählte einem zehnjährigen Jungen, dessen Großmutter sie hätte sein können, erzählte ihm in einem holprigen, unschönen Polnisch von ihren Liebhabern. Am schlimmsten war dieses geradebrechte Polnisch, das sie sprach.

Davon, wie sie sechzehn war und den fünfundzwanzigjährigen Efik verführte, ihren ersten Geliebten, einen gedrungenen Kerl, der sich um die Pferde und den Wagen des Vaters kümmerte, denn ihr Vater hielt sich Pferde und Kutsche, es war im Jahre 1885, und sie lebten damals in Gleiwitz, wo es noch kein einziges Auto gab.

Die kleine Katarzyna verführte Efik, mit dem sie aufwuchs, von dem sie Polnisch lernte, Wasserpolnisch wurde zu Hause nur mit Dienstboten gesprochen, doch die Familie war fortschrittlich, und die Bediensteten wurden nicht geringgeschätzt, zweimal im Jahr durften sie sogar die Mahlzeiten zusammen mit den Herrschaften am bürgerlichen Tisch einnehmen, und die gute alte Frau Willemann de domo Piontek wandte viel Zeit für die Bildung dieser armen Wasserpolacken auf, lehrte sie Manieren und Kultur, auch Deutsch, und brachte ihrer einzigen Tochter Kasia bei, dass man den Menschen nicht verachten dürfe, verachten dürfe man nur die Sünde und Unreinheit, aber gewiss niemanden, nur weil er Wasserpolnisch spricht, wie hätte er denn gutes Deutsch lernen sollen, wenn Mamulka und Tatulek Wasserpolnisch mit ihm schwätzten? Verachten darf man sie nicht, man muss ihnen Deutsch und Kultur beibringen, muss fördern und erheben.

Kasia also stieß Efik nicht hinab. Nein, Fräulein, ich darf nicht, wirklich nicht, so geht es nicht, Fräulein, sagte Efik. Aber Kasia hielt ihn fest an der dicken Wolle der Weste, bis heute erinnert sie sich an das raue Gewebe, zog ihn an sich, und ihre Zunge fand seinen Mund. Nein, Fräulein. Und sie knöpfte ihm den Gürtel auf, gespannt darauf, was dort zu finden sei. Und sie wurde fündig: Er war weder besonders groß noch besonders klein, aber viel, viel größer als bei den griechischen Skulpturen, die sie heimlich in den Bildbänden des Vaters betrachtete – was sie leicht überraschte, zugleich ungeheuer erregte, er war ganz schlaff und weich, denn Efik hatte Angst vor dem alten Willemann, er begehrte seine Tochter nicht. Und doch musste er ja gewusst haben, wozu er mit ihr in den Stall ging. Die kleine Katarzyna untersuchte dieses gesunde männliche Glied mit der Neugier einer Naturwissenschaftlerin, und es gedieh gut unter dieser Neugier und gefiel ihr so sehr, dass sie es am Ende küsste und Efik einen Augenblick lang aufhörte, den alten Herrn Willemann zu fürchten, er nahm das Mädchen bei der Hand, legte es auf einen Hafersack, schob hoch, was hochzuschieben war, riss auf, was aufzureißen war und zerriss, was nur einmal zerreißt.

Danach gab sie sich ihm viele Male hin, bis sie schließlich der Vater überraschte, der seit langem den Verdacht hatte, dass seine Tochter krank sei. Hysterikerin. Nymphomanin. So viele Male hatte er durch die angelehnte Tür gesehen, wie sie sich selbst unter der Decke oder beim Bad berührte. Und jetzt sah er die prallen Hinterbacken des Stallknechts, seine breiten Schultern und über diese Schultern das Gesicht der eigenen Tochter. Und sie sah ihn und wusste, was kommen würde, beschloss dennoch, keine Angst zu haben, und hatte auch keine. Sie schaute dem Vater direkt in die Augen, über Efiks Schulter hinweg, legte die Hände auf sein Gesäß und zog ihn an sich, und der Vater stand wie gefroren da, stand ohnmächtig, Scham, die beim Anblick der Schamlosigkeit gerann wie Natrium an der Luft.

«Und der alte Herr Willemann, mein Vater und dein Großvater, den du nie kennengelernt hast, der alte Herr Willemann reagierte erst, als Efik den Rhythmus der Kopulation abbrach, sich streckte und aufheulte, das Heulen gleich unterdrückte, die Zähne zusammenbiss und durch sie weiterheulte. Und warum heulte er auf?

Weil er gerade Befriedigung gefunden hatte, mein Sohn, und seinen Samen in meinen Schoß legte.

Da packte der alte Herr Willemann, mein Vater, ein Ortscheit und stieß mit dem Ortscheit den Knecht vom entehrten Schoß seiner Tochter. Efik jedoch, erregt vom geschlechtlichen Verkehr, verspürte Kraft in sich, und ohne Herr seiner Taten zu sein, sprang er auf, entriss dem alten Herrn besagtes Ortscheit und schlug meinen Vater damit. Er wollte nicht töten, traf ihn nur am Knie, brachte den alten Herrn Willemann zu Fall – und floh. Der alte Herr Willemann aber starb gleich darauf, sein Herz setzte aus.»

Danach wurde meine Mutter, Konstantys Mutter, in die neueröffnete Anstalt für Geisteskranke in Rybnik gesperrt, und die Familie zog nach Kattowitz, in die neue Stadt, die noch wuchs und in deren Wachsen und Entwickeln man sich verbergen, eingraben und die eigene Scham vergessen konnte.

In Rybnik traf sie ihren zweiten Liebhaber: Sie verführte einen jungen Psychiater. Sie erzählte ihm von den Slawen, Germanen und Kelten, erforschte seinen Schädel, befand ihn für sehr nordisch, erforschte und küsste seinen mageren Arztleib und fand Gefallen an diesem absurden, aufstehenden Glied, das Gott den Männern zu ihrer Scham und ihrem Verderben zwischen die Beine gesetzt hat, fand Gefallen daran, dass sie es allein mit ihrem Blick aufrichten konnte, bis es straff ragte wie ein Grüner Husar auf der Wacht, fand Gefallen daran, dass sie mit ihm den ganzen Mann in die Hand nahm, als würde sie die Zügel eines Reitpferdes ergreifen.

Damals, nach der Lektüre einiger Ausgaben der «Oberschlesischen Zeitung», die gewiss vom niederen Personal oder den Verrückten selbst ins Krankenhaus eingeschleppt wurden, beschloss sie, Polin zu werden, gewissermaßen zu Ehren des Mannes, der ihr Hymen zerrissen hatte, ein bisschen der Mutter zum Trotz, der eigenen Herkunft und dem eigenen Blut; Polin zu werden war nicht schwer, also wurde sie es.

Der Psychiater hieß Alfred Ritter von Koneczny. Durch sein Zutun, durch seine fanatische Leidenschaft beherrschte sie ihn, weil sie ihn zynisch und berechnend zu allem zwingen konnte, sobald sie ihm nur ihren Körper verweigerte und versprach, wenn er ihren Wunsch erfülle, würde sie sich für ihn ausziehen und ihn ranlassen. Das fiel ihr nicht leicht, denn sie begehrte ihn ja selbst und träumte, wünschte, ganz von ihm erfüllt zu sein, aufs Laken gepresst, die Nacht lang geküsst zu werden. Mehr noch aber wollte sie aus dem Irrenhaus herauskommen und verließ es schließlich als geheilte Achtzehnjährige, während er durch ihr Zutun den für Verdienste erlangten «Ritter» und das «von» aus dem Namen des Vaters strich und zu Alfred Konieczny wurde, für das irre Mädchen zum Polen wurde, obwohl er doch wusste, dass sein slawischer Name ein tschechischer war, sie hatte ihm das selbst gesagt. Damals nahm ihre Obsession den Anfang – nordische und alpine Schädel, slawische Namen, keltische Rituale, der Gott Taranis, Palmen und Bausitten.

Und jetzt sprach sie von diesen Geliebten: von polnischen Funktionären, deutschen Offizieren, jüdischen Kaufleuten und ihren beschnittenen Pimmeln, von Schleppern und Bergleuten, Lumpen und Grafen und davon, dass keiner, keiner es geschafft hatte, in ihrem Leib neues Leben zu zeugen und dass sie keinen haben wollte, obwohl alle sie sofort geheiratet hätten. Den Arzt verließ sie zwei Monate nach ihrer Entlassung aus der Klinik: Kümmer dich um Polen, nicht um meine Möse, befahl sie ihm.

Und Jahre später kommt sie zum Vater. Und Kostek sieht alles vor seinen eigenen Augen: Sieht ihren Namen auf dem zitternden Schild, Katharina Willemann, sieht, wie die Tür aufgeht, Kostek spürt, wie der Hals des Vaters zugeschnürt ist vom steifen Uniformkragen, und sie öffnet ihm die Tür, führt ihn durch den Flur ins Zimmer und führt ihn durch die Flure ihres Körpers, aber welchen Körper sieht er da?

Er sieht einen reifen Körper, doch ohne die Zeichen wie bei den Dienstmägden, die er heimlich beobachtete, die schon Kinder hatten, ohne die perlweißen Schwangerschaftsstreifen auf dem Bauch; anders auch Brüste, die nie gestillt haben, anders wirkten sogar die Haarbüschel unter den Achseln und im Schritt, so schön und tierisch weiblich.

Frauen sind für ihn die geheimnisvollste Gattung unter den Haustieren: nur halb gezähmt, zur Wildheit neigend, bedrohlicher als ein unkastrierter Hengst, fürchterlicher als ein tollwütiger Hund. Es braucht einen Mann, um sie zu zügeln, so wie es Mut, Erfahrung und Selbstsicherheit braucht, um ein Rennvollblut sicher zu besteigen.

Und ihr Körper ist trainiert: Sie fährt auf dem Rad, macht sich nichts aus empörten Mienen, davon gibt es ohnehin nicht viele, Kattowitz ist eine neue Stadt, eine frische Stadt, in Kattowitz ist es wie in Amerika. Anders in Gleiwitz, im stickigen, spießigen Gleiwitz wäre das ungleich viel schwerer.

Beim ersten Mal klappt es nicht richtig, denn Fräulein Willemann ist die erste Geliebte des jungen Strachwitz, und ihr erster Liebesakt endet, ehe er noch begonnen hat, noch ehe der junge Strachwitz seine Unterwäsche ablegen kann. Doch Fräulein Willemann führt den Jungen mit erfahrener Hand, sie legt ihn sich zurecht, wie man ein Pferd zurechtstellt, und besteigt ihn, wie man ein Pferd besteigt, lehrt ihn Tempo, Versammlung, lehrt ihn alles. Sie versucht nicht, ihn zum Polen zu machen, obwohl sie das könnte, aber einen Polen hatte sie schon, lieber will sie jetzt einen jungen preußischen Aristokraten, das imponiert und schmeichelt ihr. Und der junge Herr Strachwitz ist am Ende täglich bei ihr und in ihr, er ist jetzt das Haustier und Fräulein Willemann seine Herrin, und sie saugt ihm alle Energie und Manneskraft aus, sie wird zur ganzen Welt des jungen Herrn Strachwitz. Man schreibt das Jahr 1909 nach, wie es heißt, Christi Geburt, ich aber habe vor eintausendneunhundert Jahren zugesehen, habe gesehen, wie Christus geboren wurde, und er wurde geboren wie jedes Tier, in Blut, und wurde geboren als Mensch, schwerer als Tiere, deren Gehirn nicht so grotesk anschwillt im Schoß wie das des Menschen, also wurde Christus geboren aus der aufgerissenen Scham, in Schmerz und Geschrei, bläulich, blutig und schleimig, und ich sah zu, und nichts war so, wie später geschrieben, aber es war.

In Katharina Willemanns Schoß keimt indes Konstanty, so wie Joshua in Miriams Schoß keimte, und doch anders. Der alte Herr Willemann ist längst tot. Efik, das heißt Josef Szyndzielorz, ist ein Häufchen in chinesischer Erde vergrabene Knochen, ohne Schädel, denn der Schädel wanderte auf die Lanzenspitze eines chinesischen Boxers, kleiner Triumph Chinas über die Barbaren aus Europa; Efik rächten später Maxims und Mauser, großer Triumph Europas über die chinesischen Barbaren; und der Schädel des Stallknechts aus Gleiwitz liegt mitsamt dem darin steckenden Eisenspieß auf dem Dachboden eines hässlichen Holzhauses am Rande von Peking. Und das weiß Kostek nicht, seine Mutter weiß es nicht, sie weiß nur, dass Efik aus Gleiwitz geflohen ist und nie gefasst wurde.

Ich aber weiß das. Ich könnte es Konstanty ins Ohr flüstern, tu es aber nicht. Ich könnte die furchterfüllte Flucht des armen

Schluckers über Breslau und dann weiter bis nach Hamburg erzählen, könnte von den Menschen berichten, die er kennengelernt hat, von den Berufen, die er ergriff, von der Armee, der Schiffsreise und schließlich dem Krieg auf chinesischem Boden, aber ich werde davon nicht erzählen. Was kümmert Konstanty das Schicksal des ersten Liebhabers seiner Mutter, eines kräftig gewachsenen Gleiwitzer Stallburschen, was kümmert ihn die Liebesaffäre vor einem halben Jahrhundert jetzt, da er in Salomés schmuddliger Küche steht und ihm die Aktentasche gestohlen worden ist, und mit der Aktentasche das Paket, mit dem Paket seine Würde, sein Polentum, die Menschlichkeit und jegliche Ehre?

Aber warum denkt er jetzt an seinen Vater, den er so gut wie gar nicht gekannt hat? Warum sieht er ihn mit den Augen seiner Mutter und sie mit seinen Augen? Ist in diesem Blick so etwas wie Liebe, was ist Liebe, Konstanty liebte Hela, vielleicht liebt er Hela immer noch, er liebt seinen Sohn, aber zwischen den Augen der Mutter und des Vaters, zeigte sich dort irgendeine Liebe, hat Liebe sich zwischen ihnen ereignet, sich ereignen können?

Konstanty möchte das verstehen. Der Vater hatte für Katarzyna Willemann alles aufgegeben: den guten Namen, die einem Aristokraten von Uradel vorgezeichnete Karriere – statt des Berliner Garderegiments das provinzielle, wenn auch altehrwürdige Gleiwitzer Regiment der Schlesischen Ulanen –, dann der Hass der Familie, der berühmt gewordene Prozess, eine Serie von Titelseiten, Sensation bis hin nach Berlin: schlesische Kleinbürgerin, vierzig, schlesischer Aristokrat, sechzehn, später achtzehn Jahre alt, dann die Heirat, dann alles andere.

Und schließlich die letzte Erinnerung an den Vater. Kostek ist zwölf, der Vater sechzehn Jahre älter, hat eine graue Uniform und eine Narbe im Gesicht, eine schreckliche Narbe und eine noch schrecklichere, nicht sichtbare unterhalb des Uniformgürtels, und die schrecklichste hat er in der Seele. Die Mutter wird Kostek das alles erzählen. Er fragt nach dem schwarzen Adler auf der Uniform. Freikorps Oberland. Konstanty ist ein erschrockenes Kind, er begreift nicht, was mit seiner Familie geschieht, der Vater ist ein besiegter Soldat, Kavallerist, gedrückt in den Schlamm der Schützengräben und darin fast ertrunken, und er begreift nicht, was mit seiner Familie geschieht, der Vater kniet bei seinem Sohn, Kostek hat Angst vor diesem jugendlichen Gesicht ohne sichtbare Bartstoppeln, zerknittert von einer Narbe, die von der Stirn abwärts den linken Augenwinkel hinunterzieht und die glatte Linie des Wangenbeins mit Knoten glänzenden Gewebes unterbricht, eine kraftlose und hängende Wange.

«Hüte dich vor der Mutter, mein Sohn, denn sie ist wie ein wildes, ungeheures Tier. Sie ist die fleischgewordene Sünde, die in seidenen Strümpfen durch die Straßen schlendert», flüstert er.

Und der siebzigjährige Indianerhäuptling, Konstantys Mutter, mit dem Zimmer verwachsener Körper, streichelt Kostek über den hellen Kopf. Stach Szukalski aus Warta an der Wand, die Mutter im Sessel, das graue Haar wie ein Wasserfall. Wir schreiben das Jahr 1936, und Konstanty ist schön und glücklich.

«Denk daran, mein Sohn, wenn du in ihre Möschen eindringst, befriedigst du nicht nur dein Tier, dann vollziehst du die Vereinigung mit der Essenz von Polen. Denk nicht an diese Frauen, sie sind nur Fleisch: Denk dann an Polen. Ich bin Polen.»

Ich würde gern protestieren, bist du irre geworden, Mutter, das ist ein Wahnsinn, er würde gern, aber wie soll er protestieren, wenn die siebenundzwanzig Knochen der mütterlichen Hand, von Hautfell überzogen, sich zur Faust ballen und die vier Knochen des ausgestreckten Zeigefingers auf den Sekretär zeigen. Und der mütterliche Mund sagt:

«Reich mir das Scheckheft, mein Sohn.»

Er reichte es ihr: Scheckheft, Füllfeder, und die Mutter, nur die Hand bewegend, ohne zu zittern, stellte den Scheck aus. Die Postsparkasse, Zweigstelle Warschau, möge auf diesen Scheck auszahlen zu meinen Lasten, die Fasern des dünnen Papiers saugten die Tinte auf, an Konstanty Willemann, mein Vor- und Zuname auf der punktierten Linie, eintausend Złoty.

Und er ging, verbrüht von ihrem Wahn, mit einem Scheck über tausend polnische Złoty in der Jacke, klopfte behutsam auf die Tasche und freute sich über den Schatten eines papiernen Raschelns, gedämpft vom weichen Flanell. Und der Wahn seiner Mutter löste sich von ihm in großen Lappen ab und fiel auf den Bürgersteig wie tote Quallen. Wenn er danach ins Adria kam, Zur Goldenen Ente, ins Lours, zu Simon oder in die Ziemiańska, war er schon wieder Konstanty Willemann, von dem man wusste, dass er sich für Polen entschieden hat, obwohl er auch ein preußischer Aristokrat hätte sein können, der Onkel Graf Major in einer deutschen Panzerdivision, Kürassieroffizier und bekannter Sportler. Der geschändete Vater hatte seine Schmach mit Blut getilgt an der Front des ersten Krieges, er war von einer polnischen Kugel gefallen am Annaberg, angeblich hatte er den Tod aus Liebe zur Mutter gesucht. Konstanty sah ihn, ich sah ihn mehrere Monate vorher zum letzten Mal.

Statt des schwarzen schlesischen Adlers auf der Mütze trug er Totenkopf und Knochen der Husaren des Todes, so behauptete sie, und er, Konstanty Willemann, trägt ihren Namen und ist Pole. Welch ein Triumph!

Er erinnert sich an den silbernen Totenschädel auf der Mütze, erinnert sich an die Mütze auf dem Schädel, den knöchernen Vaterschädel oben auf dem väterlichen Leib, den in den weichen Körperfalten verborgenen Schädel, den hinter dem Gesicht versteckten Schädel, und dennoch leuchtete dieser Schädel dort hindurch, wo ein englisches Schrapnell ihn erwischt, ein Stück herausgebissen hatte. Poetisches Narbengewebe, rosig und haarlos, war über diese Blessur gewachsen, ausgebleicht, gehärtet, aber doch vorhanden, und der Schädel war darunter, versteckt und doch freigelegt, denn die Narbe bespannt die Blessur, versteckt sie nicht.

O die Schädel unserer Väter und die Schädel der Väter unserer Väter!, denkt Konstanty.

O Schädel des alten Herrn Willemann, o Schädel des alten Herrn Strachwitz, o Schädel der Ritter, die bei Legnica gefallen sind, o Schädel der namenlosen Kaufleute, die weiß der Teufel warum nach Schlesien gekommen waren, aus Franken und Wallonien, die aus Ehrfurcht oder zur Abschreckung gepfählten Schädel der Barbaren, all die verwesten, zu Staub zerfallenen Schädel, die im Kapillarkreislauf sie fressenden Insekten, Schädel, die mit den vertilgten Käfern in Vogeladern kreisen und mit dem toten Vogel auf Brachland fallen, als Roggen aufgehen und zu Getreide reifen, verspeist von ihren Nachkommen, durch deren Adern sie dann laufen und über deren Kloaken und Güllegruben und Abwasserkanäle sie zum Meer strömen.

Und die Schädel fließen zum Meer, wir schreiben das Jahr 1937, ein gutes Jahr, ein glückliches Jahr. Konstanty sitzt am Tisch oben in der Ziemiańska und die Ostsee, Zakopane und Krakau, im Cabriolet, auf Skiern, Picknick, Stawisko, all das. Mit der silbernen Lockheed nach Wien, einfach so, aus Laune. Die Schimmel in der Hofreitschule.

Und jetzt ist das alles erloschen, die Cafés und die Aeroplane, und ich bin allein zurückgeblieben in dem Zimmer mit Küche in der Dobra, allein, aber nicht einsam, ich und sie sind hier, viel von ihr ist in den Graphikmappen.

Schließlich stehe ich auf, wische mich ab mit dem Laken, zieh die Hose an, knöpfe die Träger zu. Noch einmal vor den Spiegel, mein Gesicht, angeschwollen.

Das erste Mal bin ich allein bei Sala, wozu hätte ich früher allein bei ihr sein sollen, wenn ich sie gar nicht brauche, das heißt, früher brauchte ich sie nicht.

Früher brauchte er sie nicht, aber jetzt braucht er sie. Also bleibt er. Und er öffnet die Mappen.

In den Mappen ist sie. Sie. Fotos. Drei Salomés auf einem Abzug, ich weiß nicht, ob von drei Negativen oder von einem einzigen, dreimal belichteten Negativ, drei Salomés, und keine hat die mindeste Ähnlichkeit mit meiner. Meine Salomé ist wie Lilith, sie trägt die ganze weibliche Dämonie in sich, ihre Sexualität ist höllengleich, jeder ihrer Orgasmen ist Sünde, und jeder ihrer Blicke, jede ihrer Berührungen ist Sünde.

Die Salomé auf den Fotos ist ein kleines Mädchen. Gesicht, Körper – das ist sie. Aber der Blick – wenn verdorben, dann höchstens verdorbene Unschuld. Meine Salomé aber hat keine Spur von Unschuld oder Erinnerung. Die fotografierte Salomé erlebt keine Orgasmen, die Salomé gibt sich dem Mann aus Liebe hin. Meine Salomé braucht den Mann für sich selbst.

Also die nächste Mappe. Bleistiftzeichnungen. Ich weiß nicht, von wem. Auf der Mappe der Name: Hermann. Mit zwei «n». Bleistiftzeichnungen. Verliebter Junge: hübsche Porträts, Silhouetten von Salomé, Alltagsleben, Salomé liest ein Buch, Salomé schreibt einen Brief, Salomé isst einen Apfel, Salomé kämmt ihr Haar. Eine Frau voller Liebe und voller Leben. So eine würde man gern zur Mutter seiner Kinder machen – nicht um des Aktes willen, sondern um wirklich zu sehen, wie sie die Kleinen in ihren Armen herzt. Wie verlogen, diese Zeichnungen. So kann Salomé nie sein, Salomé hat nichts von den Frauen, die ihre Scham bersten lassen, um einen weiteren überflüssigen Menschen zur Welt zu bringen.

Die Menschen sollten besser sterben, als geboren zu werden, Geburten sind unwürdig, es ist niedrig, im Erscheinen auf der Welt die eigene Existenz einzufordern. Der Tod ist eine hochmütige, doch stolze Tat – indem wir uns der Nichtexistenz zuwenden, wählen wir das Würdigere. Denn dem Leben wohnt etwas Beschämendes inne, Dasein, das ist wie beim Abendessen laut Darmwinde zu lassen, Sein ist jämmerlich, Sein ist lächerlich, ungut. Nichtsein – das ist das Raffinierte. Nichtsein ist elegant. Ich schäme mich dafür, dass die Verantwortung für den Missgriff, ich selbst zu sein, auf mir lastet, für die Taktlosigkeit meiner Geburt, die Peinlichkeit, dass ich immer noch lebe, statt mich selbst zu erschießen oder mich von den Deutschen erschießen zu lassen und durch den Tod ein eleganter Mensch zu werden. Salomé kennt keine Scham, aber sie kennt das Raffinierte und weiß es vom Flegelhaften zu unterscheiden. Kinder gebären ist eine Flegelei. Salomé würde keine Kinder gebären. Mit ihren Blicken, ihrem – für ihn – gütigen Gesicht, hat sie den Hermann mit zwei «n» belogen. Belogen mit ihren Locken, ihren Kleidern und ihrem gedankenverlorenen Blick bei der Lektüre, Salomé ist nicht so.

Also die nächste Mappe. Unbetitelt.

Ich öffne sie, wieder Fotos. Ich ziehe das erste heraus und stecke es sofort zurück. Doch die Neugier besiegt die Angst. Schließlich ist der Mensch nur deshalb Mensch, weil die Neugier über die Angst triumphiert.

Salomé, splitternackt. Pornographische Fotos, aber nicht nur zur Stimulation gemacht. In einem Studio. Salomé und Männer. Viele Männer. Salomé und Frauen, die ihr ähneln. Eine Serie von Aufnahmen in einem eigenen Umschlag, «Dionysien» beschriftet. Ein Zicklein, nackte Frauen, bekränzt mit Weinlaub, halten es an den Beinen, am Kopf, das nächste Foto, man meint fast das Gekreisch des gequälten Tieres zu hören, was für ein Laut, was für ein Schrei der Verzweiflung kommt aus der Kehle einer gequälten, gemordeten Ziege? Das weiß Kostek nicht, aber irgendein Schreien geht von diesem Abzug aus. Das Gebrüll des Zickleins und das Heulen der nackten Frauen. Nächstes Foto, das Zicklein bereits zerrissen, Salomé mit einer Halskette von herausgerissenem Ziegengedärm, die nackten, besudelten Frauen verzehren rohes Fleisch, reißen es mit den Zähnen von den Knochen. Dann die Geißelung: nackte Männer peitschen die Frauen aus. Doch nicht so wie in den pornographischen Geschichten aus dem Leben des englischen Adels, keine Strafe, nicht einmal gespielt, niemand und nichts hemmt diese Frauen, sie selbst recken Rücken und Hintern den Hieben entgegen, diese Backen suchen die Peitsche, als trüge der Schmerz zur Ekstase bei, die sich auf ihren Gesichtern abzeichnet. Dann die Kopulation.

Gesichter. Auf einem der Fotos sehe ich das Gesicht von Iga Rostańska. Das Blut des Zickleins.

Ich will die Mappen, in denen unterschiedliche Salomés wohnen, nicht weiter ansehen.

«Du hast meine Mappen angeguckt», sagt Salomé.

Wie ist sie zurück, seit wann, er hat weder auf die Wanduhr noch die Armbanduhr geschaut, die Mappen liegen geschlossen wieder an ihrem Platz, wann hat er sie zurückgelegt, wann hat er sie geordnet? Ich weiß es nicht. Er weiß es nicht, hat es vergessen. Er weiß nicht einmal, wie er an den Tisch gekommen ist, an den Platz des Fetten, er sitzt da und betastet sein geschwollenes Gesicht.

Wie viel Zeit ist vergangen? Ich weiß nicht. Draußen dämmert es. Iga. Iga Rostańska auf dem Foto zusammen mit Salomé.

«Kennst du Iga Rostańska?»

Denn das kann ja eine Spur sein, kann der Suche eine Richtung geben, wenn sie auf solchen Orgien bei Salomé war, auf Orgien, die zudem jemand gestellt und fotografiert hat. Soll er Jacek das sagen, würde er so etwas über die eigene Frau erfahren wollen? Und das auch noch von mir, den Iga unverwischbar in sich trägt, als ein vom ehemaligen Liebhaber gesetztes Mal, kann ich ihm sagen, dass ich Iga auf der Fotografie gesehen habe, nackt, mit den Zähnen das Fleisch der kleinen Ziege zerreißend, entfesselt, blutverschmiert, tierisch kopulierend mit Männern und Frauen? Von mir darf er das nicht erfahren. Aber ich sollte diese Spur aufnehmen, diesen Faden ergreifen, Jacek muss das nicht wissen. Deshalb frage ich ein zweites Mal: «Kennst du Iga Rostańska?»

Salomé antwortet nicht. Sie holt dafür ein braunes Fläschchen aus dem Korb. Es ist voll. Gebe Gott, voll mit flüssigem Morphin, gebe Gott, das werden an die dreißig, vielleicht vierzig Räusche sein, Taumel, Reisen ins Vergessen!

«Was ist das?», frage ich.

«Morphin», antwortet Salomé. Sie reicht mir das Fläschchen, darauf ein braunes Apothekeretikett, das ist mein flüssiges Gold, das Fläschchen enthält eine Lösung von zwei Gramm Morphinum, sparsam verwendet, versinkt man davon zwanzigmal ins warme Nichts. Doch plötzlich hellste Wachsamkeit.

«Wie viel hat das gekostet?»

«Hundert Złoty habe ich bezahlt», sagt sie und gibt mir zweihundert zurück.

Wärme und Fröhlichkeit verkümmern sofort. Hundert Złoty! Hundert Złoty, die meiner Hela gehören, meinem Jureczek, Geld, das ich für ihr Glück tauschen, mit dem ich ihr Schicksal verbessern sollte, hundert Złoty, eingetauscht für ein Fläschchen meines warmen Vergnügens, meines schönen Lebens, meiner kleinen, karamellbraunen Freude.

«Du lügst, du Schlampe!», brülle ich, und sofort durchzuckt Schmerz mein geschwollenes Gesicht. «Höchstens fünfzig hat sie kosten können, den Rest hast du gestohlen!»

Und sie lacht. Ich gehe wütend in die Küche, will den Rest des Geldes in das Portemonnaie stecken, das in der Aktentasche ist, neben dem Paket, das ich zu Frau Łubieńska bringen soll, zum Erlöserplatz.

Doch die Aktentasche ist nicht mehr in der Küche.

KAPITEL DREI

Die Tasche ist weg.

Meine Aktentasche ist weg. Ich stehe in der schmuddeligen Küche meiner Salomé, in einer Küche, die keinen Essensgeruch kennt, denn Salomé kocht kaum, in einer Küche also, die die Berührung neugieriger, auf der Suche nach Süßigkeiten die Anrichte liebkosender Kinderfinger nicht kennt, denn Salomé hat keine Kinder. Auf dem Stuhl hat meine Aktentasche gelegen.

Wird er ohnmächtig? Er wird nicht ohnmächtig. Doch etwas dringt vom Boden her durch, in dünnen Rinnsalen, durch Pantoffeln und Socken, durch die feine Haut zwischen den Zehen, sein Körper saugt es auf wie ein Kapillargefäß: Die Angst dringt in ihn ein. In den Adern, in den Beinen verbinden die Rinnsale sich und verdicken sich im Schwarz, klettern höher, durch Schenkel und Leisten, in die Bauchhöhle, dringen als dicke Tentakel durch die Därme und finden den Magen, umschlingen ihn, und jetzt spürt er, wie die furchtbare Schlinge der Angst den Magen einschnürt.

Größere Angst als vor dem Tod, als damals die Angst vor den Kugeln. Grausame Angst. Im Wald zwischen Grabina und Roztoka, aufs Septemberlaub gepresst, und hundert Meter hinter ihnen, hinter uns, tauchen zwei Panzer auf, von der falschen Seite, auf der anderen Seite sollten sie auftauchen, und bespeien uns aus Automatikkanonen und Maschinengewehren, rings um uns ploppen kleine Krater des Todes auf, Bäume splittern, und Wachtmeister Kołodziejczak verlegt im Galopp unseren Bofors, ich schmiege das Gesicht ans Laub und fürchte mich, aber lange nicht so wie jetzt. Wovor hatte ich damals denn Angst? Vor dem Schmerz? Dem Sterben? Dem Verschwinden? Wovor?

Der Oberst schreit Befehle, einen nach dem anderen, ein guter Kommandeur, die Befehle sind klar, einfach, unter so einem Kommandeur kämpft man gern, vertraut ihm, glaubt ihm. Man kann sterben unter ihm, denn es ist klar, dass der Tod dann für etwas gut ist.

Und nicht fürs Vaterland. Vaterland ist Blödsinn, jetzt, nach dem verlorenen Krieg, haben das schon alle fast wieder vergessen, nur ich nicht, Vaterland ist Blödsinn, ich habe mir das gemerkt, aber ich war bereit zu sterben, denn damals begriff ich den Tod.

Eine seltsame Zeit war das damals, in unserer traurigen und schmerzlichen Septembereskapade, auf diesem unserem gotteserbärmlichen Kampfweg, als wir durch die Wälder robbten, nicht zerschlagen waren, aber auch keinen feindlichen Verband mehr bedrohen konnten, keine Feuerkraft, wie Oberst Rudnicki sagte, da zu wenig Artillerie. Die Pferdehalter standen nicht in einer Linie, Manneskraft wurde verschleudert. All das erklärte er uns an jenen seltsamen Tagen, die die Kapitulation in Warschau umgaben, Tagen zwischen Krieg und Nichtkrieg – Nichtkrieg, der auch ein Nichtfrieden war. Aber auf mich schoss niemand mehr. Jetzt schießt auch niemand auf mich. Doch noch schlimmer, als wenn sie schießen würden, ist, dass ich die Aktentasche verloren habe.

Bevor das alles begann, war ich zum Tode bereit. Seit ich in den Sonderzug gestiegen war, mein Gestellungsbefehl ohne roten Streifen, Jahrgang 1909, Hauptregisternummer der Karte, Waffengattung: Kavallerie, Dienstgrad: Leutnant,

Zuname, Vorname, Vornamen der Eltern: Katarzyna, Baldur, wurde dem Neunten Regiment der kleinpolnischen Ulanen in Trembowla zugeteilt, Reisebefehl: siehe Rückseite, der Eingezogene hat jederzeit Anspruch auf kostenlose Zugfahrt.

Hela auf dem Bahnsteig mit Jureczek, das war wohl der glücklichste Augenblick ihres Lebens, ihr Ehemann, Pole und Offizier, so schön, die Kragenkordel schnürt ihm die Kehle zu, da stieg er ein, der Ulan, da fuhr er hin im Zug zum Krieg. Fallen kann der Ulan oder einen Orden nach Hause bringen. Sie träumte vom schwarz-blauen Bändchen des Virtuti, das gab es für ihn nicht, aber als er zurückkam, wusste sie, dass es das amarant-weiße Bändchen des Tapferkeitsordens gegeben hatte, sie wollte lieber den Virtuti. Damals notierte Hela sich im Gedächtnis jede Sekunde dieser Begegnung, die kleine Uhr an ihrem Handgelenk zählte die Sekunden, und Hela schrieb mit in Gedanken, später in ihrem kleinen Tagebüchlein. Mit schmalen, eleganten Buchstaben wird sie geschrieben haben, wie sie heute Kostek verabschiedet hat, auch von ihrer inneren Zerrissenheit, einerseits die Liebe, andererseits Polen, dass sie mich gern dabehalten hätte, aber Polen überlassen musste. Dann hat sie das Büchlein geschlossen, ihren Füllfederhalter Marke Pelikan aus grünem Bakelit zugedreht und ihre weißgrünen Augen geschlossen. Das helle Fenster hat durch die Lider geleuchtet, und sie hat sich selbst gespürt, so zufrieden von ihrem Drama, so glücklich mit sich als Polin, dass ihr reiner Schoß Polen den kleinen Jureczek schenkte und ihr reines Herz mich Polen gegeben hat. Sie war schon jetzt in diesem Augenblick bereit, eine schöne schwarze Witwe mit strengem Gesicht zu werden, falls schwarze, deutsche Vögel auf den Zug herabstoßen sollten, der mich nach Trembowla bringt, so wie sie auf Guernica hinabgestoßen sind. So glücklich in diesem Entsetzen und wahrhaft entsetzt und wahrhaft glücklich, dass ich umkommen könnte, dass sie allein bleiben könnte, deshalb stand sie auf dem Bahnsteig und weinte, jede ihrer Tränen wie ein Diamant. Wie ein Bohrkopf.

Ich verspürte da keinen Hass auf sie; sie war mir gleichgültig. Leid tat es mir nur um Jureczek, ich wusste, wie sie ihn erziehen würde, wenn ich falle. Aber genauso würde sie ihn erziehen, wenn ich nicht fiele. Um Jureczek war es ohnehin geschehen.

Und wann habe ich aufgehört, in ihrem Gesicht sie selbst zu sehen, nur mehr das Posener Gesicht meines Schwiegervaters und die polnischen Pflichten?

So war ich bereit für den Tod. Mich kümmerte nichts.

Ich stieg in Trembowla aus, lachte mit einigen Zugbekanntschaften, Ulanen, dass wir ausgerechnet am Tag des Regimentsfest eintrafen, es war ja der 31. August. Genau ein Jahr zuvor, am 31. August, war ich in Trembowla gewesen, mit Frau und Jureczek zum Regimentsfest, wie stolz sie damals war auf ihren Leutnant! Außer Hela sahen mich alle nur als Zivilisten in Uniform, niemand machte mir Vorwürfe, schließlich war ich damals nur Reservist. Und vor gut einem Monat wurde ich, Kostek, gescheiterter Künstler, Reservist, mobilisiert und marschierte in die Kaserne, bekam meine Order und war zum Tode bereit: damals, als das Regiment zwölf Stunden später den Zug bestieg und als wir am ersten September bei Nekla ankamen, unweit von Posen, nach einer Fahrt durch ganz Polen.

Ich sah mich damals nicht als Offizier oder Patriot, der fürs Vaterland zu sterben bereit war, ich empfand mich als ein Blatt, das vom Strom getragen wird. Da war eine Lust, nicht selbst denken zu müssen. Die Geschichte trug mich, ich war ein Teilchen von ihr, ein Wassermolekül in einem Strom, der plötzlich über die Felsenschwelle nach unten stürzte. Wenn ich mein Gesicht ins Gras schmiegte, schmiegte die Armia Poznań ihr Gesicht ins Gras. Wenn auf mich geschossen wurde, schoss man auf General Kutrzeba, und wenn auf Kutrzeba geschossen wurde, schoss man auf Polen. Ich war Masse, Menschenmasse.

Jetzt hatte ich eine andere Art von Angst. Warum sollte ich damals Angst haben – weil sie mir das Tapferkeitskreuz posthum nicht verleihen könnten? Um Helas Schicksal als Witwe und das meines Sohnes als Waisenkind? In Ruhm und Ehre wären sie geschritten, der Kleine würde aufwachsen in der Wärme des Vaters, der tot mehr taugt als lebendig.

Denn was bin ich ihm für ein Vater gewesen als Lebender?

Besser wäre ich damals gestorben. Glücklich die, die in der Hölle sind, sie müssen an der Welt nicht mehr leiden.

Besser, ich wäre damals gestorben.

Aber ich bin es nicht. Und jetzt das Paket für die Łubieńska verloren, was konnte darin sein, Geld bestimmt, das nun verschwunden ist.

Klar, was sie denken werden: dass ich gestohlen habe. Wer sonst sollte stehlen? Hela: Lippen zusammengebissen und Schenkel stramm und raus mit dir. Jureczek versteht nichts. Der Posener Schwiegervater und Nationaldemokrat zischt: Hängen solltest und wirst du, niederträchtiger Hund, Nichtsnutz, Verräter. Alles verloren. Gestohlen hat er's, für Schlampen und Drogen verprasst. Gelegenheitsdieb, dabei hatten sie so an ihn geglaubt und ihm erlaubt, Pole zu sein, waren stolz, dass er Pole sein will, und er stiehlt das Paket für die Łubieńska, Schweinehund der, Dreckshund.

Das fühllose Gesicht schmerzt nun weniger. Der Schmerz vergeht, alles vergeht. Sogar Salomé vergeht. Was bleibt?

Die Scham. Die Konsequenzen. Lippen zusammengebissen.

Wann hat das angefangen, fragt er sich, wann?

Wann ist er zu dem Menschen geworden, der er ist? Schlechter oder nicht schlechter? Was für einer bin ich, wer bin ich, was geschieht mit mir?

Er steht da wie ein Trottel, mit zerhauenem Gesicht in Salomés Küche, starrt auf die schmerzlich leere Stelle auf dem Stuhl, dort, wo er die Tasche hingelegt hat, und starrt weiter in hektisch sinnloser Suche: unter den Tisch, die Anrichte, in den bläulich angelaufenen Kopf schießt bei jedem Bücken das Blut und pulsiert schmerzend. Dabei weiß er doch, dass sie nicht da ist. Weg und fertig.

«Er hat sie mitgenommen, Kostia», sagt Salomé.

Also ist es passiert. Wovor ich ein ganzes Leben weggelaufen bin, wovor ich mich verstecken wollte und was ich fürchtete: Ich habe mich selbst durchgestrichen. In ihren Augen. Unwürdig bin ich! Der Kugel und dem Wort «Feigling» bin ich entkommen, entkommen auch den Worten «Renegat» und «Nicht-Pole». Das gefiel mir sogar am Polentum, dass man so leicht dahin befördert, so leicht Pole wird, sie nehmen jeden. Ihrem Polentum schmeichelt jeder Deutsche, der Pole werden wollte, denn insgeheim verachten sie sich selbst, verachten wir uns, und dennoch bin ich Pole geworden.

Und jetzt habe ich das mir anvertraute Paket verloren. Durch eine Frau? Durch mein Blut? Oder weil ich Polens nicht würdig bin?

Wann ist das passiert? Wann ist Konstanty Willemann vom netten, anständigen Jungen zum Konstanty Mistkerl, wann ist er zynisch geworden? Denn das hat mich doch hierhergeführt, in die Wohnung dieser zügellosen Hure, in der ein deutscher Offizier den Banditen traf.

Was hat mich zu dieser Fotze geführt, in der die Säfte so vieler Männer versauern, warum bin ich in diese Jauchegrube geflohen vom reinen Schoß meiner eugenischen Frau, von ihren Lenden, so rein wie ein polnischer Altar, von diesem Schoß wie eine Blumenwiese, von dieser Polenbruthöhle, die meinen Samen bereitwillig empfing, um ihn zu einem Polen aufgehen zu lassen, meinen Schwanz aber nur widerwillig aufnimmt, schickt es sich denn, einer Polin den Schwanz zwischen die

Beine zu schieben? Schwere, düstere Notwendigkeit ist mein Körper für sie. Lieber wäre ihr, wir hätten keine Körper. Aber für Polen nimmt sie das in Kauf.

Hela bei der Kopulation: auf dem Rücken, das Gesicht zur Seite gedreht, umfasst meinen Hals, keine Küsse – denn Küsse sind rein, gehören also zu einer anderen Welt –, mit den Beinen umfängt sie meine Hüften und nimmt mich auf, so passiv, willenlos und rein, sie zittert nicht einmal, Hela gestattete mir eher, etwas mit ihr zu tun, als dass sie etwas mit mir getan hätte, und nur manchmal, am Schluss, lief ein Schauder, den sie zu unterdrücken suchte, durch ihren Körper wie ein ferner Ruf jener anderen Weiblichkeit, die die Erziehung in ihr erstickt hatte.

Am Anfang reichte mir Einfaltspinsel das, aber später lernte ich die nuttigen Kunststückchen kennen, das geile Winden und Stöhnen, das dreckige Wackeln mit dem Hintern und die verdorbenen Zärtlichkeiten, die säuisch geschickten Händchen auf meinem Körper, das ganze falsche Spiel, und doch, wie wohl tut es, wenn so mit einem gespielt wird.

Und jetzt habe ich die Aktentasche verloren.

Mich selbst habe ich verloren in Helas Augen.

Sie werden ihn nicht aufnehmen, werden ihn verstoßen. Wie helfe ich ihm? Ich umarme ihn, tröste seinen malträtierten Kopf.

Der Schädel platzt mir.

Mein ganzes Leben, alles in Schutt. In Asche. Die Deutschen haben es zertrümmert. Rydz hat es zertrümmert. Hitler hat es zertrümmert. Warschau haben sie zertrümmert. Ich habe alles zertrümmert, kein Warschau mehr, keine Hela, kein Jureczek, nichts mehr da. Die Aktentasche gestohlen, ich habe das alles miteinander verbunden, in mir sind alle Fäden der Geschichte zusammengelaufen, und ich bin zerfallen, und alles ist zerfallen, als ich zerfiel.

Die dicke Kanaille hat die Tasche gestohlen und mit ihr auch Konstanty, Konstanty ist weg, Konstanty ist gestohlen worden.

Was tun? Er weiß es schon und weiß es doch wieder nicht. Die Mutter. Aber das ist kein guter Ausweg, überhaupt kein Ausweg, doch er weiß darum, und ich würde ihn gern aufhalten: Geh nicht zu ihr, Konstanty, sie wird dich nicht retten, sie wird dich hineinsaugen in ihren geräumigen Wahn, geh nicht, Konstanty, ich würde gern aus dem Schatten treten, dich umarmen, aufhalten, Konstanty, Dummerchen, geh nicht zu ihr! Sie kann dir nichts mehr geben.

Also gehe ich hinaus, und es ist, als folgte sie mir, nicht Salomé, nicht meine Mutter, sondern sie. Sie geht mir nach, schreitet langsam, unwillig hinter mir her und kann sich doch von mir nicht lösen, muss mir nachgehen, und ich weiß, ich weiß, es ist eine Frau, besser gesagt fraulich, ein weibliches Element, das der Erde, der Feuchtigkeit und des Mondes. Und ich höre nicht auf sie, so wie ich in diesem Augenblick nicht auf Salomé hören würde, selbst wenn sie nicht schwiege, wie sie es tut, und laufe hinaus, die Holztreppe, die Dobra und mache plötzlich auf der Stelle kehrt! Bei ihr, bei Salomé, ist mein Fläschchen geblieben, das Glück für hundert Złoty, wie kann ich das stehen lassen, nicht mitnehmen?

Außerdem fällt mir ein: Polizeistunde. Mir fällt ein: Die Armbanduhr an meiner Hand, neunzehn Uhr zweiunddreißig. Schon eine halbe Stunde.

Also kehre ich zurück, zerstreut und wie in Fetzen, kehre wie zerstückelt zurück, als hielte nur meine Kleidung mich zusammen, die verlorene Aktentasche, da bin ich, die Tür schon verschlossen, also donnere ich gegen die Tür, die Tasche verloren, ich hämmere, würde das dünne Holz zerbeißen, doch sie macht auf, steht vor mir, die Hure, Salomé, also gebe ich ihr schon im Flur eins ins Gesicht, so muss man mit ihr reden, habe die Peitsche nicht vergessen, da ich zur Frau gehe, ich bin Konstanty Willemann, und mein ist die Kraft, und sie, Salomé, muss diese Macht anerkennen und tut das auch, wieder bin ich der Konstanty, den sie kennt, den sie erobert und um den Finger gewickelt hat und dem sie sich in ihrer Eroberung gleichzeitig unterworfen hat. Die Tasche verloren.

Wir gehen zum Bett, das Bett ist unser, die goldkorbgefasste Spritze, die Nadel, schon strömt das Glück durch meine Adern, und sie, mit wehem, tränendem Gesicht, tut, was ihre Sache ist, glücklich in ihrer Unterwerfung. Oder stehe ich vielmehr auf der Straße?

Was ist mit dir, Konstanty?

«Was ist mit dir, Kostia?», fragt Salomé.

Also bin ich bei ihr, von ihren Lippen umfasst, liege nackt auf dem befleckten Laken ihres Nuttenbetts, das Glück im Blut liebkost mein Gehirn, und sie liebkost mich, ihre Hände auf meinen Hüften.

So ist es sicherer für ihn, gut, dass er nicht zu seiner Mutter gegangen ist, meine dürren Arme wachen über ihn, mein gläserner Blick wacht über ihn, ich selbst wache und konnte ihn doch nicht vor dieser Frau bewahren, die ihn unter Drogen setzt und liebkost, nicht vor seiner Mutter bewahren und ihn nicht vor Polen bewahren.

Und ich zerfalle zu Flaum, ertrinke in Melasse, meine schöne, gute Salomé, meine schmutzige, besudelte, befleckte Salomé, wie viele Männer haben den kleinen Tod in deinem Körper gefunden? Und ich sterbe einen nicht kleinen Tod, sterbe hundertfach in ihrem Mund, und sie lacht, denn sie weiß, ich gehöre ihr, nicht Hela, nicht Polen, nur ihr, denn sie hat mich zwischen den Zähnen und könnte mich zerquetschen, wenn sie nur wollte.

Licht umhüllt mich wie warmer Schaum, hundertjährige Mauern umwickeln mich wie ein Seidenschal, Ziegelsteine wie Liebkosungen, Lippen wie Putz an den Leib gelegt so sanft, dass ihre rosige, dünne Haut nicht mal gedrückt wird.

Und ich frage zwischen Bettzeug und Federn: Wer ist er, Salomé? Wohin ist dieser Lemberger Fettwanst mit meiner Tasche gegangen? Eine sehr wertvolle Sache hatte ich darin, ein Paket, das Polen mich am Erlöserplatz abliefern hieß, erster Stock des Hauses Nr. 6 in der 6.-Sierpnia-Straße, wo Frau Teresa Łubieńska wohnt, und das ist eine wichtige Wohnung, meine schöne, gute Hure, du musst das verstehen, meine wunderbare Salomé, ich muss diese Tasche wiederkriegen und das Paket, das in ihrer Dunkelheit ruht, verstehst du das, Salomé?

Und sie lacht, verschluckt sich und lacht.

«Wo bleibt dein Humor, Junge, hol mal Luft in die Lunge!»

«Was?», frage ich.

«Wo bleibt dein Humor, Junge, hol mal Luft in die Lunge!», singt Sala mit der Stimme von Adolf Dymsza.

Ich schlafe ein, versickere im Bettzeug, um mich herum Laken, die muffige Luft von Salomés Wohnung, die alten Mauern des Mietshauses, um mich herum Warschau, draußen irgendwo der Fettwanst und meine Aktentasche, und ich schlafe ein, stürze ab, Abstürzen tut nicht weh.

Weckt. Mich. Ihn. Der Morgen. Ich öffne.

Die Augen. Er öffnet. Daneben sie. Scheußlich. Die Uhr. Acht Uhr zwölf. Datum: Dreizehn. Acht oder zwanzig Uhr? Das Fenster: hell. Acht. Oktober.

Sie lächelt. Kostek auch.

«Du Hure.»

Sagt. Kostek. Ich sage. Sie lächelt.

«Ich bin deine Hure», schnurrt sie.

Wie klingt das, da wallt das Blut in den Adern, wie klingt dieses «ich bin deine Hure» in einer Welt voller Frauen, die nicht essen, nicht ausscheiden und so gut wie gar nicht atmen, die nur ätherische Gespenster sind und nicht mal einen Spaziergang mit einem Mann riskieren, um nicht ins Gerede zu kommen. Wie gut, dass du meine Hure bist, meine schöne, klebrige Salomé.

Sie schnurrt. Wunderbar. Schläft ein. Ich schlafe ein. Kostek schläft ein. Ich fast. Opiummäßiges Abgleiten, ich gleite hinab, in die honigsüße, übelzuckrige Karamellmelasse.

Die Tasche ist weg. Und plötzlich kommt alles wieder, brandet mich an, o Gott, gütiger Gott, der du bist, und du, Gott, den es gar nicht gibt, o Teufel, alles greift mich an wie eine Panzerdivision, und plötzlich finde ich die Kraft in mir, ich weiß alles und beherrsche alles: die Aktentasche der Dickwanst die Adresse die Pistole, Fotos Orgien Bacchanalien Iga Jacek Krankenhaus, Morphin Hela Jureczek mein Süßer und Guter, Zukunft des Volkes Schwiegervater, Nationaldemokraten Korporation Welecja, Mietshaus Puławska Madalińskiego Rostańskiego Żórawskiego, Handel Bargeld Abheben Sparkasse, Erlöserplatz Łubieńska Jarosław und die schöne Hand, Aktion Okkupation Konspiration Registrierung, Lours Ziemiańska Garküche Suppe nahrhaft Regiments Stall, und alles. Alles. Alles erfasse ich mit meinem Geist, beherrsche alles. Habe Kraft.

Kostek weiß nicht, dass er keine Kraft gefunden hat. Ich bin es, die sie ihm gab, ich habe ihn damit erfüllt. Und woher nehme ich sie, woher habe ich sie?

Ich sehe mich in der Wohnung um. Salomé schläft, nackt, entblößt neben mir Entblößtem. Die Beine ausgestreckt, der Spalt der weißen Pobacken, im schwarzen Dickicht verborgen die weichen Falten der unheilvollen Scham, Kern der Dunkelheit.

Auch ich nackt, mein Glied wie eine tote Ratte. Der Gestank menschlicher Körper legt sich in einem schlechtbeheizten Zimmer anders als in brütender Hitze und ist unangenehmer. Ich setze mich im Bett auf, wende mich von Salomé ab.

Jetzt also der Plan, ein Offizier handelt immer nach Plan.

Erst einmal anziehen.

Wie kalt es ist, keine Kohle in Warschau.

Hemd zugeknöpft, Krawatte gebunden, Schuhe geschnürt, Hosenträger festgezogen, die Weste zu ohne den unteren Knopf, das Jackett scheußlich zerknittert, was will man, ist Krieg, wer wird über eine zerknitterte Jacke weinen. Der Schlagring auf dem Boden, in die Tasche. Wie weiter? Die Aktentasche. Nach der Tasche – Iga. Iga – auf den Fotos in Salomés Mappe. Aber zuerst – die Tasche, darin das Paket.

Ich muss herauskriegen, wer die Lemberger Kanaille ist und wo ich sie finden kann.

So geht ein Offizier vor, und so bin ich auch: rational, beherrscht, ruhig.

Salomé ist die einzige potenzielle Informationsquelle über die whereabouts der Kanaille, wie die Engländer sagen. Whereabouts, schönes Wort, Kanaille, Szczepcio und Tońko in einem fetten Leib, verflucht, die Hölle soll ihn … Wie sagen die Engländer?

Nein. So geht ein Offizier nicht vor. Nicht hinreißen lassen von Emotionen. Jetzt bin ich Offizier. Der Reserve, aber immerhin. Reserveleutnant Konstanty Willemann, Neuntes Regiment der kleinpolnischen Ulanen, vierte Schwadron, Führer des dritten Zuges, ausgezeichnet mit dem Tapferkeitskreuz.

Angezogen bin ich schon. Gut. Der Plan: Wo ist die Kanaille? Von selbst sagt Salomé es nicht.

Terror. Genau.

Die Küche, ein Küchenmesser, es gibt keins, dafür das Hackebeil, auf dem Boden liegt das Hackebeil Solingen, mit dem der Dickwanst mich umbringen wollte, was Salomé nicht zuließ. Mit dem Hackebeil breitbeinig auf Salomé zu. Plötzlich wird mir übel, und ich kotze, wende mich weg, erbreche auf den Fußboden, weiß selbst nicht, was, Reste von etwas Halbverdautem, Galle, Schwindel, ich stütze mich auf das Bett, sitze breitbeinig auf dieser schönen, gemeinen Hure.

Sie wird wach, dreht sich auf den Rücken, wie eine Schlange, die sich in der feuchten Hand windet, als hätte ich überhaupt keine Macht über sie. Nackt, schön, ihre vollen Brüste ergießen sich wundervoll in die Achselhöhlen, aber ich bin jetzt Offizier und muss die Tasche wiederfinden. Der Gestank ihres Körpers dringt in den Stoff meiner Winterkleidung.

«Wo finde ich diesen Dicken?», frage ich so konkret und einfach wie möglich.

Salomé guckt mir direkt ins Gesicht und versteht nichts, ist noch nicht richtig wach, und ich begreife plötzlich, suche mit den Augen nach dem Fläschchen Glück, da ist es, schon ein Drittel leer, wie viel Morphin hat diese dunkle, widerliche Hündin vergeudet, frage ich mich, wie viel hat sie sich in die schmutzigen Adern gejagt?

Aber, aber, aber, für solche Fragen ist nicht die Zeit, jetzt bin ich Offizier, jetzt habe ich einen Plan. Zum Plan gehört herauszukriegen: Woher hat Salomé das gute Fläschchen voller Sonne, Regenbogen und Fröhlichkeit? Diesen Kontakt Salomés klären, aber nicht jetzt, später, nach der Aktentasche, dem Paket und Iga.

Ich schlage ihr ins Gesicht, kräftig, der Kopf springt hoch und dreht sich, die weichen Brüste beben, als hätte ich einen Stein in den spiegelglatten Teich geworfen. Das ist nicht gentlemanlike, nicht Offiziersart, ein Offizier schlägt nicht mal einem billigen Mädchen ins Gesicht, schon gar nicht einem Mädchen so schön und klug wie Salomé, doch jetzt ist sie keine Frau, jetzt ist sie einfach nur im Besitz von Informationen. Und ich bin der Offizier, der sie verhört, außerdem habe ich sie geschlagen, um sie aufzuwecken, das ist ja fast noch keine Gewalt, so ein Schlag zum Munterwerden. Sie ist aufgewacht. Das Hackebeil in meiner linken Hand ist mir plötzlich peinlich, wollte ich etwa meine schöne, gute Salomé zerhacken? Das ist doch undenkbar, die bloße Drohung ist so dumm … Deshalb verschwindet das Beil irgendwo im Bettzeug, ich greife ihr ins Gesicht, drücke ihre Wangen, halte sie und frage, jedes Wort mit bedrohlichen Pausen zerteilend:

«Wo – finde ich – den Dicken – sags mir!»

Ich spreche nicht, ich zische, muss furchterregender sein als der Dickwanst, vor mir muss sie sich entsetzen.

Und sie stöhnt irgendwas, unartikuliert, sie ist noch im freien Fall, steckt noch tief im honigsüßen Karamell.

Da nehme ich den Krug vom Waschbecken und spritze sie voll. Sie wird wach.

Konstanty, warum sagst du das alles laut?

Wer fragt, fragt das Salomé, Salomé fragt es nicht, sie schweigt, spreche ich laut, die ganze Zeit?

Ich frage. Konstanty hört mich. Du sprichst beim Denken, Kostek, die ganze Zeit, laut.

«Spreche ich die ganze Zeit?»

«Kostia, ja ne ponimaju nitschego, was ist mit dir, Kostia, was?»

Dieses Stöhnen ist artikuliert, konkret, ich verstehe dieses Stöhnen.

«Wo finde ich den Dicken, wie heißt er, sprich, Frau!»

Sie wendet sich ab, das Gesicht ins Kissen, stöhnt.

«Gib mir was zu trinken», flüstert sie durch die Federn, durch den Bettbezug.

Ich werd's dir geben, du dreckige Nutte! Wut, ich stürze mich auf sie, presse ihr Gesicht nach unten, packe die Locken im Nacken, drücke die Schultern mit den Knien nieder und presse das Gesicht tiefer ins Kissen, in die Matratze. Sie kriegt keine Luft.

So geht ein Offizier nicht vor. Ich habe mich von Emotionen hinreißen lassen, das geht nicht, aber da ich nun einmal dabei bin, Rückzug gilt nicht, verboten, also brülle ich, wo ist der Fettwanst, brüllt Konstanty Willemann, Reserveleutnant, Neuntes Regiment der kleinpolnischen Ulanen, vierte Schwadron, dritter Zug, drei Linienabschnitte, Abschnitt der tragbaren MGs, Botengänger, Pferdehalter einer je Abschnitt, nur einer, alle Mann an die Linie, der Zug abgesessen Bajonett Tiralliere geflüstert Tiralliere niedrig Nacht in den Wald siebenundzwanzig Ulanen, Hawryluk, Nowak, der rote Kowalczyk, Oberulan Bociąga mit tragbarem MG, dafür ohne obere Schneidezähne, spuckt elegant durch diese Zahnlücke und flucht sehr leise verdammte Hitlerscheiße verfickte deutsche Hurenhunde, der dicke Hajke, Ziemba, Kiniewicz, sie gehen alle, mein Zug, wer trägt die Granaten? Träum von Huren, Kamerad, in deinem dunklen, dunklen Grab. Still. Tiralliere. Zweige und Blätter.

Jetzt, jetzt, was jetzt? Salomé?

Die schwere MG-Schwadron, Rittmeister Chochoł und die schweren Maschinengewehre Baujahr 1930, in Grudziądź der Fähnrich Willemann, mit ihm ein Wachtmeister von den zaristischen Ulanen, was ist ein schweres MG Baujahr 1930, bitte scheen, melde gehorsamst ein schweres MG Baujahr 1930 ist eine selbstladende Waffe zur Unterstützung von Infanterie und Kavallerie durch direktes und indirektes Feuer, na meinetwegen, charascho, Willemann, setzen, der Zug auf Packsätteln, der Zug auf Tatschankas, die fetten Läufe vorschriftsmäßig auf Lastpferde geschnallt, ein Pferd ein Gewehr, mit Gestell zwei Munitionskisten, zweites Pferd vier Munitionskisten Wasserente Notwerkzeug Ersatzlauf Kolben zum Flugabwehrschießen, drittes Pferd sechs Munitionskisten Unteroffizier Trossknecht Bote Pferdehalter MG-Schütze.

Gott, was ist mit mir, was ist mit dir, Kostek, Salomé ringt nach Atem, Konstanty schnauft heftig neben ihr, hat sie losgelassen, atmet gestützt auf die kleine Anrichte, was für ein

Wald, was für Tiralliere, der Feind auf dem linken Flügel, bei Gott, laden, sichern, in stiller Nacht waldiger Nacht knirschendes Tragen der goldglänzenden Tode die gnädig in die Zellen gleiten, ausgebrannt aus ihnen hervorspringen, rauchende und samenspeiende Läufe, bei Gott, was ist mit dir, Konstanty? Hawryluk, reicht die Granaten zur ersten Reihe weiter, Flüstern.

Salomé schon auf dem Bett, seit wann auf dem Bett, Salomé mit dem Rücken zwischen die Kissen gedrückt, absolut nüchtern geworden, ganz und gar wach, hat mit beiden Händen das Hackebeil gepackt und streckt es von sich, dabei hat es doch keine scharfe Spitze, die Konstanty von ihr abhalten könnte. Ihr Gesicht rot, fast bläulich, die Webmuster des Kissens abgedrückt auf diesem Gesicht, nackt ist Salomé, entsetzt und fett, schwere Titten, runder Bauch, und hoch über meinem Kopf, das Zirpen der Messingzikaden, Stöhnen der gelöcherten Bäume, auf die Köpfe fallen uns Äste Nadeln Blätter wie grüner Schnee, wie Kinderschnurren, was ist los, ich weiß es nicht? Doch der Korporal aus meinem Zug weiß es. Das schwere MG, schreit er in das Knirschen einer fernen Serie hinein, ein Bettlaken, das zerrissen wird, jetzt verstehe ich, jetzt weiß ich, in Deckung, schreie ich, in Deckung, zerre am Pistolenhalfter, wozu, wozu? Her mit dem Maschinengewehr!

«In Deckung!»

«Kostia, s uma ty soschol, Kostia, bist du verrückt geworden, was ist mit dir?», sagt sie scheinbar normal und schreit doch dabei, hat Angst, gut, gut.

Ich komme zurück. Kein Wald mehr. Keine Zikaden. Ein Mietshaus. Die Dobra, die gute Straße.

Schon näher, bin schon näher. Bei mir, schon näher. Schon bei mir.

«Du hast mich gewürgt!» Salomé weint, vorwurfsvoll. Aber das Beil hat sie hingelegt.

«Wo finde ich den Fettsack?», frage ich.

Plötzlich völlig nüchtern, rein.

«Wo finde ich ihn?»

Sie hat Angst vor mir.

«Ulica Leszno, Nummer sechzig, gegenüber dem Amtsgericht. Neben der Rettungsstation. Wohnung Nummer dreizehn, vierter Stock. Er hält sich dort bei seiner Schwester auf», sagt sie plötzlich teilnahmslos, ohne Widerstand, als gebe sie mir eine unbedeutende Adresse, diktierte sie mir wie notwendig, präzise.

«Name?»

«Tumanowicz.»

Sie lacht. Ich lache.

«Blöd.»

Salomé zuckt mit den Schultern.

«Kajetan. Kajetan Tumanowicz, aus Lwów.»

Ich weiß. Das heißt, ich weiß, was ich wissen muss.

Die Tür hinter mir zugeknallt, ich laufe die Holztreppe runter, auf die Straße hinaus, schnappe nach Atem, ich bin da, ich bin, bin raus. Das Morphin ist bei ihr geblieben. Ich will kein Morphin.

KAPITEL VIER

Sei gegrüßt, vergewaltigtes Warschau!
Ein Morgen.

Der Plan: Kajetan Tumanowicz, aus Lwów stammend.

Und das Fläschchen voller Sonne und Regenbogen, das flüssige Kinderlächeln, intravenöses Himbeereis, was ist mit meiner Flasche voller Wärme und Güte?

Hab ich bei Salomé gelassen. Mitnehmen konnte ich es nicht, es musste dort bleiben, ich habe schließlich einen Plan. Ich bin Offizier, muss meine Sache erledigen, anders kann es nicht sein, mit einem Fläschchen in der Tasche wäre ich eine verliebte Oberschülerin, das Fläschchen musste zurückbleiben.

Mich erstaunt die eigene Willenskraft, wie tatkräftig ich bin, dem Land und den Pflichten ergeben; Salomé wird sich sicher auf meine Kosten so lange berauschen, bis in ihren schwarzen Adern all mein Glück zugrunde geht, versickert, mir für immer geraubt.

Was jetzt?

Nach Hause kann ich nicht, Hela wird fragen, was mit dem Paket ist, ob ich es hingebracht habe, was sie gesagt haben, sie wird Antwort erwarten. Ich muss also zurück.

Der Tag ist schön.

Und plötzlich kommt es von selbst zurück. Uniform, Pistole, Befehle. Vor zwei Wochen, na, fast drei, stehen wir in der

Górska, der Feind in Sturmformation, die Dąbrowskifestung schon verloren, Antek Wieniawski von den zweiten Chevaulegers sollte es zurückerobern, dabei ist alles schon verloren, die Sowjets sind einmarschiert, die Deutschen in Warschau, und hier wurde Rudnicki eine Schwadron der Brigade zugeteilt, um unser Regiment zu verstärken, und damit sollte Wieniawski die Festung zurückerobern. Hat er aber nicht, schon unterwegs wurden er und die Schwadron hinweggefegt, also stehen wir da. Den ganzen Weg nach Trembowla mit dem Zug und von da aus mit dem Zug und zu Pferde und zu Fuß, nur um den Krieg einen Kilometer von der eigenen Wohnung entfernt zu beenden. Menschen, in Kellern begraben. Der Leichnam einer Frau, in der Hüfte in zwei Teile gerissen, Fetzen der Gedärme, schwarzes Schamhaar auf menschlichem Fleischabfall, zwei fette Beine, an dem einen Strumpf und Pantoffel, neben der Leiche ein Kind, vielleicht zwei Jahre alt, unversehrt, völlig nackt, lebendig, lautlos schreiend, der Mund weit offen, das Kind ist ganz weiß, wie mit Kreide gepudert, versucht ein Heulen auszustoßen und schafft es nicht. Und hinter ihm – eine Fackel, drei Stockwerke hoch, aus den Fenstern des dritten wehen rote Feuerflaggen, schwarze Rauchschwänze.

Nimmt jemand dieses Kind mit, frage ich, nimmt es jemand mit. Ksyk nimmt es in den Arm, läuft irgendwohin damit, kommt zurück, die ganze Uniform weiß gefärbt, die Augen aufgerissen. Ich frage nicht.

So kämpft man in Mokotów, Kavallerie in Warschau. Auf dem Mokotów-Feld landet das letzte polnische Flugzeug, das ich gesehen habe, merkwürdiger Typ, einer Karausche ähnlich.

Wie klingt das, Kämpfen in Mokotów, wie klingt das, Kämpfen in Czerniaków, wie klingt das, wenn der Feind von Wilanów her vordringt, von Süden, kein Feind sollte über Czerniaków vordringen, kein Kampf stattfinden in Mokotów, in Mokotów wohnt man und trinkt Kaffee im Kakaosalon von Wedel und Heiße Schokolade, das Haus aus Schokolade, Jureczek winkt mir vom C in dem großen «CZEKOLADA» auf dem Dach unseres Wedel-Mietshauses herunter, auf der Straße war mein kleiner gelber Opel geparkt, wie kann ein deutscher Soldat diese Straße entlanggehen, wie können kleine deutsche Panzer sie entlangfahren, wenn doch mein Opel Olympia mit Faltdach dort stand, mein kleines Cabriolet, in dem ich meine Frau und so manche Nutte spazieren fuhr?

Und dennoch rollten deutsche Panzer die Czerniakowska und Puławska entlang, auch größere, von Osten kamen die Sowjets, und mit meinem kleinen Opel war bestimmt irgendein General oder anderer fetter Inspektor nach Rumänien abgedüst, gebe Gott, dass die Fritzen ihn unterwegs aus dem Flieger abknallen, die Geschosse des Bord-MGs den Zeltstoff durchlöchern, oder vielleicht noch besser: Es ist warm, er fährt mit offenem Dach, und die Serie macht nur Löcher in den dicken General und die Nutte, die er bei sich hat, Frau und Kinder noch im August nach Paris geschickt – und so verschied der General mit dem Kopf auf dem Lenkrad, mein Opel wurde langsamer und ist irgendwo auf der Straße zum Stehen gekommen, auf eine hilfreiche Seele wartend, die sich mitfühlend um sein gelbes Blech kümmert und das Blut aus der Kabine wäscht.

Oder vielleicht haben auch irgendwo bei Buczacz oder Tarnopol die Sowjets den General aus dem Opel gezerrt, ihm alles vom Leibe gerissen, die Generalsnutte vergewaltigt und umgebracht oder sie zur Kommissarsnutte gemacht, und schon fährt das Weibsstück weiter in meinem Opel ... Das gönne ich ihnen alles. Mein kleiner Opel war schon einmal bei Buczacz und Tarnopol, eine Rallye, mein Opel, zwei Chevrolets und drei polnische Fiats, zwei Fünfhundertachter und ein Fünfhundertachtzehner, das weiß ich noch genau, über den

Automobilclub haben wir das organisiert, kein besonders luxuriöses Teilnehmerfeld, nicht sehr elegant, aber schön war die Rallye trotzdem, wir trugen Pumphosen und Schirmmützen, die Herren sogar Pilotenhauben und Flugbrillen, auch Hela hatte eine Flugbrille, und wir fuhren meist mit offenem Dach, die Straße Nummer acht, aber nicht bis nach Rumänien, obwohl die Idee ursprünglich war, nach Chocim zu fahren, wir besichtigten lediglich die Festung Okopy Świętej Trójcy und später, auf der Rückfahrt, Besuch beim Regiment in Trembowla, Tarnopol, Lwów, Tomaszów, die schöne Straße nach Lublin und Warschau.

Aber wann war das, wann?

Vor drei Wochen bin ich in Warschau mit Rudnicki zu den Generälen gefahren, die beratschlagten, wie sie die Hauptstadt ordentlich übergeben könnten, und sich im Kopf schon hübsche Sätze für die Kurzbiographien in Enzyklopädien und biographischen Nachschlagewerken zurechtlegten, angeblich soll das letzte Flugzeug Befehle gebracht haben, Befehle von Rydz aus dem fernen Rumänien, und dann wieder zum Regiment, und da taucht die Idee auf, Waffen zu vergraben, von mir die Anregung: bei den Nazarethschwestern. So schön wie im Roman, Waffen im Kloster verstecken. Zwar ist es zugleich eine Schule, und das ist schon weniger wie aus dem Roman: Darf man das Leben von jungen Mädchen aufs Spiel setzen?

Aber es bleibt bei den Nazarenerinnen. Der kleine, schnauzbärtige Ksyk will davon nichts wissen, wie denn, Waffen vergraben, er wird mit der Waffe sterben, nicht sie vergraben. Mit dem Rest werden wir uns einig, zu Rudnicki kein Wort, wozu auch.

Eine Kiste wird aufgetrieben, sehr passend, aus Blech, dann lange Diskussionen: Was kommt rein? Für den Krieg, für den Partisanenkampf oder für die Konspiration? Am Ende gibt jeder ein bisschen nach, Gewehre kommen nicht hinein, schade um den Platz, dafür drei Maschinenpistolen, ein paar normale Pistolen, jeder, was er hat, ein paar Vis, einige Parabellum, darunter meine, mit langem Lauf, eine Spanierin und eine große, dreizehnschüssige Browning, wir suchten sie so aus, dass alle vom Kaliber neun waren, nur von den Neunern hatten wir noch einige Schachteln. Bielecki beharrte darauf, ein paar Damenpistolen dazuzulegen, Sechser und Siebener, die man bei der Arbeit in der Tasche tragen könnte, im Untergrund sehr nützlich, wie ihm alte Kämpfer der Polnischen Militärorganisation POW gesagt hatten. Also legten wir einige Damenwaffen dazu, hauptsächlich Astra und Walther, Munition dafür war wenig da. Dazu Granaten. Auch ein langes Panzerabwehrgewehr wollten wir verstecken, nagelneu, das hatten wir erst bei der Mobilmachung bekommen, es passte aber nicht in die Kiste, also beschlossen wir, es einzeln zu vergraben, lange würde es sich nicht halten, aber egal, wir schmierten es mit Fett ein, wasserdichte Zeltplane, eine Schnur, Fett und noch eine Zeltplane, vielleicht hält es sich.

Damit hatten wir jedenfalls erst einmal zu tun. Ein paar Ulanen wurden zu Hilfe geholt, unter Eid feierlich in das Geheimnis eingeweiht, die Kiste zugelötet. Dem Eid traute natürlich niemand, deshalb wählten wir welche aus, die sowieso nach Trembowla zurückgehen würden, über die sowjetische Grenze, zu ihren Familien. Mit dem Łazik fuhren wir das zu den Nazarethschwestern in die Czerniakowska. Die Ordensfräulein natürlich entzückt, gewisse Befürchtungen, aber eher so pro forma, wenn Ulanen bitten, so schön, charmant, Offiziere, im Namen der Republik, da kann man nichts abschlagen, den Schwestern zitterten die Knie wie jeder Polin beim Anblick eines Ulanenoffiziers, aber selbstverständlich, sie stimmen zu: Im Garten heben wir eine Grube aus, die Kiste hinein, zugeschüttet, es ist Nacht, wir stehen über diesem

Loch, als wollten wir darin einen Leichnam bestatten, stehen da in unseren grünen Uniformen, die Tresse schlängelt sich am Hals, Leinen, Gürtel, Schulterriemen, Pistolenhalfter, Kartenmappen, Offiziersstiefel, Sporen, Vierecksmützen und Vorhäute, alles so, als scheiterte wieder mal ein Aufstand, eine Insurrektion, und wir, die polnischen Offiziere, vergrüben Waffen für die Zukunft.

Vielleicht war es ja auch so, vielleicht waren diese einundzwanzig Jahre Polens nichts anderes als eine verlängerte Insurrektion, sagen wir da melancholisch, Ksyk ist nicht unter uns, übertönt uns nicht mit seinem burschikosen Getöse. In dem Moment fühlte ich mich als Pole, ich war Pole. Danach verlegten sie unser Regiment in die Pius-XI, dann die Kapitulation, Ksyks Ausrasten, er will eine Schwadron nehmen und sterben, nach heldenhafter Einnahme der feindlichen Stellung. Vielleicht will er das auch nicht, hält es nur für angebracht, dass der Offizier dergleichen wolle. Rudnicki redet ihm das aus, Ksyk rupft an seinem Kragen, als wollte er die Ösen zerreißen, rauft sich den Schnauzbart. Rittmeister Chochoł sagt, auch er werde die Waffe nicht niederlegen, werde sich mit anderen Freiwilligen nach Rumänien durchschlagen, nach Süden, und Rudnicki befiehlt mir, nach Hause zu gehen, zivile Klamotten anzuziehen – so spricht er von meiner Kleidung, Klamotten! –, und ermahnt mich nur: Willemann, ich entlasse Sie nicht als Soldat, ich entlasse Sie, damit Sie weiterhin Soldat bleiben, an einer anderen Front kämpfen. Ihre Fähigkeiten, Herr Willemann, sind jetzt Gold wert, Sie dürfen nicht im Lager versauern, auch ich habe das nicht vor. Aber Sie, mit Ihrem Deutsch, mit Ihrer Kenntnis des Feindes, Sie müssen weiter für Polen kämpfen.

Zu Befehl, Herr Oberst.

Händedruck, sehr männlich.

Vielleicht habe ich damals so gedacht, damals fühlte ich

sehr als Pole, in der Niederlage hat mich das Polentum aufgenommen, in schmutziger Uniform mit den Leutnantssternen, einer auf jedem Schulterstück, da dachte ich, ich gehe nach Hause und werde weiterkämpfen.

Warschau atmet schwer, in den ausgebrannten, bombardierten Warschauer Destillationsanlagen schütten sie haufenweise Kohle ins Elektrizitätswerk, die Erde hebt und senkt sich im Rhythmus Warschaus, die Weichsel wäscht Warschaus wunde Scham.

Woher solche Vergleiche die ganze Zeit? Was ist mit dir, Konstanty? Ich würde dich gern umfangen, dich an mich drücken wie eine Mutter, dein strohgelbes Haar küssen, wie deine Mutter dich nie geküsst hat, doch ich habe keine Arme und habe keinen Mund, ich kann dir nur nachgehen.

Die Dobra ziehen Menschenläuse entlang, Fahrradwanzen und eine lausige Pferdekutsche mit dickem Kutscher. Keine Straßenbahn, wie sie sonst immer durch diese Straße fuhr, mein kleiner Opel weg, so sehr weg, als hätte es ihn nie gegeben, was also tun? Und Warschau ist groß, zu Fuß kommt man nicht überallhin.

«Darf ich den schönen Herrn irgendwo hinfahren?»

Eine Art Rikscha. Ein Fahrrad, vorn zwei Räder unter einer tragfähigen Holzkiste, sieht ziemlich ungemütlich und sehr gefährlich aus, aber die Muskelkraft dessen, der den Sattel erklomm, hat das Vehikel immerhin bis hierher gebracht.

Der Schwanz des Rades ist besetzt mit einem dünnen Fahrer in Pumphose, schmutzigen Kniestrümpfen und Radlermütze.

«In die Czerniakowska, zu den Nazarenerinnen», kommandiere ich, klettere auf den Holzsitz, als stiege ich in ein Taxi, richte mich irgendwie ein, drücke die Knie zusammen und sitze da wie der Jude auf dem Wagen, nicht wie der Gentleman auf Reisen. Gentlemen gibt es schon lange nicht mehr.

Also fahren wir.

«Lesen Sie mal, verehrter Herr», grummelt der Radler, mit einer Stimme wie aus der Kanalisation. Er reicht mir das «Amtsblatt der Hauptstadt Warschau». Ich lege mir die Zeitung auf die Knie und lese. Mitteilung über die Vollstreckung des Todesurteils an dem Kraftfahrer Karol Leszniewski. Für das Verstecken von Waffen in seiner Wohnung.

«Sehen Sie, deutsche Ordnung. Vor zwanzig Jahren war es genauso, da war ich jung, mein Herr, aber ich weiß es noch wie heute. Meinem Schwiegervater seligen Angedenkens haben sie den Cousin erschossen. Hat geplündert, schon richtig, aber jemanden für so was gleich zu erschießen? Diese Deutschen, mein lieber Herr, die haben schon immer ein Faible fürs Erschießen.»

Also ist er tot, Karol Leszniewski, wer immer das war, was geht mich das an, wichtig für mich nur, dass es gefährlich ist, Waffen zu besitzen und bei sich zu tragen, aber wer wird hier schon mit einer Waffe herumlaufen?

Wir fahren an Straßenverkäufern vorbei, die alles Mögliche anbieten, Zettel an den Mauern, ich lese sie nicht, mich interessiert nicht, wer da wen sucht.

«Brauchen der schöne Herr keine Waise, um die er sich kümmern kann zwecks mehr oder weniger matrimonialer Absicht, gegen geringe Gebühr?», quengelt der Rikschafahrer mit Kanalisationsstimme, atmend, keuchend in die Pedale tretend.

Ich zucke mit den Schultern, das hätte mir gerade noch gefehlt.

«Ich hätte da verschiedene», fährt der Rikschakutscher fort. «Eine Jüdin zum Beispiel, honigsüß, zum Vernaschen, der Herr, Pfirsichbrüstchen. Und so zärtlich von Natur. Temperament, wissen Sie. Auch ein paar Mädchen von uns, Brünette, Blondinen, Sie wissen schon, der Herr. Für ein Stündchen oder für immer, wenn Sie wollen. Soll ich Sie hinfahren, zeigen, ausprobieren?»

«Fahr mich in die Czerniakowska», erwidere ich, sehr stolz auf meine moralische Überlegenheit über den Kriegsradler Monsieur Alphonse.

Der steigt weiter in die Pedale und atmet mir sein Mantra ins Ohr: «Frisch, gesund, keine Nutten oder so, Chef, Waisenkinder, die Mama beim Bombenangriff getötet, Papa an der Front gefallen, da muss man sich kümmern, und das hab ich auch getan, soll das vielleicht umkommen in diesen Wirren, und was für eine Haut, der Herr, schneeweiß und duftend, glatt, die Brüstchen, dicker kleiner Popo.»

«Hören Sie auf, was kuppeln Sie hier, ich brauch keine Weiber, hab Ärger genug», fauche ich zurück.

«Und Rindfleisch, wollen Sie vielleicht Rindfleisch kaufen?», keucht er, nicht im mindesten gekränkt. «Erstklassig. Frisch von der Kuh. Zimmes. Von wegen Pferdefleisch, der Herr, richtiges Fleisch wie vor dem Krieg.»

«Fahren Sie, Mann.»

Er verstummt schließlich, keucht nur und keucht sich von der Solec in die Ludna, am Gaswerk vorbei, und weiter die Czerniakowska hochgekeucht, Holzhäuschen, gemauerte Mietshäuser, viele bei den Bombenangriffen verbrannt, Fahrräder, Wägelchen, auf den Wagen gleichen sich die Klassen aus wie Flüssigkeiten in verbundenen Gefäßen, Güter wechseln die Besitzer, Familien wechseln von ausgebombten Wohnungen in Souterrainhöhlen, ein deutscher LAZ-Jeep tuckert vorbei mit einsamem Fahrer mit runder Brille, Pferdekutschen, neben den Kutschen Wagen für vierzehn Personen, vergewaltigte Menschen auf der vergewaltigten Czerniakowska, der Rikschafahrer und ich.

Und an der Mauer eines ausgebrannten Hauses zerrissene Zettel: Bekanntmachung über die Mobilisierung, die mich selbst vor ganz kurzer Zeit, vor einer Ewigkeit, nach Trembowla geführt hat, ein Plakat mit Nazipfote und einem sie durchbohrenden tapferen Soldaten. «Hände weg!», und ein abgerissenes Plakat noch aus der Vorkriegszeit – Sommertheater, Zerrissenes Herz. Das habe ich sogar gesehen, einmal mit Hela und einmal mit Sala.

Ich: Zivilist. Ich: Nicht registrierter Reserveoffizier, besiegter Kostek, zerschlagener Kostek, Kostek der das Paket verloren hat, das Polen ihm anvertraute, Kostek der Hurenbock, Kostek der Morphinist, ausgehöhlter Kostek, Kostek krampfhaft das brüchige Geländer der Rikscha-Bank drückend, das Ohr vom Geseiche des Kupplerkutschers voll.

Wir kommen an den Chevauleger-Kasernen vorbei, hier haben sie uns nach der Kapitulation von der Pius-XI hingebracht, die ganze Kavallerie stand dort, noch unter Waffen, denn es war eine ehrenvolle Kapitulation, alle wiederholten das wie eine Beschwörung, ehrenvoll unser kleines Kapitulatiönchen, die Offiziere gingen mit Blankwaffen ins Lager zum Zeichen, dass die Kapitulation ehrenvoll war, mir war zum Kotzen damals, und jetzt erst recht.

Nach der ehrenvollen Kapitulation bekam ich in den Kasernen mein Bändchen und das Blechkreuz, in den Offiziers- und Soldatensälen wurde fürchterlich gesoffen, angeblich waren sogar irgendwelche Weiber da, weiß der Teufel, woher, ich habe sie nicht gesehen, dann der letzte Appell und nach Hause, wie Rudnicki befohlen hatte, nach Hause, die Uniform verbrannt, der fürchterliche Gestank der verbrannten Offiziersstiefel.

Und gleich hinter den Kasernen: die Anstalt der Schwestern von Nazareth. Ich steige aus, zahle, ziehe das Jackett stramm, setze den Hut gerade und spüre plötzlich, wie furchtbar es mich schüttelt, als schüttelte mich die ganze Welt, aber ich gehe, es muss sein.

Auf dem Hof der Anstalt ein fröhliches Treiben. Die Schwestern in ihren schwarzen Nonnenkleidern äußerst geschäftig, keine Schülerinnen zu sehen, irgendein junges Priesterlein ist da, ich gehe mit selbstsicherem Schritt über den Hof, so muss es sein.

«Ja bitte?», spricht mich eine Schwester im weißen Schleier an, sie erglüht sofort unter meinem Blick, auch ich denke mir gleich, ach wie schade, dass so etwas Hübsches verkommt …

Aber jetzt ist für diesen Blödsinn keine Zeit! Jetzt sind wichtigere Dinge zu tun, wiedergutmachen, was kaputtgegangen ist!

«Ich muss mit Schwester Eulalia sprechen», sage ich entschieden, wie ich von früher, von vor dem Krieg, ich im gelben Olympia, Bonvivant und Weltmann, nicht das andere Ich, Morphinist, Hurenbock und Verräter, auch nicht das dritte Ich, Offizier der besiegten Reserve.

So sage ich das, schaue dieser kleinen, weiß verschleierten Schwester in die Augen. Große Teeaugen, träge und feucht, keine Nonnenaugen, schöne Augen, dass mir das Blut ein wenig aufwallt.

«Übermorgen fangen wir nämlich mit dem Unterricht an. Es muss aufgeräumt werden», sagt sie, als wolle sie sich für das Treiben vor einem Inspektor des Vatikans persönlich rechtfertigen.

Ich gehe nicht darauf ein und spiegele mich in ihren Augen: der schöne Konstanty Willemann.

«Ah, Schwester Eulalia, ja … Bitte.»

Ich folge ihr und versuche, unter dem Ordenskleid Taille und Hüften zu erahnen und was sie sonst noch dort unter diesem Kleid haben mag, es gelingt mir nicht, und sie führt mich zu dem Gebäude und in ein Zimmer, wo, wie sich herausstellt, Schwester Eulalia an einem bescheidenen Schreibtisch amtiert, selbst von unbestimmtem Alter, von der Schönheitslosigkeit alter, knochentrockener Fräulein, von denen man weder sagen kann, dass sie hässlich wären noch hübsch, weder alt noch jung, sie sind aus einer anderen, fremden Welt, als wären sie nie Frauen gewesen, Halbmänner, Ehrenmänner in Ordenstracht, das Geschlecht verdorrt unter rauer Baumwolle.

Ich betrete das Zimmer mit dem Hut in der Hand, das weiß verschleierte Schwesterchen steht hinter mir.

Schwester Eulalia sieht mich und begreift nicht, was ich wollen könnte, erkennt mich nicht, dann plötzlich:

«Sie sind es», sagt sie leise.

«Ja, Schwester», sage ich so, dass es möglichst etwas Militärisches hat.

«Wegen des … Pakets?»

«So ist es, Schwester.»

Schwester Eulalia schickt die Novizin mit gewohnter Geste weg. Das Schwesterchen reagiert rascher, als meine Ulanen auf meine Befehle reagierten.

«Ist es nicht zu früh?», fragt sie.

Schwester Eulalia also ist nicht nur befehlsgewohnt, sie ist auch schlau. Sie versteht sehr wohl, dass zwei Wochen nach der Kapitulation niemand etwas mit einer Maschinenpistole anfangen kann, nicht einmal die Deutschen könnten unsere gar nicht schlechten MPis brauchen.

Aber Gott sei Dank ist die Macht der zwischenmenschlichen Formen – ohne dass ich als moderner Mensch an sie glaube – auf meiner Seite. Eine Nonne wird einen Offizier nie der Lüge beschuldigen. Wird ihm nicht den Zutritt verwehren. Zumal ich ihr nicht sagen werde, wozu ich die Waffe brauche.

«Staatsraison», sage ich. Dumm, aber schon gesagt.

«Bitte?», wundert sich Schwester Eulalia.

«Polen», versteige ich mich weiter. «Polen benötigt jetzt diese Waffe.»

«Aber jetzt schon? Und Sie ganz allein …»

«Schwester, ich bitte Sie», fahre ich ihr ins Wort, denn es ist höchste Zeit. «Geheimnis. Ich bürge mit der Ehre des polnischen Offiziers.»

Eulalia schweigt, Schwester Eulalia. Bestimmt weiß sie, wie billig in dieser Zeit die Ehre des polnischen Offiziers zu haben ist. Vielleicht hat sie schon mit irgendeinem General zu tun gehabt. Dąb-Biernacki zum Beispiel. Oder anderen Legionären. Also mustert sie mich, als könne sie durch mich hindurchschauen, als wäre meine Haut durchsichtig und meine ganze Schändlichkeit stünde nackt vor ihr.

Doch die Ordnung der zwischenmenschlichen Beziehungen ist mächtiger als die Logik des Verdachts.

«Gut», sagt sie nur.

Es gilt zu handeln.

«Die Waffen bleiben, wo sie sind. Ich muss nur eine Pistole aus der Kiste holen. So lautet mein Befehl. Und ich werde Hilfe bei der Bergung, Öffnung und Wiederverschließung der Kiste benötigen, denn ich verfüge in diesem Augenblick über keine Männer.»

Eulalia betrachtet meine Schändlichkeit, als blicke sie in eine Kloake. Ihre Augen sind so durchdringend, so mächtig, sie muss es sehen.

Doch die Ordnung ist mächtiger als ihre Augen.

«Deshalb fordere ich im Namen der Republik, dass Sie mich bei der Freilegung, Öffnung, erneuten Versiegelung und beim Vergraben der Kiste unterstützen.»

Schweigen. Schändlichkeit. Kloake.

«Die Republik gibt es nicht mehr ...», stellt Eulalia fest.

«Die Republik kann es gar nicht nicht geben, Schwester. Die Republik ist ewig», erwidere ich energisch.

Eulalia nickt in Anerkennung der Inbrunst.

«Aber Ausgraben in der Nacht, oder?»

«Richtig, Schwester. In der Nacht.»

«Kommen Sie dann später wieder, oder wollen Sie hier warten?»

«Ich warte hier.»

«Machen Sie es sich in einem der Klassenzimmer bequem und laufen Sie bitte nicht über die Flure.»

Also gehe ich, drücke die erste Klinke im Gang, setze mich auf dem Lehrerstuhl hinter dem Schreibtisch und warte.

Warten. Nach zwei Minuten schreckliche Zweifel, ob ich hier nicht vergebens warte. Später stelle ich mir vor, wie Schwester Eulalia in der Stadt sondieren lässt: Da kommt ein Leutnant vom Neunten Ulanenregiment allein und fordert eine Waffe. Vielleicht will er sie verkaufen? An die Deutschen weitergeben?

Und die Fama mehrt sich, sie geht von Mund zu Mund, dringt bis zum Lours, wo das Kaffeehausleben blüht, zu Simon. Dort sitzen nicht registrierte Offiziere, der Name fällt, Leutnant Willemann, na sagen Sie, bei dem Namen braucht man sich doch nicht zu wundern …

In was für einer Welt wird mein Jureczek leben, was für eine Welt bereite ich ihm vor, ich gemeinsam mit Hitler, Śmigły und Stalin?

Jureczek. Mein Jureczek: Warum tut dein Papa dir das an, warum gießt er sich flüssiges Glück in die Adern, flüssiges Geld, das er besser für deine Zukunft sparen sollte, Gold damit kaufen, es vergraben, und dein geliebter Papa gießt mit goldnadliger und goldkörbig-prächtiger Spritze flüssige Freude und Trost in seine Adern und die der rothaarigen Hure.

An der Klassentür klopft es, die schönäugige und schöngesichtige Schwester im weißen Novizinnenschleier tritt ein. Sie bringt eine Scheibe Brot und einen Blechbecher mit heißem Tee, sogar gesüßt.

Ich danke und esse, dann bette ich mich an der Wand und beschließe, die Zeit zum Kräftesammeln zu nutzen. So geht ein Offizier vor: Zeit und Handlungen optimieren.

Ich rolle mich zusammen, hinter den Bänken, ziehe die Jacke von den Schultern und nehme sie als Decke. Meine Augen fallen zu, übersatt von der Nacktheit der widerlichen Salomé, übersatt von den Septemberschlachten, übersatt von der Verteidigung Warschaus und der vergewaltigten Stadt und den düsteren Wänden der Wohnung Anielas.

Jemand rüttelt an mir, ich erwache.

«Herr Oberleutnant!»

«Ohne Ober», antworte ich maschinell.

«Wie bitte?» Schwester Eulalias Stimme verrät Verwunderung.

«Leutnant.»

Ich öffne die Augen. Hinter Schwester Eulalias Stimme steht Schwester Eulalia und rüttelt mich verächtlich an der Schulter.

«Es ist Zeit.»

Ich springe auf. Schon Zeit. Ich rufe mir alles in Erinnerung: wo ich bin und wozu, Kloster Waffen vergraben Grottgers Polen.

Reibe mir das Gesicht mit den Händen. Frösteln. O flüssige Freude, wo bist du, weshalb hast du mich schon verlassen, wohin bist du, fließt du bereits in den Adern der widerlichen Salomé?

Muss den Gedanken abschütteln, jetzt ist keine Zeit dafür.

Ich gehe mit Schwester Eulalia auf den Hof. Zwei Schwestern mit Spaten, ein Mann von für mich unbestimmbarer Profession, nur aus der Kleidung kann ich schließen, dass er so etwas wie ein Wachmann oder Hausmeister ist.

«Bitte graben Sie», ordnet die Schwester an.

«Kommt auch keiner unerwartet vorbei?», vergewissere ich mich.

«Ich lasse auf der Straße und am Eingang Wache stehen, wenn jemand kommt, werden wir gewarnt.»

Ich freue mich, weil es dunkel ist und niemand sieht, wie ich erröte. Feiner Offizier.

Aber nein, nicht so, Konstanty, keine Selbstquälerei jetzt, keine Zweifel, jetzt ist es wichtig, die Pistole aus der Kiste zu holen und mit ihrer Hilfe das Paket wiederzubekommen. Das ist das Wichtigste.

Die Spaten knirschen auf dem Stahl, der Deckel wird freigelegt, Schwester Eulalia gibt Anweisungen, und die Schwestern sowie der proletarisch gekleidete Proletarier machen sich daran, den zugelöteten Deckel mit Hilfe von Meißel, Hämmern und Brecheisen zu öffnen. Ich stehe daneben, ohne mir auch nur die Hände schmutzig zu machen.

Die Kiste ist offen. Ich trete in die Grube, achte darauf, mir nicht die Hosenbeine zu beschmutzen, grabe aus dem deponierten Eisenzeug eine kleine Browning heraus, Kaliber sechs, prüfe das Magazin, es ist voll. Sechs Kugeln. Mehr brauche ich wohl nicht, aber zur Sicherheit schüttle ich noch fünf aus dem Magazin einer anderen Sechser, die ich dann zurück in die Kiste werfe.

Ich stecke die kleine Pistole in meine rechte Westentasche, die Ersatzpatronen in die linke, und steige fast unbeschmutzt aus der Grube heraus.

«Fertig», sage ich mit fester Stimme.

«Wie sollen wir jetzt die Kiste verschließen?», fragt Eulalia.

«Habt ihr keine Lötlampe», wundere ich mich dümmlich.

«Woher denn?»

Ich lasse meinen Blick über die Gesichter der an der Kiste versammelten, vom Graben erschöpften Schwestern und des Hausmeisters wandern, sehe Schwester Eulalia an.

«Ich glaube, Sie werden dieses Depot ordnungsgemäß zu sichern wissen, Schwester», sage ich entschieden, lächelnd. «Bis bald dann, der Herrgott sei mit Ihnen! Zum Ruhme des Vaterlandes!»

Und ich gehe, lasse die Schwester mit dem Problem zurück, das sie nicht lösen können, ohne Kraft, ohne Mittel, ohne Zeit.

Ich gehe in die Czerniakowska. Klopfe mir auf die Weste, verspüre die Kraft und Freude, dass ich bewaffnet bin. Ein bewaffneter Mensch ist etwas völlig anderes als einer ohne Waffe.

Egal, dass es gegenüber, in den Chevauleger-Kasernen, von Deutschen wimmelt. Ich muss sie gar nicht sehen, ich weiß, dass sie dort nisten, die Siegersoldaten und Offiziere, zwischen unseren, vormals zaristischen Gebäuden haben sie ihre großen und kleinen Panzer geparkt, Geschütze und Wagen, ich pfeif darauf, ich habe eine Damenpistole Kaliber sechs, elf kleine Tode, wenn man aus der Nähe trifft, und ich bin Konstanty Willemann, Sohn des Grafen von Strachwitz und der verrückten Katarzyna Willemann, die angeblich seit sieben Jahren nicht geschlafen hat, wie Stach aus Warta kurz vor dem Krieg behauptete, als wir mittags zu Simon gingen, denn meine Mutter hatte ihn unbedingt kennenlernen wollen, also habe ich sie bekannt gemacht, aber er war ein Irrer. Er behauptete jedenfalls, meine Mutter stehe nicht von ihrem Sessel auf, schlafe nicht, scheide nicht aus – ja, so redete er über die Darmtätigkeit meiner Mutter – denn sie esse nicht und trinke nicht, rauche nur ihre Zigaretten und ihre Kräuter und habe sich das Geheimwissen der indischen Yogis angeeignet, deshalb sitze sie da, rauche und denke an Polen oder – wie Stach sagte – denke Polen.

Und ich bin ihr Sohn, bin aus ihrem Schoß geboren, aus dem Schoß der wahnsinnigen, alten Katarzyna Willemann. Und trage eine Damenpistole in der Tasche und werde mir damit zurückholen, was ich verloren habe.

Aber jetzt ist Polizeistunde, und die Gegend wimmelt von Deutschen. Ich gehe raschen Schritts in die Sieleckie-Siedlung, versteckte mich irgendwo zwischen den Häuschen, den kleinen Mietshäusern und Gemüsegärten, nicht weit entfernt wurde um Warschau gekämpft, und genau hier wurde Warschau verloren. Aber es wird weitergekämpft, die Waffe ist in der Tasche. Schließlich bleibe ich stehen, verberge mich in einem Hauseingang, um meinen weiteren Plan zu überdenken.

In die Leszno, die Stadtmitte, da wäre die ganze Stadt zu durchqueren. Polizeistunde, zu großes Risiko, und mit einer Waffe in der Tasche riskiere ich die Erschießung. Nach Hause ist es nicht weit, einen Kilometer vielleicht, aber heute kann ich nicht nach Hause zurück. Was tun? Ich werde schließlich nicht die Nacht hier im Hauseingang verbringen, auch nicht bei den Schwestern, die ich rasch und beschämt verlassen habe, also was tun? Vor mir ein verbogenes Schild: Rasieren fünfundzwanzig, Haareschneiden fünfzig. Wo ist das hin, das Rasieren und Haareschneiden? Wie einsam bin ich in der Stadt, die man mir weggenommen hat?

Konstanty, armer, willenloser Konstanty. Hilfloser Konstanty. Entehrter.

Ich weiß noch, mein Junge, wie du das erste Mal nach Warschau fuhrst, mit deiner fünfzigjährigen Mutter, du kamst in einem dunklen, zu engen Anzug, und ihr habt den Akzent und das kräftige «r» geübt, um nicht wie Deutsche zu reden. Kordegarda. Król Karol kupił królowej Karolinie korale koloru koralowego. Dein Vater lebte nicht mehr, du warst also kein Deutscher mehr, du heißt Strachwitz, bist ein Pole und trägst meinen Namen, der zwar deutsch klingt, aber ein polnischer Name ist, weil ihn eine Polin trägt und ein kleiner Pole – du, Konstanty. Sie sprach zu dir und war deine ganze Welt, so groß, mager, streng und unendlich klug, und du warst damals ein intelligentes Kind, hast also vielleicht erwartet, dass ihre Klugheit dir irgendwann einmal geringer vorkommen würde, wenn du größer wärst?

Aber das geschah nicht, die Klugheit und der Wahn deiner

siebzigjährigen Mutter, des mit ihrem Sessel verwachsenen Indianerhäuptlings, sie macht dich noch immer zu einem zehnjährigen kleinen Jungen, lächerlich schwach, dumm, ihr ganz ausgeliefert.

Genauso bist du jetzt, mein armer Kostek, wie du in diesem Hauseingang stehst und nicht weiterweißt. Ich spüre deine Angst, wenn du nüchtern wirst, wenn das Opium langsam in deinem Körper vergeht und du ein Stück Wahrheit über dich wiederfindest, mein Lieber, jetzt verstehst du. Mit der kleinen Pistole in der Westentasche, schwach und willenlos. Hast du schon vergessen? Den ganzen September hast du dich unter der faulig-grünen Uniform, unter deiner Viereckmütze und dem französischen Helm versteckt, da konntest du es vielleicht vergessen.

Komm mit mir, mein Engel, komm, ich werde dich führen.

Komm.

Du hast Tränen in den Augen, Junge, also komm, Kostuś, komm. Komm in die Czerniakowska. Keine Angst, Kostuś. Ich werde dich führen.

Er wischt die Tränen ab, zieht die Nase hoch wie ein kleiner, kleiner Junge, also gehen wir aus, ich führe ihn, ziehe ihn fast, wir gehen zur Weichsel, leere Straßen, so gut wie kein Licht, dunkel, Kostek hat sogar die Waffe in seiner Westentasche vergessen, er geht, denkt an nichts, vertraut mir.

Wir erreichen die Czerniakowska. Hier werden wir warten, Kostuś.

Also warten wir. Er steht da, vertraut mir, bedingungslos.

Er hört das Geräusch eines von Czerniaków kommenden Autos, und gleich darauf fährt ein militärisch gestrichener Wanderer mit graubraunen Flecken vorbei, die Scheinwerfer zu schmalen Kreisen verengt, Verdunkelung.

Kostuś tut, was ich ihm sage.

Wink ihnen, Kostuś. Er winkt. Sie werden nicht langsamer.

Tritt ihnen in den Weg. Er tut das. Sie halten an. Wir mustern sie durch die Scheibe: zwei Deutsche in Uniform, aber keine Wehrmacht, keine Adler auf der Brust. Irgendeine Polizei, geheime oder ordentliche Polizei oder sonstige SS. Kostuś tut, was ich ihm sage.

Er klopft an die Scheibe. Das wundgeschlagene Gesicht in der Dunkelheit verborgen, unter dem Hutrand.

«Was?», sagt der Deutsche verächtlich, der die Scheibe fünf Zentimeter nach unten kurbelt.

«Bringt mich jetzt in die Lesznostraße, aber schnell», sagt Kostuś in seinem fehlerfreien Deutsch, mit leicht wienerischer Note, denn der Wiener Akzent galt in der Familie des Vaters als der vollkommenste, die Gouvernante für den Sprössling der morganatischen Verbindung wurde deshalb aus Wien geholt. Dennoch hat er große Angst: denn seine Papiere sind immer noch polnische. Ein Reserveoffizier, der sich nicht hat registrieren lassen. Waffe in der Tasche. Sie könnten doch mindestens nach einem Ausweis fragen, und wenn sie sehen, dass er Pole ist, erschießen sie ihn auf der Stelle, da hilft nichts.

Kostuś traut mir nicht. Oder traut er mir doch, wenn er trotz seiner Angst tut, was ich sage?

Die Deutschen im Auto schauen sich an. Unteroffiziere, gewohnt, in entschiedenem und selbstsicheren Ton Befehle zu bekommen. Der Mann ist gut gekleidet, redet Deutsch wie ein Wiener, ist selbstsicher wie ein, sagen wir, mindestens wie ein Oberst.

Der junge Blonde auf dem Beifahrersitz steigt aus, quetscht sich auf den Rücksitz, der Fahrer weist Konstanty den Platz neben sich.

«Ich bitte Sie vielmals um Entschuldigung, aber wer sind Sie überhaupt?», fragt der Deutsche am Lenkrad, fragt klugerweise so, dass Konstanty sich schon beruhigt, denn so fragt man nicht, wenn man wirklich die Identität eines zufälligen

Mitreisenden bezweifelt. Sondern eher, wenn man sich gegen den Vorwurf der eigenen Naivität versichern will. Die Frage einer Wache, die den besuchenden General nach der Losung fragt, nicht weil sie ihn nicht erkennen würde, sondern weil sie vor dem höheren Offizier mit seinem Diensteifer glänzen will.

Und Kostuś, mein Kostuś tut wieder, was ich ihm sage. Er sieht den Fahrer mit eisiger Miene an, nur aus dem Augenwinkel, richtet den Blick gleich wieder auf die Straße und wirft ihm hin: «Das ist Staatsgeheimnis!»

Er löst den Blick nicht mehr von der Windschutzscheibe, stattdessen zieht er eine Zigarette aus der Tasche, natürlich ohne um Erlaubnis zu fragen. Sie haben nicht den Mut, sich nach seinem zerschlagenen Gesicht zu erkundigen. Vielleicht haben sie es in der Dunkelheit auch nicht bemerkt. Der Blonde gibt ihm schon eilig Feuer, der Fahrer zerrt am Schaltknüppel, sie fahren.

Und ich kann es nicht glauben. Dabei sehe ich mit eigenen Augen, was passiert, verstehe den Mechanismus. Ich kann nicht glauben, dass ich solche Bravour gezeigt habe.

Wo habe ich auf einmal diesen Mut in mir gefunden, mein Leben in die Waagschale zu werfen, die Pistole in der Tasche, ein Henkersgang.

Nicht aus mir selbst kommt dieser Mut, sondern von außen.

Wir fahren.

Die Deutschen kennen Warschau nicht, deshalb gebe ich kurze Weisungen, hier abbiegen, jetzt da, Jerozolimskie, Żelazna, Leszno, da ist das Gericht, die Nummer sechzig. Wir fahren schweigend, im Zigarettenrauch.

Ich lasse für einen Augenblick anhalten, sondiere das Mietshaus durchs Fenster. Die Deutschen warten geduldig. Vier Stockwerke, im Parterre eine Konditorei, die ich nicht kenne, in der gerichtliche Niederlagen bestimmt mit Kaffee und Kuchen versüßt, Erfolge mit Cognac begossen wurden. In einigen Fenstern brennt Licht, Strom haben sie also.

Ich lasse weiterfahren, wir kommen an der Solna vorbei, und erst dort lasse ich anhalten, vor dem Kino Femina. Grußlos steige ich aus, schlage die Tür zu, winke gebieterisch: Los, los!

Sie fahren weg. Vor dem Krieg war ich auf der Eröffnung des Femina in dem neuen, modernistischen Mietshaus gewesen, und jetzt?

Da stehe ich in der Lesznostraße mit der Pistole in der Tasche und einem Herz in der Brust, das fast aufgehört hat zu schlagen, und Därmen, die zusammengequetscht und zu einem Knoten verschlungen sind.

Und was jetzt, wenn ich schon hierhergelangt war, was jetzt? Was kann ich tun?

Ich gehe die Leszno hinunter und weiß nicht, was tun. Lieber Gott, an den ich nicht glaube, du oder all deine Teufel, gib mir einen Rat, was tun, was tun?

Plötzlich ein fürchterlich heißer Schlag im Unterleib, ich weiß schon und laufe in den ersten Hauseingang. Will mich dort erleichtern, stoße aber gegen das Tor und es ist auf, der leichtsinnige Hausmeister hat es vergessen. Vielleicht ist er abgehauen? Ich renne also auf den Hof des Mietshauses Nummer zweiundfünfzig, schlüpfe in der Dunkelheit hinter eine Bretterbude und mühe mich, mit aller Kraft die Arschbacken zusammenpressend, mit den sechs Knöpfen der Hosenträger ab, dann mit den Ösen und weiteren Knöpfen der Hose, schließlich gelingt es mir, sie zu öffnen und runterzuziehen mitsamt der Unterhose, in mir brodelt es, aber ich fürchte noch, ich würde die Jacke verdrecken, also ziehe ich sie aus und hänge sie an einen Nagel in den Brettern, im letzten Augenblick schaffe ich es, mich hinzuhocken und mich zu entleeren. Ich habe keine Wahl, wische mich mit dem Taschentuch ab, werfe es in die Ecke und stelle beim Anziehen angewidert fest, dass ich zwar die Jacke gerettet, aber meine Hose versaut habe.

Ich habe mir die Hose vollgeschissen.

Meine Mutter hätte mir den Mund mit Seife ausgewaschen für so ein Wort, aber genau das ist es – ich habe mir die Hose vollgeschissen. Nicht sehr, aber immerhin. Beschissen. Mit Scheiße.

Ich knete die ordinären Wörter im Mund, als könnten sie gegen diese Verdreckung helfen, das tun sie natürlich nicht.

Ich zünde ein Streichholz an und sehe mich um: Nichts Brauchbares in der Nähe.

«Was scheißen Sie hier, ist das vielleicht ein öffentliches Klo?», brüllt eine Männerstimme aus einem Fenster.

Ich bin nicht nur dreckig, sondern in diesem Dreck auch noch kompromittiert, beschämt, nackt.

Greif an, Konstanty, sonst haust du hier ab wie ein Schüler, der beim Onanieren erwischt worden ist. Du musst angreifen, mein Lieber, du musst!

«Schnauze halten, du Schwein!», brülle ich zurück. «Ich habe den Krieg gewonnen, also scheiße ich, wo es mir passt!»

Der Fensterflügel wird zugeschlagen.

Da stehe ich nun, Konstanty Willemann, nachts auf dem Hof eines Mietshauses in der Leszno zweiundfünfzig, ich, Reserveoffizier, Rentier und Bonvivant, mit zerschlagener Fresse in vollgeschissener Hose aus englischem Tweed und mime den triumphierenden Deutschen, der scheißen kann, wo es ihm passt.

Im Grunde fühle ich mich sicher hier, einen Deutschen werden sie nicht anrühren, deshalb ziehe ich das Seidentüchlein aus der Brusttasche und reibe damit die Hose wie verrückt, um es am Ende zum Taschentuch zu pfeffern.

Ich fühle mich, als wäre ich ganz mit Scheiße vollgesaut, als hätte ich sie in der Nase und unter den Fingernägeln. Unter den Fingernägeln kann sie wirklich sein.

Ich gehe zurück auf die Straße und breche in meine Richtung auf, stinkend und im Grunde leicht amüsiert von der ganzen Situation, weiter ohne Plan und Idee, was ich tun soll.

Ich komme an der Rettungsstelle vorbei.

Vor der Adresse Leszno sechzig bleibe ich stehen. Das Schaufenster des Cafés mit Papierstreifen verklebt, vielleicht ist der Besitzer abgehauen, jedenfalls sieht es geschlossen aus.

Ich versuche es: Das Tor verschlossen.

Was tun, was tun?

Ganz einfach!

Ich donnere gegen die Tür, als würde es brennen. Kurz darauf von weit her die Stimme des Hausmeisters.

«Komme ja schon, verflucht, was ist los, brennt's? Wisst ihr, wie spät es ist, Leute?»

Das große, quadratische Auge des Spions glotzt mich an. Ich wende ihm die unversehrte Seite meines Profils zu.

«Wer da, verflucht noch mal?», fragt der Hauswart.

«Aufmachen, Polizei!», zische ich.

Wie der Halunke gleich erschrak!

Woher will ich wissen, dass das ein Halunke ist? Er hat eine Halunkenfresse, reicht das nicht? Ich habe auch eine Halunkenfresse, wundgeschlagen.

Das Tor öffnet sich vor mir.

«Bitte, bitte sehr …», flüstert der Hauswart unterwürfig.

Ich winke nur ab und steige die Treppe hoch, Scheißgeruch hinter mir herziehend. Ich komme durch den dritten Stock, spüre Entschlossenheit in mir, Selbstsicherheit, keine Skrupel, dabei weiß ich überhaupt nicht, was ich tun will.

Ich nehme die Browning aus der Tasche, ziehe den Sicherungshebel zu mir, die Patrone springt vom Magazin ins Lager. Tür Nummer dreizehn.

Ich halte mein Ohr daran. Stille. So leise wie möglich drücke ich die Klinke. Abgeschlossen.

Der dicke Tumanowicz hat meine Stimme gar nicht richtig gehört, denke ich, jedenfalls käme er bestimmt nicht darauf, dass ich Deutsch wie ein geborener Wiener rede. Salomé konnte ihm das nicht sagen, Salomé weiß das gar nicht, sie hat mich nie Deutsch reden hören.

Dreimal hat das schon funktioniert, vielleicht funktioniert es auch ein viertes Mal. Kein Guckloch in der Tür, gut so.

Ich nehme die Damenpistole in die linke Hand, taste mit der rechten nach dem Schlagring in der Jackentasche, stecke die Finger hinein. Ich hoffe, es geht ohne Schießen.

Aber vielleicht doch nicht? Lieber das Schicksal nicht in Versuchung führen, weder öffentliche noch geheime Polizei spielen, sondern ihn im Bett überraschen, ihm in die Fresse knallen …

Die Tür wirkt nicht stabil, ich beschließe, sie einzutreten. Ein mickriges Schloss in Höhe der Türklinke.

Du musst schnell sein, Kostuś. Musst sehr schnell sein. Du willst nicht schießen. Mit der Pistole schießen, nachts, mitten in Warschau, das ist keine gute Idee. Schieß nicht, Kostuś, hör auf deine einzige Freundin, denk daran, nicht abzudrücken. Die Pistole soll nur zur Einschüchterung dienen.

Ich muss sehr schnell sein. Wie im Blitzkrieg. Sonst gelingt es nicht.

Ich trete einen Schritt zurück.

Man hat schließlich schon mehr als eine Tür im Leben eingetreten.

Man begann damit, als man erkannt hat, dass das Leben des Gentlemans nicht das wahre Leben ist, als man anfing, mit den Apachen vom Kercelak rumzuhängen, billigen Fusel in den jüdischen Kneipen in der Nalewki zu trinken und sich auf der Straße mit den Radikalnationalen aus gutem Hause zu prügeln, Arm in Arm mit den Jungs aus der Miła, der Dobra, irgendwie auch dem nationaldemokratischen Schwiegervater zum Trotz, der selbst das Schwert des Chrobry am Jackenaufschlag trug. Dabei interessierte man sich überhaupt nicht für Politik, der Sozialismus war einem so scheißegal wie alles andere, man begeisterte sich einfach für dieses sozialistische Gangstermilieu, das Schwere in den Taschen: Schlagring, Messer, Browning …

Ich prügelte mich gern mit den Nationaldemokraten, trank gern mit jüdischen Dieben und spielte Karten mit ihnen, ging mit polnischen Apachen zu den Nutten und zum Tango, sogar arbeiten, obwohl sie mich höchstens als Fahrer nahmen, mich oder besser gesagt meinen Opel, den brauchten sie mehr als mich.

Türen hat man schon eingetreten, nicht nur einem Radikalnationalen die Zähne ausgeschlagen auf seiner Studentenbude, bevor der Fischficker aus dem Bett kam. So war das.

Ich weiß, wie ich treten muss, um reinzukommen.

Warum stehe ich dann immer noch rum?

Warum trete ich nicht mit voller Kraft gegen das Schloss, es springt bestimmt auf, die Tür ist dünn und mickrig …

Du musst, Kostek. Du musst, Kostuś, mein Lieber, musst, du hast keine andere Wahl, fürchte dich nicht. Ich werde hier mit dir stehen, keine Angst. Ich werde dich beschützen.

Ich trete. Die Tür fliegt auf. Ganz leicht. Stürze in die Wohnung. Dunkel, aber die Augen gewöhnen sich. Flur, Mantel am Haken. Küche. Im Zimmer springt wer vom Bett auf. Ich sehe ihn schon. Der Dicke. Das ist er.

Er tastet nach seiner Brille.

«Stehen bleiben, oder ich schieße!», rufe ich.

«Schweinehund!»

Er sucht die Brille nicht mehr, stürzt auf mich zu.

Ich schieße, in den Bauch. Treffe in die Seite, aber das hält ihn nicht auf, Kaliber sechs ist schwach, der Dickwanst groß. Ich schieße ein zweites Mal, fast blindlings, auf das weiße Unterhemd, getroffen, er brüllt, stürzt hin.

«Keine Bewegung!», sage ich.

Er stöhnt, versucht sich aufzusetzen, ich trete ihm mit Schwung an den Kopf, als würde ich einen Fußball kicken. Ein Knuspern von Knochen, er fällt zur Seite, halb auf den Rücken. Sagt nichts mehr.

Verflucht, was fange ich mit einem Toten an!

Näher an ihn heranzutreten, traue ich mich auch nicht. Wenn der mich in seine Riesenpranken bekommt, zerquetscht er mich, sogar verwundet … Am Waschbecken steht ein Wasserkrug, ich kippe es ihm ins Gesicht. Er reißt die Augen auf.

«Die Aktentasche hast du mir gestohlen, du Schwein!»

«Fick deine Mutter ins Ohr», zischt er durch die blutigen Lippen.

«Wo ist meine Tasche, du Hurenbock?» Ich stehe mit der Pistole über ihm. «Sags mir, wenn du noch was von deinem Leben haben willst.»

«Ich schneid dir den Schwanz ab und serviere ihn deiner Frau zum Essen», antwortet er.

Ich bin plötzlich ratlos. Da liegt er, zweifach angeschossen, zu meinen Füßen, in meiner Gewalt, hilflos, voller Blut, und hat doch keine Angst vor mir. Womit soll ich ihm noch drohen?

Du musst jetzt ein Deutscher sein, Konstanty. Um die Aktentasche zu finden, um dich als Pole zu bewähren, musst du jetzt Deutscher werden. Vertrau mir, Konstanty, ich bin deine einzige Freundin.

Kajetan Tumanowicz liegt auf dem Boden, atmet schwer, versucht, nicht aufzustehen, hat keine Angst, erwartet nichts, wehrt sich nicht, wartet auf nichts. Liegt da und lacht.

Sei ein Deutscher.

Ich bin fünf Jahre alt. Mein Vater ist einundzwanzig und trägt eine graugrüne Uniform, zwei Knopfreihen, die quadratische Platte des Ulanen-Tschakos. Ich sitze auf seinen Knien, habe kurze Hosen an, neben meinen Knien der Messinggriff des Säbels.

Mein Vater hat einen Zettel in der Hand, er liest mit ehrfürchtiger und zitternder Stimme ab:

«Wie vor tausend Jahren die Hunnen unter ihrem König Etzel sich einen Namen gemacht, der sie noch jetzt in der Überlieferung gewaltig erscheinen lässt, so möge der Name Deutschland in China auf tausend Jahren durch euch in einer solchen Weise bestätigt werden, dass es niemals wieder ein Chinese wagt, einen Deutschen auch nur scheel anzusehen!»

Meine Mutter sieht uns gleichgültig zu, sie sitzt im Sessel, was geschieht da zwischen ihnen, zwischen meiner Mutter und meinem Vater, ist da Liebe zwischen ihnen?

Und der Vater erklärt: «Vor vierzehn Jahren hat seine Kaiserliche Hoheit diese Rede gehalten. An Soldaten, die nach China zogen.»

Weiß Konstantys Mutter, dass dieselben Worte, die sie jetzt angewidert mit anhört, auch ihr erster Geliebter Efik hörte, mit geschultertem Gewehr und Pickelhaube? Das weiß sie nicht, woher sollte sie auch, sie ist nur eine verrückte Kattowitzer Kleinbürgerin, die einen deutschen Aristokraten geheiratet hat, vierundzwanzig Jahre jünger als sie, und die dadurch einen Skandal von gesamtdeutschen Ausmaßen hervorgerufen hat.

Sie weiß es also nicht, aber dieses Nichtwissen hat hier keine Bedeutung. Wichtig ist, dass diese Worte in ihren Ohren so klingen, wie sie in Efiks Ohren geklungen haben, und zwischen den Geliebten entsteht eine Verbindung, die weder Zeit noch Tod zerstören können, und jetzt klingen Kaiser Wilhelm und der junge Ulanenleutnant Strachwitz, der diese

Worte sagt, mit Efik und Katarzyna Willemann in einem Akkord, der großen Terz der kaiserlichen Hunnenrede und des väterlichen Erziehungsakts. Konstanty weiß das auch nicht, er wusste es nicht damals auf den Knien des Vaters und weiß es heute nicht, über dem verwundeten Kajetan Tumanowicz stehend. Ich habe es ihm nicht gesagt und werde es ihm wohl auch nicht mehr sagen.

Der Vater in grauer Uniform erklärt: «Kein Chinese soll es mehr wagen, einen Deutschen scheel anzusehen. Furcht und Entsetzen wollen wir in China hinterlassen. Hunnen sollen wir sein. Ich gehe, mein liebes Söhnchen, in den Krieg. Um der französischen Arroganz endlich ein Ende zu setzen. Damit sie für immer Angst vor uns haben, bis in alle Ewigkeit.»

So musst du jetzt sein, Konstanty. Du erinnerst dich an die deutschen Worte des Vaters, aber du erinnerst dich auf Polnisch daran, obwohl dein Vater ja nie ein Wort Polnisch zu dir gesprochen hat. Aber du musst Deutscher sein, musst sein wie der deutsche Pilot, der aus dem Bord-MG auf kartoffelklaubende Frauen geschossen hat. Du selbst hast diese Frauen gesehen, durchsteppt von einer geraden, doppelten Naht von kleinen Kratern, der Kartoffelkorb auch durchsteppt und schon leer, denn andere Frauen haben die Ernte jener Durchgenähten schon in ihre Körbe geschüttet und die blutbespritzten, durchlöcherten Kartoffeln zurück in die Erde geworfen.

Ein junges, heranwachsendes Mädchen sieht euch hasserfüllt an: die abgekämpfte Kolonne unterwegs im Warschauer Vorort, übermüdete, abgemagerte Pferde, erschöpfte Leute, viel erschöpfter als die Pferde, es sind gute, auf solche Märsche dressierte, für solche Märsche gedachte Militärpferde, das ganze Volk hat seit zwanzig Jahren auf solche Pferde hingezüchtet, und auf den Pferden Sattel und überflüssige Säbel unter den Sattelblättern, auf den Tatschankas schwere MGs, dann weiter die Radler, pferdegezogene Bofors, dritte Schwadron, vierte Schwadron, darin ich, wir sehen uns in die Augen, ich und dieses Mädchen über seiner erschossenen Mutter, und dieses Kind hasst mich mehr als jenen fliegenden Deutschen, der jetzt irgendwo weit weg auf dem Flughafen gelandet ist und Kaffee mit Cognac trinkt oder einen Schnaps, und seine Hände erzählen im indischen Tanz den Kameraden Kriegsgeschichten: Im Steilflug so, rattattatat so, eine Hand jagt die andere, er mich so, ich über den Flügel aus dem Daumen so, rattattatat. Dass er auf Frauen bei der Feldarbeit geschossen hat, erzählt er lieber nicht. Wusste er, auf wen er schießt?

Er wusste es. Oder vielleicht auch nicht.

Und jetzt musst du, Kostuś, so sein wie dieser deutsche Pilot, der genau wusste, worauf er schießt. Oder so wie der englische Wächter im KZ für die Buren.

Oder du musst sein, wie in vier Jahren der vieläugige Marshall Harris sein wird, der Marshall mit den vielen Körpern, verkrochen wie ein Einsiedlerkrebs in den Stoffhüllen der Flugzeuge, der Marshall, der Dresden bombardierte, Tausende seiner englischen, polnischen, kanadischen Augen, Augen jeglicher Herkunft in den Bombenzielvorrichtungen, Tausende seiner Finger auf den Abzügen, Tausende Bomben aus den Bombenkammern geschissen, flammende Mauern, Straßen und ein brennender Fluss.

Oder wie der deutsche KZ-Wächter, den es noch nicht gibt – doch SS-Oberführer Arpad Wigand steht gerade in diesem Augenblick schon an der Weichsel, irgendwo oberhalb Soła, und überlegt, dass hier ein guter Ort wäre. Hier wäre es schön, klug, wirtschaftlich und logistisch geeignet.

Oder wie der, der schwarze Schlammklumpen auf japanische Papierstädte abwirft. Oder der, der zum Wettkampf antritt: Wer schlägt in derselben Zeit mehr Köpfe von einer Reihe kniender Chinesen ab?

Oder wie Julius Cäsar und seine toten Gallier, seine, denn

ihr Tod und ihre toten Leiber gehören ihm so, wie der aufgeblasene Frosch dem Jungen gehört, der ihn aufgeblasen hat, er ist sein, wie er da bizarr auf der Oberfläche des Teiches treibt.

Wie die Mutter, die ihr eigenes Kind tötet: es mit der Decke erstickt, Kostek, oder den nackten Säugling im Wald zurücklässt wie die Löwin das Löwenjunge, damit der neue Löwe es frisst, vor tausend und fünftausend Jahren und gestern und vorgestern und in tausend Jahren. Weinend oder mit stählernem Angesicht. Einem Gesicht wie dem Gemetzel von Prag. Wie die Lisowczyk-Reiter, die die Gegend nach der Schlacht von Humienne verwüsteten und Männer, Frauen, Kinder und Hunde töteten. Besonders die Hunde.

Du hättest die Schneiden ihrer Säbel sehen sollen, die am Handgelenk pendelten, gegen die Knie und die Pferdeflanken schlagend, du hättest sehen sollen, Kostek, wie sie im Trab das Terzerol laden, wie die Entfernung zwischen den beschlagenen Hufen und den bloßen Füßen derer vor ihnen schrumpft, der Fliehenden, endlich hat er sie erreicht, die Pistole wandert ins Halfter, der Säbel springt aus dem Gehenk in die Hand, und angetrocknetes Blut taucht ein in frisches Frauenblut.

Du musst sein wie menschliche Zähne und Klauen, wie eine Menschenwaffe, wie Schwert, Wurfspieß, Gewehr und Bombe, denn genau das ist der Mensch.

Du musst menschlich sein, Kostek. Hör auf mich, hör auf deine einzige Freundin und fürchte dein Menschsein nicht, Kostek.

Der speckige Körper liegt auf dem Boden wie ein Blauwal am Strand, ebenso still und gleichgültig, hat keine Angst vor dir, weiß nicht, wozu du fähig bist, also zeig ihm, wozu ein zu allem entschlossener Deutscher fähig ist. Seit jetzt ein Deutscher, Konstanty. Sei ein Mensch.

Konstanty Willemann kniet über Kajetan Tumanowicz.

Beugt sich über ihn, Eisenfaust, Feuerfaust.

Du bist ein Mensch, Kostek. Sei Mensch.

Kajetan Tumanowicz heult. Lange dauert dieses Heulen. Konstantys Gesicht stählern wie die Gesichter der Mütter, die ihre nackten Säuglinge im Wald aussetzen. Im slawischen Wald. Im keltischen Wald. Im germanischen, illyrischen, thrakischen, hellenischen, römischen Wald. Ich sehe diese Gesichter, Kostek sieht sie nicht, aber ich.

In Kajetan Tumanowiczs Geheul leuchtet für mich sein Leben auf, wie ein Kinobild, auf den Rauch einer lodernden Stadt geworfen.

Das polnische und armenische Haus in Lemberg leuchtet für mich auf, das Haus, das Tumanowicz verlassen hat, weil ihm als Vierzehnjährigem klar wurde, wie sehr er das Kleinbürgertum hasst.

Russland leuchtet auf, das große, schöne, wunderbare Russland, voller Reichtümer, nach denen man sich nur zu bücken braucht, Russland, Land der Möglichkeiten, ein Amerika für solche wie Tumanowicz, Irkutsk, Wladiwostok wie Städte, die aus der amerikanischen Prärie emporwachsen.

Dann die Revolution, er flieht, also Rückkehr, in einem tschechischen Zug, das Gold in die Kleidung eingenäht, Wilna, Welt des Messers und der Maschine – der Nagant; Welt der Legehenne, der Grenze und des Kokains, der Offiziere ausländischer Geheimdienste und der Schmuggler; plötzliche Reichtümer und Kajetans hartes Herz, noch härter die Faust, die Liebe zu einer jüdischen Hure und alles, was zu einer Abenteurerbiographie in der ersten Hälfte des zwanzigsten Jahrhunderts in Mittelosteuropa gehören mag, all das leuchtet auf in diesem Geheul, ein Bild wie auf Rauch geworfen. Auch die Gründe werden sichtbar, aus denen Kajetan Tumanowicz mit einem deutschen Offizier in der Wohnung in der Dobra gesessen hat, seine Beziehung zu diesem Offizier mit den wässrigen Augen und seine Beziehung zu der schönen Hure aus Powiśle werden sichtbar, aber nur für mich, nicht für Konstanty.

Konstanty ist jetzt ein Mensch und will sein Ziel erreichen.

Und Kajetan Tumanowicz heult, als Konstanty ihm mit dem Taschenmesser mit dem perlweißen Heft das Auge herausnimmt. Heult weiter, als das Auge schon herausgenommen ist. Und so endet sein Leben, dabei hätte er Konstantys Platz in meinem Herzen einnehmen, unter meiner Obhut, ich hätte ihn mit Liebe nähren können, aber jetzt sitzt Konstanty breitbeinig auf ihm, nicht umgekehrt. Es gebrach ihm an Menschlichkeit. Vielleicht hat er im Leben genug Leichen gesehen und wollte nicht noch eine anschauen, hat auf die schöne Hure aus der Dobra gehört, die schöne Hure aus Powiśle, hat dem Kindskopf das Leben geschenkt.

«Willst du auch das andere loswerden?», fragt jetzt kein Kindskopf mehr, sondern Konstanty, breitbeinig auf ihm hockend.

Was hast du berührt, Kostek, als du ihm das Auge herausnahmst? Und hast du es berührt, du, wer oder was du in Wirklichkeit auch bist, oder im Gegenteil, hast du dich weit von dir selbst entfernt? Vielleicht hast du das Menschliche berührt, was du nicht zugeben wirst, denn obwohl du dich für einen Zyniker hältst, könntest du diese einfache Wahrheit über den Menschen nicht akzeptieren, diese einfache Wahrheit widert dich an, Kostek. Wenn du lange genug leben würdest, würde dich der Mensch auf den Fotos von Auschwitz ekeln, nicht? Doch du wirst das nicht erleben.

Ekeln würdest du dich vor den Piloten, die aus ihren schwarzen Bombern steigen und nicht wissen, was sie getan haben, aber ob der Mensch weiß oder nicht weiß, ist bedeutungslos. Ekeln würdest du dich vor dem sowjetischen Soldaten im Kittel, der die verlorenen dummen Polenschädel durchschießt, würdest dich ekeln beim Anblick der Speckgrieben, die von den Kindern blieben nach der Bombardierung Dresdens, aber das wirst du nicht erleben.

Ich frage.

Ich.

«Wo ist meine Aktentasche?», wiederhole ich die Frage.

Kajetan Tumanowicz antwortet.

«Und das Paket aus der Tasche?»

Er antwortet wieder.

Und ich hinterlasse mit der Feuerfaust ein kugelrundes Kussmal auf seiner Stirn.

Will sagen, ich schieße ihm mit der Browning in den Kopf, nach zwei Schüssen kann ein dritter nicht schaden. Meine Hand glüht, sie hat Feuer gespien und glüht. Ich schaue sie mir an: Nein, sie glüht nicht. Ich habe getan, was ich getan habe.

Und fluche sofort: Wenn er mich nun angelogen hat? Idiot, du Idiot! Ich laufe, sehe nach, Eile ist angebracht. Die Damenpistole macht weniger Lärm als eine große, aber ein Schuss bleibt ein Schuss.

Ich laufe in das Zimmer, in dem er geschlafen hat. Greife unter das Bett. Es ist da, ist da!

Weiter, hinter den Herd! Es ist da!

Das Paket, das ich der Łubieńska bringen sollte. Das Papier und die Schnüre zerschnitten. Darin Pässe. Republik Polen. Ich ziehe einen heraus: Leerer Vordruck. Also kein Geld.

Kajetan Tumanowicz tot. Eine Blutlache auf dem Fußboden, im Gesicht ein Auge und das kleine rote Loch in der Stirn, wie ein Tilaka.

Ein Tilaka?

Die Arier haben nach der Unterwerfung Indiens, auch wenn sie rassisch degeneriert waren, doch den reinen Geist unserer Urkultur bewahrt, verstehst du, Kostek?

Warum höre ich gerade jetzt ihre Stimme? Mama?

Ich schüttle sie und ihre Arier ab, ihr Indien, ihre Kshatriya-Kaste und ihre mythische Heimat. Ich kehrte zurück in die Lesznostraße, in das Leben.

Wenn ich das Paket verloren hätte, hätte man mir also keinen Diebstahl vorgeworfen. Oder doch? Schließlich hätte ich die Pässe gegen Morphin eintauschen können …

Nein, nein, nein. Spuck diesen Gedanken aus, Kostek!

Aber fragen werden sie: Warum ist das Paket aufgerissen? Dann wirst du erklären, warum, wirst entschieden antworten, und sie werden die Antwort akzeptieren, akzeptieren müssen.

Ich laufe mit der Tasche in der Hand raus und stolpere über Kajetan Tumanowiczs Leiche, falle hin, blicke in sein zerkratertes Gesicht.

Mein Gott, Mensch, was hast du da getan? Frage ich mich selbst. Plötzlich verstehe ich. Was habe ich getan? Eben gerade noch sitze ich breitbeinig auf dem verwundeten Menschen, der vor nichts Angst hatte, und weiß, ich muss dorthin greifen, wo er es nicht erwartet, muss etwas tun, wovor er Angst haben wird, ihm beweisen, dass ich es kann. Und ich habe es bewiesen, mein Taschenmesser ist blutig.

Ich erbreche mich. Breche in Tränen aus.

Weine nicht, Kostek, weine nicht mehr, mein Lieber, mein geliebter, mein einziger. Ekle dich nicht vor dem Menschen in dir, Kostek.

Habe ich wirklich getan, was ich getan habe? Wer hat meine Hand geführt, die kleine Klinge berührt den roten Winkel der Bindehaut, woher hatte ich so viel Kraft, Tumanowicz hat sich ja lebhaft gewehrt, ich drücke mit der linken Hand seinen Kopf nach unten, er zuckt nicht mal, und die Klinge kreist, woher habe ich so viel Kraft, dass er unter mir nicht einmal zuckt?

Ich kotze weiter, der leere Magen verkrampft sich, das Erbrochene mischt sich mit dem Blut von Tumanowicz.

Steh auf, Kostek. Steh auf und geh.

Ich verlasse die Wohnung, steige die Treppe hinab. Mancher Türspalt wird furchtsam geschlossen, doch mein Gesicht, verborgen unter dem Hutrand, kann niemand sehen. Die Welt rotiert.

Unten der Hauswart.

«So endet es, wenn sich jemand mit uns anlegt, blöde Pollacken», werfe ich ihm mit meiner deutschen Stimme hin.

Phantastisch, Kostek, phantastisch hast du das erledigt. Du hast dich um Polen doppelt verdient gemacht: die Leiche mit ausgekratztem Auge und Schussloch im Kopf belastet die Deutschen, sie werden schuld sein an diesem schmerzhaften Tod.

KAPITEL FÜNF

Ich trete hinaus auf die Lesznostraße, die Aktentasche fest in der Hand und darin das Paket, jetzt nur noch zum Erlöserplatz, und alles, alles wird gut.

Doch ich sehe mehr, Kostek. Ich sehe die Leinen an der stählernen Balkonbrüstung in demselben Mietshaus, dicke Schnüre, gespannt wie die Saiten eines Kontrabasses, gespannt unter dem Gewicht der Körper, ich sehe die Straße zur Hälfte geteilt, sehe euch auf der ungeraden Seite und sehe die gerade Seite. Aber das noch nicht heute. Ihr Sterben mischt sich mit dem Sterben deines Opfers.

Ich stehe auf der Straße. Er steht auf der Straße. Sieht nichts. Ich sehe.

Auf der Lesznostraße. Ich. Es regnet.

Er nimmt den Hut ab, das Wasser, das sich in der Krempe gesammelt hat, fließt in einem Rinnsal auf den nassen Pflasterstein. Er spürt, wie er nass wird, mein Lieber.

Ich werde nass. Würde mich gern im Schokoladenhaus in mein Bett legen, hätte gern, dass die einzige Frau, die ich geliebt habe und liebe, am Kopfende dieses Bettes sitzt und mir das Haar streichelt und mit leiser, tiefer Stimme zu mir sagt, alles wird gut, hätte gern, dass meine Mutter verschwindet – und meine Salomé, das Morphin, der Krieg, Polen und das ausgekratzte Auge und das Paket mit den Reisepässen in dieser Aktentasche.

Er würde vermutlich auch gern selbst verschwinden, aber das macht er sich einfach nicht klar. Oder er hat Angst.

Jetzt weint er. Ich weine. Ich habe angefangen zu weinen. Wann?

Der Oktober gießt vom Himmel, die Polizeistunde liegt in der Luft, die kleine Pistole in der Tasche wiegt schwer, lastend wie eine Todesstrafe durch Erschießen. Wasser fließt über das Pflaster und die Straße entlang, die ich nicht erkenne. Die Stadt ist erloschen. Ich stolpere, drohe hinzufallen.

Wirf die Pistole weg, Kostek, jetzt brauchst du sie nicht, wirf sie in den Rinnstein, irgendwohin, trag sie nicht bei dir, du trägst dein Todesurteil in der Tasche, Kostek.

Ich werfe sie nicht weg.

Diese Damenpistole schützt dich vor niemandem, du hast nicht einmal das Magazin aufgefüllt, du wirst doch nicht mit Kaliber sechs auf die Deutschen schießen, du hast schon auf genug Deutsche geschossen, wirf sie weg, Kostek, wirf sie weg.

Nein, denn ich will nicht auf die Deutschen schießen, meinen Fluch, sondern auf mich selbst, wenn die Zeit dafür gekommen ist und die Notwendigkeit. Ich werfe sie nicht weg.

Ich schwimme durch die Straße, ich gehe nicht, meine Füße berühren weder Pflasterstein noch Asphalt, ich schwimme. Die Żelazna: Chłodna, Krochmalna, Grzybowska. Ich schwimme. Die Straße ist leer. Ein deutsches Auto. Deutsche Patrouille.

«Halt!»

Und was jetzt, Kostek, was jetzt? Ich habe dir gesagt: Wirf sie weg!

«Halt?», frage ich wütend und drehe mich um: «Halt?»

Ich gehe in ihre Richtung. Zwei Jungs, nicht älter als zwanzig, Helme, Mäntel, über die der Regen rinnt.

Die Gewehre fliegen von den Schultern, die braven Soldaten kämpfen mit den Verschlüssen.

Sie werden dich doch erschießen, Idiot, was tust du?

Sollen sie schießen.

«Halt!», brüllt der erschrockene kleine Soldat. Ich sehe: Er würde schießen, wenn er älter wäre und klüger, wenn er mehr Lebenserfahrung hätte. Schießen würde er auch, wenn er jünger wäre, dümmer, wenn er weniger Lebenserfahrung hätte. Doch er ist gerade dumm genug und hat gerade so viel Lebenserfahrung, dass er nicht schießt.

Warum?

«Halt lieber deine Schnauze, du Drecksack!», rate ich ihm wütend. «Ich bin Deutscher!»

Aber nein, nein, das kann nicht gutgehen. Nicht das zweite, dritte, vierte Mal, nicht diesmal. Die Gewehre wandern auf die Arme, sie werden nicht schießen, aber locker lassen sie auch nicht. Der eine zielt mit dem schwarzen Auge des Laufs und der spitzen Zunge des Bajonetts auf mich, der andere kommt langsam näher, verlangt die Papiere, höflich, aber entschieden: «Sie sind Deutscher? Dann zeigen Sie bitte Ihre Kennkarte.»

Natürlich habe ich keine Kennkarte, aber ich weiß, was das ist. Die Deutschen aus dem Reich haben so etwas seit einem Jahr, im Regiment wurde uns das bei der Mobilmachung erklärt, falls wir einmal mit deutschen Zivilisten zu tun bekämen. Guter Witz. Aber ich bin kein Deutscher, ich bin Konstanty Willemann und habe nur einen polnischen Pass, sonst nichts.

Aber er irrt sich, wenn er glaubt, Konstanty Willemann mit polnischem Pass und sonst nichts zu sein: Er hat noch das Todesurteil in der Tasche und seinen nicht registrierten Offiziersrang.

«Ja, natürlich», sagt er und greift unter die Achsel, als wollte er die Brieftasche ziehen.

«Jetzt», schreie ich ihm ins Ohr.

Und plötzlich greift er nach dem deutschen Soldaten und

stößt ihn mit aller Kraft gegen den anderen. Der hebt seine Waffe mit dem Bajonett in die Höhe, damit er den Kameraden nicht aufspießt.

Und Konstanty läuft weg.

Sie schießen ihm nach, einmal und noch einmal, aber Konstanty läuft, und ich trage ihn, bewege seine Arme, Schenkel und Knie, stütze sein Kreuz, ich führe ihn. Sie schießen ihm nach, treffen nicht, laufen, schießen, treffen nicht, geben es auf.

Ich schwimme. Schwimme durch die Straßen, wanke auf den Wogen des Atems.

Die Warschauer Filteranlagen. Die Koszykowa. Statt ganz normal die Polna entlang gehe ich in die Szucha. Deutsche Flaggen hängen in der Dämmerung schlaff an unseren Ministerien. Da treibt sich tagsüber Deutschvolk herum, aber jetzt ist es Nacht, und ich schwimme. Straße des 6. August und ich erreiche den Hafen, bin ich gelaufen oder gegangen?

Erlöserplatz. Das Hemd klebt am Rücken, der Schweiß läuft über die Rippen, im wunden Gesicht pocht der Herzschlag. Aber ich bin da, bin gerannt, und niemand ist mir nachgelaufen. Der Tweed ist völlig durchnässt.

Ecke 6. August. Ich schaue auf die Uhr: Beinahe fünf Uhr morgens. Vierzehnter Oktober. Der Eingang zum Mietshaus ist verrammelt. Was hatte ich erwartet? Ich gucke nach oben: Parterre und vier Fensterreihen, darüber schwarzer Himmel und Regen, der mir in die Augen fällt.

Wie komme ich da rein, ich kann hier ja nicht den Deutschen spielen.

Ich hämmere gegen die Tür. Kurz darauf geht ein Spalt auf, der Hauswart steckt seine pockennarbige Fresse raus.

Ich gebe ihm zehn Złoty. Er lässt mich ein.

Die Treppe nach oben, schon stehe ich vor der Tür, hinter der man auf mein Paket wartete.

Ich klopfe dreimal, Pause, dann viermal. Auf dem Treppenabsatz brennt Licht. Nach einigen Minuten öffnet sich die Tür wie das Tor zu einer anderen Welt, ich erkenne im Dunkeln ein Augenpaar.

Ich muss nicht sehr vertrauenerweckend aussehen, wundgeschlagen, nass, etwas blutverschmiert.

«Ja, bitte?», fragt die Dunkelheit.

Ich zögere.

«Ich bringe das Paket …»

«Hören Sie, wir brauchen hier keine Pakete», antwortet die helläugige Dunkelheit entschieden und brüsk.

«Ist das nicht die Wohnung von Frau Łubieńska?», frage ich, verwirrt.

«Was geht Sie denn das an? Verschwinden Sie, Herr!», sagt die Dunkelheit sehr laut, fast schreiend.

Und dann flüstert es aus dieser helläugigen Dunkelheit, beinahe wie von einem Bauchredner, nicht von menschlichen Lippen gesprochen: «Die Losung, Mensch …»

Ja, jetzt fällt es mir ein, natürlich. Konspiration. Losung. Die Parole. Wie war die Losung?

Mir steckt der Kopf voller Gewalt. Habe Salomé geohrfeigt. Tumanowicz gefoltert. Auf mich wurde geschossen. Die Losung. Die Losung. Ich bin ein Drache. Die geistige Form unserer Urkultur hat sich am reinsten in den altindischen Epen erhalten. Schweig, Mutter.

Die Dunkelheit schweigt.

Herr Kazimierz, Kostek. Herr Kazimierz. Verstehst du?

«Ist Herr Kazimierz zu Hause?», frage ich.

«Aber sicher, ja, bitte.»

Die Dunkelheit schwindet, Licht geht an. Auf die Einladung trete ich ein.

Die Augen gehören einem Mann mittleren Alters, etwas älter als ich. Große Nase, schlaffe Wangen, verschlafene, und dennoch wundersam bezaubernde Augen. Im Pyjama.

«Ah, Sie sind es …», sagt er. «Bitte nehmen Sie Platz und gestatten Sie, dass ich mich umziehe.»

Er verschwindet. Ich mache es mir im Sessel bequem. Ich kenne den Menschen nicht, aber er mich offensichtlich gut. Hatte gewusst, dass ich kommen würde. Was nicht verwunderlich ist und doch etwas unheimlich.

Lange sitze ich allein. Ich höre aus dem Nebenraum Geräusche der morgendlichen Toilette: Zähneputzen, Wasserplatschen, Pfeifen beim Rasieren. Wangenklatschen mit Kölnischwasser.

Schließlich kommt er zurück ins Wohnzimmer. Zurechtgemacht: schwarze Lederjacke, Breeches, hohe Stiefel. Seltsam. Ich erhebe mich. Er streckt mir die Hand hin. Die Haut matt und trocken vom Kölnischwasser mit Lavendelduft. Sehr sorgfältig rasiert.

«Witkowski mein Name.»

Ich drücke seine weiche Rechte, und bevor ich noch antworten kann, beginnt Witkowski zu sprechen.

«Ich nenne Ihnen meinen richtigen Namen. Gegen alle Regeln der Konspiration. Sie brauchen sich nicht vorzustellen, ich weiß alles. Man nennt mich hier den Ingenieur, so werden auch Sie mich ansprechen. Meinen wahren Namen verrate ich Ihnen, damit Sie Vertrauen zu mir gewinnen. Jedenfalls, das sage ich Ihnen – wir kämpfen gegen die Deutschen, wir kämpfen gegen die Sowjets, wir lassen uns von niemandem unterkriegen!»

«Ach so», sage ich säuerlich.

«Ja, ja, lieber Herr Willemann», sagt er, federnd im Zimmer auf und ab gehend, die Hände hinter dem Rücken gefaltet.

Wie gut ich diesen federnden Schritt, diese rücklings gefalteten Hände kenne! Irgendjemand ist mal auf die Idee gekommen, ein forscher Offizier müsse so und nicht anders auf und ab gehen. Bestimmt ein Engländer, die neigen am ehesten dazu, mit solchen Vorbildern ganz Europa zu verseuchen. Genau wie sie es mit der Idee vom Gentleman, dem Golfspiel und dem englischen Phlegma oder mit Tweedjacken (ich habe auch eine) getan haben.

Und was sich der Engländer ausdenkt, das kopieren in dussliger Verehrung die Deutschen – ein Völkchen, so blind vernarrt ins Englische, dass man die Deutschen allesamt zur Belohnung per Sonderedikt der ja selber ursprünglich deutschen Könige von England zu Ehren-Engländern ernennen könnte. Und den Deutschen haben es die Polen abgeguckt, das Englische, das ich ja selbst kopiere: Tweedjacken, Tennis, Automobilsport und Dandytum. Und Fußball.

Wenn ich es im Spiegel sehe – glattrasierte Wangen, Pomade im Haar – dann stößt es mich nicht ab. Aber dieser forsche Schritt … Jeder Offizier in meinem Regiment ging so forsch, besonders Ksyk. Ksyk konnte mit diesem energisch federnden Schritt auf den Abort marschieren und unter deutsches Feuer laufen, das weiß ich bis heute.

Und er geht genauso, dieser Witkowski, dabei sehe ich ihm an: Falls er überhaupt Offizier ist, dann höchsten der Reserve, so wie ich. Zivilist, mit einem Wort.

«Wir kämpfen gegen die Deutschen und gegen die Sowjets», wiederholt Witkowski. «Wir sind dabei, einen Geheimdienst zu aufzubauen. Wir werden unseren Verbündeten Informationen aus Feindesland übermitteln.»

«Ich habe das Paket für Sie», sage ich.

«Ach ja, stimmt, ganz vergessen, geben Sie her!»

Ich greife nach der Tasche und reiche es ihm.

«Aufgemacht?»

«Herr Witkowski. Ich weiß, das verstößt gegen alle zivilisierten Manieren, aber es ist Krieg. Ich musste wissen, was ich da transportiere. Für Vertrauen ist es noch zu früh, woher soll ich wissen, dass das keine Falle ist?»

Die Worte kommen von selbst.

Nicht von selbst, Kostek.

Die Worte kommen von selbst, ich habe sie einfach gesagt und weiß, dass es gut und treffend ist, genau darum geht es, so sollte das klingen.

Er wird nachdenklich. Mustert mich mit Augen, in denen ich plötzlich etwas mehr sehe als den aufgeblasenen Draufgänger, der er bisher schien.

Ja, Kostek, das hast du gesehen und warst erschrocken von der Scharfsichtigkeit dieser Augen. Du würdest dich gern verstecken vor diesen scharfsichtigen Augen, die blicken wie die Augen deiner Mutter.

Er hält diesen Blick aus, sieht scharf zurück. Dann plötzlich zerplatzt die Nachdenklichkeit, so unvermittelt, wie sie gekommen ist – platzt wie eine Blase und verschwindet.

«Recht haben Sie! Kein Eid, gar nichts, gut haben Sie das gemacht», stößt er plötzlich aus und lächelt breit.

Dann mustert er mich wieder, überrascht, als hätte er eben gerade etwas bemerkt.

«Und das Gesicht, wie haben Sie sich so übel zugerichtet?»

Glaub ihm nicht, Kostek, glaub nicht, dass ihm das eben erst aufgefallen ist. Er muss es sofort bemerkt haben, aber er fragt nicht ohne Grund erst jetzt danach. Ein Schauspieler.

Ich zucke mit den Schultern. Er akzeptiert das als Antwort.

«Dann geh ich mal», sage ich.

«Ausgeschlossen, setzen Sie sich, wir haben so viel zu besprechen!»

Ich setze mich gehorsam. Weshalb setze ich mich wieder hin, obwohl ich schon gehen will, zu meiner Hela, den Kopf auf ihre Knie legen, ich, der das Paket in die Wohnung von Frau Łubieńska gebracht hat, die überhaupt nicht hier war, ich, meiner Hela würdig, um mir von ihr den Kopf streicheln zu lassen und alles zu vergessen.

Weshalb also setze ich mich?

Weil Witkowskis Stimme wie die Stimme deiner Mutter klingt, lieber Kostek, so einer Stimme kannst du dich nicht widersetzen, das weißt du so gut wie ich. Mein Lieber.

Der Ingenieur nimmt eine Flasche Wodka, zwei Gläser, gießt ein, wir stoßen an, ex und hopp, widerlich und warm, er gießt erneut ein, stellt seins auf den Tisch. Er bleibt stehen.

Und beginnt zu sprechen, die ganze Zeit auf und ab gehend. Die linke Hand umfasst das Gelenk der rechten. Die Finger der rechten Hand im unablässigen Tanz, Zeige-, Mittel-, Ring- und kleiner Finger berühren die Daumenkuppe, bis zum Zeigefinger und zurück. Gemächlich, im Rhythmus der Sätze.

Zuallererst spricht er von sich selbst.

Er ist Ingenieur. Kennt Mościcki, hat ihm mal eine Erfindung präsentiert. Hat in der Schweiz gearbeitet. Ist nach Polen zurückgekehrt. Hat eine Firma gegründet. Hat einen Motor erfunden, der sich für jeden beliebigen Treibstoff eignet. Na ja, fast erfunden, es gab einen Prototyp, noch nicht ausgereift.

Er spricht schamlos von sich, nein, eher so, als kenne er überhaupt keine Scham, keine Spur jener ungeschickten, immer nur gespielten Bescheidenheit, mit der Angeber von sich reden, ihre Verdienste gering zeichnen und den Zuhörer zwingen, deren Bedeutung erst recht zu preisen. Der Ingenieur redet, als referierte er den Lebenslauf eines anderen: konkret, dieses Projekt missglückte, jenes dagegen war ausgesprochen erfolgreich, die Präsentation bei Mościcki eine Katastrophe, die Firma dann lief besser.

Er kennt Sikorski gut. Und Paderewski, außerdem Morges in der Schweiz. Beziehungen zur Zwei. «Sie verstehen, oder, die Zwei?»

Ich verstehe, habe schließlich Zeitung gelesen. Die Zwei, der militärische Geheimdienst.

Angeblich ist den Deutschen deren gesamtes Archiv in die Hände gefallen. Dann die Verteidigung Warschaus.

«Ich habe gekämpft», sagt er. Mir kommt das immer noch schwer über die Lippen. Denn habe ich gekämpft? Ich habe irgendwelche Befehle gebrüllt, die man aus Grudziądz noch in Erinnerung hatte, habe mit der Parabellum gefuchtelt, wir sind auf Sieraków vorgedrungen oder wie dieses Nest hieß, auf jeden Fall ist dort Rittmeister Poborowski gefallen, mein Kommandeur. Bei Grabina lag Ksyk hinter dem Schild des Bofors, der schwarze Schnurrbart am Gummiring des Okulars, Ellbogen auf dem Reifen, zielte, schoss und zerdepperte einen Panzer, und ich, was tat ich?

Und du, Kostek, warst kein Feigling. Niemand kann dir dieses Wort ins Gesicht sagen. Du hast dich nicht töten lassen, die Ulanen des dritten Zuges der vierten Schwadron des Neunten Regiments haben dich respektiert, so weit ein Ulan einen dreißigjährigen Reserveleutnant respektieren kann.

Sie haben auf mich geschossen, ich duckte den Kopf auf die Erde, aber mit meiner Pistole habe ich kein einziges Mal geschossen.

Das war nicht nötig.

«Und Sie haben im Neunten Ulanenregiment gekämpft, ja?», unterbricht Witkowski plötzlich seinen Vortrag.

Als könne er meine Gedanken lesen.

Vielleicht liest er sie, mein Lieber, Liebster, ich lese dich doch auch, wie ein Plakat an der Wand. Aber ich bin nicht aus Fleisch und Blut, ich weiß. Ich bin Atman, bin der Lebenshauch, bin Eva, Helena, Maria und Sofia und bin überhaupt nicht. Bin Luft.

«Herr Konstanty? Im Neunten, stimmt's?»

Als läse er meine Gedanken.

«Entschuldigung, ja. Aber ich habe kein einziges Mal geschossen. Niemanden getötet. Deshalb weiß ich nicht, ob ich gekämpft habe», sage ich in einem Anfall naiver Aufrichtigkeit. Oder aufrichtiger Naivität. Obwohl ich ja annehme, dass ich getötet habe, einen zumindest. Warum lüge ich, sollte ich mich schämen dafür, dass ich getötet habe?

«Mein Herr, was sagen Sie! Ein Offizier ist nicht zum Schießen da! Das war doch ein Gemetzel bei euch! Und die Pistole hat der Offizier, um sich selbst die Kugel zu geben oder einen Deserteur zu erschießen, stimmt's?»

Stimmt.

«Mein Herr! Geschossen haben Sie mit Ihren Ulanen! Mit Ihrem ganzen Zug!»

Sei's drum. Ich schweige. Der Ingenieur schüttelt ungläubig den Kopf, na ja, da ist er ja an einen Simpel geraten, so ein Dummkopf, nicht gekämpft, als hieße kämpfen, den Abzug zu drücken. Und plötzlich wird mir klar: Der Ingenieur weiß über mich sogar, dass ich Zugführer war.

Und er beginnt wieder zu reden. Redet. Ich höre nicht zu, denke nach. Ich habe gekämpft.

Ich weiß es: Kampf heißt den Abzug drücken. Bajonett in die Eingeweide stoßen. Auge ausschälen. Das ist Kampf. Ich war Führer, habe Befehle von oben weitergegeben, Śmigłys und Rydzens Befehle, die über die Brigade liefen, über unser Regiment, unsere Schwadron bis zu meinem Zug, ich duckte mich unter den Kugeln, die Parabellum in der Hand oder um den Hals gebunden, Gefuchtel, der Säbel unter dem Sattelblatt, ja schon, aber habe ich gekämpft? Nein. Ich weiß es nicht.

Und er redet weiter: Von Warschau ist er nach der Kapitulation zu Kleeberg gelangt und hat dort eine Diversantengruppe befehligt, bewaffnet mit langen Panzergewehren, wie wir sie auch im Regiment hatten, und Kleeberg hat sie Musketiere getauft, nach diesen Gewehren.

Und jetzt organisiert er in Warschau. Empfehlungen hat er:

von diesem und jenem, schüttelt die Namen aus dem Ärmel, manche kenne ich, andere nicht. Oberst Godlewski, der sich jetzt Suchodolski nennt. Pseudonym Buława. Er zählt auf, Gemeindienst, Botengänger, Agenten, Bolschewiken, Berlin, und ganz wichtig, Budapest.

«Budapest, mein Herr, ist am allerwichtigsten. Dort sitzt der Marschall, auf den wir bauen, wir werden ihn am Ende zu uns holen, nur müssen sich hier erst mal die Dinge beruhigen. Alles deutet auf ein gutes Ende, Autos haben wir zwei, ein grünes Chevrolet-Cabriolet und einen sehr schönen Opel Kapitän, grün.»

Ach, wie gern hätte ich so einen Opel gehabt, hatte sogar schon mit meiner Mutter darüber gesprochen, dass der Olympia zu eng ist. Der Kapitän ist stärker, schneller, moderner, selbsttragende Karosserie sowieso, windgängig wie der Luxtorpeda, modern wie die deutsche Autobahn. Später gefiel mir der Kapitän dann nicht mehr, besser schon ein Buick mit Karosserie von Lilpop, diese Buicks waren schwer in Mode. Doch dann kam der Krieg, und jetzt ist nicht mal mehr mein kleiner gelber Olympia da. Und der hier hat gleich zwei Autos, obwohl er vor einer Woche noch bei Kock geschossen hat.

Er redet die ganze Zeit, Deutsche, Sowjets, Engländer, lavieren, doch ich höre nicht zu, ich denke an Autos.

«Und so, hören Sie, werden wir uns repräsentieren – wenn wir erst den Krieg gewonnen haben!», verkündet er und zeigt an sich herunter. «Breeches, hohe Stiefel, Lederjacke und Halsharnisch nach einem Entwurf, den ich schon in Auftrag gegeben habe. Das wird unsere Uniform sein: der Kundschafter.»

Ein Spinner? Ich weiß es nicht.

Und als spüre er meine Zweifel, erzählt er weiter: wie er Gruppen losgeschickt habe, um Waffen zu sammeln – an der Bzura und bei Kock liegen noch Gewehre und Waffen in den Wäldern, sie sammeln das ein, konservieren und vergraben es.

Damit wird auf die Deutschen geschossen, wenn die Zeit reif ist, auf dem Feldflughafen haben sie ein Flugzeug gefunden, es zerlegt und in der Scheune versteckt, aber ja, wirklich! Die Kontakte mit der polnischen und der deutschen Polizei sind sehr gut, alles prima, besonders die Kontakte mit den Deutschen werden gepflegt, ohne das läuft gar nichts.

«Schauen Sie mal her!»

Er greift in die Tasche und reicht mir ein Stoffbündel. Darauf ein Papierschildchen mit der Unterschrift: Sikorski. Ich gebe es zurück.

Und es gelingt mir dabei sogar, wieder mit den Schultern zu zucken und halbwegs den Eindruck zu vertuschen, den er mit dieser Unterschrift auf mich macht. Nach dem Schulterzucken finde ich plötzlich die Kraft aufzustehen.

«Ich verabschiede mich, Sie werden verstehen», sage ich und verbeuge mich, als verlasse ich ein Teekränzchen. «Es war mir sehr angenehm, Sie kennenzulernen.»

«Herr Konstanty. Ich möchte, dass Sie mit mir arbeiten. Für Polen.»

«Polen gibt es nicht mehr, Herr Witkowski. Ich will einfach nur nach Hause», erwidere ich.

Gut geantwortet, mein Kostek. Kraftvoll. Wie ein Mann.

«Aber ich brauche Sie! Polen braucht Sie!»

Na bitte, plötzlich ist diese allzu vertrauliche Anrede weg. So geht das Spiel.

«Sie sprechen Deutsch wie Ihre Muttersprache. Sie haben deutsche Wurzeln. Damit können wir viel erreichen! Wissen Sie, dass Ihr Onkel, Graf Strachwitz, ein Panzerbataillon in der Ersten Panzerdivision des Reichs befehligt?»

Weiß ich nicht. Wir haben schließlich keinen Kontakt. Er weiß zu viel über dich, Konstanty! Mehr als du selbst über dich weißt! Sei wachsam!

«Habe davon gehört.»

«Er ist jetzt in Polen, lieber Herr. Sie hätten auf ihn schießen können, als sie an der Bzura kämpften …»

Und er verstummt, lässt die Worte verklingen, als hätten sie etwas zu bedeuten. Als trügen sie einen Inhalt, unter dessen Gewicht ich zusammenbrechen müsste.

Aber ich breche nicht zusammen. Es gibt keine Zeichen, es gibt nur Zufälle, nichts bedeutet etwas über sich selbst hinaus.

«Na gut, aber was wollen Sie mir damit sagen, Herr Witkowski?»

«Bitte nennen Sie mich nie bei meinem Namen.»

Er verstummt. Hat mich zurechtgewiesen wie einen Schüler.

«Wie wünschen Sie denn, dass ich Sie anspreche?», frage ich eisig.

«Einfach Ingenieur. Habe ich doch gesagt. Den Herrn können Sie sich sparen, wissen Sie, was die Leute sagen? Das mit den Herren hat sich auf der Straße nach Zaleszczyki erledigt!»

Und er bricht in Lachen aus, ansteckend, laut, kräftig. Auch ich fange an zu lachen und begreife: Er hat das Thema gewechselt. Hat meine Frage ins Leere fallen lassen, als hätte er sie gar nicht gehört. Aber ich gebe nicht auf. Mich interessiert keine Konspiration, Abomination und nicht die Penetration der deutschen Linien. Ich habe das Paket mit den Pässen gebracht – und fertig, fertig, fertig.

«Dass der Bruder meines Vaters deutscher Offizier ist, hat keinerlei Bedeutung. Ich bin Pole, ich trage ja nicht einmal den Namen meines Vaters, die Deutschen interessieren mich nicht!», verkünde ich sehr entschieden und stehe auf. «Ich verabschiede mich.»

Witkowski scheint diese Einleitung zum Abschied nicht gehört zu haben.

«Selbstverständlich sind Sie Pole, Herr Konstanty. Sie sind sogar viel mehr Pole als ich oder irgendjemand sonst – denn Sie mussten kein Pole sein und sind trotzdem einer geworden.»

Das ist Unsinn, Kostek, das weißt du sehr gut. Du musstest sehr wohl Pole werden, mehr noch als aus Blutsgründen oder irgendwelchen anderen musstest du Pole werden, weil es der Wille deiner Mutter war. Ihr Wille hat dich geformt, sie hat deinen weichen Stoff in die polnische Form gegossen und dich im Ofen gebrannt, und jetzt bist du ein unverformbarer, ausgehärteter Pole. Ihr Wille hat das bewirkt.

Sie spürt dich jetzt und hört dich, mein Lieber, sie weiß von dir, schaut mit deinen Augen, folgt dir nach. Aber nicht so wie ich.

«Polen braucht Sie, Herr Konstanty», deklamiert der Ingenieur weiter. «Viel mehr, als es Sie vor Wochen gebraucht hat, vor dem ersten September. Ich muss jemanden nach Budapest schicken, und Sie eignen sich perfekt. Polen braucht Ihr Deutsch, Ihren Onkel in der Wehrmacht, Ihre aristokratischen deutschen Blutsbande.»

«Polen braucht einen Grabstein, Herr Ingenieur. Nicht meine Bande. Auf Wiedersehen.»

Ich strecke ihm die rechte Hand hin. Er ergreift sie, doch statt sie zu schütteln und gleich wieder loszulassen, packt er mich am Ellbogen.

«Sie haben sich nicht registrieren lassen, richtig? Bei den Deutschen, als Offizier?»

Ich nicke.

«Also brauchen Sie neue Papiere. Sie können nicht weiter Konstanty Willemann sein. Die führen Sie in den Unterlagen, Herr Willemann. Schließlich sind Sie der Sohn eines alten Freikorpslers vom Freikorps Oberland, dort hat schließlich Himmler gedient, und Dietrich …»

«Ich kenne keinen Dietrich», unterbreche ich ihn.

«Sepp Dietrich. Große Figur. Aber das ist jetzt unwichtig. Sie sind der Neffe eines wichtigen Offiziers der Panzerkräfte. Die Abwehr hat Sie in Hunderten von Unterlagen verzeichnet. Sobald die sich nach den momentanen Wirren besinnen, und das werden sie schneller, als Sie denken, werden sie nach Ihnen suchen», sagt er leise und führt mich am Ellbogen zu dem Fenster, das auf den Platz hinausgeht, dem einen Fenster, dessen Scheiben heil geblieben sind.

«Mein Vater ist tot», sage ich.

Witkowski verdreht ungeduldig die Augen, aber ich weiß nicht, was das bedeuten soll.

«Er ist am Annaberg gefallen», fahre ich fort. «Getötet von einer polnischen Kugel, im Kampf mit meinen Landsleuten.»

«Gut, gut, Herr Konstanty», unterbricht er mich. «Darum geht es nicht. Aber auch das hat Bedeutung. Und dieser Skandal um die Ehe Ihrer Mutter – bekannte Sache das, Sie sind kein Anonymus. Alter Adel, Uradel. Man hat Sie im Auge, Herr Willemann. Wird Sie suchen. Und finden. In der Stadt sind Sie nicht sicher.»

Ich zucke mit den Schultern.

«Wollen Sie ins Lager? Da hätten Sie gleich hinkönnen, Ihre Kameraden vom Neunten Ulanen sitzen bestimmt schon irgendwo ein. Ohne Grund sind Sie nicht verduftet.»

«Der Oberst hat gesagt, ich soll gehen», erwidere ich.

«Einfach so hat er Sie bestimmt nicht fortgeschickt. Er wusste, dass Sie gebraucht werden, Herr Willemann.»

Wir stehen am Fenster. Fast schon Tag. Der Erlöserplatz ist zum Teil schon geräumt, die leichenhaften Überreste eines verwüsteten Beetes in der Mitte, herausgerissene Pflastersteine, Bombentrichter, Drahtverhau, die Kirche ausgebrannt, einer der Türme liegt eingestürzt da wie ein großer, unförmiger Pferdekadaver. Viele von ihnen habe ich gesehen, zerschmettert, verkohlt auf der einen und verwesend auf der anderen Seite.

«Das ist Polen, Ingenieur.»

Er schweigt eine Weile, betrachtet das traurige Bild.

«Recht haben Sie. Und dieses Polen braucht Sie, Herr Willemann. Ich gebe Ihnen handfeste Papiere auf einen falschen Namen. Falls nötig, gibt es auch eine Sterbeurkunde von Konstanty Willemann, sogar die Leiche wird man finden können, und niemand wird Ihre Frau und Ihren Sohn belästigen.»

Jetzt schweige ich. Und er spricht weiter, mit einer Stimme leise und süß wie Karamell, gießt die Worte in mein Ohr, als fütterte er ein Haustier mit Leckerbissen: «Vor allem aber gebe ich Ihnen eine Aufgabe. Damit Sie sich nicht verlieren, damit Ihr Talent zu etwas Größerem beiträgt. Polen braucht Sie, Sie brauchen Polen.»

Das ganze Leben lang verlierst und verzettelst du dich, Kostek, das weißt du. Deine Bildchen, die niemand sehen will, nicht einmal du selbst, das Rumsitzen in den Cafés, die Affären – ein Seelenhobeln, du hobelst, die Späne fliegen, und deine Seele wird dünner.

Ich murmle etwas Undeutliches, schließlich kann ich nicht einfach so zusagen. Ich weiß selbst plötzlich nicht mehr, ob ich es ausschlagen soll. Ausschlagen kann.

Um das zu wissen, müsstest du wissen, wer du bist, Kostek. Ich werde dir das nicht sagen, ich weiß es selbst nicht, ich betrachte dich jetzt schon so lange, mein Lieber. Und sehe Chaos, einen grauen Fleck.

Weißt du noch, als du zwölf warst, bevor du mit deiner Mutter nach Warschau kamst? Ein paar Tage zuvor hattet ihr eine sehr entfernte Cousine mütterlicherseits besucht. Die beiden wussten selbst nicht genau, wie ihr verwandt oder verschwägert wart, und diese Frage bildete dann den Hauptgegenstand der Konversation.

Du solltest mit dem Sohn dieser Cousine spielen, ein kleiner, magerer Junge, der nur Deutsch sprach und eine Heidenangst vor dir hatte, denn er war jünger und schwächer, und du hattest deine Überlegenheit von Anfang an zeigen wollen, schon ein paar Jahre zuvor, noch während des Krieges, beim ersten Besuch, und hast ihn ein bisschen verprügelt und dann auch noch erniedrigt, indem du ihm die Hosen runtergezogen und ihm einen Tritt in den nackten Hintern versetzt hast.

Deshalb fragte er dich jetzt ängstlich, ob du irgendein Buch lesen möchtest, und du hast zurückgefaucht, wenn er Deutsch zu dir sprechen würde, gäbe es eins in die Fresse. Der Junge, Heinrich, sprach kein Polnisch, aber er verstand alles, setzte sich auf den Stuhl, starrte auf den Boden und saß da, voller Schrecken.

Und du standst am Fenster und hast rausgeguckt. Die Tante wohnte in einem Mietshaus an der Schulstraße, und du sahst, wie auf dieser Schulstraße die Knirpse vom Aufstand die deutschen Grenzschützer entwaffneten. Du sahst es ganz aus der Nähe: Zwei Jungs, nicht viel älter als du, zwei Jungs in engen Westen, zerrten an einem alten, grauschnäuzigen Opa mit Stahlhelm. Der Alte war wütend, du erkanntest, dass er sie am liebsten umgebracht hätte, denn für ihn waren sie bestimmt all das, was er hasste: die Polen, die Kommunisten, sogar die Pazifisten – obwohl die hier ihm ja das Gewehr nicht abnehmen wollten, um den Lauf zu verbiegen, sondern um damit zu schießen. Sie repräsentierten jene, die sich nicht fürchteten, an einem uniformierten Deutschen zu zerren, sie hatten keinen Respekt vor dieser Uniform, respektierten also weder den Staat noch den Kaiser noch sonst irgendetwas, das diesem grauschnäuzigen Opa teuer war. Wegen solcher Halunken hatten sie den Krieg verloren, hatten sie seit einer Woche eine republikanische Verfassung.

Der Opa also hätte sie gern umgeknallt, hasste sie, aber er hatte Angst zu schießen. Und die Jungs nehmen ihm das Gewehr ab und hauen ihm den Kolben in den Bauch, auch für sie stehen diese Uniform und dieser Schnurrbart für all das, was sie verabscheuen: die Deutschen, die sie als schlesische Wilde behandeln, die nur zur Grubenarbeit taugen und sonst nichts. Die Herren, denen die Bergwerke gehören, die ihnen klägliche Tagelöhne zahlen und selbst Kaviar fressen und Sekt saufen. Obwohl der grauschnäuzige Opa eher keinen Kaviar isst.

Sie reißen ihm die Ausrüstung vom Leib: den Gurt, die Patronentasche, den Helm. Der Alte kniet auf dem Pflaster, und mit ihm kniet das ganze wilhelminische Deutschland. Dann fiel der erste Schuss, weißt du noch, Kostek? Das war der erste Schuss, den du im Leben gehört hast, dieser Schuss in der Schulstraße in Szopienice. Bis heute weißt du nicht, wer damals geschossen hat – die Knirpse oder die Grenzschützer. Später hast du noch viele Schüsse gehört, auf Schießständen, bei der Jagd und im Krieg, aber das war der erste vor dem bislang letzten, mit dem du dem Tumanowicz ein Loch in den Kopf gemacht hast, in dem Haus an der Lesznostraße.

Als dieser erste Schuss fiel, Kostek, da hat alles angefangen, angefangen zu schießen haben die anderen Grenzschützer, die noch nicht entwaffnet waren, haben die Jungs, die schon an Gewehre oder Nullachter gekommen waren, und da knallten ein paar Schüsse. Schreie: «Der Erich hot wos abkriegt!» Und du weißt bis heute nicht, ob da ein Grenzschützer schrie oder ein Aufständischer.

Du hattest keinen Hauch von Zweifel, auf welcher Seite du warst. Oder besser, gegen wen du warst: gegen die graue Uniform, gegen den Stahlhelm und den grauen Schnauzer. Obwohl du wusstest, wusstest: So eine Uniform und so einen Helm trägt dein Vater. Den du doch liebtest, so wie jeder Zwölfjährige seinen Vater liebt.

Dann stürzten schreiend die Mutter und die Cousine herein und rissen dich vom Fenster weg. Und was kannst du heute antworten, Kostek? Weißt du auch nur ein wenig mehr als damals, als du die ersten Schüsse auf der Schulstraße in Szopienice gehört hast?

«Weiß ich nicht», erwidere ich dumpf und schaue in die Fensterscheibe.

Witkowski klopft mir auf die Schultern.

«Ich verstehe Sie gut, Herr Willemann. Es ist nicht einfach, mit alldem klarzukommen. Das ganze Land, zwanzig Jahre Arbeit in drei Wochen verschissen. Ich verstehe gut, dass Sie nicht wissen. Aber man muss sich zusammenreißen. Muss arbeiten!»

Er wird nicht lockerlassen, das weiß ich.

Denk nach, Kostek. Du kannst ja sagen – aber so, dass du deine Würde wahrst. Unwürdig möchte ich dich nicht haben.

«Also gut. Unter einer Bedingung …», sage ich zu.

«Die wäre?», strahlt Witkowski.

«Die Frau meines besten Freundes ist verschollen. Ende September. Sie helfen mir, sie zu finden, und dann werde ich für Sie arbeiten.»

Witkowski gibt mir einen Klaps auf den Rücken, nickt, ruft: «Abgemacht!» Und reicht mir die Hand, nachdem er symbolisch reingespuckt hat. Als hätte er mir gerade ein Pferd verkauft.

Habe ich meine Würde gewahrt?

Ich sehe auf die Uhr: halb sieben. Noch anderthalb Stunden bis zur Polizeistunde, ich fühle mich plötzlich furchtbar müde.

«Wir kommen auf dieses Gespräch zurück», sage ich. «Jetzt gehe ich nach Hause.»

Witkowski überlegt einen Augenblick, ohne mich loszulassen.

«Gehen Sie. Noch werden Sie nicht gesucht, dafür hatten die noch zu wenig Zeit. Ein paar Tage können Sie zu Hause wohnen, dann ist damit Schluss, leider.»

Ich nicke. Witkowski legt mir plötzlich die Hand auf den Bauch.

«Haben Sie eine Waffe?»

Ich bejahe, mir bleibt keine Wahl.

«Die geben Sie bitte ab», befiehlt er.

Er befiehlt es dir, Kostek. Lässt du dir von ihm befehlen? Glaubst, ich würde wollen, dass du dir von ihm befehlen lässt?

«Nein», protestiere ich.

Gut, Kostek!

Witkowskis Hand umkrallt meinen Unterarm, fest.

«Bitte geben Sie sie mir, nur zur Aufbewahrung, es ist zu Ihrem Besten», sagt er mit dieser furchtbaren, leisen Stimme, in der Überzeugungskraft, Drohung und Unnachgiebigkeit liegen.

Ich ziehe die Browning, nehme das Magazin heraus, prüfe die Patronenkammer und reiche sie ihm. Aus der Hosentasche krame ich die Ersatzkugeln. Witkowski klopft mir auf die Schulter.

«Und eine Quittung, vielleicht?», frage ich und weiß im selben Moment, wie dämlich die Frage ist.

Witkowski lacht nur, wie über einen guten Witz.

«Freut mich, freut mich. Melden Sie sich also in ein paar Tagen hier bei mir.»

Und plötzlich frage ich mich: War es das jetzt?

Das habe ich dich gefragt, Dummerchen.

Ich gehe raus.

Stehe auf dem Erlöserplatz. Ohne Waffe. In den Gully hätte ich sie werfen sollen.

Vor der ausgebrannten Kirche ringt ein runtergekommener Apache mit karierter Mütze um Verständigung mit zwei erschöpften Soldaten, in Zeichensprache. Weiß Gott und wissen die Teufel, was diese armen Soldaten hier um diese Zeit tun, ohne Waffen und Helme, also nicht auf Streife. Der magere Strauchdieb versucht ganz offensichtlich, den Deutschen etwas zu verkaufen.

Ich muss an ihnen vorbei. Der Apache verhökert Armbanduhren – ein Dutzend davon hat er ans Futter seiner ärmlichen Jacke geheftet, kann sich aber mit den durchaus interessierten Soldaten nicht recht verständigen.

Hilf ihm, Kostuś.

«Kann ich den Herren eventuell helfen?», frage ich in meinem Wiener Deutsch.

Die Soldaten und der Händler schauen interessiert in mein wundes Gesicht.

Wozu habe ich sie gefragt?

«Ich spreche Polnisch.»

Und helfe ihnen. Der Apache verkauft zwei Uhren, die Deutschen gehen zufrieden und fröhlich davon.

«Was sind Sie denn für einer?», fragt er.

«Ich helfe meinen Nächsten gern.»

«Gut so.»

Er reicht mir die Hand.

«Rawicz heiß ich.»

Ich drücke die Hand.

«Meinen Namen kann ich Ihnen nicht sagen.»

«Ist gebongt, mein Herr, nicht nötig. Falls was ist, fragen Sie nach Jurek Rawicz in der Tamka, das reicht. Adresse gebe ich Ihnen nicht, ändert sich eh dauernd. Falls Sie etwas kaufen oder loswerden wollen.»

Er ist sehr mager, der Kopf ein hautüberzogener Schädel, sieht aber nicht hungrig aus, die Augen blitzen hellblau.

«Und Sie handeln hier mit den Deutschen?», frage ich.

«Ja, auf der Straße, und ich hab einen Kommissionsladen. Denn wissen Sie, ich mag die Deutschen sehr. Endlich kommt Ordnung in die Stadt. Sie haben die großen Herren verjagt, die Scheißkapitalisten. Was hab ich mich gefreut, als die abgehauen sind, die Dreckschweine, nehmen Sie's mir nicht übel, als diese Fettwänste mit ihren Huren und ihren Hurenbälgern in Gymnasialuniformen abgehauen sind, als sich das alles verpisst hat, Mann!»

Und jetzt, Kostek, wirst du die eigene Kaste in Schutz nehmen? Solltest du. Er redet von deinen Leuten, von solchen wie dir. Von deiner Frau. Von Jacek Rostański. Von Iga.

«Stimmt», sage ich.

Tippe an meinen Hut und gehe nach Hause.

Ich gehe nach Hause.

Nicht zu Salomé. Nicht zu meinem Fläschchen voller Wohligkeit. Nach Hause, schlafen. Dort ist kein Krieg. Gibt es keine Deutschen. Keine Leichen und keine Schüsse, nur Hela, meine wunderbare Hela, die mich über alles liebt und die ich liebe, und Jureczek, dem ich ein Vater bin.

Ich komme am Unii-Lubelskiej-Platz vorbei mit dem Denkmal des Fliegers, viel ist er nicht geflogen, und gehe schon durch die Puławska, weiter hinter mir meine Dobra, vom schlechten Powiśle gehe ich ins gute Mokotów. Da ist mein Schokoladenhaus, der Kakaosalon geschlossen, da ist das Tor, das Treppenhaus, die Tür zu meiner Wohnung verschlossen und ich ohne Schlüssel, ich klopfe, und Hela öffnet.

Sie stellt keine Fragen. Weder nach dem wundgeschlagenen Gesicht noch nach den zwei Nächten, die ich fort war, noch nach dem verdreckten Anzug, dem fehlenden weißen Tüchlein in der Brusttasche. Keine Fragen. Sie weiß sofort, sie sieht, dass ich das Paket abgeliefert habe, doch jetzt verstehe ich: Das interessiert sie gar nicht. Sie hat mich nur darum gebeten, weil ihr Vater sie gebeten hat, mein eugenisch-hygienischer Schwiegervater, deshalb freut sie sich, dass ich es getan habe, aber nicht dafür liebt sie mich.

Wie falsch du sie eingeschätzt hast, Kostek, hast sie vor dir selber angeschwärzt, hast die Liebe dieser guten Frau befleckt nicht nur durch Salomés Schmutz, sondern auch mit bösen Gedanken. Und sie streift dir jetzt die Jacke ab, knöpft die

Krawatte auf, Hemd und Hosenschlitz und zieht dir alles vom Leib, der noch nach böser Hure riecht, und sie sieht, dass du nicht geschlafen hast, deshalb geleitet sie dich behutsam ans Bett, legt deinen wunden Leib auf das kühle Laken, es ist kalt in der Wohnung, Jureczek schläft noch, und sie legt dich, dreckig, wie du bist, und mit Tumanowiczs Blut unter den Fingernägeln, auf das helle Leinen, deckt dich mit den reinen Federn zu, bettet deinen Kopf auf das Weiß des Kissens, da bist du nun, Kostek. Und schließt die Augen.

Und sie nimmt oben Platz und streichelt deinen geplagten, gequälten Kopf, du schläfst ein und weißt: Schluss. Nie mehr.

Du fasst das nicht in Worte, es ist zu spät, du bist zu müde, aber du spürst es und weißt: Schluss. Nie mehr.

Keine Frauen mehr. Und ganz bestimmt nie mehr Salomé. Nie mehr Zynismus, Verbrechen, Gemeinheit, Kostek. Nie mehr Morphin.

Alles durch das Morphin. Das Fläschchen ist nicht voller Güte und Glück und Regenbogen. Das Fläschchen ist voller Flucht, Verrat und Bösem. Das Fläschchen, das bei Salomé auf mich wartet – darin wohnt nur der Dämon.

Nein, das Fläschchen wartet nicht mehr. Oder soll es warten, warten bis in alle Ewigkeit, ich werde nicht zu Salomé gehen und nicht im warmen Süß ertrinken, nie mehr.

Jetzt werde ich für Polen da sein. Nicht weil Hela das von mir will. Helena liebt mich so, wie ich bin, sie ist nicht ihr eugenisch-hygienischer Vater. Helena würde mich auch als Verräter, als Abtrünnigen lieben. Sogar als Deutschen würde sie mich lieben. Nein, als Deutschen vielleicht nicht, aber das ist unwichtig. Ich werde mich nicht mehr verzetteln, von nun an werde ich wirklich leben. Wirklich mit dir leben, hinter dir, bei dir, um dich herum.

Ich werde konspirieren, Pläne aushecken, und wenn nötig, werde ich töten. Für Polen.

Nein, nicht weil ich plötzlich denke, dass ich das muss. Ich muss nicht. Nicht weil ich Polen das schuldig bin. Das bin ich nicht. Was ich schuldig war, habe ich im September gegeben. Ich werde jetzt für Polen da sein, weil ich selbst es brauche. Ich brauche den Dienst, wenn ich nicht diene, sterbe ich.

Richtig, Hela? Richtig?

«Ja, mein Lieber. Schlaf. Gut, dass du schon da bist, mein Lieber.»

Ich schlafe ein. Helena streichelt meinen Kopf, und dann dämmere ich schon weg und spüre, wie sie unter die Decke schlüpft. Und was ist mit Jureczek, frage ich?

Du fragst nicht, du schläfst. Ich frage mich, ob du deine Frau genießen kannst, Kostuś, ich kümmere mich um dich, Kostek.

Deine Frau schlüpft unter deine Decke, Kostuś. Warum hast du so wenig von ihr gehalten? Fünf Jahre Ehe sind nicht wenig, hat sie dir nicht viel Gutes gegeben?

Ihre schmalen, schlanken Hände auf deinem nackten Bauch, weiter unten, sie berühren deine fragwürdige, erschöpfte Männlichkeit, in Hurenleiber getaucht, und ob sie es weiß oder nicht, du hast es ihr ja nicht gesagt, aber so viele Male kamst du nach Hause mit den Kratzern von Hurenfingernägeln auf dem Rücken, mit den Malen der Hurenlippen am Hals, und so lange hast du sie überhaupt nicht anrühren wollen, angewidert hat dich ihr Körper, weil er gut und rein war, vor allem aber deshalb, weil sie ihn für dich aufbewahrt hatte. Sie hat dir ihre erschrockene, schmerzlose Jungfräulichkeit gegeben, erst nach der Trauung, und du hast sie besudelt, indem du mit all diesen Nutten schliefst, Kostek.

Sie hat dir das verziehen, ohne davon zu wissen, du selbst verzeih es dir auch, mein Lieber, mein Leutnant Konstanty Willemann.

Und wie hat sie sich dir hingegeben? Das hatte nichts von

der schmutzigen Suche nach eigener Lust, nein. Sie hat dich in sich aufgenommen, hat nichts gesucht, nichts von dir gewollt, wollte dir nur sich selbst geben und hat es getan.

Verzeih mir, Helena, einzige, die mich geliebt hat. Verzeih mir, guter Geist meines Lebens. Von heute an werde ich dir nie mehr unrecht tun.

«Verzeih mir, Hela», flüstere ich. «Verzeih mir. Ich bin deiner nicht würdig, Hela.»

«Tss ... still, Kosteczek».

Ihre Hand auf meinem gemeinen Kopf, sie kämmt mir durchs Haar.

«Warum hast du mich mit dem Paket dorthin geschickt?», flüstere ich.

«Weil du sie brauchst, Kostek. Die Untätigkeit bringt dich um.»

«Sie haben mich in die Konspiration hineingezogen. Ich habe mich bereit erklärt.»

«Ich weiß.»

«Aber nicht für Polen. Polen ist mir scheißegal. Sie haben mir versprochen, dass sie helfen, Iga zu finden. Und Jacek hat mich darum gebeten ... Deshalb habe ich ja gesagt.»

«Ich verstehe, Kostek. Schlaf.»

«Ich habe einen Menschen getötet, Hela.»

«Im Krieg?», fragt sie, ohne ihre Zärtlichkeiten zu unterbrechen.

«Nein. Gestern.»

Ihre Hand hält eine Sekunde inne, erstarrt in schwerer Reglosigkeit, war das eine zweifelnde Reglosigkeit, oder nur eine erstaunte?

«Offenbar musstest du.» Ihre Hand macht weiter. Als hätte ich nur gesagt, dass ich hundert Złoty ausgegeben habe.

«Ja, ich musste.»

Sie nickt. Glaubt mir, akzeptiert, nimmt hin.

«Glaubst du, Iga ist noch am Leben?», fragt sie ungezwungen, ohne Angst, es auszusprechen.

Ich schmiege den Kopf an ihre Seite, an ihre Hüfte, wohin ich ihn schmiegen kann.

«Ich weiß es nicht, Hela, ich weiß es nicht.»

«Der arme Jacek.» Hela schnieft, als müsste sie gleich weinen. «Arme Iga.»

Arme Iga.

Meine erste Geliebte, die erste Frau, und auch ich war ihr erster Mann, im Jahr siebenundzwanzig, und wir waren in einem Sommerlager am Miadziołsee, am Herrenhaus der Rochacewiczs. Ich war damals ein dummer achtzehnjähriger Junge, sehr empfindlich, was meinen Akzent anging, der oft noch schlesisch oder deutsch klang, deshalb war ich schweigsam und machte auf andere den Eindruck, dass ich streng und sehr korrekt spreche, doch in den seltenen Augenblicken, in denen ich mich lockerte, kippte mein Akzent ins Deutsche, zum rollenden «r», und ich sah Erstaunen oder süffisantes Lächeln und verstummte.

In diesem Sommerlager war Jacek mit mir, mein guter Jacek, Engel der Fläschchen voller Güte und Bösem und Tod, mein Kamerad vom Gymnasium, zwei Jahre älter als ich. Wir waren davor nicht befreundet gewesen. Erst dort, auf dem Gut der Rochacewiczs, zwischen Kiefernwäldern, See, Spaziergängen und Kajakfahrten, wurde unsere Freundschaft geboren.

Und Iga war dort. Jacek war damals unsterblich verliebt in eine Warschauerin, er beachtete Iga gar nicht. Aber Iga leuchtete, als drehte sich diese ganze Sommerlagerwelt nur um sie allein.

Sie traf ein paar Tage nach uns ein, und wir sahen sie das erste Mal beim Frühstück. Bis dahin hatte uns die Gesellschaft enttäuscht. Zwei ältere Beamte aus Posen, langweilig wie eine Fastenpredigt, einer mit Ehefrau, vertrocknet wie ein Blatt im Herbarium. Außerdem das strenge Fräulein Alicja, das unübersehbar mit großen Schritten auf die bodenlose Verzweiflung der alten Jungfer zusteuerte. In ihrem Körper aber war noch Glut; sie hätte die noch nicht in die Geheimnisse der Liebe eingeweihten Gymnasiasten vielleicht auch gnädiger betrachtet, hätte sie uns nicht zufällig über ihre Leibesfülle spotten gehört. Ein zudem unverdienter Spott, denn Fräulein Alicja, wenngleich kräftig gebaut, war zweifellos sehr fraulich, und mit unserem Lästern über ihre großen Brüste und den prallen Hintern versuchten wir, ohne uns dessen bewusst zu sein, das Unerreichbare lächerlich zu machen.

Ja, Kostek, hättest du damals nur mehr über die Frauen gewusst! Hättest gewusst, wie ihre Körper sich entwickeln, wenn man sie aus den Schalen der Kleider befreit. Doch Fräulein Alicja verstand sich nicht darauf, ihren Leib so zu zeigen, ihn zu nutzen, wie andere Frauen dies tun. Sie besaß nicht die Wärme und Herzlichkeit, die strammen Damen eignet, aus denen auf geheimnisvolle Art der körperliche Überfluss sprudelt. Fräulein Alicja war eine bissige, knochige alte Jungfer im Körper einer korpulenten Frau mittleren Alters. Sie wusste nicht, dass sie anziehend hätte sein können, hätte sie ihre Fülle nicht in so furchtbar enge Sommeranzüge gezwängt, die ihre Schultern wie fette Rollschinken im straffen Netz aussehen ließen.

Ja, Kostuś, mein Lieber, erinnerst du dich, dass ich damals schon bei dir war, ich, deine graue, stille Freundin ohne Gesicht, die, die dir nachgeht, weißt du noch, Kostek? Du weißt es nicht, denn ich bin für dich weniger als ein Schatten, und wenn du mich spürst, dann dicht unter der Schwelle des Bewusstseins, nie darüber.

Niemals trete ich ins Licht. Also denk zurück, Kostek, mit dem Kopf auf den Knien deiner Frau, denk zurück.

«Ich weiß noch, wie wir uns kennengelernt haben, Iga, Jacek und ich», flüstere ich.

«Ja, ja, im Sommerlager bei Rochacewiczs. Sie war deine erste Geliebte. Das habe ich schon so oft gehört, dass ich dir längst verziehen habe, dass Iga und du damals ...», antwortet Hela halb spöttisch, halb ernsthaft.

Hat sie mir wirklich verziehen? Gab es überhaupt etwas zu verzeihen?

In dem Sommerlager jedenfalls waren außer den Posener Beamten, der Ehefrau, dem frühalten Fräulein und den kinderlosen Rochacewiczs auch noch zwei Warschauer Bonvivants um die dreißig, erkennbar angeödet von den gesellschaftlichen Mängeln eines Ferienaufenthalts.

Aus Langeweile und Höflichkeit umwarben sie Fräulein Alicja, ohne tatsächlich von ihren Reizen gefesselt zu sein; die aber, ungeschickt und staksig in ihrer Weiblichkeit, achtete zu sehr auf die von der Etikette verlangte Distanz. Sie wusste nicht, dass sie in ihrer selbsterrichteten Mauer des guten Namens immer auch Schlupflöcher für subtile Zweideutigkeit, Blicke und Gesten hätte lassen müssen, Ritzen, durch die die Liebe schlüpfen kann, wenn auch nur für eine Nacht. Sie träumte stattdessen davon, dass jemand über diese Mauer klettere. Nachts fasste sie ihren Körper an und versuchte, die schon halbverwischten Erinnerungen an die letzten Männerhände wachzurufen, die sie berührt hatten, und kämpfte gegen das Entsetzen, das mit jedem einsamen Einschlafen in ihr wuchs – die Angst vor dem einsamen Tod, die Angst, jene Hände könnten die letzten Liebesberührungen in ihrem Leben gewesen sein, und die schrecklichen Worte danach könnten die letzten Liebesworte gewesen sein, die sie von einem Mann hören würde. Der schreckliche Fluch, das Wort «Nutte», es kam aus dem Mund eines Lumpen, es war ein böses Wort, aber doch auch ein Wort der Liebe.

Da lag sie und träumte davon, dass parfümierte Briefchen unter dem schwarzen Dunkel der Verschwiegenheit von Zimmer zu Zimmer wandern. Ich warte heute Nacht. Ich werde zu dir kommen. Ich bebe vor Erwartung. Mein Leben ist in deiner Hand. Deine. Dein. Ganz ergeben. Die wohltuende Lüge der Gefühle ermöglicht die Begegnung, sie macht die tierische Wahrheit des Verlangens gesellschaftlich akzeptabel, auch die nicht minder tierische Wahrheit des Bedürfnisses nach der Wärme des anderen Körpers, dass Haut Haut berühre.

Sie träumte davon, dass den Briefen leise Schritte nackter Sohlen folgen, dass die Tür sich öffnet und ein Mann darin steht und sie ihn aufnimmt und ihm ihre spröde, modernde Weiblichkeit schenkt. Wenigstens einmal. Bevor sie endgültig dem Alter anheimfällt, dem Tod als Frau. Fräulein Alicja war der Überzeugung, es gebe keine alten Frauen, die Frau sterbe mit ihrer Jugend, und dann welke der Körper zum geschlechtslosen Alter. Sie wollte so sehr, dass einer von ihnen käme. Sogar dich hätte sie aufgenommen, Kostek, auch Jacek.

Doch niemand kam, weil sie es niemandem erlaubte, und sie verließ das Sommerlager überzeugt davon, die Frau, die sie einst war, gäbe es nicht mehr.

Und hat sich doch geirrt, denn sie sollte noch einen Mann erleben.

Dem Mann wird sie sieben Jahre nach dem Sommerlager begegnen. Während du den Kopf auf den Knien deiner Frau hast, sind die Sowjets das erste Mal in Wilna, und sie zittert in der ungeheizten Wohnung. In nicht ganz zwei Wochen werden die Litauer kommen, und dann, im Juni des nächsten Jahres, wieder die Sowjets, und eines Tages wird ein sowjetischer Starschina mit gelbem Haar in ihre Wohnung treten. Er wird sie ohne Grausamkeit vergewaltigen, nicht einmal schlagen, nur auf die Ottomane stoßen, sie wird sich nicht wehren, er wird ihr Kleid aufreißen, die strammen Schenkel auseinanderdrücken, auf Russisch Komplimente über ihre Blässe und Rundlichkeit äußern, sein Ding machen und gehen, nicht ohne die mit Samt ausgekleidete Schachtel mit dem Silberbesteck einzustecken, das Fräulein Alicja vor langer Zeit von ihrer Großmutter bekommen hat, mit der Absicht, es möge eines Tages zur Aussteuer gehören.

Zwei Monate später, im Zug nach Osten, wird Fräulein Alicja feststellen, dass sie schwanger ist, der gesunde Samen des Burschen aus Kazan ist aufgegangen in ihrem Schoß, den sie schon für vertrocknet hielt. Das schwarzhaarige Mädchen wird in Kasachstan geboren und stirbt dort einen Monat später, als das spindeldürre Fräulein Alicja kein Tröpfchen Milch mehr aus ihren verdorrten Brüsten pressen kann. Das Mädchen stirbt, getauft auf den Namen Nadzieja, der sehr hagere und vermutlich deshalb verständige Priester rümpft nicht die Nase über den unkatholischen Namen, das Mädchen schreit noch ein paar Tage lang laut, genährt von mit dreckigem Wasser vermischter Kuhmilch, von der es zu wenig gibt und die ihre Säuglingsdärme ohnehin nicht verdauen können, sie stirbt am Ende leise winselnd, große Augen im abgemagerten Köpfchen. Fräulein Alicja wickelt sie in ein weißes Laken, sie wird die felsentrockene, in schönen Mustern geborstene Erde mit einer Spitzhacke aufhauen und den kleinen Körper mit brösligem Staub bestreuen. Und sie wird weiterleben, wird aus diesem kasachischen Land Ägypten zu einem Haus der Hoffnung fahren, zusammen mit einer Bande kränkelnder Elendsfiguren, der Ordnung halber Armee genannt, wird mit Schiffen über das Kaspische Meer setzen, auf das gastliche Ufer Persiens treten, von dort wird sie mit dieser Armee nach Palästina ziehen, wird einem Dutzend erschrockener, verwilderter polnischer Waisenkinder gleichzeitig Mutter, Krankenschwester, Kindermädchen und Lehrerin sein, und wenn diese Waisen in Jerusalem ihr Haus bezogen haben, weißes Bettzeug und drei Mahlzeiten am Tag bekommen, wird die Krankenmilitärschwester Alicja einem im Fieber liegenden Offizier einen Revolver Marke Webley stehlen, den der unter dem Bett aufbewahrt, wird in den Krankenhauskeller gehen, sich dort nackt ausziehen, den weißen Kittel abstreifen, die Kleider sorgfältig zusammenlegen, ihren Bauch und die Brüste berühren, wie um sich zu vergewissern, dass sie wirklich nackt ist, wird dann den Hahn spannen und mannhaft Selbstmord begehen, wird sich die Schädeldecke wegschießen, ohne sich im geringsten darum zu sorgen, wie es hinterher aussieht.

Die steinernen Mauern dämpfen den Knall des Schusses; zwei Wochen vergehen, bevor Fräulein Alicja gefunden wird, der die Gerüchte bereits vorwerfen, sie habe nach mutmaßlicher Entdeckung ihrer jüdischen Wurzeln (die sie nicht hatte) das polnische Heer verraten und sei hinaus in den in schmerzlicher Geburt befindlichen jüdischen Staat geflohen. Mit stillschweigendem Einverständnis von General Anders tun das viele aus dieser halbkranken, verhärmten Armee. Als Alicja gefunden wird, nackt und tot, haben die Ratten bereits ihren Schmaus an ihrem Leichnam gehabt und die Fliegen ihre Eier darin abgelegt, und niemanden wundert ihr Tod, die Menschen wundern sich eher darüber, dass man lebt.

Doch du wusstest das nicht, Kostek. Du konntest es damals im Sommerlager nicht wissen und ahnst es auch heute nicht, denn heute poliert Fräulein Alicja noch das Silber in ihrer Wilnaer Wohnung, die bald für kurze Zeit, von Hohn und Gnaden der Bolschewiken, litauisch werden wird. Erst mit dem zweiten Einmarsch der Russen besucht der Starschina sie.

Niemals wieder wirst du Fräulein Alicja begegnen, Kostek.

Deshalb widmest du, Kostek, halb schlafend auf den Knien deiner Frau, im Schokoladenhaus, im vergewaltigten Warschau, Fräulein Alicja nur einen Bruchteil dieser Erinnerung, so wenig, dass nicht viel fehlt, und du vergisst sie ganz, sie wird aus deinem Kopf verschwinden, und bald werden alle gestorben sein, die sie je beim Namen kannten und sich an sie erinnerten, nur der sowjetische Starschina lebt und wird sie nicht vergessen: Noch unter Breschnew und Andropow wird er mit müden Schritten in die Kirchen gehen, wird Buße tun und jeden Tag für diese Polin mit den weißen Schenkeln beten, unter Gorbatschow wird er auf die Solowki-Inseln fliehen und zu einem schweigsamen Anachoreten werden, der zu Unrecht den Ruf eines Weisen hat, während er selbst sich zu Recht nur für einen unwürdigen Büßer hält. Unter Jelzin wird er einen alten Kahn nehmen und aufs Weiße Meer hinausfahren, fahren, solange die Kraft der alten Arme reicht, und dann seinen einzigen Besitz in die Tiefe werfen – das Silberbesteck, er wird sich in den Kahn legen und sterben, und das Meer wird ihn tragen wie einen normannischen Piraten im Drakkar, mit seinem graugelben Haar, der wattierten Steppjacke und abgetragenen Filzstiefeln. Und er wird in den Greisenhimmel kommen und dort seine Frau mit dem durchschossenen Kopf treffen und seine «hungers gestorbene» Tochter Nadieschda – so hat es der sowjetische Kanzleibeamte notiert –, und sie werden umso glücklicher sein, als es diesen Himmel gar nicht gibt und sie selbst erst recht nicht mehr.

Doch das weißt du nicht, Kostek, das weiß nur ich, die mit ihren Händen auf deinen Schultern hinter dir geht. Du weißt nichts von dem Starschina, Lawr hieß er, aber auf der Insel nimmt er einen neuen, einen Büßernamen an: Awksentij. Und du weißt nichts von dem Himmel und nichts von der Hölle oder wohin immer er geraten ist, denn nach so vielen Jahren der Buße vermag er dort hinzukommen, wo sein letzter Gedanke ihn hinlenkt, zu Gott, den es nicht gibt, oder in die Hölle, die es gibt.

Also denk jetzt zurück, denk zurück an das Sommerlager vor Jahren, ich erlaube es dir, deine graue Schattengeliebte.

Ich denke zurück an das Sommerlager vor Jahren, als ich Iga kennenlernte. Jacek und ich fanden rasch zueinander und hätten uns sogar mit den Herren Junggesellen anfreunden können, wenn sie uns nicht deutliche Verachtung bezeigt und wie Halbstarke behandelt hätten. Rostański entwickelte bald Vertrauen zu mir, sodass er mir von seinen Herzensangelegenheiten erzählte, und seine unglückliche Liebe wurde das Hauptthema unserer Gespräche.

Zwei Tage nach unserer Ankunft trat Iga in den Frühstücksraum: Sie war achtzehn, so alt wie ich, und keine berauschende Schönheit. Ein Durchschnittsgesicht, strohblondes Haar, eine zierliche Figur im bescheidenen Sommerkleidchen.

Aber dennoch veränderte das Erscheinen einer jungen Frau unter uns die gesellige Situation grundlegend. Jacek warf nur einen Blick auf Iga und war sofort wieder bei seiner Sehnsucht nach der unerreichbaren Warschauerin. Fräulein Alicja muss Iga auf den ersten Blick gehasst haben, denn ihre Gegenwart machte das halbherzige Hofieren der beiden Kavaliere bei ihr selbst obsolet: Sie in Gegenwart von Igas strahlender Jugend zu hofieren, wäre ein Unding, gesellschaftlich und überhaupt.

Ich betrachtete Iga mit viel größerer Aufmerksamkeit als die blasierten Kavaliere aus Warschau, bemerkte aber schnell ihre Blicke und verstand, dass ich nicht die geringste Chance hatte. Gleichwohl gebot es der Ehrgeiz, bei diesem Rennen anzutreten, so zu tun, als halte man den Sieg nicht für völlig ausgeschlossen.

Hättest du nur geahnt, Kostek, wie dieses Rennen in Wahrheit ausgeht: Der eine Kavalier mit Namen Płeszczyński endet mit durchschossenem Schädel in einem Wald im Osten; der andere, noch toter, Leopold Kornicki, so wird er in diversen sozialistischen Aufstellungen und Listen geführt, ein Fetzen Mensch, dahinvegetierend in einer niedrigen Ministerialstellung, wird sterben, wie er die ganze Nachkriegszeit lebt: in einem billigen dunklen Anzug, mit der Aktentasche in der Hand und dem Gefühl der Sinnlosigkeit im Herzen, banal, unter einer Warschauer Straßenbahn, während in dem Weichselland Gomułka herrscht. Aber denk zurück, Kostek, denk ordentlich zurück. Das weißt du ja nicht, und ich werde es dir nicht sagen.

Ich wollte bei diesem Rennen gar nicht antreten. Ich war schließlich nur ein achtzehnjähriges Milchgesicht, vom Schicksal mit einer ordentlichen Anzahl Pickel bedacht, und das waren reife Männer, gutaussehend, selbstsicher, wie ich mir mit Bedauern eingestand. Sie kannten das Leben. Ich kannte nichts.

Bald wurden Fräulein Iga und ich einander vorgestellt und hatten Gelegenheit zur Unterhaltung, doch die beiden Sommerfrischler machten dem Fräulein sofort wieder den Hof, sodass ich nicht einmal den Mut fand, das Geplauder in die Länge zu ziehen. Was hätte ich gegen solche Männer ausrichten können?

Iga schenkte mir auch keinen Funken mehr Beachtung, als der gute Ton es erforderte – und sie war ausgesprochen gut erzogen, sorgfältig, besaß jene glänzende Kenntnis der Umgangsformen, die in jeder Situation Sicherheit und Ungezwungenheit garantiert.

In der ersten Woche der Sommerfrische hielt ich Fräulein Iga für eine sehr interessante, doch für mich unerreichbare Person. Dann hatte Płeszczyński, ein Mann von weniger erlesenen Manieren, es allzu frech auf ihre Tugend abgesehen, wiewohl sie ihm ja keineswegs völlig abgeneigt war. Doch das Tempo, mit dem er vordringen wollte, seine Entschlossenheit, die Hand vom Knie höher zu schieben, auf den Schenkel und weiter, zwangen sie dazu, ihn unzweideutig aus dem Zimmer zu werfen, die Bekanntschaft ebenso unmissverständlich zu beenden und sich künftig auf ein kühles «Guten Tag» zu beschränken. Sie wollte das gar nicht, er gefiel ihr ja, aber sie konnte nicht anders. Und wenn er nur ein oder zwei Tage mit dieser Berührung des Schenkels gewartet hätte und dann noch eine Woche bis zum nächsten Schritt, sie wäre ihm erlegen. Er wartete nicht: Stattdessen beschimpfte er sie auf eine des Gentlemans unwürdige Art, verließ das Zimmer und schlug krachend die Tür zu. Herr Rochacewicz erfuhr das von Frau Rochacewicz, die in Ermangelung von Nachkommen ganze Tage mit der heimlichen Observierung der Gäste beschäftigt war. Und er nahm die Schrotflinte von der Wand.

Da er keine Patronen fand, griff er zum Feuerhaken, Frau Rochacewicz jedoch, nach der Verabreichung von Riechsalz wieder zu sich gekommen, legte sich wie der Abgeordnete Rejtan in die Tür des ehelichen Schlafgemachs und verkündete, wenn Rochacewicz Płeszczyński umbringe und ins Gefängnis wandere, dann lasse sie sich scheiden und fahre nach Wilna, um es dort mit den Erstbesten zu treiben, egal ob mit Christen, Juden oder, Gott erbarm, Journalisten. Rochacewicz gab danach klein bei, er neigte an sich nicht zur Gewalttätigkeit, war außerdem feige und nutzte gern diese Gelegenheit zum Rückzug, die seine Frau ihm verschaffte.

Frau Rochacewicz kümmerte sich nun selbst um die Sache. Am anderen Morgen, nach einem eiskalten Ultimatum, reiste der Warschauer Bonvivant Płeszczyński ab, ohne Abschied, aber mit Freund.

Sie fanden zurück in ihr Leben, auf ihre Bahnen, die sie in die östlichen Wälder und unter die Warschauer Straßenbahn führen sollten. Aber soll ich erzählen, wie Płeszczyński in einem Wald mitten im polnisch-russischen Niemandsland ein Ende finden wird, Kornicki auf den Schienen in der Puławska, gar nicht weit von deinem Schokoladenhaus, das weiterhin steht, auch wenn die Stadt ringsum wie vom

Erdboden verschluckt scheint? In all diesen Geschichten liegt eine Wahrheit, aber glaubst du, Kostek, mich interessiert Wahrheit?

Wir blieben also allein im Sommerlager: Iga und ich, Fräulein Alicja mit ihrer Verzweiflung, Jacek mit seiner Sehnsucht nach der unerreichbaren Warschauerin, die farblosen Posener Beamten und die uns ständig stumm abtastenden, wachsamen Augen der Frau Rochacewicz.

Hätte sie also einen Blick für mich gehabt, bevor Płeszczyński und Kornicki abgereist waren? Gewiss nicht, auch wenn sie mich vielleicht interessanter fand. Aber das ist die Macht der Umgangsformen, die nicht daher rührt, dass wir an sie glauben, sondern daher, dass sie wahrhaftig sind, eine Substanz des Lebens oder wenigstens – ohne hier philosophisch werden zu wollen – dieser Substanz auf eine Art und Weise entsprechen wie die Buchstaben des Alphabets den Lauten.

Also habt ihr euch umkreist, weil ihr musstet: Iga, in den Ferien bei ihrer Tante, denn das war Frau Rochacewicz, und ihr beide, Jacek und du.

Die Stärkeren waren fort. Einer der Posener Beamten versuchte sich in ungeschicktem Getändel, umso steifer, als die unansehnliche Ehefrau immer in der Nähe war. Er war also schwächer als du, Kostek. Könnte sich eine blühende Achtzehnjährige einem Beamten von neunundfünfzig Jahren hingeben, Sohn von irgendwem, der Kinder hat – aber von ihm werde ich dir auch nichts erzählen, warum sollte ich, Kostek, ist doch sein Leben so bedeutungslos wie jedes andere.

Sie hätte sich ihm hingeben können, aber nicht in solch einer Situation, nicht als Ferienflirt dieses dicken Büroangestellten, wenn gleich daneben Jungs waren, die vielleicht noch nicht schön, aber jung und biegsam und mit der Verheißung künftiger Schönheit ausgezeichnet waren, denn das Materielle spielte hier keine Rolle, es war Sommer, die Luft brannte und das Blut.

Sie hätte sich natürlich auch niemandem hingeben können, aber dagegen arbeitete der Ehrgeiz der Tante Rochacewicz, die ein elementares Gesetz nicht verstand – je mehr sie verbat, kontrollierte und observierte, desto mehr trieb sie Iga zu dem, wovor sie sie eigentlich bewahren wollte.

Und sie nicht bewahrte. Iga bemerkte als Erste an dir, was dir selbst nicht auffiel, Kostek. Weißt du noch?

Sie bemerkte an dir den Mann, sie als Erste. Nicht im Sinne der Reife, dazu fehlte dir noch sehr viel und fehlt dir nach wie vor, aber im Sinne des Geschlechts. Vorher hattest du kein Geschlecht, ihr Blick hat es dir gegeben.

Wer warst du vorher gewesen? Ein Kind warst du, ich war schon damals mit dir, dem einsamen, stillen Gymnasiasten, der sich von der Schule durch die Warschauer Straßen nach Hause schleppte, ihr wohntet damals schon in dieser Villa in Żoliborz, in den zwanziger Jahren gekauft. Du bist als Junge ganz in Büchern versunken, die zu unernst für dein Alter waren, hattest unernste Träume, von Schiffsreisen und Expeditionen in die verbotenen Städte Tibets, aus den Büchern, denen du zu glauben schienst, und träumtest von Nepal und von Dschungeln, von weiten Wäldern voller feuchten, üppigen Grüns, exotischer Früchte, gefährlicher Tiere, die deinem Stutzen ausgeliefert waren, und halbnackter weiblicher Eingeborener, die – einmal auf Fotos einer Illustrierten gesehen – deine holprige Jungsphantasie bevölkerten, sich dort heimisch machten, und du stelltest dir vor, wie du der Gottkönig des wilden Stammes wirst und aus ihren Männern deine kleine Armee bildest, von Händlern die neusten Gewehre und MGs kaufst, einen Aeroplan zu deiner persönlichen Verwendung und Kanonen, und die halbnackten Frauen stehen dir alle zu Diensten, zu Konstantys Diensten, sie dienen dir mit ihren

Körpern, und du herrschst über sie, und deine Phantasie servierte dir immer gewagtere Bilder dieser braunhäutigen, schweißfeuchten Körper.

Du warst anders als deine Alterskameraden, Kostek, denn sie kannten die Einzelheiten des weiblichen Körperbaus noch nicht, einmal kam es zum Streit, unter Verwendung eines sehr bescheidenen Begriffsapparats aufgrund von fragmentarischen Beobachtungen an Dienstmägden, Kinderfrauen und – was einigermaßen verschämt zugegeben wurde – den eigenen Schwestern. Also, das Möschen: Wie viele Öffnungen hat es? Eine zum Pinkeln, schließlich pinkeln die Mädchen auch, eine zum Kindergebären und eine dafür, um den Schwanz hineinzustecken?

Weißt du noch, Konstanty?

Du zerstreutest ihre Zweifel im Ton eines Menschen, der seiner anatomischen Kenntnisse überdrüssig ist.

Also eine einzige Öffnung, und man steckt es dort hinein, wo sie pinkeln? Widerlich. Aber du pinkelst mit deinem Pimmel auch, Idiot. Ja schon, aber das ist was anderes, das sind ja Mädchen.

Und wenn nur eine Öffnung, wo befindet sie sich dann? Wenn du dich auf die Frau legst, dann zielt der Schwanz nach unten, wie das Lot des Landvermessers, also anatomisch gesehen, Herr Kollege, wenn die Frau liegt, muss diese Öffnung vorn sein, damit man ihn reinstecken kann. Dummkopf, guck doch mal, hier, die Venus von Milo. Siehst du da eine Öffnung, Idiot? Selbst Idiot, Fischficker, das ist doch nur eine Skulptur. Skulptur ist, wenn der Kutscher deine Mutter im Stall bildhauert.

Dann sprachen die Fäuste, aber du hast alles geklärt. Alles.

Aber dieses Wissen machte dich ein paar Jahre später keineswegs erwachsener, Kostek. Damit konntest du den Mädchen in der Pension nicht imponieren, von wegen. Mit solchem

Wissen hättest du einer Nutte imponieren können – so jung und weiß schon, wie und was –, im Gegenteil, das Wissen lähmte dich. Andere, die nicht wussten, wie schwierig es ist, machten es schon, und alle Augenblicke kam einer stolz wie Oskar zur Schule und gestand: Die Dienstmagd, eine Prostituierte oder sonst eine Frau hat mich zum Mann gemacht! Und es ist ganz einfach, man steckt ihn rein, pumpt, steigt runter und fertig.

Du wusstest, was alles schiefgehen kann, deshalb hattest du mehr Angst als sie.

Das mit Iga fing an mit Gesprächen, mit braven Spaziergängen am Tage und konspirativen in der Nacht, du gingst einfach raus, sie schlüpfte wendig aus ihrem Zimmer im ersten Stock und stieg durchs Fenster, und dann gingen wir an den Miadziołsee oder auf den tatarischen Friedhof im Dorf und unterhielten uns, und ich führte zum ersten Mal im Leben solche Gespräche, intim, warmherzig, nah.

Dann küssten wir uns das erste Mal, am See und sogar bei Vollmond, und ich erinnere mich bis heute an den unerhörten Geschmack ihrer Lippen und wie meine Zunge schließlich zwischen diese Lippen wanderte und ihre Zähne berührte, und sie nimmt sie auf und ihre Zunge antwortete, und dann meine Hände auf ihrem Rücken, es brauchte lange, bis der letzte Zentimeter Luft überwunden war, der sie von diesem Rücken trennte, sie konnten sich zu dieser letzten Etappe nicht entschließen, taten es aber am Ende doch, und nur die dünne Wolle ihres Pullis trennte sie von der Haut; ich erinnere mich an das Gewebe, rau und weich zugleich.

Iga schauderte.

Und zwei Tage später war die Nacht so warm, fast drückend. Nach dem Abendessen flüsterte Iga mir ins Ohr, ich solle eine Decke mitnehmen, und ich wusste, was kommen würde.

Ich hatte Angst, ich würde es nicht schaffen, würde das nicht richtig machen können, ich wusste ja nicht, wie, und ging im Kopf tausendmal die anatomischen Einzelheiten durch, was mich keineswegs mutiger machte, denn von meiner Mutter kannte ich auch Wörter wie Ejaculatio praecox und andere nicht gerade ermutigende Begriffe. Ich tröstete mich damit, dass sie es auch nicht wusste – sie hatte mir schon gestanden, dass sie nie mit einem Mann gewesen war; davon war ich auch ausgegangen, anders konnte es nicht sein.

Und später, auf der Decke, schworen wir uns alles, was man sich schwören kann, wenn man das erste Mal so wirklich liebt: dass wir uns nie trennen würden, bis zum Lebensende, und alles andere. Jeder dieser Schwüre wurde gebrochen.

Dann geschah es, wir zogen uns aus, jeder für sich, wir berührten uns, und sie hatte Angst vor meinem Membrum virile, das so angeschwollen war, und als sie es anfasste, war natürlich gleich alles vorbei, und ich schämte mich, aber Iga war verständig, wenn auch unerfahren, ebenso neugierig und begierig wie geduldig, und die weibliche Intuition diktierte ihr, was zu tun sei.

Dann ihr Schmerz, der Schrei, Küsse. Danach lagen wir auf der Decke, in der Decke, aneinandergeschmiegt und versprachen uns wieder alles, die Ewigkeit.

Und dann trennten wir uns, vor dem Landhaus der Rochacewiczs, und Iga ging auf ihr Zimmer, ich in meines, und danach trafen wir uns noch einmal und versprachen uns wieder alles. Und dann trennten wir uns endgültig, und jeder von uns kehrte nach Warschau zurück.

In Warschau stritten wir uns furchtbar. Sie schwor, sich nie mehr zu melden, und tat es auch wirklich nicht, dann trafen wir uns wieder, die Sache wurde gleich viel offizieller, und dann kümmerte es uns kaum mehr, was Igas Eltern sagen würden; dann trennten wir uns, weil ich mich in Helena verliebte, Iga hasste mich dafür, bis Jacek sie nahm und ihr den Hass auf mich abgewöhnte, und wir lebten die zweite Hälfte der dreißiger Jahre in traulicher Freundschaft, die jetzt gerade, da ich mit dem Kopf auf Helas Knien liege, ihrem traurigen Ende zugehen, am vierzehnten Oktober 1939. Es klingt immer noch irgendwie seltsam – «die dreißiger Jahre».

«Dreißiger Jahre was?», fragt Hela.

«Weißt du, Hela, im August hat Iga versucht …», beginne ich. Doch Hela legt mir die Hand auf den Mund.

«Ich weiß nichts und will nichts wissen. Schweig, Konstanty, sag nichts.»

Sie hat versucht, mich zu verführen. Soll ich jetzt meiner Frau sagen, dass ich ausgerechnet da widerstanden habe, aber nicht Helas wegen, sondern wegen Jacek, denn in Trembowla hieß es: Die Ehefrauen der Kameraden Offiziere verführen wir nicht, Leutnant Willemann! Ich habe mir das gemerkt, ausgerechnet das habe ich mir gemerkt.

Iga hat es versucht, an Jaceks Namenstag, den Wedel ihm im Kakaosalon unseres Schokoladenhauses ausrichtete, wie lang ist das her, zwei Monate, eine Ewigkeit. Es war Sommer, Jacek und ich machten uns Sorgen, weil wir keine weißen Smokingjacken hatten, am Ende bestellten wir zwei und fragten uns, ob sie rechtzeitig fertig würden. Sie wurden es. Jetzt hängt diese Jacke in meinem Schrank, ich könnte die Tür öffnen und nach der feinen weißen Wolle greifen, doch wozu?

Mit Iga habe ich damals viel gesprochen, per Telefon und persönlich, wir haben uns erinnert, und zwischen uns stand diese in anderer Konfiguration unwiederholbare Nähe ehemaliger Geliebter, die sich immer noch wohlgesinnt sind, auf neue Art zärtlich zueinander, über vergangenen Hass erhaben. An Jaceks Namenstag klang ein Slowfox aus dem Film «Włóczęga» von der Platte, Mieczysław Fogg sang, und das Orchester Syreny spielte.

Und wir gingen im Kreis auf dem für diese Feier freigeräumte Parkett des Cafés, und du flüstertest mit Fogg, hattest ein hellblaues Kleid mit langen Ärmeln an und flüstertest, Iga …

Nichts weiß ich von dir
Nicht, wo dich hergeweht der Wind
Kenne weder deine Fehler
Noch weiß ich, was deine Vorzüge sind
Eines nur allein weiß ich
Über dich genau
Du machst mir mein Herze flau

Du hast wunderbar getanzt, Iga Rostańska, ich wohl auch nicht so übel, und so schön waren wir, ehemalige Geliebte im Slowfox, schnell, schnell, langsam, mein Schenkel zwischen den deinen, mein Fuß zwischen deinen Füßen, unsere Hüften, sich berührend, dein Oberkörper und dein entzückender Hals zurückgebogen, doch unsere Augen trafen sich, und du flüstertest mit Fogg, Wort für Wort.

Eines nur allein weiß ich
Über dich genau
Du machst mir mein Herze flau

Hela sah zu uns her, Hela, auf deren Knien ich jetzt liege, Hela sah zu, was dachte sie sich, wir tanzen doch nur, mein Schenkel von der Seide deines Kleides umhüllt.

Dann führte ich dich an den Tisch, und wir unterhielten uns, tranken Wermut, und als Hela nach oben ging, um nach Jureczek zu sehen, flüstertest du, nie sei es für dich mit Jacek so gewesen wie mit mir auf dieser Decke.

Eine sehr schöne Lüge war das, und dann hast du mein Ohr geleckt. Und ich sah Jacek, der mich nicht sah, und floh, ich floh zu Hela, warf die weiße Jacke über den Stuhl im Schlafzimmer und legte mich neben meine Frau, ungemein stolz auf mich selbst.

Jetzt also schweige ich, auf Helenas Knien, die weiße Jacke hängt im Schrank, absurd. Ich denke, was Jacek jetzt wohl tut, mein einziger Freund, mir nach Hela am teuersten.

«Was gibt's bei Jacek?», fragt Hela. Sie denkt an dasselbe.

«Weiß nicht.»

«Wann hast du ihn gesehen?»

«Mittwoch.

«Im Krankenhaus?»

«Ja.»

«Du wolltest Morphin.»

«Ja.»

Sie weiß es ja längst, hat mich ja gesehen, vor drei Tagen, da werde ich nicht lügen.

«Und er hat dir was gegeben?»

«Ja.»

Sie schweigt, und ich schweige.

«Ruf ihn an. Das Telefon funktioniert wieder. Sag ihm … Sag ihm, dass du Iga finden wirst.»

«Ich werde gut sein, Hela. Werde keine Drogen mehr nehmen. Und nicht trinken. Ich gehe in den Untergrund, sollen sie mich töten, wenigstens wird mein Leben dann für etwas gut sein, wenigstens werde ich für etwas von Nutzen sein.»

Ich sehe es nicht, höre und spüre aber: Sie lächelt, lächelt vorsichtig – vielleicht zweifelnd, oder aber hoffnungsvoll, freudig – ich weiß nicht.

«Aber ruf Jacek an. Immer noch die alte Nummer.»

Ich erhebe ich mich von ihren Knien, gehe zum Apparat.

«Doktor Rostański bitte. Mein Name ist Willemann.»

Was werde ich ihn fragen, was ihm sagen?

«Ja bitte.»

«Ich bin's, Konstanty.»

«Du kriegst nichts, Schluss und aus. Lass das Betteln, ruf nicht mehr an und komm nicht vorbei», antwortet er hart.

«Aber ich will gar nichts, Jacek.»

«Erzähl keine Märchen.»

«Tu ich nicht. Ich habe Schluss gemacht.»

Wir schweigen.

«Was gibt's bei dir?», frage ich dann.

«Sie sterben, einer nach dem anderen.»

Wir schweigen wieder.

«Hast du Nachrichten von Iga?»

«Noch nicht», sage ich leise. «Aber ich suche. Ich habe einen Mann, der sie finden wird, er hat Kontakte zur Polizei, zu unserer und zur deutschen. Er wird sie finden.»

«Danke, Kostek.»

«Nichts zu danken.»

Im knisternden Hörer irgendwelche Stimmen.

«Ich muss los, sie rufen.»

«Dann mach. Auf Wiedersehen, Jacek.»

Der Hörer auf der Gabel, ich zittere in meiner Wohnung, im Schokoladenhaus, Hela sieht mich an, die gute, geliebte Helena, weg ist die böse Hela, vor der ich mich fürchtete.

«Was ist mit ihm?», fragt sie.

«Nichts. Er arbeitet. Die Verwundeten sterben.»

Der tapfere Jacek, tapfer im Medizinstudium, tapferer Verbindungsbruder, tapfer mit dem Schläger in der Hand und tapfer am Operationstisch.

Tapfer war er sogar, als ich ihn wirklich umbringen wollte. Als wir vor fünf Jahren mit glattläufigen Pistolen voreinander standen und Jacek zuerst abdrücken sollte und demonstrativ in die Luft schoss, mir seine breite Brust darbot, mir ebenso entschuldigungsheischend wie verzeihend zulächelte und dann die Augen schloss.

Du wolltest ihn wirklich töten, Kostek, ich erinnere mich gut, ich stützte deine Hand mit der Pistole, und du hast gezielt, um zu töten, du hast geschossen und nicht getroffen, Kostek. Heute glaubst du, du hättest absichtlich danebengeschossen, aber das ist nicht wahr. Du hast danebengeschossen, weil die Pistole nichts taugte, denn die Sekundanten hatten in Absprache mit den Parteien die Zielvorrichtungen verstellt, ihr schosst auf einer Reitbahn der Chevaulegers aus fünfunddreißig Schritt Entfernung. Aber du hast auf seine Brust gezielt, die Brust des einzigen Menschen, den du als Freund bezeichnen konntest und kannst, sein Gesicht sahst du über dem schwarzen Balken des Laufs, sein weißes Brusthemd – denn ihr wolltet nicht in Uniform schießen, obwohl ihr das als Offiziere gekonnt hättet.

Doch die Uniformen widerten euch an, auch diese Abneigung hat euch verbunden, so wie alles euch verbunden hat und sie, Iga, euch trennte.

Iga hat euch getrennt, Iga hat uns getrennt.

Ich war schon verliebt in Hela. Wie war das, weißt du es nicht mehr, Kostek, ich weiß es nicht mehr. Und doch hast du geschossen. Ich wollte ihn nicht treffen und habe nicht getroffen, ich hätte doch Jacek nicht töten können. Sei's drum, Kostek, erinnere dich so, wie du willst.

Du liebtest Helena und hast gesehen, wie Jacek und Iga sich näherkamen, und alles war in bester Ordnung, bis du gesehen hast, wie sie sich küssen. Sie waren diskret, aber da begriffst du, dass Iga dir entgleitet.

Du siehst das nicht, Kostek, aber ich sehe es. Aus den Leibern der Geliebten wachsen schwarze Säulen, aus dem gleichen Stoff wie die unter der Haut der Geschichte pulsierende dunkle Substanz, und treffen sich, sie treffen sich in gotischen Bögen, bleiben länger miteinander verbunden, als das Leben dieser Geliebten währt, ihre Leiber sterben, die Säulen stehen, und zwischen ihnen wandeln schwarze Götter auf und ab. Das alles ist nicht deine Sache. Aber ich sehe sie und sehe die Säule aus deinem Leib und die aus den Leibern all der Frauen, mit denen du warst, ich sehe, wie sie sich im Dachgewölbe treffen, und darauf sitzt ein schwarzer, böser kleiner Gott.

Als du Jacek und Iga gesehen hast, hast du nichts gemacht, Kostek, weißt du noch?

Warum wir uns damals duelliert haben, kann ich beim besten Willen nicht mehr sagen. Das heißt, ich weiß, dass es um Iga ging, aber nicht, wie genau, ich war damals doch schon mit Hela, was konnte ich von Iga wollen?

Du erinnerst dich nicht, Dummerchen, weil du vergessen wolltest, hast es aus deinem Kopf geworfen.

Das war so: Ihr saßt in der Ziemiańska, betrunken. Man hätte meinen können, Freundschaft und Eintracht blühten zwischen euch. Ihr habt euch umarmt, trankt noch ein Gläschen Cognac, runtergestürzt wie Wodka.

Auch Iga und Hela waren da, schon miteinander befreundet, sie sahen von unten zu euch dort oben, vom Architektentisch, sie saßen mit Żorawski und den anderen, und du, Kostek, hast Jacek zugeflüstert: «Na, wie schmecken dir meine Fleischabfälle?»

Was hast du dir dabei gedacht, das Jacek zu sagen, der in Iga verliebt war, der dein Freund war? Ich weiß nicht, ob du überhaupt etwas gedacht hast. Du gingst den Pfad des Tigers, du warst ein Drache, fandst die weichste Stelle. Danach ein kleiner Skandal, sogar im «Kurjer» stand was vom Duell, ohne Namen, in spöttischem Ton, es sei ein Duell gewesen wie so viele, mit dem Dach als größtem Leidtragenden, von den Duellanten durchlöchert, als hätte dieses Dach sie beleidigt und herausgefordert und seine Karte überreicht.

Und danach habt ihr euch versöhnt, leicht habt ihr euch versöhnt.

«Schlaf jetzt, Konstanty», sagt Hela.

Also schlafe ich ein. Werde wach, am Abend. Hela hat Abendbrot gemacht, bescheiden, eine Suppe, Brot. Jureczek bekommt Fleisch, er isst und sieht seinen Papa an, den besiegten Soldaten, der im Krieg kein einziges Mal geschossen hat, er sieht ihn, den Morphinisten, sieht mein Leben, meine missglückten Zeichnungen, vertanen Chancen, mein ganzes Leben, meinen toten Vater, meine Mutter Weiße Adlerin, er sieht alles und sieht es doch nicht.

Nach dem Abendessen legt Hela Jureczek schlafen, und ich entdecke in meinen Sachen die Schokolade, die ich vor Tagen in der Hala Mirowska gekauft habe. Ich will in Jureczeks Zimmer.

«Er schläft schon.»

«Ich leg's ihm auf den Tisch, da wird er sich morgen freuen.»

Hela sieht mich an, und Liebe ist in ihrem Blick. Wir gehen ins Bett. Ihre Hand auf meinem Körper, meine auf ihren Brüsten. Sie dreht den Kopf nicht weg.

Danach drücke ich sie an mich und weine still, bis ich einschlafe.

KAPITEL SECHS

Ich schaue ihn an, Konstanty Willemann, von oben, sehe, wie er bei seiner Frau schläft, im Schokoladenhaus, verbunden in der gerade geschehenen Liebe, einander nah, sie weiß alles und vergibt ihm alles, sie schlafen, ich schaue sie an und sehe, wie die dunkle Substanz, die unter der Haut der Welt pulsiert, ihre Fühler ausstreckt. Sie ringeln sich um das Fundament, auf dem das Schokoladenhaus steht, gleiten ins Treppenhaus, klettern, ranken sich höher, suchen ihn.

Können sie ihn bezwingen?

Ich bin die schwarze Göttin. Ich spreche in der Zunge der Menschen und der Engel.

Ich lasse die Fühler steigen, lasse sie unter der Tür durchgleiten, lasse sie in Konstantys Schlafzimmer dringen, unter die Bettdecke.

Lassen oder aufhalten?

Ich lasse sie.

Die dunkle Substanz berührt Konstantys Körper.

Das Telefon klingelt.

Die dunkle Substanz ergießt sich über Konstanty, öffnet seine Lippen, dringt zwischen die Zähne, fließt in die Speiseröhre und tiefer, füllt Lunge und Magen.

«Konstanty, das Telefon», sagt seine Frau, noch nicht richtig wach.

Steh auf, Konstanty, nimm ab. Der Ingenieur ruft an, dein

Schicksal und dein Leben rufen an, du musst abheben. Konstanty, steh auf.

Die dunkle Substanz windet sich durch Konstantys Gedärme, vertausendfacht sich in den Lungenbläschen, sickert ins Blut, füllt den After, klemmt sich zwischen Backen und Schenkel, umhüllt Konstanty von außen und durchdringt ihn innen.

Das Telefon klingelt.

«Konstanty, Telefon», sagt Hela.

Ich öffne die Augen. Habe die Augen geöffnet.

«Geh, heb ab, bitte. Das muss was Wichtiges sein.» Helas Stimme im Dunkeln, wie eine Prophezeiung.

Ich stehe auf. Durch die kalte Wohnung ans Telefon.

«Hallo», flüstere ich mit matter Stimme in den Hörer, ich habe kein Licht angemacht, wische mir Dunkelheit aus den Augen.

«Hier spricht Siebenunddreißig», sagt die Stimme von Stefan Witkowski, ich erkenne sie sofort.

«Wer?»

«Siebenunddreißig», wiederholt Witkowski.

Ich brumme etwas zur Antwort.

«Bitte kommen Sie heute um elf in die Ziemiańska. Sie hat wieder geöffnet. Punkt elf.»

«Heute?», frage ich, noch nicht richtig da.

«Ja, ja.»

Es knackt. Er hat aufgelegt. Ich schaue auf die Uhr, vier in der Früh. Gott.

Alles ist zurück, alles und nichts. Ich lege mich wieder hin, schlafe aber nicht mehr ein, freunde mich mit der Zimmerdecke an, bis ein paar Stunden später am Morgen Jureczek zu unserem Bett gelaufen kommt, ganz mit Schokolade verschmiert.

«Aufgegessen!», sagt er stolz.

Ein paar Viertelstunden lang ist es, wie es sein soll, mein einziger, erster und letzter Sohn, meine Frau, ich, die Bettdecke, sein Gesichtchen mit den letzten Schokoladenresten. Witze, Balgereien, Gekitzel.

Das ist meine erste Erinnerung: Meine Mutter beteiligte sich nicht an derartigen Späßen. Sie kämmte sich die Haare vor dem Spiegeltisch, mit einer Bürste aus ganz feinen Borsten, über die ich für mein Leben gern strich, auch wenn ich getadelt wurde, wenn sie mich erwischte. Mein Vater im karierten Schlafanzug – zwanzigjährig, jetzt weiß ich das, damals nicht – und ich im Ehebett meiner Eltern, der Vater kitzelt mich, ich rufe auf Deutsch: «Nein, Vati, hör auf, Vati, es reicht, kitzle mich nicht!», und wir beide lachen, welches Jahr mag das gewesen sein? Der Krieg war noch nicht erblüht, aber die Vögel sangen schon, und die Bäume trugen Blätter, das heißt, auch der Krieg keimte schon, wovon ich nichts und mein Vater vermutlich nur wenig wusste, aber das wenige stimmte ihn fröhlich und ließ ihn den schweren Säbel schärfen, ich sehe den asymmetrischen Bogen durch die Tür, mein Vater stützt die Säbelspitze auf einen Hocker, der Wetzstein gleitet mit nassem Knirschen die Klinge nach unten, immer wieder, dann prüft Vater die Schneide gegen das Fensterlicht.

Und jetzt ich, mein Sohn und Hela, die kalte Wohnung, Mauern aus Schokolade und Wärme unter der Decke, und für einen Augenblick ist alles, wie es sein sollte, kein Krieg, kein verlorenes Leben, Leben von fremden Gnaden, kein überflüssiger Leutnant, der nie auf den Feind geschossen, aber dafür einen Menschen ermordet und ihm das Auge ausgestochen hat. Das alles gibt es jetzt nicht.

Jureczek und ich kitzeln uns und lachen miteinander, aber ich stelle mir diese Frage: Wie bringe ich das fertig? Durch welche Kraft verschiebt jetzt dieselbe Hand, die Kajetan Tumanowicz das Auge ausgeschält hat, die dünne Haut auf den mageren Rippen meines Sohnes, und er windet sich vor Lachen, Tumanowicz dagegen wand sich vor unnennbarem Schmerz.

Wer hat Kajetan Tumanowicz das Auge herausgeschält, Kostek, warst du das oder jemand anders, Kostek?

Dann das Frühstück, Brot mit einem Rest Butter, Kaffee. Ich schaue sie wieder an. Hela, Jureczek. Ich bin ein anderer Mensch. Nicht der.

Dann gehe ich in die Ziemiańska.

Und doch nicht in die Ziemiańska.

Ich verlasse das Schokoladenhaus vor zehn, will früher in der Ziemiańska sein, es sind vier Kilometer Spaziergang. Ich gehe die Marszałkowska, die Häuser stehen da, wie sie standen, jemand flickt die Bürgersteige, jemand verblendet die Fensterhöhlen mit Sperrholz.

Ängstlich von der irrationalen Vorstellung, der Ingenieur könnte mich vom Fenster aus sehen, gehe ich am Erlöserplatz vorbei und weiter, und bei Gott, an den ich nicht glaube, und bei allen Göttern, an die ich auch nicht glaube, ich bin schon an diese Warschauer Straße gewöhnt – die neue Straße, die nach der Niederlage.

Zwei Wochen, und ich habe mich daran gewöhnt. Keine grünen Uniformen und runden Krägen der Chevaulegers mehr zu sehen, keine schönen braunen und weißen Pferdchen der Chevaulegers im Orchester. Es tut mir nicht einmal leid, obwohl ich die grauen Fritzenuniformen und Motorräder doch hasse, dabei prägen sie heute diese Straße nicht mal.

Auch an den Rest habe ich mich schon gewöhnt. An die zermahlene Stadt, die gemahlenen, ein wenig grau gewordenen Menschen, an die Zettel an Wänden und Zäunen, an die verblendeten Fenster und die Händler und an den Winter im Oktober, den nie enden wollenden Winter, und an die Bekanntmachungen an den Wänden.

Die Menschen sind merkwürdig. Die Jungen, die Halbwüchsigen und Zwanzigjährigen niedergedrückt, für sie ist eine Welt zusammengebrochen. Die Übrigen – die Alten haben die Russen überlebt, die Deutschen, eine kleine Revolution, einen Krieg, die Nationaldemokraten und die Sozialisten, den Mai-Putsch und Piłsudski, die Krise und alles, was sollen ihn jetzt diese Deutschen können? Unter Beseler war es nicht schlecht, da konnte man leben. Es herrschte Ordnung. Das jetzt wird man auch überleben. Die Deutschen sind schließlich ein Kulturvolk, hat Konstanty sagen hören, auf Russisch sagte das jemand.

Ich komme am Prudential vorbei, es wirkt absolut unpassend in seinem amerikanischen, phallischen Hochmut, jetzt, nach der Niederlage derer, die es erbaut haben.

Du weißt nicht, Kostek, wie viele Niederlagen euch noch bevorstehen, euch, die ihr dieses Prudential erbaut habt, denn alle habt ihr es erbaut, die dünne Schale des zivilisierten Polentums auf dem fetten, tumben Rumpf des bäuerlichen Slawentums. Dieser Rumpf wusste, dass ihr ihn verachtet, und hasste euch für diese Verachtung umso mehr, als er wusste, dass er sie verdient hatte. Ihr seid es, die verloren haben, nicht dieser verhasste Rumpf, dem ist eure Niederlage nur lieb, euch Herren dagegen kam dieser kleine Krieg gar nicht recht. Und in der bizarrsten Lage sind jene Schichten des Gewebes dazwischen, schon an euch klebend, aber noch nicht ihr selbst, sie können nicht zum Rumpf zurück, und ihr verachtet sie, als würden sie sich sonntags Stroh in die hohen Stiefel stopfen, wohin sollen sie also, zu den Deutschen? Wenn nötig, werden sie zu den Deutschen gehen, sie würden auch zum Teufel gehen.

Und in der Mazowiecka, auf der man sich in prominenter Gesellschaft zeigen musste, in der Mazowiecka, wo Konstanty Willemann ein Dandy war, der mit seinem Stock spielte, Satellit der Künstler, durch eine geheimnisvolle zwischenmenschliche Kraft von Jarosław zum Kontakt mit diesen zugelassen, zum Neid der immerhin echten Künstler und Schaffenden, im Gegensatz zu mir begabt mit einem mehr oder weniger großen Talent, die dennoch nicht auf die Empore eingeladen wurden, ich aber doch. Nicht immer und nicht jedes Mal, aber doch.

Ja, ich hatte einen Opel mit Zeltstoffdach und war ein hübscher, vermögender Jugendlicher aus deutsch-schlesischem Grafengeschlecht, ich trug schöne Anzüge, tanzte wie der Teufel, war Ulanenleutnant der Reserve eines guten, wenn auch provinziellen Regiments, ich spielte Tennis, sprach mehrere Sprachen und passte einfach in die Welt, in der sie alle sich so gern sehen wollten.

Also hassten sie mich alle aufrichtig, diese Poeten und Poetinnen und Maler und Künstler der zweiten Liga, der zweiten Klasse, die gar nicht mal zu den Inexistenten gehörten. Sie waren präsent, schrieben, publizierten hier und da, wurden gelobt oder verrissen, lebten, waren da.

Aber wie sie lebten, armselig, mit einem einzigen Mantel, in verschlissenen, schiefsitzenden Jäckchen, durchgescheuert an Knien und Ellbogen, von einem Auto konnten sie nur träumen! Von Reisen nach Wien oder Mailand, wer von denen fuhr schon nach Paris, die hausten als Untermieter mit Arbeitergesocks aus Bulgarien und Rumänien zusammen, von solchen Hotels, in denen ich und meinesgleichen schlief und schlafe, kennen die nicht einmal das Foyer.

Und die, die nicht ganz arm waren, wie dieser junge Wilnaer Freund von Iwaszkiewicz, der die Kommunisten mochte und dessen Namen ich vergessen habe, der mit dem quadratischen Unterkiefer, Poet im Anstellungsverhältnis, kaputt und gequält von der Arbeit, weil er spürt, wie das Talent ihm durch die Finger rinnt, geplagt von Monatsrapporten und Berichten, der mit dem guten Anzug (Auto hat er natürlich keins) – die sind noch ärmer dran als die anderen, denn er hat nicht einmal seine Würde und hasst solche wie mich noch mehr.

Du erinnerst dich gut an seinen Namen, Kostek, sehr gut, Jarosław hat ihn vergöttert, das weißt du gut, wozu dieses Theater? Ich weiß sehr gut, wozu. Er war ein Dichter, und du warst einer mit monatlichem Einkommen, Stammbaum und Auto.

Er war Dichter und wird es immer sein, du dagegen, Kostek – wo ist dein Haus, wo dein Auto?

Sie verachteten mich, Jacek, unsere Frauen, Anzüge und Autos verachteten sie, Jarosław nahmen sie übel, dass er uns in den Kreis der Ziemiańska aufnahm, wir mussten uns ihre Gunst nicht einmal erkaufen, mussten keine Mahlzeiten ausgeben, sie forderten unser Geld ja nicht unverhohlen, wollten meine Schecks und Jaceks Renteneinkommen nicht. Jetzt komme ich hierher in die Ziemiańska und komme doch nicht in die Ziemiańska.

Kein einziges bekanntes Gesicht. Am Tischchen auf der Empore sitzt ein abgerissener Typ und schlürft seine Suppe. Unvorstellbar nicht nur vor dem Krieg, sondern auch noch vor der Kapitulation: dass der Kellner einen zufälligen Gast nicht von dem Tisch unter der Wandmalerei vertrieben hätte. Der hier sieht noch nicht mal nach einem Warschauer aus, eher nach einem zugereisten Flüchtling. Empörte Blicke treffen ihn, doch das ist nichts im Vergleich dazu, wie noch vor zwei Wochen der kräftigste der Kellner den Eindringling die Treppe hinuntergestoßen und dann ganz aus dem Café geworfen hätte, mit einem ordentlichen Arschtritt.

Ich setze mich an ein leeres Tischchen.

«Meine Verehrung, werter Herr», sagt der Kellner und verbeugt sich hüfttief, als wäre ich mindestens ein Radziwiłł. «Endlich ein bekanntes und edles Gesicht, werter Herr.»

Ich neige in respektvoller Dankbarkeit mein Haupt.

«Gibt es Kaffee?»

«Keinen guten, aber immerhin.»

«Wodka?»

Er nickt.

«Dann einen halben Schwarzen und einen Schnellen.»

«Wird gemacht.»

Ich greife nach der Zeitung, die im Holzgriff an der Wand hängt. Der neue «Warschauer Kurier», fünfte Ausgabe. Schon die fünfte! Vier habe ich verpasst. Ich blättere die bescheidenen Seiten durch, ein paar Artikel, eine Karte, Dutzende Inserate, die Eltern des Fähnrichs Ignacy Kasperski bitten seine Kameraden um Hinweise auf dessen Schicksal, Adresse, Telefonnummer.

Sonst nichts.

Auf Seite zwei aber die Überschrift: Schrecklicher Mord in der Lesznostraße! Der Angreifer jüdischer Herkunft ermordet den Lemberger Tumanowicz, nachdem er ihn mit einem Messer geblendet hat, aller Vermutung nach, um herauszubekommen, wo der sein Geld versteckt hatte.

Weshalb jüdisch?

Sie konnten mich nicht für einen Polen halten, weil ich Deutsch gesprochen habe. Sie konnten nicht schreiben, ein Deutscher oder Deutschstämmiger. Wenn also kein Deutscher und kein Pole, aber Deutsch Sprechender, dann war es ein Jude. Ein Schweizer wohl kaum.

Gut so. Schreiben tun die Deutschen sowieso das eine, suchen was anderes. Sicher. Aber wo wollen sie jetzt suchen, in diesem Chaos? Sie suchen nicht, keine Angst.

Keine Angst. Nur habe ich aber so eine verdammte Angst, warum habe ich Angst, warum?

So sitze ich ein bisschen in dem seltsamen Gefühl, nirgendwo zu sein, in einer nicht existierenden Welt, im großen Dazwischen.

Ich trinke den Wodka, trinke den miesen Kaffee. Stehe auf, um die Zeitung wegzuhängen. Sehe mich erneut im Café um.

Der Ignorant, der das Tischchen auf der Empore mit seinem Suppeschlürfen befleckt hat, ist verschwunden. Der Tisch, der sich an die Ellbogen von Wieniawa und Tuwim erinnert, steht leer, ich würde mich nicht daran setzen. Unten an den Tischen sitzen schon andere Gäste, die der Kellner etwas gnädiger behandelt. Sie sind seltsam gekleidet, eine Art touristische Mode war angebrochen, das habe ich schon auf der Straße gemerkt, aber darauf geschoben, dass jeder sich anzieht, wie er halt gerade kann, Hauptsache warm. Nun aber sehe ich, dass das alles ganz bewusst ist. Wanderstiefel mit Absatzeisen. Skimützen, Anoraks. Pumps und karierte Socken, sogar zwei Rucksäcke hängen an den Stühlen.

Ich lehne mich an die Bar, bestelle einen weiteren Schnellen. Der Kellner gießt sofort ein und merkt auch gleich, dass ich noch etwas von ihm will.

«Herr Ober», frage ich. «Wieso sind die hier alle angezogen wie zu einem Ausflug in die Tatra?»

Er zuckt mit den Schultern.

«Besatzungsmode. Scheinen alle schon auf dem Sprung nach Ungarn zu sein. Schauen Sie, der da nimmt nicht mal seinen Schal ab. Bald werden sie mir hier ihre Skier an die Wand stellen.»

«Haben sie keine Angst vor Verhaftungen?»

«Hier kommt doch kein Deutscher vorbei. Für die Deutschen soll angeblich das Adria reserviert sein, wenn es wieder aufmacht. Vielleicht hat es schon auf, ich weiß nicht.»

«Was Sie nicht sagen.» Ich wundere mich höflich und stehe noch eine Weile an der Bar, um dann an mein Tischchen zurückzukehren. Im Moment, in dem ich mich setze, geht die Tür auf, und Witkowski tritt ein. Lederjacke, Breeches mit Offiziersstiefeln, englische Wollkrawatte, gepunktet, Radlermütze. Er fällt auf, sogar vor dem Hintergrund der Touristen an den Tischen.

Schon an der Schwelle benimmt er sich höchst seltsam: Er bleibt an der Tür stehen und sieht sich im ganzen Saal um, mit einem durchdringenden, forschenden Blick, der alle Anwesenden abzutasten scheint. Er verharrt einen Augenblick in dieser taxierenden Pose, die Rechte sehr eindeutig in der Tasche der Lederjacken, nicht locker, sondern straff gespannt, der abgewinkelte Ellbogen signalisierte klar: Waffe in der Tasche! Vielleicht hat er wirklich eine, womöglich sogar meine Browning, aber ich glaube eher, er macht Theater.

Und plötzlich lockert er sich. Das runde Gesicht zerfließt zu einem Lächeln, er nimmt die Mütze ab, ein vernehmliches «Guten Tag!», schallt in den Saal, die vermeintliche Waffe gleitet in die Tasche zurück, ungeboren, vielleicht auch nur eingebildet.

Ich antworte nicht, immer noch erstaunt von seinem theatralischen Benehmen. Ich sehe die Gesichter der anderen Gäste des Cafés, das ja nur dem Namen nach noch die Ziemiańska war: Sie sind hingerissen! Denn tatsächlich, diese komödiantische Einlage, die Cowboy-Gesten, die Breeches und hohen Stiefel passen ausgezeichnet zu ihrem touristischen und dennoch, darum geht es ja, patriotischen Aufzug, zu der Vorführung, bei der sie hier alle mitspielen.

Witkowski steht indes schon an meinem Tisch.

«Guten Tag», sagt er noch einmal. «Gut, dass Sie hier sind.»

Er nimmt Platz, der Kellner bringt ihm ungefragt Kaffee und – interessant! – Cognac.

«Für meinen Kameraden das Gleiche», ordert er in einem Ton, als wäre ich ein hungriges Fräulein, das man mit in die Konditorei nimmt, mit Kuchen füttert und danach in einem abgeranzten Stundenzimmer vögelt, solange das Mädel sich noch an den süßen Geschmack der gefüllten Mandeltörtchen von Herbaczewski erinnert.

«Ich habe Papiere für Sie.»

Wie durch einem Zaubertrick liegt plötzlich ein Vorkriegs-Personalausweis auf dem Tisch.

«Auf den Namen Machura. Jan Machura. Wohnhaft in Warschau, arbeitslos. Werfen Sie einen Blick drauf.»

Das tue ich. Der Kellner bringt mir Cognac und den halben Schwarzen.

«Woher haben Sie mein Foto?», wundere ich mich.

Er winkt ab.

«Geben Sie her», sagt er. Ich gebe ihm den Ausweis, und der Ingenieur steckt ihn zu meiner Verwundung in die Ledertasche zurück. Ich schnuppere am Cognac. Ein guter.

«Martell?», interessiere ich mich höflich.

Der Ingenieur sieht mich uninteressiert an. Ich beschließe schnell, auf die Papiere zurückzukommen.

«Aber die Papiere brauche ich doch gleich, oder?», frage ich schüchtern.

«Ja schon. Aber jetzt noch nicht. Ich habe eine bessere Lösung für Sie, eine viel bessere. Sie gehen in die Fredry 6, Mietshaus Wawelberg. Wissen Sie, wo das ist?»

Sie, nicht du. Er hat den Respekt nicht verloren. Er schätzt mich.

«Weiß ich. Bank Zachodni.»

«Genau. Sehr gut. Dort ist der Deutsche Klub, dort gehen Sie hin und erklären sich als Deutscher. Sie kehren zum Namen Ihres Vaters zurück, ganz naheliegend. Konstanty Strachwitz von Gross-Zauche und Camminetz.»

Ich erstarre, das Gläschen auf halbem Wege vom Tisch an die Lippen. Das Cognacaroma kitzelt in der Nase, ich finde meine Stimme nicht wieder. Was der Ingenieur gesagt hat – und was war das eigentlich, eine Bitte, ein Ratschlag, ein Befehl? –, das hat sich noch gar nicht richtig in mein Bewusstsein ergießen können, aber es lähmt mich bereits.

«Die zweite, gefälschte Identität wird Ihnen auch zur Verfügung stehen, falls Sie sie brauchen. Aber am nützlichsten sind Sie unserer Organisation als Deutscher. Und Sie werden den Eid ablegen müssen.»

«Ingenieur, aber ich will kein Deutscher sein! Ich bin Pole!», jammere ich kläglich. «Das Polentum hat etwas gekostet, ich habe um das Polentum gekämpft, ich kann jetzt kein Deutscher werden, und dann noch unter diesem Namen!»

Witkowski lächelt warmherzig.

«Na, es muss schon der richtige Name sein. Sie werden unser Auge sein bei denen, aber auch unser Kontakt, Sie werden vielleicht das wichtigste Glied unserer Organisation, das notwendigste. Wir brauchen Sie nicht als irgendeinen Deutschen, sondern als Strachwitz.»

«Ich bin Willemann!», rufe ich. Erschrocken von diesem Schrei sehe ich mich im Saal um. Der Kellner guckt forschend. Witkowski lächelt die ganze Zeit, als wäre das, was jetzt passiert, längst beschlossene Sache und es gelte nur noch, meine Zicken und Klagen zu ertragen.

«Aber Sie werden heute noch Herr Strachwitz sein. Und denken Sie nicht, dass wir irgendwelche Gerüchte in Umlauf bringen. Dass Sie unser Agent sind, wird streng geheim bleiben, Sie werden demütig alle Schikanen der Gesellschaft erdulden müssen.»

«Meine Frau wird das nicht ertragen.»

Witkowski zögert einen Augenblick, weitere widersprüchliche Grimassen laufen über sein Gesicht, zuerst Kühle und Skrupellosigkeit, dann plötzlich Nachgiebigkeit und Herzlichkeit. Er breitet die Arme aus:

«Ihrer Frau können Sie es sagen.» Er lächelt wieder. «Diese Ausnahme machen wir. Ich kenne Ihren Schwiegervater, einer Frau aus solcher Familie kann man vertrauen.»

«Ingenieur, aber sie wird das nicht glauben.»

«Dann sage ich es ihr selbst. Ich zweifle nicht, dass sie das

Geheimnis wahren wird. Aber wissen Sie was, wir müssen hier jetzt eine kleine Komödie inszenieren.»

Mich überläuft ein Zittern.

«O ja. Denn sehen Sie, dass Sie Reichsdeutscher werden, das glaubt jeder sofort, bei Ihrer Abstammung …» Er sagt das leichthin, wie etwas Belangloses, aber ich sehe doch, dass er meine Reaktion auf diese Worte beobachtet, und er scheint bekommen zu haben, was er sucht, denn mich schaudert sichtlich. Er spricht lächelnd weiter: «Ja, das wird Ihnen jeder abnehmen. Aber Ihre Frau kann keine Deutsche werden. Und so wird sie als Polin nicht an Ihrer Seite bleiben. Ihr werdet euch trennen müssen. Natürlich nur zum Schein. Sogar heimliche Treffen werden möglich sein, ab und zu.»

Darauf finde ich keine Antwort mehr. Wie denn?

Protestieren, Kostek, deinen Willen verteidigen, deine Würde, die du dir mit so viel Mühe erkämpft hast. Versuch es, lieber Junge, versuch's.

«Aber ich habe doch gerade noch gegen sie gekämpft», protestiere ich.

«Du hast doch gar nicht geschossen, oder? Wir haben darüber gesprochen», sagt er, ohne auch nur für einen Augenblick sein Lächeln abzusetzen, das Lächeln einer Haifischschnauze.

Mir bleibt die Luft weg, wieder duzt er mich.

Kostek, lächerliche Fleisch- und Hautkugel, mein niedliches Spielzeug, Kostek, mein Einziger …

Witkowski stößt mich in die Seite.

«Ein Scherz, lieber Herr. Du hast gegen sie gekämpft, und sie werden dich dafür respektieren. Hast du von Guderian gehört?»

Ja, sicher. Der General. Ich nicke.

«Irgendwelche deutschen Cousins von ihm, aus Chełmno, haben auch als unsere Offiziere gekämpft, angeblich gut gekämpft, doch jetzt betrachten sie ihren Eid als obsolet, weil, stellen Sie sich vor, Polen nicht mehr existiert, also ist der Eid ungültig …»

«Es existiert ja auch nicht mehr», falle ich ihm ins Wort. «Vielleicht ist er wirklich aufgehoben.»

Der Ingenieur lacht sehr laut auf, klatscht sich auf die Schenkel.

«Gut, gut! Das müssen Sie sagen, wenn Sie gefragt werden. Sehr gut!»

Plötzlich wird er ernst, und ich begreife, dass Witkowski einfach das Schauspiel liebt, die abrupten Stimmungswechsel.

Nichts hast du begriffen, Kostek, nichts weißt du, kannst die Menschen nicht lesen, denen du begegnest, weil du blind bist, nicht verstehst, was Menschsein heißt.

«Aber jetzt im Ernst, das wissen Sie: Polen ist hier!» Der Ingenieur donnerte sich auf die breite Brust. «Und bei Ihnen auch. Ich weiß das.»

Er steht auf.

«Wenn Sie sich bei denen gemeldet und eingetragen haben, rufen Sie mich bitte an, wir werden Sie vereidigen, und Sie kriegen weitere Befehle. Na, bis dann.»

Er klopft mir auf die Schulter. Ich stehe auf, immer noch wie von Sinnen.

«Meiner Mutter muss ich die Wahrheit sagen.»

Er lächelt breit, fröhlich wie der joviale Hausherr in einer schaumigen Komödie.

«Das ist wirklich nicht nötig, aber das wirst du sehen. Na ja, ich muss los. Das Vaterland wartet. Habe die Ehre!»

Ich antworte mit einem undeutlichen Murmeln, kann wieder nichts mit dem neuen Ton dieses weder rein geselligen noch ganz dienstlichen Kontakts anfangen, und was hätte ich sagen sollen, «jawohl, Herr Ingenieur. Ehre sei dem Vaterland»?

Du hättest einfach diese Befehle nicht annehmen sollen,

Kostek. Aber da du es getan hast, spielt es keine Rolle mehr, wie du reagierst, mein Lieber.

«Ah, fast hätte ich's vergessen», Witkowski kehrt auf halbem Wege um. «Das ist für Sie.»

Er legt ein kleines, dickes Papierquadrat auf den Tisch, ein mehrfach gefaltetes Blatt. Und geht raus, verschwindet, war er wirklich hier gewesen? Der seltsame Blick des Kellners spricht dafür.

Ich falte das Papier auseinander. Mit grüner Tinte steht da auf Polnisch geschrieben: «Iga Rostańska, verhaftet bei Radzymin am ersten Oktober, gegenwärtig in Untersuchungshaft in der ul. Szucha 25, kann ins Gefängnis in der ul. Dzielna 24/26 verlegt werden.»

Erster Gedanke: Was hat sie am ersten Oktober bei Radzymin getan? Warum ist sie aus Warschau geflohen, statt Jacek zur Seite zu stehen?

Zweiter Gedanke: Jacek anrufen, das heißt ja, dass Iga am Leben ist, am Leben! Ihm alles erzählen – aber auch von den Fotos bei Salomé?

Dritter Gedanke: Ein Tag, er hat das im Laufe eines Tages herausbekommen. Das ist also keine alberne Westentaschenorganisation, die nach Taten dürstet und mangels Möglichkeiten und Mitteln tatsächlich gar nichts bewirken kann. Witkowski kann. Warum also nicht mit ihm zusammenarbeiten in dieser Sache? Selbst wenn er die deutsche Identität überzieht. Das größte Opfer bringen, sein Leben fürs Vaterland zu geben, das kann jeder Soldat – aber sich selbst verleugnen, den eigenen Namen und die Ehre, sich nicht nur Kugeln einzufangen, sondern sich den Beschimpfungen und Bespeiungen stolz zu stellen – bin ich dazu bereit?

Vielleicht nur deshalb, weil ich daran denke, wie groß mein Ruhm nach dem Sieg sein wird? Wenn die Masken fallen und das breite Publikum aus würdigem, glaubhaftem Munde erfährt, dass Konstanty Willemann niemals seinem Vaterland abgeschworen hat, nur einen Auftrag ausführte, den das Vaterland ihm anvertraut hat.

Nicht nur deshalb, nein.

Ja, Kostek, hab keine Angst vor dem Gedanken an Heldenmut, schäm dich dieses Gedankens nicht, antreiben soll er dich, was sonst könnte dich antreiben? Ja, Kostek, mein Liebster, mein Einziger.

Also nicht nur deshalb. Selbst wenn ich als Deutscher sterben sollte, mein Leben verlieren und damit für immer auch den guten polnischen Namen, bin ich dennoch bereit dazu?

Du bist bereit, Kostek, denn so bist du erzogen, von Vater und Mutter gleichermaßen, bereit zu sein zu sämtlichen Opfern dieser Art, keine Angst davor zu haben, denn es sind metaphysische Opfer, sie bedürfen keiner gesellschaftlichen Bestätigung, es genügt, wenn du selbst dich entschließt, sie berühren deine intime Beziehung zu diesem höchst seltsamen, geheimnisvollen Wunder, dem Vaterland.

Vaterland.

Ich trinke den Cognac und spüre nach den zwei Schnellen und diesem Gläschen schon einen leichten Rausch.

Und aus diesem Rausch steigt ein Gedanke auf, nein, der Schatten eines Gedankens allenfalls, wie der Stich einer winzigen Nadel, irgendwo tief verborgen.

Das Fläschchen voller regenbogenfarbener Freude und Vergessen und der Körper der süßen Salomé, die weiße, weiche Haut und die Falten und der Geschmack und die Hitze ihrer Fraulichkeit und die pralle Haut ihrer Brüste …

Doch nein, nein, ich unterdrücke das Gefühl. Ich bin nicht mehr dieser Konstanty. Wohin hat es mich geführt, dass ich Konstanty der Morphinist und Hurenbock war – dahin, dass ich einem Menschen das Auge herauskratzte, um ihn anschließend kaltblütig zu ermorden, obwohl er mir zuvor mein Leben geschenkt hatte. Nein, keine Drogen, keine Geliebten mehr.

Jetzt zählt nur Polen.

An der Bar bestelle ich noch einen Cognac und kippe ihn gegen alle Sitten hinunter, will bezahlen – doch der Kellner lässt es nicht zu.

«Aber wieso nicht, Herr Ober?»

Er lächelt diskret und wohlwollend.

«Die Herren trinken hier umsonst», sagt er, als wüsste und verstünde er alles.

Dagegen lässt sich schwer argumentieren, was bleibt mir also übrig?

Jacek fällt mir ein.

«Kann man bei euch telefonieren?»

Der Kellner bückt sich höflich und reicht mir einen schwarzen Bakelitapparat an langer Schnur. Der Amtston erklingt, ich wähle die Nummer des Krankenhauses und bitte um Doktor Rostański.

«Nicht da», antwortet die traurige Stimme der Krankenschwester, die ich irgendwie mit dem ausgelaugten Fräulein mit prallem Hintern assoziiere, deren Verwelken im Dienst an den Kranken ich bedauerte, als ich Jacek das letzte Mal besucht habe.

«Ist nach Hause gegangen, schlafen, ausruhen, er war seit zweiundsiebzig Stunden auf den Beinen», fügt sie hinzu, als wäre sie ermächtigt, sämtliche Details aus dem Leben des Dr. Rostański mitzuteilen.

Ich danke und lege auf.

Also was jetzt?

Ich könnte noch einen trinken, aber das tu ich nicht. Nach Hause? Es erklären, Hela fragen, was sie davon hält? Zu meiner Mutter?

Aber nein. Das bin ich Jacek schuldig. Ich bin ihm Iga schuldig.

Es trägt mich zu Jaceks Wohnung, meine Beine tragen mich, aber gehe ich da durch die Straßen, setze ich diese Schritte in den schlammverdreckten Stiefeln, bin ich es, der da geht? Was treibt mich zu ihm?

Jaceks Wohnung ist groß, eine Arztwohnung, in einem Mietshaus an der Wilcza. Ich laufe die Marszałkowska lang – wird er zu Hause sein, ich weiß es nicht, aber ich gehe, getragen von der Überzeugung, dass es möglich sei, sein Leben durch einen Willensakt zu ändern. Ich lasse mein anderes Selbst in Salomés Wohnung, in dem Haus in der Lesznostraße zurück, am Leichnam von Kajetan Tumanowicz, das andere Selbst ist nicht mehr da.

Ich bin jemand anderer: bereit, alles zu opfern, ich bin der, der einem Freund geholfen hat, der der Versuchung des Rausches widerstanden hat, ich bin würdig, mutig, bin polnischer Offizier, bin Mensch, bin Mann, ich bin, bin, es trägt mich diese Treppe hinauf und bis vor Jaceks Tür, das Vorkriegsschildchen im Blechrahmen daran, Dr. med. Jacek Rostański, also klingle ich, kein Strom, die Klingel stumm, klopfe also, Jacek, mein einziger Freund, sei zu Hause.

«Jacek, mach auf, ich bin's!», schreie ich in die Tür.

Und endlich macht er auf, er ist da, ist zu Hause, mein Jacek.

Im gestreiften Schlafanzug steht er vor mir, der Blick völlig abwesend, das Haar zerzaust, und ich stehe da und rieche noch vor der Schwelle seinen unfrischen Atem. Er setzt die Brille auf, die Drahtkringel wollen nicht richtig hinter das Ohr, jetzt hat er sie aufgesetzt.

«Kostek», sagt er leise, nur das.

Er lässt mich in die Wohnung, die groß und schön ist, aber voll schrecklicher Unordnung und Dreck. Iga nicht da, kein

Dienstmädchen, Jacek war auch weg, aber wer hier alles so zerwühlt hat, weiß ich nicht.

Ich gehe ins Wohnzimmer, Jacek schlappt mir hinterher, als wäre ich hier der Hausherr.

Ich setze mich in den Sessel, ungebeten.

«Ich hab kein Morphin», stößt er schließlich mit einer Stimme hervor, so leblos wie die vertrockneten Blumen im Zimmer, Vorkriegsblumen, von Igas Hand gepflanzte Blumen.

«Ich will kein Morphin, hab ich doch gesagt.»

«Was willst du dann?» Die einfache Frage eines ausgelaugten, verbrauchten Menschen.

«Ich weiß, wo Iga ist.»

Jacek schwankt erschüttert, taumelt, lehnt sich gegen die Wand und gleitet an dieser Wand nach unten wie etwas Ausgerotztes.

«Sie lebt?»

«Ja. Verhaftet. In der Szucha 25, dort ist jetzt die deutsche Polizei. Sie könnten sie auch in den Pawiak verlegt haben.»

«Aber wofür verhaftet, meine Iga, wofür?», jammert er, schon durch Tränen, Tränen, für die er keine Kraft hatte, kaputt, erschöpft, leer.

«Ich weiß nicht, wofür, Jacek. Hör jetzt zu. Ich hole sie da raus.»

Er hört nicht zu, er weint, ist umgekippt, liegt jetzt auf dem schmutzigen Parkett und weint, ein großes Kind mit dem Titel Dr. med.

Und ich beginne zu erzählen, von allem. Keine Geheimnisse. Von Witkowski, von der Organisation und davon, dass ich für die Organisation Deutscher werden würde.

Das heißt, von allem nicht. Ich kann ihm nichts von der Ermordung Tumanowiczs sagen, davon kann ich niemandem erzählen, das gebe ich nicht einmal vor mir selbst zu. Ich habe es ja auch schon beinahe vergessen.

Und du wirst es ganz vergessen, Kostek. Du wirst es aus deinem Kopf verbannen, dieser Tumanowicz wird dich nur in deinen Träumen besuchen, aber in solchen, die nicht geradewegs ins Bewusstsein dringen, von denen nur Säfte durchsickern und dich tropfenweise vergiften. So wie sie deine Erinnerungen vergiften, Kostek. Du erinnerst dich nicht, aber ich erinnere mich, ich war immer bei dir.

Du erinnerst dich nicht, wie du einen Kameraden verpetzt hast, der einen anderen Kameraden liebte, du weißt nicht mehr, wie du den Pedell am Ärmel genommen hast, fester dunkelblauer Stoff, Messingknöpfe, und ihn auf den Dachboden der Schule führtest, wo diese Jungs nackt dastanden und sich küssten, und der Pedell, spießbürgerlich und aufrichtig empört, hat sie nackt am Ohr gepackt, ihre Hände bedeckten schamvoll das mit jungem Haar bewachsene Geschlecht, hielten es, als versuchten sie, das Leben aufrechtzuerhalten, das gerade zu zerbrechen drohte, und der Pedell, ein großer Mann mit Schnurrbart, führte sie zum Kabinett des Direktors und sorgte persönlich dafür, dass diese Sodomie sich nicht vertuschen ließ. Er verlor später dafür seine Arbeit, denn der Direktor wollte die Sache gütlich beilegen, er war ein Mann von Welt und wusste, dass diese Liebe in der Intelligenz keine Seltenheit war. Der Pedell aber hasste die Jungen aus den Intellektuellenfamilien, er hasste sie mit jedem Tag mehr, weil er seine eigenen lumpenproletarischen Söhne sah, deren Leben in den immer gleichen Bahnen verlief, genau wie seines, er ging damit sogar zur Zeitung, wusste, dass diese Illoyalität ihn die Stellung kosten könnte, und verlor sie prompt, aber die Sache ließ sich nicht mehr vertuschen, und die Jungs flogen vom Gymnasium und waren gebrandmarkt, durch dein Zutun, Kostek, du erinnerst dich nicht, aber deine Berührung, Kostek, am Ärmel des Pedells, deine Worte haben dafür gesorgt.

Dafür erinnerst du dich, wie die beiden dich gequält haben,

du hasst sie noch immer dafür, wie sie sich über deinen Akzent lustig machten, dich in den dunklen Nischen der Schulkorridore geprügelt, dir aus dem Fenster auf den Kopf gespuckt haben, stärker als du, älter und nicht wissend, wozu du fähig bist, nichts ahnend von deiner Geduld und deinem Hass, Kostek. Und sie erfuhren nie, dass du es warst, der ihr Leben zerstört hat, dass der Pedell sie deinetwegen nackt durch die Schule führte und in die Kriminalberichte, weil er danach mehr als gern mit Journalisten sprach, das erfuhren sie nicht, denn dir lag nichts daran, dass sie es erfuhren. Nicht darin sollte deine Rache bestehen.

Deine Rache sollte damals nicht in deinem persönlichen Triumph bestehen, du wolltest einfach ihr kleines, gemeines Leben zerstören, und ich habe dir dabei geholfen, ich habe dich auf ihre Spur gebracht, bis du sie erwischt hattest, bis du ihren Liebestreffpunkt gefunden hattest und sahst, dass sie sich wirklich liebten, so wie Fünfzehnjährige lieben können, lieben gegen alles und gegen alle.

Du bist ihnen später wiederbegegnet, einer von ihnen verkehrte in den unteren Sphären der Künstlerkreise, publizierte sogar in der Zeitschrift «Prosto z Mostu», der andere war angeblich nach Berlin gezogen, mehr wusstest du nicht. Und selbst als du mit dem einen am selben Tisch saßest, dachtest du nicht an deine Rache, du hattest es vergessen, auch er dachte nicht daran, wie er dich gequält hatte, denn du hast ihn gebrochen, hast ihm mit dieser Denunziation alle rüde Kraft geraubt. Als er da nackt vorgeführt wurde, verlor er mit jedem Blick, der ihn traf, ein wenig von seiner männlichen Kraft – selbst wenn die Blicke nicht höhnisch waren, und die Mehrheit sah ihn mit Mitgefühl an, denn wegen seiner bekannten Vorliebe für das Malträtieren von Schwächeren war er in der Schule allgemein beliebt.

Und der, der nach Berlin gezogen war, das weißt du nicht,

Kostek, wurde der Geliebte eines gewissen Sturmführers der SA, entging wie durch ein Wunder dem Tod in der Nacht der langen Messer, nur um nach Dachau zu kommen und dort zu sterben. An Typhus.

Also erzähle ich Jacek vom Ingenieur, davon, dass ich Deutscher werden soll und warum, davon, dass es mir als Deutschem gewiss gelingen würde, Iga rauszuholen, denn ich werde kein x-beliebiger Deutscher sein, es wird mir also gelingen, keine Sorge, Jacek, keine Angst.

Und er weint, weint, dann schläft er für einen Moment ein, wacht wieder auf, als wäre er nüchtern geworden.

Ich überlege, ob ich ihn nach dem Foto fragen soll, das ich bei Salomé gesehen habe, Jacek weiß von Salomé, deshalb wäre es nicht übermäßig kompliziert, das zu erklären, aber muss er das wissen?

Nein, muss er nicht, noch nicht, erst will ich Iga aus diesem Gefängnis holen, ich weiß nicht, wie, aber irgendwie hole ich sie da raus, dann frage ich Iga nach dem Bild, kläre das mit ihr, erhasche dabei eine Spur der alten Intimität, werde weder be- noch verurteilen, sondern verständnisvoll und wohlwollend sein, Iga wird in mir einen Vertrauten haben, der alles verzeiht.

Also erzähle ich Jacek von Witkowski und der Organisation und so weiter. Aber Jacek hört nicht zu.

«Du holst sie da raus?», fragt er die ganze Zeit. «Wirklich?»

Also beruhige ich ihn, lulle ihn ein, wie man ein Kind einlullt. Und gehe, lasse ihn allein.

Nach Hause, zu Hela, zu Jureczek. Ich gehe, aber so ging ich noch nie, die Stadt trägt mich, die Stadt halbtot und doch lebendig, Warschau.

Mein Schokoladenhaus, wer bin ich, wenn ich deine Treppen hochsteige, an die Tür klopfe, wer bin ich?

Und dann in der Nacht unterhalten wir uns.

Ich mache mir bewusst, wer diese wunderbare Frau ist,

die ich wirklich liebgewonnen hatte, um diese Liebe dann zu vergessen, weil andere kamen, Salomé kam mit ihrem weißen, hurenhaften Körper, einem Körper, dessen Weichheit und Fülle mir nie mehr aus meinem Kopf gehen wird, und doch war Salomé nicht einmal ein Teil dessen, was Hela für mich ist.

Und ich beschuldige sie insgeheim so gern und verurteile sie, als würde ich sie hassen, dabei liebe ich sie. Beschuldige sie, dass sie die Tochter ihres Vaters ist, dabei ist sie das keineswegs mehr, als jedes andere Kind seiner Eltern ist.

Und sie liebt mich mehr, als sie Polen liebt.

Liebt sie dich mehr als Polen, Kostek?

Ich weiß es nicht.

Ich sage, ich werde Reichsdeutscher und wir werden uns trennen, sie wird mich verleugnen müssen. Damit die Geschichte glaubwürdig ist. Nicht ausgeschlossen, dass sie ihr Jureczek wegnehmen wollen, aber das werde ich zu verhindern suchen.

«Wir sagen einfach, Jureczek ist nicht dein Sohn», rät Hela. «Sondern die Frucht einer Affäre mit irgendeinem Polen.»

Ich schlucke das, ich schlucke sehr laut.

Und sie sieht das alles und versteht. Jureczek schläft schon, und Hela nimmt mich in die Arme, führt mich ans Bett, und ich weiß doch, dass sie von meiner Untreue weiß. Sie weiß aber auch, dass ich sie wahrhaftig liebe, also sagt sie mir die süßesten Worte, flüstert mir ins Ohr, ein Zuckerwürfel nach dem anderen, wir werden uns heimlich treffen, nach dem Krieg werden alle die Wahrheit erfahren, und ich werde ein Held sein, sie wird keinen anderen Mann ansehen, ihr tut das auch weh, wie eine Stilettwunde mitten im Herzen, aber sie versteht, dass es sein muss, weil Krieg ist und nichts weiter als logisch, dass ich mit meinem Deutsch und meiner deutschen Abstammung Polen am meisten, am besten dienen kann. Sie knöpft mein Hemd auf, dieses Opfer muss man bringen, ich erkenne sie gar nicht wieder, sie küsst meinen Hals, kein Mann wird sie berühren, wir werden uns treffen, Kostek, und was ist mit Jureczek? Jureczek erzählen wir eine kleine Lüge, dass der Papa wegfahren musste, und wenn die Kinder auf dem Hof ihm sagen, der Papa ist ein Scheißdeutscher geworden, dann lasse ich ihn nicht mehr auf den Hof, Kostek, sie küsst meinen Bauch, wie sie ihn nie geküsst hat, liebkost meinen Körper, wie noch nie, liebkost mich so, als wäre sie ein Mann und ich die Frau, die es zu entflammen gilt, doch du wirst ihn sehen können, wenn er schläft, Kostek, du wirst ihn zudecken, und später, nach dem Krieg, sagen wir ihm alles, und er wird einen Helden zum Vater haben, sie knöpft mir die Hose auf, zieht sie vorsichtig herunter, zieht meine Unterwäsche aus, ich bin gespannt, ob sie mich so küssen wird, wie mich bis jetzt nur Salomé geküsst hat, sie nimmt mich in die Hand, und ihr Blick trifft meine Augen, wenn ich sie jetzt ermuntern würde, würde sie, aber ich will nicht, ihr Mund soll rein bleiben, also ziehe ich sie hoch zu mir, sie küsst mich auf den Mund, ich würde dich lieben, Kostek, sogar wenn du wirklich ein Deutscher werden würdest, denn du bist meine ganze Welt, ich könnte dich nicht nicht lieben, mich gibt es ohne dich nicht, Kostek.

Ich bin nackt, sie angezogen. Sie reißt sich von mir los und entblößt sich, wie sie sich nie vor mir entblößt hat, sie zieht sich nicht aus wie zu hygienischen Zwecken, nicht verschämt, um gleich darauf unter die Decke zu schlüpfen, denn sie mochte es nicht, dass ich sie in einer erotischen Situation ansah, jetzt aber erlaubt sie es mir, ihre Brüste, ihr Bauch, das helle Haar im Schritt, und als sie das Kleid abstreift, noch der goldene, kaum sichtbare Dunst der hellen Haare unter den Achseln, sie stützt die Hände auf meine Brust und setzt sich auf mich, und wir lieben uns, wie wir uns noch nie geliebt haben, Hela mit offenem Mund und die Augen geschlossen.

«Und jetzt geh dorthin», sagt sie, als wir unter der Decke geborgen sind.

«Nie haben wir uns so oft geliebt», erwidere ich. «Gestern Nacht und jetzt wieder.»

«Nie habe ich dich so sehr geliebt wie jetzt, Konstanty. Deshalb. Aber jetzt geh, nimm die Papiere, sie sind im Arbeitszimmer, in der unteren Schreibtischschublade, nimm die Papiere und geh.»

Ich küsse sie, ihre Zunge in meinem Mund wie eine Vorhut des Begehrens, und ich würde mich gern, könnte mich schon wieder mit ihr vereinigen, doch Hela schiebt mich sanft zurück, lachend, aber doch.

«Geh, geh, es ist Zeit, Konstanty.»

Ich stopfe die Papiere in die Aktentasche, die Schulzeugnisse, Militärpapiere, alles, ziehe mich an und gehe und denke daran, dass ich zum letzten Mal als amtlicher Pole durch die Straßen Warschaus gehe, aber zu grüßen gibt es ohnehin kaum jemanden, deshalb gehe ich noch auf einen Kaffee zu Lardelli, setze mich unter die Palme und trinke einen halben Schwarzen, aber nicht einmal dort treffe ich einen Bekannten. Nach dem Kaffee ziehe ich weiter.

Was suchst du, Kostek, was suchst du in der Stadt in deinem Tweedanzug, die Fresse wundgeschlagen von dem, den du ausgelöscht hast?

Vielleicht sollte ich mich selbst fragen, warum ich ständig bei dir bin, warum ich dir nacheile, warum ich dich nicht verlasse?

In der Marszałkowska springe ich auf eine Fuhre, die von einer Schindmähre gezogen wird, nur ein Stehplatz noch frei, die harten Bänke alle besetzt. Ich könnte ein ländliches Weibsbild zu überzeugen versuchen, dass mein Körper mehr auf einen Sitzplatz angewiesen sei als ihr Eierkorb, aber ich bin nicht in der Stimmung für einen Streit mit dem Landvolk, schweige und gerate unschön ins Schwanken, wenn die Fuhre über Schlaglöchern aufspringt.

Die Fahrt im Stehen auf einem Pferdewagen ruft mir plötzlich Bilder ins Gedächtnis: Holzschnitte aus der französischen Revolution, die Verurteilte auf dem Weg zum Schafott zeigten.

Ich steige aus, gehe durch den Sächsischen Garten, weine kurz vor den Brandresten des Sommertheaters, mit dem ich so viele schöne Erinnerungen verbinde, so viele Frauen! Komme auf die Fredrostraße hinaus und bleibe vor der Bank des Juden Wawelberg stehen, der beim Januaraufstand mitgekämpft haben soll. In diesem Haus befindet sich der Deutsche Klub.

Ich trete ein, ohne eine Ahnung, was ich tun soll. Doch kaum habe ich die Tür geöffnet, weiß ich es.

Der Flur ist schon voll. Voller Anwärter aufs Deutschsein, wie ich sogleich begreife.

Ein bunter Querschnitt der Gesellschaft, alles drängt sich vor den Türen, von denen die zweisprachigen Schilder noch nicht entfernt worden sind.

Die Tür geht auf, und sofort strömen mehrere Personen beiderlei Geschlechts in die Räume des Klubs.

Ich bleibe an der Wand stehen und beschließe, mit unverbrüchlicher Geduld so lange zu warten wie nötig.

Für die drängelnde Menge habe ich nur Verachtung: Verräter, Konformisten, erbärmliche Kreaturen, in deren Adern oft bestimmt kein einziger Tropfen deutsches Blut fließt, sie sind hierhergekommen, wie sie zu jedem gekommen wären, der stärker ist. Kanaillen. Gesindel. Echtes Lumpenpack und kleinbürgerliches Lumpenpack, gebildet, im Anzug und dennoch Gelump.

Die Tür geht wieder auf, und ein empörter Gentleman tritt heraus, der in sehr kantigem Deutsch brüllt, er kenne jemanden aus Himmlers engstem Kreis und werde sich bei ihm beschweren, was hier vorgehe, schreie zum Himmel!

Das Letzte ruft er schon auf Polnisch.

Hinter ihm im Zimmer sehe ich – meine Mutter.

Wie sie sich verändert hat! Indianerhäuptling Weiße Adlerin sitzt nicht mehr im Sessel hinter einem Schleier weißen Haares, ihre Haare sind straff zu einem dünnen Zopf gesteckt und dieser im Nacken zu einem zierlichen Nest gebunden. Das Gesicht unverändert, greisenhaft, die Hände greisenhaft, aber sie hat etwas an, das wohl eine weibliche Uniform aus dunkelgrünem Stoff darstellt, ohne Rangmerkmale oder Abzeichen.

Auch sie hat mich gesehen, lächelt, winkt mir zu, die Menge tritt auseinander wie unter dem Stab des Moses, und ich gehe hinein.

Eine Art Kommission arbeitet hier, die von Bewohnern Warschaus schriftliche Anträge auf Anerkennung als Deutscher entgegennimmt. Hinter dem Tisch sitzen zwei Zivilisten, die ich vielleicht sogar einmal gesehen habe, ihre Gesichter kommen mir bekannt vor, dort sitzt auch ein Mann in einer mir unbekannten Uniform, mit einem Monokel im Auge, das gar nicht zu der nachlässigen Frisur und dem schlecht rasierten Kinn passen will. Und meine Mutter sitzt dort, als wäre Katarzyna Willemann als oberste Instanz berufen, das Deutschtum der Einwohner Warschaus zu bewerten.

«Das ist mein Sohn», sagt meine Mutter schlicht.

Und deine Verachtung für die an der Tür drängelnde Masse zerfiel zu Staub, deine Sicherheit, dass das so getan werden musste – für Polen – zerfiel ebenfalls. Denn wenn Weiße Adlerin hier in dieser grünen Uniform ohne Rangabzeichen steht, heißt das, dass es Polen nicht mehr gibt, ganz einfach.

Deine Mutter war für dich Polen, Kostek. Vielleicht war sie überhaupt Polen, nicht nur für dich, vielleicht konzentrierte sich ganz Polen in ihr.

Ich bleibe vor ihnen stehen.

Meine Mutter lächelt mich herzlich an. Ich kenne dieses Lächeln nicht.

«Ich freue mich, dass du gekommen bist», sagt sie auf Polnisch. «Aber das war nicht notwendig. Ich habe schon alle Formalitäten für dich erledigt. Die aktuelle politische Situation erscheint mir in gewissem Sinne als Triumph des vorindoeuropäischen Substrats über die arischen Eroberer, verstehst du? Du kennst die Theorie von Sigmund Feist, oder?»

Natürlich kenne ich sie nicht, verstehe nichts, höre nicht einmal zu. Denn was soll das nun wieder, wie jetzt, du hast die Formalitäten für mich erledigt, ohne mich zu fragen, und wenn ich nun Pole werden wollte, ich will ja schließlich Pole sein, was dann? Schecks, gnädige Schecks, barmherzige Schecks, Mutterschecks, Opel Olympia, Schokoladenhaus, Smokings, Autorallyes, Flugzeug nach Venedig, das alles.

«Hier unterschreib, bitte.»

Ein Dokument auf Deutsch, von knochiger Mutterhand gereicht, Deutsches Reich, Kennkarte, Adler wie auf den Uniformen, in der Mitte Konstantin Michael Eduard Willemann und Konstantins Foto, das gleiche, das ich im polnischen Pass hatte, an zwei Stellen gelöchert.

«Hier, mach deine Fingerabdrücke, bitte.» Die Mutter spricht an diesem Ort ungehemmt Polnisch, warum spricht sie Polnisch, wir sollten hier doch Deutsch sprechen.

Sie schiebt mir ein Schächtelchen mit Tusche zu, ich drücke Daumen und Zeigefinger beider Hände ab, sage kein Wort. Meine Mutter faltet das Dokument zusammen, reicht es mir mit strahlendem Lächeln.

«Ich begrüße Sie in den Reihen des deutschen Volkes, Herr Willemann.»

Du verstehst nichts und lässt alles mit dir geschehen, Kostek. Siehst das Abzeichen am Jackettaufschlag deiner Mutter. NS-Frauenschaft. Und verstehst nichts.

Ich werde dir nicht erzählen, dass das alles für sie ganz einfach ist. Ich lasse dich denken, was du willst, du wirst deiner Mutter Gemeinheit vorwerfen, niedrige Beweggründe, Angst, dann wirst du diese Gedanken bekämpfen: Wer weiß, vielleicht tut sie das auch auf irgendjemandes Weisung, so wie du.

Sie hat einfach immer getan, was sie wollte.

So ist deine Mutter, Kostek, du hast sie nur nie kennengelernt. Nie, seit ihr nach Warschau kamt und sie sich in der Einsiedelei ihres Zimmers verkroch, zu dem nur du und Stach Zutritt hattet, du holtest dir deine Schecks dort ab, Stach kam zu vielstündigen Audienzen, bei denen sie redete und er zuhörte; er kannte sie doch viel besser, als du sie je kennengelernt hast.

Warum ist sie jetzt Deutsche geworden?

Aus einem einzigen Grunde: weil sie es so beschlossen hat. Diese Entscheidung traf sie eines Morgens. Die slawische Zeit ist vorbei, es ist Zeit, wieder Germanin zu werden. So wie sie damals beschlossen hat, Polin zu sein, eingeschlossen im Irrenhaus in Rybnik, wollte sie Polin werden, denn das Polentum war für sie die absolute Überschreitung. Ihren Arzt, den jungen Psychiater von Koneczny, machte sie zum Polen, um diese Transgression zu vervielfachen, und weil sie als behandlungsbedürftige Verrückte über keine anderen Mittel verfügte, tat sie es mit Hilfe ihres Körpers.

Ich war damals bei Koneczny und erinnere mich an die schwarzen Nächte des jungen Psychiaters: die junge Ehefrau im Bett mit dem Säugling und seine schwarzen Nächte. Die Frau mit dem Kind wird dann nach Berlin fahren, das Kind wird später bei Cambrai umkommen, das war es dann auch schon mit seinem Leben, in den Dreck getreten, väterlicher Betrug, Deutschland, Krieg, ein Splitter, das Ende, Würmer. Als Martin noch klein ist, sitzt sein Vater am Tisch, die Öllampe rußt, er sitzt da und guckt. Der Strich, den der Schnaps auf die Flaschenwand zeichnet, sinkt schnell mit jedem Gläschen tiefer. Mit dem Wodka versucht er, die Erinnerung an den Körper seiner Patientin zu betäuben. Später beichtet er einem Priester, dann beichtet er einem Freund, und der Körper der jungen Willemann schlängelt sich durch Augen und Hände in sein Hirn, auch durch den Mund, mit dem er sie kennengelernt hat, und durch den Schwanz, der plötzlich überhaupt nicht mehr die junge, schöne Ehefrau begehrt, nur noch die achtzehnjährige Patientin, und am Ende gewinnt dieser Körper alles.

Gebrochen verlässt er Frau und Kind, gebrochen holt er Katarzyna Willemann aus der Anstalt, gebrochen wird er Pole, gebrochen liebt er sie bis zum Wahnsinn und verliert den Verstand, schießt sich gebrochen mit dem Revolver in den Schädel, nachdem sie ihm erklärt hat, sie könnten sich nicht mehr sehen, denn sie wolle, dass Alfred Konieczny sein Leben dem Kampf um die polnische Sache widme, statt es mit ihr im Federbett zu vervögeln.

Das verkündete sie ihm, während sie seinen Samen in sich spürte, gleich nachdem er aus ihr herausgeglitten war auf das zerdrückte Laken. Er kannte sie und wusste, sie macht keinen Spaß, sie würde ihre Meinung nicht ändern, zog sich hastig an, noch die letzten Krampfschauder spürend, die leblose Wonne in der Erinnerung, lief nach Hause und durchschoss sich den Kopf mit einer Kugel vom Kaliber sechs Millimeter.

Ich saß damals noch eine Weile bei ihm, streichelte seinen weißen, polnischen Kopf, sah zu, wie das auf den Revolver gespritzte Blut in die Rillen der Trommel sickerte, dann verließ ich ihn und wartete lange auf einen Würdigen, bis ich hinter deinem Vater stand und auch ihn verließ, als du fünf warst, Kostek, und stellte mich hinter dich.

Ich habe dich immer mit den polnischen Augen deiner Mutter gesehen, Kostek. Jetzt sehe ich dich mit den deutschen

Augen deiner Mutter, Konstanty, und du willst nicht glauben, dass sie überhaupt nie geschlafen hat, aber ich weiß, dass sie nie schlief. Ein bisschen bin ich sie.

Du kannst es nicht verstehen: Zwischen der damaligen Entscheidung, Polin zu werden, und der jetzigen, Deutsche zu werden, verläuft eine gerade Linie: Deine Mutter ist der reine Wille, deine Mutter kommt dem Göttlichen nahe, und wenn sie wollte, könnte sie mit ihrem Willen Hitler aufhalten, könnte der Sonne am Horizont Einhalt gebieten.

Aber du wirst das nicht verstehen, du kannst das nicht.

Und jetzt geh, geh weg von hier.

«Geh jetzt, wir reden später», sagt deine Mutter in der dunkelgrünen Uniform, der im Nacken geflochtene Zopf wie ein großer Nagelkopf.

Du verabschiedest dich und gehst, betäubt, gehst einfach raus, die Kennkarte in der Hand, in der Tasche den polnischen Pass. Die im Flur versammelten Deutschenanwärter machen dir Platz. Sie schauen auf das Dokument in deiner Hand und sehen dich mit einer gewissen Verachtung an, potenzielle Verräter den vollendeten Erzverräter, oder sehen sie dich mit Bewunderung, Achtung, Angst an?

Ein Deutscher in grauer Uniform drängelt sich durch, kein Adler auf der Brust, der Kragen geöffnet, schwarze Krawatte, braunes Hemd, über der Krawatte und dem Hemd ein Gesicht, das du kennst, aber nicht erkennst. Dieser Deutsche grüßt dich, er lächelt dir zu. Jetzt weißt du es, Sym! Ihr seid euch manchmal begegnet, einmal wurdet ihr einander sogar vorgestellt, bei irgendeinem abendlichen Gelage im Spatzen. Hela war entzückt, den Abgott ihrer Schülerjahre kennenzulernen.

Sein Blick entsetzt dich: Vielsagend lupft er den Mützenrand, vertraulich, als gehörtet ihr allein schon durch die Anwesenheit im Deutschen Klub zusammen, er in der grauen Uniform, du mit der Kennkarte des Reichsdeutschen in der

Hand. Als wollte er sagen: Schau mal an, wie wir Deutsche von der Geschichte getragen werden. Von ihrem Geist.

Vielleicht hat er ja recht mit diesem Blick.

Du gehst wie betäubt, Kostek, trittst hinaus auf die Fredrostraße, es hat angefangen zu regnen, du trittst hinaus, als würde es nicht regnen, du nimmst den Regen gar nicht wahr. Du gehst wie betäubt durch den Park, durch die Straßen, die Kennkarte hast du in der Innentasche der Jacke.

Du kehrst zurück zu dem Haus Marke E. Wedel, die Tür zu deiner Wohnung steht auf. Du trittst ein. Nicht da.

Sie sind nicht da. Weder Hela noch Jureczek. Hast du damit nicht gerechnet? Hast du gedacht, es könnte anders sein?

Wie oft bist du vor ihrem Körper geflohen, bist geflohen vor dem Kindergebrüll, vor dem Abendbrot mit der Familie, irgendwohin geflohen, in die Ziemiańska oder zu Salomé, oder in die Tatra, zu zufälligen Liebhaberinnen und zufälligen Freunden, nur weit weg, ihre Stimmen loswerden, die Gesichter derer, die du am meisten liebtest und dennoch nicht ertragen konntest.

Heute sind sie nicht da. Und auf einmal ist das Fehlen von Helas Körper heftiger als die Lust, die sie dir letzte Nacht geschenkt hat, ihren Körper, ihre Brüste, Bauch, Schultern, Gesäß, ihr helles Haar, sie haben dir Hela weggenommen, wer hat sie dir weggenommen, Polen, böse Menschen, Witkowski, wer?

Ein Brief auf eurem Bett. Was kann schon darin stehen, du liest und verstehst kein Wort, es klingt wie Musik, bewegend, aber bedeutungslos, und du verstehst dennoch.

Sie ist fortgegangen. Hat das Geld mitgenommen, du wirst sehen müssen, wie du zurechtkommst, dir wird es leichter fallen, deshalb hat sie alles genommen. Ihr werdet euch heimlich treffen, natürlich, werdet ausmachen, was und wie und wann Polizeistunde ist, der Vater darf nichts erfahren, er soll die Legende glaubwürdig machen, anders geht es nicht.

Dabei betrifft die Polizeistunde dich doch gar nicht mehr. Was betrifft dich dann, Kostek?

Wer bist du, eingeklemmt zwischen Wand und Bett, weinend wie ein Kind, ein Mörder, ein Hurenbock, ein nüchterner Morphinist, wer bist du, Kostek?

Du bist mein.

So wie du bist: Mein und verweint, einsam, verloren, ohne Geld, voller Hoffnung schläfst du ein zwischen Wand und Spiegel, ohne dich zum Schlafen auszuziehen.

KAPITEL SIEBEN

Und am Morgen, am anderen Morgen ist schon der siebzehnte Tag im Oktober, du erwachst neben dem Bett, und dich dürstet.

«Sitio», sage ich zu der leeren Wohnung.

Willst du etwa Jesus parodieren, Kostek? Oder vielleicht den Lateinlehrer vom Gymnasium? Für wen hältst du dich? Für niemanden, genau das ist deine Tragik.

Dich dürstet nach Wasser, als hättest du einen Kater, dabei hast du doch nichts getrunken, dich dürstet nach Morphin, aber du hast doch Nüchternheit gelobt, wenigstens in dieser Hinsicht, du hast sie zum zweiten Mal gelobt und willst diesen Eid nicht brechen. Du dürstest nach Helas Körper und weißt doch, dass du ihn lange nicht, dass du ihn überhaupt nie mehr haben wirst. Du dürstest nach dem Hurenkörper deiner Salomé, hast aber zu viel Angst vor ihr, um jetzt zu ihr zu gehen, nicht wahr? Du dürstest nach allen Körpern, die du je gekostet hast, von Iga bis Hela.

Ich werde nicht zu Salomé gehen. Ich rappele mich vom Boden auf, schäle mich aus den Kleidern, ins Bad, Waschen, Rasieren.

Im Spiegel mein Gesicht. Nicht meins.

Deins, Kostek.

Im Spiegel das Gesicht eines Verräters? Nicht das eines Verräters, im Spiegel das Gesicht eines Helden. Eines Helden?

Eine neue Klinge in den Rasierer, die Bartstoppeln abgeschabt. Ein frisches Hemd, eine andere Krawatte, den Anzug vom Vortrag ausbürsten, als wäre kein Krieg, wieder in den Schrank damit. Ich hänge ihn weg.

Im Schrank keine Kleider von Hela, keine Röcke, Blusen und keine Unterwäsche. Ihre Regale leer und dennoch voller Hoffnung.

Ich schließe den Schrank.

Iga. Szucha 25, im Ministerium. Ganz in der Nähe.

Ich gehe.

Ministerium für Glaubensbekenntnisse und Öffentliche Aufklärung, großartig. Aufgeklärt hat es die polnische Öffentlichkeit, auf jeden Fall.

Dem Wachmann weise ich mich mit meiner Kennkarte und dem Wiener Deutsch aus. Die Stimme unter dem Helm zeigt mir den Weg. Zimmer Nummer zweihundertfünfundsiebzig.

Und unter deinen Füßen ergießt sich die dunkle Substanz, als gingest du über einen nassen Teppich. Hier ereignet sich Geschichte.

Was ist Geschichte, Kostek? Dünger, Futter für die schwarzen Götter, Summe von Jammer und Tränen, Staub und Asche.

Geschichte ereignet sich, wenn du das Büro dieses Deutschen in grauer Uniform betrittst, hinter dem polnischen Mahagonischreibtisch, an dem bis vor kurzem noch ein Referent mit dem Namen Kopczykiewicz Berichte über die Situation der orthodoxen Kirche in der Wojwodschaft Nowogródek verfasst hat und jetzt, genau in dem Augenblick, Kostek, in dem du dieses Büro betrittst, sitzt Referent Kopczykiewicz in einer kalten Lemberger Wohnung bei seinem Mütterchen, zu dem er geflohen ist, und schaut aus dem Fenster auf die brave sowjetische Patrouille, bei deren Auftauchen sich die Straße leert.

Ein Deutscher sitzt an seinem Schreibtisch, in dessen

Schubladen noch Kopczykiewiczs Füllfeder, Löschpapier und Akten mit seiner Unterschrift ruhen, denn der Deutsche interessiert sich nicht besonders für den Inhalt dieser Schubladen.

Na, fang an, Kostek.

Nach dem Grund der Verhaftung frage ich nicht. Kraftvoll, ernsthaft, mit einer Selbstsicherheit, als wäre ich überzeugt, dass allein die Tatsache, dass ich Reichsdeutscher bin, mich dazu berechtigt, die Freilassung der Frau meines Freundes, meiner ehemaligen Geliebten zu fordern.

Dabei ist das völliger Blödsinn, aber was bleibt mir sonst? Ich rechne damit, dass das gelingen könnte im Chaos der ersten Okkupationstage, bevor alles sich klärt, absetzt, erhärtet.

Der Deutsche hört aufmerksam zu, ich fordere nur die ganze Zeit.

Der Deutsche hört, nickt. Notiert sich den Namen, bittet, ihn zu buchstabieren.

«Sie sind sicher, dass sie hier interniert ist, ja?»

«Ja.»

«Aber woher wissen Sie das eigentlich?»

«Ich weiß es ganz einfach.»

Der Deutsche geht zum Gegenangriff über.

«Wenn sie verhaftet wurde, dann bedeutet es, mein Herr, dass sie was angestellt hat. In welchem Verhältnis steht sie zu Ihnen? Sie haben vor dem Krieg in Warschau gewohnt, Sie sind nicht aus dem Reich, oder?»

Schlag zurück, Kostek, nur in welche Richtung? Weiter fordern und hart spielen oder eher das Einvernehmen suchen? Dir gefällt das runde, milde Gesicht dieses Beamten in seiner bescheidenen Uniform mit dem bescheidenen Band des Eisernen Kreuzes am Knopf, dein Vater hatte genau so eins, erinnerst du dich. Der hier auch für den ersten Krieg, wofür sonst, für den jetzigen konnten sie noch keine vergeben, er ist vielleicht zehn Jahre älter als du, da wurde er bestimmt 1918 noch einberufen, denkst du dir und hast recht damit, denn genauso war es, dann folgte die übliche Geschichte solcher Soldaten, Freikorps, Kapp-Putsch, Stahlhelm, die dunklen Weimarer Jahre, SA, dann SS, Geheime Staatspolizei, ein Dienst, bei dem er sich nicht besonders hervortat. Du weißt das nicht, Kostek, aber erkennst es doch irgendwie, ahnst es bei diesem runden Gesicht mit den guten, blauen Augen.

Also doch lieber einvernehmlich, oder? Ich spreche erst kurz über mich, erzähle, wie schwer es ein Deutscher in Warschau hat, und plötzlich suggeriert mir etwas, einen Satz über meinen Vater zu sagen, der im großen Krieg gekämpft und dann mit den polnischen Aufständischen um Oberschlesien gefochten hat, auch ich war in polnischer Uniform an der Bzura und habe das Tapferkeitskreuz bekommen.

Schon ist mir seine Aufmerksamkeit sicher.

«Also Sie sind Deutscher?», fragt er verstört.

«Ja natürlich», rufe ich, natürlich, ich war polnischer Staatsbürger, habe meine Pflicht bis zum Ende getan – aber jetzt gibt es Polen nicht mehr. Ich halte meinen Eid für erfüllt und kann mich endlich mit meinem wahren, nationalen Vaterland vereinigen. Ich sehe, wie dieser Widerspruch in ihm arbeitet. Ein Deutscher, der gegen uns gekämpft hat, aber die Rhetorik versteht er, sie spricht ihn an. Das Gespräch mit mir interessiert ihn jetzt, das ist das Wichtigste.

Dass ich nur nicht vergesse, wer ich wirklich bin, ich spüre, dass mir das leicht passieren könnte.

Also zur Sache, zur Sache. Da wir nun schon so vertraulich sind, jetzt mal von Soldat zu Soldat: Es ist meine Geliebte. Polin, aber völlig apolitisch.

«In Zeiten des Krieges ist alles politisch, jeder ist politisch», stellt mein Gegenüber zutreffend fest.

Ich stimme zu, verweise aber sofort auf eine Erfahrung, die ihm vertraut sein sollte. Würden Sie nicht alles daransetzen, um ein Mädchen zu retten, das Ihnen lieb ist, sei sie nun eine Polin oder sonst wer?

«Sie denken doch nicht vielleicht, dass ich mich in eine Judenbraut verlieben könnte, oder?», lacht die graue Uniform. «Andererseits, richtet sich das Herz nach parteilichen Reden?», fügt er gedämpft hinzu, augenzwinkernd.

Also ist er verliebt oder war es oder wird es sein.

Sturmführer Merkel, so lautet sein Name, den er dir nicht sagen kann, Dienstvorschrift. Der Sturmführer versteht, das ist richtig. Aber Sturmführer Merkel hat auch seine Prinzipien. Hat auch seine Bedürfnisse, in Berlin hat er ein Mädchen, dem er keinen Antrag machen kann, weil er schon mit einer Frau verheiratet ist, auch wenn sie ihm nichts bedeutet. An dem Mädchen mit dem schwarzen Haar und den blauen Augen dagegen, dem Mädchen namens Bernadette liegt ihm mehr als an allem auf der Welt, und er ist wahnsinnig eifersüchtig, zumal er ihr erster Liebhaber war und dummerweise glaubt, er könnte sich ihre Treue mit Geschenken von der Front erkaufen.

Von der Front – denn er hat ihr immer noch nicht gesagt, dass er bei der Gestapo ist. Weil er glaubt, es könnte sie abstoßen, und das glaubt er, weil Bernadette die Nazis wirklich hasst und den Jazz liebt, also wie könnte sie sich in einen Gestapomann verlieben?

Doch Sturmführer Merkel ist ein Dummkopf und versteht nichts von der Liebe: Bernadette könnte ihn als Nazi, als Kommunisten oder Juden liebgewinnen, aber wenn sie ihm nicht treu bleibt, dann deshalb, weil sie aufhört, ihn zu lieben, und nicht, weil er sie nicht mit von der Feldpost gesandtem Gold befriedigt.

Gold, das sie nicht braucht und nicht schätzt, sie schätzt nur seine Augen, seine warmen, weichen Lippen und seine tiefe Stimme, mit der er ihr ins Ohr flüstert, wenn sie nackt im Bett liegen, in ihrem kleinen Zimmer in der Sedanstraße in Schöneberg.

Doch Sturmführer Merkel weiß das nicht, und er belügt die kleine, arme Bernadette, lügt ihr vor, er habe keine Frau, sagt nichts von der Gestapo, weil er nicht an ihre Liebe glaubt.

Und deshalb braucht Sturmführer Merkel Geld, für jene Geschenke, auf die seine kleine Telefonistin überhaupt keinen Wert legt.

Deshalb schweigt Sturmführer Merkel jetzt und sieht eindringlich diesen seltsamen, gutaussehenden Mann im erstklassigen Anzug mit weißem Tüchlein in der Brusttasche an, mit seinem makellosen österreichischen Deutsch und einem Gesicht, aus dem der Sturmführer Selbstsicherheit liest, aber auch Kompromissbereitschaft und Skrupellosigkeit. Sturmführer Merkel glaubt an Gesichter, er glaubt an das geheime Alphabet der Proportionen von Augen, Nase, Mund.

Du weißt das alles nicht, Kostek, aber ein bisschen ahnst du es.

«Die Liebe hat ihren Preis, Herr Willemann», sagt Sturmführer Merkel.

Verstehe schon. Ja, wie hatte ich das außer Acht lassen können? Ich stimme mit einem Lächeln zu. Ja, sie hat ihren Preis, und wir alle zahlen ihn auf die eine oder andere Weise, unvermeidlich.

«Ja, also wie viel?», frage ich lächelnd.

In Sturmführer Merkels Kopf arbeitet es fieberhaft, er will nicht übers Ziel hinausschießen, aber noch weniger zu kurz greifen, am Ende nennt er einen Betrag, bitte sehr:

«Zweitausend Dollar müssten reichen.»

Erst jetzt macht er sich Gedanken: Wird er diese Entlassung durchsetzen können? Selbst wenn er die Hälfte des Bestechungsgelds weiterreicht, nach oben – wird er es schaffen? Ungern würde er diesen netten Warschauer Deutschen mit dem wie geschnitzten Unterkiefer und den blassblauen Augen, die ihn an die Augen Bernadetts erinnern, hintergehen. Also gelobt er sich: Selbst wenn er drei Viertel des Geldes weitergeben müsste, diese Entlassung wird er durchsetzen.

Doch wir versprechen nach unserer Hoffnung und halten Wort nach unserer Furcht. Das notierte ein französischer Fürst, der seit dreihundert Jahren tot ist, aber was macht das.

«Wird gemacht», sagt mein schöner, geliebter Kostek und erhebt sich mit der Sachlichkeit des Militärs, erhebt sich und will das Gespräch nicht ungebührlich in die Länge ziehen, da alles gesagt ist, was gesagt werden musste.

Sturmführer Merkel steht sofort höflich auf, sie verabschieden sich mit einem Händedruck.

Als Konstanty schon an der Tür ist, lässt der Sturmführer den deutschen Gruß vorschnellen, straff wie eine Erektion.

Und was soll ich jetzt tun, fragt sich Konstanty, ich frage mich, was ich tun soll, ist das nicht ein weiteres Glied in der Kette meines Verrats, nicht vergessen, wer ich wirklich bin, um Gottes willen, ich spiele den Deutschen erst seit ein paar Stunden und fürchte schon zu vergessen, wer ich bin.

Doch was ist überhaupt Verrat? Um jemanden oder etwas außer sich selbst zu verraten, müssten wir erst glauben, dass da etwas existiert außer uns selbst, und daran ist schwerer zu glauben als an Gott, so schmerzlich und bitter ist die menschliche Einsamkeit, jede Einsamkeit, die Einsamkeit des Einsiedlers, die Einsamkeit der Mutter von fünf Kindern, die Einsamkeit des von Freunden umflatterten Bonvivants und die des Soldaten im Schützengraben.

Wer denkt das? Denke ich das oder du, Kostek? Eher ich, aber wir sind ja verbunden, also denkst auch du ein bisschen so, nicht wahr?

Ich werfe die Hand zum Gruß hoch wie den Lauf der Flugabwehrkanone.

«Heil Hitler», sage ich und lege einen leicht sarkastischen Ton in meine Stimme, schließlich haben wir eben ein Schmiergeld vereinbart, da kann man schwerlich ernsthaft mit dem Hitlergruß um sich werfen.

Der bezaubernde Gestapomann scheint zu verstehen, denn er zwinkert mir zu, während er sich setzt.

Ich gehe hinaus in die Stadt, die jetzt im doppelten Sinne nicht mehr meine ist.

Von zu Hause werde ich Jacek anrufen und ihm die gute Nachricht mitteilen, also kehre ich heim, ohne Eile.

Unterwegs bekomme ich jedoch Appetit. In der Wohnung habe ich nichts, das Café ist geschlossen, also gehe ich zu Lardelli, den Umweg nehme ich in Kauf.

Drinnen sitzen sie unter Palmen, als wäre überhaupt kein Krieg, an den runden Tischchen, konferieren, schlürfen ihren Kaffee. Immer wieder das Gleiche: Sobald du die Straße verlässt, scheint gar kein Krieg zu sein.

Unter der Palme in Thekennähe bemerke ich Rudzik und er mich. Seine Gesellschaft verlockte mich noch nie, ich kenne ihn als dümmlichen Langweiler, aber es wäre unhöflich, einen Bekannten, wenn man ihn einmal bemerkt hat, nicht zu begrüßen und sich nicht zu ihm zu setzen.

Ich gehe also hin, lächle routiniert und strecke die Hand aus. Rudzik dagegen springt auf wie vom Blitz getroffen, und ich begreife sofort – denn ich sehe, wie ihm vor Wut die Knie zittern und die Hände, aber man hat ja Willenskraft, Rudzik ist schließlich Offizier, auch in Zivil, man ist beherrscht, also steht man auf und geht an mir vorbei, als wäre ich überhaupt nicht da, meine Hand steht in der Luft und wird zum Mittelpunkt des ganzen Cafés, sämtliche Blicke ruhen auf dieser rechten Hand. Rudzik versucht, noch mutiger zu sein, er tut, als blicke er durch mich hindurch, um mir zu sagen, dass er keine Angst hat.

Und jetzt spüre ich, wie der Zorn mir plötzlich ins Blut rauscht.

Ich sehe, dass Rudzik gern noch eins draufgeben würde: mir vor die Füße spucken oder ins Gesicht, mich vielleicht sogar ohrfeigen.

Rudzik aber bemerkt etwas in deinen Augen, Kostek, das Heulen von Kajetan Tumanowicz und das Blut, das aus dessen leerer Augenhöhle rinnt, Rudzik bemerkt das und bekommt jetzt Angst, er erschrickt über das, was er tut, und ist dann entsetzt, denn er kann ja schließlich nicht mehr zurück, was soll er tun, in plötzlicher Kehrtwendung die deutsche Pfote des Verräters drücken, jetzt, wo alle gucken, wo er lärmend den Stuhl zurückgeschoben hat? Aber er sieht das Blut in diesen Augen: Er weiß, dass er seinem Aufspringen und der Verweigerung des Händedrucks nichts mehr hinzufügen kann, reißt daher die Sportjacke des Tatrawanderers von der Stuhllehne und geht hinaus, rennt, flieht geradezu.

Die Blicke lösen sich von deiner Hand, denn alle haben Rudzik fliehen sehen. Natürlich, sie werden das anders nennen. Sie werden sagen, er habe dir nicht die Hand gegeben, er sei mutig, aber jetzt sind sie zu nichts in der Lage, zu keinem Verachtungsbeweis, denn auch sie fürchten mit seiner Angst, der Angst des Majors Rudzik.

Und du, Kostek, wirst dieses Kreuz tragen. Besser gesagt, dieses Adlerbeil wirst du auf den Schultern tragen, als Opfer fürs Vaterland.

Auf Rudzik geschissen. Auf euch alle geschissen. Der Kellner eilt herbei und versucht, die Balance zwischen der Dienstfertigkeit gegenüber mir, dem Deutschen, und einer für das Kaffeehauspublikum aufgeführten Distanz zu mir zu wahren, der Arme ist zwischen Hammer und Amboss geraten. Ich werde es ihm nicht leichter machen, ich habe nicht vor, es irgendjemandem leichter zu machen.

Ich setze mich mit einem dünnen Kaffee und Butterbrot, denn auf Kuchen – es gibt wieder Kuchen! – habe ich keine Lust, und an handfestem Essen haben sie nur Brot.

Ich greife nach dem Hänger mit dem «Nowy Kurjer» und ernte wissende Blicke: Ein käuflicher Deutscher, der liest natürlich den «Kurjer». Geschissen auf euch. Ihr lest ihn doch selbst, irgendwas muss man ja lesen. Ich durchblättere die Zeitung, vor allem die Anzeigen, nichts Interessantes, trinke meinen Kaffee aus und gehe. Ich gehe zu Jacek.

Ich finde ihn dort, wo ich ihn verlassen habe, in seiner Wohnung, im Schlafanzug, als hätte ihn die Nachricht, dass Iga am Leben ist, nicht im mindesten auf die Beine gebracht.

«Sie lassen sie raus. Für zweitausend Dollar. Hast du die?», frage ich schon an der Tür.

Jacek antwortet nicht, sondern geht wortlos ins Wohnzimmer, öffnet den Sekretär, nimmt eine ziemlich dicke Brieftasche heraus, sieht die Fächer durch und zieht zwei Fünfzigdollarscheine heraus. Mit Präsident Grant. Dazu fünfhundert polnische Złoty.

Ich setze mich in den Sessel, Jacek legt das Geld vor mir hin.

«So viel habe ich.»

Und sinkt zurück auf die Couch, auf der er ohne Zweifel die letzten Tage verbracht hat. Die Zimmerdecke ausgebleicht von seinem stumpfen Blick.

«Jacek, um sie dort rauszuholen, muss man das Geld besorgen.»

Er dreht sich zur Sofalehne.

«Das ist meine Strafe», sagt er, gedämpft vom Plüsch der Lehne. «Gott straft mich für meine Missetaten.»

Ich bin ratlos. Ich müsste ihn trösten, ihm die blöde Idee einer Strafe aus dem Kopf schlagen, ihn zum Handeln bewegen, zwingen.

Müsste, müsste. Kostek, bist du irgendeinem Menschen

etwas schuldig? Die Menschen begegnen sich nicht, jeder Mensch ist seine eigene, kleine Welt, niemand ist dem anderen etwas schuldig.

Du bist Hela nichts schuldig und nicht Jureczek, bist Jacek nichts schuldig, und niemand ist dir etwas schuldig. Du bist allein geboren und wirst allein sterben. Es ist eine Illusion, dass irgendjemand dir irgendwann etwas Gutes getan hätte. Dass deine Mutter dich als Kleinkind gestillt hat? Sie hat dich gestillt, weil sie deinen Hunger nicht ertragen hätte. Was hat es dir gebracht, dass du als Kind nicht gestorben bist? Was bringt alles Gute, das man uns tut, wenn es doch nur unser Leid verlängert und die Illusion nährt, wir könnten zu Lebzeiten glücklich werden?

Auch das Böse brauchst du nicht heimzuzahlen, bist keine Rache schuldig.

Ich stehe auf.

«Ruf mich an, wenn du etwas hast», sage ich ohne Überzeugung, dass die Worte überhaupt zu ihm dringen.

Und gehe nach Hause. Jacek hat sich bestimmt nicht einmal die Mühe gemacht, die Tür hinter mir zu schließen.

Ich steige die Treppe hoch, unsere Wohnungstür ist angelehnt. Es läuft mir kalt den Rücken hinunter. Ich stelle mir vor, der nationaldemokratische Posener Schwiegervater könnte drin mit dem Revolver auf mich warten. Oder ein deutscher Polizist mit Handschellen, um mich für den grausamen Mord an Kajetan Tumanowicz zu verhaften.

Auf mich wartet jedoch nur der Ingenieur, wie ich feststelle, als ich die Angst überwinde und die Wohnung betrete. In meinen Sessel gefläzt, die Beine übereinandergeschlagen, wippt er mit Fuß und Unterschenkel, der in einem chromledernen Offiziersschuh steckt.

Ich grüße und versuche, meine Überraschung zu verbergen. Der Ingenieur kommt sofort zur Sache. «Haben Sie sich in der Fredro angemeldet?» Die Frage klingt in Anbetracht seiner früheren Allwissenheit seltsam.

Als Antwort zeige ich die Kennkarte. Witkowski studiert das Dokument, als stünde mindestens ein halber Roman darin.

«Der Name sollte doch Strachwitz lauten!», sagt er unwillig. «Und außerdem, wie hast du diesen Ausweis in nur zwei Tagen gekriegt?»

Höre ich Argwohn in seiner Frage?

«Das ist nicht Ihre Angelegenheit, mit Verlaub», erwidere ich zu meiner eigenen Überraschung mit fester Stimme. «Der Auftrag ist erfüllt.»

Witkowski verschlägt es für einen Augenblick die Sprache, seine Lippen bewegen sich, als zerkaue er etwas, winden sich wie Regenwürmer in der Pfütze. Plötzlich steht er auf, geht ans Fenster, sieht hinaus und macht eine wegwerfende Bewegung.

«Wir werden Sie vereidigen», sagt er.

Und das tun sie. Ein grauer, hagerer Mann mit Pilotenmütze und altmodischem Pudermantel mit Militärgürtel tritt in die Wohnung. Auch er trägt eine runde Drahtbrille, Witkowski stellt ihn als den Fahrer vor.

Die Hand hat er in der Manteltasche, wieder diese gespannte Andeutung eines Fingers am Abzug, er behält sie da die ganze Zeit, während ich den Eid ablege, und ich weiß selbst nicht mehr, ob das Theater ist oder ob er wirklich bereit wäre, mich zu erschießen.

Das weißt du, Kostek, das weißt du. All das ist Theater, der Krieg ist Theater, der Eid ist Theater, die Konspiration ist Theater, die Deutschen sind Theater.

Aber wenn das Theater ist, frage ich mich, was ist dann wirklich, als ich im Namen des Allmächtigen Herrn in Seiner Dreifaltigkeit und der Heiligen Maria Mutter Gottes schwöre, was ist wirklich, bin ich wirklich?

Bin ich denn wirklich? Wir sind Kreise auf dem Wasser.

Ich gelobe also zu kämpfen, nicht zu ruhen, Befehle auszuführen, mein Leben zu geben, gelobe alles, was man in solchen Situationen schwört, die ganze Scheiße, Vaterland, Krieg, unverbrüchlich, unermüdlich bis zum letzten Blutstropfen, Organisation, Unabhängigkeit, Einheit der Grenzen.

Und was ist wirklich? Es gibt keine Welt und gibt mich nicht, Gelöbnis im Schattentheater, Kreise auf dem Wasser, Worte im Wind.

«Sechsundfünfzig ist dein Deckname», flüstert Witkowski. «In der Organisation duzen wir uns.»

Ich zucke mit den Schultern.

«Ich habe eine erste Aufgabe für dich. Nach Krakau fahren, eine gewisse Rochacewicz hat dort Geld für uns. Einhunderttausend Dollar. Einhunderttausend! In deinen Händen wird es am sichersten sein.»

Sicher in meinen Händen. Wirklich? Ich bin schließlich ein anderer Mensch. Rochacewicz? Wie der Herrenhof, auf dem ich Iga kennengelernt habe.

«Wie finde ich sie dort?»

«Du bist Offizier der Aufklärung. Das wirst du schon schaffen», lächelt der Ingenieur. «Sagen wir, das ist ein Training, bevor wir dich nach Budapest schicken.»

«Wann?», frage ich.

Witkowski sieht auf die Uhr.

«In einer halben Stunde geht der Wehrmachtszug vom Hauptbahnhof. Passagierzüge fahren noch nicht, aber mit der Kennkarte kommst du vielleicht rein, Siebenundfünfzig.»

«Sechs», korrigiere ich ihn.

Er sieht mich wirr an und schüttelt die Schultern.

«Mit dem Geld meldest du dich in der Wohnung der Łubieńska, aber hinterlass es nicht, sondern warte damit auf mich.»

Darauf verschwinden sie.

Und du, Kostek, tust, was du zu tun hast, packst Unterwäsche in die Aktentasche und gehst zum Bahnhof, mit deinem Deutschtum in der Hand, und wartest, die Zeit läuft, in diesem halben Bahnhof, dieser halben Ruine; du wartest unter Horden von Deutschen und Halbdeutschen, graue Uniformen, dunkelgrüne Krägen mit weißen Balken zugeknöpft, Offiziersstiefel und Pionierstiefel, Patronengürtel, du wartest und fragst auf Wienerisch und lächelst wienerisch, wartest vierzehn Stunden, alles tut dir weh, Kostek, viel Erotisches geht dir durch den Kopf, Salomé, Hela, Iga, und du denkst viel daran, dass man Iga aus dem Gefängnis holen muss. Gut, dass du den Mantel mitgenommen hast, denn es wird kühl, immer kühler; dunkel und immer dunkler unter der Decke, Salomés warmer Körper, ihr leicht salziger Geschmack, ihre weiche Haut und das Fläschchen voller bunter Wärme, sie ergießt sich in deine Adern, sie wärmt dich – würde dich wärmen, Kostek, wenn du nur zu dieser kleinen, süßen Schlampe gehen würdest, die das Fläschchen für dich hat, aber du gehst nicht, o nein, das tust du nicht, denn du bist nicht mehr der Kostek, der zur schwarzen, bösen, falschen Hure Salomé geht, bist nicht der Kostek, in dessen Adern das Glück schwimmt, lösliche Ruhe, und du in ihrem Mund, Kostek, nicht wahr?

Später denkst du an die besseren, anderen Geliebten, an die, die du die Unverhoffte nanntest, weil sie so plötzlich in deinem Leben aufgetaucht ist, nur denk nicht zu viel an sie, Kostek, denn du hast sie ja getötet, hast sie aus deinem Leben getrieben, deshalb gibt es sie nicht mehr.

Du weißt nicht, dass sie ein Kind von dir trug, Kostek, du weißt nicht, dass du dieses Kind mit deinen Worten getötet hast, auch sie weiß das nicht, blutiger Lappen auf der Binde, eingewickelt in Papier und in den Mülleimer damit, das also war dein erster Sohn aus dem unbewussten Leib deines ersten Betruges. Wenn man überhaupt betrügen kann. Ich finde, man kann es nicht, denn um zu betrügen, muss man sich erst einmal begegnen, die Menschen aber begegnen sich gar nicht, du denkst anders, Kostek, weil du dumm bist und nicht weißt, dass jeder ganz für sich allein ist.

Dieses Mädchen wusste nichts und sah liebevoll zu, wie ihre kleinen Brüste wuchsen, sie dachte, das käme vom Mond, der über ihren Körper glitt in der Einzimmerwohnung, die du damals mit ein paar Jungs gemietet hattest, um solche Rendezvous zu ermöglichen. Sie wuchsen von diesem Hahnentritt, der sich in ihrem Körper einzunisten versuchte.

Und du denkst bald nicht mehr an sie, dein Zug wiegt dich und fährt dich nach Krakau, nach Süden, im Abteil sitzen Soldaten, gewöhnliche Schützen und Gefreite, ein polnischer Bahnarbeiter, du würdest ihm gern etwas sagen, etwas erklären, ihn auf den Austritt mitnehmen und offenbaren: Ich bin Pole, Offizier der geheimen Aufklärung, ich bin in einer Mission unterwegs. Doch du sagst nichts.

Dann steigst du aus nach einer ganzen Nacht mit Soldaten und Gewehren, steigst aus an dem von Bomben unversehrten Bahnhof in Kraków, Krakau, ein Bahner fischt deinen braunen Anzug aus dem Strom der grauen Uniformen, hält dich für einen Polen und spricht dich an: Wie sehen die Zerstörungen in Oberschlesien aus?, aber du fertigst ihn achselzuckend ab: Ich weiß nicht. Schließlich gibt es wichtigere Dinge, Mitgefühl ist jetzt unangebracht – das Vaterland die Narbe Unantastbarkeit der Grenzen und ostpolnischen Befestigungen Selbstgenügsamkeit Organisation Konspiration.

Da gehst du dann, kommst an der Basztowa vorbei, durchquerst die Planty, wie seltsam ist diese Stadt, die Krähen krächzen in Krakau, du gehst und weißt nicht, wozu, weißt nicht, wie ein Offizier der Aufklärung eine gewisse Dzidzia

Rochacewicz ausfindig machen soll. Fragt sich, ob die Namensgleichheit mit den Gastgebern der Sommerfrische Zufall ist oder nicht, entweder ist alles Zufall oder nichts, was ist das überhaupt für ein Vorname, Dzidzia? Du gehst also über den Alten Marktplatz, die Stadt unberührt vom Krieg, aber berührt von den Deutschen, alles ist voll von ihnen und voll von dir, mein Deutscher, wie du da so durch Kraków gehst, welche Erinnerungen hast du an Kraków, was weißt du, die Wohnung bei den Goździejewskis, in der du die Frau des Gastgebers ungeschickt und erfolglos zu verführen versuchtest, du erinnerst dich an diese Wohnung und die Autorallyes auf der Straße nach Grójec, Końskie und Miechów, dein Olympia, Jaceks Chevrolet und der Fiat von einem, dessen Namen du vergessen hast, offene Dächer, Schals und Autobrillen, später Wodka und Körper und Gedichtrezitationen, Jarosławs Finger, beim Vortrag erhoben, Leben, da war Leben, Kostek, und jetzt trampelst du deutsch über das Pflaster und betrittst deutsch die Konditorei Maurizio, denn dieser Ort fiel dir als Erstes ein, wohin sonst, wenn nicht in eine Konditorei, ein Café, eine Kneipe? Aber bei Maurizio ziemliche Leere, kein bekanntes Gesicht, du hast Bekannte in Kraków, aber offensichtlich nicht allzu viele, du bestellst wie üblich einen halben Schwarzen und einen Schnellen, erkennst einen der Kellner, doch er erkennt dich nicht, und du weißt nicht weiter, dabei hast du das Geld von Jacek, der jetzt auf dem Sofa liegt, eingewickelt in absolute Melancholie, und du denkst: Vielleicht hat er sich schon die Kugel gegeben, obwohl nein, er hat keine Waffe zu Hause, das würde er nicht riskieren, und anders bringt er sich nicht um.

Du kennst seine Vorurteile, der schneidet sich nicht die Adern auf, stürzt sich nicht aus dem Fenster, nicht Jacek, nein.

Da liegt er also in Melancholie, und du drückst sein Geld, einen Teil davon, in eine Kellnerpfote, eine fast menschliche und doch viehische Pfote, und fragst nach einer gewissen

Rochacewicz, ausweisen brauchst du dich nicht bei ihm, also sendest du ihm nur Signale, Andeutungen, dass du keine Spur von deutsch bist, sondern womöglich zu einer konspirativen Organisation gehörst, und schiebst zweihundert Złoty in die Pfote, der Kellner flüstert einem anderen etwas zu, einem zweiten und dritten, und eine Woge von Geflüster ergießt sich aus dem Maurizio, fließt, du verlierst sie aus den Augen, der Kellner empfiehlt dir zu warten und gießt dir noch einen Schnellen auf Kosten des Hauses ein und reicht dir Brot und Käse. Und ich trinke Wodka, esse und warte.

Nach einigen Stunden schwappt die Flüsterwoge zurück und wirft ans Ufer: ein schlankes, sehr frauliches Weib mit langer Nase, zurückhaltend gekleidet, aber offenkundig vermögend, sieht stark nach Aristokratin aus, und zwar nicht eine von diesen halbseidenen, die jetzt überall rumlaufen, sondern altes Geschlecht, Menschenzucht und Dressur, Fürsten von Giedymin oder auch nicht, vielleicht russisch, vielleicht Rurik und andere Normannen, Kurcewicz, Zhyzhewskij oder so, warum also nicht Rochacewicz? So eine also taucht auf, setzt sich ungefragt an meinen Tisch, ein Beinchen über das andere, und fragt nach der Parole. Ich kenne keine Parole, der Ingenieur hat mir keine gesagt.

Aber mit Ausreden komme ich hier nicht weit. Also flüstere ich ihr ins Ohr: Ich bin von der Organisation, vom Ingenieur, Parole wurde mir keine mitgeteilt, mein Deckname ist Sechsundfünfzig …

Die Rochacewicz ist für einen Sekundenbruchteil erheitert, dann bewölkt sich ihr Antlitz wieder.

«Siebenundfünfzig vermutlich?», fragt sie.

Ich beiße die Zähne zusammen, soll ich zugeben, dass ich selbst nicht sicher bin? Das wird am besten sein. Keine Lügen. Gestern bin ich vereidigt worden. Der Ingenieur hat mir zwei Decknamen genannt. Erst hat er gesagt, Sechsundfünfzig.

Dann hat er mich mit Siebenundfünfzig angesprochen. Erklären wollte er nichts.

Rochacewicz nickt besorgt, ja, ja, so ist er eben, so sieht das leider mit ihm aus.

Am Ende ihr Entschluss, mit einem Ruck:

«Ich glaube Ihnen.» Sie erstrahlt.

Und ich betrachte sie mit einem Begehren, von dem ich nicht weiß, woher es kommt, doch genau so sehe ich sie an, begehrlich.

Und du siehst sie an mit einem Begehren, von dem du nicht weißt, woher es kommt, aber genau so siehst du sie an, denn du siehst alle Frauen so an, du kannst eine Frau gar nicht anders ansehen, denn von jeder willst du einen Beweis, dass sie dich für einen Mann hält, du selbst bist dir da nicht sicher, bedank dich bei deiner Mutter, Kostek.

Also du siehst sie begehrlich an und weißt doch, Kostek, du weißt, dass sie unerreichbar für dich ist. Sie hat etwas, was du nicht kennst und nicht verstehst, etwas, dessen Gestalt du spürst und erahnst, eine innere Macht, eine Geschlossenheit, Kraft, etwas Faszinierendes und Erschreckendes zugleich, etwas, das du nie zuvor gesehen hast.

Plötzlich seid ihr unterwegs zu Fräulein Rochacewiczs Wohnung, du hast bezahlt, ihr geht, und dort gibt dir Fräulein Rochacewicz die Tasche mit dem Geld und geht zum Du über, alle hier nennen mich Dzidzia, und rät dir, das Geld besser nicht zu verlieren. Ihr seid allein in ihrer Wohnung, aber das Savoir-vivre erlaubt dir nichts: Du hast dir geschworen, keine Frauen, nur Hela, als ihr euch unterhaltet, redest du viel von Hela, «meine Frau Helena», und dennoch fühlst du dich entehrt allein dadurch, dass die Rochacewicz dich einfach in ihre Wohnung eingeladen hat, als wärst du eine Frau, wärst völlig harmlos, hättest keinen Schwanz zwischen den Beinen, mit dem du herzlich gut befreundet bist; und die Rochacewicz bezieht dir das Bett im Gästezimmer, und dann wartest du die ganze Nacht, dass sie kommt, obwohl du weißt, dass sie nicht kommen wird, aber du wartest dennoch, Dummkopf, wartest und weißt, dass sie dich davonjagen würde, wenn du zu ihr gingest, lachend würde sie dich davonjagen, nicht empört, Lachen ist tausendmal schlimmer als Empörung.

Was du nicht weißt, was du nicht hörst, sind Dzidzia Rochacewiczs Tränen. Die Tränen einer Frau, die vor nichts Angst hat, die sich aus Lust und Laune als Sanitäterin im Hinterland sämtlicher Fronten in Polen herumgetrieben hat, aus Lust und Laune das Krakauer Liberum Conspiro spielt, wagemutiger als die Männer, entschiedener als sie. Sich ihres guten Blutes sicher, ihres Wertes gewiss, wird sie auf balkanischen Pfaden wandeln genauso, wie sie vor dem Krieg Skier gelaufen ist und ihren Hispano-Suiza gelenkt hat, mächtig wie eine vorsintflutliche Bestie, als würde sie einen Mastodonten einreiten, so lenkte sie ihren Hispano-Suiza mit den zwölf Zylindern, jedes Rad unter dem Kotflügel verborgen wie eine Träne, bis am Ende balkanische Banditen Dzidzia zu fassen kriegen, das wird im Jahr dreiundvierzig sein, eine malerische Bande aus ein paar Serben und einem Moslem aus Bosnien, angeführt von einem Ungarn, wird sie fangen, ihre Pistole wird eine Ladehemmung haben, und bevor sie den Sicherungshebel herumreißt, wird sie in ihrer Gewalt sein.

Die Serben schlagen sie, wie noch nie jemand sie geschlagen hat, reißen ihr die Männerkleider vom Leib und vergewaltigen sie, einer nach dem anderen, ohne zu wissen, wen sie da vergewaltigen, ihre serbischen Glieder in ihr genau wie in den Frauen, an die sie gewöhnt sind, sie bemerken nicht einmal, wie glatt und rein Dzidzia Rochacewiczs Haut ist, wie schön ihre gotischen Hände und ihre edlen kleinen Brüste. Und währenddessen wird der Ungar ihr Gepäck durchsuchen, finden, was sie bei sich trug, und beschließen, einen guten Preis dafür zu bekommen. Und als alle sich an ihr vergangen haben, wird der Ungar, der so viel im Leben gesehen hat, dass nichts ihn mehr rühren kann, sie mit ihrer eigenen Pistole erschießen und Dzidzia Rochacewiczs nackter, befleckter Leichnam wird im nächtlichen Wald liegen, doch nicht lange, denn bald werden die Wölfe ihn finden, denen die Menschenkriege viel besser bekommen als den Menschen selbst.

Und während du, Kostek, im Halbschlaf in ihrem Gästezimmer wachst, weint Dzidzia um den Mann, der sie verlassen hat, um ihren ersten Geliebten, ihr kleines großes Geheimnis, von dem niemand weiß, nicht einmal ihre engsten Freundinnen von der Mädchenschule, nicht die Eltern, nicht der Priester, dem Dzidzia gar nichts mehr beichtet, seitdem ebendieser Geliebte sie verlassen hat, ein großes schwarzes Loch in ihrem tapferen Herzen, das seitdem ordentlich hart geworden, doch nicht zugeheilt ist. Dzidzia, die tapfere Suffragette, hat versucht, es mit Sport, mit Autos, mit Konspiration zu füllen, mit anderen Männern, die durch ihr Leben trieben, ausschließlich Männer der besten Sorte, keine Dummköpfe, keine Schweinehunde, keine Feiglinge, alle waren in irgendeiner Beziehung besser als dieser erste Mann, aber keiner gut genug, die Wunde zu heilen, die von ihm geblieben war, also verließ sie die Männer, und sie liebten sie und warteten, dass sie zurückkäme, aber sie kehrte nie zurück, und jetzt, Kostek, während du wachst und sie begehrst, webt in Dzidzia Rochacewiczs Kopf auch das Netz ihrer ehemaligen Liebhaber, aus ihnen spinnt sie eine verschworene Organisation von Männern, die nie aufgehört haben, sie zu lieben, und sie nimmt diese ihre Liebe und wirft sie Polen vor die Füße.

Sie wartet nicht auf dich. Als sie dich gesehen hat, wusste sie sofort, dass du nicht gut genug für sie bist, dabei geht es gar nicht um Grafen- und andere Titel. Selbst wenn sie von deinem Vater aus ältestem Uradel wüsste, wärest du nicht gut genug für sie, gut genug war dagegen ein Automechaniker, der sich so liebevoll um ihren Hispano-Suiza kümmerte, wie er sie selbst liebkoste, jetzt wird er Bomben konstruieren, um die Nazis zu töten, später werden die Nazis ihn fassen und erschießen, und Dzidzia wird ihn nicht beweinen, denn sie beweint nur einen einzigen Mann.

Für mich aber bist du gut genug, Kostek, für mich bist du der, der für sie ihr erster Geliebter war, denn für mich ist jede Liebe die erste, denn jeder Mann, dem ich nachgehe, verlässt mich, seinen Schatten, auf seine Art, für jeden bin ich ganz neu.

Und morgens macht Dzidzia Frühstück, nimmt es aber nicht mit dir zusammen ein, also isst du Brot und Rührei allein und trinkst schwarzen Kaffee, dann gehst du raus mit der Tasche voller Banknoten, wieder Fünfzigdollarscheine mit Grant, sie hat sie dir gezeigt, du gehst erniedrigt, sie hat dir sogar die Hand zum Abschied gegeben, gelächelt und gesagt: «Wir sehen uns wieder, ganz bestimmt.»

Doch das kann deine Erniedrigung und deine verletzte Seele nicht heilen.

Also aus dem Mietshaus in der Długa zum Bahnhof, dort Warten und Sorge um die Tasche, ob sie jemandem auffällt, am liebsten würdest du sie an deine Hand ketten. Und Angst vor der Kontrolle, denn die Kennkarte ist ja keine Erklärung für die Dollars in der Tasche, woher all die Dollars, und wofür, also Warten und Angst, am Ende der Zug und Diskussionen mit dem deutschen Offizier, der ihn leitet, und der Hass in den Augen des polnischen Schaffners, und wieder Nacht, nach Norden, Nacht. Diesmal ein leeres Abteil. Polen werden nicht in den Zug gelassen, und nach Warschau fahren keine Soldaten, aus Warschau fahren alle weg, warum sich nicht mit Hilfe der Kennkarte nach Rumänien durchschlagen, nach Ungarn oder Frankreich fahren, zu den polnischen Streitkräften, warum nicht mit den Franzosen gegen Berlin ziehen, sie haben schon einen Krieg gegen Deutschland gewonnen, das schaffen sie doch noch ein zweites Mal.

Aber nein, ich will kein Frankreich, ich muss meine Geldtasche abgeben, der Krieg ist hier, hier werde ich kämpfen, hier werde ich, falls nötig, enden. Ganz früh am Morgen steige ich am Danziger Bahnhof aus, dort hält der Zug aus geheimnisvollem deutschem Grunde, es ist noch Polizeistunde, doch was kümmert die mich, ich bewege mich furchtlos durch die Stadt, bin schließlich Deutscher.

Wenn ich jetzt gleich zur Łubieńska gehe, werde ich die Tasche abgeben müssen. Darin ist das Geld, viel Geld. Iga. Im Gefängnis. Wenn ich nach Hause gehe, könnte mich dort Witkowski abfangen, ich werde die Tasche hergeben müssen.

Also nicht.

Was soll das heißen, Kostek? Iga ist Privatangelegenheit, die Frau eines Freundes, ehemalige Geliebte, Iga ist nicht das Vaterland, dieses Geld gehört dem Vaterland. Ich weiß, dass das eine Lüge ist wie alles, denn nur das Nichts ist wahr, doch du weißt das nicht, darfst also nicht verraten, woran du glaubst, Kostek, das darfst du nicht.

Und dennoch wirst du es verraten, denn du bist ein Mann des Verrats. Wenn ich dir nur sagen könnte, dass du kein Verräter sein kannst, weil du völlig allein bist! Doch das kann ich nicht.

Nein und basta, dort in deutscher Untersuchungshaft ist ein Körper, den ich liebkost habe, ich kann sie nicht dort lassen, nicht jetzt, da Hela gegangen ist.

Also gehe ich kurz in die Stadt, und was sehe ich – die Straßenbahn! Die Straßenbahn fährt, Linie drei. Ich steige glücklich ein, an der Überführung beim Bahnhof, und los geht's, leider nur bis zum Krasińskiplatz. Hier war ich seit Kriegsausbruch nicht mehr, hat sich so ergeben, jetzt ist ein

Teil des Platzes freigeräumt, wo die Straßenbahn fährt, aber es liegt noch eine Menge Schutt herum, zerbrochene Fuhrwerke stehen da, und Kiliński droht dem Himmel mit seinem Säbel.

Der Tramfahrer belehrt mich, dass am Nowy Świat schon ein Bus fährt, Nowy Świat, Jerozolimskie, bis zum Zawiszyplatz, aber das ist nicht meine Strecke. Eine Kutsche finde ich nicht, muss also zu Fuß gehen und wandere den Nowy Świat und die Aleje entlang, bis ich das Gelass erreiche, das Iga verschluckt hatte.

Und den ganzen Weg hast du an Iga gedacht, Kostek, hast dich erinnert an all eure Nächte und das Leuchten ihres Körpers und den Mund und an ihren Geschmack, und hast kein einziges Mal an Hela, Helunia, gedacht, Kostek.

Hela hat dich nicht verlassen, Kostek, Hela ist fortgegangen, aber nur gespielt, das weißt du gut und bist dennoch in die Szucha gegangen und versteckst dich jetzt im Eingang, öffnest die Tasche, zählst zweitausend Dollar ab, die nicht dir, sondern dem Vaterland gehören, und weiter, Ministerium für öffentliche Aufklärung, du gehst einfach so da hin und nimmst zweitausend Dollar aus der Tasche.

Szucha 25, Mączyńskis ungeheuerer Monumentalismus, Wachmann, Kennkarte, Zimmer zweihundertfünfundsiebzig, der sympathische Deutsche in der grauen Uniform ist noch nicht da, also warten, auf der langen Holzbank im Flur warte ich, bis er endlich kommt.

Er begrüßt dich herzlich, wie einen Freund, und du hältst die Tasche in der Hand, darin so viele Dollars, die nicht deine sind, bist also gleichsam sein Freund, und die Dollars, die du davon abgezweigt hast, hast du in der Hosentasche. Welche Lüge wirst du dir für Witkowski und die anderen ausdenken? Und wenn dich jemand gesehen hätte, wie du hier reingehst, später werden sie sagen «zur Gestapo», wenn dich also jemand gesehen hätte, wie du das Gebäude des ehemaligen Ministeriums betrittst, was sollten sie denken?

Aber dich hat niemand gesehen.

Ich grüße den Polizisten in seiner grauen Uniform sehr höflich, daraufhin ziehe ich einfach das Geld aus der Tasche und lege es auf den Schreibtisch. Der Deutsche zählt es nicht, schiebt es sofort in die abschließbare Schublade, ohne auch nur für einen Augenblick das Lächeln von seinen Lippen zu wischen.

«Was jetzt?», frage ich.

«Warten Sie einen Augenblick», erwidert er höflich. «Sie wird gleich entlassen.»

Er dachte an seine kleine Telefonistin Bernadette, als er für diese Freilassung sorgte, während er auf das Geld wartete, und die ganze Geschichte kam ihm ungemein romantisch vor.

So stehst du an einem Oktobermorgen in der Szucha und wartest auf deine ehemalige Geliebte. Ein Junge mit Tornister schlurft die Straße entlang, denn der Unterricht in den allgemeinbildenden Schulen ist wiederaufgenommen worden, für die Schüler ist der Krieg wirklich zu Ende. Wenn man zur Schule muss, ist der Krieg vorbei. Der Junge wird fünf Jahre später im August umkommen, als er das Schicht-Haus erobern will mit einer Einheit, die sich Kompania nennt, obwohl sie nur mit drei Pistolen und einigen Dutzend Granaten bewaffnet ist, er selbst wird weder Pistole noch Granate haben, wird hinter einer Mauer Schutz suchen, später werden sie ihn erschießen, und niemand wird sich an ihn erinnern, das war's mit seinem Kampf.

An einer anderen Mauer klebt ein junger Mann mit Radlermütze einen Zettel an, indem er ihn mit Hilfe einer großen Bürste mit Klebstoff beschmiert. Das weiche, klebrige Haar gleitet übers Papier, es knickt träge in den Hüften wie eine orientalische Tänzerin. Auf dem Zettel liest du, dass Stadtpräsident Starzyński die Bevölkerung zur Zusammenarbeit mit den Versorgungsdelegierten aufruft, zum Widerstand gegen Spekulation und überhöhte Preissteigerungen, gegen die rechtliche Schritte unternommen werden, doch der gute Wille der Bürger und eine entschiedene öffentliche Meinung können in dieser Hinsicht bereits viel bewirken. Nur die Pflichterfüllung aller kann die Restitution der normalen Bedingungen, den Wiederaufbau der Hauptstadt und eine höhere Beschäftigung in der Stadt gewährleisten.

Du denkst mit Sympathie an Präsident Starzyński, früher hast du keinen Gedanken an ihn verschwendet, jetzt schon, andere erzählen viel von seinen Sendungen, du warst damals gar nicht in Warschau, und vor dem Krieg – was interessierte dich irgendein kommissarischer Präsident, Präsidenten haben dich überhaupt nie interessiert.

Aber jetzt, obwohl du Deutscher geworden bist, hast du mehr für Warschau übrig, Kostek, da eben er hier ist, sich mit den Deutschen einig wird, die Stadt regiert. Das ist gut. Gut, dass er hiergeblieben und nicht abgehauen ist wie all die anderen Lumpen.

Und plötzlich, so plötzlich, wie sie verschwunden ist, steht sie da. Sie war weg, und auf einmal ist sie da. Iga. Im dünnen hellen Mantel, ist da. War weg und ist da. Stand nicht hier, steht jetzt hier. Mit einem Köfferchen in der Hand.

«Konstanty …», flüstert sie. «Verzeih mir.»

«Gehen wir», sagst du.

Du fasst sie unter dem Arm, nimmst ihr das Köfferchen ab, sagst ihr, dass Jacek auf sie wartet, auch wenn das nicht stimmt, denn wenn Jacek auf dem Sofa liegt und an die Decke starrt, wartet er auf gar nichts, nicht einmal auf Iga, Jacek selbst ist so gut wie nicht da.

Und Iga Rostańska, die kleine, schwarzhaarige Iga, Ehefrau deines Freundes und deine erste Frau, bekommt plötzlich eine

Ahnung und fragt, ob er wieder …? Du kannst es nicht bestreiten, hast keine Lust, sie zu belügen.

«Dann will ich nicht zu ihm. Bitte, nicht zu ihm, nicht heute. Ich kann ihn heute nicht pflegen. Morgen werde ich mich um ihn kümmern, ihn rasieren, ihn baden, werde ihn wieder ins Leben bringen, alles. Aber nicht heute. Nimm mich mit zu euch.»

Du schweigst. Sie weiß nicht, dass Hela nicht mehr da ist. Oder weiß sie es? Vielleicht ahnt sie es, mit weiblichem Gespür?

«Hela und Jureczek sind nicht da», sagst du, und was sagst du damit, was willst du damit sagen?

Iga schmiegt sich enger an deine Seite.

«Nimm mich mit zu dir, Kostek.»

Und du verstehst wohl, was sie braucht nach drei Wochen Arrest. Wärme, Ruhe, Dunkelheit und ungestörten Schlaf. Aber vielleicht denkst du, das sei das Versprechen auf eine gemeinsame Nacht, Kostek?

Du weißt nicht, was sie gesehen hat, es war gar nicht viel, niemand hat sie geschlagen oder gequält, ein paar andere wurden misshandelt, sie selbst saß einfach mit irgendwelchen Frauen in der Zelle, mit einer Prostituierten und so einer Dame, niemand hat sie auch nur geohrfeigt, nichts dergleichen, sie hatte nur höllische Angst, denn Iga ist nicht Dzidzia Rochacewicz, Iga Rostańska ist eine ganz andere Art von Frau, Kostek, aber das verstehst du nicht, denn du, armer Dummkopf, machst wenig Unterschied zwischen den Frauen. Aber dass sie das braucht, das verstehst du. Dass sie heute Jacek im Schlafanzug nicht ertragen könnte, wie er stumpf an die Decke starrt. Heute könnte sie nicht ertragen, dass er sie braucht.

Also geht ihr Arm in Arm, die Puławska, das Schokoladenhaus. Die Oktobersonne, vielleicht die letzte in diesem Jahr, wärmt seine Mauern, und sie werden weich, duften und hinterlassen eine braune, süße Spur an den Fingern.

Ihr steht vor dem Haus. Du weißt nicht, wie lange du so stehst, aber Iga steht geduldig und bedächtig neben dir.

«Warum bist du verhaftet worden?»

«Wir haben Widerstand geleistet.»

«Widerstand?»

«Sie wollten unser Auto beschlagnahmen, und ich wollte es nicht hergeben. Da haben sie mich verhaftet.»

«Sie hätten dich erschießen können.»

«Ja, schon.»

Du antwortest nicht. Du fürchtest die Antwort, also antwortest du nicht.

«Gehen wir nach oben», sagst du.

Ihr steigt die Treppe hoch, bis zu deiner Tür

«Ich würde gern ein Bad nehmen», sagt Iga.

Du schaust nach – warmes Wasser gibt es, gut, du lässt die Wanne ein, der Spiegel beschlägt, du guckst Helas Kosmetika durch und findest ein Badesalz, Lavendelduft erfüllt das Bad, Iga sitzt derweil im Wohnzimmer, die Hände auf den Knien, nicht einmal den Mantel hat sie abgelegt, sie sitzt da, als warte sie auf etwas.

Du kommst aus dem Bad, bittest sie, bitte Iga, das Bad ist bereit, und sie geht im Mantel ins Badezimmer, schließt die Tür hinter sich, hängt den Haken ein, was dich ein wenig verletzt.

Weil du nicht verstehst, wie sehr jemand sich nach Privatsphäre sehnt, der gerade drei Wochen in einer Vierpersonenzelle verbracht hat, einer improvisierten, mangelhaften Zelle obendrein.

Du verstehst es nicht, respektierst es aber, nicht wahr?

In der Wohnung ist es sehr still, man hört nur, wie Iga sich hinter der Badezimmertür auszieht. Du hörst sie ins Wasser steigen, hörst sie eintauchen und gehst davon aus, dass sie nackt ist, so stellst du dir das vor, du erinnerst dich ja an ihren Körper.

Dabei ist sie gar nicht nackt, sie ist in Unterwäsche ins Wasser gestiegen, denn die Unterwäsche ist schmutzig, Schlüpfer und Büstenhalter legt sie erst kurz darauf ab, nachdem du die Wohnung verlassen hast. Denn das zu tun, dieser Gedanke reift jetzt in dir, Kostek. Das Geld jetzt Witkowski zu bringen.

«Iga, ich gehe für anderthalb Stunden raus. Fühl dich wie zu Hause», sage ich durch die Tür.

Eine verplätscherte Antwort.

Ich ziehe also den Mantel an und trete auf den Erlöserplatz, habe die Tasche mit dem geringfügig angeknapsten Dollarbetrag bei mir, gehe mit raschem Schritt. Ich gehe. Ja.

Als ich die Treppe zur Wohnung der Łubieńska hochsteige, habe ich keine Ahnung, was ich dem Ingenieur zu dem fehlenden Geld sagen soll.

Macht nichts, Kostek, macht nichts, schließlich wusste ich es, ich weiß, was du sagen wirst, und dieses Wissen dringt durch die dünne Membran zwischen uns. Keine Sorge, mein Lieber.

Du betrittst also die Wohnung der Łubieńska und begegnest zum ersten Mal der Łubieńska selbst, und das Einzige, was dein männlicher Geist wahrzunehmen vermag, ist ihre Unweiblichkeit, schließlich ist sie fünfundfünfzig, für dich also keine Frau mehr, so siehst du sie.

Wenn du wüsstest, wie alt ich bin! Aber das weißt du nicht.

Und in achtzehn Jahren wird die Łubieńska wirklich alt sein, dreiundsiebzig, mit einem ordentlichen Stück Geschichte auf den Schultern, ein Großteil dieser Geschichte wird auch deine sein, doch das Alter bewahrt sie nicht vor einem schrecklichen Tod: Zwölf Messerstöße in den alten, welken Leib. Und ein Mann wird auf Polnisch flüstern: «Verreck, altes Dreckstück!», er wird ein Stilett von Fairbarn-Sykes in die Łubieńska rammen, ein Stilett, zweischneidig wie die Zunge Christi, ein sehr schönes Stilett, und dann lockert der Mann seinen Druck, und der alte Leib der Łubieńska, ein Leib vom Wappen Pomian, durchlöchert und totes Blut verlierend, wird auf die englische Erde fallen und wird in ihr begraben und von englischen Würmern gefressen werden.

Ich denke an den durchlöcherten Leib der Łubieńska, wie die Erde sie bedeckt, in der Pikten, Kelten, Angeln, Sachsen, Normannen und Tausende anderer Stämme und Völker, die sich im englischen Boden aufgelöst haben, zirkulieren, und mit ihnen zirkuliert Teresa Łubieńska mit dem von einem Schwert durchstoßenen Stierkopf im Wappen, kreist in Flüssen, ergießt sich in Quellen, verdampft zu den Wolken, kondensiert zu Regen und kehrt zurück zur Erde. Sie kreist, wie ihr alle kreisen werdet.

Jetzt aber reicht sie dir elegant die Hand. «Es ist Krieg, gestatten Sie, dass ich mich selbst vorstelle, Teresa Łubieńska mein Name, Leutnant Łubieńska.»

«Konstanty Willemann, ebenfalls Leutnant, Neuntes Ulanenregiment, obwohl, wie das mit den Rängen in der Organisation ist, weiß ich nicht, also welchen Rang ich jetzt habe …»

Darauf stürzt Witkowski herein, fasst sich an den Kopf, «was denn, was denn», schreit er, «meine Lieben, das ist hier Konspiration, und ihr stellt euch vor wie beim Botschafterball, so geht das nicht, wenn so etwas auffliegt, nur die Decknamen! Das ist Siebenundfünfzig, und die Dame – Zwölf.»

«Richtig wohl Sechsundfünfzig …», sagst du unsicher, und der Ingenieur sieht dich an wie einen Idioten.

Die Łubieńska lächelt, wie nur eine Aristokratin lächeln kann, legt in dieses Lächeln Herzlichkeit, wohlwollenden Spott und eine deutliche Spur Verachtung für das Geschwätz von Konspiration, ja wenn man sich nicht mal vorstellen darf, wozu dann so eine Konspiration?

Später wird sich das alles ändern, Kostek, wenn die ersten echten Leichen, das heißt nahestehenden Leichen anfallen, doch bislang glaubt niemand daran, an keine Leichen, deshalb die Geringschätzung.

«Gelungen?», fragt Witkowski.

«Ja.»

Ich reiche ihm die Aktentasche.

«Ich habe dreitausend Dollar herausgenommen.»

Oh, was für eine Stille eintritt, wie unglaublich still es wird, wie die Züge der Łubieńska gefrieren, wie Witkowski sich wundert, nach einem Scherz suchte, und als ich die Erklärung schuldig bleibe, am Ende fragt: «Wie das?»

«Ich musste Iga Rostańska aus dem deutschen Gefängnis holen, ich hab dir von ihr erzählt.»

Mit Absicht in der zweiten Person, wenn wir uns duzen sollen, dann bitte sehr, das wird meinem Argument Nachdruck verleihen.

Witkowski zucken die Muskeln an der Kinnlade, er ringt nach Worten, die Łubieńska findet sie.

Sie spürt die warme Klinge noch nicht, die ihren Leib durchdringen wird, eine Klinge, warm vom männlichen Körper des Mörders, denn er trägt sie unter der Jacke, die Wärme ist die Wärme seines schon gereiften, aber noch jungen Körpers, fest und geschmeidig wie Hartgummi. Der, der sie in achtzehn Jahren tragen wird, eilt jetzt gerade durch die französische Provinz nach Lyon, wo die polnischen Flieger sich sammeln, eilt nach Lyon und nährt sich von menschlichem Mitgefühl, im Leib eines Halbwüchsigen, zart und noch unsicher der eigenen Kraft. Aber der Leib wird wachsen, er wird von der Kraft derjenigen trinken, die er tötet, und töten wird er viele, zuerst mit einem Bomber Mark XIV, die Augen mit dem Zielgerät verwachsen, später mit dem Zeigefinger am Abzug einer Browning, und noch später, wenn er den Geruch ihres Todesschweißes riecht, mit dem Messer, einem Stahldraht, mit bloßen Händen.

Die zweischneidige Klinge ist noch nicht geschmiedet.

Und da sie die Klinge nicht spürt, findet die Łubieńska die Worte.

«Das gehört sich nicht …», flüstert sie den schrecklichsten aller Bannflüche.

Wie ich das hasse, dieses «Es gehört sich nicht», wie oft habe ich es gehört, «Das tut man nicht», «Geht nicht», diese stumme Erpressung ohne konkrete Drohung. Ich würde gern «Leckt mich doch am Arsch» sagen und dann türknallend hinaus zu meinem Freund in der grauen Uniform gehen und ihm alles über diese Versammlung erzählen, aber das werde ich nicht tun, ich bin ja Pole.

«Ein zweiter Graf Zawidowski …», sagt sie dann in schwarzer Verzweiflung, scheinbar sorgenvoll, dabei ertönt aus ihrem Mund die Salve, die das Leben des Grafen Zawidowski beendet hat.

Ich erinnere mich gut an diese ganze Geschichte, obwohl ich damals noch nicht erwachsen war, ich war sechzehn, und in mir tobte eine große, unbefriedigte Libido, aber ich erinnere mich: Er hatte Hunderttausende Mark aus der Armeekasse veruntreut, ausgegeben für Empfänge und Pferde.

Urteil der Psychiater: Er ist geistig gesund und erkennt die Bedeutung seiner Taten, sie haben etwas von dem Größenwahn der Pseudoaristokratie, die unter dem Einfluss von Alkohol, Morphin, Kokain und schlechter Gesellschaft die konkrete äußere Form einer krankhaften Großmannssucht annimmt, die fern von persönlichem Gewinnstreben das Geld hinauswirft.

So hörte man von Zawidowski, und ich dachte, was für ein wunderbarer Mann das gewesen sein muss, dieser Fähnrich Zawidowski. Bestimmt hatte er so viele Frauen, wie er wollte.

Dann die Salve, der Knall, der Schuss und Schluss. Was braucht man denn mehr, nur noch ein bisschen leben, also wirklich leben, und dann – Schluss, Ende …

Es ist Zeit für eine Erklärung, Kostek. Erklär es jetzt, bevor sie dich wegjagen oder erschießen nach einem militärisch-konspirativen Gerichtsritual, für das es noch keine präzise Liturgie gibt, aber das kommt bald, mit der Formel «im Namen der Republik» als Ausdruck der Transsubstantiation. Deine Worte sind bedeutungslos, du musst erstrahlen in Wahrheit, Kraft und Recht, ich werde dich damit inspirieren.

Ich erkläre. Ruhige Stimme, ich bin mir meiner Taten und Worte sicher: Ich musste die Entscheidung selbständig treffen, es war keine Zeit zu verlieren. Das ist gelogen, aber egal, wichtig ist, dass man es wie eine Wahrheit ausspricht, das allein zählt.

Also du musstest die Entscheidung selbständig treffen, nicht aus privaten Belangen, sondern um des Doktor Jacek Rostański willen. Der treibt gerade in Melancholie versunken dahin, ist somit wertlos für die Organisation. Die Rückkehr seiner Frau aber wird es ihm ermöglichen, sich aus der Lethargie zu reißen. Und ein starker und gefasster Jacek wäre für die Organisation ein mehr als wertvoller Gewinn. Außerordentliche medizinische Kenntnisse, Chirurg, das zum Ersten. Wenn zum Beispiel wer angeschossen wird, kann man mit dem ja nicht ins Krankenhaus, die Deutschen werden die Krankenhäuser kontrollieren.

«Schon jetzt schnüffeln sie dort rum und suchen nach Offizieren», wirft eine dritte Stimme ein, die des Fahrers, ich habe ihn vorher nicht bemerkt. Er sitzt hinter mir. Pranke in der Tasche, natürlich. Ich weiß nicht, ob er sie von Anfang an darin hatte oder erst hineingesteckt hat, als ich die Veruntreuung erwähnte.

«Ich weiß, dass ich gegen die Grundsätze verstoßen habe. Aber ich bin Offizier, und in Ermangelung von Alternativen habe ich nach Abschätzung der Situation die Initiative ergriffen. Ich bin Kavallerist, das hat man uns beigebracht. Auf veränderliche Bedingungen reagieren und entscheiden», sage ich energisch, mit Wahrhaftigkeit und Überzeugungskraft. «Nur bei den Sowjets geht ein Offizier noch nicht mal scheißen, wenn er keinen Befehl dazu bekommt. Bei uns ist das anders. Es gab nur die eine Chance, Rostańska aus dem Gefängnis zu holen, deshalb habe ich selbständig entschieden. Ich verhehle das nicht, ich stehe hier vor euch, bereit, sämtliche Konsequenzen zu tragen, wenn mein Kommandant …», hier wende ich mich Witkowski zu, «befindet, dass ich unangemessen gehandelt habe.»

Beginnt das Eis im Gesicht der Łubieńska zu schmelzen? Ich bin nicht sicher.

Witkowski mustert mich mit geringschätzigem Lächeln, da ist etwas im Schwange, wird etwas abgewogen. Die warmen, bösen, wachsamen Augen, das runde Gesicht, die Krawatte zwischen den Lederrevers der Jacke.

Er schweigt. Werden sie mich auf der Stelle erschießen?

So stelle ich mir das vor: Der Fahrer zieht das stählerne Urteil aus der Tasche, drei Schüsse, allen dröhnt für einen Augenblick das Trommelfell, die Fensterscheiben vibrieren, und mein Körper auf dem Fußboden, durchlöchert, mein Leben abgeschlossen, geboren in Gleiwitz am zwölften November 1909, tragisch verstorben am neunzehnten Oktober 1939 in Warschau.

Aber heute sind Wahrheit und Überzeugung mein. Fürs Erste gewinne ich. Das Recht ist auf meiner Seite. Mein Körper wird nicht auf das knarrende Parkett sinken. Nicht heute.

«Wir werden das überprüfen», sagt er.

«Natürlich», sage ich, ohne Angst. Sollen sie es prüfen.

«Also gut. Ich erkläre das für ein gerechtfertigtes Vorgehen.» Mit diesen Worten wird sein Gesicht weich.

Und ich stehe hinter dir, Kostek, umarme dich an den Schultern und denke daran, wie Witkowski fallen wird, durchlöchert, und wie Menschen in deutschen Uniformen ihm einen Zettel mit der Aufschrift «Der größte polnische Bandit» anheften, an dieselbe Lederjacke, in der er jetzt vor dir steht.

«Wenn das so ist, musst du diesen Rostański herbringen. Sobald er auf die Beine kommt», sagt der Ingenieur.

Und dann spricht er, spricht viel, über die Richtung der künftigen Infiltration, über die gerade gegründeten Unternehmen, in die er das von mir besorgte Geld investieren will, redet, gestikulierend, spricht von der Aufklärung in Deutschland, die ich führen werde, und befiehlt mir, eine eines Deutschen würdige Arbeit anzunehmen.

Ist es mit den Grundsätzen der Konspiration vereinbar, dass die Łubieńska und der Fahrer meine deutsche Identität kennen, frage ich mich, schließlich kenne ich mich im Untergrund nicht aus.

Am Ende gehe ich. Zurück nach Hause, die Schokoladentreppe, die Schuhe versinken in Schokolade, ich öffne die Tür. Der Flur, das Wohnzimmer leer.

Ich gehe ins Schlafzimmer. Iga in unserem Ehebett. Die nackten Schultern nicht ganz zugedeckt, sie schläft, wie versunken. Ich ziehe ihr die Decke hoch bis zum Hals, in der Wohnung ist es kalt, wieder wird nicht geheizt. Sie murmelt unartikuliert.

Ich würde gern unter dieses Federbett schlüpfen. Die Wärme ihres Leibes spüren. Doch nein, ich bin nicht mehr dieser Kostek, ich bin jemand anders, bin Offizier, Ehemann meiner Frau, ich werde das nicht tun. Also setze ich mich auf den Stuhl und schaue zu, wie Iga schläft, nackt in meinem und Helas Bett, auf meiner Seite. Ich werde so sitzen und sie ansehen, denke ich mir, bis sie erwacht.

Man sitzt nur so dumm, wenn das Glied steht, bei einer nackten Frau unter meiner eigenen Decke, dumm sitzt man da.

Legst du dich nicht zu ihr, Kostek, weil du so stark und

selbstbeherrscht bist? Oder sagt dir vielleicht ein kleiner Teil deines beschränkten Verstandes, dass körperliche Liebe das Letzte ist, worauf Iga jetzt Lust hätte? Und eine Zurückweisung würdest du nicht ertragen, nicht wahr?

Also gehe ich ins Wohnzimmer, durch den leeren Flur. Stromere durch die leere Wohnung. Auf der Suche nach was? Nach Hela? Jureczek? Iga. Zärtlichkeit. Nach mir selbst.

Lange stehe ich im Bad, Hela hat es blitzblank geputzt hinterlassen, ich schaue in den Spiegel, mein Gesicht, der Kiefer, Dreitagebart, zum Rasieren war ja keine Gelegenheit, also bade ich schnell, reibe mich mit Öl ein, schlage Schaum und kratz die Stoppeln runter.

Ich ziehe ein frisches Hemd an, suche einen grauen Flanellanzug aus. Iga schläft weiter. Ich beschließe, Hela anzurufen. Der Apparat bei ihren Eltern funktioniert, mein nationaldemokratischer Schwiegervater hebt ab.

«Guten Tag. Hier ist Konstanty. Könnte ich Hela sprechen?»

«Du Aas», zischt er. «Kanaille. Dreckskerl. Versuch nur noch mal …»

Ich lege auf. Rufe meine Mutter an, aber ihr Telefon funktioniert nicht. Ich nehme ein Buch aus dem Regal, bin aber nicht imstande zu lesen, werfe es auf das Tischchen. Etwas essen würde ich gern. Die Speisekammer ist leer. Man muss etwas holen, aber ich will sie hier nicht allein lassen.

Ich treibe mich in der Wohnung herum, schaue dann wieder bei Iga vorbei. Sie ist halbwach, erhebt sich, wie geweckt von meinem Blick, dabei war ich leise. Sie hat jetzt Helas Nachthemd an, wickelt sich in Helas Schlafrock, geht zu Helas Fenster, draußen Warschau, schwarz.

«Bring mich irgendwohin», sagt sie, den Blick in die Schwärze gerichtet.

«Wohin?», frage ich aufrichtig.

Iga dreht sich zu mir, ihre Augen lodern.

«Ich weiß nicht. Irgendwohin, wo es Alkohol und Musik gibt. Bring mich heute dorthin, diese Nacht, morgen früh gehe ich und kümmere mich um Jacek. Ich werde ihm eine gute Ehefrau sein.»

Nicht wahr, Kostek, jetzt kriegst du's mit der Angst? Du hast Angst. Du begehrst sie und hast Angst. Wie könntest du sie nicht begehren, schließlich begehrst du alle Frauen auf der Welt, Kostek, dummer Hurenbock. Damit sie dir beweisen, dass du ein Mann bist. Und mit Iga verbindet dich auch noch diese Geschichte, die dein Begehren verstärkt, fast unwiderstehlich macht ...

Die schwarzen Säulen eurer Körper, Säulen aus der dunklen Substanz unter der Haut der Geschichte, verbunden, vereinigt.

Jetzt steht ihr euch gegenüber, frühere Geliebte, in der leeren Wohnung, draußen sind die Deutschen, zwischen euch ist nichts außer der Frage, was nun weiter zwischen euch passiert.

Sollte ich sie nicht einfach zu Jacek bringen, dort gehört sie schließlich hin. Aber Jacek macht das nichts aus, er wird bis morgen durchhalten, und sie hat es doch verdient nach drei Wochen Arrest.

«Ich rufe ihn an», sage ich.

Ich gehe ins Arbeitszimmer zum Telefon. Nach einer längeren Weile hebt er ab.

«Jacek, hier Kostek. Iga ist frei.»

«Mhm.»

«Ich kümmere mich um sie, alles in Ordnung, sie ist nur sehr erschöpft. Aber alles wird gut, morgen kommt sie nach Hause. Gut?»

«Ja.»

Ich kehre ins Wohnzimmer zurück, Iga halbnackt, in Unterwäsche, sie streift die seidenen Strümpfe aufs Bein, auf dem Bett das geöffnete Köfferchen, Iga knöpft die Strümpfe an, ich erinnere mich an ihren Körper, kann den Blick nicht losreißen, da guckt Iga über die Schulter zu mir. Ich schrecke zurück.

«Entschuldige …»

«Nichts, was du nicht schon gesehen hast.»

Kurz darauf kommt sie heraus, angezogen, sie trägt ein grünes Kleid. Kein Abendkleid, wenngleich elegant, knielang, eng in der Taille, die Ärmel ein bisschen gepufft, so etwas trug man im Vorkriegssommer.

«Er hat sich gefreut, sehr», sage ich.

Sie glaubt mir nicht.

Natürlich glaubt sie dir nicht, Kostek, sie ist doch nicht blöd, sie kennt ihn in diesem Zustand, nichts kann ihn dann freuen und im Grunde auch wenig betrüben, der Abgrund der Verzweiflung ist schließlich nicht die Trübsal, sondern absolute Teilnahmslosigkeit.

Du kennst diese schwarzen Tiefen. Du bist anders hineingefallen, nicht wie dein Freund, aber du weißt doch, wie das ist, wenn Schwärze auf deine Augäpfel drückt, unter die Lider und ins Gehirn kriecht, ins Innere, und dich ohnmächtig macht wie eine absolute Droge, wie konzentriertes Morphin.

Diese Finsternis war es doch, vor der du dich mit den Fläschchen gerettet hast.

«Lass uns irgendwohin gehen», sagt Iga.

«Mädchen, es ist Krieg …», erwiderst du und scheinst zu vergessen, dass sich Iga nicht als Mädchen anreden lässt. «Ich bin eine Frau», sagte sie, als ihr miteinander schlieft. Sie lächelte blass.

«Bitte, Kostek. Denk dir was aus. Ich will trinken und tanzen.»

Ich weiß, was ich tun kann. Ich gehe mit ihr bei Salomé vorbei, brauche gar nicht in diese schmuddelige Wohnung hochzusteigen, nur meine süße kleine Hure fragen, wo man jetzt in der Hauptstadt noch trinken und tanzen kann. Salomé wird das wissen, sie weiß solche Sachen immer.

Vielleicht gibt es schon irgendeinen Ort, wo man als Deutscher mit einer Frau hingehen und sich amüsieren kann. Schließlich sind es mehr als drei Wochen seit der Kapitulation. Schließlich muss ein deutscher Offizier, ein siegreicher deutscher Offizier irgendwo seinen Schnaps oder Wein trinken können, sich ein Mädel anlachen, sie begrapschen, mit ihr tanzen und sie vögeln können. Dafür hat er ja gesiegt, dafür kämpft ein Soldat im Grunde, wenn er zum Angriff geht; denn wenn er sich verteidigt, kämpft er für etwas anderes.

Aber ich habe Angst, zu Salomé zu gehen, weil dort mein Fläschchen wartet. Voller Farben. Und ich sehne mich immer mehr nach ihm. Selbst wenn meine süße, weiße Hure es schon aufgebraucht hat, sie wird bestimmt ein anderes holen, ich habe doch Geld, Jaceks Geld, mein eigenes, könnte es kaufen.

Das kreist über mir, geistert hinter mir, schon eine Woche nüchtern.

Aber ich schaffe es.

Oder vielleicht liegt mir gar nicht daran?

Also was, gehen wir zu meiner süßen Hure, ich und meine erste Geliebte?

Ihr geht, du weißt doch, dass du ihr nichts abschlagen kannst, nichts kannst du ihr abschlagen.

Ich sollte eine Waffe haben. Habe aber keine. Ich kann jetzt nicht zu Witkowski und die Pistole verlangen, und zu den Nazarenerinnen …

Plötzlich fällt mir etwas ein. Etwas Schreckliches.

Wenn im Kloster bekannt wird, dass ich Deutscher geworden bin, dann geraten die Schwestern in Panik. Sie werden Angst vor einer Verhaftung haben, werden die Kiste selbst ausgraben und sie verstecken. Und wenn nichts passiert, könnte meine Legende als Deutscher Schaden nehmen. Was für ein reichsdeutscher Patriot ist das denn, Ende September hat er als Pole Waffen vergraben und jetzt, wo er Deutscher geworden ist, schweigt er?

Die Deutschen darf diese Nachricht nicht erreichen und wird es auch nicht. Aber Augenblick, wer weiß? Sie könnten irgendwann jemanden festnehmen, einlochen und brechen, und derjenige sagt, dass ein gewisser Leutnant Willemann Waffen bei den Nazarenerinnen vergraben hat. Und sie gehen der Sache nach – da haben wir so einen, Konstanty Willemann, der ist Reichsdeutscher geworden.

Was tun also? So schnell wie möglich dem Ingenieur Bescheid sagen, soll er damit fertig werden.

Aber das ist keine Sache fürs Telefon. Und zur Łubieńska gehe ich mit Iga nicht, ganz bestimmt nicht. Das hat bis morgen Zeit.

«Kostek?» Iga sieht mich erwartungsvoll an.

«Komm, lass uns gehen, komm … wir finden etwas.»

Ich schaue auf die Uhr, es ist fünf. Wir verlassen das Haus aus Schokolade, klebt sie an den Schuhen? Oder macht mein Kopf mir etwas vor? Guter Gott. Wir erwischen eine Rikscha, auf der wir immerhin unbequem in der Hocke sitzen können, uns krampfhaft am Geländer festhaltend.

Sie fahren in die gute Dobra. Konstanty, am Metallgriff der improvisierten Rikscha festgeklammert, fragt sich, wie das aussieht, wenn ein Deutscher mit einer Polin Rikscha fährt.

Mehr noch denkt er, der Dummkopf, wie dramatisch sein Leben doch ist, hin- und hergerissen zwischen Polnischem und Deutschem, ach, wie schrecklich das ist, in dieser Welt der erklärten, totalen Nationalitäten zerrissen zu sein zwischen einem deutschen Vater und einer polnischen Mutter, die jetzt gar nicht mehr polnisch ist, wie schrecklich, zwei Muttersprachen zu haben, wie schwer, ein Pole zu sein, wenn man von Blut und Abstammung her Deutscher ist, welch eine Höllenqual!

Und jetzt, denkt sich mein dummer Kostek, stellt das von ihm gewählte Vaterland ihn vor die schwersten Bewährungsproben, wie in einem Ritterroman, indem es ihm befiehlt, im Namen der Liebe diese Liebe öffentlich zu verleugnen, Beschimpfungen und Erniedrigungen zu ertragen, sich als der auszugeben, den er am meisten hasst, alles zum höheren Wohl. Mein geliebter, dummer Kostek fühlt sich so tragisch zerrissen, so wunderbar erhaben in dieser Tragik, zwei Seelen, dabei entscheidet er sich nur für das eine Vaterland, das andere reißt er sich aus der Brust, wirft es weg, schon fort.

Kostek stellt sich vor, wie leicht für ihn das Leben in einer Welt wäre, in der die modernen Nationalitäten und Nationalismen noch nicht existierten, in der Welt vor der Französischen Revolution, daran denkt er jetzt gerade, das Dummchen, als fürchtete er die heraufziehende Katastrophe, er denkt lieber nicht daran, wohin es geht auf dem von jüdischer Muskelkraft angetriebenen Gefährt, Kostek weiß natürlich nicht, dass der junge Mann, der in die Rikschapedale tritt, ein Jude ist, noch tragen sie den Stern nicht auf den Ärmeln, noch ist es nicht so weit.

Irgendwo ganz tief unter den dummen Gedanken über Polen und Deutsche weiß Kostek, dass sie sich mit jedem Pedaltritt der Wohnung seiner schrecklichen, süßen Hure Salomé und dem Fläschchen nähern, und er weiß, dass er nicht wird widerstehen können, auch wenn er das Gegenteil glaubt.

Er glaubt das sehr leise, denn leichter fällt es ihm, sich wonnig den Gedanken an die eigene Tragik hinzugeben. Als wäre das Schwarz, das zwischen ihm und der Welt gähnt, die Tatsache der Existenz von Nationalitäten und seine Zerrissenheit zwischen diesen Nationalitäten.

So als wäre seine Rumfickerei schuld an der Existenz der Geschlechter.

Der dumme Kostek sucht die Quelle des Schmerzes, der

dumme Kostek versteht nicht, dass das Schwarz einfach da ist, dass das, was er den Polen und Deutschen vorwirft, ganz normal menschlich ist. Kostek taucht ins Schwarz ab, weil er ein Mensch ist.

Ich weiß das nicht, denn ich bin kein Mensch.

Ich bin das Schwarz.

Aus mir werden schwarze Götter geboren, aus mir ergießen sich Ozeane von Verzweiflung.

Wer ist dieser Dritte, der immer neben dir geht?

Woher die Frage, schließlich sind wir zu zweit, ich und Iga.

Wenn ich zähle, sind da nur du und dich. Doch wenn ich nach vorn ins Weiß des Weges schaue, geht da immer noch jemand neben dir. In einen braunen Mantel mit Kapuze gehüllt, schreitet er voran. Ich weiß nicht, ob das eine Frau ist oder ein Mann.

Wer ist das, der auf deiner anderen Seite geht?

Wessen Worte sind das, die des Dichters, dessen Namen du vergessen hast, Kostek, seine Worte sind das, er hat sie in einer anderen Sprache vorgelesen, aber es sind seine, und sie klingen dir im Kopf, weil ich sie gerade ausspreche.

Also bin ich es, die Jacek Rostański aufs Sofa drückt? Nicht doch, ich gehe nur hinter Kostek her, begleite ihn, komme aus diesem Schwarz und weiß gut, dass es nichts gibt als dieses Schwarz, und weiß, dass Kostek, mein Lieber, das auch irgendwann verstehen wird. Die Zeit wird kommen.

Und jetzt schütze ich ihn mit meinen schwarzen Flügeln, obwohl meine Federn grau sind.

Ich bin ein Stadtspatz.

Ich singe: Shanti, shanti, shanti. So sagte deine Mutter zu dir, und du hast es vergessen.

Kostek, Dummerchen, wenn du wüsstest, wie unwichtig dein Polnisches und dein Deutsches ist, wie unwichtig die Geschlechter, wie unwichtig deine Würden und Ehren und dein eigener Wert und der widergespiegelte … Wie frei es dich machen würde, wie hoch und weit du kommen könntest, weiter und höher …

Wie schlecht und wie gut, Kostek, dass du mich nicht hören kannst, dass nur das Echo meiner Stimme dich irgendwo unter dem Schädeldach erreicht, schwarze Tropfen entfließen mir irgendwo dort, wo du geboren wirst, Kostek, wo DU geboren wirst, in jedem Bruchteil jeder Sekunde, und deshalb bin ich du, Kostek.

Jetzt, wo du mit Iga in der Rikscha durch die Dobra fährst, die geliebte Straße.

Und jetzt, wo ihr vor dem Haus Nummer 52 aussteigt.

Und jetzt, wo ihr die Treppen hochsteigt.

Ich singe: Shanti, shanti, shanti. Tschilp, tschilp, tschilp.

Iga stellt keine Fragen, Iga hat sich Warschau mit Verwunderung angesehen, hat das neue Warschau nicht verstanden, deshalb wundert sie sich auch nicht, dass ihr jetzt die abgetretene, knarrende Treppe zu einer dreckigen Wohnung im Powiśle hochsteigt.

Und am Ende stehst du jetzt vor dieser Tür und hast Angst, Kostek.

Ich habe Angst. Ich habe Angst davor, wie Salomé mich ansehen wird, wenn ich in Begleitung einer Frau zu ihr komme, mehr noch – in Begleitung einer Dame. Salomé erkennt eine Dame auf Anhieb, ihr Auge ist unfehlbar, ihr Blick skrupellos.

Ich habe Angst vor dem Fläschchen voll Güte und Glück.

Ich klopfe nicht.

«Ist es hier?», fragt Iga.

Und bevor ich antworten, ihr zuvorkommen, sie hindern kann, schließlich weiß sie, dass es hier ist, da wir vor dieser Tür stehen – klopft sie. Klopft, klopft.

Ich falle in Panik, jetzt ist alles verloren, jetzt komme ich nicht mehr weg, schon vor Scham nicht, wir müssen jetzt hinein.

Und Salomé öffnet die Tür, öffnet die Tür, öffnet die Tür.

Vibrationen Seelenabominationen Hirninseminationen, ich fliege panisch auseinander, umgestülpt, Hysterie des Lebens, Materie, kalt ihr böser Blick in der Leere.

Sie guckt.

«Können wir reinkommen?», fragt Iga.

«Bitte», sagt meine süße Hure höflich, mir zittern die Hände, ich schwitze, Schweiß läuft über den Rücken, nach ein paar Sekunden merke ich, dass meine lange Unterhose nass ist und das Hemd auch.

Wir treten ein. Setzen uns an den Tisch. Auf dem Fußboden noch meine Blutspuren. Auf meinem Gesicht noch die Spuren von Kajetan Tumanowicz.

Ich würde Salomé gern sagen, dass ich ihn umgebracht habe.

«Ich habe ihn umgebracht», sage ich und erschaudere, Iga hört das ja schließlich auch.

Salomé schaut mich kalt und energisch an, als wäre das nicht ihr Blick.

«Wen?», fragt sie.

«Tumanowicz.»

Iga zittert. Salomé lächelt, das Eis in ihrem Blick taut, er wird wärmer. Sie glaubt mir. Wieder ist sie meine gute Hure, und für Tumanowiczs Blut vergibt sie mir sogar, dass ich mit einer Dame in ihre Wohnung komme.

«Ich kenne Sie», sagt Salomé.

Iga bebt, nickt aber bestätigend: Du kennst mich, Hure.

Fotos, in der Mappe, Bacchanalien.

«Wir wollten etwas trinken, tanzen gehen …», sage ich.

«Hast du Geld?», fragt Salomé.

«Ich bin Deutscher», sage ich sinnlos. «Ich bin Deutscher geworden.»

Iga versteht nichts.

«Was für ein ... Deutscher?», fragt sie.

Wie, soll ich dir das jetzt erklären, Konspiration, Dekonspiration Degeneration Kollaboration.

«Erklär ich später», sage ich knapp. Iga reicht das, für Iga sind Männer, Frauen und Kinder wichtig, keine Polen und Deutschen, Iga ist die Politik egal, Iga ist wirklich eine Frau.

«Also hast du Geld oder nicht?», fragt Salomé noch mal.

Kostek, jetzt ist der Augenblick gekommen, es vor dir selbst zuzugeben, stimmt's? Schließlich hast du tausend Dollar in der Tasche. Dem Deutschen in der Szucha hast du zweitausend gegeben und die Ausgabe von dreitausend gemeldet. Was hast du dir dabei gedacht?

Nichts, wozu solltest du dir etwas denken, du hast getan, was du getan hast, und ich habe geflüstert, dass es dir zusteht, du hast mein Flüstern nicht gehört, aber das Timbre meiner Stimme, das hast du gehört.

«Ja», erwidere ich.

Ja, ja, ich habe Geld. Tausend Dollar. Was soll ich machen. Es stand mir zu, ich kann nicht ohne Geld sein, es gibt nichts Schlimmeres als geldlose Ohnmacht.

Salomé wird plötzlich weich, warm, süß wie Zucker, ergießt sich träge wie Karamell.

Ihre weichen, weißen Pfötchen um meinen Hals, ich stoße sie zurück, suche Igas Blick, erwarte Verachtung und Abscheu darin, finde aber nur Verlegenheit, Scham, als wäre sie es, die sich vor meinen Augen gerade an einen Freier kuschelt.

«Wenn du Geld hast ... dann gehen wir. Ich rufe ein Auto.»

Ich bin perplex.

«Du hast Telefon in der Wohnung?»

Bisher hat sie keins gehabt.

«Was denkst du. Ohne Telefon ist es schwer.»

«Aber wer hat dir das besorgt, jetzt?», schreie ich fast.

Sie lächelt.

«Du kommst auch irgendwie zurecht, nicht wahr, Kostek?»

Ich kann keinen Gedanken fassen.

«Na sag mal … hör mal», sagt mein Mund, meine Stimme, sage nicht ich.

Sie nickt, geht an den Apparat und spricht Russisch in den Hörer.

Iga steht an der Tür, beschämt, schockiert.

«Iga, ich …», fange ich an, schwach, schüchtern, arm, gemein.

«Mich interessiert das nicht, Kostek. Gar nichts interessiert mich», sagt sie. Und schließt mir die Lippen mit einem Kuss.

Schließt sie, das ist der richtige Ausdruck. Das ist kein Kuss einer Geliebten. Obwohl mitten auf den Mund, war es ein Kuss, der die Lippen nicht öffnet, sondern sie miteinander verklebt. Und als sie meine Lippen geschlossen hat, lösen sich ihre Lippen nicht sogleich von meinen, sondern verharren so lange darauf, bis Salomé zurückkommt und unsere Lippen in der Berührung sieht.

Sie klatscht in die Hände und lacht.

Du hast Angst vor ihr, Kostek, große Angst.

«Ich zieh mich nur um, und dann fahren wir. Der Wagen ist gleich da.»

Sie verschwindet hinter der Tür. Da stehe ich mit Iga, peinliches Schweigen, ich meide ihren Blick.

«Kostek, sei so gut, mach mir das Kleid zu», erklingt die Hurenstimme der schrecklichen Salomé hinter der Tür zum Schlafzimmer, in dem ich ihren weißen Leib so viele Male gekostet habe.

Und was sagst du ihr, hast du Willenskraft genug, das abzulehnen? Du wirst glühend rot, willst vor Iga im Erdboden versinken, und Iga schaut weg, angeekelt oder beschämt.

Du gehst hin.

Im Schlafzimmer steht Salomé, vollkommen nackt, mit dem Rücken zu dir. Über die Schulter wirft sie dir einen Blick zu.

«Vielleicht ein bisschen Spaß, bevor wir gehen, Kostek? Möchtest du ein bisschen Spaß mit mir haben? Du kannst deine Bekannte ja einladen, wir kennen uns.»

Sie kommt zu dir, legt eine Hand um deinen Nacken, die andere Hand führt deine Rechte zu ihrem feuchten Schoß.

«Es reicht», sagt mein Mund, mit meiner Stimme.

Und meine Hand schlägt Salomé ins Gesicht, wieder und wieder gebe ich der bösen, gemeinen Salomé eins ins Gesicht, nicht zu kräftig. Sie lacht, fasst sich an die Wange.

«Irgendwann bringe ich dich dafür um, Kostek», flüstert sie mit süßer Stimme und schaut mit süßem Blick.

Rasch zieht sie sich an, ich helfe ihr beim Kleid, wir gehen raus und stehen auf der Dobra, und dort wartet schon ein weißer Adler Diplomat. Zu dritt nehmen wir auf dem Rücksitz Platz. Am Steuer sitzt ein sehr hagerer Mann in einer Kluft, die an eine zerschlissene Hotellivree erinnert, in längst ausgeblichenem Bordeaux. Und eine Chauffeursmütze, rund wie die Mütze der Chevaulegers.

«Zum Adria», kommandiert Salomé.

«Zum Adria?», wundere ich mich. «Ich dachte an etwas anderes …»

Was anderes? Zu viel Zeit im Adria verbracht, stimmt's, Kostek, dort kennen die Kellner dich, und jetzt sollst du da als Deutscher reingehen, als Abtrünniger.

«Das ist jetzt nur für Deutsche. Betrifft dich natürlich nicht», erklärt Salomé und legt mir die Hand aufs Knie.

Der Chauffeur fährt mit Verve die Dobra hoch, biegt in die Tamka ab, zwischen ihren Häusern und Mietskasernen der übliche Verkehr, das Konservatorium, der Pöbel treibt sich herum, das hast du gesagt, Kostek, hinter der Fensterscheibe des Adler, dass der Pöbel sich rumtreibt, das hast du gesagt.

Der Pöbel treibt sich herum, denke ich.

Hinter den kleineren Mietshäusern an der linken Seite die verbrannte Kuppel des Zirkus an der Ordynacka, wir biegen in die Ordynacka ab, lassen die Kopernika hinter uns, an der Ecke Ordynacka und Nowy Świat ein ausgebranntes, großes Haus …

«Halt!», brülle ich. «Halt!»

Beim Klang des deutschen Wortes erbebt Iga, es kümmert mich nicht. Ich springe aus dem Auto. Springe aus dem Auto, die Trümmer sind beiseitegeräumt, das Pflaster von jüdischen Händen und Spaten in Ordnung gebracht, die Juden räumen auf, bewacht von einem älteren, dicken Gefreiten mit einem alten Gewehr über der Schulter, das Pflaster geräumt, aber auch verwundet, löchrig. Mit einem Satz bin ich am Haus, ausgebrannte Fensterhöhlen, keine Spur von Fensterrahmen, verrußte Mauer.

An den Wänden Blut. Es fließt aus den Fenstern wie aus Wunden, aus den Wunden an Christi Seite, wie aus leergekratzten Augenhöhlen, Blut fließt über den verräucherten Putz, über die Ziegel, ich fasse das an, ich fasse das mit den Händen an und mache mir die Hände schmutzig. Menschen gehen vorüber, einer im langen Mantel, eine Frau mit einem Kinderwagen voller Töpfe und Schmorpfannen aus Messing, Pole, Jude, Deutscher, weiß Gott, Blut macht mir die Hände schmutzig, schmutzig, guter Gott.

Schwarze Götter neigen sich über die Stadt wie vom Wind gebeugte Pappeln am Straßenrand, dunkle Kühle, kaltes Schwarz, der Götter Blut fließt aus den ausgebrannten Fenstern des Eckhauses Nowy Świat 60, Ordynacka 16, Blut an deinen Händen ist kein Blut, an deinen Händen nicht.

Der Chauffeur und Salomé fassen dich sanft an den Ellbogen, heben dich von den Knien, Salomé klopft dir besorgt den Straßenstaub von den Hosenbeinen, Kostek, rührend ist deine kleine Hure, gut ist diese böse Hure aus der Dobra, Salomé, verbrannte Fenster, Salomé.

Degeneration Insemination Staatsraison. Die Wände mit Rötelstift bemalt.

«Konstanty, was ist mit dir?»

Igas Stimme, Igas Stimme. Iga.

«Kostek, lieber Kostek ...», flüstert Iga, ihre Hand auf meiner, auf meinem Gesicht ihre Hand.

Und ich komme zurück.

Ich bin wieder bei Sinnen, stehe auf der Straße, die Leute gucken mäßig interessiert und mäßig erstaunt zu uns her.

«Ich werde dich heilen, Kostek, bald werde ich dich heilen. Aber jetzt lass uns fahren, mein Schöner.»

Wer sagt das, ist es Salomé? Wer sagt das? Oder sagt das Iga?

Ich sage es, Kostek.

«Ich sage es», sage ich.

Also fahren wir, die Warecka, Hauptpostamt, Napoleonplatz, Prudential, graubraun sind die Menschen unterwegs, hinter dem Mietshaus von Goldstand biegt der Adler in die Moniuszko ab, Reifen quietschen, die Jesus-Kirche – was für ein Name, Jesus, hängt er vielleicht hier? –, der Adler neigt die Flügel, um zwischen die Mietshäuser und die verbrannte, blutige Philharmonie zu passen, seine Federn streifen die blutigen Mauern, aber er passt, Schnabel aufgerissen, rosig die Reptilienzunge in diesem Schnabel, wir halten vor dem Adria an, Adler Adria Adler Adria die blaue Adria.

Kostek!

Ich steige aus, weiße Reifen auf dem blutigen Pflaster, in Blutlachen blutige Reifen, Blut fließt aus den Fenstern der Philharmonie, aus den Fenstern hängen blaugraue Girlanden gigantischer Gedärme, ihr Blut fließt aus dem Fenster.

Ich steige aus, steige schwankend aus.

Kostek, bleib tapfer, Kostek, du schaffst es, komm zu dir, Kostek.

Ich bezahle den Chauffeur, bezahle ihn großzügig, in Dollar.

Iga an meiner linken Seite, Salomé an meiner rechten, an meiner Hutkrempe hängen Zapfen, hängt der Rotz gerinnenden Blutes. Wir betreten das Adria. Die Cafés oben lassen wir links liegen, ebenso die amerikanische Bar, ich weise die Kennkarte und mein Wiener Deutsch vor, wir schweben die Treppe hinunter zum Parkett, zu den Kronleuchtern, Iga links, Salomé rechts in die Wolle meines Jacketts gekrallt, schweben wir zu der lauschigen, uns höflich zugewiesenen Loge, der amerikanische Dollar weist uns den Weg, in God we trust.

Wir setzen uns an einen Glastisch, es ist noch früh, noch leer, kein Orchester, Musik von Grammophonplatten, amerikanische Musik, Saxophon und Kontrabass strömen aus den Lautsprechern, wir bestellen Wodka und bekommen ihn gefrostet und bläulich, wir bestellen dazu Paprikafleisch, schärfer noch als der Wodka, und Salomé holt aus ihrer Handtasche das glücksspendende, regenbogenfarbene Fläschchen und die goldkörbige Spritze und die Nadel Nr. 19, sei gelobt, Salomé, meine goldvöglige, gute und schöne Hure!

Und kommt es mir nur so vor, dass der Blutspiegel an den Wänden steigt? Blutig roter Paprika.

Alles kommt dir nur so vor, Kostek. Die wogende Linie des Blutes kommt dir so vor, das Adria kommt dir so vor, Iga kommt dir so vor, und Salomé und Warschau und dein ganzes Leben von Kattowitz bis Grudziądz und Trembowla und das Schokoladenhaus und Warschau und deine Mutter kommen dir so vor, mein Lieber, und dein Körper kommt dir so vor. Alles Einbildung, Kostek.

Du bist Einbildung, nur ich bin wirklich, also bist du

vielleicht nur meine Einbildung? Vielleicht träume ich dich, mein Lieber, vielleicht bist du mein Albtraum, Traum eines Schattens, Traum jenes oder jener Dritten, die oder der hinter den zweien geht auf weißem Weg?

Und wer bin ich, Kostek, wer? Ein Schatten, wie alles bin ich, der Schatten eines Schattens in einer Schattenwelt. Kreise auf dem Wasser. Ein Hauch von Wind. Kälte.

Wir trinken Champagner, echten Champagner, zwischen Gold und Bläschen treiben winzige Fetzen von Bodensatz wie Plankton, und mit kokaingeschärftem Auge siehst du eins von ihnen, Kostek, wie es taumelnd und tanzend zur Oberfläche steigt, angetippt von den aufsteigenden kleinen Ballons, das Gold, der Champagner fließt in eure Kehlen und ja, ja, auch das weiße Pülverchen des Kokains, Iga sagt nicht nein, und die Augen glänzen ihnen, den Frauen, mit denen du gekommen bist, die Augen glänzen kokainerregt, und die Musik spielt, und andere Leute in Uniformen und Anzügen sind da, Deutsche strömen herbei und ihre polnischen und sonstigen Damen und Nutten, was die Warschauer Straße halt so hergibt, und das Orchester schwebt herab in weißen Smokings, als drehten sie sich im Schwindel und Champagner auf dem Balldeck eines karibischen Transatlantikdampfers und nicht im Warschauer Oktober, auch ihr wirbelt, Kostek, doch deine weiße Smokingjacke hängt im Schrank, du hättest sie anziehen können, denkst du, aber nein, keine weiße Jacke im Oktober, im Juli vielleicht, aber nicht im Oktober, im Oktober nur eine schwarze, Atlasrockaufschläge Atlastressen, das Parkett wirbelt, Adria, Adria nur für Deutsche, die blauen Wasser der Adria, Iga in deiner Umarmung, ihre Lippen geöffnet, ihr wirbelt im Einklang mit Flügel und Schlagzeug, Kostek.

Und du weißt schon, du weißt, dass das Fläschchen auf dich wartet, was ist der Kokainrausch, was der Champagner, die goldkörbige Spritze und die lauschige Loge, und als Salomé das flüssige Glück vorbereitet, drehst du den Kopf zu Iga:

«Ich habe die Fotos gesehen … Bei Salomé.»

Und Iga lächelt. Sie hat keine Scham. Keine Spur. Kommt das vom Champagner mit Kokain, dass sie keine Scham hat? Nur die Wangenröte der Erregung?

Sie hat keine Scham, weil sie sie abgelegt hat, Kostek, dazu ist sie dorthin gefahren, auf das Gut bei Kobryń, dazu hat sie sich die Kleider vom Leib reißen lassen, und zum ersten Mal haben andere Augen als deine oder die von deinem Jacek sie angesehen, und Jaceks Augen waren für sie immer Augen wie deine, Kostek, was du nicht wusstest, Dummerchen, und nicht weißt, weil du dumm bist, aber ich weiß es, denn ich bin weise, weise und leidend. Das Leiden macht, dass meine Weisheit unendlich ist.

Also ließ sie sich von anderen Augen ansehen, ließ sich von anderen Händen anfassen, hörte sich die blöden Reden an, die diese Orgie ungestrafter Kopulation zu etwas mehr machen sollten, als sie tatsächlich war, ein Schwachkopf mit grauem Ziegenbart faselte etwas von Mänaden, von Dionysien und der aus schlechten Fluiden sich befreienden Urkraft des Sexus.

Hätte dieser mit gelehrtem Unsinn vollgestopfte Schafskopf einmal wirkliche Dionysien gesehen, bei denen wir die Finger und Füße der schwarzen Götter berührten, bei denen wir in der Welt versanken, bei denen aus unseren Schößen eine neue Welt geboren wurde, und wir die alte Welt durch unsere Münder verschlangen, und die schwarzen Götter zwischen uns wandelten und unsere Leiber berührten, Kostek, wenn dieser Dummkopf solche Dionysien gesehen hätte, wäre er vor Angst gestorben, gestorben, weil er vielleicht begriffen hätte, was die schwarzen Götter, die Titanen sind, und dass wir nur zwischen den Säulen ihrer Beine hindurchhuschen.

Doch solche Dionysien sah er nie, er wollte nur viele nackte

Frauen sehen, keine Mädchen und keine professionellen Huren wollte er sehen, sondern die Körper von Ehefrauen und Müttern, entblößt vor ihm und vor anderen, die für dieses Vergnügen bezahlt hatten, Kostek, aber um diese dummen Mütter und Ehefrauen auf das Landgut bei Kobryń zu locken, musste er ihnen bieten, was sie selbst begehrten. Manche wollten durchaus eben nackt vor fremden Männern stehen und ihre klebrigen Blicke, Finger und Samen spüren, doch das waren wenige, die meisten wollten ihrem leeren Leben mehr Bedeutung verleihen, einem Leben zwischen Kindern, Dienstmädchen, offenem Haus an Donnerstagen oder Montagen, zwischen Teekränzchen bei diesen oder jenen Herrschaften, zwischen Karnevalsfesten, unangekündigten Besuchen und Debütantenbällen, auf denen sie ihre heranwachsenden Töchter präsentieren.

Diese Mütter und Ehefrauen waren freudig dazu bereit, dass man sie auszog, wie Tiere begrapschte, sie wie Gegenstände behandelte und mit ihnen kopulierte wie mit Gegenständen, solange das nur mit dem Glauben einherging, dass sie dabei etwas für ihre Leben Wichtiges erfahren, dass diese Orgien, diese Geißelungen und Tänze nach dem Vorbild der antiken Fresken von Pompei ihrem Dasein irgendeine Tiefe verleihen. Dass sie, wenn sie dieses Geschwätz von Geist und Materie nicht anhören, wenn sie nicht an dieses einfältige Nachplappern der Theosophie, an die Suche nach den sexuellen Chakras, an die Befreiung glauben, verschwinden würden, sich auflösten in ihren Kindern, im geselligen Leben, das sie begraben, in Gräbern verschwinden und sich in der Erde auflösen und nichts von ihnen bleiben würde, keine Erinnerung, nicht einmal eine Spur auf den Fotografien.

Sie täuschten sich, natürlich, und werden der Reihe nach alle verschwinden, so wie auch du verschwinden wirst, Kostek, wie Iga verschwinden wird und Salomé, ohne auch nur einen

Schatten zu hinterlassen, Kreise auf dem Wasser, ein Hauch von Wind, leere Schalen, nichts als Fels und sandiger, wasserloser Weg.

Und wie unterschiedlich sie verschwinden, manche überleben den Krieg, andere nicht, sie sterben im Feuer oder durch die Kugel oder am Krebs, sie sterben glücklich oder verzweifelt, nach eigener Vorstellung erfüllt oder nach eigener Vorstellung unerfüllt, befriedigt oder bis zum traurigen Ende unbefriedigt.

Traurig, denn jedes Ende ist traurig. Oder nein, vielmehr liegt das Wesen der Traurigkeit im Ende und im Vergehen.

Und nur ich vergehe nicht, ich – der Schatten, dein kleines Liebchen, ewig nichts, ich, die dir nachgeht, Schatten eines Schattens.

Zwanzig Frauen waren dort, brünette, blonde, dicke und dünne, solche mit großen, schweren Titten und solche mit mädchenhaften, kleinen Brüsten, alle aufreizend durch den Reiz reifer Frauen, und sie taten, wie ihnen geheißen war: Sie sangen Lieder in stümperhaftem Gymnasiastengriechisch, zogen sich aus, ehrten das Mannesglied des graubärtigen Schafskopfs und nannten ihn albern den Herrn Priap, zerrissen das Zicklein – und ein Zicklein zu zerreißen ist nicht leicht, deshalb behalfen sie sich mit Messern –, das Zicklein war auch schon vorher getötet worden, weil Herr Priap fürchtete, sie würden es nicht töten können, sie tranken das Blut des Zickleins und machten sich dabei sogar vor, sie würden das in Ekstase tun, dabei half ihnen der Wein, das reichlich servierte Kokain und die Tatsache, das man sich selbst leichter betrügt als andere.

Solche Frauen waren die meisten.

Außer ihnen gab es noch zwei, die ganz einfach tierische Kopulation wünschten, Besteigung ohne eine Spur von Intimität, eine Kopulation, die sie mit dem verschlafenen Ehemann oder mit dem zärtlichen jungen Geliebten nie erleben konnten, und diese tierische Kopulation auf dem Gut bei Kobryń war ihnen zugesichert worden. Aber ob sie die Leere in sich füllen konnten, indem sie die Höhlen ihres Leibes mit Mann füllten? Sie wollten tierisch begehrt sein, wollten Magneten unwiderstehlicher Anziehungskraft werden, so wie die läufige Wolfshündin den Rüden anzieht, so wollten sie anziehen und taten es doch nicht. Die Leere blieb unerfüllt.

Denn euer wahrer Fluch, Kostek, eure wahre Vertreibung aus dem Paradies liegt darin, dass man euch ein für alle Mal alles vollständig, kosmisch Tierische geraubt, euch aber doch den Rest davon, die Triebe und Instinkte gelassen hat.

Durch einen seltsamen Zufall wird keine dieser beiden Frauen mit ihrer Begierde nach dem Tierischen den Krieg überleben, durch einen seltsamen Zufall werden beide im selben September 1944 sterben, zivil, stille Opfer von Physik, Chemie und Geschichte, erdrückt von den Trümmern ihrer Häuser, die unter Artilleriebeschuss zusammenfallen.

So würdest du sagen, Kostek: durch einen seltsamen Zufall. Weißt du denn, mein Lieber, dass nichts seltsam ist und es Zufälle nicht gibt, die Welt ein Chaos ist, keines fällt einem anderen zu, alles fließt nebeneinanderher, in vollkommener Gleichgültigkeit, so wie Sterne und Steine einander gleichgültig sind?

Auf dem Gut bei Kobryń waren außerdem vier Frauen, die für ihre Anwesenheit bezahlt wurden, Salomé und drei ihrer Gefährtinnen.

Iga dagegen wollte endlich ihre Verschämtheit loswerden, Kostek, und sie sagt dir das jetzt, sagt dir, dass sie der Lust gemeiner Blicke aussetzen wollte, was sie bisher tief verborgen hatte, was nur für dich und Jacek war. Ihr beide wart eins für sie, wart für sie ein und derselbe Mann, einer in zwei Körpern, deshalb war sie nie eifersüchtig auf Hela – da sie Jacek hatte, hatte sie dich auch.

Die Scham wurde sie los, doch dafür entwickelte sie Abscheu gegen sich selbst, gegen die Männer und gegen rohes Fleisch.

Und davon erzählt sie dir jetzt, Kostek.

Sie erzählt dir auch davon, warum sie das getan hat, warum …

Dich freut der Anfang dieser Erzählung: Sie hat es getan, weil sie die Erniedrigung von sich waschen wollte, die ihr von Jacek zugefügt wurde.

«Jacek hat mich betrogen», flüstert Iga berauscht.

Das heißt, dass ihr Doppelmann zerfallen ist, plötzlich seid ihr zwei, du bist ein Mann und Jacek der andere.

Wie dich das freut, Kostek, wie das dein rammliges Drogenherzchen beschwingt, dich erheitert, mein Lieber, der Jacuś also, dein geliebter Jacuś, dein persönlicher Gewissensbiss, auch er lässt sich mit Mädchen ein, das Wort «betrogen» magst du nicht in diesem Zusammenhang, es kommt dir irgendwie unpassend vor, betrügen oder verraten kann man das Vaterland, einen Freund oder sogar die eigene Frau, aber doch nicht dadurch, dass man den Schwanz in eine Mieze steckt; die Frau würde man betrügen, wenn man mit einer Flamme abhaut oder auch im nichterotischen Sinne, wenn man zum Beispiel gegen sie intrigiert. Aber dass man sich mal kurz ein Mädel anlacht, das kann nur nach weiblichen oder Pfaffenkategorien ein Verrat sein, was übrigens aufs Gleiche hinausläuft, der Pfaffe ist ja das Weib honoris causa.

Und du, Kostek, bist sofort davon ausgegangen, natürlich, als Iga von Betrug sprach, dass Jacek ein kleines Abenteuer mit einem Dienstmädchen oder so einer Krankenschwester hatte, stimmt's?

Weil es dir unmöglich schien, dass Jacek Rostański seine Iga wirklich, nach deinen eigenartigen Kategorien, hätte betrügen können.

Aber dieser Niedergang freut dich, schließlich ist das derselbe Jacuś, der so nachsichtig Verständnis für deine wüsten Abenteuer hatte, das Verständnis des Stärkeren, des aus anderem Eisen Geschmiedeten, die Überlegenheit eines Menschen, der so mächtig ist, dass er die Schwachen nicht zu rügen braucht – denn gerügt hat er dich nie.

Aber was du jetzt von dieser betrunkenen, kokainberauschten Iga erfährst, das heißt auch, dass der wunderbare, geliebte, heilige Jacek Rostański neben der Liebe und ehelichen Treue vor allem eure Freundschaft verraten hat, wie du es vielfach vorher tatest, aber Jacuś, der heilige Jacuś, der großartige Jacek hat eure Freundschaft niemals zuvor verraten und tat es nun, ohne dir etwas von seiner Malaise zu sagen; bat nur darum, Iga zu finden.

Und du hast Iga gefunden und das Geheimnis, das er vor dir verbergen wollte.

Und sogar sein edles Erdrücktsein von der Schwärze wird weniger edel im Lichte dieses Verrats, deine unausgesprochene, ja unbewusste Eifersucht auf seine hoffnungslose, noble Melancholie verschwindet plötzlich: Jacek ertrinkt in Schwärze nicht deshalb – wie du bisher gedacht –, weil seine angeborene Güte immer wieder mal die Konfrontation mit der Welt einfach nicht aushält, nein, das ist seine eigene, innere Schwärze.

Natürlich denkst du das nicht in diesen Worten, weder in polnischen noch deutschen, und danach gefragt, würdest du all diese Emotionen bestreiten, reinsten Gewissens.

Wenn du, Dummerchen, wüsstest …

Es war der fünfte September, also vor über einem Monat. Warschau lebte noch, sie aber, Iga und Jacek, starben gerade.

Iga stand da mit einem Brief in der Hand. Der Brief war nicht an sie gerichtet. Niemals zuvor hatte sie einen Brief gelesen, der nicht an sie gerichtet war, so war sie nicht dressiert, dazu war sie unfähig, so wie sie in Gegenwart anderer nicht hätte defäkieren können. Diesen Brief jedoch hatte Jacek auf dem Sekretär im gemeinsamen Schlafzimmer liegenlassen. Offen, auf dem länglichen Umschlag, die cremeweißen Blätter zweifach gefaltet.

Die Anrede des Briefes begann: «Meine Liebe, mein Leben, mein Liebster …», und gerade eben war Igas zufälliger Blick darübergehuscht, hatte diese mit grüner Tinte geschriebenen Worte gestreift, als Igas Herz brach.

Der Krieg war verschwunden, auch die Panzergräben, die Flugabwehrgeschütze, die Drahtverhaue, die Panzerabwehrkanonen. Weg waren die deutschen Panzer und Aeroplane und die polnischen Panzer und Aeroplane, und weg waren die Namen der Generäle, all diese Rommel und Rómmle und Guderians und Śmigłys, alles verschwunden, Polen und Deutschland verschwunden.

Jacek badete gerade, Iga hörte das Wasser in die Wanne laufen, man lebte noch normal, wenn auch ein wenig anders, die letzten Tage eines normalen Lebens in Warschau, der Krieg grummelte am Horizont, und in diesem Augenblick verging die letzte Sekunde von Igas Leben. Sie sah, dass der Brief in einer schönen Handschrift und auf geschmackvollem Papier geschrieben war, griff danach und las ihn ganz, dahinsterbend mit jedem Satz, den die verliebte junge Ärztin namens Trześniewska an Jacek geschrieben hatte. Den Nachnamen erfuhr Iga aus dem Brief nicht, nur ihren Vornamen, Adela, und aus dem, was sie dort über ihre Arbeit im Ujazdowski-Krankenhaus schrieb, konnte sie schließen, dass die Geliebte ihres Mannes Ärztin war, was Iga tief verletzte, hatten Igas Eltern ihr doch immer jegliches Studium ausreden wollen als etwas, das nur tauge für Mädchen aus eher absteigendem Hause, nicht für Iga, Spross einer glänzend prosperierenden Familie. Du bist schön, Töchterchen, und Papa hat eine gute Stellung, du brauchst nicht zu studieren. Das Studium ist was für Arme oder Hässliche.

Zutiefst verletzte Iga die ruhige, traurige Schönheit dieses Briefs einer verliebten Frau. Einer verliebten und verlassenen Frau, denn aus dem Brief ging hervor, dass Jacek die Beziehung zu ihr abgebrochen hatte, welcher Art dieses Verhältnis auch immer gewesen war. Wenn Jacek sich verliebt hatte, musste sie eine großartige Frau sein, denn er ist ein guter Mann. Dass sie nicht in der Lage war, Hass auf diese Adela zu empfinden, verletzte sie am allermeisten.

Nicht verletzte Iga, was sie nicht wusste: dass die junge Ärztin von Jacek schwanger ist, dass sie in sieben Monaten, im Mai 1940, einen Jungen zur Welt bringen wird, der vaterlos aufwächst und seinen Vater nie kennenlernt, der ein berühmter Chirurg wird und einem Menschen das Herz herausnimmt, um es einem anderen einzupflanzen, und der dann stirbt, weil sein eigenes Herz bricht, als man seine Liebe zu Jungs öffentlich macht, eine Liebe, die trotz seiner siebzig Jahre immer noch lebendig ist, und ich, eine von mir, eine wie ich wird an seinem grauhaarigen, klugen Kopf knien und ihn streicheln, wenn seine Kreise auf dem Wasser vergehen.

Die Existenz von Jaceks Sohn, der niemals seinen Namen trägt, hätte Iga mehr verletzt als alles andere: Denn sie selbst hatte Jacek kein Kind schenken können, obwohl sie sich das so sehr wünscht. Doch davon wird Iga nie erfahren.

Und Iga war tief verletzt von Jaceks Sorglosigkeit, wie hatte er so einen Brief auf dem Sekretär liegenlassen können? Auf den Gedanken, dass es mehr gewesen sein könnte als Sorglosigkeit, dass er ertappt werden wollte, ohne es selbst recht zu wissen, kam sie gar nicht.

Iga legte den Liebesbrief auf die Schreibplatte zurück, griff nach Federhalter und Visitenkärtchen und schrieb in sorgfältigen Buchstaben, elegant wie immer:

«Mein Lieber, verzeih mir diese ungeheuerliche, einer Dame nicht würdige Indiskretion, jedoch kann ich nach der

Lektüre des Briefes, den du hier so grausam hast liegenlassen, nicht länger mit dir unter einem Dach sein. Für immer Dein, Iga.»

Darauf packte sie rasch ihren Koffer, verließ die Wohnung und nutzte die zwei Tage zuvor eingetroffene Einladung auf den Gutshof bei Kobryń, wo am siebten September Dionysien zur Abwehr des deutschen Angriffs stattfinden und fotografisch dokumentiert werden sollten. Dort gab sie ihren Körper fremden Männern hin, die wussten, dass es Polen nicht mehr gab – das Polen, das ihren Wert und ihre Bedeutung definierte, das Polen, das sie selbst mit aufgebaut und für das manche von ihnen zwanzig Jahre zuvor im Krieg gekämpft hatten. So feierten diese Männer das Ende ihres Lebens, um dann nach Rumänien oder Ungarn zu fliehen oder den Sowjets in die Hände zu fallen, manchen gelang es auch, nach Frankreich und nach London zu kommen, wo sie ihr wertloses Leben beendeten, denn das Polen, dass ihnen als Männern und Menschen ihren Wert verliehen hatte, gab es nun endgültig nicht mehr.

Iga indes wurde erniedrigt, geschlagen, gepeitscht, nicht sehr schmerzhaft, denn diese Geißelung hatte nur symbolischen Charakter, man kopulierte mit ihr, die beringten Finger hässlicher, dickbäuchiger Männer drückten in ihr Fleisch, ihre schmalen Schenkel und die kleinen weichen Brüste, Glieder penetrierten sie, die ihren Besitzern häufig den Gehorsam verweigerten, dann wurde sie wieder gegeißelt, der Leicaverschluss klickte, und gehorsam hielt sie Gesäß und Schenkel und Rücken der Peitsche hin, öffnete Mund und Beine und sang Lieder in üblem Gymnasiastengriechisch.

Klebrig danach, wusch sie Samen, Schweiß und Speichel ab, kleidete sich an, schloss sich dann aber nicht den anderen Damen an, die im Salon Platz nahmen. Die bezahlten Frauen wurden nicht in den Salon geladen, das gehört sich nicht, geladen wurden nur die Damen, die nun unter Wahrung sämtlicher gesellschaftlicher Formen im Salon saßen und sich dem höflichen Gespräch widmeten, dessen Hauptthema die Frage «was jetzt?» war. Unter ihnen auch ein paar Männer, die an der Orgie teilgenommen hatten, die meisten hatten schon ihre Fiats, Opel, Chevrolets und Buicks und Hispano-Suiz und sportlichen Alfa Romeos und Mercedes' und auch Pferdefuhrwerke zur Fahrt bereitgemacht und kehrten zurück in den grauen Rest ihrer schrumpelnden Leben.

Iga schloss sich weder den Damen im Salon noch den im Aufbruch begriffenen Männern an, sondern den vier bezahlten Frauen, die Geschichte und Krieg besser verstanden und nach Warschau zurückwollten. Da es keine anderen Transportmittel gab, stahlen sie ein Auto vom Hof, einen kleineren Fiat, den Iga, eine vorzügliche Fahrerin, lenkte. Sie nahmen auch die Negative samt Apparat mit, in dem der Fotograf sie zurückgelassen hatte, in der richtigen Annahme, sie würden ihm in dem Leben, das vor ihm lag, zu nichts nutze sein. Allenfalls ein Archäologe hätte vielleicht irgendwann den verrosteten Fotoapparat in Piatichatki ausgegraben, die Negative aber hätte man nicht mehr entwickeln können, es wäre also nicht zum Skandal gekommen.

Und sie durchfuhren das seltsame, leere Nicht-Polen zwischen Kobryń und Warschau, und bis Radzymin fielen sie unterwegs niemandem auf und sahen keinen einzigen Soldaten: weder einen polnischen noch einen deutschen oder sowjetischen, sahen überhaupt wenig Menschen, fuhren wie durch ein Land jenseits der Geschichte, der Zeit und jenseits der Welt, bis sie schließlich in Radzymin kurz vor Warschau angehalten wurden. Salomé floh beim bloßen Anblick der Soldaten und wusste nicht, was dann weiter mit Iga passierte, sie floh, weil sie Angst hatte, erschossen zu werden, denn Iga machte den Deutschen eine fürchterliche Szene. Salomé kehrte zu Fuß in die Stadt zurück, und Iga kam in Arrest.

All das erzählen mir Iga und Salomé jetzt, betrunken und berauscht, kichernd wie Verrückte, als wäre das ein Kabarett, ein unreifer Spaß, Schülerinnenstreich.

Sie erzählen dir natürlich nicht alles, Kostek, denn keine von beiden sieht so weit und scharf wie ich, doch haben sie dir fast alles erzählt, was sie wussten und was sie gesehen haben, plötzlich befreundet, schamlos beide, in bestem Einvernehmen.

Ich höre aber gar nicht mehr zu, obwohl ich bei so einer Geschichte sonst gelauscht hätte wie die Frömmlerin dem Priestergeschwätz.

Du hörst nicht mehr zu. Schiebst sogar Salomés Hand weg, die gerade den flüssigen Regenbogen injiziert, stehst auf, an deinem Unterarm hängt die goldkörbige Spritze, traurig wie das gebrochene Bein eines hinkenden Hundes.

Doch ich höre nicht mehr zu, merke nicht einmal, dass Salomé noch nicht fertig damit war, das geliebte Glück in meine ermüdeten Adern voll unreinen Blutes zu spritzen.

Denn in der Loge gegenüber hat es sich eine sehr deutsche Gesellschaft gemütlich gemacht, zwei uniformierte Offiziere, Hosen steingrau, Jacken feldgrau, dunkelgrüne Krägen, frische Bänder der eisernen Orden an den Knöpfen. Dazu drei absolut polnische, aufgedonnerte Nutten, die Titten aus dem Dekolleté quellend. Und zwei Männer in Zivil, dunklen Anzügen, die von den Offizieren, bei Uniformierten unerhört, mit jener ausgesuchten, ungezwungenen Hochachtung behandelt werden, mit der, sagen wir, ein weltgewandter Major mit dem zivilen Beamten des Kriegsministeriums sprechen würde, wenn der mindestens Staatssekretär ist und dazu noch gedient hat.

Nicht das aber erregt meine Aufmerksamkeit. Ich stehe auf und nähere mich den Deutschen. Sie trinken Wodka, ich bin noch betört von Champagner und Kokain, fühle aber keine Spur der Euphorie mehr, die mich eben noch erschütterte.

Als ich mich dem Tisch nähere, verstummt die deutsche Gruppe, nicht feindselig, aber doch erstaunt über mein wortloses Herantreten und meinen Blick, der zumindest ein wenig verrückt wirken muss.

Dann bemerken sie, was ich da so intensiv anstarre, und ihre Verwunderung geht schlagartig in offene, wütende Feindseligkeit über.

«Das ist das Antlitz eines Kriegshelden, du Mistkerl! Verpiss dich!», bellt der Offizier und erhebt sich, schon leicht betrunken. Er richtet sich auf, um mich Mores zu leeren.

Was starre ich da so an?

Das Gesicht der Lüge starrst du an, dein unwahrhaftiges Leben, die Leere in deinem Leben, die du insgeheim spüren musst wie ein schlecht Polnisch sprechender Junge. Du starrst den Namen an, den du nicht trägst.

Das Gesicht des Mannes im dunklen Anzug mit Weste starrst du an, das Gesicht eines Mannes, der im hintersten Winkel der Loge sitzt, eines Mannes, der keine polnische Nutte abbekommen hat, wohl auch, weil er an Nutten gar nicht interessiert war.

Ein schreckliches Gesicht. Oben auf der linken Wange beginnt eine Narbe, wächst nach unten, zu den Mundwinkeln, frisst ein großes Stück der Nase weg, von der nur das rechte Nasenloch und eine umgelegte Falte dessen, was einst der Rest der Nase war, geblieben sind. Weiter unten frisst die Narbe auch viel Gesicht weg, und dort, wo einmal ein Mundwinkel war, klafft jetzt ein nacktes, zahnloses Stück Zahnfleisch. Noch weiter unten gräbt sich die Narbe in einer furchtbaren Knochenschlucht zum Kiefer, dessen klare, kräftige Linie sie kreuzt.

Ein schreckliches Gesicht. Ein Gesicht, das du kennst.

Das Gesicht deines Vaters.

Der Major holt aus und schlägt mich auf die Wange,

mit dem Handrücken, so hart, dass mein Kopf zur Schulter schleudert.

Baldur Strachwitz sieht dich an mit seinen hellblauen Augen, von denen das eine, das linke hinter der Goldfassung des Monokels, sich in dich hineinbohrt.

«Vati», flüsterst du.

Da springt er plötzlich auf, begreift, Narbe und Restgesicht verzerren sich zu einer schrecklichen Grimasse, er stürzt zu dir, stößt Nutten und Offiziere und Gefährten im Anzug zur Seite, stößt die Schnapsflasche vom Glastisch, trampelt über Sofas und Knie, zerreißt Strümpfe und beschmutzt die Hosen in Feldgrau.

Er stürzt zu dir, und du ertrinkst in seiner Umarmung, er umarmt dich mit großer Kraft, du umarmst ihn, dein Gesicht an seiner gesunden Wange. Die Spritze gleitet aus deiner Ader und fällt zu Boden, bohrt sich mit der Goldnadel ins Parkett wie ein perverser Speer, das Morphin fließt bereits in deinen Adern. Der Vater umarmt dich, als wärest du der einzige Mensch auf der Welt.

«Mein Söhnchen, mein geliebtes, verschollenes Söhnchen», schluchzt er, die Worte fallen lädiert aus dem entstellten Mund.

Und du sinkst in seine Arme, sinkst in die Dunkelheit.

TEIL ZWEI

KAPITEL ACHT

Du würdest dich, euch gern mit seinen Augen sehen. Aber das kannst du nicht, Kostek. Viel habt ihr gemeinsam, doch das ist immer noch zu wenig.

Du bist Soldat, das ist schon etwas. Du warst. Oder bist du es weiterhin?

Aber wie ganz anders war dein Kämpfen, Kostek. Dein Offiziersein. Grudziądz, Trembowla, Ulanen.

Obwohl er, der Mann mit dem vom Krieg gefressenen Gesicht, auch Ulan war – aber das ist nur ein Wort, nicht mehr. Dein Ulanenregiment und sein Ulanenregiment – andere Uniformen, obwohl ähnlich, der gleichen Tradition entstammend, bei ihnen sogar noch ulanenhafter, die Jacken zweireihig, traditionell, bei euch normal. Dein Vater war geboren, um Reiteroffizier zu sein, mit dem Säbel die Angriffsrichtung zu weisen; wozu bist du geboren, Kostek?

So wenig weißt du. Erinnerst dich nur an dieses Gesicht, erinnerst dich, als wäre es in dein zehnjähriges Hirn eingebrannt: Da kommt der Vater nach Hause. In diesen Jahren deines Lebens war jede Rückkehr ein Fest. Ein mehrtägiger Urlaub, manchmal ein paar Wochen, und dann der Altar zu seinen Ehren, an den die Mutter dich führte, ein braungelbes Foto: die zweireihige Ulanenjacke, die Hände umklammern den Säbelgriff. Du erinnertest dich, wie er vor deinen Augen den Säbel geschliffen hatte, und du verharrtest vor dem Foto und versuchtest, mit deinem Blick das hinter dem flachen Fotofilm geborgene Gesicht zu berühren.

Und dann kehrte er nach Hause zurück, im Urlaub. Zuerst klimperte auf der Treppe die blecherne Scheide, sie schlug gegen die Sporen, dann öffnete er die Tür, küsste lange deine Mutter, oder eher sie küsste ihn lange und sagte: «Mein Junge ist zurück.» Er war ihr Junge, und alles im Haus war festlich, die Hausregeln gelockert, und ich durfte meinen Vater sogar ungefragt ansprechen.

Nachts, am Bett, erzählte er mir seine Abenteuer. Heute weiß ich, dass sie ausgedacht waren. Doch was sollte er mir auch erzählen von diesem Krieg, der nicht so war, wie ein Krieg sein sollte? In dem es keine Kavallerieziele gab, die der junge Leutnant mit seinem Säbel dem Zug hätte weisen können? Sollte er erzählen, wie es ist, wenn man im Dreck des Schützengrabens versinkt, im Stahlgewitter? Also erzählte er erfundene Geschichten.

Die ganze Welt ist erfunden, Kostek. Vati führte eine Patrouille, da springen plötzlich zweihundert schreckliche italienische Bersaglieri hervor. Bersaglieri heißen die Soldaten mit Federn auf dem Helm. Und rattattatta schießen sie mit dem Maschinengewehr! Und Vati zieht den Säbel und zack! Erster Federbusch abgeschlagen! Und zack! Zweiter Federbusch. Und so zack, zack, zack, hat er ihnen allen die Federbüsche vom Kopf geschlagen, dass sie das Maschinengewehr vor Scham stehen ließen und die Flucht ergriffen. So hat Vati drei italienische Maschinengewehre und zweihundert Federbüsche erobert, wofür er von seiner Hoheit dem Kaiser das Eiserne Kreuz verliehen bekam. Vati zeigt dir das Eiserne Kreuz Erster Klasse.

In der Schule glaubten mir die Kameraden das nicht, und einer gab mir was auf die Nase für diese Märchen. Ich gab es nicht zurück, denn er war stärker, ich brachte dafür am nächsten Tag ein Foto mit von meinem Vater in Ulanenuniform, mit Ulanenhelm und Säbelgriff. Sie waren neidisch. Ich zeigte ihnen auch eine schwarze Feder vom Federbusch des Bersagliero, die Vati mir extra aus dem Krieg mitgebracht hatte.

Vati sitzt auf dem Pferdchen, da plötzlich ... ein englischer Panzer! Und er ballert aus sämtlichen Rohren! Und er hat fünfzehn Läufe, Maschinengewehre und Kanonen! Aus Stahl! Vati greift den Säbel und zack, zack, zack, alle Läufe abgehackt! Und die Engländer fangen an zu heulen.

Oder Vati fährt übers Feld – und, auf einmal ein Flieger! Im Sturzflug, so steil, dass er Vati mit einem Flügel die Mütze herunterschlägt. Und dann fliegt er über ihn hinweg und stößt ihn so mit dem Flügel an, dass Vati bums auf die Erde fällt, gegen einen Stein, und ohnmächtig wird. Rapaport, des Vaters Wallach, kehrt allein zum Regiment zurück, und alle Kameraden beweinen Vati, weil sie glauben, er sei gefallen. Doch hört, was geschah! Rapaport will sich den Sattel nicht abnehmen lassen, er tritt aus, wiehert, bis er sich losreißt und davonläuft, die Ulanen wollen ihn einfangen, er läuft fünfzig Schritt und wartet, die Ulanen ihm nach – so lange, bis er sie zu Vati geführt hat! Und dort auf dem Feld beginnt gerade die französische Offensive! Neger, schwarz wie die Nacht und mit schartigen Zähnen, stürmen heran! Mit Bajonetten. Aber die Kameraden können Vater noch rechtzeitig aufs Pferd setzen und vor den Negern fliehen!

Und als sie schon davongekommen waren, stellte sich heraus, dass Vatis Mütze im Feld geblieben war! Ein Ulanenoffizier ohne Mütze – unmöglich! Und überhaupt, dass Deutsche vor Negern davonlaufen? Also nahmen sie ein Maschinengewehr und draufgehalten auf diese Neger! Rattattattata! Und die Neger suchten das Weite, sie hinterher, bis sie die Mütze wiederhatten, wenn auch vom Maschinengewehr durchschossen.

Er hat dir die Mütze damals gezeigt, als Beweis für diese Geschichte, erinnerst du dich? Im rechteckigen Deckel oben auf dem Helm war ein Loch, so groß, dass dein Finger hineinpasste.

Also zeigte ich es den Klassenkameraden. Mit dem Finger machte ich ein Loch im Lehrbuch und zeigte: So eins hatte mein Vater in seiner Ulanenmütze! Dafür hat mich mein Lehrer dann bestraft. Aber die Neger hat Vati verjagt, und einem von ihnen hat er sogar mit dem Säbel den Schädel abgeschlagen! Das haben sie mir dann geglaubt, ohne Beweise geglaubt, auch wenn ich den abgeschlagenen Schädel dazuphantasiert hatte. Der Vater hatte nichts von einem abgeschlagenen Negerkopf gesagt. Nach Hause hat er auch keinen gebracht.

Dafür kam der Vater später ohne Gesicht nach Hause und erzählte keine Geschichten, er sagte überhaupt nichts mehr.

Sie ließen mich ihn nicht sehen, aber ich schlich mich hin, lugte durch die angelehnte Tür und sah seine Silhouette, plötzlich mager und schmal, fast mädchenhaft. Er war nicht großgewachsen – er war sehnig wie die Bergarbeiter in der Grube, klein, mager, voller knubbliger Muskeln, hatte schmale Hüften und breite, wenn auch schlanke Schultern. Doch jetzt war er hager wie ein Fräulein, klein und dürr. Er stützte sich auf die Schultern von Mutter und dem Dienstmädchen, beiden waren massiger, kräftiger als er, die graue Uniform hing an ihm wie an einer Vogelscheuche. Ich hörte, wie sie ihn zu Bett brachten, und hörte seinen Atem, hörte die ganze Nacht, wie er pfiff und röchelte, wie die vernarbten Organe im Rachen arbeiteten.

Und dann schaute ich einmal durchs Schlüsselloch und sah.

Im Zimmer brannte Licht, Mutter wickelte die Scharpien ab, mit denen Vaters Gesicht bedeckt war, wickelte sie ganz ab, er drehte sich, und ich sah diese schreckliche Maske, die das bekannte, geliebte Gesicht ersetzt hatte, das schöne, deutsche, goldbärtige und blauäugige Gesicht.

Und ich schrie.

Dein Vater hörte diesen Schrei. Und verstand.

Deine Mutter hörte diesen Schrei. Und sie wusste, dass ihr geliebter Junge, der einzige, der sie zu schwängern vermocht hatte, ihr kleiner Baldur mit dem goldenen Haar und dem zerfetzten Gesicht, diesen Schrei gehört und verstanden hatte.

Mutter stürzte aus Vaters Zimmer, packte mich am Schlafanzugkragen, zog mich brutal in mein Zimmer und prügelte mich schrecklich: Sie entblößte meinen Hintern, peitschte ihn mit der Rute, und das Haus war mit zweistimmigem Geheul erfüllt: meinem und dem dumpfen, röchelnden Heulen meines Vaters.

Ich bekam schon mal eine geknallt, Prügel waren für mich nichts Neues, aber so schlimm war es nie, weder vorher noch nachher.

Aber sogar als sie mich prügelte, heulte ich mehr aus Angst vor diesem Gesicht eines Ungeheuers als vor Schmerz. Vor Schmerz heulte mein Vater, und zwar leise, oder genauer, er wollte heulen und konnte doch mit seiner neuen, schrecklichen Stimme nur quengeln, er zischte und röchelte: «Schlag ihn nicht, hör sofort auf, ihn zu schlagen, schlag ihn nicht!», denn er wusste, dass sie mich nicht liebte, dass sie nur ihn liebte, nicht die Frucht ihres Schoßes, denn lieben kann sie nur, was diesen Schoß erfüllte, nicht das, was er hergegeben hat.

Danach lag ich allein in leerer Nacht, mit brennendem Hinterteil, und versuchte, sie nicht zu hören, und sah in der Dunkelheit dieses sein schreckliches, unmenschliches Nichtmehrgesicht, das geschwollene Nichtgesicht, das Narbengesicht, das Wundengesicht, das Lochgesicht, den schmalen Strich der furchtbaren Lippen und die schwarzen Fäden der chirurgischen Nähte.

Ich hörte, wie sie sich nachts unterhielten, in ihren Stimmen Zorn, ein neuer, seltsamer Zorn.

Am nächsten Tag ging ich nicht zur Schule. Niemand schickte mich hin, also ging ich nicht. Als Mutter aus dem Haus war, schlüpfte ich in Vaters Schlafzimmer und schmiegte mich an ihn, der so wenig älter war als ich, an seine hageren Schultern. Ich flüsterte: «Ich liebe dich, Vati …»

Ein stummes Schluchzen schüttelte ihn, er zuckte eine Weile, als hätte er Krämpfe, drehte sich aber nicht zu mir, streichelte mich nicht. Ich ging hinaus. Drei Monate lang war ich dann nicht in dem Zimmer, in dem mein Vater lag. Ich hörte nur sein Pfeifen, sein Röcheln und Stöhnen.

Drei Monate später hast du ihn wiedergesehen, Kostek, weißt du noch? An einem Sonntag. Der erste Schnee fiel und schmolz auf dem noch warmen Straßenpflaster.

Er stand in Uniform an der Haustür, seine ganze Gestalt schwankte.

Du kamst gerade in deinem karierten Schlafanzug in den Flur.

«Der Kaiser hat abgedankt», sagte Mutter, schlank wie ein Eiszapfen, das Kleid hochgeschnürt bis zum Hals. Sie liebte Baldur damals schon nicht mehr.

Abgedankt, na und? Vater zog den Gurt am schmutzigen Waffenrock der Ulanen straff. Ein gewöhnlicher Soldatengurt, an der Taille ein hölzernes Halfter im Ledergeschirr, daraus ragte der runde Pistolengriff hervor. Ich wollte diese Pistole so gern sehen. Daneben, in einer Klammer, das Bajonett, und ich hätte gern gefragt: «Vater, wo ist dein Degen?»

Später wirst du verstehen, dass die Zeit von Säbel und Gewehr vorbei ist; die Zeit von Messer und Revolver hat begonnen.

Sein Gesicht war bandagiert, ein Apothekergummi hielt die Brille, deren Nickelbügel er nicht hinter die Ohren klemmen konnte, auf den Bandagen fest.

Er setzte die Mütze auf.

«Hau ab», sagte Mutter.

«Ich will mich nur verabschieden», pfiff Vater durch die Bandagen.

«Na dann verabschiede dich, und raus.»

Er wollte zu mir kommen, mich drücken, ich hatte Angst und sehnte mich doch nach dieser Umarmung. Sie versperrte ihm den Weg.

«Sprich deine Abschiedsworte und dann verpiss dich, aber sofort», sagt sie.

Er sah mich an, auch wenn man seine Augen hinter den Gläsern und zwischen den Bandagen nicht erkennen konnte.

«Leb wohl, mein Söhnchen. Auf Wiedersehen», flüsterte er mir zu.

Er hatte Angst vor ihr, hatte sogar Angst, sich an ihr vorbeizudrücken, um mich zu umarmen. Er trug das Eiserne Kreuz Erster Klasse und das Verwundetenabzeichen auf dem Waffenrock, Kleinode der Männlichkeit, und wagte doch nicht, gegen ihren Willen seinen einzigen Sohn zu herzen.

Er ging, ohne mich umarmt zu haben.

Und du bist dort geblieben, Kostek, mit ihr in dieser leeren Wohnung, die jetzt noch leerer war als zuvor. Ein paar Monate später wart ihr schon in Warschau, das goldbraune Foto mit dem wahren Gesicht deines Vaters war verschwunden, verschwunden sämtliche Andenken an ihn, sein Rasiermesser, der Rasierpinsel und die Creme Marke Truefitt & Hill, schamlos englisch während des Krieges gegen die Engländer, aber du weißt ja, jeder Deutsche wollte damals Engländer sein, träumte vom Englischsein, floh ins Englischsein. Im Deutschen schlummert eine mitteleuropäische, kontinentale, chtonische Sehnsucht nach der Freiheit des atlantischen, seegeprägten Englischen – doch fehlt ihm der Raum, um englische Wucht zu entwickeln. Der ozeanische Atem fehlt, deshalb krankt die deutsche Tollkühnheit, sobald sie einmal ausbricht, immer an

Schuldgefühl. Der deutsche Hass gegen das Slawische oder das Jüdische schwimmt immer in Schuldgefühl, er maskiert nur notdürftig den Hass auf sich selbst: Der Engländer ließ die Buren im Konzentrationslager verhungern, ohne mit der Wimper zu zucken, nicht deshalb, weil er ihnen das Menschliche, sondern weil er ihnen das Englische abspricht. Der Preuße hasst die Polen, weil er weiß, dass er selbst nur ein oberflächlich eingedeutschter Slawe ist. Der Österreicher hasst die Tschechen, weil er selbst nichts anderes ist als ein dünn mit deutschem Zuckerguss glasierter Tscheche.

Dieser ganze deutsche Selbsthass begann ungefähr zu der Zeit aufzublühen, als dein Vater sein Gesicht verlor. Auch wenn er bestimmt schon früher begonnen hat: Die Hunnenrede Wilhelms, der jetzt, da du dein Leben lebst, Kostek, in einem kleinen Haus in Holland lebt, klein für einen Kaiser. Er wandelt durch den holländischen Garten und ist wie immer: dumm, hochmütig, edel, melancholisch, in gestreiftem Anzug und einem Hemd mit hochstehendem Kragen. Ein erbärmlicher, gescheiterter Monarch wie aus der Operette.

Oder es hat früher begonnen, unter den in Versailles versammelten, bärtigen Männern, unter blauen und weißen Uniformen, zwischen Kürassen und den erhobenen Spitzen der Säbel, als das Reich proklamiert wurde und das Deutsche plötzlich seine Form verlor: Hatte es sich zuvor im Streben nach der Einheit realisiert, war dies seine natürliche Dynamik gewesen. Aber danach? Was war das Deutsche in diesem Reich?

Weißt du, was damals mit ihm geschah, mit deinem Vater?

Du hast ihn dir später oft so vorgestellt, wie du ihn von den Fotografien kanntest. Bayerische Wollstrümpfe und kurze Hosen, Federn auf dem Hut, lustig – lustig? Ein bisschen; und dann doch die Orden, die gekreuzten Knochen und das Edelweiß statt des Totenkopfes – das Zeichen des Freikorps Oberland.

Du hast ihn dir dann in Warschau vorgestellt, als du in der Zeitung von den Kämpfen in Schlesien lasest, das durftest du nicht und hast es doch getan: wie er mit der Pistole in der Hand einen Angriff auf die Linie der polnischen Kämpfer führte. Du warst nicht sicher, auf welcher Seite du stehst.

Du hast ihn dir vorgestellt, das Gesicht vom Schatten des weitkrempigen Helms verdeckt, mit unsichtbarem Gesicht, wie er rennt, die Kreuze von Männlichkeit und Tapferkeit auf der Brust, und wie darauf plötzlich der rote Fleck einer zielsicheren Kugel sich breitmacht, wie dein Vater zuerst in die Knie geht, wie auf seiner Brust weitere Einschläge des Maschinengewehrs sichtbar werden und dein Vater mit dem Gesicht in die feuchte Scholle sinkt, es ist der dreiundzwanzigste Mai 1919 und das Lotterdorf Lichinia, nicht weit davon ein Schützengraben, und im Graben der Rhythmus: Helm Bajonett Helm Spitze, am breiten Rand des Helmes Kolben auf der Erde, man wartet auf den Pfiff auf Fotos hast du die flachen englischen Helme gesehen unsere tiefen Helme die kammbewehrten Helme der Franzosen und immer der Rhythmus Helm Bajonett Helm und bei Lichinia der flache Schützengraben Helm Bajonett Helm warten geduckt zusammengekauert die runden Rücken Helm Bajonett Helm der Pfiff; der Rhythmus bricht ab, und aus dem Graben kullern die Helmränder die Nadeln der Bajonette die vielfingrige Hand des Staates und des Landes und der Nation Polen, und Deutsche kämpfen auf der Straße zwischen Holzhäusern und Ziegelhäusern, kämpfen mit Bajonetten Kolben Pionierspaten Messern und Pistolen und Fäusten, mit Flüchen und Tränen und Rufen: «Mutti!» – «Mamulko!» Damals glaubtest du das zu wissen, aber als du im Krieg warst, schrie niemand «Mutti!»

Wie schön bist du, Bürgerkrieg, ohne überflüssige Fremdheit zwischen den Gegnern. Feinde wie Brüder. Fremde Menschen sollten sich nicht umbringen, umbringen sollten sich nur Vertraute, nur Verwandte werden zärtlich töten, die Grausamkeit ist eine Art von Zärtlichkeit, Grausamkeit ist sehr menschlich, nur Tiere werden so getötet, dass sie nicht leiden, Grausamkeit ist Liebkosung, mit Stöcken totgeprügelt werden ist eine Zärtlichkeit, auf dem Platz werden fahlgelbe und schwärzliche Jungs erschossen, als überhäufte man sie mit Küssen.

Und dein Vater liegt mit der Wange auf der schwarzen Erde, er lebt nicht und ruft nach niemandem.

Das waren deine kindlichen Vorstellungen.

Jetzt bist du dreißig Jahre alt, betrunken, geil und berauscht, du bist mit Salomé und Iga, bist im Adria, die Klarinette quäkt, und er ist hier.

«Ganz leise kommt die Nacht.» Die Sängerin mit Altstimme und hartem «r» ahmt Zarah Leander und ihre schwedische Aussprache nach. Dein Vater verneigt sich vor beiden Damen. Die Lichter rotieren. Du stellt sie vor.

«Es ist eine große Ehre, die Damen kennenzulernen», pfeift dein Vater.

«Ich kann allem widerstehen ...», singt der harte Alt in einem neuen polnischen Lied.

«Tanzen wir!», ruft die betrunkene Salomé und reicht dir Igas Hand. Sie verfügt über Igas Hand, und Iga fügt sich dir willenlos.

Tanzen sollst du, jetzt sollst du tanzen! Salomé beugt sich zu deinem Vater.

«Herr Graf, ich weiß, dass es sich eigentlich ganz und gar nicht gehört, aber ich halte es nicht länger aus: Darf ich Sie um einen Tanz bitten?»

Du bemerkst seine Verlegenheit hinter der furchtbaren Maske des massakrierten Gesichts, denn Salomé fordert ihn so zum Tanz auf, als gäbe es diese Maske nicht, als sähe sie sein früheres, wahres und schönes Gesicht, als verführe sie den jungen Strachwitz, mit ihr ins Bett zu gehen.

Wie denn, wie kann das sein, dass diese Frau mich anspricht, denkt dein Vater, denn er weiß ja etwas sehr Wichtiges über sich, das du nicht weißt.

Damals, vor zwanzig Jahren, in Kattowitz, in dem Mietshaus an der Richard-Holzer-Straße 1, über dem deutschen Café Kaiser, aus dem später das polnische Astoria werden wird, in der Wohnung im ersten Stock, steht dein aus dem Krieg zurückgekehrter Vater, durch den Wolf des Schrapnells gedreht.

Und deine Mutter will ihn, sie will ihn erneut, will ihn ganz. Du schläfst wie ein kleines Tier, schläfst in der Höhle des Bettes, verborgen vor den Blicken und dem Wissen der Welt.

Und sie im Schlafzimmer. Ich muss dir etwas sagen, Katarzyna, sagt Baldur, aber nicht mit Worten, seine Augen sagen es, als Katarzyna Strachwitz de domo Willemann die Knöpfe ihres hohen viktorianischen Kleides aufknöpft. Ich muss dir etwas sagen, Katarzyna.

Du bist mein Leben, Katarzyna, sagen seine Augen und Hände, als sie dem Kleid von ihren Schultern fallen helfen.

Ich habe alles für dich aufgegeben, Katarzyna. Habe allem entsagt, die elf Brüder Strachwitz aufgegeben, die vor siebenhundert Jahren bei Legnica getötet worden sind und den einen, der überlebt hat, unseren Vorfahren Wojsław mit dem Wildschweinkopf im Wappen, ihn auch. Habe den Kaiser aufgegeben und seine berittenen Leibgardisten. Titel und Seniorate. Blut und Ehre habe ich aufgegeben.

Alles.

Alles.

Und jetzt muss ich dir etwas sagen.

Deine Mutter hörte die Worte nicht, die die Augen deines Vaters sprechen, Kostek.

Ich muss dir etwas sagen.

Und du mit Iga im Foxtrott. «Lass mich gehen», singt die Sängerin den nächsten Schlager Zarah Leanders. «Lass mich gehen.» Salomé zieht deinen Vater aufs Parkett, Kostek, und er geht, willenlos, betäubt, schlurft auf seinen langen, hageren Beinen, geht ungeschickt, als hätte Salomé dieselbe Leine gepackt, an der ihn einst deine Mutter hielt.

«Die Mutter ist in Warschau, Vater!», rufe ich übers ganze Parkett, Iga müsste sich eigentlich schütteln von dem Deutsch aus meinem Mund, aber sie hört es gar nicht.

Meine Mutter, die nicht schläft, Weiße Adlerin, im granatblauen Rock und granatblauer Jacke, der silberne Adler auf dem linken Arm, die Binde, ein kleines Hakenkreuz auf der Tasche, ein Parteiabzeichen und das Dreieck der NS-Frauenschaft.

Woher kenne ich die Bedeutung dieser Abzeichen, denke ich sie mir nur aus, oder bedeuten sie wirklich das, was ich glaube? Was tut sie jetzt, weiß sie, dass ich weiß, dass Vati in Warschau ist?

Also rufe ich, ich überschreie das Orchester, und alle denken, das sei das fröhliche Jauchzen einer lustigen Feier, zu feiern gibt es ja genug, in dem eroberten Restaurant tanzen die Deutschen mit den Nutten, es gibt Musik, Schnaps, alles. Also rufe ich. Mutter ist in Warschau.

Hört er, hört er das, was ich rufe?

Er hört es.

Vor zwanzig Jahren in der Richard-Holzer-Straße, über dem Café Kaiser, hilft er, das Kleid von den Armen deiner Mutter zu streifen, die fünfzig ist und immer noch schön, trockener Körper im engen Futteral der feuchten, biegsamen Haut, er hilft diesem Körper aus dem Kleid, und du schläfst den Schlaf eines kleinen Tieres.

Ich muss dir etwas sagen, sagen die Augen durch die Scharpien, hinter denen schon frische Narben sind, keine offenen Wunden mehr, ich muss dir etwas sagen, sprechen die Augen von Baldur Strachwitz, Rittmeister im zweiten schlesischen

Ulanenregiment von Katzler. Katarzyna könnte ihn weiter lieben, ihre Lippen suchen nicht nach seinen zerfetzten Lippen, sie berühren seinen Hals, den gesunden Hals, sie erforschen den Schlitz des Hemdes, das Schlüsselbein, das Brustbein, Katarzyna könnte ihren Jungen weiterhin lieben, auch wenn er kein Gesicht hat. Ich muss dir etwas sagen, sagt sein Körper.

Ihre Hände an seinem Hosenschlitz.

Ich muss dir etwas sagen, sagen seine Hände und gebieten diesen Händen an den Hosenknöpfen Einhalt, da weiß sie es, sie weiß es jetzt, plötzlich hört sie diese Worte und versteht sie.

Ich muss dir etwas sagen, sagt der unbeholfene, steife Körper meines Vaters zu Salomé, und dennoch gibt er sich hin.

Und sie tanzen. Vater geht eigentlich nur über das Parkett, furchtbar, steif, um ihn herum wirbelt Salomé, als tanzte sie mit einem begnadeten Tänzer, als tanzte die ganze Welt mit ihr um ihn herum.

Mein Vater murmelt etwas. Salomé lacht.

Iga in meinen Armen. Und plötzlich der Gedanke: Wir gehen. Raus, wir müssen raus. Ich muss raus.

«Iga, lass uns gehen», flüstere ich.

«Aber nicht doch, Konstanty! Ich will trinken und tanzen!», antwortet sie lachend.

Wir gleiten im Foxtrott, und ich weiß plötzlich: Ich halte es hier keine Sekunde länger aus. Und halte es natürlich doch aus.

Plötzlich sehe ich in Igas Gesicht das Gesicht meiner Gouvernante, der Frau Czesławowa Bielska von Trąbecki, wie sie sich selbst vorstellte. Eine trockene, hochgeknöpfte, sarkastische Dame, bis aufs Hemd verarmte Aristokratin, die einen bescheidenen Finanzbeamten geheiratet hatte und, mehr um einen Kontakt mit dem alten Leben zu wahren, als des Geldes wegen, Privatunterricht in Manieren gab.

Erste Lektion. Ein guterzogener Mensch kann sicher sein,

in jeder Lebenssituation zurechtzukommen. Niemals merkt man ihm Unschlüssigkeit oder Verlegenheit an. Nur wenig macht so großen Eindruck auf die Menschen wie eine makellose, würdevolle Haltung.

Ich bekomme keine Luft, Iga lacht kristallen. «Lass mich gehen», singt das Warschauer Zarah-Leander-Imitat, oder ist es die Leander selbst, die singt?

Du schaust zur Bühne. Leander. Das ist sie. In Warschau? So kurz nach dem Krieg? Ist sie das? Sie oder nicht sie?

Der Vater verändert sich plötzlich. Er beginnt, Salomé über das Parkett zu führen, geleitet sie zu mir und Iga wie ein gewiefter Salonlöwe. Als wir ganz nah beieinander sind, flüstert er mir eine Adresse zu, Szucha sechzehn. Keine Erklärung, aber ich verstehe.

«Das Generalshaus?», wunderst du dich noch, bevor der Rhythmus des Tanzes euch trennt.

Iga lacht perlend. «Lass mich gehen.» Du willst fliehen.

Eine viel spätere Lektion. Die Rolle der Frau beim Ball ist passiv – sie wartet, bis sie zum Tanz aufgefordert wird. Unter keinen Umständen lässt der Tänzer seine Dame mitten im Saal stehen, immer führt er sie an ihren Platz zurück.

Ich reiße mich, winde mich aus Igas Armen.

Eine große Taktlosigkeit, Junge, Taktlosigkeit und Beweis für schlechte Erziehung ist es, in Gegenwart von Frauen zynische Gespräche zu führen oder Zweideutigkeiten zu äußern, selbst wenn es unbekannte Damen wären. Wer wirklich polnischen Geistes ist, führt dergleichen Gespräche nicht.

Was ist … zynisch? Wir sprechen hier Polnisch, Junge. Czym to są cyniczne rozmowy, pani Bielska? Was sind zynische Gespräche? Das wirst du zu gegebener Zeit erfahren. Zuerst einmal jedoch lernst du korrekt Polnisch sprechen. Auf dem Schreibtisch liegt das Lineal.

Ich drängle mich zwischen den Tanzenden hindurch, stoße

Salomé an, remple einen Offizier in grauer Uniform, der – betrunken – mir etwas hinterherruft, sehr grob, ohne Rücksicht auf das an ihn geschmiegte Dämchen.

Ich erreiche die Tür, Treppe, Straße.

Dazu die Bielska: Seit Urzeiten waren die Polen bei anderen Völkern für ihre ritterliche Haltung gegenüber den Frauen berühmt. Wir können stolz auf diesen Ruf sein und sollten diesen Vorzug umso mehr in uns weiterentwickeln, als er uns über das Ausland erhebt.

«Lass mich, du alte Hexe!», schreist du, Kostek, presst die Hände an die Schläfen deines geplagten, schmerzenden Kopfes.

Betrachtet man dieses Publikum, so kann man unschwer feststellen, dass es in diesem Kreis keinen wahrhaft guterzogenen Menschen gibt, denn ein solcher würde sich niemals erlauben, die nationale Tradition zu verletzen, auch wenn er kein religiöser Mensch wäre, sagt Pani Bielska in meinem Kopf.

Woher kommt die jetzt? Sie war ja nun nicht der Fluch meiner Kindheit, ich hatte nur ein paar Lektionen bei ihr, sie hat mich nicht malträtiert, nicht gequält, seit Jahren habe ich nicht an sie gedacht, und jetzt ist sie da, quält mich plötzlich, ich höre ihre Stimme so deutlich, als würde sie diese Worte mitten in meinem Kopf sprechen. Ich renne.

Die Frau bietet dem Mann kein Foto von sich an, sofern sie keine engere Beziehung mit ihm pflegt.

Ich stolpere, stürze, ein Straßenloch, ein Bombentrichter, ich falle in den Schlamm, bin völlig verdreckt. Wenn wir in einer Sache, die Antwort verlangt, an Bekannte schreiben, gehört es sich nicht, eine Briefmarke für die Antwort beizulegen. Dies ist statthaft nur in der Korrespondenz mit Personen aus niederen Kreisen.

Ich rapple mich auf, zwei Bajonette blicken mir in die Augen.

Schreie auf Deutsch. Wem wirklich am polnischen Geist

gelegen ist, der muss stolz sein auf die großen Errungenschaften unseres Vaterlandes. Gdynia ist der Stolz eines jeden Polen, sprich mir nach.

«Gdynia ist der Stolz jedes Polen», sage ich.

Die schwarzen Äuglein der Läufe mit den Bajonettspitzen, aus ungewohnter Perspektive. Dahinter dunkle Gestalten, Mäntel, Helme. Sie schreien auf Deutsch.

«Reserveleutnant Konstanty Willemann, Neuntes kleinpolnisches Ulanenregiment, melde gehorsamst.»

Sie schreien.

O Gott, das sind doch Deutsche!

Ich greife zum Halfter, kein Halfter da, ich muss es verloren haben, die Pistole zu verlieren ist eine Schande, eine große Schande, wenn auch meine private, nicht die Republik hat mir die Pistole gekauft, sondern ich mir selbst.

«Feuer!», rufe ich.

Der Zug schießt nicht. Vielleicht haben sie keine Munition. Wir werden zum Angriff übergehen.

Erreicht der Zug den Ort, von dem er den Angriff ausführen soll, gibt der Zugführer den Befehl: «Zug zum Angriff – Trab – marsch!»; die Reiter setzen sich im befohlenen Gang in Bewegung, die Lanzen auf dem Schenkel, die Säbel kampfbereit. Sie nähern sich dem Feind bis auf eine Entfernung von etwa zweihundert Metern, dann gibt der Zugführer den nächsten Befehl: «Zug – marsch, marsch!»; auf diesen Befehl hin nehmen die Reiter die Lanzen hoch und stürzen sich mit einem «Hurra»-Ruf im Galopp auf den Gegner.

«Zug … zum Angriff – Trab – marsch!»

Die deutschen Rufe immer lauter, sie müssen schon nah sein, ich weiß nicht, warum ich nicht im Sattel sitze, muss vom Geschoss betäubt sein.

Ein Mann zieht im Fahrstuhl den Hut, wenn er mit Frauen fährt, selbst wenn sie ihm unbekannt sind. Die Frau schenkt dem Mann weder Wein, Wodka noch Bier ein, Speisen dagegen darf sie ihm auf den Teller legen, wenn keine Bediensteten in der Nähe sind. Schulterblätter zusammen, Konstanty!

«Zug – marsch, marsch!», rufe ich und sehe mich nach meinem Pferd um.

Eines der Bajonette verschwindet plötzlich vor meinen Augen, der behelmte Deutsche windet sich in seltsamer Pose, ich sehe, wie er tanzt und der Kolben sich in einer Pirouette dreht, wie er langsam in meine Richtung gleitet und schließlich meine Stirn streift, hauchzart wie der Kuss meiner Mutter.

Ich falle hin. Bin getötet. Schlaf, Kamerad, im dunklen Grab, das dir unser liebes Polen gab.

Zwei Deutsche in heidnischen Helmen stehen vor mir, an den Helmen haben sie Schrauben mit Ösen, wie zum Vertäuen einer Yacht. An den Ösen hängen Kettchen und enteilen nach oben, durchs eigene Gewicht einen eleganten Bogen beschreibend, wie gewaltige Hundeleinen, um in der großen, schwarzen, zur Faust geballten Hand zu verschwinden.

Ich bin nicht im Krieg, ich bin in Warschau. Über Warschau ragt eine Riesengestalt, schwarzgrau, hoch wie ein Wolkenkratzer, höher noch als das Prudential, höher als die amerikanischen Hochhäuser aus Eisen und Beton, und aus ihrer Hand fließen Tausende silberner Kettchen wie Strahlen zur Erde hernieder, feine Rucke dieser Hände lenken diese Kettchen so, wie man ein Pferd mit dem Zügel lenkt.

Eines dieser Kettchen fließt zu mir herab, ist befestigt an meinem Hut.

«Das ist ein Deutscher, hört ihr? Er ist Deutscher!», schreit es.

Jemand. Schreit. Iga. Sie reißt an mir, ihre Hände auf meiner Brust, unter der Jacke, nehmen etwas heraus.

«Hier, bitte, das sind seine Papiere.» Meine Kennkarte in ihrer Hand, sie reicht sie den Puppen am Kettchen.

«Blöder Säufer!», spricht dieser Puppenhelm zu mir. «Bring ihn ins Bett, Weib!»

Iga zieht mich hoch, stützt meinen Arm, wir gehen los.

Ich sage etwas auf Deutsch, verstehe aber kein Wort davon. Ich habe Deutsch vergessen.

«Ich kann kein Deutsch, Konstanty», erwidert Iga.

«Ich bin kein Deutscher. Ich bin kein Deutscher, verstehst du?»

Wir steigen in den Adler, der vor dem Adria auf uns wartet.

Wir schwimmen durch die Stadt, flattern auf Adlerflügeln zwischen Mietshäusern, die ich nicht kenne, zwischen phantastischen Häusern, die den Gesetzen der Physik hohnsprechen, indem sie sich über die Erde erheben, wir fahren durch Pfützen von Blut, die weißen Reifen des Adler lassen das Blut gegen die Autoscheiben spritzen, ich betrachte Warschau durch diese blutigen Tropfen, und Warschau ist schön, mit Zinnober und Rötel gemalt.

Schokolade. Wir steigen aus. Der Chauffeur will Geld. Ich zahle.

Wir steigen die Treppe hoch, ich und Iga. Ich lecke die Schokoflüssigkeit von den Wänden, würde sie gern von Iga lecken.

Die Wohnung. Wir gehen rein. Das Schlafzimmer, Iga zieht mir die Stiefel aus, knöpft mir die Hose auf, schubst mich aufs Bett, zieht mir die Strümpfe aus. Ich würde gern ganz in ihren Körper eintauchen, die Lippen über ihre Lippen schließen oder über ihren Schoß, die Zunge in sie hineinstoßen und sie von innen verschlucken. Ich liege da.

Was für schöne Schränke wir haben, mit Intarsien aus Birke, dabei überhaupt nicht schwerfällig spießig, sondern im Gegenteil leicht, modernistisch, funktional, ohne das Stickige kleinbürgerlicher Anrichten. Sehr schön.

Im Liegen versuche ich, sie in der Taille zu umarmen. Sie entschlüpft.

«Gute Nacht, Konstanty», sagt sie.

Und mich hörst du nicht, du hörst mich überhaupt nicht, Kostek. Also schweige ich, meinetwegen, ich kann schweigen. Sollen andere in dir sprechen.

Ist schon bei jeder Bekanntschaft unter Männern höchste Vorsicht geboten, so gilt dies umso mehr, wenn eine Frau ins Spiel kommt; keine Bekanntschaft mit einem dubiosen Menschen darf ihren Ruf gefährden. Jede solche Zufallsbekanntschaft, ob Mann oder Frau, wird uns möglicherweise das ganze Leben lang grüßen, uns ansprechen, und wir werden sie nie mehr los.

«Sagen Sie, was ist denn dieser Ruf, den man aufs Spiel setzen kann?»

«Der Ruf ist alles, Konstanty, der Ruf ist der Mensch.»

«Iga»!», schreie ich gegen die vier Wände des leeren Schlafzimmers. «Iga, ich flehe dich an, komm zu mir, ich begehre dich, liebe dich, ich will dich jetzt! Iga!»

«Schlaf, Konstanty», sagt mein Vater auf Polnisch, oder Iga sagt das, oder Pani Bielska.

Rauchen auf der Straße gehört sich nicht für eine Frau.

Sprich, Konstanty. Was soll ich sagen? Wer bist du? Ein kleiner Pole. Blut und Narbe.

Schwarz.

Dann werde ich wach, und es ist schon Morgen, aber noch sehr grau, und dieses Grau ergießt sich durchs Fenster ins Zimmer, läuft über die Wände, sickert mir in die Augen und ins Hirn, bis ich mich füge und wieder einschlafe.

Und wieder werde ich wach, das Grau ist schon heller, und ich erinnere mich plötzlich an die gestrige Nacht. An alles.

Iga. Salomé. Drogen, wieder. Mein Vater.

Guter Gott, an den ich nicht glaube, mein Vater. Mein Vater lebt.

Na und?

Von wegen na und, Konstanty. Am Himmelszelt über dir ist es eng geworden. Deine Mutter in der Uniform der NS-Frauenschaft, deine Mutter, die jetzt wieder die Katherine Willemann ist, als die sie im Hause des Gleiwitzer Kleinbürgers geboren wurde, muss nun ein bisschen Platz machen am hellen Firmament für diesen verkrüppelten, deklassierten Aristokraten, muss für ihn zur Seite rücken, über dir, Kostek.

Ob du sie beide da oben haben willst oder nicht: Sie sind da.

Aber vielleicht könnte ich einfach so tun, als wäre er weg. Will ich so tun, als wäre er nicht da, was hätte ich auch mit ihm zu schaffen? Nichts.

Iga. Wo ist Iga?

Ich stehe auf und zerfalle wie ein gesprungener Krug, also setze ich mich wieder aufs Bett. Ich will Wasser und Aspirin, erhebe mich also wieder, langsam, an die Wand gestützt, wanke ins Bad. Übelkeit, ich erbreche ins Waschbecken. Der Kopf wie in einem Schraubstock, ein dumpfer, gleichmäßiger Schmerz, ich trinke Wasser aus dem Hahn, ekelhaft, rötlich, aber immerhin Wasser, also trinke ich, schlucke die zwei letzten Vorkriegsaspirin, das Röhrchen werfe ich ins Waschbecken, das Glas klirrt auf dem Porzellan, in meinem Kopf das Echo, ein Klirren wie Nadelspitzen.

Jetzt einen Kaffee. Aber es gibt keinen. Warmes Wasser? Gibt es. Also nehme ich eine Dusche, stehe in der Wanne unter brühend heißem Wasser, bis meine Haut brandrot ist, dann kaltes Wasser, so kalt, dass ich schreie.

Dann trete ich, nachlässig im Morgenmantel, in die Küche, dort ist Iga beschäftigt und bereitet aus nichts ein Frühstück. Marmelade, dünner Tee, ein Stück Brot schneidet sie mit dem Messer in zwei.

«Guten Morgen, Kostek», sagt sie, und ich weiß schon.

«Guten Morgen, Iga.»

Ich weiß, ich erinnere mich: Ich hätte sie gestern gern gehabt, begehrte sie gestern und will und begehre sie weiterhin.

Zu schwach bin ich, zu erschöpft, um ganz allein damit fertig zu werden: Hela, Jacek, das alles, unsere gemeinsame gute und schlechte Vergangenheit. Also sage ich unumwunden:

«Ich liebe dich, Iga. Ich begehre dich.»

Sie sieht mich an, überhaupt nicht überrascht.

«Das hast du gestern schon gesagt.»

«Ja.»

«Ich dachte, das wäre wegen des Alkohols und Opiums.»

«Nein.»

Also guckt sie weiter, gar nicht überrascht, guckt, als wollte sie mich mit diesem Blick an die Wand drücken, wollte mich mit diesem Blick zerquetschen.

«Warum tust du das, du Hund?», fragt sie mit schrecklicher Stimme, und ich verstehe.

Du hast endlich verstanden, Kostek, dass sie dich liebt. Dass sie dich immer geliebt hat, sich zwar irgendwie aus diesen Ketten befreien konnte, doch ja, sie liebt dich.

Wir essen schweigend. Viel ist es ja nicht.

«Ich muss zu Jacek zurück», sagt Iga.

Ich nicke, ja, du musst zu Jacek zurück, Jacek braucht dich, du musst Jacek aus seinem schwarzen Loch holen, in dem er ertrinkt, wer außer dir, Iga, könnte es, vielleicht mit meiner ungeschickten Hilfe?

«Dann gehe ich jetzt, Konstanty. Ich muss los.»

Ich stehe auf, um sie zur Tür zu bringen, und als ich bei ihr bin, nah, schaut sie mich an, und ich kenne diesen Blick, erinnere mich an ihn.

Ich umarme sie, in der Taille.

«Nein», sagt Iga. «Bitte, nein.»

«Du hast gesagt, mit niemandem sei es so gut gewesen wie mit mir, damals, im Sommerlager. Am See.»

«Das ist lange her.»

«Zwei Monate.»

«Das Sommerlager ist lange her. Und die zwei Monate noch länger.»

«Hast du damals gelogen?»

Sie schweigt einen Augenblick. «Nein.»

«Vorher, bevor du in Kobryń warst, gab es da andere, außer mir und Jacek?», frage ich dumm.

«Nein.»

«Willst du mich jetzt?», frage ich weiter, noch dümmer.

«Nein», flüstert sie.

Stößt mich aber nicht von sich.

Ich küsse sie. Sie erwidert den Kuss nicht, verschließt aber auch die Lippen nicht, lässt sich küssen. Sie muss den ekelhaften Gestank ausdünstenden Alkohols ertragen, sie selbst stinkt auch danach, aber mich stört das nicht.

«Tu das nicht, Konstanty, bitte», sagt sie, als meine Hände durch das Kleid ihren Hintern und ihre Brüste berühren.

«Nein», sagt Iga. «Nein.»

Sie flüstert ihr «nein» wie ein Mantra, eine Beschwörung. Ich trage sie ins Schlafzimmer, lege sie behutsam aufs Bett und beginne, das Kleid aufzuknöpfen.

«Nein», bittet Iga. «Bitte, nein …»

Ich küsse sie. Sie legt mir die Arme um den Hals, erwidert den Kuss. Ich küsse weiter, Gesicht, Ohr, Hals, Schlüsselbein und die Brüste, die ich entblöße.

«Das werde ich dir nie verzeihen, du Hund. Du selbst wirst es dir nicht verzeihen», flüstert sie.

Ich küsse ihre Brüste, den Bauch, ihre Hände in meinem Haar. Ich knöpfe meine Hose auf.

«Ich hasse dich, Konstanty», flüstert sie.

Meine Lippen kehren zu ihrem Mund zurück, doch sie wendet den Kopf zur Seite. Schließt die Augen.

«Ich hasse dich», weint sie. Und stöhnt, stöhnt vor Lust. «Ich hasse dich, du Dreckskerl …»

Es klopft an der Tür.

In mir platzt etwas, zerbricht, als drücke jemand meinen Magen zusammen wie eine Fischblase und er zerplatze mit einem leisen Knall. Ich springe vom Bett auf, verheddere mich in der eilig hochgezogenen und zugeknöpfen Hose, laufe zur Tür. Das Klopfen hört nicht auf, ich öffne auf Kettenweite.

Jacek, grau, gebrochen, zerlumpt, die eingefallenen Wangen von einem Vieltagebart bedeckt.

«Ist sie bei dir?», fragt er.

«Nein», lüge ich.

Wie idiotisch du lügst. Sie kann doch ohne weiteres bei dir sein, wenn du ihm langsam öffnen würdest, könnte Iga sich in Ruhe zurechtmachen. Aber lieber hast du gelogen.

Warum? Um diesen kleinen Triumph über Jacek zu erringen, ihm zu zeigen, dass er nicht nur deine gebrauchten Frauen aufsammelt, Kostek, sondern dass du sie dir auch jederzeit wieder zurücknehmen kannst. In der ganzen Serie der Niederlagen wenigstens ein kleiner Sieg, wenn auch über einen wehrlosen Menschen, der dir so nahesteht?

Das wird er dir nie verzeihen, Kostek. Anders als ich: Ich habe dir gleich verziehen.

«Iga!», schreit Jacek. Und dann gleich zu mir:

«Lass mich rein!»

Als wüsste er etwas, als ahnte er, was hier gespielt wird!

Er weiß es doch, Kostek. Er weiß es.

«Ich weiß, dass sie hier ist!», winselt Jacek.

Ich öffne. Zwischen den unverschlossenen Knöpfen des Hosenschlitzes steht ein Hemdsaum heraus. Man sieht, dass ich mich hastig angezogen habe. Jacek stürzt nicht mit dem Schritt des wütenden Ehemannes herein, er ist kein Bulle, der die untreue Ehefrau und ihren Freier bestrafen will. Jacek ist ein zerknüllter Fetzen Mensch, er lässt sich in die Wohnung wehen wie ein Blatt vom Wind, weich, leise, fast raschelnd.

Er geht geradewegs ins Schlafzimmer, ich folge ihm. Iga auf dem Bett, hat sich zugedeckt, nicht einmal versucht, sich anzuziehen, alles zu vertuschen.

«Warum hast du ihn reingelassen?», fragt sie.

Weil er mein Freund ist, liegt mir auf der Zunge, aber ich bezwinge mich.

«Igus, meine Liebe …», weint Jacek, sinkt am Kopfende auf die Knie, bettet sein schweres Haupt neben ihrem Kopf auf das Kissen.

Iga dreht sich von ihm weg, wickelt sich die Decke um den Kopf.

«Lasst mich in Ruhe …», grummelt sie unter der Decke.

Ich nehme Jacek mit in die Küche, er sitzt hilflos am Tisch.

«Hast du mit ihr geschlafen?», fragt er.

«Nein», antworte ich wahrheitsgemäß.

«Das glaube ich nicht.»

Ich zucke mit den Schultern. Jacek schweigt, die Hände auf der Tischplatte gefaltet, die Stirn auf diese Hände gestützt.

«Nimm sie mit nach Hause, Jacek. Und reiß dich zusammen.»

«So hab ich nicht zu dir gesprochen, als du um Morphin gebettelt hast.»

«Ich weiß», sage ich.

«Ich hasse dich, Kostek. Ich würde gern in der Verfassung sein, dich zu töten», sagt er, ohne mich anzusehen, ohne die Stirn aus den gefalteten Händen zu lösen.

«Ich mache dir einen Tee», antworte ich.

Und irgendwo tief in dir, Kostek, leuchtet wieder dieser kleine rote Punkt, dieser winzige Punkt auf.

Auf der Anrichte in der Küche steht Jureczeks Pferdchen.

Und dieses Holzpferdchen füllt plötzlich alles in mir aus. Ein Pferdchen, das früher noch einen hölzernen kaukasischen Reiter mit Schwert trug, das Geschenk eines georgischen Offiziers, Freund des Hauses meiner Schwiegereltern. Oder eher: Ex-Schwiegereltern, in ihrer Vorstellung zumindest.

Der letzte Heiligabend bei ihnen, und dieser Offizier mit einem Namen, der auf -adse endete, ich weiß nicht mehr, wie er anfing, mit schwarzem Schnurrbart und überhaupt einer gewissen Ähnlichkeit mit Ksyk, wenn Ksyk nur eine Spur romantischen Schwung gehabt hätte. Jureczeks Entzücken über dieses Pferdchen, als er es aus buntem Papier wickelte, und die Erzählungen dieses Offiziers in anfangs drolligem, russischem Polnisch, über Georgien und seine kriegerischen Traditionen. Dann wechselten alle ins Deutsche, das war bequemer, der Offizier hatte vor dem Ersten Weltkrieg in Göttingen studiert, deshalb erzählte er jetzt deutsch von Säbel- und Pferdebruderschaften, in etwas überzogener Manier auch von Kämpfen mit Russland, aber wunderbar überzogen, ein schöner Mensch, hol ihn der Teufel.

Er umwarb Hela, ich hatte dafür nur ein Schulterzucken, der Schwiegervater warf mir vielsagende Blicke zu, zur Hölle mit dem Schwiegervater, ich versuchte nicht einmal, die Bedeutung dieser Blicke zu entschlüsseln: Ob er mir vorhielt, dass seine Tochter auch so einen Prachtkerl hätte haben können, oder ob er mich warnen wollte, ich sollte den unverschämten Kerl in die Schranken weisen? Oder vielleicht wollte er gern, dass ich mich mit diesem verfluchten schönen Georgier um sein Töchterchen duelliere? Da kann er lange warten.

Das Pferdchen. Der Sattel grün bemalt, die Vorder- und Hinterbeine aus kräftigen Sockeln wachsend, dümmlich grinsend das Maul. «Eto dla synotschka kavaleristy polskogo od kavaleristy gruzinskogo – eto dschigit. Für das Söhnchen des polnischen Kavalleristen vom georgischen Kavalleristen! Aus

Sakartwelo! Und jetzt, meine Herrschaften, zum Wohl, auf unsere Art: gau-mar-dschos! Ex und hopp!»

Hinter diesem Pferdchen verschwinden Jacek, Iga und ihre Probleme.

Würdest du gern das weitere Schicksal dieses insgeheim traurigen Georgiers erfahren? Der sehr an seinen erotischen Vorlieben litt, vor deren Befriedigung er sich fürchtete und diese Angst durch die reihenweise Verführung verheirateter Frauen zu ersticken versuchte, die ihm weder Ruhe noch Vergessen verschafften, nichts außer Renommee und den Hochrufen der Regimentskameraden und einer Reihe von Duellen? Wenn du wolltest, könnte ich dir davon erzählen, aber was bedeutet dir dieser Georgier, Kostek, der zwar in Tiflis geboren, aber in Petersburg aufgewachsen, also gründlich russifiziert war. Das Georgische an sich zu entdecken war für ihn nicht minder verblüffend als für den preußischen Adligen Adalbert von Winkler die Idee, sich selbst als Wojciech Kętrzyński neu zu erfinden.

Ein Niemand ist er für dich. Ein Gesicht, drolliges Polnisch, mehr nicht. Also was kümmert mich sein Schicksal? Nur du kümmerst mich, Kostek. Aber doch nicht nur.

Vier Tage lang habe ich Jureczek nicht gesehen. Das ist nicht lange. Aber plötzlich, seit mir das georgische Pferdchen ins Auge fiel, fehlt er mir, schmerzt wie eine Wunde, wie ein Kind, das ich nie gesehen habe. Als hätte ich gerade erst die Anfangsetappe einer entbehrungsreichen Weltreise hinter mir und sollte den Sohn erst in einem Jahr oder noch später wiedersehen. Ist das Sehnsucht? Ich weiß nicht. Bisweilen hatte ich Sehnsucht nach ihm, wenn ich früher wochenlang wegfuhr, ich schmachtete nach diesen kleinen Händchen, den Pausbäckchen und hellen Locken, schmachtete im Laufe der einsamen Nachmittage, wenn die Gesellschaft sich auf ihre Zimmer zurückgezogen hatte, um ein wenig auszuruhen vor dem Abendball oder einer anderen Attraktion, wenn ich auf der Biedermeier-Ottomane saß, ein bisschen Sehnsucht nach Hela und Jureczek verspürte und sie manchmal sogar anrief.

Aber das jetzt, das ist keine Sehnsucht. Das ist Entsetzen, Angst um mein Kind, um dieses kleine Ich, mein Blut, das seinen Vater verlieren könnte.

So wie ich meinen Vater verloren habe. Obwohl ich einen Vater habe. Ich würde mich nicht trauen, ihn Jureczek zu zeigen.

Aber ich muss ihn sehen, so bald wie möglich, jetzt gleich. Abrupt stehe ich vom Tisch auf, Jacek springt hoch, er denkt immer, alles dreht sich um ihn und ich wäre seinetwegen so aufgesprungen, aber Jacek kümmert mich jetzt nicht, so wenig wie die in meinem Ehebett schluchzende Iga, ich muss jetzt unbedingt den kleinen Reiter finden. Ich suche im Wohnzimmer, im Schlafzimmer, krieche unter das Bett, Iga steckt den Kopf unter der Decke hervor und sieht mich an wie einen Irren, ich suche in den Schränken, in der Küche, sogar in der Speisekammer und da: Da ist er plötzlich. In der Speisekammer, hinter leeren Dosen. Ich hatte schon früher danach gesucht.

Jureczek hatte ihn noch vor dem Krieg verloren, noch bevor ich einberufen wurde und nach Trembowla fuhr, war der Reiter weg, und es gab großes Geweine, ich musste Jureczek trösten, ihm meinen Säbel zeigen, Papa hat einen besseren als der Reiter, einen echten nämlich, bitte, darfst mal anfassen, und dann das Messing putzen und den Stahl polieren, damit die Abdrücke der kleinen Patscherchen nicht draufbleiben. Jetzt vergammelt dieser Säbel sowieso in feuchten Trümmern, nicht weit von hier, man könnte ihn finden, aber bei Gott, was soll ich mit einem Säbel, was soll ich mit einem Säbel, wenn kein Jureczek mehr da ist, dem ich den Säbel zeigen kann?

Also der Reiter. Igas und Jaceks verständnislose Blicke folgen mir, ich erkläre nichts. Zum Telefon. Die Schwiegereltern anrufen, ich rechne damit, dass Hela abhebt. Aber ihr Telefon funktioniert nicht mehr, gestern hat es noch.

Also gut. Ich ziehe mich hastig, nachlässig an, nehme Geld, Papiere. Werfe den Reiter und das Pferdchen in die Tasche.

«Ich gehe», rufe ich Iga und Jacek zu, die das absolute Unverständnis über mein Verhalten eint.

Weil sie mich immer durch sich selbst lesen wollen, durch die Frage, ob ich mit Iga geschlafen habe oder nicht, durch mein Verhältnis zu Jacek, als wären sie der Mittelpunkt der Welt! In diesem Augenblick hasse ich sie aufrichtig und habe ihren Anblick satt.

«Ich gehe Jureczek besuchen», sage ich.

«Sag mal ...», beginnt Jacek.

«Was?»

«Na, hast du ... mit den Deutschen? Aber jetzt wirklich? Richtig mit den Deutschen?»

Alles liegt in dieser Frage. Er glaubt mir meine Geschichte nicht, die Anekdote mit Witkowski. Und alles liegt in dieser Frage, alles. Wie er mich vor den Strolchen in Schutz genommen hat, die mich auf dem Gymnasium als Fritzen beschimpften, wie wir uns mit denen prügelten, die es wagten, mir abzusprechen, dass ich Pole bin. Aber auch später: diese erwachsenen, schon reifen Gespräche, seine intelligente Neugier auf meine Wurzeln, er hatte meine Mutter kennengelernt, wir sprachen viel über meinen Vater und überhaupt über die Strachwitz, von denen ich immer erzählte wie von einem mir völlig fremden Geschlecht, fremd in jeder Hinsicht, niemals habe ich mich als ein Strachwitz empfunden, ich trage den Namen meiner Mutter, und das entspricht den Tatsachen: Ich bin ein Willemann. Kein Strachwitz. Und auch das liegt in dieser Frage. Ich frage mich, wer ihm davon erzählt hat, bestimmt Salomé, wer sonst, doch das ist jetzt unwichtig. Na bitte, sollten all jene, die mir das Polnische absprachen, so als wäre dieses Polnische gleichzeitig höchste Ehre und notwendige Bedingung meines Menschseins, und jetzt, sollten all diese Verleumder und Dummköpfe recht haben? Nun bestätigt Willemann auf einmal all die Anschuldigungen, für die ihnen Jacek früher nur einen Vogel gezeigt hat. Mehr noch: Dieser Willemann, den Jacek Rostański für einen Freund hielt, entpuppt sich plötzlich als mieser Schweinehund. Als Opportunist. Sobald es sich lohnt, verrät er seine Wahlheimat, ungeachtet des leuchtenden Beispiels so vieler anderer Polen deutscher Herkunft, die sich von den ersten Septembertagen an durch ihre tapfere, vorbildlich unbeugsame Haltung hervortaten. Und unser Kostek hat sich den Ratten angeschlossen …

Und Jacek fühlt sich damit natürlich persönlich angegriffen. Es geht gar nicht nur darum, ob ich, Kostek, eine Kanaille bin, sondern darum, dass ich ihm Schande gemacht habe, denn er hat mir seine Freundschaft geschenkt, und wie steht er jetzt da, als Freund einer Kanaille?

Soll ich mich also rechtfertigen, vor ihm? Sollte ich mich hinsetzen, ich habe es doch nie eilig, und ihm alles sagen, ihn überzeugen, bis er es glaubt, und ihn selbst in die Organisation holen, ihn am Frack packen und zum Erlöserplatz führen, zur Łubieńska, ihn mit dem Ingenieur bekannt machen, ihn in die Arbeit hineinziehen? Er würde mich dafür lieben, es würde ihm helfen, die Melancholie abzuwerfen, vielleicht würde er sich dann nicht mehr den Kopf darüber zerbrechen, ob ich mit seiner Iga geschlafen habe oder nicht, denn Jacek muss sich ganz einfach nur gebraucht fühlen, notwendig, und dann könnte er, nun, nicht mir verzeihen vielleicht, aber doch alles vergessen.

Aber ich tue es nicht. Denn er musste es wissen. Wenn seine Freundschaft – unsere Freundschaft aufrichtig war, dann konnte er keine Zweifel haben, musste sofort erkennen, dass ich nie so handeln könnte. Er musste wissen, was für ein Schweinehund ich sein kann – ich habe ihm doch all meine Abenteuer mit den Weibern anvertraut –, welche Art Schweinehund ich aber niemals sein könnte. Er sollte eher fragen: Was hat das für einen Zweck, dass du dich als Deutschen ausgibst? Er musste mir glauben, an Witkowski musste er glauben.

Aber er tut es nicht. Also gut.

«Raus mit euch beiden», sage ich eisig. «Wenn ich zurück bin, will ich euch hier nicht mehr sehen.»

Ich gehe, knalle meine eigene Tür zu, gehe runter zur Madalińskiego und weiter in die Puławska. Ich würde gern zu Lardelli auf einen Kaffee gehen, um den Kater endgültig zu erledigen, aber ich habe Angst vor den Blicken dort. Mieses Wetter, wenigstens kein Regen. Letztes Jahr um diese Zeit war noch Altweibersommer, warm wie im Juni.

Nach Podwale, wo mein Schwiegervater wohnt, laufe ich zu Fuß, will zur Ruhe kommen, die Gedanken sammeln. Unterwegs sehe ich in der Chmielna zwischen zerstörten Mietshäusern ein scheußlich gemaltes Schildchen, «Speisehaus im Hinterhof». Ich trete in den Durchgang, da ist es. Hier kennt mich bestimmt keiner. Eine Theke, dahinter hackt eine grobgeschnitzte Olle Zwiebeln. Im Lokal riecht es nach ordinärer Suppe. Nach oller Suppe. Die will ich nicht.

«Haben Sie Kaffee?»

«Nee», antwortet die Olle.

«Ich habe Dollar.»

Sie lacht mich belustigt an.

«Na, für Dollar ist was anderes.»

Ich zahle einen Wucherpreis und bekomme Kaffee im Blechbecher, an dem hier und da die Emaille abspringt. Der Kaffee ist erstaunlich schmackhaft, auch wenn ein ungreifbarer Geruch von Zwiebeln und Kohl von den Händen der

Frau auf das Gebräu oder mindestens auf den Becher übergegangen ist. Ich setze mich an einen schmutzigen Tisch, der Stuhl wackelt, die Platte klebt. Ich trinke.

«Starzyński und dieser Deutsche bei ihm geben bekannt, man soll zum Winter aus Warschau wegziehen, wenn man Verwandte oder Bekannte auf dem Land hat», sagt die Frau, während sie Gemüse hackt.

Ich zucke mit den Schultern, das reicht ihr.

«Sollen sie doch selbst wegziehen, die beiden Schlauberger. Ich seh schon, was die Onkel und Tanten sich freuen, wenn bei denen die armen Schlucker aus Warschau zum Winterurlaub einfallen», redet sie weiter, nicht zu mir, nicht zu sich selbst.

Ich antworte nicht.

«Und Kohle kostet zehn Złoty der Zentner. Wer kann sich das leisten, mein Herr?»

«Die Deutschen», antworte ich zu meiner eigenen Verwunderung.

«Genau. Aber im Großmarkt soll es sie für zwei vierzig geben.

«Das ist gut», sage ich geduldig.

«Aber nur einen Zentner pro Wohnung. Sehen Sie?»

Ich nicke fügsam, trinke aus und bewege mich zur Tür. Als ich schon rauswill, lässt das Weibsbild plötzlich ihre Zwiebeln sein und fragt:

«Waren Sie im Krieg?»

Ich zucke mit den Schultern.

«Na sagen Sie schon! Waren Sie oder nicht?»

«Doch.»

«Offizier?»

«Reserve.»

Sie schweigt einen Augenblick, schaut mich an, als wollte sie mich bei einer Lüge ertappen.

«Und, Herr Offizier, warum haben wir diesen Krieg verloren?»

«Weiß nicht.»

«Mein Jerzyk ist noch nicht zurück. War bei den Ulanen.»

«Welches Regiment?», frage ich, um einen Anschein von Mitgefühl zu zeigen. Von Hilfsbereitschaft.

«Weiß ich doch nicht, welches Regiment. Ulan. In Uniform sah er wunderschön aus, ein Bild von einem Ulanen.»

«Ihr Mann?»

«Mein Söhnchen, mein einziges. Sein Vater lebt nicht mehr, ist mir weggestorben, hat gesoffen wie ein Hund. Und der Junge ist neunzehn, schön, kräftig, dem haben sie nachgeschaut, o ja! Will mir gar nicht denken, wie viele von diesen Fräuleins er schon verdorben hat, der Draufgänger. Diese Schlampen.»

Ich nicke bewundernd, die Frau nimmt meine Anerkennung entgegen.

«Schlampen. Und er kommt bestimmt zurück», sage ich, denn irgendwie gefällt mir dieser draufgängerische Jerzyk.

«Nein. Er kommt nicht wieder, es hat mir geträumt.»

Ich nicke.

«Auf Wiedersehen», sage ich.

Das Weibsbild hackt wortlos weiter, ich gehe, ein bisschen benommen von diesem Jerzyk.

Aber warum von Jerzyk, über den ich alles weiß, und nicht von all den anderen, deren Tod du gesehen hast, warum nicht von Hawryluk, der beim Sturm auf Warschau fiel, mit einem kleinen Loch in der Stirn, warum nicht vom dicken, vorlauten Bociąg, der bei einer Bombenexplosion verschwand, warum denkst du nicht an sie? Ihren Tod hast du gesehen, hast Bociągs Reste von deinem französischen Helm gewischt, blutigen Abfall vermischt mit Uniformstoff und grobleinenem Gurt, warum verfolgt sein Tod dich nicht?

Oder diesen Deutschen, von dem du glaubst, du hättest

ihn getötet? Hast du aber nicht und hast den Ingenieur deshalb neulich nicht angelogen, als du sagtest, du hättest im Krieg nicht getötet – der rothaarige Kowalczyk hat es getan, ihr habt beide geschossen, du daneben, Kowalczyk war das nicht wichtig, und er hat dir gratuliert, obwohl er wusste, dass er getroffen hatte – Sie haben ihn erwischt, Herr Leutnant! Danach hast du dir diesen Deutschen sogar angeguckt, er war älter als du, graugrüne Jacke, graue Hose, blutige Brust, das von der Kugel zertrümmerte Fernglas darauf.

Doch jetzt gehst du die Marszałkowska entlang und sorgst dich um Jerzyk, der nicht aus dem Krieg heimkehrt, und die Mutter träumt, er sei gefallen.

Ich sorge mich um diesen Jerzyk. Das vergewaltigte Warschau verstimmt mich nicht mehr, ich hab mich dran gewöhnt. Hätte man meine Frau vergewaltigt, würde ihr Bauch von einem Kind anschwellen, das nicht von mir ist, würdest du dich daran gewöhnen?

Wenn du mich nur hören könntest, ich würde dir diese Frage gern beantworten, dummer Kostek. Aber du kannst es nicht … Es ist noch nicht so weit, dass du mich hören kannst, mein Lieber.

Also gehst du weiter, die Marszałkowska, gehst langsam, wie beim Spazieren, neben dir treiben graugrüne Uniformen die Juden zur Arbeit, und sie tun dir nicht mal besonders leid, die Juden nicht und die Antreiber nicht, auch du selbst tätest dir nicht leid, wenn du angetrieben wärst oder selbst antreiben würdest. Die Peies und die schwarzen und roten Bärte beben, bestimmt werden diese Kaftanträger das erste Mal zu einer körperlichen Arbeit herangenommen. Sie reparieren das zerstörte, aufgewühlte Gleisbett, mühen sich mit Brecheisen und Spitzhacke ab. Ungeübt, ungeschickt, muskellos. Du siehst all diese jüdischen Trödler und ihre dünnen Händchen, wie sie jetzt Schubkarre und Schaufel in die Hand gedrückt bekommen, los, die Ruinen aufräumen, in denen du dir noch vor kurzem Schusswechsel mit den Deutschen geliefert hast. Los, die Gleise freimachen, Herr Willemann will bald wieder Straßenbahn fahren.

Das Problem der Überrepräsentanz der Juden. Ist das eine polnische Zeitung? Ach ja, Herr Redakteur, wir vergaßen, dass die Interessen Polens bei Ihnen nicht an erster Stelle stehen, schreibt der alte Peszkowski noch im Juli 1939 an «Prosto zu Mostu», neben Anzeigen für FON-Kollekten und Grammophone, auf dem Titelblatt Mosdorf, daneben Dobraczyński, alles tapfere, wackere Leute, und dennoch, dieser Antisemitismus ist so lästig quengelig. Die Nazis sind besser. Die Nazis heulen nicht rum, dass die Juden ihnen alle Zeitungen weggenommen hätten, die Nazis haben den Juden alle Zeitungen weggenommen.

Aber vielleicht sind sie überhaupt nicht besser, mit ihrem Horst Wessel da, dem angeblichen Opfer, greinen sie auch rum, mit ihrer ganzen Dolchstoßlegende, der Gustloff und all dem. Großer Krieg, große Quengler. Oh, wie unrecht man uns tut!

Und dann stehst du plötzlich vor dem Haus in der Podwale 21, reine Moderne, Funktionalismus, aber ohne den Luxus wie bei dir, auch ohne Geschmack und Raffinement, der sparsame Posener Nationaldemokrat hat eine bescheidene Wohnung gekauft. Du schaust zu den Fenstern hoch – dort, hinter der Scheibe ist dein Jureczek, den du so gern drücken möchtest, auf die pausbäckigen Wangen küssen, über den blonden Kopf streicheln und ihm sagen, dass Papa ihn lieb hat, Papi wird jetzt seltener zu Besuch kommen, aber er bringt dir Geschenke, bringt dir alles mit.

Alles wird gut, wird gut, mach dir keine Sorgen, kein Grund zur Sorge.

Hauseingang, Treppe, da ist er schon. Das Namenskärtchen

im Halter an der Tür. Cremefarbenes Billet. Eine gemeinsame Karte. «Familie Czesław Peszkowski» lautet sie, wie üblich. Und wie anschaulich sie die Unsichtbarkeit deiner Schwiegermutter macht, einer Frau, die nicht da ist, sich nicht einmal im Schatten ihres Mannes versteckt, nichts weiter als sein schweigendes, bescheidenes Zubehör. Wie ein Regenschirm oder ein Hut. Sie ist sehr glücklich in diesem Verschwinden. Dadurch, dass sie nicht da ist, muss sie sich nicht über den Krieg grämen, nicht über deinen Verrat, Kostek, über gar nichts.

Du starrst blöde auf dieses Kärtchen und tastest sogar unwillkürlich nach der Jacketttasche, um zu prüfen, ob du dein Schächtelchen mit Visitenkarten dabeihast, um eine zu hinterlassen, falls die Herrschaften nicht zu Hause sind, und ja, du hast es, doch wem solltest du sie hinterlassen? Man kann eine Ecke abknicken zum Zeichen, dass man persönlich da war, und es unter die Tür schieben. Und Visitenkarten hast du seit der Zeit vor dem Krieg, wann hast du zuletzt eine herausgezogen? Im August. Du benutzt sie nicht und bist im Grunde sicher, mein Lieber, dass du sie nie mehr nutzen wirst. Diese Karten hat der Krieg entwertet.

Du klopfst. Klopfst noch einmal. Und dir wird geöffnet, der Schwiegervater öffnet die Tür und glaubt seinen Augen nicht, aber ja, das bist du, niemand anders als mein Kostek ist zu dir gekommen, du Plage, schon zu Lebzeiten tot, stumpf, dümmlich selbstzufriedene menschliche Bestie.

Es braucht ein paar Sekunden, bis er Worte findet.

«Unverschämtheit!», stößt er schließlich hervor.

Er will dir die Tür vor der Nase zuschlagen, aber du hast schon deinen Schuh im Spalt.

«Ich will Jureczek sehen!»

«Fort, Verräter!», faucht der Schwiegervater.

«Hela», rufst du über ihn hinweg in die Wohnung. «Hela! Ich will nur Jureczek sehen! Ich bin sein Vater!»

Bestimmt hört sie dich.

«Verschwinde, du Schweinehund», brüllt der Posener Schwiegervater. «Jureczek hat keinen Vater! Er hatte einen, jetzt hat er keinen mehr!»

Er versucht, deinen Fuß aus dem Türspalt zu treten, was dich wütend macht, und du wirst leicht wütend, drückst deshalb mit der Schulter gegen die Tür, die Kette reißt und sie steht offen.

«Jurek!», schreie ich. «Jureczek!»

«Papa!», antwortet es aus der Tiefe der Wohnung. «Papa! Hier bin ich!»

Jureczeks Stimme detoniert in meinem Bauch, in der Brust, eine Granate.

Der Schwiegervater steht im Flur. Hätte er eine Waffe, er hätte mich schon erschossen, das sehe ich seinem Blick an.

«Keinen Schritt weiter», zischt der Schwiegervater. «Ich bring dich um!»

«Ich will meinen Sohn sehen», fordere ich dümmlich.

«Mama lässt mich nicht zu dir, Papa!», ruft Jureczek durch eine Tür.

«Hela!», schreie ich.

Und der Schwiegervater steht vor mir, aufgeplustert, ein tollwütiger Hund, die nationaldemokratische Posener Fresse zu einer schrecklichen Grimasse verzerrt.

Verrecke doch, du alter Bock, ich will durch! Versuche an ihm vorbeizukommen, da verpasst er mir plötzlich einen linken Haken und trifft genau den Unterkiefer.

Trifft zudem so gut, dass dir sofort schwarz vor Augen wird, Kostek, und du das Bewusstsein verlierst. Mit einem Wort, ein professioneller Knock-out.

Hela kommt aus dem Zimmer und schreit ihren Vater an, er solle dich retten, schreit sinnlos, der alte Peszkowski hat plötzlich an Statur gewonnen, Statur als Mann, trotz der sechzig Jahre auf seinem Buckel, plötzlich fährt eine Kraft in ihn, wie sie schon lange nicht mehr in ihm war und auch nie mehr in ihm sein wird, er packt dich, den Bewusstlosen, am Kragen, und auf deinem geliebten Unterkiefer, Kostek, schwillt ein großer Bluterguss und überdeckt die graugelben Spuren von vor acht Tagen.

Und der alte Peszkowski zieht dich, und in diesem Gezogenwerden kommst du wieder zu ihr, bleibst benommen, wirst aber wach genug, um dir nicht alle Knochen zu brechen, als der alte Peszkowski dich schlicht und einfach die Treppe runterschmeißt.

Die polterst du hinunter, armer Kerl, hörst Jureczek heulen und Hela schreien, Hela läuft dir hinterher, weinend.

«Kostek, mein Lieber ... ist dir auch nichts passiert?»

«Weg!», knurre ich und spucke Blut. «Ich bringe ihn um!»

«Du musst das verstehen, Lieber», flüstert sie durch die Tränen. «Versteh doch, ich kann ihm nicht die Wahrheit sagen, Papa kann kein Geheimnis bewahren, versteh ...»

Ich stoße sie weg. Reißender Schmerz pulsiert im Kiefer, durch den Körper schießt Adrenalin und schüttelt mich.

Nicht das Adrenalin schüttelt dich, nicht nur das Adrenalin. Ich schüttele dich, damit du zu dir kommst und der wirst, den ich liebe, damit du wieder ein starker, machtvoller Mann wirst, so einer, wie du sein solltest. So einer, wie du nicht bist.

Ich glühe vor Wut, die Wut pulsiert in mir. Aber ich werde ja jetzt nicht reingehen und den alten Peszkowski um Verzeihung bitten und erklären, wer ich in Wirklichkeit bin, genauso wenig werde ich ihn verprügeln und mein Recht durchsetzen.

Und plötzlich schaudere ich vor Entsetzen, weil ich weiß, dass ich genau das tun könnte, dass meine Wut mich dazu treiben und hinreißen könnte.

Ich stoße Hela weg, rappele mich auf, wische mit dem Taschentuch das Blut von der Nase, laufe auf die Straße und weiter, falle natürlich sofort auf mit dem Blut, wie auf Flügeln durch die Miodowa und ihre zitternden Ruinen, das Bischofspalais, Teppers Palais, die zerbombten, niedergebrannten Mietshäuser an der Senatorska, der Theaterplatz, Bogusławski auf seinem Sockel im albernen Frack, traurig und armselig, die Oaza geschlossen, keine Steaks mehr im Grill Room, ich laufe die ganze Zeit, die Leute starren mich an wie einen Irren, ein Polizist in blauer Uniform pfeift, ich höre nicht, laufe weiter, und er hat keine Lust, mir nachzurennen, da bin ich schon, die Fredro, das Wawelberg-Haus und der Deutsche Klub.

Gut, Kostek, gut, du bist ein Drache. Lebe wie ein Drache. Lebe wie ein Tiger. Gut.

Der Flur leer, keine Anwärter auf das Deutschsein. Vielleicht bin ich außerhalb der Bürozeiten gekommen. Im Sessel schlummert schnarchend ein mickriges Männchen in zerschlissenem Anzug, mit nagelneuer, feuerroter Armbinde, das heidnische Hakenkreuz im weißen Kreis.

«Entschuldigung …» Ich tippe auf seinen Arm.

«Natürlich, Herr Professor, natürlich», sagt er auf Polnisch zu seinem eigenen Traum und ist gleich darauf wach, verlegen, wischt sich die Äuglein am zerknitterten Ärmel, sieht mich endlich.

«Wo finde ich Frau Willemann?», frage ich auf Polnisch.

«Die Treppe, erster Stock, dort sind die Büros.»

Ich gehe rein. Du gehst rein, glaubst sogar, vom Treppensteigen und der Annäherung an deine Mutter würde dir die Wut vergehen, das tut sie aber nicht. Du denkst, du würdest einen Rückzieher machen, du tust es nicht. Ohne anzuklopfen, gehst du rein. Armer Kerl.

Meine Mutter hinter dem Schreibtisch. In der linken Hand eine Zigarette, in der rechten einen Füller, sie trägt etwas in Tabellen ein. Am Fenster, mit dem Rücken zu dir, steht ein großer, wuchtiger Mann im schwarzen Stresemann.

«Mutter, ich brauche … sie …», stößt du wirr hervor. Sie hebt den Blick von ihren Papieren.

«Konstanty. Geh raus, schließ die Tür und komm noch mal rein, so wie es sich gehört.»

Die Adlerin zischelt reptilienhaft, steif der Stift der Zunge zwischen den scharfen Schnabelrändern. Die Adlerin schlägt mit den Flügeln, die furchtbaren Klauen zerren an dem Stoff, mit dem die Schreibtischplatte bespannt ist. Der Tiger legt die Ohren an und zieht sich langsam zurück, schlappt mit dem Schwanz gegen Fußboden und Türrahmen; der Drache kriecht zwischen den Tigerpfoten hinterher, seine Schuppen scheuern am rötlichen Fell – du gehst raus.

Du schließt die Tür hinter dir, gehorsam, wischst dir das Blut aus dem Gesicht, bringst deine Kleidung in Ordnung, anschließend klopfst du.

«Herein», hörst du die Stimme deiner Mutter.

Du trittst ein, als führte sie dich mit dieser Stimme an der Leine. Tiger und Drache bleiben draußen. Du verbeugst dich ordentlich.

«Erlauben Sie, dass ich vorstelle: mein Sohn Konstantin», sagt deine Mutter ganz förmlich.

Den Mann am Fenster hast du schon einmal gesehen. Deine Mutter stellt ihn dir natürlich nicht vor, ausgeschlossen, das ist eine bedeutende Persönlichkeit.

Du verbeugst dich ziemlich tief. Der stattliche, finstere Mann tritt auf dich zu und reicht dir die Hand.

«Ich habe viel von Ihnen gehört.»

Da aus dieser Situation eindeutig hervorgeht, dass auch du von deinem Gegenüber gehört haben müsstest, erwiderst du nichts dergleichen … Und siehst plötzlich, dass ihm dieses widerliche Theater deiner Mutter, diese Abkanzelung eines erwachsenen Mannes in Gegenwart von Fremden, äußerst unangenehm ist. Dir ist es ohnehin unangenehm. Du würdest gern einen Draht der Verständigung zu diesem stattlichen Mann finden, schon deshalb, weil ihm das Verhalten deiner Mutter ebenso peinlich ist wie dir. Aber du findest keinen.

Und durch sein peinliches Berührtsein, durch seinen Blick voller Mitleid und Verachtung, erst dadurch regt sich Widerstand in dir, Kostek.

«Auf unsere Angelegenheiten kommen wir später zurück, Frau Willemann. Auf Wiedersehen», sagt er und verbeugt sich vor ihr.

«Auf Wiedersehen, Herr von Moltke.»

Da weißt du es. Das Gesicht kennst du von Fotos, aus den Zeitungen, Graf Hans-Adolf von Moltke. Deutscher Botschafter in Warschau, dessen Abzug am zehnten August den Krieg ankündigte.

Deine Mutter in ihrer deutschen Uniform sieht dich kalt an, die Lippen zu einer schmalen, weißen Linie verkniffen. Dabei könnte sie vor Freude an die Decke springen. Wieder einmal ist es ihr gelungen, dir ihre Beziehungen und ihre Macht vorzuführen, dir, der du ihr einziger Ehrgeiz, ihr einziges Interesse, ihr einziger Lebensinhalt bist. Sie hat dich erniedrigt, und brav hast du diese Erniedrigung hingenommen. Die Kandare zwischen deinen Zähnen sitzt.

Da sie dich jetzt sicher am Zügel hat, verdienst du auch ein wenig Zärtlichkeit.

«Weißt du, wer das war?», fragt sie für alle Fälle. Obwohl sie den Namen genannt hat. Als hielte sie dich für einen Deppen, Kostek. Was sie in gewissem Sinne auch tut, ebendeshalb hat sie ja die höchste Karriere für dich vorgesehen und hat damit auch an ihre Karriere und Ehre gedacht.

«Ja», antwortest du.

«Was willst du?»

Was du willst?

Du wolltest Polizisten in grauen Jacken, mit Gewehren,

wolltest sie mit in die Podwale nehmen, mit Getöse in die Wohnung des alten Peszkowski eindringen, «Hände hoch!» brüllen und deinen Sohn mitnehmen. Die Niederlage des hygienischen Eugenikers mit ansehen. Die schwächere Gattung Mensch unterliegt der stärkeren, alles einwandfrei eugenisch und hygienisch. Wumms kriegt Peszkowski eins mit dem Kolben in die nationaldemokratische Fresse, zerschlagen, was sich noch rührt, Lebensraum, Drang nach Osten. Das wolltest du. Das wollte deine Wut. Oder zumindest eine Pistole, um die Tür einzutreten, reinzugehen, mit der Waffe zu fuchteln und Jureczek entführen.

Aber der Tiger ist weg und der Drache auch.

Du bist allein, im Angesicht deiner Mutter, keine Spur von Drache oder Tiger mehr in dir, du bist allein. Die Adlerin hat Drache und Tiger verjagt.

«Sag, Kostek, sag, worum geht es?», zischt sie dir zu, die harte, schmale Zunge zwischen den scharfen, gelben Schnabelrändern.

«Er hat mich rausgeworfen … die Treppe runter.»

«Das sehe ich. Wer?»

«Peszkowski. Der alte Peszkowski. Ich wollte Jureczek besuchen.»

Sie betrachtet dich voller Verachtung. Sie liebt dich, weil sie dich verachtet. Verachtet, weil sie liebt.

Sie betrachtet mich liebevoll. Sie betrachtet mich verachtungsvoll. Ich bin ihr Sohn. Ich bin sie.

Du bist ihr Sohn. Wer bist du?

Du bist ein Lappen im Wind. Ein Zufallsgebilde von Zellen. Zermahlen von ihrem Blick, bist du halb Mensch, halb Leere, und wenn sie dich ansieht, bist du mehr nicht, als dass du bist. Bist ein Stück Fleisch, zerhackt von ihren Schecks, ihrem Geld, ein Wrack bist du, gelöchert von ihren Blicken, bist mehr nicht, als dass du bist.

Kreise auf dem Wasser.

Warum liebt sie dich? Liebt sie mich? Was heißt das, sie liebt? Wie liebt sie? Wenn sie liebt, besitzt sie, und dich besitzt sie, Kostek, besitzt dich, wie sie all die Männer besaß, den jungen Psychiater und deinen Vater, den hat sie verlassen, weil sie ihn nicht mehr brauchte, dich wird sie auch verlassen, wenn sie das will, einen Ersatz wird sie sicher finden.

Was du nicht wusstest, als dein Vater aus dem Krieg kam, was du nicht verstanden hast und nicht verstehst, aber bald verstehen wirst, ist der Grund, warum sie ihn verjagt hat. Sie hat ihn verjagt, weil nicht nur das Gesicht deines Vaters verkrüppelt war.

Er hat ihr das nicht gesagt, sie hat es selbst entdeckt. Trotz seiner kraftlosen Proteste, kraftlos wie sein ganzes Selbst, suchte sie ihre Befriedigung bei ihm. Und kraftlos war er, innerlich kraftlos, wie trotz aller äußeren Kraft all ihre Männer waren, und wie du kraftlos bist.

Obwohl du nicht einmal äußere Kraft besitzt, du bist äußerlich so kraftlos wie innerlich, denn du bist ihr Sohn, nicht ihr Liebhaber.

Von deinem Vater Baldur wollte sie Befriedigung. Sie ekelte sich nicht vor seinem entstellten Gesicht, ekelte sich nicht vor seinen Tränen, den Bandagen, den zitternden Händen, dem nächtlichen Schluchzen und Geheul. Sie hätte sich davor geekelt, wenn er vom Krieg gebrochen heimgekehrt wäre, aber sie wusste: Baldur weint weder aus Angst noch aus Bedauern um seine verlorene Jugend, auch nicht aus Wut auf diesen furchtbaren Krieg, Baldur weint aus Hass auf seine, Deutschlands und des Kaisers Niederlage. Der Kaiser stand Baldur näher und war ihm teurer als der eigene Körper, Deutschland war ein Teil von Baldur, wie sein Arm oder seine Milz, nur viel wichtiger. Deutschland hatte eben so schändlich kapituliert, Baldur wusste nicht viel über die Lage Deutschlands, und was er wusste, verstand er nicht, denn schließlich war dein Vater Baldur, Kostek, nur ein dummer Kavallerieoffizier. Deshalb weinte er. Nicht aus Bedauern: Er weinte aus Hass. Er wollte kämpfen, wollte töten und konnte nicht.

Die Adlerin wusste das, und dieses Weinen riss sie mit, dieses Weinen beflügelte sie, und sie wollte, dass dieser entstellte, aber unbesiegte Mann sie besaß, wollte, dass er von der geheimen Energie ihres Leibes gesunde und erneut in den Kampf zog.

Er glaubte damals eine Zeitlang, Katherine Willemann liebe ihn wirklich, liebe ihn wahrhaftig und nur ihn, und dachte eine Zeitlang, dass ihrer Liebe nichts im Wege stehen könne, deshalb half er ihr, das hohe, viktorianische Kleid aufzuknöpfen.

Dann griff sie in seinen Schlafanzug und entdeckte eine Landschaft nach der Schlacht. Nach einer schrecklichen, seltsamen Schlacht.

Rittmeister Strachwitz wusste nicht, wer ihn bezwungen hatte. Lange wusste er nicht einmal, dass er bezwungen war. Er leistete unberitten Dienst als Infanterist, als Landser, ganz normal im Schützengraben. Keine Kavallerieattacken, die er mit dem Säbel zu führen gehabt hätte. Fernglas, die bösen Blicke der Soldaten, Nässe. Gerede über Fotzen, Ärsche, Titten. Schnaps. Las Gedichte, Rilke, Verlaine auf Französisch, William Blake, von dem er nicht viel oder gar nichts verstand. Las die Briefe von zu Hause, von denen er auch nicht viel verstand. Las die Tagesbefehle, von denen er ganz bestimmt nichts verstand. Und eines Tages setzte er seinen Helm auf und verließ den Unterstand, um durch einen im Zickzack verlaufenden, langen Graben zu einem vorgeschobenen Posten zu gehen.

Der, der Strachwitz bezwang, Kanonenschütze Spivet, aufgewachsen in den Slums von London, die widerhallten von den lärmenden Prügeleien der Betrunkenen, wusste ebenfalls nicht, dass er irgendjemanden bezwingen würde, als er das Geschoss in der Acht-Zoll-Haubitze zündete, die erste Salve der Artillerie-Vorbereitung. Auch der Artilleriebeobachter wusste es nicht, als er dann durchs Feldtelefon die Korrektur meldete, der Batterieführer wusste es nicht, nicht der Fahrer des Raupenschleppers Marke Holt, der die Haubitze auf ihre Kampfposition zog, überhaupt wusste niemand von dieser Niederlage und diesem Sieg, das Geschoss Kaliber 203 Millimeter fuhr aus dem Lauf, flog seine fünf Meilen weit, schlug wie vorgesehen auf und explodierte bestimmungsgemäß. Der Luftzug riss den mageren Ulanenoffizier aus dem brettergeschützten Graben und schleuderte ihn in die Höhe, ein kleiner Teil dieses Geschosses riss ihm den Stahlhelm ab und raubte ihm Bewusstsein und Gesicht. Die Schwerkraft ließ den knabenhaften Leib in der grauen Uniform unsanft in den Stacheldraht fallen, wo er in ziemlich drastischer Pose hängenblieb. Wäre ein Fotograf in der Nähe gewesen, um Baldurs Körper zu verewigen, ein talentierter Bildermacher wie Endre Friedmann, bekannt als Robert Capa, nur eine Generation älter als dieser, dann hätte dieses Foto noch Jahre später die Grauen des Krieges veranschaulichen können: der hagere, graue Ulan, aufgespannt im Stacheldraht wie eine weggeworfene Marionette, das helle Haar von Blut verschmiert, die Arme ausgebreitet und das Halfter mit der Pistole wie ein Symbol: «Wer mit dem Schwert auszieht ...» Aber da war kein Fotograf. So verlor Baldur sein Gesicht, ohne Ruhm zu erringen.

Und das war noch nicht das Ende dieser Niederlage, denn kurz darauf fiel ein Brocken weißen Phosphors auf Baldurs bewusstlosen Leib. Viele solcher Brocken gingen in der Gegend nieder. Dieser fiel und klebte an Bauch und im Schritt fest, ohne Baldur zu wecken, brennend, und dieser Niemandssieg über einen seiner Niederlage Unbewussten wäre endgültig gewesen, wenn nicht ein aus Posen gebürtiger Sanitätssoldat rechtzeitig zu Strachwitz gekommen wäre und ihm unnötigerweise das Leben gerettet hätte, wofür Baldur ihm nie dankbar war: weder damals, als er ohne Bewusstsein da hing und Dankbarkeit nicht empfinden konnte, noch später, als er sein Bewusstsein wiedererlangte und zu Dankbarkeit umso weniger fähig war, fähig nur zum Schreien, noch sehr viel später, als er nicht mehr schrie und fähig war nur noch zum Hassen.

Der Sanitäter kannte sich mit weißem Phosphor aus: Er kratzte ihn mit der Schneide seines langen Bajonetts von Baldur ab. Löste den Rittmeister aus dem Stacheldraht und trug ihn ins Hinterland, es war eine weite Reise. Im Lazarett rettete ein Stabsarzt namens Zweig Baldurs Leben. Zuerst nahm er sich – so gut er konnte – des Gesichts an. Hätte das ein Facharzt für die damals noch nicht so genannte plastische Chirurgie getan, Strachwitzs Kopf wäre nicht so schrecklich deformiert geblieben; doch solche Spezialisten gab es im ganzen Reich nur wenige, und keiner von ihnen befand sich im Feldlazarett an der Westfront, weil sie Besseres zu tun hatten, als sich um die Westfront zu kümmern. Von der Ostfront ganz zu schweigen.

Als Zweig den Kopf für versorgt befand, widmete er sich eine Weile anderen Verwundeten. Dann kehrte er zu Baldur zurück und befasste sich mit den Verbrennungen dritten Grades am Bauch und zwischen den Beinen – was keineswegs den Regeln der Kunst entsprach, denn ein Gesicht heilt schnell, Verletzungen im Schritt dagegen ganz schlecht, sie hätten daher als Erstes versorgt werden müssen. Zweig aber war kein guter Arzt. Er entfernte das zum Teil verbrannte Gewebe und versorgte und reinigte mit Unterstützung eines schlechtgelaunten Sanitäters die übrigen Verbrennungen. Er machte sich keine Gedanken, wie bedeutend für Strachwitz der Verlust seines Gliedes sein würde, bei solchen Gedanken hätte ihn nicht einmal der Schnaps vor dem ohnehin stets drohenden

Irrewerden bewahrt. Drei Sekunden lang fragte er sich, ob der Penis noch zu retten sei, genau, wie er es bei jedem anderen nützlichen Körperteil getan hätte – verneinte für sich die Frage, amputierte deshalb am Rumpf, stülpte ein Stück Harnröhre nach außen und empfand die nächsten zwei Sekunden sogar etwas wie Stolz über die Geschicklichkeit und Präzision, mit der er diese gewiss nicht einfache Operation durchgeführt hatte.

«Schade eigentlich um den Schwanz, aber einen Krüppel mit so einer Fresse würde nicht mal ne jüdische Nutte für viel Geld nehmen», scherzte fröhlich der Posener Sanitätssoldat, der die Deutschen hasste und sich immer freute, wenn einem von ihnen ein Leid geschah, denn er selbst hatte einige Erniedrigungen von ihnen erfahren. Der Stabsarzt konnte kein Polnisch, deshalb musste der Sanitäter allein über seinen Witz lachen. Lang konnte er das nicht mehr, denn zwei Stunden später erschossen ihn die Engländer mit dem Maschinengewehr, wenigstens starb er gut gelaunt. Zweig hätte bestimmt über den Witz des Sanitätssoldaten gelacht, denn obwohl er selbst Jude war, hatte er für jüdische Nutten nichts übrig, sie hatten ein zu freches Maul, er zog die unterwürfigeren Slawinnen vor. In den dreißiger Jahren ging er nach New York, kam dort zu Geld und heiratete eine graue Ukrainern, zeugte einen kleinen, grauen Ukrainerjuden, fing an zu saufen, die Familie zu schlagen und starb dann, weil seine Frau ihn mit Arsen vergiftete, unfähig, die häusliche Gewalt länger zu ertragen. Doch was hat diese Geschichte mit dir zu tun, Kostek, außer dem Glied, mit dem du neun Jahre zuvor gezeugt warst und das dein Vater nun einbüßte?

Nichts. Niemals danach kreuzte deinen Weg irgendwer, der etwas mit Stabsarzt Zweig zu tun gehabt hätte oder mit seiner ukrainischen Frau oder dem Sohn oder mit dem Posener Sanitäter, dessen Namen zu erwähnen mir die Lust fehlt.

Nichts also, außer der Geschlechtsamputation von Rittmeister Baldur Strachwitz. Und doch alles: Denn sie alle und du und dein Vater und alle Menschen und die Leben eurer Vorfahren und Affenmenschen und Nachkommen, alle bildet ihr ein Mosaik aus kleinen, bunten Steinchen, und niemand, nicht einmal ich, steht weit genug über diesem Mosaik, um es ganz zu erfassen, seinen Rhythmus, seine Ordnung und Schönheit. Niemand, oder fast niemand.

Denn irgendeine Ordnung, einen Rhythmus und eine daraus hervorgehende Schönheit muss es in diesem unendlichen Kunstwerk zweifellos geben.

Der versehrte Penis, der dich, mein Mosaiksteinchen, mit jenen anderen Steinchen verband, ruhte in einem Kübel mit diversen Teilen anderer Menschen, lebenden oder toten: Dort waren die Hände von zwei Feldwebeln, die ohnehin unter dem Messer weggestorben waren; dort war das Bein eines Infanteriehauptmanns, der Unterkiefer des Landsers Mazur, die Finger eines dummen Hannoveraners, der mit einer Granate gespielt hatte und dem man die zerfetzten Finger dann amputieren musste, es gab einige Füße, zwei davon in Schuhen, und ganz oben fand das gegarte Glied von Baldur Strachwitz Platz, das keine Frau kannte außer deiner Mutter. Den ganzen Krieg war er nicht einmal ins Bordell gegangen, hatte keine einzige Geliebte genossen, seine körperliche Lust am Abort selbst befriedigt und, wie er glaubte, seine Reinheit für Katherine bewahrt, für Katherine, die Frau, in der er sich auflöste, in der er lebte, für die Frau, ohne die er nicht existierte.

Baldur spürte nichts während der nächsten paar Tage, die es dauerte, bis er wieder zu sich kam. Danach heulte er zwei Wochen vor Schmerz, wenn er nicht vom Morphin betäubt war und sich nicht klarmachte, dass er keinen Penis mehr hatte.

Dann machte er es sich klar und wusste lange nicht, was er davon halten sollte. Er lag im Lazarett und dachte an Selbstmord, den Deutschen drohte die Niederlage, sie verloren den Krieg, und der Kaiser dankte ab, was Baldur mehr bedrückte als der Verlust des Gliedes, doch im Brief nach Hause traute er sich nicht, davon zu schreiben, später kehrte er heim und rechnete damit, dass seine Katherine ihn verstehen würde.

Als sie sich an sein Bett setzte, half er ihr, das viktorianische Kleid zu öffnen, und sie griff zwischen seine Beine und fand ein Schlachtfeld.

Als sie verstanden hatte, dass er sie nie mehr besitzen würde, war er für sie kein Mann mehr. Und als er kein Mann mehr für sie war, begriff sie, dass Deutschland den Krieg verloren hatte, dass Baldur den Krieg verloren hatte und das Leben, ein Eunuchenkrüppel, so sah sie ihn, auch wenn dem Hodensack mitsamt Hoden das Schicksal des Glieds erspart geblieben war. Bald zuckten furchtbare Regungen durch Baldurs geschwächten Organismus, die ihn erinnerten, schmerzlich erinnerten, dass er einmal ein Mann gewesen war: Er hatte Phantomerektionen.

Doch diese vermochten Katherine nicht zu überzeugen: Da er sie nicht unterwerfen, nicht in sie eindringen und sie beherrschen konnte, war er kein Mann mehr. Er hatte für sie keinen Zweck mehr, war mehr als tot, denn das Gedächtnis eines Toten hätte sie ehren können. Er war besiegt und widerlich. Also stand sie einfach vom Bett ihres ehemaligen Ehemannes auf, knöpfte das Kleid sehr sorgfältig zu und sagte ganz ohne Hass, er könnte noch eine Weile bleiben, aber sobald er sich erholt hätte, solle er verschwinden, und von diesem Moment an sah und sprach sie ihn kein einziges Mal mehr an, abgesehen von den impertinenten Abschiedsworten zwei Wochen später, als er sich von Kostek verabschieden wollte. Was soll man zu einer Leiche reden? Um den genesenden Baldur kümmerte sich fortan ein Dienstmädchen, Kostek hatte keinen Zutritt zu seiner Schlafkammer.

Und jetzt stehst du vor ihr, Kostek, und sie flattert mit den Flügeln. Die schmale, harte Zunge im scharfen Schnabel.

«Gendarmen kannst du haben», zischt sie.

Goldene Klauen umklammern das schwarze Bakelit, sie krächzt in den Hörer, meine Mutter, mein Fluch, meine Geburt in ihr und mein Tod in ihr.

«Jetzt geh», sagt sie. «Warte draußen, bis sie kommen.»

Ich gehe raus, guter Gott, die schwarzen Götter fürchten mich, als ich vor der neuen, modernistischen Fassade des Brühl'schen Palais stehe. Auf dem Hof des Palais hatte ich nach der Kapitulation Haufen besiegter MGs gesehen, alle diese fettglänzenden Stahlleiber richteten ihre Zyklopenaugen in eine Richtung. Und Panzerwagen standen dort und Stapel von unseren Mauser und Sättel, viele Sättel, Sättel von unserem Regiment.

Und jetzt, was jetzt, was weiter?

Du hättest auf dem Pflaster niederknien wollen, auf den Steinen der Fredrostraße und weinen, Kostek, über dich selbst, über dein zerschlagenes Maul und die blau angelaufenen Rippen, über dein Leben, über die Septemberniederlage, über das Pferd, das die Deutschen dir weggenommen haben und das du liebgewonnen hattest im Laufe dieses Monats, da es dich trug, und jetzt trägt es einen Deutschen. Und Leib und Seele, die die Deutschen dir weggenommen haben, würdest du auch gern beweinen, aber das tust du nicht, denn irgendwo dort hinter einem der Fenster sitzt deine Mutter und beobachtet dich mit Adleraugen, beaufsichtigt, verfolgt dich.

Ich stehe da, die Hände in den Taschen, ich werde eine rauchen, also die Zigarettenschachtel, also das Streichholz in zitternden Händen, also rauche ich, wozu rauche ich, ich weiß es nicht.

Was will ich tun?

Da kommen sie schon, zwei Gendarmen, gelangweilt vom

Dienst, knöpfen die Gürtel ihrer großen Mäntel fest, das Gewehr über der Schulter, und woran denken sie, Kostek, hat das eine Bedeutung? Ist es wichtig, ob sie an ihre Frauen und Kinder zu Hause denken, wo immer das sei, in Hessen, Bayern oder in Hamburg, ob sie an die heutige Mahlzeit denken, ob sie schlecht von ihren Vorgesetzten denken oder eher gut, ob sie an die Mühen des Dienstes denken oder daran, dass der linke Stiefel an der Wade drückt. Ich weiß das alles, ich berühre sie mit Tausenden meiner Finger, eine unfühlbare Liebkosung, und habe ihr Innerstes wie auf dem Handteller, doch hat es eine Bedeutung, woran diese zwei Gendarmen in großen, grauen Mänteln denken?

Natürlich hat es, im Chaos des Lebens hat alles eine Bedeutung, alles zählt, aus allem setzt sich der Kosmos dieses Chaos zusammen, alles ist wichtig, der Flug des Spatzen und die Bahn der Bombe, der Tod eines Flohs und deiner, Kostek, den ich auch wie auf dem Handteller sehe, und deine Angst und die Angst des Pferdes und die Erschöpfung und die Sehnsucht jener, die vom Schrei der Adlerin gerufen jetzt zu dir kommen, die sich ein bisschen deinem Befehl unterstellen, weil ihnen halt so geheißen war, und das alles ist das Muster eines großen Teppichs, in den du eingewebt bist und ich auch, Kostek.

«Also was tun wir?», fragt der ältere, höherrangige Gendarm auf Deutsch.

Da stehen sie, die Gewehre über den Schultern, Patronentaschen am Gürtel, alles zu deiner Verfügung, schwarze Mauser und goldene Patronen. Tu damit, was du willst, Kostek, ist alles deins, hat dir alles deine Mutter gegeben.

«Folgt mir», sagst du. Hast du gesagt.

Du drehst dich um, und los geht's! Du gehst voran, über den säuberlich bombardierten Theaterplatz und die Senatorska, schreitest mit schmerzreißendem Unterkiefer und in verdreckter Kleidung, und dir nach die Gendarmen mit geschulterten Gewehren, wenn dich jetzt jemand sieht, Kostek!

Doch dich sieht niemand, alle, deren Blicke Gewicht hätten, haben sich zurückgezogen in ihre Oktoberwohnungen, versammelt um die eilig aufgestellten Öfen, wärmen die besiegten Hände und vergessen allmählich den Krieg, vergessen die Deutschen, denken ans Leben: ans Essen und daran, wo man welches herkriegt, an Geld und daran, woher nehmen, oder – andere – wie es mit Verstand ausgeben, an Geschäfte, mit Polen, mit Deutschen, mit Juden, und an die Juden denken sie, die es jetzt bestimmt schwer haben, auch die Juden denken daran, wie schwer sie es haben werden, aber sie denken auch an Frauen, an Hüften und Brüste, daran, dass man sich vor der Kälte der Wohnung und der bösen Welt am besten ins Federbett verkriecht, und die Frauen denken an Männerhände, die jetzt über das erhitzte Ofenblech streichen und doch ihre Körper streicheln könnten, harte, kräftige Hände, und die Straßen sind leer, und so geht ihr, Kostek, du verdreckt und verprügelt und wütend und mit den müden Gendarmen, die überhaupt keine Gendarmen sind, aber wie sollst du sie nennen, da sie militärische Uniformen und Helme und Gewehre tragen, nicht so wie eure Polizei, sie gehen im Patrouillenschritt am zerstörten Landwirtschaftsministerium vorbei, am ausgebrannten Małachowskipalais, und ihre Stiefel sind beschlagen, ihr biegt nach links ab, in die Podwale, da kommt deine Parade, Kostek, da ist die Podwale 21, und der bescheidene Modernismus schaut deine Gendarmen-nicht-Gendarmen aus quadratischen Fenstern ohne Binden und Gesimse an.

«Und was nun?», fragt der ältere.

Und du weißt überhaupt nicht, was. Der Weg hat dich erschöpft, deine Rachelust ist verflogen. Doch jetzt noch zurück? Die Sache läuft von allein weiter, wie alles in deinem Leben, angetrieben nicht von deinem Willen, sondern von den Anziehungs- und Schwerkräften, die jeder gesellschaftlichen Situation innewohnen, in die du gerätst und denen du dich nicht widersetzen kannst, dazu müsstest du ein Mann sein, und was bist du, du Stück Menschenmist?

Und jetzt zieht die gesellschaftliche Sogkraft dich weiter kraft ihrer eigenen, inneren Logik von Beginn und Fortsetzung: Da ihr nun mal bis hierher gekommen seid, da die Adlerin dir ihre Gendarmen gegeben hat, da sie Gewehre geschultert haben, müsst ihr die Treppe hoch, müsst in die Wohnung des alten Peszkowski gehen – und dann? Was dann?

Dann wird das passieren, wozu die Situation sich neigt, denn nicht du wirst entscheiden, Kostek, sondern die Schwerkraft der Situation.

Also steigt ihr die Treppen hoch. Du als Erster, die beiden als Zweiter und Dritter, die Reihenfolge ist wichtig. Ihr bleibt stehen vor der Tür, aus der du so schmachvoll geworfen wurdest. Du willst das nicht tun, aber um es nicht zu tun, müsstest du jetzt den Gendarmen sagen, dass sie vergeblich mitgekommen sind, sich vergeblich bemüht haben, wozu du natürlich alles Recht hättest, nicht aber die Kraft, ihre Blicke zu ertragen, die schwer würden, du müsstest stark genug sein, diese Blicke auszuhalten, und hattest du jemals diese Kraft?

Im Krieg, ja. Mit der Pistole in der Hand hast du geschrien: «Oberulan Bociąga in die Stellung!», der Gewehrschütze Hajke lebte nicht mehr und Richtschütze Oberulan Bociąga, obwohl unter direktem Feuer liegend, rutschte langsam die Trümmerhalde hinunter, zum Leben, zur Sicherheit, aber du brülltest: «In die Stellung!», und er kraxelte zurück, in den Tod, zum Maschinengewehr Baujahr 28, und du brülltest erneut: «Kurze Feuerstöße!», der ganze Zug sah dich hasserfüllt an, schicktest da einen Mann in den sicheren Tod, und er begann zu schießen, blindlings natürlich, aber zu schießen, eingezogen der Kopf im französischen Helm, dann bekam er einen Stirnschuss und Schluss, das Gehirn pladderte ihm über die Schultern, und er veränderte nicht einmal seine Position, erstarrte nur, die durchschlagene Stirn auf dem Unterarm, das war's dann mit dem Oberulan Bociąga, Zielschütze am Maschinengewehr.

Damals konntest du dir das leisten. Das Leben des Oberulans Bociąga zu opfern. Für wen dieses Opfer, für Polen? Polen hat nichts davon gehabt, dass der Oberulan Bociąga noch einige Geschosse auf die deutsche Stellung abgefeuert hat. Dieses Opfer des Oberulans Bociąga hast du dem Kriege gebracht.

Damals konnte ich mir das leisten. Die Adlerin war fern, ich hatte Uniform und Dienstgrad.

Heute bin ich ein Niemand im verdreckten, zerrissenen Anzug, mit polierter Fresse. Und die beiden sind mir keineswegs bedingungslos ergeben, sind nur vorläufig gehorsam. Also klopfe ich und bete zu etwas, was nicht von dieser Welt ist. Bete darum, dass sie nicht aufmachen mögen. Keinen Ton von sich geben. Dass sie weggegangen sind, leer soll die Wohnung sein, und mir soll das erspart bleiben. Deshalb klopfe ich leise, blödsinnig leise.

Und zähle in der Stille die Sekunden bis zu dem Moment, an dem ich auf Deutsch werde sagen können: «Sie sind nicht da, gehen wir.»

Doch das kann nicht gutgehen, das geht nicht gut.

Die Tür wird krachend auf Kettenweite aufgezogen. Peszkowski sieht zuerst mich und die Wut zieht ihm die Lippe hoch, verengt seine Augen wie bei einem tollwütigen Hund, erst dann sieht er die grauen Mäntel meiner Gendarmen, und die Wut weicht Entsetzen und Hilflosigkeit.

«Du, du …», stottert er, «du Ratte …»

«Ruhe!», raunzt wurstig der Gendarm und geht mit tänzelndem Schritt an mir vorbei, die leichte, ausführende Hand eines Willens, für den sie unschöne Pflichten erfüllt. Noch im Gehen reißt er am Riemen des Gewehres, es springt von der Schulter, als wäre es nicht von seiner Geschicklichkeit gelenkt, sondern wäre lebendig, dressiert und gehorsam.

Peszkowski weicht zurück vor der bewaffneten Gestalt, erschrocken, doch noch erschrockener bin ich, ich sollte jetzt etwas tun, schließlich hat der Gendarm mir den Weg freigemacht, also sollte ich etwas tun, reingehen, rausgehen, Peszkowski aus Rache eins reinhauen oder ihn töten, eine noch grausamere Rache. Ob sie das zulassen würden, weiß ich nicht, aber ich könnte es probieren. Mir würde ja reichen, wenn Peszkowski mich respektiert, habe ich das nicht verdient? Hat jeder Respekt verdient, nur ich, Konstanty Willemann, nicht, was habe ich getan, wen habe ich verraten, und das so, dass ich mir den Respekt meiner Angehörigen für immer verspielt habe, warum?

Der Gendarm hat mir den Weg über die Barrikade Peszkowski freigemacht und wendet mir sein helmbeschattetes Gesicht zu, bitte sehr, ich habe hier meine Aufgaben erfüllt, und jetzt du, Kostek, tu, was dir obliegt, tu das Niedrige, das Gemeine, was eines Menschen nicht würdig ist, eines Mannes, eines Polen, eines Deutschen, niemandes würdig, nur deiner würdig, Kostek.

Und die Adlerin kreist über mir und wartet, wen sie verschlingen kann.

Ich gehe rein. Peszkowski ist pure Verachtung und purer Hass, wie Vorder- und Rückseite einer Münze, er zeigt mir beide Gesichter, Abscheu und Abneigung.

Und Freude, bestimmt auch Freude, ja, denn er sieht doch die Spuren seiner Fäuste auf meinem Gesicht, nein, auf meiner Fresse sieht er sie. Er selbst im kragenlosen Hemd, doch makellos und hochgeknöpft bis zum Hals, das Gesicht rasiert, die Hosenträger straff, die Hosen aus gutem Kammgarn, gebügelt, Krieg hin, Krieg her. Ich dagegen schmutzig, zerschlissen, geprügelt und armselig, gemein, ein würdeloser Nichtmensch.

Wir stehen im Flur: Er, ich, der ältere Gendarm, der jüngere Gendarm und alle in der Schwebe, was tun, was tun? Das müsste ich wissen, und ich würde am liebsten abhauen, raus auf die Podwale und zum nächsten von einer Bombe ins Straßenpflaster gebissenen Loch, reinspringen und graben, solange die Erde noch nicht gefroren ist, mich reingraben, reinfressen in die Erde wie ein Wurm, mit Erde mich zudecken wie ein Regenwurm, ein Maulwurf, wie eine Made mich durch nur der Archäologie bekannte Schichten wühlen, tiefer als Polen, noch unter die Slawen, unter die Goten, unter die Kelten, unter die asiatischen Völker, die vor uns hier waren und Feuer aus dem Stein schlugen.

Du würdest dich gern dort verstecken, wohin nicht einmal die Erinnerung an den Menschen reicht, würdest gern vormenschlich werden und unmenschlich und menschenübersteigend, Kostek, und stehst doch im Flur einer Wohnung in der Podwale, da stehen die Gendarmen und steht Peszkowski voller Hass und Verachtung, und die Küchentür geht auf, und Hela kommt heraus.

Hela.

Hela Willemann de domo Peszkowska, deine Frau. Tochter des alten Peszkowski, der dich schon immer gehasst hat, Kostek, jetzt endlich hast du ihm einen Grund dafür gegeben.

Hela. Die Mutter deines Sohnes.

Sie steht in der Tür, hält dein Kind auf dem Arm, und du stehst im Flur, bewaffnet mit zwei Gendarmen, ihren Gewehren, Helmen, Gurten und Patronentaschen. Schultergurten. Die Bajonette schlafen in den Scheiden. Ich könnte sie wecken.

Jureczek auf ihrem Arm. Helle Locken. Und das Gesichtchen, das sich langsam zur großen Wunde eines Schreis verzerrt, einer Wunde in deinem Bauch und in deinem Kopf.

«Kostek?» Hela kann die Gendarmen nicht glauben, sie glaubt nicht, dass du mit zwei uniformierten Deutschen in die Wohnung ihres Vaters gekommen bist.

Und du möchtest, dass sie weiß, dass sie versteht, dass du ja nicht wirklich mit ihnen hier bist, sondern nur zum Schein, du bist kein Deutscher, bist Spion einer Organisation, bist Untergrundkämpfer, bist ein polnischer Soldat in Lauerstellung.

Aber weiß sie das? Sie weiß das doch. Du hast es ihr gesagt, und sie war zu diesem Opfer bereit. Die Frau eines Abtrünnigen zu sein. Jureczek wächst ohne Vater auf. Ich habe keinen Mann mehr, sagt Hela allen, mein Mann ist gestorben, ich werde für alle Ewigkeit Witwe bleiben, und sie weiß dabei, dass sich nach dem Sieg alles klären, alles gesagt werden wird, die Wahrheit kommt heraus, und alle werden wissen: ein Held, kein Abtrünniger. Ein Held, der mehr zu opfern bereit war als das eigene Leben, der seinen guten Namen geopfert hat. In Vorträgen wird er, Konstanty Willemann, Leutnant Konstanty Willemann, Hauptmann, Oberst Konstanty Willemann erzählen, wie er es diese ein oder zwei Jahre auf sich genommen hat, als Verräter und Abnegat zu gelten, für den Sieg Polens, und sie wird in der ersten Reihe sitzen und Beifall klatschen, und da werden andere Frauen mit feuchten Augen sitzen und schon überlegen, wie sie dieser Lichtgestalt Hela so einen famosen Helden abluchsen könnten. Sie werden ihm Briefchen zustecken, die er, der Held, nicht einmal lesen wird, mit Hela wird er im glänzenden Buick zum Bankett fahren, ins Adria zum Beispiel, zum Bankett zu seinen Ehren, und dort werden der Herr Staatspräsident und seine Frau sein. Und ihn zum Minister ernennen. Minister Konstanty Willemann, in Anerkennung seiner militärischen Verdienste, seiner außerordentlichen Tapferkeit und seines Mutes, erster Sohn des Vaterlandes. Erster?

Sie weiß das doch, sie muss es wissen. Und sie wird, sie muss verstehen, warum ich mit den Deutschen hergekommen bin, ich konnte nicht anders, aus Gründen der Glaubwürdigkeit, und später, meine Damen und Herren, ich erinnere mich an diesen schrecklichen Augenblick, als er mit zwei deutschen Soldaten in unsere Wohnung kam, mein Vater wusste von nichts, ich hatte Angst, er könnte einen Anfall bekommen vor Aufregung, aber nicht einmal meinen Vater konnte ich einweihen, das war so schrecklich, meine Damen und Herren, als er mit den deutschen Soldaten in unsere Wohnung in der Podwale kam, aber ich wusste es ja die ganze Zeit, deshalb habe ich die Wogen geglättet.

«Raus mit dir!», schreit Hela, Jureczek weint.

Ihr Schrei schubst dich aus dem Flur. Und Jureczeks Weinen. Aber du kämpfst.

«Ich wollte doch nur Jureczek besuchen …», winselst du leise.

Sie stellt das Kind in das Zimmer und schließt die Tür vor ihm, hinter sich, und kommt auf dich zu, sie hat keine Angst vor den Gendarmen, aber versteht sie es? In ihren Augen siehst du nur Wut, die Wut der Mutter und die der Polin, sie blinzelt dir nicht zu, flüstert dir nichts ins Ohr, o nein, sie stößt dich mit großer Wucht weg, Hela ist vielleicht sogar kräftiger als du, schließlich wollte Thorak sie modellieren, die mächtigen Arme der Schwimmerin, Muskeln fast wie die eines Mannes, beide Hände stoßen dich wie die Puffer eines Zuges, stoßen gegen deine Brust und du taumelst nach hinten. Und ahnst schon die schrecklichste Konsequenz des Mutes, der deine Hela erfüllt.

Der ältere Gendarm macht eine Handbewegung. Das ist schließlich seine Pflicht, er ist dein Hund, muss seinen Herren verteidigen, deshalb hängt das Gewehr plötzlich leblos in der linken Hand, und seine rechte vollführt eine Geste, nicht sehr ausladend, aber deutlich genug, eine Geste, als wollte er den Gästen die Wohnung präsentieren, bitte, und hier haben wir den Salon, und der Handrücken trifft deine starke Hela im Gesicht, auf die rechte Wange, schlägt sie, als hätte er sie nur eben gestreift, doch Hela dreht sich wie in einer Pirouette, als hätte jemand mit zwei Riesenfingern ihren Kopf gepackt und ihn gedreht wie Jureczek seinen Kreisel, und der Kopf dreht das Rückgrat, das Rückgrat dreht die Hüften, und in dieser Pirouette, Blutspuren der aufgeschlagenen Lippe in der Luft und an der Wand hinterlassend, stürzt Hela zu Boden.

In diesem Moment werft ihr euch beide auf den Gendarmen, der Hela geschlagen hat, du und der alte Peszkowski. Der jüngere Gendarm starr, und ich sehe euch zu, euch allen, von oben, ich schwebe über euch, ich.

Peszkowski ist als Erster bei dem Gendarm, sowie Hela am Boden liegt, kehrt das Gewehr in die rechte Hand zurück, und mit Peszkowski ist der Gendarm nicht so zimperlich wie mit seiner Tochter, Peszkowski bekommt eins mit dem Kolben. Ein kurzer Haken aus der straffgegurteten Hüfte, schräg aufwärts, und der Kolben trifft Peszkowski am Kinn.

Der eugenische Unterkiefer, verbissen in der gleichen Wutgrimasse, die auch die Posener Augen zukniff, der gleichen, die den Krampf der oberen Jochmuskulatur und des Oberlippenhebermuskels bewirkt und Peszkowskis Zähne entblößt.

Durch diese zusammengebissenen Zähne wandert die Energie des Hiebes in den Oberkiefer, zertrümmert zwei Backenzähne und zerdrückt einen Goldzahn, geht noch höher und erschüttert das Gehirn, und Peszkowski fällt neben seiner hygienischen Tochter, fällt auf den bordeauxroten Läufer über dem eleganten Eichentäfelchenparkett, fällt bewusstlos, ohne Schuld und Arg, fällt aus elterlicher Liebe, in Erfüllung dessen, wovon er immer geträumt hat, wie das Schicksal es wollte, ist es gekommen, Peszkowski fällt bewusstlos von der Hand eines Deutschen, kein Schlichter mehr nötig, der Streit begraben, weil Peszkowski besiegt, Hela liegt und weint, Konstanty läuft schon zu ihr, auch wenn das, was hier geschehen musste, seinetwegen geschehen ist.

Und ich schau euch zu und summe meine Ballade, meine Existenz so fade, meine Existenz so banal, so unerkannt und mit eurer nicht verwandt, ich bin über euch und in euch, bin böse, bin wütend, mit Blut auf den unversehrten Lippen, Blut an den Händen, ich bin ohne Schuld und Scham und ohne Liebe und Gnade, ich schaue zu und sehe alles. Ich sehe dein hilfloses Entsetzen, Kostek, und die Muskelkrämpfe in Peszkowskis Gesicht, und ich spüre sein Gehirn deutlicher, als er selbst es spürt, schrecklich zu wissen, dass man ein Gehirn hat, Kostek, schrecklicher noch, als zu wissen, dass man Drüsen hat, die durch einen einzigen Erguss ihrer furchtbaren Gifte dich in ein gehetztes, wütendes Tier verwandeln, dein Menschsein vergiften können, sodass du wie ein Rüde hinter der Hündin herläufst, jemandem wie ein Hund an die Gurgel springst, wenn der rote Nebel der Wut deine Augen überzieht, und dich in die Erde gräbst wie ein Wurm, ein Maulwurf, wenn der schwarze Nebel der Scham deine Augen überschattet und du brüllen wirst, röcheln wie das Kudu in den Kiefern des Löwen, wenn der weiße Nebel des Entsetzens über deine Augen steigt und du den Mund weit aufreißt, die Augen ganz öffnest, und vielleicht bist du gerade dann ein Mensch, Konstanty, wenn du wie ein Rüde zu deiner Salomé läufst, wenn du stehst und nichts anderes zählt und alles, was du willst, ihre Scham ist, als gäbe es die Welt nicht, und ihr Mund, als gäbe es die Welt nicht. Ich habe weder Drüsen noch Hirn, weder Körper noch Seele, mich gibt es nicht, deshalb weiß ich, Konstanty, ich weiß, dass du dann ganz Mensch bist, du hast dem dicken Tumanowicz das Auge herausgenommen, weil du nicht anders konntest, es musste das Auge sein und musste eines Menschen tierisches Gebrüll sein, denn darin seid ihr wahrhaftig ihr, Konstanty, du und deinesgleichen, in euren Körpern.

Der jüngere Gendarm hält mich auf, seine kräftigen deutschen Arme umfassen mich gleichsam zärtlich, der jüngere Gendarm schreit, hinter der Tür heult Jureczek.

«Mama, Mama, Mama, Mama!», schreit er entsetzt.

Der ältere Gendarm ist ganz Verachtung. Mich verachtet er. Nicht Peszkowski, nicht die Frau, die er geschlagen hat, sondern mich.

Weißt du auch, was jetzt kommt, Kostek?

Du weißt es.

«Raus hier, raus, ihr Schweine!», ruft Hela im Aufstehen.

«Raus!», bestätigst du.

Also nicken auch die Gendarmen, ja, raus, wir gehen, warum nicht, natürlich hat das Ganze überhaupt keinen Sinn, wir sind gekommen, haben Radau gemacht und raus, aber hat diese Welt aus Befehlen und Pflichten irgendeinen Sinn? Normalerweise nicht, also gehen wir, jawohl, das Gewehr verächtlich über die Schulter geworfen und weg. Ich gehe auch.

Schon unten auf der Podwale entlasse ich sie. Sie ziehen davon und verachten dich zutiefst, und diese Verachtung wird Kreise ziehen, sie werden erzählen, was passiert ist, irgendeinem Offizier oder Feldwebel, er wird das weitertratschen, und die in ihrem Lächeln und Blick enthaltene Verachtung wird Mensch um Mensch anstecken wie eine Mikrobe, jeder Berichterstatter wird die Lippen genau so verächtlich aufblasen und diesen Blick nachmachen, bis es schließlich zu deiner Mutter kommt, Kostek, der Adlerin, und von ihr zurück zu dir. Vervielfacht, exponentiell wachsend mit jedem Überträger, kehrt die Verachtung der Gendarmen groß wie ein deutscher Panzer zu dir zurück, und hat doch klein begonnen wie das Bajonett an der Hüfte des Gendarmen. Und was kannst du tun, nichts kannst du tun, du hättest ihre Verachtung im Keim ersticken müssen, müsstest die beiden jetzt umbringen, aber du hast nicht mal eine Waffe.

Da stehe ich allein.

Guter Herrgott schwarzer Gott, was wird aus mir?

Du weißt, was wird.

Sie werden dich töten. Erschießen, die Saat dieses Mordes ist schon gelegt, jemand gießt sie gerade, sie keimt und wird aufblühen zu einer giftigen Schlingpflanze, die dich schließlich erreicht und umbringt.

Doch denk nicht daran, mein Lieber, du denkst zu viel, lebe einfach, lebe gedankenlos.

Ich gehe. Sehe die Stadt nicht. Sehe Menschen, oder eher ihre Schatten, Polen, Juden, Deutsche, vor allem solche, die alles sein könnten. Manchmal erkennt man auf den ersten Blick, das ist ein Deutscher, das ein Pole, das ein Jude. Aber dieser Herr im braunen Anzug, im hellen Staubmantel und ansehnlichen Hut, ist das ein Pole, den der gesellschaftliche Niedergang noch nicht gezeichnet hat, oder doch ein vermögender Deutscher, Beamter, Geschäftsmann oder Geheimpolizist, ist das vielleicht ein assimilierter Jude oder ein Weißrusse, womöglich ein bolschewistischer Agent, ein Ungar, ein Finne?

Schließlich ist man auch in deutscher Uniform nicht zwangsläufig ein Deutscher. Nicht zwangsläufig, Kostek, keine Aufregung, geh weiter, bis zur Polizeistunde ist es noch eine Weile hin, außerdem hast du deutsche Papiere, niemand wird dir etwas tun. Geh.

Straßenpflaster, aufgerissen, Schlamm, Einschlagstrichter, schon zugeschüttete Löcher, ein Jude schaufelt den Sand, dass es eine Freude ist, eine improvisierte Rikscha, ein Tramfuhrwerk, ein Stand mit Selbstgedrehten, Bekanntmachung, der Verkauf von Marken- oder selbstgedrehten Zigaretten ist streng verboten, eine deutsche Streife mustert mich verächtlich.

Und ich weiß nicht, ob ich mich über diese Verachtung freuen soll, weil sie mich als Polen ansehen, oder mich grämen soll. Gern würde ich ihnen sagen: Mistkerle! Ich bin ein genauso guter Deutscher wie ihr, ein noch besserer sogar! Mein Vater ist Graf, Ritter, Kriegsheld, und wer sind eure Väter, ihr Arschlöcher?

Löcher im Arsch.

Ich muss nach Hause, mich waschen, irgendwie zurechtmachen.

Ich gehe, den Blick stier in den Boden, gehe durch eine Galerie von schmutzigen Schuhen. Weil Krieg ist, sind die meisten ungeputzt. Krieg, selbst wenn er zu Ende ist, entbindet vom Schuheputzen. Braune Oxfords unter grauer Hose wandern raschen Schrittes an mir vorbei. Danach Schnürschuhe wie bei einem Dienstmädchen, darüber dicke, ärmliche Strümpfe mit breiter Laufmasche. Dann Fliegerstiefel, sehr dreckig, abgetreten und serienmäßig, nicht vom Schuster. Dann Wanderschuhe, Skistiefel, da will jemand bestimmt stolz ins Ausland, für Polen kämpfen, darüber eine karierte Socke und Pumphosen, höher gucke ich nicht, da plötzlich fällt ein Speichelklatsch von oben, mir vor die Füße, bestimmt hat jemand mich erkannt und mutig angespien, aber ich hebe den Blick nicht, auch wenn das Karo der Socken und die Farbe der Pumphose mir eine Reihe von Namen nahelegt, daran will ich jetzt nicht denken; dann wieder ein billiges Oxford-Modell, dann formlose Herrenhalbschuhe, ausgelatscht und rissig, Klümpchen an den Senkeln, Knötchen, diese Schuhe werden den Winter nicht überstehen, da kann man sie noch so dick besohlen, weiter ganz entzückende Damenpumps, wenn auch bespritzt, die Fesseln darüber nicht ohne, doch ich hebe den Blick nicht weiter als bis zu den Knien unterm Rock, denn ich bin nicht in Stimmung, weiter, Schuhe, Schuhe, Fahrradreifen, Pferdehufe, Autoreifen, das Muster des aufgerissenen, lückenhaften Straßenpflasters, die durchtrennten Linien der Straßenbahngleise und Schuhe, Schuhe, Schuhe, ich hebe den Blick nicht, Straßen und Plätze und wieder Straßen, wie spät, die Beine tun weh, ich schau nicht nach oben, navigiere instinktiv durch die Stadt, verlaufe mich nicht, dann am Ende meine Ecke, Puławska, Madalińskiego, das Treppenhaus aus Schokolade, es klingelt, die Treppe, es klingelt, die Tür, es klingelt, die Wohnung, ich schließe die Tür hinter mir, es klingelt und klingelt.

«Jacek?», frage ich ins Grau der Wohnung. «Iga?»

Stille. Es klingelt nicht mehr. Sie sind weg. Es klingelt erneut. Natürlich sind sie weg, worauf hätten sie denn warten sollen? Es klingelt.

Ich setze mich an den Küchentisch. Was ist das da in meiner Tasche?

Jureczeks Pferdchen. Und der kleine Reiter. Ich habe sie ihm nicht gegeben, da war keine Gelegenheit.

Ich stelle das Pferdchen auf den Tisch. Setze den Reiter in den Sattel. Es klingelt. Reite, kleiner Kaukasier, führe dein Pferdchen, vom Tisch hopp auf den Stuhl, vom Stuhl hopp auf den Boden, die Treppe hinunter, auf die Straße und weiter, sternenübersäte Plätze, die Marszałkowska unter hölzernen Hufen, bis du am Ende die Podwale erreichst und zu meinem Jureczek kommst, da wird sich der Kleine aber freuen.

Warum habe ich ihm das Pferdchen nicht gegeben?

«Hallo!», brülle ich in den Hörer.

Wann ich abgehoben habe, ich weiß nicht, kann mich nicht erinnern, ich saß am Küchentisch und gröle jetzt plötzlich in den Hörer.

«Siebenundfünfzig?», fragt der Ingenieur.

«Sechs …», korrigiere ich unwillkürlich.

«Ja, ja. Komm morgen in die Wohnung am Erlöserplatz. Früh. Vier Uhr dreißig.»

Schluss. Es klingelt nicht mehr. Du hast gehorsam den Wecker gestellt, denn in diesem Gehorsam suchst du Trost, Würde und Menschlichkeit, aber Menschlichkeit gibt es nicht.

In den Kleidern, in Schuhen, das Pferdchen in der einen und den Reiter in der anderen Hand, legst du dich schlafen. Mein armer, mein lieber, mein lächerlicher, jämmerlicher kleiner Konstanty.

KAPITEL NEUN

Es klingelt. Der Wecker. Dunkel. Was?
Zum Erlöserplatz. Zum Ingenieur.

Aus dem Bett. Das Bad. Licht? Funktioniert. Wasser? Läuft. Warmes? Ja. Rasieren: Heißes Wasser, Öl, Schaum, Klinge, Schaum, Klinge, kaltes Wasser danach, Alaun auf den Schnitt unter der Nase, ekliger Schnitt unter der Nase. Morgentoilette komplett. Zahnpulver? Ist da. Bürste. Brillantine? Nein. Bürste. Haare glätten. Im Spiegel – Hass.

Die Küche. Essen – keines da. Uhr? Schon Zeit.

Anziehen. Mantel.

Nicht denken. Tür abschließen. Treppe. Runter.

Draußen Polizeistunde. Tageslicht – fehlt.

Zu Fuß. Straßen und Plätze. Laternen – keine.

Und bevor du die Wohnung der Łubieńska erreichst, kneifst du krampfhaft die Augen zu: Die Welt nicht sehen, die Menschen nicht sehen, du reichst deine neue Kennkarte einem patrouillierenden Soldaten, er salutiert höflich und sagt etwas, warnt wohlwollend, doch du hörst nicht, er geht weg, und ich hinter dir her, Kostek, immer hinter dir, sogar dann, wenn du so kaputt und zerdrückt herumläufst wie heute, wenn du schwach, dumm und böse wie heute bist, wenn du nur die Hoffnung im Sinn hast, aber Hoffnung worauf, was hast du überhaupt noch für eine Hoffnung, Kostek, dass irgendwas wieder gut wird, nach allem, was passiert ist?

Du weißt das nicht, mein Lieber, aber bestimmte Dinge sind bereits im Gange.

Eine Dynamik der Ereignisse hat sich entfaltet, die noch niemand kennt, weil sie jetzt zum ersten Mal sich ereignen und die in sie verstrickten Menschen noch nicht wissen, dass sie sich innerhalb einer sehr konkreten Form bewegen, womöglich sind sie der Meinung, sie handelten selbst, handelten, weil sie es so wollen, es so wünschen, weil es so sein müsse. Sie wissen nicht, dass sie von meinen Schwestern gelenkt werden.

Hela, nach einer durchschluchzten Nacht, kocht jetzt gerade Haferflocken für Jureczek, sieht ihren Sohn an und denkt daran, dass sie dich liebt und gleichzeitig hasst, dass sie nicht weiß, wer du bist, unsicher ist sie, schwankt, denn sie kennt deine Schwäche, Hela weiß, dass du nicht stark bist, Hela weiß, dass du wie ein Grashalm im Wind bist, sie weiß das. Also versucht sie, dich als Helden zu sehen, doch in dieses Bild passt der Gendarm nicht, der sie geschlagen hat, und als sie wieder die brennende Spur auf ihrem Gesicht berührt, fällt ihr dein tadelloser Wiener Akzent ein, wenn du Deutsch sprichst. Sie ruft sich in Erinnerung, wie sehr du dich bemüht hast, Pole zu sein. So sehr.

Ach, wenn sie ihrem Vater von all diesen Zweifeln erzählen würde, würde das etwas ändern? Würde ihn das verunsichern in der Idee, die in ihm bereits wurzelt und langsam, aber sicher zu Absicht heranwächst?

Er könnte unsicher werden; aber ich weiß es nicht, das bleibt für mich im Dunkeln, schließlich hat Hela befunden, dass ihre Zweifel nur die ihren bleiben sollten, dass das Geheimnis, das zu wahren sie ihrem Mann versprochen hat, wichtiger ist als ihre innere Ruhe, und deshalb schweigt sie weiter.

Nebenan in der Küche sitzt der alte Peszkowski mit gebrochenem, provisorisch verbundenem Unterkiefer, er streichelt nur ab und zu wortlos das Köpfchen seines Enkels. Und überlegt eugenisch, wie viel von deinem räudigen germanischen Mischlingsblut in Jureczeks Adern fließt, in seinem Jureczek, der kein Wort Deutsch babbelt. Die Nationaldemokraten glauben schließlich nicht ans Blut, kein Wort von Blut in «Prosto z Mostu», auch nicht bei Mosdorf, Dobraczyński oder Roman Dmowski, die Nation ist eine Kulturgemeinschaft, sagt er sich, Gemeinschaft von Geschichte und Boden, nicht des Blutes, ist Mosdorf vielleicht ein polnischer Name? So wie es Mosdorf gibt, gibt es auch Willemann. Noch Mosdorfs Großvater war ein gewöhnlicher Luther, aber der Junge – hoho! Das Blut also ist unwichtig, sagt sich der alte Peszkowski, das Blut spielt keine Rolle, wichtig sind Erziehung, Kultur und welchen Einfluss er, der Lump Willemann, auf Jureczeks Erziehung hatte. Überhaupt keinen, Peszkowski weiß genau, womit Willemann sich vor dem Krieg abgegeben hat, von Arbeit keine Rede, nichts hat er für die Gesellschaft getan, nur Weiber und Kaffeehäuser, Wodka und Rauschgift. Hätte er wenigstens irgendetwas geschaffen, aber seine missratenen Zeichnungen taugen nichts, er war nie zu Hause und untreu, betrogen hat er die schöne hygienisch-eugenische Tochter, übel mit Nutten betrogen, alle wussten das, nur sie nicht. Aber Jureczek hat er nicht erzogen, Jureczek gehört ihnen, wer bist du, ein kleiner Pole, womit wurde dein Vaterland errungen, mit Blut und Narben, an Polen hängt mein Herz, an Polen glaube ich.

Da sitzt er und denkt nach, sieht seinen Enkel an, sieht das blaugeschlagene Gesicht seiner Tochter, und in ihm wächst ein spezifischer Hass, der zu klug und zu ruhig ist, um sich in unüberlegten Ausbrüchen zu entladen.

Deshalb haut Peszkowski nicht mit der Faust auf den Tisch, zerschlägt kein Geschirr, greift nicht zum Messer und läuft zum Schokoladenhaus, um dich zu finden. Peszkowski streichelt Jureczek Willemanns Locken und betrachtet das Gesicht von Helena Willemann, geborener Peszkowska, für ihn ist sie die Verkörperung Polens, er hat sie gezeugt mit seiner Frau, die so gut wie nicht existiert, und sie ganz so geschaffen, wie er sein Polen geschaffen hat, und Helena Willemann ist Polen in Wirklichkeit, seine Verkörperung, nicht seine Allegorie, Polen ist in ihr gegenwärtig wie Christus in der Eucharistie, obwohl der alte Peszkowski ja nicht an Christus glaubt, er glaubt überhaupt nichts, das ist eine andere Generation, der alte Peszkowski glaubt nur an Polen, denn seine Nationaldemokratie ist ihm die Moderne, ein bisschen in die Jahre gekommen vielleicht, macht nichts, deshalb denkt er viel an seine Jugend und schaut, schaut die Spur der Gendarmenhand auf dem Gesicht seiner Polentochter an, und in ihm gedeiht ein kluger Hass.

Schließlich steht Peszkowski auf und greift zum Telefon, doch es funktioniert nicht. Also schaut er auf die Uhr und befindet, es sei Zeit, sagt Hela, dass er rausgehe. Sie fragt, ob er nicht zuerst einen Arzt brauche, aber der Alte will von einem Arzt nichts wissen, der Körper soll sich seinem eisernen Willen fügen, also kleidet er sich an, knöpft den Kragen ans Hemd, bindet sich die Krawatte, steckt die Nadel an, zieht die Weste über, streift sogar die Armbanduhr vom Handgelenk und versenkt die goldene Zwiebel in der Tasche, ein Erinnerungsstück, für langjährige Mitgliedschaft, zum zwanzigsten Jahrestag, mit bester Hochachtung, Roman Dmowski. Und das Jackett, er zupft an den Aufschlägen, damit sie gut liegen. Und wie ganz anders zieht sich dieser Mischling aus dem Nichts an! Willemann wirft sich demonstrativ in Schale, Peszkowski will angemessen gekleidet sein. Ihm liegt nichts an Eleganz. Fragen der männlichen Schönheit interessieren Peszkowski nicht. Er kümmert sich nicht darum, ob sein Aufzug ästhetisch sei, die Kleidung soll sauber und gebügelt sein, dem Anlass angemessen, soll passen: zur gesellschaftlichen Position und zur jeweiligen Situation, Kleidung ist die Uniform des Zivilisten, deshalb macht Peszkowski jetzt die Knöpfe der Ziviluniform zu, zieht den Mantel über und geht hinaus in die Stadt Warschau, die er nie lieben gelernt hat, denn sie ist für ihn die steingewordene Verkörperung all dessen, was er an Polen hasst. Peszkowski liebt Polen mit der Liebe des Herrn Dmowski – also hasst er das Polen, das existiert, liebt nur dasjenige, das sein könnte, wenn Menschen wie er es erschaffen, Menschen mit stählernem Willen, den sie durch tausend kleine Übungen und Entsagungen trainieren, frühes Aufstehen, kalte Duschen, diätische Mahlzeiten, keine Gefühle zeigen, schweigen, wenn man sprechen will, Erniedrigungen stumm ertragen (aber nie vergessen), sein Herz nicht den Frauen schenken, am besten überhaupt kein Herz haben. Die Parteikameraden verachtet er auch, sie versuchen ja nicht einmal, so zu sein.

Und von Warschau hat Peszkowski keine bessere Meinung. Er sieht schon die Anfänge dessen, zu was diese Stadt in den kommenden vier Jahren werden wird, bevor sie ganz verschwindet. Er sieht, wie sie mit den Deutschen zusammenliegen und sich gleichzeitig im Kampf verbrennen wird, und er weiß, denn Peszkowski denkt voraus, dass das jetzt nun mal so werden wird, unnötige Hurerei und überflüssiges Heldentum, und weiß sogar, das ausgerechnet er, der Posener Nationaldemokrat und Hygieniker, bald zum unabdingbaren, immanenten Bestandteil dieser Absurdität werden wird.

Und als er durch die Stadt geht, kommt ihr ziemlich nah aneinander vorbei, denn du gehst die Puławska zum Erlöserplatz, während er mit dem Wagen fährt, die Hände auf den Knien, mit Arbeitern vom Norden nach Süden fährt er, nur näher an der Weichsel.

Schließlich erreicht er die Wohnung, zu der er wollte, läutet an der Tür, und ihm wird geöffnet, er wird hineingebeten, mit Tee bewirtet und in einen Sessel an dem runden Tisch gesetzt, der mit Spitzentüchern geschmückt ist. Er wird nach dem Zweck seines Besuches gefragt, und der da fragt, weiß genau, dass der alte Peszkowski nicht ohne triftigen Grund gekommen wäre, deshalb hört er aufmerksam zu. Sie kennen sich seit langem, schon seit dem Bolschewiken-Krieg.

Und wer hört zu?

Der, der Grund zum Zuhören hat, Kostek, und wenn du es wüsstest, würdest du erzittern.

Es hört einer zu, der einen großen Namen hat, du kennst diesen Namen, kürzlich hat er sich zu diesem Namen eine Reihe von Pseudonymen zugelegt und außer den Pseudonymen noch eine Funktion in der Organisation, die sich einstweilen Dienst für den Sieg Polens nennt, aber schon bald verschwinden wird, in drei Wochen, nach Paris fahren und verschwinden, denn der böse Führer erfuhr eher von ihr als der gute Führer mit dem Vogelnamen, sie wird also in Paris aufgelöst, und an ihre Stelle tritt eine Organisation mit dem bedrohlicheren Namen «Verband des bewaffneten Kampfes», die von ihren Gegnern noch nicht enttarnt ist. Der Dynamik der Ereignisse ist das gleichgültig. Namen und Stellungen sind ihr egal, sie interessiert nur die Kette der unausgesprochenen Schuldigkeiten, und niemand fällt eine Entscheidung, die Entscheidung fällt sich selbst, schon lange bevor jemand, der dazu befugt ist, dieser Entscheidung durch die Unterschrift auf irgendeinem Papier formalen Ausdruck verleiht.

Der alte Peszkowski also spricht. Er sät. Der, der zuhört, traut Peszkowski. Traut ihm seit zwanzig Jahren. Und Peszkowski spricht.

Da ist so ein Mensch, Konstanty Willemann – also du, Kostek. Der ist ein Halbdeutscher, vielleicht auch ein ganz Deutscher, wer weiß, als was man seine Mutter zählen soll, die jedenfalls besser Deutsch spricht als Polnisch. Dieser Mensch also hatte meiner Tochter den Kopf verdreht und ließ sich dann nur mit Mühe zur Heirat zwingen.

Der, der erzählt, weiß so gut wie sein Zuhörer, dass das nicht wahr ist, niemand hat hier irgendwem den Kopf verdreht, doch verlangt die Logik des Erzählens nach solchen kleinen Lügen, damit die Geschichte als Keim jener Dynamik, die ich meine, wahr sei. Deshalb macht Peszkowski sein Samenkorn etwas rundlicher, fruchtbarer, durch solche kleinen Lügen.

Ja, natürlich erwähnt er, dass du den ganzen September hindurch gekämpft hast, er erwähnt das in scheinbar neutralem Ton, was seine Aussage noch verstärkt – ihr nämlich den Anschein der Unvoreingenommenheit verleiht –, gewiss doch, gekämpft hat er und nicht wenig, sogar einen Orden bekommen, aber der Ton, das Timbre seiner Stimme zieht das leise in Zweifel, und dieser Zweifel wirkt in so einer Situation besser als jede Negation. Also einen Orden hat er bekommen, aber wie hat er ihn bekommen, wofür, hat man nicht schon manches gehört, wofür manche so einen Orden bekommen? Und dann wird er sagen, dass du noch vor der Kapitulation desertiert bist.

Manchmal bedürfen solche Geschichten außer den kleinen Lügen und Zweifeln auch riesengroßer Lügen, du würdest sagen, Kostek, des Erstunkenen und Erlogenen. Hauptsache, dieses Erstunkene und Erlogene hat noch in irgendeiner Weise mit dem zu tun, was war. Hast du deine Einheit also tatsächlich vor der Kapitulation verlassen? Ja. Und das reicht, der Rest ist Interpretationssache.

Und wozu dient das alles? Deine jüngste nationale Transgression bedarf einer sehr konkreten dramaturgischen Einbettung, der Verrat kann nicht plötzlich auftauchen wie der Deus ex machina, das Gewehr muss schon früher an der Wand gehangen haben (auch wenn es erst post factum dort hingehängt wird).

Peszkowski überlegt sich das alles nicht so genau, er spürt es instinktiv. Er spürt es, denn er steht unter der Gewalt meiner Schwester, sie lenkt ihn, sie weiß, was zu tun ist, damit das in jenem General für den Dienst am Sieg Polens gelegte Samenkorn auch ganz gewiss aufblüht.

Also spricht er mit der erforderlichen Dramatik und kommt am Ende auf den Punkt. Dass du, Kostek, im Deutschen Klub gesehen worden bist, dass du die Kennkarte erhalten hast. Das ist noch nichts, ein Verbrechen zwar, aber eines, das der General fürs Erste lediglich im Register der strafbaren Vergehen notieren würde.

Aber nicht um diese Dynamik geht es. Jetzt also fällt aus dem trockenen, hygienischen, geputzten, nicht rauchenden und nicht trinkenden Mund Peszkowskis das, was alles entscheiden wird, die Pointe: Du kommst mit Gendarmen zu ihnen ins Haus, befiehlst den Gendarmen, deine polnische Frau zu malträtieren, siehst lustvoll zu, wie die Gendarmen mit den Kolben deinen polnischen Schwiegervater schlagen, und all das, um den Händen der Mutter das polnische Kind zu entreißen, zu entführen und es deutsch zu machen.

«Und, haben sie es entrissen?», fragt der General, der nach Peszkowski die Fortsetzung dieser Dynamik bilden wird.

Entrissen nicht, erzählt Peszkowski, denn die Mutter hat es mit ihrem eigenen Leib beschirmt, an ihrer Brust geborgen. Das ist wichtig, diese Brust, denn die Brust hat nicht nur mütterliche, sondern auch erotische Bedeutung, und eine patriotische Geschichte, die nach Rache schreit, kommt ohne erotisches Element nicht aus. Die Mutter birgt also das Kind an ihrer Brust, fährt Peszkowski fort, und du, der komplett Degenerierte, du, Kostek, hättest gewiss auch ihrem Leib und Leben Gewalt angetan. Doch das war zu viel des Bösen für die einfachen Gendarmen, Deutsche zwar, jedoch mit dem elementarsten Anstand, der es verbietet, einer Mutter vor den Augen ihres Kindes ein Leid anzutun, diese Deutschen verweigerten deinen perversen Befehl und gingen, ohne den Knaben ins Verderben zu reißen, sie ließen ihn bei der Mutter. So obsiegte in ihnen die Menschlichkeit, die schließlich in jedem einfachen Manne glimmt, über deutsche Barbarei.

Der General hört zu. Der General trägt keine Uniform, der General trägt stolz Zivilkleidung, die ihm nicht passt, eine zu weite Jacke und zu kurze Hose. Der General ist ein gutaussehender, ruhiger Mann. Er ist kein Nationaldemokrat, mit den Nationaldemokraten hat der General nicht viel gemeinsam. Der General war in der Revolutionären Fraktion der Polnischen Sozialistischen Partei gewesen. Er trug das Abzeichen «Parasol» auf der Uniform. War Legionär, obwohl er im Unterschied zur Mehrheit seiner späteren Kameraden, der Legionspolitiker, eine gewisse, wenn auch beschränkte Ahnung von der Armee besaß, denn er hatte eine österreichische Ausbildung für Reserveoffiziere absolviert.

Der General ist auch ein Freimaurer im Meistergrad. Der General ist zudem Priester der Liberalen Katholischen Kirche, und auch wenn er daran gar nicht glaubt, haben die Weihen, die er von einem anglikanischen Priester empfing, teils aus Neugier, teils aus Spaß, teils aus künstlerischer Provokation, haben diese Weihen ihn geprägt, ein grauer Priesternebel hängt über ihm, und der General, auch wenn er es nicht weiß, ist aufgeschlossen für solche wie mich, für meine Welt. Vielleicht versteht der General deshalb meine Schwester so gut.

«Dort hinter der Wand wohnen vier von der Geheimen Staatspolizei», sagt er mit starkem Lemberger Akzent. Aber natürlich nicht wie die Kanaille, der General ist ein Adliger, kein Lemberger Schlagetot. Ein Schlagetot war Tumanowicz, dem du das Auge rausgezogen hast, auch an dieses Auge versuchst du jetzt angestrengt nicht zu denken, jetzt, da du die Marszałkowska gehst, ganz in der Nähe, wo es passierte, Straßen und Plätze und Pappe und Kärtchen und Marktstände und Schuhe, Schuhe.

«Dort hinter der Wand wohnen vier von der Geheimen

Staatspolizei», sagt der General zu Peszkowski, während du nach Mokotów gehst. «Einer hatte die Grippe, aber sie dürfen keine polnischen Ärzte aufsuchen, und deutsche waren noch keine da. Ich habe ihn erfolgreich behandelt, und für mein Schweigen habe ich einen Vergaser bekommen, hier, ohne den wir das Auto nicht in Gang kriegen würden.»

Der alte Peszkowski hört zu, nickt aus mäßig interessierter Höflichkeit, nimmt den Vergaser in die Hand, na das ist ein Ding, trinkt ein bisschen Tee aus dünnem, durchsichtigem Porzellan, die Maschen im Muster der Spitzentischdecke sehen aus wie ein Mandala, das sich nicht auswischen lässt, das der Wind nicht verweht, wohl aber das Feuer.

Der Herr General, wiewohl Piłsudski-Anhänger, ein Mann der Sanacja-Bewegung und überhaupt ein Schwein, ist doch Pole, Pole sein heißt etwas, gerade in diesen Zeiten, Peszkowskis Hass auf dich, Kostek, ist stärker als sein Hass auf die Piłsudski-Leute, «Sanatoren» und sonstige Schweine, die sich seit dem Maiputsch mit ihren fetten Freimauerärschen in Polen breitgemacht haben. Peszkowski weiß, dass der General ein Logenbruder ist, doch das ist unwichtig.

Peszkowski traut dem General. Auch das ist nicht mehr wichtig.

Wichtig ist, dass jetzt geschieht, was geschehen soll. Die Dynamik der Ereignisse ist in Gang gesetzt. Denn der General hat gehört, was er hören sollte. Er kann das nicht mehr auf sich beruhen lassen. Denn in welchem Licht würde er dastehen, wenn er einen solch offensichtlichen Akt der Gewalt am Polentum zu bestrafen nicht wenigstens versuchte?

Und sogar, als der Kurier aus Paris dem General das Urteil darüber bringt, dass er Sanator ist oder besser «Sanacja-Schwein», wie Peszkowski lieber gesagt hätte, und den General von seinem Dienst entbindet und an seine Stelle den Verband beruft, in dem der General für das Gebiet Lwów verantwortlich sein wird, so vollziehen sich die Ereignisse doch bereits jetzt mit unerbittlicher Konsequenz und bestimmen jene fünf Jahre, die noch vor euch liegen. Der General fährt über die Grenze, ins sowjetische Lwów, aber was geschehen soll, das wird geschehen.

Peszkowski steht auf, über Tee und Tischdecke reicht man sich die Hände, der nationaldemokratische Prügelstudent und das Sanacja-Schwein, Pole und Pole, und gehen auseinander, Peszkowski zurück in die Altstadt zu dem neuen Haus, in die Wohnung im modernistischen Mietshaus, einfach und bescheiden, und der General kümmert sich um seine Angelegenheiten, verneigt sich vor der Sonne, die nicht zu sehen ist, geht an die Arbeit, und die Dinge nehmen ihren Lauf.

Noch haben sie keinen Niederschlag auf dem Papier gefunden, in der Maschinerie, die auf den Schultern meiner Schwester ruhen wird, gibt es noch keine eigenen Stempel oder Unterschriften, aber bald wird all das da sein. Und dann wird dein Name mit dem Vorsatz «Kanaille» aufs Papier gedruckt, und die Papiere werden ihre Wanderung beginnen, dann kommt das große Theater, der Prozess, dann das Urteil und die Pistole, die ein älterer Offizier einem jüngeren sofort nach dessen Vereidigung in die Hand drückt, und das wird erst der Anfang sein, meine Schwester hat ihre Gefräßigkeit noch unter Kontrolle, noch verschluckt sie keine kleinen Kinder. Dieser junge Offizier, ein Arzt, wird sich die Pistole hinter den Hosengürtel schieben, der kalte Lauf neben seinem Schwanz, und sich mit dir verabreden, und als alles vollbracht ist, wird er so ein starkes Bedürfnis nach Frau haben, dass er zu einer Professionellen geht, was er nie zuvor getan hat, er wird die Pistole auf den Nachttisch legen und in einer von Körperflüssigkeiten durchfeuchteten Wohnung mit einer teilnahmslosen Nutte kopulieren, das Kopfgitter des Eisenbettes wird gegen den bröckligen Putz hämmern, wird ihn rieseln lassen, und gelbliche Partikel werden auf die abgetretenen Bodenbretter fallen, jedes wie ein ganzes Menschenschicksal in unseren, meinen Händen.

Kannst du das aufhalten, kannst du irgendwas tun? Gewiss, ja, die Konterpapiere mit den Konterstempeln könnten sich irgendwo zu stapeln beginnen, der Ingenieur könnte sich einschalten, könnte beharrlich Mahnungen, Kuriere nach Paris schicken, er kann sich auf höchste Instanzen stützen, Sikorski würde den Papieren und Stempeln und Konterstempeln geringeres oder größeres Gewicht verleihen. Aber damit du tätig werden könntest, müsstest du erst einmal des schwarzen Schattens meiner Schwester gewärtig sein, der sich über dich schiebt, du weißt nichts und wirst nichts erfahren, wie du da zum Erlöserplatz gehst im schwarzen Morgengrauen des schwarzen Tages eines schwarzen Jahres in einem schwarzen Land, und wie du die Treppe hochsteigst und die Łubieńska dir öffnet, die dereinst ein junger Mann mit einem Stilett in der Hand umfangen wird.

Sie führt dich in den Salon, dort sitzt der Ingenieur im Sessel.

«Siebenundfünfzig!», freut er sich bei deinem Anblick.

Ihr setzt euch.

«Fangt nicht ohne mich an», ruft Dzidzia Rochacewicz aus der Küche.

Ihre Stimme verändert die Situation plötzlich völlig. Warum ist Dzidzia Rochacewicz hier, was führt sie her, warum sie?

Beim Ingenieur. Bei der Łubieńska.

Du freust dich, dass sie hier ist.

Was ist an ihr, dass du dich so freust, Kostek? Wie oft hast du sie gesehen? Wie viel hat sie dir gesagt? So gut wie nichts. Was wirst du von ihr haben?

Sie trägt ein Tablett herein, darauf ein Krug und Gläser. Du fährst vom Stuhl hoch, armseliger Charmeur. Dzidzia ist der Spott in Person, fraulich verkörperter Hohn.

«Ich habe Tee gemacht», verlautbart sie salbungsvoll das Unübersehbare.

Sie stellt das Tablett auf dem Tisch ab. Setzt sich in einem Sessel neben dem Ingenieur. Sie ist nicht allzu hübsch, doch von großer, eigener Schönheit. Langnasig. Mager. Hände wie Schwalbenflügel. Die Łubieńska sitzt auf dem Sofa daneben.

«Siebenundfünfzig, Dzidzia wird bei Ihnen übernachten. Sie hat etwas in Warschau zu erledigen», strahlt der Ingenieur.

Dzidzia wird bei mir übernachten. Ich sehe sie an. Sie lächelt spöttisch. «Mit solchen wie dir gehe ich nicht ins Bett», sagt ihr Lächeln.

«Jawohl», erwidere ich.

«Hast du diesen Doktor angeworben? Rostański?», fragt die Łubieńska.

Vorwurfsvoll.

Ich antworte nicht, werfe dem Ingenieur einen fragenden Blick zu. Und Dzidzia sieht mich anerkennend an. Weil ich Kante gezeigt hatte. Bin forsch genug, einer alten Aristokratin die Stirn zu bieten.

Der Ingenieur bemerkt weder Łubieńskas Frage noch meinen fragenden Blick.

«Ich habe von der Affäre bei Peszkowski gehört», sagt er ruhig.

Meine Nackenhaare stellen sich auf. Ich werde trotzig. Dzidzia lacht, ihre lange Nase zielt auf mich, als zeigte sie mit dem Finger.

«Hat mich sehr amüsiert», fährt er fort. «Deine Legende als Deutscher ist damit endgültig glaubhaft. Niemand wird mehr daran zweifeln.»

Er erhebt sich aus dem Sessel, legt die Hände im Rücken zusammen und beginnt, im Zimmer auf und ab zu wandern, den Blick geradeaus gerichtet.

«Und das brauchen wir am dringendsten. Am dringendsten», sagt er zu allen und niemandem und zu sich selbst. «Karaszewicz-Tokarzewski organisiert den Dienst für den Sieg Polens, sie haben schon Kanäle nach Paris – doch das ist alles Blödsinn, Blödsinn. Die begreifen es nicht: Die Deutschen haben den Krieg gewonnen.»

Einen Augenblick bleibt er am Fenster stehen, sieht in die Dunkelheit hinaus, als erspähte er dort etwas.

«Gewonnen», wiederholt er. «Das heißt aber nicht, dass wir uns ergeben sollten. Gewonnen haben sie, nun. Mościcki wollte meine Motoren nicht, meine Brennzellen, nichts wollten sie, deshalb haben sie verloren.»

«Der Krieg ist nicht verloren, solange nur ein Pole lebt, dem das Herz brennt», deklamiert die Łubieńska. «Was sagen Sie denn da, Stefan?»

«Unsinn, Unsinn», murmelt der Ingenieur.

«Bitte?!» Die Wohnungsinhaberin fährt zusammen und steht sogar auf, als wollte sie Rechenschaft von Witkowski.

Doch der schenkt ihr keine Beachtung. Er starrt verbissen ins Dunkle.

«Mit den Deutschen müssen wir uns einig werden», flüstert er in die Scheibe.

«Stefan», die Grabesstimme der Łubieńska macht die Luft im Zimmer gefrieren. «Hören Sie auf, das klingt nach Verrat. Schließlich haben Frankreich, England …»

Der Ingenieur steht weiter da, schaut aus dem Fenster, die kurzen Finger falten und entfalten sich auf seinem Rücken, als ließe er ein Dutzend Rosenkränze auf einmal durch sie hindurchwandern.

«Ingenieur!», empört die Łubieńska sich. «Unsere Regierung in Frankreich organisiert eine Armee, Behörden, zum Frühjahr wird es Krieg geben, den die Deutschen nicht gewinnen können, weil die Maginotlinie, die englische Flotte … Die

Franzosen ziehen auf Berlin, Sikorski mit ihnen. Wie können Sie sagen …»

«Ich muss Sie bitten, sehr verehrte Dame!», brüllt Witkowski plötzlich, ohne sich umzuwenden. Alle im Zimmer springen auf, wie gestochen, nur Dzidzia bleibt ungerührt.

«Verrat, Verrat! Nur davon können sie schwätzen! Sie wie die anderen! Polen haben sie verkackt, und jetzt heißt es Verrat, Verrat. Du selber bist der Verrat, du Miststück!», stößt er in wütend lautem Flüstern aus, sodass die Łubieńska gerade noch so tun konnte, als hätte sie nichts gehört.

Dzidzia fängt an zu lachen, wie ein Mann, laut, den Kopf nach hinten geworfen, mit weit offenem Mund. Deine Mutter hätte dir früher nicht erlaubt, so zu lachen, aber jetzt ist sie nicht da, die Weiße Adlerin, also lachst du mit Dzidzia, hell und heftig.

Ich sollte eigentlich nicht so lachen, aber ich tue es.

Die Łubieńska zögert. Sie könnte eine Szene machen, uns vor die Tür setzen. Schließlich ist das ihre Wohnung. Aber das würde ihr ganzes Engagement zunichtemachen. Außerdem sieht der Ingenieur nicht aus, als würde er sich so einfach rauswerfen lassen. Also schließt sie sich lieber unserem Lachen an.

Witkowski lacht nicht.

«Um die Deutschen zu besiegen, müssen wir uns mit ihnen einigen. Je schneller, desto besser. Um uns mit ihnen zu einigen, müssen wir wenigstens so viel über sie wissen wie sie über uns. Sechsundfünfzig, du wirst unser Haupttrumpf. Du hast jetzt bereits den Hass aller anständigen Polen auf dich gezogen, das ist ausgezeichnet, jetzt musst du noch ihr Vertrauen gewinnen. Das der Deutschen, meine ich.»

Łubieńska schweigt, du schweigst, Dzidzia schweigt, sogar Witkowski verstummt plötzlich, es ist still.

«Du musst einen Weg finden, ihr Vertrauen zu gewinnen. Sobald du es hast, musst du irgendeine Position bekommen.

Eine Position, die dir echte Macht und Einfluss verschafft, Sechsundfünfzig.»

«Ich kenne von Moltke. Botschafter von Moltke. Meine Mutter hat ihn mir vorgestellt», sagst du und wunderst dich selbst über deine Worte.

Die Łubieńska dreht sich zur Wand, presst die Lippen zusammen. Jetzt hat sie noch Angst vor solchen Worten, große Angst. Es ist eine begründete Angst: Solche Worte und der Strom der Ereignisse, der nun ihre Beine, ihren Körper und Geist zu umspülen beginnt, und die Tatsache, dass sie nicht mehr aus diesem Strom herauskommen wird, sind viele Jahre später der Grund dafür, dass ein Stilett sie aufschlitzt.

Das weiß sie nicht; dennoch hat sie Angst.

«Das ist gut, gut, mit diesem Botschafter. Ich habe ihn auch einmal kennengelernt, aber deine Bekanntschaft ist wichtiger, wertvoller, gut, gut. Daraus lässt sich etwas machen», sagt Witkowski. «Oder vielleicht dein Vater? Aber das mit deiner Mutter, seltsame Sache …»

«Seltsam», pflichtest du bei, resigniert.

«Ingenieur», sagt die Łubieńska. «Erzählen Sie ihm von der Mission.»

«Richtig, die Mission. Wie gesagt, wir müssen eine Kommunikationslinie nach Budapest herstellen. Ich habe Signale, denen zufolge sich Oberst Steifer bereits dort befinden soll.»

«Wer?», frage ich, womöglich naiv.

«Steifer.» Witkowski mustert mich eindringlich. «Kennen Sie den nicht?»

«Ach woher.»

«Verstehe. Jedenfalls müssen Sie ihn finden. Er hat sehr gute Beziehungen. Er braucht uns, wir brauchen ihn. Wir müssen die Verbindung mit ihm aufnehmen, und zwar schnell, solange hier noch alles in Bewegung ist. Du fährst dort als Deutscher hin, ganz offiziell, mit Papieren, suchst ihn, nimmst Kontakt mit Steifer auf. Der wird schon Kurierwege über die grüne Grenze ausbaldowert haben – Pläne, Kontaktbriefkästen und so weiter, du bringst das alles für uns in Erfahrung, und so stellen wir die sichere Kommunikation her.»

Und was bleibt dir übrig? Du sagst einfach zu, sagst ja. Budapest.

«Du fährst mit Dreiunddreißig …»

«Aber ich habe keine deutschen Papiere», protestiert Dzidzia.

«Das machen wir, Papiere für Sie, machen wir. Erst mal bleiben Sie bei Siebenundfünfzig, wir besorgen die Papiere, und ihr brecht auf.»

«Ja», sagt Dzidzia. «Und jetzt können wir wohl gehen, oder?»

Sie sagt, was ich mich nicht zu sagen getraut hätte.

«Gehen?», wundert sich der Ingenieur.

«Ja. Gehen. Bisschen düster hier», lacht Dzidzia.

Die Łubieńska entrüstet sich wortlos, aber hörbar.

«Ich mache Kaffee», sagt sie.

«Für uns nicht, wir gehen», sagt Dzidzia im Plural, der mich ganz offensichtlich einschließt. Niemand fragt mich nach meiner Meinung, das war gut, denn ich hatte keine.

Du hast keine. Deshalb brecht ihr rasch auf, du reichst Dzidzia den Mantel, ziehst deinen eigenen an, und dann schweigend durchs Treppenhaus, die Haustür, und schon seid ihr draußen.

Du und sie. Und sie gefällt mir nicht, verstehst du?

Einen Scheiß verstehst du.

Es zieht kalt und windig am frühen Morgen, und der Erlöserplatz hat sich ein bisschen verändert durch den beendeten Krieg. Der Morgen ist sonnig und neblig zugleich, sonnig in der Höhe, dunstig am Boden. Und es hat Frost, eine dünne Eishaut auf den Pfützen, das erste Mal in diesem Jahr. Wind in den Straßen, als wäre jede von ihnen ein Rohr mit einer großen Pumpe, die Luft aus den masowischen Ebenen und von der Weichsel hier hineinpresst. Die Kirche sieht noch fast wie immer aus, nur ein wenig zerhackt.

«Ich würde gern einen Kaffee trinken. Und einen Cognac», sagt Dzidzia.

«Ich hab keinen zu Hause.»

Ich versuche, einsilbig zu sein. Dzidzia findet meine Bemühungen amüsant.

«Du hast keinen. Unerhört. Wir gehen ins Café, Dummerchen, es muss ja wohl in dieser Stadt irgendwelche Cafés geben, oder? Ins Lours vielleicht?», lacht sie.

Dummerchen hat sie zu mir gesagt – oder über mich, und es verschlägt mir kurz die Sprache, so perplex bin ich von der Unverfrorenheit dieses Wortes.

«Ins Café lieber nicht. Das könnte Ärger geben.»

«Hast du Angst vor ihnen?», fragt sie auf einmal ganz ernsthaft.

Ich drehe mich wütend weg, bin kurz vor einem Ausbruch zur Verteidigung meines männlichen Mutes, da bemerke ich in ihrem Blick, dass sie ohne jede Verachtung gefragt hat.

«Verständlich. Unter den Augen von Dutzenden hasserfüllter Fratzen Kaffee zu trinken, das ist kein Vergnügen.»

«Und du, Dzidzia, hast du keine Angst, dich zu kompromittieren, wenn du dich mit mir an einen Tisch setzt?»

«Ich habe vor nichts Angst», erwidert sie, immer noch mit der gleichen Ernsthaftigkeit.

Du glaubst ihr. Auch wenn es gar nicht stimmt. Sie fürchtet sich durchaus vor einigem, wie jeder. Nach verbreitetem Maßstab allerdings fürchtet sie wirklich ziemlich wenig, und so glaubst du ihr zu Recht. Und ich weiß: Dies ist der Beginn einer Veränderung.

«Ich glaube dir, Dzidzia. Ich bin nur aus anderem Holz geschnitzt.»

«Lass uns trotzdem ins Lours gehen.»

«Unbedingt gerade dorthin?», frage ich unsicher.

«Doch, ja.»

Ich habe Angst vor ihr, Kostek. Ich habe Angst vor dieser Frau mit der langen Nase, denn sie hat etwas, das ich nicht durchdringen kann, in das ich nicht hineinschauen kann, ich verstehe nicht, wer sie ist.

Ich habe Angst vor dieser Frau, und gleichzeitig traue ich ihr auf seltsame Weise. Wenn sie ins Lours gehen will, dann gehen wir.

«Nehmen wir das Auto», sagt Dzidzia.

«Wie das?»

«Wasser ist nass. Das Auto steht auf dem Hof, warum sollten wir es nicht benutzen? Du hast deine deutschen Papiere, nicht wahr?»

«Ob der Ingenieur damit einverstanden ist?»

«Das werden wir ihn gerade fragen. Das Auto steht herum, also nehmen wir es.»

«Und der Schlüssel?»

Sie lächelt, greift in die Tasche und klimpert mit einem Bund Autoschlüssel.

«Und das Gepäck?»

Sie zuckt mit den Schultern.

«Ich fahre», sagt sie strahlend.

Daran habe ich irgendwie keinen Augenblick lang gezweifelt.

Kurz darauf sitzen wir unter dem Zeltstoffdach eines dunkelgrünen Chevrolets. Master de Luxe, Cabrio, Modell 1937. Schönes braunes Dach. Dzidzia am Lenkrad.

Dzidzia fährt wie auf einer Rallye.

Dieses Weib gefällt mir nicht, Kostek, sie ist unheimlich, Kostek, ich habe Angst vor dieser Frau, habe Angst vor ihrer langen Nase.

Auf dem Drei-Kreuz-Platz wird sie langsamer.

«Was denn?», frage ich.

«Das Paradis ...», sagt sie träumerisch.

«Na ja.»

«Warst du da?»

Warst du im Paradis, Kostek?

Wir lassen den Platz hinter uns, der Chevrolet fährt auf den Nowy Świat, wir gleiten schön langsam, ohne Reifenquietschen und Motorengeheul, im zweiten Gang dahin. Dzidzia starrt verträumt nach draußen. Das war immer ein wichtiger Ort für dich gewesen, der Beginn des Nowy Świat, in der Nummer eins hast du Wein und koloniale Delikatessen gekauft, Weinexperte war dort Pan Gelbfisch, ein alter, aus Königsberg gebürtiger Jude, der sich für einen Preußen im Warschauer Exil hielt, ein Griesgram mit den Kenntnissen eines Sommeliers, er hatte Mundgeruch und unerschöpfliche Verachtung für seine Kunden, an die er seine Weine nur widerwillig abgab, als müsse er ein Meisterwerk von Caravaggio an neureiche Öl- oder Kohlebarone verscherbeln, die es neben Öldrucke von Hirsch- und Heiligenbildchen hängen. Die Gewächse waren allerdings vorzüglich: Ob französisch, ungarisch, italienisch, er wusste sehr genau, was er bei den Zwischenhändlern erstand. Deshalb ertrugst du seine jüdisch-preußische Geringschätzung und erstandest Wein und Sekt, die dann in Salas und deinen Mund und oder durch die Mägen anderer Huren flossen oder in deine und Helas und der Schwiegereltern Mägen beim Mittag und bei geladenen Abendessen.

Warst du nun im Paradis?

Hast du getanzt unter der elliptischen Deckenöffnung, durch die von oben, vom ersten Stock die Frauen herabblickten, mit denen du nicht tanztest, eifersüchtig auf deine Partnerin? Du gingst dorthin mit solchen, mit denen du nicht im Adria oder in der Oaza gesehen werden wolltest, obwohl ihr manchmal auch im Grill Room wart, auf ein Steak, aber im Grill Room war es anders als auf dem Parkett, deshalb ging es anschließend oft mit dem Olympia vom Theaterplatz zum Drei-Kreuz-Platz, auf dem Beifahrersitz wangengerötete Mädel, mit denen ich normalerweise nicht mal schlief, obwohl sie willig waren, und das waren sie immer.

Nicht immer, nicht immer waren sie so willig. Oft überhaupt nicht, du hast dir nur eingebildet, sie wären es.

Willig oder nicht, wie waren sie, wie? Das ist wichtiger als das Miteinanderschlafen selbst: dass die Frau dazu bereit ist, das zählt mehr, als dass du diese Bereitschaft ausnutzt, stimmt's?

Ist es wichtiger oder nicht?

«Nein, im Paradis eher nicht», erwiderst du aus Scham, denn wenn sie dich dort gesehen hätte, wäre dir das peinlich gewesen.

«Ich schon», sagt Dzidzia träumerisch, just als wir die raue Fassade passieren, drei Säulen vor den Fenstern, vier Reihen, Rechtecke, Rechtecke.

Als das modernistische Mietshaus Nowy Świat 3 hinter deiner linken Schulter verschwindet, Kostek, betätigt diese entsetzliche Frau einen Schalter, öffnet die Drosselklappe des Chevrolet, sechs Zylinder heulen auf, und ihr zieht ab.

«Dort habe ich diverse Verlobte mit hingenommen. Freier, meine ich. Solche, mit denen ich im Adria nicht gesehen werden wollte», ruft sie.

Weißt du jetzt, warum sie so furchtbar ist, Kostek? Aber dir kommt sie ja überhaupt nicht furchtbar vor.

Die Kreuzung Jerozolimskie und 3. Maja erreicht der kleine Chevrolet mit achtzig Stundenkilometern, die Stoßfedern quietschen, der Motor brüllt. Um ein Haar hättet ihr einen Gendarmen im Gummimantel umgefahren. Zum Glück besitzt er nur eine Trillerpfeife, kein Motorrad; er setzt auf die

Pfeife, und am Ende bleibt ihm nur, euch drohend die Faust nachzurecken.

Am Hotel Europejski bremst Dzidzia so heftig, dass die blockierten Räder ein Stück über das Straßenpflaster schleudern. Verstehst du jetzt, Dummerchen, warum sie das Auto nehmen wollte? Da sitzen die Typen hinter den Fenstern im Lours, sehen das rasante Parkmanöver des Chevrolet und denken: Die Deutschen sind da.

Und hier steigt, wer sagt's, Konstanty Willemann mit einer Braut aus.

Aber nein, aussteigen noch nicht, erst einmal bleibt ihr sitzen. Dzidzia knöpft ihre längliche Tasche auf.

«Hier», sie reicht dir einen kleinen, flachen Colt. «Kannst du mit Waffen umgehen?»

«Ich bin Offizier der Reserve, verdammt», erwiderst du wütend.

«Modell tausendneunhundertdrei, ohne Hahn, Kaliber zweiunddreißig», sagt sie, als bedeutete deine Antwort, dass du keinen blassen Schimmer hast, und lacht. Ihr Lachen eine Belohnung für die, die sie verdienen, für dich dagegen eine Strafe, ein Lachen wie ein Becher kaltes Wasser an einem heißen Wandertag, doch nicht für dich.

«Nicht schlecht! Reserveoffizier!» Sie hört nicht auf zu lachen.

«Ja und?», fährst du hoch. «Neuntes Ulanenregiment. Ich habe den ganzen September gekämpft!»

«Na, schon gut», sagt sie schließlich, als sie abgekühlt und wieder zu Atem gekommen ist. «Hier hast du die Sicherung, die zweite ist automatisch, im Griff. Acht Kugeln im Magazin, aber du musst erst laden, falls du schießen willst.»

Du öffnest den Mund, willst protestieren, so wütend macht dich das, schließlich weißt du, wie man mit einer Waffe umgeht. Beim Reservistenkurs in Grudziądz hast du sogar den

Pistolenwettbewerb gewonnen, mit einer völlig abgenutzten Parabellum.

Aber Dzidzias Gelächter bringt dich endgültig zum Schweigen.

«Steck die Pistole ein. Komm.»

Also geht ihr. Und sie glotzen, wie Kostek Willemann mit so einer Braut aus dem Chevrolet aussteigt.

Obwohl nein, doch nicht, neben der Kanaille Willemann steigt eine gewisse Rochacewicz aus dem Wagen, Dzidzia Rochacewicz, die ist ihnen bekannt.

«Guck sie so an, als wolltest du jedem fett in die Fresse spucken», flüstert Dzidzia dir zu – ist das schon ein vertrautes Flüstern oder nicht vertraut?

Die Spucke schluckst du erst mal runter, und ihr geht rein. Drinnen erst wenige Gäste, aber Stimmengewirr, das bei eurem Eintritt verstummt.

Hinz und Kunz kommen schließlich nicht ins Lours, man weiß, wer du bist, kennt dich aus Vorkriegszeiten, der Geck in schicken, teuren Anzügen, zauberhafter Bonvivant, Reservekavallerist, Säufer, Morphinist, Hurenbock, sie kennen dich gut, ihre Frauen und Töchter waren scharf auf dich, und jetzt kommst du hier rein und stinkst deutsch.

Ihr setzt euch an einen Tisch, Dzidzia blickt dich an, als wäre sie verliebt, und du, an solche Blicke gewöhnt, denkst dir was oder denkst dir nichts, beginnst jedenfalls, ihren Blick zu spüren. Dabei ist da nichts, Dummkopf, dummer Kostek, nur ich allein liebe dich, nur meine Liebe ist echt. Sie tut jetzt so, sie spielt, um einen Skandal hervorzurufen. Ich weiß selbst nicht mehr, was du weißt, Kostek, und was du nicht weißt. Bei Dzidzia verliere ich die Weltgewissheit, Kostek, Dzidzia erfüllt mich mit Entsetzen.

Der Kellner kommt, steif wie aus Blech gestanzt. Ihr bestellt: zwei Kaffee, zwei Cognac, zwei Kuchen. Kuchen gibt es nicht. Na, dann keinen. Cognac gibt es nicht. Na, dann zwei Wodka, Wodka ist da. Zwei Wodka, zwei Kaffee. Vierzig Złoty. Teuer.

Ihr sitzt da. Dzidzia schenkt dir einen so unecht schönen Blick, wie sie ihn dir nie wieder schenken wird, denn natürlich ist das jetzt nur Theater.

Sie neigt sich zu dir und flüstert dir ins Ohr, als wäre es eine Liebeserklärung. Sie könnte flüstern: Ich begehre dich. Oder, in Anbetracht dessen, dass Dzidzia keine unterbeschlafene Tugendliese ist, könnte sie auch flüstern: Ich will dich in mir haben. Oder: Ich will, dass du mir die Zunge reinsteckst.

Aber Dzidzia flüstert:

«Jetzt wird einer von denen da, wahrscheinlich der im karierten Sakko, aufstehen und mich diskret darüber aufklären, mit wem ich hier sitze.»

Hinter Dzidzia wird ein Stuhl zurückgeschoben. Ein dir zwar vom Gesicht, aber nicht vom Namen her bekannter Stupido im karierten Sakko und Pumphosen, Kniestrümpfen und Skistiefeln, erhebt sich, wirkt etwas schüchtern und kleinlaut, aber entschlossen, und kommt langsam auf euren Tisch zu. Er fasst dich ins Auge, dieser Blick soll einschüchternd sein, dezentes Stirn- und Brauenrunzeln, hat er sich wohl in Cowboyfilmen mit Tom Mix abgeguckt, der Blick soll nicht gleich zum Streit führen, aber doch signalisieren, dass er nichts fürchtet und nichts ausschließt. Insgesamt also eher zum Lachen.

Er kommt heran, beugt sich über Dzidzia Rochacewiczs Schulter und flüstert ihr etwas ins Ohr.

Du hörst es nicht genau, aber ich höre es gut.

«Das Fräulein ist sich vermutlich nicht im Klaren, aber die Kanaille, mit der Sie am Tisch sitzen, ist ein Verräter, ein Renegat, er hat Polen verraten und ist Deutscher geworden.»

Dzidzia lacht und zwinkert dir zu.

Du weißt nicht genau, wie sie das meint, aber sie hat dir

ja nicht zufällig die Pistole gegeben, die jetzt an deine Leiste drückt. Du erhebst dich also ein wenig vom Stuhl, der Stupido im Sakko strafft sich, als machte er sich auf eine Schlägerei gefasst, doch du ziehst einfach den Colt aus der Hose. Du ziehst den Schlitten zurück, er schnellt geräuschvoll wieder nach vorn, die Pistole ist geladen. Du hältst sie offen vor dir in der Hand. Der Stupido reißt vor Schreck die Augen auf und zieht sich langsam, Schritt für Schritt, an seinen Tisch zurück. Dzidzia wirft sich dir an den Hals. Sie amüsiert sich köstlich – macht dir das keine Angst, dass sie sich so amüsiert, Kostek, dass sollte dir Angst machen, Dummerchen, du weißt nicht, wer dich wirklich liebt und wer dein Feind ist. Sie sollte sich nicht so amüsieren, sollte sich eher Sorgen machen, dass die Leute sie für eine deutsche Nutte halten könnten, dass sie ins Gerede kommt, stattdessen amüsiert sie sich herrlich.

Du legst die Pistole auf den Tisch. Der Kellner bringt Kaffee und Wodka, stellt sie mit distinguierter Sorgfalt neben der Pistole auf den Tisch. Ihr trinkt.

Im Café tritt Schweigen ein, aber keine Stille. Es wird laut, Stühle rücken, die Leute stehen vom Tisch auf, ziehen Umhänge, Jacken und Mäntel an und gehen. Und warum gehen sie, Kostek, gehen sie vielleicht raus, um dich vor den Kopf zu stoßen, dich zu sabotieren, dir ihre Abscheu zu bezeigen?

Nein, Kostek, sie gehen raus, weil sie Angst vor dir haben. Angst vor der Pistole, Angst vor der Macht, die du besitzen musst, wenn du im Café einfach so eine Pistole ziehst und auf den Tisch knallst. Die Macht, die du über sie hast.

Sie wissen nicht, dass Dzidzia dich beherrscht. Auf ganz seltsame Weise, indirekt, so wie die Adlerin oder der Ingenieur.

Und Dzidzia lacht lustvoll weiter, wundervoll, für dich. Sie gehen raus. Haben Angst. Und dein Schwanz macht die Hose eng, nicht wegen Dzidzia, sondern weil die da Angst haben. Du trinkst deinen Wodka, Kostek, was bleibt dir übrig? Du trinkst deinen Wodka und dann deinen Kaffee, und das Lours leert sich.

Und als es leer ist, verändert sich Dzidzias Blick: Dzidzia Rochacewicz spielt nicht mehr die Verliebte, sie ist nun einfach nur Dzidzia und sieht dich an, Kostek, wie in Krakau und bei der Łubieńska, schaut dich einfach an, nicht ohne Sympathie, gewiss, aber auch mit Distanz und Spott und herzloser Herablassung.

«Du wirst ordentliche Papiere brauchen. Die Kennkarte allein reicht nicht», sagt sie.

Weiß ich doch. Ich weiß, dass ich ordentliche Papiere brauchen werde, und weiß sogar, wo ich sie kriege. Nicht bei meiner Mutter Adlerin, nicht ihr werde ich diese Papiere abluchsen, ich gehe zum Botschafter, ihn werde ich bitten, werde die Sache darstellen, auf Mitleid spielen, egal wie, durch ihn komme ich da ran, ich ganz allein, ich schaffe das, niemand wird mir helfen müssen.

«Findet sich schon», sage ich schulterzuckend.

Dzidzia lacht, tut das verächtlich ab, wie die Angeberei eines Schulbuben.

Dzidzia trinkt ihren Kaffee aus, und als die Tasse leer ist, greift sie zum Wodka und kippt ihn mit einem Zug, den Blick auf dich gerichtet, herausfordernd. Ich fürchte dieses langnasige Weib, Kostek.

Ich rufe den Kellner, bestellte noch zwei. Der Magen voll Wodka und Kaffee.

Der Kellner bringt sie, stellt sie auf den Tisch, angewidert und voller Mitleid für Dzidzia, der er völlige Unkenntnis meiner moralischen Verfassung unterstellt; wir trinken seiner ungeachtet.

Dzidzia kippt das Glas mit dem gleichen Blick wie zuvor, also bestelle ich noch mal. Kellner, Abscheu, zwei Wodka auf dem Tisch. Das Lours leer. Wir trinken. Und noch zwei. Dzidzias Gesicht rötet sich leicht, doch der Zweikampf ist unentschieden. Also gut, noch zwei. Und noch zwei.

Jeder von uns trinkt einen Viertelliter. Auf leeren Magen. Dzidzia purpurrot, aber unverändert lächelnd.

«Wir fahren zu dir.»

Ich tue gleichgültig, was das Fräulein Rochacewicz erneut amüsiert.

«Du glaubst aber nicht, Konstanty, dass du mich mit diesem gespielten Desinteresse verführen kannst? Mich?»

Das bringt dich aus der Fassung, Kostek. Du verlierst den Mut. Bist verwirrt. Viele Wörter dafür, was du in Wahrheit bist, Kostek. Du bist leicht aus der Fassung zu bringen. Du bist jemand, der schnell den Mut verliert. Ich habe Angst vor dieser Frau, Kostek, ich möchte, dass du meine Angst spürst. Möchte dir kalt über den Rücken rinnen. Möchte dir die Eingeweide einklemmen, möchte deine Cutis anserina sein, die kleinen Muskeln unter deiner Haut zusammenziehen und die Härchen in deinem Nacken sich aufrichten lassen. Aber ich kann es nicht. Du hast keine Angst vor ihr.

Ich habe Angst vor dieser Rochacewicz und bin doch angezogen von ihr, auch wenn sie völlig unzugänglich erscheint, ich betrachte sie wie das Schusterlein die Königstochter, bin kurz davor, sie zu verehren.

«Niemanden, der mir Gleichgültigkeit gezeigt hat, ob vorgetäuscht oder nicht, habe ich je ins Bett gelassen.»

Du lügst, Rochacewicz, ich weiß, dass du lügst, aber er, der Dummkopf, weiß es nicht: Schon richtig, niemanden, abgesehen von dem Einen, Einzigen, Ersten, der dich gerade dadurch gekriegt hat, dass er nicht wie die anderen versuchte, dich zu verführen. Und deine Jungfräulichkeit kehrt nicht wieder, du hast sie ihm geschenkt und auch das Herz, das nun fort ist, bei ihm deponiert. Ich habe Angst vor dir, fürchte dich so sehr wie keins der Weiber, denen mein Kostek sein Herz geschenkt hat, die er mit dem Blick oder mit seinem Schwanz aufgespießt hat.

«Aber noch einen zum Abschied!», kommandiert Dzidzia.

«Es ist halb neun», sagst du.

«Wie die Zeit vergeht, oder?», lacht sie.

Der Keller, Glas pocht auf Tischplatte, ihr sauft auf leeren Magen, Kaffee und Wodka, Wodka und Kaffee.

Im Regiment gab es so ein Spiel, ein Spiel für die Leutnants, ewiges Triezen, überall Triezen, Triezen, Triezen, unsterbliche Schinderei, ewig, Adam triezte Eva, die Kameraden Husaren triezen die Postsoldaten, nur dass das damals nicht so genannt wurde, später in der russischen Kavallerie schunden die alten Männer die jungen Fähnriche, und so ist das auf euch gekommen, diese Schinderei, direkt von den Ulanenregimentern des Zaren von Allrussland. Und immer die Älteren die Jüngeren, also in der Fähnrichschule der ältere Jahrgang den jüngeren, rauf auf den Ofen, Kurwa, sag die Ulanenregimenter auf und die Stationierungsorte und Kampfwege und Kavaliersgesänge, Kurwa im Falsett, also die Oberleutnants und Hauptleute für die jüngeren Leutnants, und besonders für die Leutnants der Reserve: Säbel auf den Tisch, Wodkagläschen auf ganzer Säbellänge, am Ende ein dickes Stück Kuchen mit Creme, auf dem Kuchen ein Hering. Und getrunken wird vor dem Abendessen, getrunken wird ununterbrochen und pausenlos und nicht nur getrunken, sondern danach auch gegessen, und kotzen durfte man natürlich nicht, darin bestand das Ulanensein: trinken, ohne sich zu betrinken. Saufen, ohne zu kotzen. Bumsen, ohne zu heiraten. Kämpfen, ohne zu verlieren. Sterben und dennoch siegen.

Doch jetzt seid ihr besiegt, schändlich besiegt, die Grenzschlacht und die Schlacht an der Bzura und um Warschau und bei Kock und die Schlacht um Polen, die Schlacht um alles und um euer verkacktes Leben, endgültig verloren habt ihr vor nicht mehr als zwei Wochen, und wozu, wozu habt ihr verloren? Aber so oder so ist das alles schon vorbei, es gibt keine Ulanen mehr, die Deutschen haben euch in den Arsch gefickt, die Russen euch den Rest gegeben.

«Ich möchte, dass du verstehst, Kostek, dass du mich nicht verführen kannst», sagt Dzidzia. «Du bist ein schöner Mann, sicher, du bist auch ziemlich interessant, und ich finde dich sogar ein klein bisschen anziehend ...»

Weißt du, Idiot, dass sie, wenn sie das sagt, es nicht so sagt wie die Mädchen, die du früher getroffen hast in der Welt, die es nicht mehr gibt, die es vielleicht sogar nie gegeben hat, die du in Kneipen, auf Dancings, in Grill Rooms und Kaffeehäusern getroffen hast und die das Gespräch mit dir mit einer Warnung begannen: «Sie denken aber bitte nur nicht, dass ich eins von diesen leichten Mädchen wäre ...?» Und du wusstest, das bedeutet genau das Gegenteil? Dass die, die wirklich keine hergelaufenen leichten Mädel sind, sich beim Dancing nicht selbst zu dir setzen und mit der Zigarettenspitze zwischen ihren Lippen herumspielen. Und schon gar nicht müsste eine, die das nicht ist, betonen, dass sie «kein leichtes Mädel» ist, denn das versteht sich ja wohl von selbst. So eine Frau hast du geheiratet, Kostek, die hygienische Hela, nicht wahr?

«Du ziehst mich an, denn du hast schöne Augen, einen hübsch gezeichneten Mund, große, kräftige Hände, und du hast Charakter. Ein bisschen zerknittert, abgenutzt, zerkratzt zwar, aber Charakter», fährt Dzidzia fort, als wühlte sie mit dem Finger in der offenen Wunde. «Herr Ober ...! Noch einen!»

Der Kellner, Hass, klack-zack der Wodka, das Lours leer.

«Also vielleicht könnte ich doch?», fragt sich Dzidzia, während sie dich prüfend anschaut, als sähe sie dich zum ersten Mal. Dich ansieht, so wie du oft die Frauen angesehen hast.

«Na, trink!»

Und ich trinke. Erinnerst du dich, wie du die Frauen angesehen hast? Und jetzt spürst du, dass das zu viel ist, in diesem Tempo, auf unausgeschlafenen, leeren Magen zu viel, und plötzlich steigt es hoch, du fährst vom Tisch auf, Dzidzia lacht, und du weißt schon, dass du es nicht schaffst, also drehst du dich nur um und kotzt, speihst einen brennenden Strahl von Wodka und Kaffee, Dzidzia den Rücken zugewandt, kotzt.

«Also dann doch nicht, Konstanty, nein. Ich könnte nicht mit jemandem gehen, der nicht von morgens an trinken kann.»

Die Tischchen bekotzt, die weißen Tischdecken bekotzt, die Blümchen, trotz Krieg Blümchen in den Vasen, bekotzt. Der Kellner danebenstehend mit säuerlicher, schweigender, unterwürfiger, gleichzeitig abscheuerfüllter Miene, als hättest du ihm aufs Hemd gekotzt und er müsste das demütig ertragen. Vielleicht ist es ja so.

«Also nein, dann doch nicht, mein Lieber», lacht Dzidzia. «Du kannst mich doch nicht verführen, ich würde mich keinem Mann hingeben, der nichts verträgt.»

Du hast gerade deine Männlichkeit ausgekotzt, deine Kraft, alles. Versuch, vor ihr zu fliehen. Du kommst nicht davon.

Ich komme nicht davon.

«Gehen wir, du Spinnerin», sagst du, Kostek, na und, was bringt es, dass du das gesagt hast?

Ihr geht, gewiss, aber nicht, weil du das gesagt hast, ihr geht, weil sie gehen will.

Also raus, erst Dzidzia, dann du, auf die Krakowskie, dort kleben sie Bekanntmachungen an die Mauern, Pinsel, Klebstoff, und sie kleben, voller Scham, voller Wut, aber wie sollten sie nein sagen? Ihr bleibt stehen, Dzidzia und du.

«Bekanntmachung.

Das Standgericht der Polizei der Stadt Warschau gibt die Vollstreckung der Todesurteile an sieben Personen bekannt, die wegen Waffen- oder Munitionsbesitzes verurteilt worden sind. Jan Siokało, ehemaliger Starost von Wągrowiec. Józef Sadowski – Chemiker. Stanisław Lasocki – Arbeiter. Samson Luksemburg. Marian Baranowski. Narcyz Gajewski. Wiktor Sikorski. Unterzeichnet: Polizeipräsident Classen.»

Erschießen wird die Schutzpolizei sie im Sejmgarten, doch das wisst ihr nicht. Vor dem Anschlag steht eine Frau mit Kopftuch, sie hält einen Vierjährigen mit rotem Mützchen an der Hand, unter dem blonde Locken herausquellen.

Ihr drängt euch zu der Bekanntmachung durch, die Frau zieht den Jungen weg. Und ich sehe ihn in vierzig Jahren: wie er die Straßen eines anderen Warschau entlangläuft, groß, schön, langhaarig, mit dem sicheren Schritt eines Intellektuellen, der sich aber auch zu prügeln versteht. Er hat einen großen, hellen Schnurrbart, fürchtet niemanden und verankert in den Köpfen seiner Nächsten Sätze und Redensarten, vermag das, weil er englische Bücher liest, seine eigenen Bücher schreibt er auf Polnisch. Und noch später, immer noch groß und schnauzbärtig, leicht gebeugt, gleichsam angeknackst an einer Stelle und krumm (der Rücken immer noch gerade), geht er mit viel langsamerem Schritt und erzählt den Kleineren und Jüngeren Anekdoten, die so perfekt sind, dass sie gar nicht wahr sein müssen und es meist auch nicht sind.

Ihr aber seht nur die rote Strickmütze mit Bommel, das kleine Händchen verschwindet in der Hand der Mutter, ich aber sehe die gewaltige Pranke, in die dieses Händchen sich verwandeln wird, die andere erwachsene Männer mit Leichtigkeit auf die Sportmatte wirft, damit man sich danach wieder die Hände reicht.

Ich sehe alles. Ich erzähle nur von manchen, ob mit Grund oder nicht, von anderen dagegen gar nicht.

Also zum Auto. Dzidzia setzt sich ans Lenkrad, du neben sie, und los geht's.

«Wohin fahren wir?», fragst du.

«Jetzt zu dir. Hast du Warmwasser?»

«Ja.»

«Ich geh in die Badewanne, du besorgst Papiere für Budapest.»

Kein Zögern, keine Zweifel, sie gibt dir einfach einen Befehl und fertig.

Befehl. Prikaz, wird gemacht, Herr Leutnant.

«Korporal Fähnrich Willemann meldet sich zum Befehl, Herr Leutnant!», hast du gerufen, die Hände an der Hosennaht, eher so auf russische Art, nicht in Habtachtmanier, denn die russischen Kavallerietraditionen überwogen in Grudziądz die österreichischen, weil sie reicher waren und eher zu dem passten, was ihr Polen für das Ethos des polnischen Kavalleristen hieltet, denn diesen beiden Arten von Ethos, das polnische und das russische, waren auf demselben Grund von Ehrgefühl und Militäradel gewachsen.

Ich hasse sie. Und du erinnerst dich. Nicht bewusst, darum geht es nicht, nein: Aber all das, Grudziądz, das du nicht wolltest, das aber alle von dir erwarteten, gerade von dir, denn Jacek konnte einfach nur Arzt sein, du jedoch musstest mehr sein, ein Soldat, und wenn Soldat, dann ein Ulan oder Chevauleger. Und weißt du noch, wie stolz alle waren, als du zum ersten Urlaub in Uniform nach Hause kamst, und wie sie dann hinter lauter Glückwünschen ihre Enttäuschung darüber verbargen, dass das zwar ein ehrenvolles Regiment war, das Neunte Ulanen-Regiment ist höchst angesehen, aber alle hatten doch erwartet, dass du, vielleicht mit Hilfe der Adlerin, zu den ersten Chevaulegers kommst, in die Hauptstadt, Mützen rund wie das Sejmgebäude, Ehre, Frauen, Wein und Vaterland.

«Korporal Fähnrich Willemann meldet sich zum Befehl, Herr Leutnant!», hast du geschrien, und Leutnant Żabiński hat dich angesehen, als wollte er dich mit Röntgenstrahlen durchleuchten, und genau so guckt dich jetzt Dzidzia an.

«Sie werden von allen geliebt, was, Willemann?», fragte der Leutnant und kniff die schmalen, zwischen fülligen Wangen und Brauenbogen steckenden Augen zusammen.

«Melde gehorsamst, nicht von allen, die Verlobte des Herrn Leutnant zum Beispiel liebt mich überhaupt nicht, sie liebt ausschließlich den Herrn Leutnant!», schreist du schlagfertig, wie aus der Pistole geschossen, um zu zeigen, dass du einen guten Reflex hast, das gehört zur Tradition des Schindens, witzig und schnell und gefügig und herausfordernd in einem. Wie ein Schuss.

«Still, Herr Willemann», dämpfte der Leutnant deinen Eifer. «Ich werde Sie hier nicht triezen. Ersparen Sie mir diese witzigen Bemerkungen.»

«Jawoll, Herr Leutnant», antwortetest du schon ganz nach Vorschrift.

«Also Sie lieben alle. Gutaussehend wie Dymsza, klug wie ein Professor, reiche Familie aus Warschau, und wie schön er Polnisch spricht. Da hat er also Polnisch schwätzen gelernt. Schießt, reitet, schneidet Weiden, fuchtelt mit der Lanze. Alles. Richtig, Herr Willemann?»

«Jawohl, Herr Leutnant», sagtest du schon mit leichten Befürchtungen.

«Jawohl, jawohl. Aber ich lasse mich nicht so leicht an der Nase herumführen, Herr Willemann. Ich weiß Bescheid. Ich kenne solche wie Sie. Solche wie Sie hatten wir zuhauf, Willemann. Also pass auf, Willemann, mich leimst du nicht.»

«Jawoll.»

Er sah dich scharf an.

«Jawoll, Herr Leutnant», riet er.

«Jawoll, Herr Leutnant.»

«Won.»

Du gingst raus.

Damals gingst du auf den Hof der Reserve in Grudziądz.

Aus der Wohnung gehst du nicht.

Dzidzia und ihre lange Nase.

Dir zittern die Hände.

«Na, was willst du, ha?», fragt sie.

«Dich», antwortest du.

Dzidzia lächelt, wie die Muräne beim Anblick der Sklavenleiber.

«Verpiss dich, Konstanty. Hau ab.»

Das vulgäre Wort in ihrem Mund. Ich gehe, verlasse die eigene Wohnung, rausgeworfen, bin draußen.

Du streifst die Wände des Hauses. Die dünne Schicht Schokolade, wie ein Fettfilm auf dem Wasser, reißt sofort, die Hand dringt tiefer, dort ist es warm, feucht, dort pulsiert etwas, schmatzt, du reißt die Hand heraus.

Kostek, lauf, lauf weg von ihr, geh nicht nach Hause zurück, lauf weg von allem, vor der Weißen Adlerin, vor den Deutschen und den Polen, lauf weg vor deinem Vater, wo ist er denn, Kostek? Lauf aus Warschau weg, robbe durch die Gräben, kriech durch die Wälder, winde dich durch Sümpfe, beiß dich in die Erde und grab unterirdische Gänge wie ein Wurm, flieh nach Süden, bis du dich in die tiefste Grube Schlesiens vorgegraben hast, aus der Grube bist du geboren, aus Kohle und Stahl, zur Grube kehre zurück.

Ich gehe, schwankend, atemlos, ich gehe, Tag, Warschau, Straße, Zigarette, Kühle.

Geh nicht! Flieh, mein Geliebter, flieh, rette dich, grab dich unter die Erde und friss dich bis in die tiefsten Teufen des allertiefsten Bergwerks, dort bleib für alle Ewigkeit, errichte dort deine Einsiedelei, wirst dich schon nähren von dem, was die Bergleute dir für deine närrischen Weisheiten bringen, und wenn sie nichts bringen, dann wirst du Jagd auf sie machen,

Konstanty, flieh, mein Einziger, mein Lieber, geh fort von hier so bald wie möglich!

Ich gehe und weiß nicht, wohin. Zum Auto.

Setze mich geistesabwesend hinein. Stecke den Schlüssel, drehe ihn geistesabwesend. Warte, wenn jemand einsteigt! Ich verriegle die Tür von innen. Niemand kommt rein. Der Schlüssel, ich habe ihn schon umgedreht. Vorglühen – nein, nicht nötig, der Motor ist doch warm, die Temperaturanzeige hoch. Also die Zündung. Verdammt, wie geht das hier? Aha. Anders als im Opel. Und wo ist der Anlasser? Augenblick, ich weiß schon, wie bei Jacek, Jacek hatte auch einen Master, nur einen Sedan, da ist sie mit der Drosselklappe zusammen, ja. In diesen neueren gibt es nur ein einziges Pedal. Jaceks Master Sedan war bei Skwarczyński gekauft. Dieser, woher kann der sein? Ich drücke. Jetzt die Zündung. Der Motor läuft, Pedal kommen lassen, jetzt, wenn ich das andere auch drücke, dann geht er, wenn die Drosselklappe normal funktioniert, nicht der Anlasser. Oder nicht? Ich drücke, die Umdrehungszahl steigt. Ja. Kupplung. Gang. Ich fahre. Zweiter Gang. Der Motor läuft. Kräftig. Dritter Gang, und ich fahre, die Puławska windet sich wie nie, früher war sie doch gerade und schoss schnurstracks hoch bis zur Skolimowska, und jetzt windet sie sich so.

Wann bin ich das letzte Mal Auto gefahren? Im August, bevor die Schweinehunde vom Militär mir den Olympia weggenommen haben, meinen haben sie drei Tage vor der Mobilmachung requiriert, andere noch nicht, meinen Olympia schon, und Hela sagte: Erst wird bei den Juden und Fremden requiriert, das war bestimmt irgendein Bürohengst, dem ist der Name aufgefallen, da hat er dich in die erste Reihe gesetzt, und du warst dran. Der Olympia ist futsch. Dafür jetzt ein Chevrolet. Vor zwei Monaten bin ich das letzte Mal Auto gefahren, vor tausend Jahren, dann bin ich gestorben und neu geboren worden.

Ich fahre das erste Mal Auto. Fahre. Ich weiß nicht, wohin.

Zu meiner Mutter.

In den Klub.

In die Hölle.

Etwas reißt mich aus dem Auto und aus der Kleidung heraus, die Kleidung geformt nach meiner Gestalt, irgendetwas stimmt nicht mit Warschau, etwas Böses, ich fühle die kalte Luft auf dem Bauch, auf dem Schwanz, den Füßen, guter Gott, guter schwarzer Gott, hol mich hier raus ins zweite, schläfrige Reich des Todes, wo weder Licht noch Schatten sind.

Ich treibe dahin. Vor dem Auto, das fährt und in dem ich sitze, ohne dass ich darin wäre, vor dem Auto auf der Straße taucht eine Gestalt auf.

«Brems, Kostek, brems, sonst überfährst du einen Menschen», schreie ich mich an, clamavi at te, hör meine Stimme, wenn ich aus der Höhe zu dir rufe, Willemann, ich, die Wächterin des Morgengrauens.

Konstanty bremst.

Er bremst zu spät, die Gestalt im Mantel ist vor das Auto gelaufen. Der Chevrolet tanzt auf blockierten Rädern, runter vom Pedal und ausweichen, denke ich und kann nicht bremsen, der Chevrolet tanzt weiter, und am Ende ist er da, ich sehe ihn von nahem, straffgegurteter Offiziersmantel, etwas Glänzendes auf dem Kopf, ich fahre ihn an.

Nicht sehr stark. Wird nicht gleich tot sein.

Ich springe aus dem Auto, da liegt er, berappelt sich, ich helfe dem Mann aufstehen.

Ich erkenne ihn.

«Ich heiße Bartłomej Chochoł und bin der letzte König von Polen», sagt Rittmeister Chochoł.

Erkenne ich ihn? Ich kannte einen Rittmeister Chochoł, aber mit welchem Vornamen, ist dieser Mensch, der Nachfolger von Rittmeister Chochoł, also derjenige, der Rittmeister Chochoł jetzt ist, am Sonnabend, dem einundzwanzigsten Oktober neunzehnhundertneununddreißig um, Vaters Uhr, dreizehn Uhr siebenundzwanzig, ist dieser Mensch der Rittmeister Chochoł, oder hat es den Rittmeister Chochoł nur vor einem Jahr gegeben und jetzt nicht mehr?

Ich traue meinen Augen nicht, würde ich gern sagen können, was man eben in großer Überraschung so sagt. Dabei bin ich gar nicht überrascht. Mich wundert nichts. Ich traue meinen Augen sehr wohl. Der Welt traue ich nicht, meinen Augen schon. Sie haben viel gesehen und werden noch mehr sehen.

Rittmeister Chochoł, Schwadron schwere MG. Wollte sich angeblich nach Süden absetzen, nicht die Waffen strecken. Mantel völlig verdreckt, straff zusammengehalten, aber nicht von einem Gürtel, sondern von einem karierten Schal, einem Seidenschal, gebunden wie ein Słuzker Gürtel, nur zu kurz. Auf dem Kopf eine Pappkrone, mit Stanniol umwickelt, zwischen den Zacken schon eingerissen. Am Mantel baumelt der Orden Virtuti, die Füße in Holzschuhen, gehüllt in etwas, das an dicke, wollene Fußlappen erinnert. Neben dem Virtuti zwei runde, silberne Medaillen: Ich sehe näher hin, als ich ihn in den Armen halte, das sind keine Medaillen, das ist eine Erkennungsmarke, eine polnische Erkennungsmarke an einem farbigen Band; das andere der Deckel einer Präservativdose aus Aluminium, deutsch. Hygienischer Gummischutz Dublosan, Berlin-Neukölln. Ein violettes Bändchen, darin verwickelt noch ein paar lange, gekringelte Haare, als wären sie mit dem Band vom Kopf des Mädchens gerissen worden.

«Herr Rittmeister», sage ich sinnlos.

Chochoł rückt die Stanniolkrone zurecht.

«Ich heiße Jan Chochoł und bin …» Er hat vergessen, wie es weitergeht.

«Alles in Ordnung mit Ihnen, Herr Rittmeister?», frage ich und bin mir der Absurdität dieser Frage bewusst.

«Ich heiße Jan Chochoł und bin!», antwortet er, die Krone jetzt gerade auf dem Kopf, strahlend.

«Ich muss gehen.»

Ich versuche, ihn abzutasten, nachzusehen, ob er nicht blutet oder sich etwas gebrochen hat, da reißt er sich los, zieht ein Buch aus der Tasche, ich erkenne dieses Buch, der Roman mit dem Greisengesicht auf dem Umschlag, sein Roman, ein zerschlissenes, zerlesenes Exemplar, das Regiment war stolz darauf, dass Rittmeister Chochoł von der schweren MG-Schwadron ein Schriftsteller ist, Rój Verlag, 1937.

Er hält das Buch in der rechten Hand wie eine Waffe und zielt damit auf mich.

«Keinen Schritt weiter, oder ich schieße», warnt er mit derselben Stimme, mit der er früher seine Maschinen angefaucht hat: Kurze Stöße – Feuer!

Um uns herum ein immer weiter anwachsender Menschenauflauf, Passantenauflauf Menschen Passanten besiegte Warschauer und vielleicht nicht nur Warschauer, wer weiß.

Ich weiß es.

«Das ist ein Irrer», erklärt schlau eine Krämerin, nachdem sie zwei große Warentaschen auf dem entjungferten Pflaster abgesetzt hat.

«Das ist ein polnischer Offizier», antworte ich. «Rittmeister des Neunten kleinpolnischen Ulanen-Regiments. Ich habe mit ihm gedient.»

Der Auflauf verstummt. Die Krämerin. Ein Jude, sehr klein und hager, dafür aber recht hässlich und als wäre auch das noch nicht genug, mit Brille. Eine Madame mit zwei Broten in der Tasche. Ein Halbwüchsiger mit Radlermütze.

Und ich sehe sie, Kostek, ich sehe, wie sie durch die engen Tunnel ihrer Mutterschöße ans Licht der Welt drängen und wie sie sich von dieser Welt durch andere Tunnel in die andere Welt, die des Todes drängen, und dich sehe ich und liebe dich, Kostek, und habe Angst, du könntest dich von mir abwenden, Kostek, und hätte so gern, dass ihr versteht, dass ihr alle wisst, dass ihr seid wie die Steine dieser Stadt, und wie die Spatzen und Tauben, kleine Steinchen in einem riesigen, tod- und blutschillernden Mosaik. Es gibt hier kein Wasser, hier ist nur Fels, Fels und kein Wasser und der sandige Weg und Berge und Felsen und kein Wasser, und unterwegs dürft ihr weder innehalten noch nachdenken, der Schweiß ist trocken und die Füße versunken im Sand, so ist die Welt, die ich durchmesse, das zweite Königreich des Todes, ein schläfriges Reich des Todes, ich bin die dritte, die euch nachgeht, wenn ihr nur zu zweit seid, ich gehe euch nach, über euch und in euch im trockenen Reich des Todes ich und meine schläfrigen Gefährtinnen. Nachtarbeiterinnen.

Ich habe Angst, du könntest dich von mir abwenden, Kostek.

Ich sehe Chochoł mit seiner Stanniolkrone, und Chochoł gehört mir nicht. Du aber bist mein.

«Herr Rittmeister, kann ich Ihnen irgendwie helfen?», frage ich.

Chochoł sieht mich aufmerksam an.

«Leutnant Willemann. Ich erinnere mich, wir haben zusammen in der Kneipe in Trembowla gesessen ...», antwortet er unerwartet nüchtern, abgesehen davon, dass ich nie mit Rittmeister Chochoł in irgendeiner Kneipe gesessen habe, denn als ich die praktische Ausbildung im Regiment hatte, war er nicht dort, gemeinsam haben wir gekämpft, aber nicht in Schenken oder Gasthäusern.

Was ist mit ihm, warum hat er sich nicht nach Süden durchgeschlagen, um gegen die Deutschen zu kämpfen, warum läuft er stattdessen hier herum, verrückt, verloren in einem schalgegurteten Mantel, mit einem Buch statt der Waffe?

Was ist mit ihm passiert, was hat ihn zermahlen?

Konzentrier dich auf dich, mein Lieber, mein Geliebter, sammle dich. Du musst.

«Sie verstehen mich, Herr Willemann. Keiner versteht mich, aber Sie schon.»

«Herr Rittmeister», sagst du. «Herr Rittmeister, steigen Sie in mein Auto, ich helfe Ihnen.»

«Ich kann nicht zu Ihnen ins Auto steigen. Das ist nicht meine Geschichte. Ich heiße Jan Chochoł und bin der letzte König von Polen», antwortet er.

Er wendet sich ab und drängelt sich durch den kleinen Menschenauflauf und geht, nein, läuft davon, rennt los, die Holzschuhe klappern wie beschlagen, klapp klapp klapp im Trab, marsch übers Straßenpflaster, kleine und große Pfützen ringsum, wenn die Ulanentrompete ruft, klapp klapp klapp übers Straßenpflaster.

Da ist er davongaloppiert, der Rittmeister Chochoł, dorthin, wo er herkam.

Eure Begegnung war kein Zufall, denn nichts ist Zufall, weil alles Zufall ist. Und niemals wird dich dieser kleine, quälende Gedanke verlassen: Warum er, warum der Rittmeister, der Führer einer MG-Schwadron?

«Wie zielst du denn, du patentierter Idiot, hä?», schreit Rittmeister Chochoł, schreit es unter deutschem Feuer, stößt den Richtschützen vom schweren MG weg, das breitbeinig kauert wie ein furchtbares Insekt. Was für ein Befehl war das?

Jeder andere hätte gesagt: «Du orthodoxe Filzlaus du Saujude stinkender Posener Schweinearsch Fischficker schamloser Hurensohn fettes Schwein, wie zielst du?», aber Rittmeister Chochoł sagt immer nur «patentierter Idiot» und schubst den Idioten vom Geschütz weg, beseitigt die Ladehemmung, du guckst wie hypnotisiert, die runde Brille des Rittmeisters Chochoł und seine konzentrierten, gründlichen Finger.

«Fähnrich Willemann! Wie beseitigt man eine Ladehemmung bei einem Maschinengewehr Baujahr dreißig?», brüllt Wachtmeister Zięba la, und das ist auf der Reservefähnrichschule in Grudziądz, woanders, wieder woanders, wo bist du also, Kostek, ist Oktober, September oder April?

Die Zeiten verflechten sich zu einem Zopf, aber nur dir, denn ich sehe alles unverflochten wie auf einem geraden Band, und darauf bist du gleichzeitig dort und hier und bist du damals und jetzt.

«Gewehr verriegeln, mit der rechten Hand den Sperrriegel des Verschlussdeckels zum Griff schieben, mit der linken den Boden des Visiers greifen, Deckel der Verschlusskammer öffnen», schreist du stramm, wie es sich für eine Pistole gehört.

«Und weiter?», fragt Wachtmeister Zięba la.

«Zweimal den Verschlusshebel nach hinten ziehen, prüfen, ob die Patronenkammer leer ist, den Gurt herausnehmen. Dann den Deckel der Verschlusskammer schließen und die Nadel durch Drücken des Abzugs lösen. Die Waffe sichern, indem man mit dem Daumen der linken Hand den Sicherungshebel unterhalb des Abzugs umlegt.»

«Und weiter?», fragt der Wachtmeister.

«Dann laden und auf den Feind halten, Herr Wachtmeister!»

Und dann vergeht dein ganzes Leben, und es ist Krieg, und du siehst, wie Rittmeister Chochoł – nicht Wachtmeister Ziębala – mit Händen, die nicht zu der Waffe passen, Händen, die keine Waffe halten sollten, bereits die Ladehemmung beseitigt, geladen, zweimal am Hebel gerissen hat und jetzt zielt, die rechte Hand auf der Rückseite der Waffe, die linke auf der Höhentrommel, als bediente er keine Maschine, sondern hielte eine Geige in Händen. Gezielt, Höhe eingestellt und draufgehalten.

Und jetzt läuft er da klack-klack und in Holzschuhen vor den Warschauern davon. Schon ist er abgebogen und weg, und du bist allein mit dem kleinen Massenauflauf.

«Meinem Vater haben sie das Auto schon lange stibitzt, die Pollacken noch vorm Krieg. Und du kutschierst hier so rum?», fragt der Jude dich unverschämt.

Du guckst ihn nur blöde an, was antwortet man einem Menschen, der am Abgrund steht? Wenn ihm Polen das Auto nicht weggenommen hätte, hätte Hitler es getan.

«Der Jud hat nichts mehr zu melden. Hat unter der Sanacja-Regierung genug geschwätzt», sagt die Madame mit dem Brot in der Tasche zu niemandem. «Aber schon merkwürdig, Sie hier im Auto, vor den Augen der Deutschen. Oder?»

«Halt's Maul, Frau. Mein Vater sagt, unter den Deutschen wird wenigstens Ordnung sein, anders als bei euch in diesem Scheißland», sagt der kleine Jud.

«Tut mir einen Gefallen und verpisst euch», erwiderst du, und das ist die richtige Antwort, mein Lieber.

Und ich gehe zum Auto zurück und bin ich selbst und fahre durch die Stadt und fahre wohin?

Wohin? Genau, wohin? Zu meiner Mutter, in den Klub? Was soll ich ihr sagen? Dass ich Papiere brauche, dass ich nach Budapest fahren muss, dass ich durchs Kriegsgebiet nicht allein mit der Kennkarte nach Budapest komme, dazu Dzidzia, Dzidzia muss ich auch noch mitnehmen, gibst du mir Papiere, Mutter, oder nicht?

Ein Lastwagen kommt die Straße heruntergefahren, auf der Ladefläche traurige deutsche Soldaten, Helme, Gewehre, Mäntel, traurig.

Dummkopf, verstehst du wirklich nicht? Nur sie kann dich vor der Langnasigen schützen. Nur sie, deine Mutter. Sobald sie davon erfährt, wird sie dich aus den Krallen dieser scheußlichen Frau erretten, die ich fürchte, denn diese schreckliche Frau kann dir die Freiheit geben, Kostek, das weißt du doch, die Freiheit. Verstehst du nicht? Die Freiheit, die du nicht willst, nicht brauchst, was fängst du mit ihr an?

Ich bin nicht ich, bei ihr fühle ich mich als jemand anders, nicht als ich, sondern als jemand Besseres, bei Dzidzia.

Ich kann nicht zu meiner Mutter fahren.

Du musst zu deiner Mutter fahren. Die Adlerin wird dich mit ihren Flügeln an ihre verdorrte und doch mütterliche Brust drücken, besänftigen und retten.

Ich fahre zum Vater. Zum Vater werde ich fahren.

Wo ist er? Wo bin ich?

Hier sind wir schon in Żoliborz, die Straßen deiner Kindheit, Kostek, die Villa deiner Mutter, dort entlang bist du immer zu ihr gefahren, du aber fährst vorbei an den Kindheitsstraßen, am Schulweg, Bücher auf dem Buckel, und weiter durch Marymont, Bielany.

Konstanty, was ist los mit dir, sage ich zu mir, mich sehe ich im Himmel und dich.

Was ist los mit mir.

Du hältst den Chevrolet an, rechts ein Wäldchen, die Marymoncka, und die ganze Stadt, wo ist die Stadt, wie bist du durch sie hindurchgefahren, warum weißt du es nicht mehr, und Rittmeister Chochoł ist wo, du hast ihn beinahe überfahren, die Menschen sind zusammengelaufen, in Motoków oder noch in der Innenstadt, war das die Puławska oder die Bonifraterska, wegen der vielen Juden kann es die Bonifraterska gewesen sein, im Nowy Świat gibt's viele Juden, oder vielleicht neben den etwas zerbombten Simons-Passagen, aber dennoch, wo war das, nirgendwo, es war auf einer Straße, die es nicht gibt.

Du musst zu deiner Mutter fahren, Konstanty. Zum Deutschen Klub. Kehr um. Fahr. In die Fredro. Dort sitzt sie am Schreibtisch, in Uniform, den Füllfederhalter in der Hand, das Papier auf dem Tisch. Fahr. Die Mutter wird dich retten. Vor der langnasigen Rochacewicz. Vor dem aufgedunsenen Ingenieur, der Zahlen verwechselt. Schließlich vor dir selbst.

Fahr zu deiner Mutter, Konstanty.

Wo ist sie, im Deutschen Klub in der Fredro, in dem Klub, der den ganzen September geschlossen war und dann triumphal wiedereröffnet wurde, als die Zeit kam, und dort hat sie sich zum letzten Mal gehäutet. Sitzt hinter dem Schreibtisch, die Feder in der trockenen Hand, das glatte Papier auf dem Tisch, sie unterschreibt, trocknet ihren Namen mit dem Löschblatt. Die Haut, die sie im Krankenhaus in Rybnik angenommen hat, begann, in Schuppen abzufallen, als Baldur aus dem Krieg zurück war; jetzt ist die Häutung vollzogen, jetzt gibt es das Mädchen nicht mehr, das hinter den Gittern der Irrenanstalt in Rybnik den Doktor verführt, für sich und für ein Polen, das es auch nicht mehr gibt, das sich einem Polen hingibt, den es nicht gibt, aus Trotz, Bosheit und perfider Perversität und Wahnsinn, und das zwanzig Jahre in dieser Haut lebt, nun nicht mehr.

Du verstehst das nicht, Kostek. Weil du nicht verstehst, dass deine Mutter unter den verschiedenen Häuten sie selbst bleibt, dass sie nur ein anderes Gewand anlegt, das verstehst du nicht. Aber fahr zu ihr, dann wird sie dir das vielleicht offenbaren, mit ihrer Hilfe wirst du es verstehen.

Fahr.

Wo bin ich? Marymoncka, Bielany, Zentralinstitut für Körperertüchtigung. Es heißt jetzt Józef-Piłsudski-Akademie für Körperertüchtigung, letztes Jahr umbenannt. Das heißt, wie es heute tatsächlich heißt, weiß ich nicht, vermutlich nicht mehr nach Józef Piłsudski. Jetzt sind das Mauern, die die Deutschen mit Inhalt füllen werden, wenn sie denn wollen.

Ich kehre um. Fahre zu meiner Mutter. Zu meiner Mutter? Zum Deutschen Klub fahre ich. Um die Kehre der Linie fünfzehn herum. Ich fahre zur Stadtmitte. Nach Süden. Zum Deutschen Klub. Zu meiner Mutter?

Ich sehe die Straße nicht, jemand anders sieht sie mit meinen Augen. Wer ist dieser Dritte, der uns immer nachgeht? Wenn ich zähle, sind wir nur zwei, aber wenn ich hinschaue, geht da immer noch jemand bei dir. Ich umklammere das Lenkrad, sehe die Straße nicht, sehe niemanden.

Invalidenplatz, Mickiewiczplatz, Danziger Bahnhof.

Was ist los mit mir?, frage ich einen anderen.

Passanten, die Straßenbahn fährt, Fuhrwerke.

Eine Frau im grauen Mantel zieht einen Handwagen, beladen mit Bündeln, sie müht sich ab, niemand hilft ihr, helfen gilt nicht, sie zieht und müht sich sehr und hat ganz helles, fast weißes Haar, wie aus dem Traum eines Nationalsozialisten, solches Haar sollte eine Frau, die einen Wagen zieht, nicht haben, wo gibt's denn das, eine Blondine als Marktweib? Blondinen sind nicht anfällig für so ein Leben, und die hier zieht den Handwagen und müht sich sehr.

Ich fahre an ihr vorbei, langsam, mit entsetztem Blick, unsere Blicke kreuzen sich, und das uns angetane Unrecht kreuzt sich, ich erwarte einen schmerzerfüllten, zerrissenen, verzweifelten Blick, den Blick der Verlobten eines geschnappten Aufständischen, seine Tschamara besudelt vom Speichel des Erhängten, Eisenschmuck, das erwarte ich, erwarte meine Hela, sie aber schaut mit trotzigem, wütendem Kaufmannsblick, nicht wie Hela.

Also wie Salomé. Salomé hätte so einen beladenen Wagen mit dem Blick einer Dame ziehen können.

Sie wirft mir ihren hasserfüllten Blick zu, ich drehe die Drosselklappe auf und dröhne ab, zum Deutschen Klub, zu meiner Mutter.

Aber ich biege nicht in die Długa ab. Warum nicht? Das wäre bequemer, aber ich fahre weiter, die Miodowa, dann in die Trębacka. Wird das besser sein?

Ich biege nicht in die Trębacka ab. Warum?

Ich fahre weiter die Krakowskie.

Ich fahre den Nowy Świat. Immer die Hauptstraßen.

Warum? Ujazdowskie, der Ujazdowskipark, das Spital, Jacek im Spital oder zu Hause, ins Schwarz versunken oder im Spital, wo er Leute flickt und zusammenstückelt?

Eine Motorradstreife.

Die Szucha. Ich fahre in die Szucha.

Wo fährst du hin, ich weiß, Kostek, wo du hinfährst, aber nicht, warum, ich will nicht, dass du dort hinfährst. Fahr nicht dorthin, Konstanty.

Warum in die Szucha?

Werde ich in das Gebäude des Ministeriums gehen, wo jetzt die deutschen Geheimpolizisten sitzen? Wo ich Iga rausgeholt beziehungsweise sie ihnen abgekauft habe? Ich habe nichts getan, habe sie bekommen und nach Hause mitgenommen Lump Fischficker Hurensohn Dreckskerl.

Ich halte an und steige aus.

Vor dem Ministerium eine Wache, dunkle Mäntel, Gürtel, Gewehre.

Doch nicht dorthin gehe ich, sondern nach links. Zum Generalshaus.

Vater. Vater!

Ich komme.

Geh nicht! Geh zur Mutter, Kostek, geh nicht zu ihm, geh zu deiner Mutter, strebe zu ihr, geh nicht zu ihm, nein.

Der Selbstmord des Walery Sławek, das war hier. Eine Browning, Loch in der Schläfe, Tod im Spital, gar nicht lange her, alle Zeitungen schrieben darüber, und die Kaffeehäuser summten vor Gerüchten: Warum? Und war es wirklich Selbstmord?

«Von wegen Selbstmord, hör mal, von wegen Selbstmord!», dozierte dein Schwiegervater, die Spuren seiner Hand trägst du im Gesicht. «Kein Selbstmord. Banditen sind das, mit Banditen- und Gangstermethoden. Die bringen sich mit Pistolen, mit Messern um die Ecke ... Gangstermacht. Dem weine ich keine Träne nach!»

Auch du hast nicht geweint, aber nicht wegen der Nationaldemokraten, die Zeitungen hast du nur überflogen, was interessierte dich irgendein Sławek, du hattest deine Intrigen in der Ziemiańska, hattest Hela und Jureczek und die Finanzen unter einen Hut zu bringen und Salomé und andere Geliebte und Zeichnungen und Jacek, Iga, die ewigen Probleme der beiden, er versteht mich nicht, ständig arbeitet er nur, was will sie von mir, dass ich faulenze, sollen wir in diesem Jahr in Skiurlaub fahren oder nicht?

Und im Sommer, wenn das gesellschaftliche Leben erstirbt, wohin? In die Ferienkolonie? Nach Paris? Mit dem Auto nach Ungarn? Vielleicht eine Rallye daraus machen, beim Automobilclub anmelden und organisieren, in den Zeitungen Artikel und Fotos, adrette Automobilisten in Schirmmützen und Pumphosen, romantisch verstaubte Pioniere der Moderne.

Der Automobilclub ist nur ein kurzes Stück von hier. Ich könnte in den Automobilclub gehen. Mal hören, was es dort gibt.

Aber ich gehe nicht in den Automobilclub.

Ich gehe nicht ins Ministerium. Ich gehe ins Generalshaus, wo keine polnischen Generäle mehr sind auch keine Generalswitwen oder Ehefrauen, weder Töchter noch Söhne, Geliebte Dienstmädchen Lakaien Ordonnanzen Adjutanten Kammerdiener Kutscher Chauffeure Tanten. Aber vielleicht hängen dort noch irgendwo Uniformen im Schrank. Vielleicht.

Vor den Türen ein Wachmann wie vor dem Ministerium.

«Sie wünschen?», fragt er auf Deutsch.

«Ich will zu ...» Und plötzlich weißt du nicht, wie du ihn titulieren sollst. Welchen Rang hat er? Welchen könnte er haben? Vielleicht gar keinen? Wer ist er? Ist er überhaupt, ist er hier?

Aber das hat er doch gesagt, im Adria: In der Szucha. Sechzehn.

«Zu wem?», fragt der Wachmann.

«Ich will zum Herrn Strachwitz.»

«Und wer sind Sie?»

Du ziehst die Papiere. Ziehst deine Kennkarte, der Wachmann mustert sie mit genauem Blick, faltet sie sorgfältig und reicht sie dir zurück.

«Treppe hoch, dritter Stock.»

Also steigst du hoch, und die Treppe hinunter tragen sie Walery Sławek mit einem Schussloch im Kopf, und das ist bestimmt eine Lösung, nicht wahr, Kostek? Aber wer weiß, vielleicht besser als das, was du hier vorhast, besser als das, was du jetzt werden willst, besser als dich von der eigenen Mutter abzuwenden, der Gipfel der Gemeinheit, sie hat dir doch das Leben geschenkt und die Erziehung, sie hat dich zu dem gemacht, der du bist.

Zerrissen, wund, eine halbe Leiche – dazu hat meine Mutter mich gemacht, Mischling ohne Herz und Vaterland, ohne Seele im Leib oder mit zwei Mischlingsseelen, ein Bastard Findling Niemand.

Und wer konnte ich sein, ich hätte jemand sein können, sie eine geblütige Deutsche, mein Vater ein geblütiger Deutscher, ich könnte das auch sein, wäre da nicht ihr Wahn gewesen und dieser verfluchte Psychiater, von dem sie erzählt hat, ohne mir auch nur ein Detail zu ersparen.

Ich stehe vor der Tür, weiß nicht, ob ich klopfen soll. Ich klopfe nicht.

Die Tür geht auf, dahinter mein Vater. Ich habe nicht geklopft.

«Ich habe dich auf der Treppe gehört. Ich habe gehört, wie du geweint hast und mich und die Mutter gerufen hast.»

Jetzt sagt er das, oder nicht jetzt. Damals sagte er das.

«Ich habe dich auf der Treppe gehört, habe dich weinen gehört. Komm rein.»

Jetzt sagt er das. Ich trete ein.

Sein Gesicht. Kragenloses Hemd, die Manschetten aufgeknöpft, Hosen, Hosenträger, Latschen. Der Siegelring. Die Wohnung, ausgeräumt, leer wie ein Altar vor Ostern. Auf dem Stuhl im Schlafzimmer ein hoher Stapel grüner Uniformen, grün wie meine, Offiziersstiefel und Schuhe, Breeches und Chausseurs, sie haben sie nicht mitgenommen, und zwei Säbel in glänzenden Scheiden und Rogatywki-Mützen mit lackierten Schirmen.

«Ein polnischer General hat hier gelebt», sagt mein Vater.

«Ich weiß.»

«Warst du im Krieg?»

«In der Kavallerie. Ich war Unterleutnant im Neunten Regiment der Ulanen.»

«Unterleutnant?», wundert sich mein Vater. «So etwas wie ein Fähnrich?»

«Nein. So bezeichnet man im polnischen Heer den niedrigsten Offiziersrang. Podporucznik. Unterleutnant. Er entspricht unserem … eurem Leutnant».

«Ich verstehe. Hast du gekämpft?»

«Ja, bei den MGs. Sie haben mir eine Auszeichnung gegeben. Krzyż Walecznych. Das ist ein Verdienstkreuz.»

«Ich weiß, was das bedeutet. Setz dich.»

Wir setzen uns an den Tisch, mein Vater stellt Wodka und zwei Gläser hin, gießt ein bisschen ein, fingerhoch.

«Hier gibt es überhaupt keine Schnapsgläser. Er war wohl Abstinenzler …»

Ich nehme die Flasche, gieße mehr ein, halb, drei Viertel voll, obwohl ich doch heute schon getrunken habe, aber ich habe keine Erinnerung an diesen Alkohol, so als hätte es ihn nicht gegeben, also gieße ich mehr ein, halb, drei Viertel.

«Gut, dass du gekommen bist.»

«Papa, ich bin kein Deutscher.»

«Ich weiß. Mich geht es überhaupt gar nichts an.»

Wir sitzen, trinken Wodka. Mein Vater in kleinen Schlucken, schlürfend mit seinen kriegsgeschändeten Lippen.

«Gut, dass du gekommen bist.»

Ich schenke nach. Wir schweigen. Trinken. Ich schenke ein.

«Ich habe die Staatsangehörigkeit des Reiches angenommen. Aber ich bin kein Deutscher. Ich arbeite für eine polnische … Organisation.»

Der Vater nickt.

«Gut, dass du gekommen bist», antwortet er nur.

«Ich brauche deine Hilfe.»

Der Vater lächelt, ohne mich anzusehen. Ich schenke wieder ein, wir trinken aus. Ich sage, ich muss nach Budapest fahren. Ein Auto haben wir. Ich habe eine Kennkarte, fahre aber mit noch einer, die keine Papiere hat. Polin, Aristokratin. Mein Vater nickt und gibt mir ein Zeichen aufzustehen.

Ich stehe auf, aber anders, als ich es täte, wenn meine Mutter mich aufstehen ließe. Anders sogar, als wenn sie das auf Deutsch sagen würde. Mein Vater vor mir, nah bei mir, sein magerer Körper ein paar Zentimeter vor meinem, sein schreckliches Nichtgesicht vor meinem Gesicht, ich sehe das abschilfernde Gewebe auf den unbehaarten Narben, ist es Haut, was da die Narben bewächst?

Mein Vater betrachtet mich aufmerksam durch seine zerdrückten Lider, mit denen er langsam, fast mühselig, zwinkert. Er fasst mit beiden Händen meine Schultern an, meine Flanken, den Bauch, sehr sanft, da ist weder Druck noch Zärtlichkeit. Er stellt einen Fuß neben den meinen.

«Ja, gut, es wird passen», sagt er.

Er geht zum Schrank, dessen früherer Inhalt auf dem Stuhl liegt, grün und glänzend wie Säbelscheiden und schwarz wie

Stiefelschafte. Er öffnet den Schrank. Zieht eine graue Jacke vom Bügel, dann Hosen, Hemd, vom Regal Socken und schwarze Offiziersstiefel.

«Zieh es an.»

Ich stelle keine Fragen. Ich ziehe die Schuhe aus, die Jacke, Krawatte, knöpfe mein Hemd und die Hose auf und stehe in Unterwäsche und Socken da.

«Die Unterwäsche auch, hier hast du frische, unbenutzt. Und Socken.»

Also ziehe ich mich aus, ich schäme mich meines Körpers, nicht weil er hässlich wäre, mein Körper ist schön, sogar das Bäuchlein habe ich im Krieg wegbekommen, sondern gerade deshalb, weil er schön, makellos, unversehrt und unvergewaltigt ist.

Und er schaut mich an.

Er schaut dich an, und ich habe solche Angst, Kostek, ich habe Angst um dich und davor, was er mit dir anstellen kann. Er schaut dich an, wie er sich selbst anschaute, er sieht sich selbst in deinen schmalen Hüften, den trainierten Muskeln, dem flachen Bauch und den kräftigen Schenkeln und der makellosen Haut der gut rasierten Wangen.

Er schaut dich ohne Gram und Eifersucht an, mit Liebe, es ist Eigenliebe, wie jede elterliche Liebe. Keiner von euch weiß das, aber die Liebe zu den Früchten der eigenen Lenden ist Eigenliebe, euch selbst liebt ihr in euren Kindern, auch wenn es euch vorkommt, es wäre Liebe der edelsten Art, nein, es ist purer Egoismus.

Baldur von Strachwitz sieht seinen nackten Sohn an und weiß selbst nicht – sagt er das oder denkt er es nur: Und du, Konstanty, hörst du die Worte deines Vaters, von dem du dich losgesagt hast?

Baldur sagt oder denkt es nur, Krishna sagt zu Arjuna: Besser ein eigenes Karma, wenn es auch gering wäre, denn in ihm ist sogar der Tod besser als im großartigsten fremden Karma. Das hat er gelernt, das kennt er besser als die eigenen schlesischen Legenden.

Welches ist dein Dharma, Kshatriya?

Er fragt dich auf Sanskrit, mit dem alten Wort für Kämpfer.

Du, Kostek, bist du ein Kshatriya? Du hast doch gekämpft, hast geschossen, den Säbel geschwungen, zum Kampf angefeuert, die Furchtsamen getröstet, durch deinen Mut ein Beispiel gegeben, Befehle gerufen, aber bist du ein Kshatriya, oder hast du eher ein löbliches, fremdes Dharma erfüllt, in dem weder Leben noch Tod irgendeine Bedeutung haben?

Du bist kein Kshatriya, Kostek. Du bist in der Mitte zerrissen, bist nichts als Schmerz und verzweifelte Sehnsucht und Leere, und es gibt dich nicht, wie also kannst du jemand sein, wenn es dich nicht gibt, Kostek?

Ich sehe dich, mein Sohn, sagt oder denkt Baldur von Strachwitz. Du bist da. Lebe dein Dharma. Nackt stehst du hier. Hinter dir dein Vater. Vor dir ein großer Spiegel, darin deine Blöße.

Dein Vater reicht dir die Unterwäsche. Du ziehst sie an. Dann die stahlgrauen Kavallerie-Breeches, an den Oberschenkeln mit dunklem Leder unternäht, die langen Socken, das Hemd, Hosenträger, die graugrüne Jacke. Der Kragen, mit Ösen unter dem Hals befestigt. Knöpfe. Gürtel. Kleines Halfter mit einer Pistole, schwer, bestimmt Kaliber sieben.

«Mit dem hier gibst du lieber nicht an», lächelt der Vater und knöpft die Auszeichnungen von deiner Brust, den schlesischen Adler, für die Verwundungen, das Eiserne Kreuz erster Klasse. Er lässt das Band zweiter Klasse, lediglich die goldene Nadel zieht er heraus, deren Bedeutung du nicht kennst. Er schiebt dir die Orden und Medaillen in die Jackentasche, schließt den Knopf sorgfältig. Anschließend reicht er dir die Stiefel, du setzt dich auf einen Stuhl, dein Vater hilft dir beim

Anziehen der hohen Offiziersstiefel mit den Sporen, er macht das so geschickt wie eine gute Ordonnanz.

«Na gut, dann sieh dich im Spiegel.»

Du siehst dich im Spiegel an, in dem ein polnischer General sich betrachtet hat. Vielleicht Walery Sławek? Du weißt nicht, in welcher Wohnung er sich erschossen hat, vielleicht in dieser. Im Spiegel siehst du einen Deutschen in Uniform, einer perfekt geschnittenen Uniform. Als hätte der Schneider Maß an dir genommen, nicht an deinem Vater. Die vom Vater abgezogene Haut. Graue Jacke, dunkelgrüner Kragen. Waffenfarbe grau. An den Schulterstücken zwei Sterne aus weißer Schnur.

Ich überlege einen Augenblick: also Hauptmann. In unserer Armee drei Sterne, hier zwei, dafür größere, und diese weiße Schnur. Zwischen den Sternen ein Monogramm aus drei Buchstaben: GFP. Ich kenne die Bedeutung nicht, aber auf dem linken Ärmel eine schwarze Binde mit aufgestickter weißer Schrift, ich hebe den Arm und lese: «Geheime Feldpolizei». Das Monogramm.

All das für mich und doch nicht für mich. Früher sind meine Sachen mit mir verschmolzen. Sogar die Uniform, die ich ungern trug, die polnische Uniform, ist mit mir verschmolzen. Aber das alles, das berührt mich nicht.

«Die Löcher im Stoff, wo die Auszeichnungen gesteckt haben, könnten dich leicht entlarven», sorgt sich Baldur in seiner zivilen Hose und dem etwas schmutzigen Hemd, das du jetzt bemerkst, als er um dich herumtappt wie eine bemühte Ordonnanz.

Ich bewege den Arm, die Uniform bewegt den Arm. Ich lächle, ein Lächeln neben der Uniform.

Mein Vater bürstet mir die Uniformbrust, die Stofflöcher fallen gleich weniger auf. Dann legt er die Bürste weg, zieht die kleine Pistole aus dem Halfter an deiner linken Hüfte, löst das Magazin, prüft die Kammer, steckt die Pistole zurück.

«Ich habe noch eine andere Waffe, eine private», sagt er entschuldigend. Auf der Kommode liegt eine Pistole in einem großen Lederfutteral.

«Ist das diese Mauser?», fragst du und erinnerst dich an den rundlichen Griff, dicht vor deinem Gesicht, in Kattowitz, als du deinen Vater zum letzten Mal mit Kinderaugen gesehen hast.

Dein Vater nickt. Er setzt dich an den Tisch, aus einer braunen, mit zwei Klammern zu schließenden Tasche holt er Papiere und spricht, spricht mit kriegsentstellter Stimme.

Er reicht dir die Dokumente. Feldpolizeikommissar Baldur von Strachwitz. Soldbuch. Grüner Passierschein, darauf zwei Fotos, in Uniform und im Anzug, das Gesicht auf beiden gleichermaßen zerbissen.

«Wenn ihr eine Organisation habt, dann können sie dir vielleicht die Bilder austauschen, die Stempel fälschen. Da habt ihr bestimmt wen, der das kann», sagt er.

Die Scheibe aus silbernem Metall, am Gurt, einer Erkennungsmarke ähnlich, aber mit nur einer Öffnung und ohne Sollbruchstelle. Das ist ein Abzeichen. Oberkommando des Heeres. Geheime Feldpolizei. 2553. Auf der Rückseite der deutsche Wehrmachtsadler mit dem Hakenkreuz in seinen Fängen. «Das sollte für den Normalfall genügen, nur wenige sind berechtigt, die Papiere zu verlangen, wenn man diese Marke vorweist. Und stell dich nie vor, sag immer nur «Geheime Feldpolizei». Und zeig die Marke. Verlang eher du ihre Papiere, klar? Egal, ob in Uniform oder in Zivil. Aber in Uniform wirst du überzeugender sein.»

Die Worte klingen dir polnisch im Kopf. Doch er spricht schließlich deutsch zu dir, deutsch.

«Verstehst du?»

Ich verstehe.

«Papa. Für so etwas werden sie dich doch hinrichten.»

«Sie werden mich nicht hinrichten», lächelt er. «Zieh dich um und geh schon.»

Als du dein Hemd zuknöpfst und die Krawatte bindest, packt er die Uniform, den Mantel, die Papiere und die Waffe zu einem ordentlichen, handlichen Paket zusammen, einem großen Paket, deinem Paket, dein Leben schlägt er in braunes Papier ein und verschnürt es wie ein eifriger Verkäufer.

«Ich bringe dich nach unten, mein Sohn. Es ist wichtig, dass der Wächter uns zusammen sieht, wenn du rausgehst.»

Die Treppe nach unten. Ich bin betrunken. Das Päckchen. Mein Vater bringt mich zur Tür und geht mit mir nach draußen. So klein und zierlich, viel kleiner als ich. Und trotzdem sitzt die Uniform. Wir stehen uns eine Weile gegenüber. Mein Vater legt mir die Hand auf die Schulter, umarmt mich und drückt mich, seine Narbe an meiner Wange. Er ist sehr jung und sehr alt zugleich.

«Geh schon. Das reicht mir. Geh», flüstert er.

Ich steige ins Auto, schlage die Tür zu. Das Päckchen mit der Uniform und der Waffe meines Vaters neben mir, auf dem Beifahrersitz. Er steht auf der Straße, in Hausschuhen, im kragenlosen Hemd, in Zivilhosen mit Hosenträgern. Winkt mir. Ich denke an seinen versehrten Schritt, an die schreckliche Verwüstung, die die leibliche Wunde in seiner Seele anrichten musste. Den Motor anlassen. Mein Vater dreht sich um und geht ins Generalshaus. Durch die Glastür sehe ich, wie er mit dem Wachmann redet, plaudert, der Wachmann straff wie eine Saite vor dem Herrn Offizier Kriegsveteran-Invaliden.

Plötzlich kehrt er um, als wäre ihm etwas eingefallen, schaut durch die Tür und winkt mir, bedeutet mir, dass ich noch nicht fahren soll, warten soll, er habe da noch etwas. Er verschwindet, kommt gleich darauf mit einer Maschinenpistole heraus, nicht so einer, wie sie die deutschen Unteroffiziere im September hatten, sondern mit einem hölzernen Gewehrschaft, den Magazinschacht zur Seite gerichtet, nicht nach unten, mir sträuben sich die Haare, doch nein, ich sehe schon, er hält sie nicht wie zum Kampf, im Schacht ist kein Magazin. Ich steige aus, ohne den Motor auszuschalten.

«Eine Maschinenpistole wirst du brauchen, mein Söhnchen. Dort, wo du hinfährst. Ich brauche sie nicht, weil ich hierbleibe.»

Er reicht mir Waffe und Magazin im Lederfutteral. Lächelt mit einer Gesichtshälfte, legt mir noch einmal die Hand auf die Schulter, dreht sich um und geht. Hinter der Tür sagt er etwas zum Wachmann und verschwindet schließlich auf der Treppe.

Und ich stehe dumm da, auf der Straße des vergewaltigten Warschau mit einer Maschinenpistole in der Hand. Öffne den Kofferraum, werfe alles hinein, schlage die Haube zu und steige ins Auto.

Du sitzt darin bei laufendem Motor, Wellen der Übelkeit vom Wodka und dem leeren Magen, und was? Du wartest, betrunken.

Worauf warte ich? Was wird passieren?

Das weißt du doch. Du tust vor dir selber so, als wüsstest du nichts und verstündest nichts.

Und er steigt die Treppen zu seiner nicht seiner Wohnung hoch, du sitzt im Chevrolet, der Motor läuft. Er geht in der Wohnung auf und ab, nervös und wie vor den Kopf geschlagen, weint, und drückt die Hand an seine Brust, als drückte er etwas ihm sehr Liebes; danach holt er Papiere aus dem Schreibtischfach, trägt sie in die Küche und zündet sie im Herd an, wühlt mit dem Ofenhaken in den Resten, das verbrannte Papier zerfällt zu Asche. Dann schaut er aus dem Fenster: Er sieht das Dach deines Chevrolets und lächelt, versteckt hinter der angegrauten Gardine. Sieht die Fassade des Ministeriums, in dem der Adjutant, der junge Feldpolizeisekretär Vanitschek, die Dokumentenstapel ausbreitet und das komplexe Netz des

Archivs ordnet. Der Feldpolizeisekretär ist ein Landsmann von Baldur, er stammt aus Schlesien, aus einem kleinen Dorf bei Gleiwitz, dass immer Pilchowitz hieß, nur klang das zu slawisch, deshalb wurde es vor einigen Jahren in Bilchengrund umbenannt, als könnte dies rückwirkend die Tatsache ändern, dass es jahrhundertelang Pilchowitz hieß. «Feldpolizeisekretär Vanitschek spricht gut Polnisch, er ist intelligent, sehr systematisch, aber nicht besonders entscheidungsfreudig. Er stellt einen wichtigen Zugewinn für die geheime Feldpolizei dar, es empfiehlt sich, seine Kompetenzen zu fördern», hatte von Strachwitz im Personalbogen seines Untergebenen festgehalten. Feldpolizeisekretär Vanitschek hat ein Gesicht und einen Schwanz und alles andere.

Feldpolizeisekretär Vanitschek wird in ein paar Jahren damit befasst sein, sowjetische Spione aus der dreckigen, oft schlitzäugigen Masse der östlichen Hilfswilligen herauszufischen, sehr viele davon wird er fangen, später wird er glücklich sogar das kompromittierende Monogramm GFP von den Schulterstücken losbekommen, ohne das gegenüber den Kameraden im Lager zuzugeben, er selbst wird aus diesem Lager fliehen. Dieses Lager wird sehr weit entfernt sein, in der Provinz Primorskij, und er wird durch die exotische Taiga gehen, mit großer Hoffnung: Die chinesische Grenze ist nicht weit, von China kommt er nach Hause, der Bürgerkrieg schreckt ihn nicht. Nach China aber kommt er gar nicht: Ein schwarzer Ussurischer Bär mit weißem Halbmond auf der Brust greift ihn an. Nicht sehr groß sind diese Bären, dieses Weibchen war von der Größe eines kaukasischen Schäferhundes und fiel ohne Anlass über den Flüchtenden her, der früher einmal Vanitschek hieß, sie schaffte es nicht, ihn zu töten, richtete ihn aber schrecklich zu, bis er sie durch einen Schlag mit dem Stock auf den Kopf vertreiben konnte, aber nur, um zwei Tage später dem Hunger und seinen Wunden zu erliegen.

Ich habe gesehen, wie er starb.

Und Baldur blickt jetzt aus dem Fenster auf das Dach deines Chevrolets. Er schaut, wohin du fährst. Ich werde eine Weile bei ihm bleiben. Die Papiere hat er verbrannt. Jetzt zieht er sich nackt aus, faltet die Sachen zu einem Würfel zusammen, wie er es im Regiment gelernt hat, in einer anderen Welt, einer Welt, in der er noch ein Gesicht hatte, einen Schwanz, und mit diesem Gesicht und diesem Schwanz ganz und gar Katarzyna Willemann gehörte und noch einem gewissen, ziemlich dummen Kaiser, der jetzt, graubärtig und im gestreiften Anzug, im Garten des Hauses Doorn in Holland auf und ab wandelt und sich immer nur fragt: Wann? Und was kommt dann?

Und Baldur von Strachwitz steht vor dem großen Spiegel und betrachtet seinen mageren Körper. Das ausgemerzte Gesicht und das Loch im Schritt, durch das er den Harn lässt. Baldur von Strachwitz ist erfüllt von Liebe. Baldur von Strachwitz ist mit sich im Reinen.

Baldur von Strachwitz ist glücklich, und ich habe dich verlassen, Kostek, für einen Moment, ich will jetzt bei ihm sein und will er sein.

Baldur von Strachwitz öffnet ein hölzernes Etui, nimmt die große, alte Mauser heraus, die Oberfläche ist an vielen Stellen blankgescheuert bis auf den Stahl. Viele Menschen hat er damit getötet: Im Krieg und nach dem Krieg und nach Standgerichtsurteilen. Er tötete sie, weil sie seine Feinde waren, insgeheim aber deshalb, weil sie Gesichter hatten, die man küssen konnte, und Schwänze, die sie in eine Frau hineinstecken konnten, also schoss er ihnen in die Gesichter oder, wenn die Gesichter nicht schön genug für eine Kugel waren, ins Herz, zwischen die Beine brauchte er nicht zu zielen, das starb dort von allein ab, sobald er die Gesichter getötet hatte.

Später hörte er auf, Menschen zu töten, es gab keine Gelegenheit mehr, die kleinen Kriege nach dem Krieg waren zu Ende. Er wollte auch gar nicht mehr töten, das verschaffte ihm keine Linderung. Später war er nach Indien und Tibet gefahren und versuchte dort etwas zu finden, was er nicht finden konnte, da mochte er noch so lange flüstern, was die rotgewandeten Priester ihm rieten, die glaubten, er würde sterben.

«Ach, wie ich hier dank erbarmungsloser Unwissenheit im Rad des Samsara irre, geruhe mir zu sagen, ehrwürdiger Buddha Wairotschana, lichter Pfad der Weisheit Dharmadhatu! Möge mich unterstützen auch die mächtige Frau, deine Gemahlin! Ich flehe, befreie mich von dem schrecklichen, engen Pass Bar-do! Führe mich hinaus in die reinste Sphäre der Erfüllung Buddhas!»

Doch er starb nicht und fand nichts, denn was er suchte, hatte sich im flandrischen Schlamm aufgelöst und trieb jetzt in der Erde, ihren Säften, ein wichtiges Stück von Baldur war zu Flandern geworden.

Später reiste er durch Persien, Arabien und Nordafrika, die Familie schickte ihm nur zu gerne Geld, seine Abwesenheit war ihnen ganz recht, so ekelte er sie wenigstens nicht durch seinen ästhetischen Verfall: den körperlichen, gesellschaftlichen und, wie sie zu Recht meinten, auch moralischen.

Er reiste wie mit geschlossenen Augen. Viele Male wurde er bestohlen, Diebe erkannten in ihm das leichte Opfer, griffen nach seinem Gepäck, wenn er schlief oder es unbeaufsichtigt gelassen hatte. Aus dem gleichen Grunde wurde er nie ausgeraubt, nie von Banditen überfallen, denn sie spürten, dass er in der Not wütend würde wie ein tollwütiger Hund.

Er fand nichts auf seinen Reisen. Aber ihm gefielen die Turbane, wie die Tuareg sie trugen. Er versuchte, Moslem zu werden, es half nichts. Versuchte, irgendetwas zu werden, aber es half nichts, sogar Jude wäre er geworden, wenn das irgendwie geholfen hätte, beschnitten war er ja schon. Aber auch das half nicht. Er lebte eine Weile in Palästina. Kehrte zurück. Trieb sich auf den Versammlungen diverser Bewegungen und völkischer Parteien herum, bis er Ende der zwanziger Jahre in die NSDAP eintrat, wo sonst hätte er eintreten sollen, wo doch dort all seine Kameraden vom Oberland waren. Er versuchte, Geschichte zu studieren, schaffte es nicht. Ließ das mit der Universität schließlich sein, schrieb sich ein bei der Studiengesellschaft für Geistesurgeschichte, Deutsches Ahnenerbe e. V., und bereiste ganz Deutschland mit Vorträgen über die alten Arier, zu denen meist nur einige wenige Zuhörer kamen, hauptsächlich Verrückte, und alle starrten, statt zuzuhören, nur auf sein schreckliches Gesicht.

Ich war da nicht bei dir, Baldur.

Ich war früher bei dir, zu der Zeit schon nicht mehr.

Dann kam das Jahr 1933, später brach endlich der Krieg aus, und alles kam endlich zur Ruhe. Doch nur für kurze Zeit, bis du in der polnischen Spelunke deinen Sohn wiedersahst.

Und jetzt, Baldur von Strachwitz, bist du nackt in deiner Verstümmlung, du bist nackt, und ich bin mit dir.

Du stehst nackt vor dem Spiegel. Du heißt Baldur Bolko Strachwitz von Gross-Zauche und Camminetz. Feldpolizeikommissar. Rittmeister, das war einmal. Du stehst da, nackt vor dem Spiegel, in der Hand die Pistole, du bist voller Liebe, du weinst und denkst an Katarzyna Willemann, die einzige Frau in deinem Leben, und an den Hof deiner Familie, die Tanten, Cousinen und Cousins in Uniform und die Brüder und die Pferde und den Dienst, und du denkst daran, wie dein Sohn geboren wurde. Du bist voller Liebe.

Das war's.

Ich verlasse dich, Baldur, und kehre zu dir zurück, Konstanty.

Baldur bleibt auf Ewigkeiten allein vor dem Spiegel: Er ist jung und alt, nackt, verstümmelt von Schrapnell und Phosphor, er steht da voller Liebe mit der Pistole in der Hand. Er wird für immer so bleiben.

Ich gehe und bin schon wieder bei dir, Konstanty, und du fährst am Flieger auf seinem Sockel vorbei, du fährst betrunken und wärst fast in ein Pferdefuhrwerk gekracht. Ganz schön viel Verkehr auf der Puławska für den Krieg, du biegst in die Madalińskiego ein und stellst den Chevrolet dort ab, wo du deinen Olympia immer geparkt hast, und plötzlich packt dich, betrunken, wie du bist, die Wut, hilflose Wut.

«Gebt mir mein Leben zurück! Ihr Nutten!», schreist du und trommelst mit den Fäusten auf das Lenkrad des Chevrolet.

Das war wohl nicht überzeugend genug, denn sie denken gar nicht daran. Wen hast du auch gemeint, Kostek?

«Alle», antworte ich mir selbst. «Alle.»

Ich torkle aus dem Auto, stolpere über meine eigenen Füße.

Ich habe Angst um dich, Konstanty. Ich weiß schon, dass sie dich mir wegnehmen werden.

Geh zurück!

Das Paket! Ich nehme es aus dem Kofferraum.

Ich gehe zurück.

Die Treppe nach oben, die Tür, die Wohnung, guter Gott und schwarzer Gott, euch gibt es nicht, aber es gibt Dzidzia, sie ist da, im Wohnzimmersessel sitzt Dzidzia, mit nassem Haar und in deinem Schlafrock, zwischen dessen Schößen ihre nackten Schenkel.

Sie verhüllt sich nicht, als er eintritt. Ich trete ein. «Hast du was gekriegt, du Unglücksrabe?», fragt sie.

Unartig werfe ich ihr das Paket hin. Dzidzia lacht über deine Impertinenz. Sie öffnet es, sieht die Sachen durch, und ihre verächtliche Haltung schwindet.

«Hast du den umgebracht?»

«Nein.»

«Woher hast du das denn?»

«Mein Vater.»

«Das ist die Uniform deines Vaters? Und die Papiere, die Waffe?»

«Ja. Das Zeug passt mir. Hat dir der Ingenieur nichts gesagt?»

Sie schweigt einen Augenblick.

«Kein Wort. Hast du es gestohlen?»

«Nein, er hat es mir gegeben.»

«Was heißt gegeben? Wird er für uns arbeiten?»

«Nein, er ist Deutscher. Er wird Deutschland nie verraten, niemals.»

«Aber die Waffen, die Papiere?», wundert sie sich.

Ich will mich lässig in den Sessel fallen lassen, stolpere aber auf dem Weg dorthin, ich bin betrunken, ich setze mich. Zucke mit den Schultern.

Noch nicht, Konstanty, bitte, noch nicht jetzt.

Dzidzia schrumpft. Sie zieht den Schlafrock über die Schenkel, die zuvor offen dalagen.

«Du bist erstaunlich», sagt sie plötzlich in einem anderen Ton, ohne ihre bisherige Bissigkeit. «Trinkfest bist du nicht, aber gut für Überraschungen.»

«Die Fotos müssen ausgetauscht werden. Gegen meine. In Uniform und in Zivil.»

Dzidzia hört mir nicht mehr zu. Sie hat die Uniformbluse aus dem Paket gezogen, auseinandergefaltet, abgeklopft. Jetzt merke ich: Sie ist auch schon betrunken.

«Passt sie?»

«Ideal.»

«Und warum sind die Orden ab?», fragt sie, zeigt auf die Löcher.

«Hat mein Vater abgemacht», erwidere ich. «Ich bin ja zu jung für den Weltkrieg.»

Dzidzia, etwas benommen vom Alkohol, runzelt für einen Moment die Brauen, dann überzieht ein breites Lächeln ihr Gesicht.

«Was für ein Blödsinn! Zeig dich mal, los! Welcher Jahrgang bist du?»

«Neun.»

Sie guckt mich an. Prüfend.

«Na, zeig mal, geh ins Licht ...»

Sie kommt zu mir. Nackt unterm Schlafrock. Legt mir die Hand auf die Brust, wie eine zärtliche Geste, aber doch nur, um die Distanz zu wahren. Sie fasst meinen Unterkiefer mit zwei Fingern und wendet ihn hin und her, betrachtet mein Gesicht.

«Du könntest vierzig sein.»

Ich pruste los.

«Du siehst nicht alt aus für dein Alter», beschwichtigt sie, und ihre Stimme klingt anders. «Du siehst wie ein Mann aus. Männlich. Manche Männer verändern sich überhaupt nicht zwischen dreißig und fünfzig.»

Ob ich sie jetzt verführen kann? Oder verführt sie mich schon? Sie ist betrunken. Ich auch. Warum nicht? Ich will sie an den Hüften fassen, tu es, doch ehe die Geste ernst genug wird, entzieht sie sich, entwindet sich in tänzerischer Drehung, entfernt sich von mir.

«Und dieser Deutsche, dein Vater, welcher Jahrgang ist der?»

«Dreiundneunzig.»

Dzidzia runzelt die Brauen.

«Was denn, dann war er siebzehn, als er dich ...? Das ist ja ein Ding. Sechsundvierzig. Geht doch. Siehst du ihm ähnlich?»

Also hat sie die Fotos im Ausweis noch nicht gesehen. «Weiß nicht», antworte ich.

Und jetzt wird sie hineinschauen, nachgucken. Wird alles sehen. Und danach werde ich keine Chance mehr haben, sie zu verführen. Angesichts dessen, was sie sehen wird, angesichts des Mannes, den sie sehen wird, werden meine Chancen gegen null gehen.

Dzidzia greift zum Ausweis, öffnet ihn.

«Oh Gott …»

Null. Ich zucke die Schultern.

«Das ist nicht alles, lies mal die Rubrik ‹besondere Merkmale›.»

Sie seufzt.

«Na, dann muss natürlich ein neues Foto her. Schwanzkontrolle werden sie wohl nicht machen», lacht sie.

Dieses Lachen verletzt mich ein bisschen, sie lacht darüber, dass mein Vater …

«Aber warte mal», Dzidzias vom Alkohol gebremstes Hirn bemerkt ein Problem, das auf der Hand liegt, «wie hat er dich denn …»

«Passierte im Krieg.»

«Ach. Na jedenfalls müssen die Orden wieder ran. Seine Geschichte ist deine. Du wirst er sein. Neue Fotos kann der Ingenieur machen.»

Ich setze mich in den Sessel. Schwer. Von Verführung keine Rede mehr.

«Ich glaube, ich leg mich hin. Habe Wodka mit ihm getrunken. Bin müde.»

«Du wirst er werden, verstehst du? Du wirst …», sie schaut in den Ausweis, «Baldur von Strachwitz sein.»

Ich stehe auf.

«Lass gut sein, Dzidzia. Ich gehe schlafen.»

Ich gehe, werfe mich aufs Bett, Helas und mein Bett, jetzt eher meins, werfe mich auf Helas Seite, schlafen.

KAPITEL ZEHN

Aufstehen! Aufstehen, Herr von Strachwitz!»
Dzidzia. Dzidzia? Ich öffne die Augen. Sie über mir.

«Steh auf, ich habe alles vorbereitet.»

«Was vorbereitet?», frage ich, noch gar nicht richtig da.

«Alles. Zieh dich an.» Sie wirft mir Vaters Uniform zu.

Ich verstehe nichts.

«Die Fotos, wir machen Fotos. Zuerst in Uniform. Anziehen!»

Sie dreht sich um und geht raus, ich setze mich auf dem Bett auf.

«Schnell, schnell, wir haben keine Zeit!», ruft eine männliche Stimme aus dem Wohnzimmer. Der Fahrer. Witkowskis Fahrer.

Ich traue dem Frieden nicht. Dzidzia hat mir das ganze Paket gebracht. Darin das kleine Halfter der Sauer, der Dienstpistole meines Vaters. Ich öffne das Etui, ziehe sie heraus.

«Kostek, lass das jetzt, gut? Später kannst du spielen», sagt Dzidzia, unbemerkt ins Zimmer zurückgekommen.

Mein erster Reflex ist, die Pistole schamhaft zu verstecken, wegzuwerfen, ich bin knallrot wie ein Junge, der beim Onanieren erwischt worden ist.

Doch plötzlich weiß ich, dass mehr in mir ist. Irgendwo tief in mir ist etwas gewachsen, das mir erlaubt, diese Pistole in der Hand zu behalten. Dank ihr. Sie sagt mir, ich soll es lassen, aber ihretwegen kann ich tun, was ich tun will. Nicht das, was sie von mir erwartet. Oder meine Mutter. Oder mein Vater. Oder der Führer. Dank ihr. Niemals habe ich jemanden wie sie gekannt.

Niemals hast du jemanden wie sie gekannt.

Mir zittern die Hände, plötzlich wird mir heiß, und ich bemühe mich, das, was ich tun will, langsam zu tun, um mich nicht lächerlich zu machen, also ziehe ich den Hahn mit zwei Fingern zurück, prüfe, ob die Waffe geladen ist, da blitzt etwas golden, also lasse ich los, ohne den Blick von Dzidzia abzuwenden, und die Patrone rutscht an ihren Platz, die Waffe ist geladen.

Ich stehe auf. Meine Unterschenkel zittern vor Adrenalin. Ich habe nur die Unterwäsche an, Hose und Hemd, aber das ist egal. Ich traue dem Frieden nicht. Vielleicht wollen sie mich fertigmachen, könnte doch sein?

In meinem Wohnzimmer steht Witkowskis Fahrer, mit Pilotenmütze und Lederjacke, zieht aus einer großen Zeltstofftasche einen Kasten, der nach einem tragbaren Fotolabor aussieht. Daneben steht auf hölzernem Stativ ein Fotoapparat, dazu große Lampen. Am Esstisch breitet ein mir unbekannter Mensch mit runder Brille, auf den ersten Blick ein Jude, Schreibutensilien aus.

Dem Fahrer zuckt der rechte Arm, als wollte er beim Anblick der Pistole reflexartig in die Tasche greifen, er tut es aber nicht. Und sieht mich anders an als vorher.

«Was soll das hier? Das ist mein Haus. Ich habe diese unangemeldeten Besuche satt.»

«Fräulein Dzidzia hat uns eingeladen», erwidert er. «Wir dachten …»

«Hören Sie», meldet sich der Brillenträger vom Schreibtisch. «Ihre Papiere sind große Klasse, da müssen Fotos rein, die ‹besonderen Merkmale› geändert, und alles Pomade!»

«Kein Grund zur Aufregung, Herr Siebenundfünfzig. Ziehen Sie Ihre Uniform an, wir schießen die Fotos, und fertig», sagt der Fahrer. Brav. Versöhnlich. Gut zuredend, obwohl ich die Pistole gar nicht erhoben habe, auf niemanden ziele, ich halte sie einfach nur in der Hand, den Lauf auf den Boden. Aber vielleicht haben sie den Ladeklick der Sauer gehört. Und jetzt behandelt er mich anders, sieht mich skeptischer an.

Ich würde dir gern erklären, Kostek, wie er dich ansieht, aber ich kann es nicht. In dir geht etwas vor, das mich abstößt, als wüchse etwas in dir, das mich herauspresst, mich aus deiner Nase und deinen Ohren sickern lässt.

Es ist bereits im Gange, ist eigentlich schon passiert. Ich wünschte so sehr, dass du zu deiner Mutter fährst, der du dein Dasein verdankst. Du hättest ja auch nicht sein können, sie hätte dich wegmachen können, hätte schon damals in Niederschlesien diesen deinen Keim aus ihrem Schoß löffeln, ihn rauskratzen lassen können, wie Schmalz aus dem Ohr, aber das hat sie nicht getan, sie hat dich in sich gelassen und wozu, wozu, damit du sie verrätst, indem du zu ihm gehst, zu ihm, der nicht gut genug für sie war? Warum bist du zu ihm gegangen, Kostek, und hast dich von ihm liebgewinnen lassen?

Nicht zur Mutter bist du gegangen, deshalb nimmt sie dich in ihre Gewalt.

Ich gehe ins Schlafzimmer zurück.

«Ich möchte mich umziehen», sage ich zu Dzidzia in der Befürchtung, sie könnte Witzchen machen, warum ich mich denn schäme und wofür, aber sie geht einfach raus.

Ich lege die Uniform meines Vaters an. Die zerknitterte Mütze, eine runde, weiche Mütze mit Schirm, ich ziehe die hohen Stiefel an. Knöpfe den Gürtel zu, das Holster, denk dran, an die linke Seite. Die Auszeichnungen würde ich gern anheften, weiß aber nicht, wie, also gehe ich ins Wohnzimmer.

«Ich kack mich ein», flucht der Fahrer bei meinem Anblick. Der bebrillte Jude hebt den Blick.

«Wie aus dem ‹Stürmer› ausgeschnitten, stimmt's?» Dzidzia lächelt. Ich lächle nicht.

«Ich brauche das Foto, das alte. Um die Orden richtig anzuheften.»

Sie geben es mir, ich stelle mich vor den Spiegel, auf dem Foto Baldur, im Spiegel ich, und hefte die Orden an. Im Spiegel Baldur, auf dem Foto Baldur. Oder ich.

«Wieso tragen Sie Reithose und Stiefel, wenn hier klar steht, Geheime Polizei? Die Häscher greifen doch wohl nicht beritten an?», fragt der Fälscher vom Schreibtisch her, ohne den konzentrierten Blick vom Dokument abzuwenden, das er mit einem feuchten Pinsel bestreicht.

«Mein Vater ist Ulanen-Rittmeister. Das heißt, er war. Im großen Krieg. Zweites Ulanen-Regiment. Das deutsche, meine ich, kaiserliche, Zweites Ulanen-Regiment von Katzler», erkläre ich ihnen, verrenne mich nicht, stottere nicht herum, rede einfach. Erkläre es ihm. Er soll es zur Kenntnis nehmen.

Sie schalten die Lampen an. An der Wand haben sie eine Tischdecke aufgehängt, was würde Hela dazu sagen, egal. Egal? Der Fahrer fotografiert dreimal, fummelt am Objektiv. Dann ziehe ich meinen braunen, dicken Anzug an. Der Schwanz ist an seinem Platz, das hab ich überprüft.

Wieder Fotos.

«Dunkelkammer machen wir im Bad, Sie gestatten», sagt der Fahrer, zieht die Lederjacke aus, nimmt die Mütze ab und schließt sich dort ein, und ich durchstreife die Wohnung wie ein nervöses Raubtier.

Dzidzia im Sessel, sie liest ein Buch. Der Jude kratzt und glättet die schrecklichen Verwundungen meines Vaters mit dem Pinsel. Das vernarbte Gewebe schuppt vom Gesicht ab, gesunde, durchblutete Haut wächst darüber. Zwischen den

Beinen sprießt aus den Falten um die künstliche Harnröhre ein neuer Penis, die Röhre verwächst mit ihm, die Blutgefäße und Schwellkörper und die Haut und alles auf dem Papier, auf dem Vordruck und dem lichtempfindlichen Papier, wo im Rotlicht Baldur von Strachwitz dunkel wie ein Neger mit schwarzen Augäpfeln in weißer Uniform sichtbar wird, dann hellgrau in dunkelgrauer Uniform, dann schneiden sie ihn mit einer kleinen Guillotine zurecht, danach Baldur von Strachwitz im braunen Anzug, ich.

Und du streifst umher, denn was jetzt, was jetzt?

Hela. Jureczek. Der alte Peszkowski. Iga. Jacek. Mutter. Alle.

Salomé, guter Gott, Salomé, was ist mit Salomé? Soll ich zu ihr fahren, jetzt gleich, was ist mit ihr?

Nicht fahren.

Und mein Vater, was ist mit ihm, das ist doch ganz nah, eine Viertelstunde zu Fuß, nicht mehr, soll ich nachsehen?

Geh nicht, Dummkopf, geh nicht. Du weißt doch: Er hat dich nach unten begleitet, damit man ihn in dem Moment sieht, wo du hinausgehst, damit man weiß, dass er allein geblieben ist.

Ich gehe nicht. Hat der Wachmann meinen Namen notiert? Ich erinnere mich nicht, dass er etwas aufgeschrieben hätte, und ob er sich was gemerkt hat, er hat nur in meine Papiere geguckt. Wenn er sich nichts gemerkt hat, bin ich ein Niemand, einer von zehntausend Deutschen in Warschau, und wenn doch, dann werden sie mich suchen. Danach.

Wonach? Danach. Ich gehe nicht hin. Zu Salomé gehe ich auch nicht.

Du gehst nicht, dein Herz ist auf ein anderes Gleis gesetzt. Du durchstreifst die Wohnung, stöberst Gerüche und Spuren von Hela und Jureczek auf, zu denen du auch nicht gehen wirst. Ein Uhr nachts, es ist schon ein Uhr nachts.

«Fertig», sagt der Jude.

Hela schläft im Sessel.

Dzidzia, nicht Hela.

Hela schläft weit entfernt von ihr in der Podwalestraße, neben ihr Jureczek und über ihnen Peszkowskis schrecklicher Schatten.

Im Schrank Helas Kleider. Du gehst sie mit der Hand durch, Seiden und Atlas flüstern ihre buddhistischen Gebete wie Papierfetzen im tibetischen Wind, flüstern ihre Gebete zur ewigen Weiblichkeit, die sie einst bedeckten.

Erinnerst du dich an die Papierfetzen in Tibet?

Ich war nie in Tibet.

Hela, Hela, Hela. Hela!

«Schlaf, Konstanty», flüstert Dzidzia. «Morgen erledigt der Ingenieur die Formalitäten, und wir fahren. Du musst dich jetzt ausruhen.»

Das Fläschchen. Kein Fläschchen. Voller Glück.

«Lass mich in Ruhe», sage ich und schließe die Schlafzimmertür, mir ist egal, was aus ihr wird. Ich werde jemand sein, werde einem Zweck dienen, und nicht mehr so sein, wie ich bisher war.

Dummer, dummer Kostek.

Ich ziehe mich aus und schlafe.

Du träumst von deinem Elternhaus, dem Mietshaus in Kattowitz. Du bist dort auf einem Empfang, einem Cocktail, den es ja in deinem Elternhaus nie gegeben haben kann, denn damals, als ihr dort wohntet, wurden keine Cocktails gegeben, auf dem ersten Cocktail deines Lebens warst du bei Jaceks Eltern, und das war 1932, und du hattest den ersten Smoking deines Lebens an und spürtest dieses Gefühl, dein Leben würde endlich von der Stelle kommen. Du warst schön, und schöne Frauen mit runden Hüten lachten dich an, du trankst Wodka und hast Kaviar gegessen. Später hast du dir einen Frack gekauft. Aber jetzt träumst du, und der Cocktail wird in dem Wohnzimmer gegeben, in dem du die Kindheit verbracht hast, so wie du die Kindheit im Schweigen deiner Mutter verbracht hast. Und im Wohnzimmer stehen viele Menschen, doch einen Bekannten kannst du nicht entdecken, es ist sehr dunkel, nur wenig Licht fällt durch die Fenster, ein düsterer, grauer Sonnenuntergang.

Und alles ist mit grauer Asche bestreut, die Menschen waten durch diese Asche, greifen irgendwelche Häppchen von den aschebedeckten Tischen, Asche treibt in den Gläsern, setzt sich ins Haar, und es ist nicht so, dass sie das nicht sehen würden, sie sehen die Asche, witzeln darüber, klopfen sich die Ärmel ab, pusten sie von den belegten Broten.

Ich suche jemand – später wird mir klar, dass ich eine Frau suche. War es Hela oder Salomé, Iga oder Dzidzia? In der Luft, zwischen den aschebedeckten Menschen, schweben glitzernde, glühende Linien. Das sind ihre Spuren. Ich folge diesen Spuren, die sie hinterlassen hat, es sind die Leuchtspuren einer glühenden Zigarette. Sie leuchten wie die Linien, die man als Kind mit brennenden Stöcken in die Nacht zeichnet – nur dass die Spuren ihrer Zigarette in der Luft stehen bleiben, wie auf einer Nachtaufnahme mit langer Belichtungszeit. Es gibt auch hellere Punkte in diesen Spuren, das sind die Stellen, an denen sie an der Zigarette gezogen hat.

Du versuchst also, eine Ordnung in diesem Labyrinth glühender Linien zu finden, und weißt immerhin schon, dass die helleren die neusten sind, und die Spuren der Zigarette führen dich ins Treppenhaus und nach oben, in den Dachboden: Dort ist kein Staub, es riecht nur nach frischer Wäsche, feuchte Bettlaken hängen auf den Leinen. Und dazwischen Zigarettenspuren – schließlich siehst du sie, sie lehnt an einem Dachbalken, trägt ein Cocktailkleid, steht da, die Arme wie verflochten, sie weint, die Tränen rinnen ihr über die Wangen, und sie raucht eine Zigarette im langen Mundstück. Du fragst, was los ist, und sie, durch die hasserfüllten, dünnen Lippen: «Hau ab, sonst bring ich dich um», sagt sie, und du weißt, dass sie nicht spaßt. Sie bebt vor Zorn. Also drehst du dich um, erniedrigt und ein wenig erschrocken, und willst gehen, findest aber zwischen den Laken nicht hinaus, sie bleiben an dir kleben, und du macht sie schmutzig mit dem Staub, den du an den Händen und im Haar hast. Deine Mutter wird wütend sein. Am Ende kommst du doch hinunter auf den Hof, hast unterwegs Laken von den Schnüren gerissen. Und draußen, in der Mariacka, bedeckt die Asche alles, sie fällt vom Himmel wie schwarzer Schnee, es ist Tag, aber so finster wie bei einer totalen Sonnenfinsternis. Am Horizont ein riesiger Vulkan, der Feuer spuckt.

«Steh auf, Konstanty, es ist Zeit», sagt Dzidzia.

Hat sie dort auf dem Dachboden gewartet, zwischen feuchten Bettlaken?

Du stehst auf. Du willst meine Stimme nicht hören.

Ich stehe auf. Also gut. Socken, Unterhosen, Unterhemd. Darüber das Hemd. Stahlgraue Hose. Hosenträger. Ich ziehe die hohen Stiefel über, die Haken lagen griffbereit. Jetzt die Bluse. Der Gürtel mit dem Halfter, ein Gürtel mit zwei Löchern, das Halfter, denk daran, an die linke Seite. Mütze.

Spiegel.

Ich heiße Baldur von Strachwitz. Feldpolizeikommissar.

Ich bin Konstanty Willemann. Im Necessaire verstaue ich einen Zivilanzug, schottische Wolle, dick und braun, auch einen Smoking nehme ich mit. Ich habe eine gute Methode, die Jacke so zu falten, dass sie nicht knittert, die eine Seite kremple ich mitsamt Ärmel um und stecke sie in den anderen Ärmel, dann rolle ich alles um die Unterwäsche herum. Mein Leben, umgekrempelt, unpassend das Necessaire, wie jetzt, ein Necessaire? Wieso ein Necessaire, ein Bündel sollte ich packen, kein Necessaire. Federbetten und einen Sack voll Kartoffeln. Ich werfe noch ein paar Hemden, Socken, Unterwäsche, Zahnbürste, Paste, Seife und Rasierzeug dazu, das reicht.

Ich gehe ins Wohnzimmer.

Im einen Sessel der Ingenieur, im anderen Dzidzia, am Fenster der Fahrer.

«Schön», klatscht Witkowski in die Hände. «Sagen Sie mal was auf Deutsch. Wissen schon, so in militärischem Ton.»

«Fresst alle Scheiße, ihr Drecksäcke», antworte ich beflissen.

Dzidzia lacht. Der Fahrer versteht nichts. Der Ingenieur macht ein langes Gesicht. Er steht auf.

«Gut. Also, Herr Siebenundfünfzig …»

«Ich heiße Baldur von Strachwitz», unterbreche ich ihn.

«Ja, ja. Ihr fahrt nach Budapest. Steigt im Hotel Gellért ab.»

«Gott, wie kitschig», Dzidzia fasst sich an den Kopf.

«Warum?», wundert der Ingenieur sich. «Ich habe im Baedeker nachgesehen, das ist ein anständiges Haus. Mit eigenem Thermalbad. Ihr meldet euch unter dem Namen von Horn an. Ehepaar von Horn.»

Dzidzia winkt verächtlich ab. Der Ingenieur begreift nicht.

«Dort wird euch Oberst Steifer finden, nach unseren Informationen dürfte er schon in Budapest sein. Er ist den Sowjets entkommen. Mit dem Oberst besprechen Sie die folgenden Angelegenheiten … Aber lesen Sie selbst.»

Er reicht mir ein maschinengetipptes Blatt. Vereinbarung der Kurierverbindung. Aufklärungsmöglichkeiten. Finanzierung. Verlegung nach Frankreich. Aufbau eines operativen Kontakts mit Vertretern deutscher Wehrmachtskreise. Ein Dutzend Punkte.

«Bitte lernen Sie das auswendig, den Zettel dann natürlich verbrennen. Das wäre alles. Vereinbaren, was zu vereinbaren ist. Dann zurück.»

Sogar Dzidzia guckt verwundert.

«Das ist alles?», frage ich. «Keine konkrete Aufgabe, kein Auftrag? Gar nichts? Wenn Steifer nun zum Beispiel nicht aufkreuzt?»

«Herr Siebenundfünfzig. Sie sind Offizier, kein Korporal. Offizier der Aufklärung. Offizier der Aufklärung der Republik. Sie müssen die Initiative ergreifen, müssen eigenständig handeln. Sie fahren nach Budapest, tun dort, was in Ihrer Macht steht, dann kommen Sie zurück, spätestens bis Ende des Monats. Haben wir uns verstanden?»

«Geld?»

«Ach, stimmt!» Der Ingenieur schlägt sich an die Stirn und greift in die Innentasche seines Jacketts. «Tausend Dollar. Das muss reichen.»

«Und Papiere für mich?», fragt Dzidzia.

«Unsere Legalisierungszelle ist noch nicht voll einsatzfähig. Ihr müsst mit dem auskommen, was ihr habt.»

Dummheit, Dummheit und Schwäche, siehst du das nicht, Kostek? Du legst dein Leben in die Waagschale. Warum? Warum willst du nicht auf mich hören?

Sie haben dich mir gestohlen.

Ich ziehe den Mantel an, die Handschuhe. Nehme die Schlüssel. Dzidzia hat einen Nerz, ein kleines Hütchen und sogar einen Muff. Das sieht nicht nach Krieg aus, nein. Wo ist der Krieg, welcher Krieg?

Wir gehen.

Wo mein Olympia war, steht der Chevrolet vor dem Haus. Mit polnischem Kennzeichen, Vorkriegsschildern.

«Das sind polnische Kennzeichen», sage ich.

«Wir sagen, du hast ihn beschlagnahmt», antwortet Dzidzia.

Ich öffne den Kofferraum, nehme die Maschinenpistole und den Patronengurt heraus. Dzidzia schaut erschrocken und anerkennend.

«Kannst du schießen?», frage ich und denke daran, wie sie mich vor dem Lours erniedrigt hat.

«Mit so was nicht, und will ich auch nicht», erwidert sie hochmütig wie eine Baronin, die Plätze in der dritten Klasse ablehnt.

Ich lächele sie an, sie erwidert das Lächeln. Sie macht etwas mit mir, etwas in mir verändert sich, etwas anderes verstummt; etwas, was ich vorher gar nicht gehört habe, das aber trotzdem da war, verstummt jetzt.

Mich hast du nicht gehört.

Wir steigen ins Auto, ich starte den Motor, schiebe das Magazin in den MPi-Schacht, lade aber nicht nach, aus Angst, er könnte durch irgendeine Erschütterung beim Fahren losballern. Ich sitze eine Augenblick schweigend da, die Hände am Lenkrad.

«Sollten wir uns nicht einen Plan zurechtlegen? Eine Strecke, eine Geschichte, was wir sagen, wenn man unsere Papiere kontrolliert …?»

«Solltest du, allerdings. Du bist hier der Offizier der Aufklärung, stimmt's?»

Wieder schweige ich einen Moment, klammere mich ans Lenkrad. Als schwebte ich über einem Abgrund.

«Bin ich nicht», stoße ich endlich hervor. «Ich bin kein Offizier der Aufklärung. Bin nicht einmal Reserveoffizier der Ulanen. Das heißt, dem Papier nach schon, ich habe den Kurs absolviert, habe einen Zug befehligt, gegen die Deutschen gekämpft, aber ich bin kein Offizier, kein Soldat.»

Warum sage ich das, will ich ihren Spott provozieren? Warum? Ich weiß nicht. Dzidzia aber spottet nicht.

«Wer bist du dann?», fragt sie nur. Ganz ernsthaft.

Wer bin ich? Ich möchte sagen: Ich bin Kostek Willemann, Gentleman, Verschwender, Hurenbock und Morphinsüchtiger. Geld hat mir nie gefehlt. Ich treibe mich gern mit Künstlern und Schriftstellern herum. Trieb mich. Ich mag die Frauen. Habe ein bisschen Polonistik studiert, um zu vergessen, dass ich deutscher Abstammung bin, aber die Polonistik hat mich nicht interessiert, ich habe das Studium nie abgeschlossen. Ich zeichne ein bisschen, habe sogar ein Fernstudium bei den besten Professoren der Kunstakademie absolviert, meine Mutter hat's bezahlt, aber auch die Kunst interessiert mich nicht so wirklich. Ich wollte etwas mit Fotografie machen, nackte Frauen in aufreizenden Posen fotografieren, aber der Krieg kam, bevor ich mir einen Apparat zulegen konnte. Ich wollte das Drehbuch für einen Film schreiben oder Regie führen, und die Ordonówna sollte darin spielen. Ich redete mit Jarosław darüber, er ermunterte mich sehr, besonders beim Wodka, in nüchternem Zustand schon weit weniger nachdrücklich. Und Salomé hätte ich eine Nebenrolle gegeben. Als weissagende Zigeunerin. Ich hab's dann nicht geschrieben, und der Krieg kam. Ich schätze Morphin, eisgekühlten Wodka und Sekt, verschmähe auch Kokain nicht, gehe gern gut essen, tanze im Adria oder im Paradis mit Frauen, die ich abends kennenlerne und morgens verabschiede. Früher. Ich gehe mit ihnen ins Bett, aber eigentlich genieße ich, dass sie sich mir hingeben, wichtiger als ihr Körper ist mir, dass sie mich anhimmeln. Die Körper langweilen mich. Helas Körper langweilt mich nicht. Langweilt mich immer noch nicht. Ich begehre Hela. Ich liebe sie nicht. Ich liebe sie. Liebte. Nein. Ich weiß nicht. Ich bin Konstanty Willemann und bin ein guter Sohn meiner Mutter. Bin ich nicht. Ich bin Konstanty Willemann und habe die Liebe meines Vaters angenommen, obwohl ich weiß, wohin das führen wird. Zu einem zerschossenen Kopf. Ich bin Konstanty Willemann und hasse meine Mutter.

Ich bin Konstanty Willemann, und meine Mutter ist kein Mensch. Ich bin Konstanty Willemann, und ich bin der Sohn einer Teufelin. Ich bin der Sohn des Teufels, mein Vater hat einen Teufel gezeugt, aus Teufelsschoß bin ich geboren, und mein Vater hat sein Glied verloren, damit er keinen anderen mehr zeugen kann.

Ich bin Konstanty Willemann und habe weder Bruder noch Schwester, ich habe niemanden. Ich bin allein. Ich habe keine Frau. Ich habe keinen Sohn. Ich habe weder Mutter noch Vater, nur Teufel und Leichnam. Ich bin Konstanty Willemann und bin der Sohn einer Teufelin und eines Leichnams. Ich bin Konstanty Willemann, und mir ist scheißegal, ob ich Deutscher oder Pole bin, denn es gibt Wichtigeres auf der Welt.

Ich bin Konstanty Willemann und ich bin Warschauer. Niemals zuvor habe ich das gedacht, jetzt denke ich daran, vor dem Schokoladenhaus stehend, die Madalińskiegostraße hinunterschauend, in Richtung Rakowca, durch die zweigeteilte Frontscheibe eines Chevrolet Master, der mir nicht gehört. Meine Hände umklammern das Lenkrad. Neben meinen Knien in perforierter Hülle der Lauf des Maschinchens, sieben Öffnungen wie ein überdimensionaler Pfefferstreuer, dahinter das Knie von Dzidzia Rochacewicz in fleischfarbenen Seidenstrümpfen. Ich bin Warschauer.

Ich bin Konstanty Willemann. Ich bin Konstanty Willemann, Verschwender, Hurenbock und Morphinist. Ich sehe verschiedene Dinge. Höre verschiedene Dinge.

Mich hörst du nicht. Deine Mutter hörst du nicht. Hast dir die Ohren vor uns verstopft.

«Wer bist du dann?», fragt Dzidzia.

«Ich heiße Baldur von Strachwitz».

«Aber jetzt in Wirklichkeit», sagt sie wie ein kleines Mädchen.

In Wirklichkeit bin ich nicht Konstanty Willemann. Nicht Baldur von Strachwitz. Ich bin nicht. In Wirklichkeit bin ich nicht, packe das Lenkrad fest mit den Händen, die Haut über den Knöcheln strafft sich, gleich reißt sie reißt nicht. Ich bin der Sohn des Teufels und einer Leiche. In Wirklichkeit bin ich nicht der Sohn des Teufels und einer Leiche, ich bin der Sohn von Baldur und Katarzyna, aber sie ist kein Mensch. Wer ist sie? Eine Frau, ein Mensch. Nein.

«Es gibt kein in Wirklichkeit. In Wirklichkeit gibt es niemanden.»

«Przyszybewski-Quatsch, Philosophensülze.» Dzidzia lächelt.

Aber nicht geringschätzig. Sie stichelt, doch nicht geringschätzig. Vielleicht war sie vorher auch gar nicht so geringschätzig?

«Fahren wir, Konstanty. Raus aus Warschau, draußen machen wir halt und legen uns einen Plan zurecht.»

Ich lege den Gang ein.

Wohin? Nach Süden. Erst mal nach Piaseczno, später müssen wir irgendwo über die Weichsel setzen. Die Strecke nach Radom nehme ich nicht, obwohl die Straße dort am besten ist, asphaltiert, doch man fordert das Schicksal lieber nicht heraus, besser über die Seitenstraßen. Also die Weichsel entlang nach Piaseczno, dann die miserable, löchrige Straße nach Czersk, da muss man langsam fahren. Weiter Potycz, einmal bin ich dort entlanggekommen, obwohl man in der Regel die Straße nach Radom nahm, hinter Warka ist die Straße wieder in Ordnung, dann weiter nach Kozienice, um irgendwo in Dęblin überzusetzen. Oder auch nicht. Man müsste die Landkarte studieren. Denn man könnte auch bis nach Sandomierz fahren und erst dort die Weichsel überqueren. Obwohl viele Brücken wahrscheinlich zerstört sind, ich weiß das ja gar nicht genau, woher soll ich es wissen. Irgendwelche Übergänge wird es schon geben.

Jetzt also die Puławska. Mokotów, nicht weit entfernt Sielce. Dort habe ich gekämpft. Ich, gekämpft? Willemann hat gekämpft. Vor einem Monat. Habe geschossen, kommandiert,

Deckung gesucht. Er hat Deckung gesucht, kommandiert, aber ob er geschossen hat, weiß ich nicht, eher zur Abschreckung. Ja. Trambahnwendestelle Służew, die Eins, die Zwölf und die Sechzehn fuhren hier. Ich mochte Warschau, jetzt mag ich es nicht mehr. Gegenangriff, zwei unserer deutschen MGs an den Flanken, in die Trümmer geduckt, vorwärts! Vorwärts! Ich schreie in den eigenen Ellbogen, an die Erde gepresst, den Mund voll Dreck, und keiner hört mich, nicht einmal ich selbst höre mich, und keiner rührt sich, es geht weder vorwärts noch zurück, keine Hoffnung. Wir fahren.

Ein Posten an der Ausfahrt aus der Stadt. Ein deutscher. Ich in Uniform. In deutscher. Dzidzia lächelt ungezwungen, als hätten wir zum Tanken angehalten, volltanken, Chef?

Ein Offizier, das merkt der Soldat sofort, also nähert er sich höflich, gemessenen Schrittes, vielleicht auch ganz normal, oder vielleicht nähert er sich reserviert, vorsichtig, vorschriftsmäßig vielleicht, aber ich gehe doch lieber davon aus, dass er höflich herantritt, und ich beherzige, was mein Vater mir gesagt hat, drehe die Scheibe herunter und zeige nur die Plakette mit dem geprägten Wehrmachtsadler auf der einen und der Geheimen Feldpolizei samt Dienstnummer auf der anderen Seite, der Soldat salutiert auf der Stelle, starr vor Schreck, vom Stromschlag getroffen. Wirklich starr? Ich gehe lieber davon aus, dass er starr vor Schreck war, aber ob wirklich, was heißt schon wirklich?

Ich würde es dir sagen, aber auf mich willst du nicht mehr hören, Kostek, hast du je auf mich gehört.

Er salutiert also, ich kurbele die Scheibe hoch und weiter, Dzidzia klatscht in die Hände.

«Toll!»

«Wir schaffen das», sage ich.

Wir fahren. Masowien.

Hier entlang bin ich noch nie gefahren. In die Richtung

bin ich oft gefahren, aber jetzt fahre ich hier anders entlang, trage einen Adler auf der Brust und weiß, ja, ich weiß, das ist bedeutungslos. Ich habe die Uniform des Feindes angelegt. Ein Trick. Nichts weiter. Es ist Krieg. Ich riskiere die Erschießung, weil ich Feindesuniform trage. Ich bin ich, nur in einer anderen Uniform.

Schließlich bin ich Deutscher. Was droht mir für das Tragen der Uniform meines Vaters, dafür, dass ich mich für ihn ausgebe, gefälschte Papiere habe? Das Gleiche und doch nicht das Gleiche. Die Todesstrafe, aber für einen Deutschen. Wird man erschossen, aufgehängt oder geköpft?

Geköpft. Ich würde es dir sagen, wenn du zuhören wolltest. Wenn mich nicht etwas aus dir verdrängen würde, du selbst bist das ja nicht, sondern etwas anderes. Die Guillotinen sind klein und rot gestrichen, die Henker legen den deutschen Kopf zwischen zwei Bretter mit einer Aussparung für den Hals, ziehen an einer Schnur, das Fallbeil saust nieder und trennt den Kopf vom Körper.

Masowien. Bläulich-bräunliche Landschaft, schlechte Straße, sehr schlecht, schon hinter Piaseczno. Schlechte Landschaft, sehr schlecht. Die Felder wie ein umgepflügter Tisch, ich bin das gewohnt, wann habe ich mich an diese Felder gewöhnt, Bäume, und ich fahre, und neben meinem Knie die Maschinenpistole, dahinter Dzidzias Knie in fleischfarbenen Strümpfen. Wir schweigen, worüber sollten wir sprechen? Ich sollte anhalten, die Landkarte auseinanderfalten, planen, doch jetzt will ich nichts als Auto fahren, nicht zu schnell, die Straße ist schlecht, vorsichtig, um nicht durch einen Federbruch in einem Schlagloch alles zu zerstören.

Ich fahre, vorsichtig, geradeaus, Dzidzia guckt nach Westen, ich sehe ihren Hinterkopf, den dunkelgrünen Filz des Hütchens und die hervorstehenden hellen Strähnen.

Wir fahren, weit.

Weit von Warschau.

Links die Weichsel, rechts Deutschland. Land und Leute. Deutschland und die Deutschen. Hinter Warka eine vorzügliche Straße, ich öffne die Drosselklappe, komme auf achtzig Stundenkilometer.

«Ich denke, irgendwo hinter Sandomierz werden wir übernachten», sage ich, überschreie das tolle Geheul der sechs Zylinder.

«Aber wo?», fragt Dzidzia. «Auf freiem Feld schlafen wir nicht. In einem Hotel?»

Ich wundere mich. Das sieht Dzidzia eigentlich nicht ähnlich. Sie ist Aristokratin, aber auch wenn sie Seidenbettwäsche gewohnt ist, sollte sie doch auf freiem Feld übernachten können. Fürs Vaterland, für seine Rettung. Übers Meer wir eilen, dann auch im Feld.

«Es geht doch nicht um mich», lacht sie. «Ich kann auch draußen schlafen. Aber wie stellst du dir das vor, ein deutscher Offizier, einen Monat nach unserer Kapitulation, der schläft doch nicht irgendwo auf dem Feld. Der übernachtet unter einem Dach, und erst recht mit einer Frau. Im Auto, und überhaupt?»

Das leuchtet mir ein.

Aber warum, warum hat sie mir geantwortet, wo ich doch schwieg, ich fuhr schweigend, die Hände am Lenkrad. Wie konnte sie mich hören?

An der Straße nach Kozienice ein ausgebrannter Panzer. Ein polnischer oder deutscher, das kann ich nicht erkennen, mit Panzern kenne ich mich nicht aus. So ein größerer, also vielleicht doch eher deutsch.

«Tschechisch», antwortet Dzidzia. «Das heißt ein deutscher Panzer, aber aus tschechischer Produktion.»

«Habe ich laut gedacht?», frage ich erschrocken.

Dzidzia lacht bloß. Schnauzbärtige Bauern mit hohen

Stiefeln und Mützen stehen da, ein paar schrauben die verbrannten Kettenglieder ab. Und ein Junge ohne Schnurrbart und ohne Schuhe treibt sich in der Nähe herum. Der Panzer bestimmt von einer Bofors-Kanone in Brand gesetzt. Wie der Ksyk aus einer Bofors schießen konnte.

Es regnet. Der Tank ist noch fast voll, und dieser Chevrolet gefällt mir. Sechs Zylinder, dreieinhalb Liter, meine Olympia hatte eins komma fünf, wie viel PS der hier hat, weiß ich nicht, aber die Fußsohle spürt, dass es viele sind, und man fährt. Wie würdevoll brüllen diese dreieinhalb Liter, sechs Zylinder. Gute Straße. Wir fahren.

Ich bin Konstanty Willemann und mag Autos. Autos lieber als Pferde. Ich mag keine Pferde. Aber Pferde doch noch lieber als Menschen. Ich mag Autos, mehr als Pferde und viel mehr als Menschen. Aber Frauen mag ich auch. Einmal habe ich einen offenen Bugatti Typ siebenundfünfzig gefahren, im Februar vierunddreißig in Berlin, hundertsechzig Pferdestärken, und ich raste mit einhundertvierzig über die Autobahn, das Radio spielte, denn dieser Bugatti hatte sogar ein Radio, hören konnte man sowieso nichts, ich saß mit dem Hintern fast auf der Fahrbahn, neben mir Georg Ritter von Nalecz, der lachte wie verrückt, der Bugatti gehörte weder mir noch ihm, das schönste Auto, das ich je im Leben gesehen habe. Leider ganz ungeeignet für unsere polnischen Straßen beziehungsweise den Straßenmangel, wo sollte man in Polen so was fahren? Außerdem könnte ich mir so einen Bugatti nie leisten. Überhaupt keinen Bugatti. Meine Mutter? Vielleicht ja, vielleicht nicht. Ich weiß nicht, wie viel Geld meine Mutter hat. Für einen Bugatti würde sie mir jedenfalls nichts geben, meine Mutter legt den Lebensstandard sehr präzise fest – meinen Standard, für den sie aufzukommen bereit war. Also keinen Bugatti, auf keinen Fall. Auch keinen Alfa Romeo, keinen Hispano-Suiza, keine Luxusmarken, ich weiß nicht, ob ein

Cadillac noch in Frage käme, nein, ein Cadillac eher auch nicht. Ich wollte sowieso ein neues Auto kaufen, statt des Olympia, endlich etwas Seriöseres. Erst sollte es ein Kapitän sein, aber später wollte ich einen Buick Modell 41-C, amerikanisch, die Karosserie bei uns gebaut, viertüriger Phaeton mit komplett einziehbarem Dach, nicht so wie beim Olympia, die Karosserie natürlich Torpedo, fünfsitzig, bequem, Radabstand hundertzwanzig Zoll, ein Wunder auf Rädern, blau, ich hatte ihn im Katalog bei Skwarczewski in der Kredytowa gesehen und mir die Modelle siebenunddreißig und achtunddreißig in natura vorführen lassen, hundertsieben PS und sogar Fahrtrichtungsanzeiger mit einem orangenen, blinkenden Lämpchen, als Standardzubehör. Sehr nützlich. Mutter versprach, mir das Geld zu geben, im September sollte ich die Anzahlung leisten und in drei Wochen das Auto abholen, ein Transportschiff aus Gdynia war unterwegs, von Boston, versprach jedenfalls Direktor Pappadakis mit seinem skurrilen Akzent, mein Herr, bis Mitte November wird das Autochen in Ihrer Garage stehen, jetzt dümpelt es gerade über den Atlantik! Er redete wie ein Jude, obwohl er Grieche war.

Ein ernstzunehmendes Auto wollte ich haben. Schließlich war ich ein ernstzunehmender Mensch. Aber nicht irgendein normales, sondern einen Phaeton, elegant, und ein Graf könnte mit einem Buick mit Schiebedach fahren, ohne sich zu schämen. Bei sommerlichen Hochzeiten, im englischen Stil, hätte man elegant damit vorfahren können, ich selbst am Steuer, beim Phaeton geht das, das ist fast wie ein Coupé, hinten Jureczek im blauen Spencer, daneben Hela im hellen Kleid, hellblau, ich in Jackett und gestreifter Hose, grauer Zylinder, gelbe Handschuhe, werfe dem Boy die Schlüssel zu, damit er das Auto wegfährt, und wir gehen, heben die Sektgläser, so hätte es sein sollen. Und ist es nicht.

So versprach es Pappadakis, Direktor der Autohandelsgesellschaft der Hauptstadt in der Kredytowa 2. Der wie ein Jude redete und doch ein Grieche war. Und wie ein Jude aussah.

Wie komme ich jetzt auf Pappadakis? Ich bin Konstanty Willemann und mag Autos, mag Autos mehr als Pferde.

Ich bin Baldur von Strachwitz, ich mag Frauen, will für etwas kämpfen und töten, ich habe Angst vor Frauen, der Welt, vor den Menschen, ich habe Angst vor allem.

Wir erreichen Kozienice, ich mit dem deutschen Adler auf der Brust. In Kozienice könnten wir nach Dęblin abbiegen, aber die Straße fährt sich gut, deshalb will ich jetzt nicht die Weichselüberquerung versuchen, stattdessen biegen wir nach rechts ab, um wenige Kilometer hinter der Stadt den Weg nach Zwoleń zu nehmen.

Die Straße wird schlagartig schlechter, mehr als vierzig Stundenkilometer sind nicht drin, wir fahren langsam. Dafür wird das Wetter besser, das Dach trocknet, und Dzidzia schlägt vor, es zu öffnen, sogar die Sonne kommt raus, es ist schon später am Tag, also fahren wir mit offenem Dach, fahren durch einen Kiefernwald, und es ist schön.

«Das ist die letzte Woche, nun sei mal nicht so knausrig, Schatz, und schau mich zärtlich an», singt Dzidzia, lacht auf und verstummt gleich wieder.

Hinter dem Wald muss ich bremsen: Die Bahnlinie von Radom nach Brześć, der Übergang zerbombt, die Gleise verbogen, aber wir können vorsichtig rüberfahren, danach Felder, dahinter ist die Fahrbahn wieder befestigt, und wir fahren wieder schneller, bis wir schließlich nach Zwoleń kommen, immer noch mit offenem Dach.

Es ist nach vier, die Sonne geht über der Straße nach Radom unter. In den Vororten, wenn man das so nennen kann, strohgedeckte Holzhütten, Armut, Dreck und Schlamm. Hier geboren, hätte ich nichts als sterben wollen, egal ob Pole oder Jude, Konstanty oder Baldur. Danach ein paar städtische Häuser, aber alles ausgebrannt, nackte Mauern, die schwarzen Stummel der Dachbalken, einsame Schornsteine zwischen den Mauern wie Donjons verlassener Festungen. Wir biegen nach links ab, zum Marktplatz.

Dzidzia sieht sich die Zerstörungen an.

Und ich weide mich an der kürzlichen Feuersbrunst, wittere noch den kürzlich verstummten, heulenden Gesang der Verbrannten, den Fleischgestank der Zerrissenen, doch dich geht das nichts mehr an, Konstanty, du hörst mir nicht mehr zu, und meine Leidenschaften rühren dein Herz nicht mehr.

«Wozu mussten sie das bombardieren?», fragt Dzidzia.

Wozu ein beschissenes Judenstädtchen an der Grenze zwischen Masowien und Kleinpolen zusammenbomben, warum beschissene Häuschen, mickrige Mietskasernen aus Dreckziegeln, mit Scheiße in Scheißfarben gestrichen, bombardieren, wozu – dachte ich, und was sollte ich Dzidzia antworten?

Überleg mal, Konstanty, wozu, du weißt es doch, du erinnerst dich doch, denk nach.

«Wenn ich mich recht entsinne, lagen hier die Stäbe der operativen Gruppen der Armee Preußen. Das Kommando hatte dieser Schweinehund Dąb-Biernacki, er organisierte die Überfahrt. Ein Haufen Militär war hier, das mussten sie bombardieren», sage ich, erstaunt, dass ich das weiß.

Er weiß es. Er. Konstanty Willemann weiß es.

«Ja, musstet ihr wohl», lacht Dzidzia mit der Skrupellosigkeit, zu der nur Frauen fähig sind.

Flache, jüdische Häuser am langgezogenen Marktplatz, ausgebrannte, verrußte Wände, in den Fenstern noch Reste der Holzrahmen, Juden geistern ohne Sinn und Verstand über den Platz, Polen sieht man kaum, Deutsche überhaupt nicht. Überall Müll, Stapel von irgendwelchen Gerätschaften, zerbrochene Fuhrwerke, steil aufragende Deichseln, halbe Räder und Gurte von Pferdegeschirr und ein ausgeweideter Lastwagen mit verräuchertem Fahrerhaus, zivil, bestimmt vom Militär requiriert.

Ich erinnere mich an diese Kleinstadt, ich war hier ein paarmal im Leben durchgekommen. Konstanty Willemann war dort durchgekommen. Hat mit Jacek am Marktplatz zu Mittag gegessen, wir waren mit den Autos nach Lwów unterwegs, hier machten wir Rast. Halt. Vor zwei oder drei Jahren. Da waren keine verbrannten Fuhrwerke oder Lastwagen und die Juden geisterten nicht herum, sondern eilten nach jüdischer Art ihren Geschäften nach. Jetzt sah ich mich um und konnte nicht mehr sagen, in welcher Ruine das Rasthaus gewesen war, ich wusste es nicht mehr und konnte es nicht erkennen.

«Strecken wir mal unsere Glieder?», fragt Dzidzia und lächelt wonnig.

Also steigen wir aus, ich bleibe vor dem Auto stehen, blicke auf die am Marktplatz versammelten Menschen und greife wieder in den Wagen hinein, nach der Maschinenpistole.

Das bereue ich sofort. Ist doch feige, die MPi mitzunehmen, habe ich Angst oder was? Das sind kleinstädtische Juden, viele tragen Peies, in stinkenden Kaftanen, und ich habe Angst, greife nach der MPi, das sind doch schließlich keine Makkabäer, diese Jüdlein hier.

Die Juden schauen neugierig herüber, manche huschen von der Straße. Einer kommt mutig zu uns herüber. Kräftig, im besten Mannesalter, der schwarze Bart dicht wie aus Filz, keine Peies, Schirmmütze.

«Sehr geehrter Herr Offizier …», beginnt er in gutem, reinem Deutsch, nachdem er die Mütze abgenommen hat. Er knetet sie jedoch nicht in den Händen, er hält sie einfach.

«Ich spreche Polnisch.» Warum sage ich das, in gutem, reinem Polnisch, ist mein Polnisch gut und rein?

«Ach», sagt der Jude verwirrt.

«Worum geht es?», frage ich, und Dzidzia lächelt an meiner Seite wie eine Königin.

«Herr Offizier, also ...», antwortet er in gutem Polnisch. «Also, uns wurde befohlen, uns heute hier auf dem Markt zu versammeln, zu Aufräumarbeiten, allen Juden aus Zwoleń wurde das per Bekanntmachung befohlen. Jetzt sind wir hier alle erschienen, aber bisher ist niemand gekommen. Wir wissen nicht, was tun. Wir haben weder Werkzeuge, denn es hieß ja, dass die nicht nötig sind. Sie sind gewiss nicht deshalb hier, oder? Einen Offizier wie Sie hätte man doch nicht zur Beaufsichtigung von ein paar Juden geschickt, nicht wahr?»

Ich höre geduldig zu. Dzidzia lächelt königlich. Ich höre zu, dann erwidere ich:

«Nein, niemand hat mich hier zur eurer Beaufsichtigung geschickt. Wartet einfach, bald wird jemand kommen.»

«Natürlich, Herr Offizier. Auf Wiedersehen. Einen guten Tag wünsche ich Ihnen.»

«Auf Wiedersehen», sage ich und bin im Begriff, die Mütze zu lüften wie einen Hut.

Der Jude verbeugt sich, dreht um und geht.

«Ich will in die Kirche», sagt Dzidzia.

«Dann gehen wir.» Der Turm ragt hinter den Ruinen auf, wir kommen in eine ausgebrannte Gasse, doch ich kehre plötzlich um. Das Auto zuschließen, ich wühle den Schlüssel aus der Tasche und schließe ab.

Die Juden gucken mich an, als wäre ich übergeschnappt.

Bist du auch, Kostek, hör endlich, was ich sage, mit dem Herzen, nicht nur mit dem Ohr, du bist wohl übergeschnappt, Kostek, das Auto abzuschließen! Damit zeigst du deine Feigheit und Schwäche, du gehst davon aus, jemand könnte es wagen, ihn zu stehlen.

«Meschuggener», denken die Juden. Verrückt geworden der Deutsche, polnisch spricht er, komischer Deutscher.

Dzidzia sieht dich seltsam an. Verächtlich? Nein. Geringschätzig? Nein.

Mich. Nicht. Baldur? Nicht. Dzidzia guckt Konstanty komisch an, geringschätzig, denn sie sieht in dieser Uniform Konstanty, nicht mich, Baldur von Strachwitz, sie weiß nicht, dass ich Baldur bin.

Dass ich es bin, Baldur, Baldur von Strachwitz.

«Wozu willst du denn in die Kirche?»

«Heute ist doch Sonntag», antwortet Dzidzia lachend, und ich weiß nicht, ob sie perfide spottet oder es für sie tatsächlich wichtig ist, dass heute Sonntag ist, ich weiß es nicht.

Der Bau ist gotisch. Seitlich angebaut eine Renaissancekapelle auf quadratischem Grundriss, wie beim Waweł. Das interessiert mich einen Scheiß.

«Gehst du denn nicht zur Kirche, Konstanty?», fragt sie.

«Ich bin nicht getauft», antworte ich.

Dabei ist doch Baldur von Strachwitz getauft, ich bin getauft, natürlich, denk an den heiligen Jacek Odrowąż, katholischer Adel. Wojsław von Strachowice war auch getauft, schon ein Ritter, kein slawischer Haudegen mehr, Baldur von Strachwitz muss ebenfalls getauft sein, sogar der schwarze Wildschweinkopf in unserem Wappen wird getauft sein.

Selbst Katarzyna Willemann ist getauft, nur er, der arme Kerl, der arme Kostek nicht, weil die Adlerin die Priester hasste und Baldur verbat, ihren Sohn taufen zu lassen, und ich liebte nur sie, sie war meine Welt, und wenn sie die Priester hasste, hasste ich sie auch und ließ meinen einzigen Sohn nicht taufen, da sie mir das verboten hatte, dreißig Jahre ist das her, ich war damals so jung und hatte ein Gesicht, jetzt habe ich wieder ein Gesicht, das Gesicht meines Sohnes, den ich nicht taufen ließ.

«War bestimmt nicht leicht?», fragt Dzidzia ahnungsvoll, besorgt.

«Ich habe immer gesagt, wir sind evangelisch. Hat meine Mutter mir beigebracht, aber in die Kirche gingen wir nicht, ich habe gelogen, dass wir evangelisch sind, dass ich in der Kirche in Kattowitz getauft bin, aber das stimmt nicht», stoße ich heraus.

Dzidzia fasst mich unter dem Arm.

«Ich würde gern die Messe hören.»

Ich sehe auf die Uhr, wie ein Idiot, als wüsste ich nicht, wie spät es ist, klar weiß ich das.

«Es ist doch schon nach vier», wundere ich mich.

«Aber du bist bei mir. Du könntest doch den Priester bitten ...?»

«Können die denn einfach so zweimal am Tag die Messe lesen?»

«Keine Ahnung», lächelt Dzidzia. «Die Riten haben mich nie interessiert.»

«Aber jetzt willst du die Messe hören?»

«Genau.»

Ihr liegt gar nicht an der Messe, verstehst du nicht, Konstanty?

Ich weiß, dass ihr nicht an der Messe liegt, sondern dass sie mich in einem Moment der Macht, vielleicht der Gewalt sehen will. Ich könnte nein sagen, aber ich selbst will mich in so einem Moment erleben, klopfe also an die Tür des verputzten, von Bomben unberührten Ziegelbaus, des Pfarrhauses.

Ich klopfe aufdringlich, heftig und rufe, denn das scheint mir angebracht:

«Aufmachen! Schnell!»

Ein Priester öffnet, ein Vikar eher, denn er ist jung, arm und mager, mit Brille, ein Glas ist gesprungen, das Gestell verbogen.

«Ja, worum geht es?», fragt der Priester. Sein Deutsch klingt sehr polnisch, aber es ist Deutsch.

«Die Dame möchte gern die Messe hören», erwidere ich.

Ich schau ihn an, schau ihm erwartungsvoll ins Gesicht, trage eine Uniform mit deutschem Adler auf der Brust, ein Halfter am Gürtel, die Kragenstreifen des Offiziers und Epauletten, eine Mütze.

Er ist überrascht, dass ich polnisch spreche, deswegen wägt er einen Augenblick ab, was zu tun sei. Hätte ich die Forderung auf Deutsch gestellt, hätte er wohl keine Sekunde lang gezögert und wäre sofort gegangen, jetzt hat er nicht nur Angst vor mir, sondern fragt sich auch, warum ich polnisch spreche, ein Fehler von mir, wieder ein Fehler, lauter Fehler.

Hinter dem mageren Vikar taucht der Pfarrer auf. Dem Vorurteil nach hatte ich einen dicken Pfarrer erwartet, der hier ist eher mickrig, der obligatorische Kontrast zwischen Dorfpfarrer und Vikar beschränkt sich auf die Ordinationsachse.

«Was gibt es?», fragt der Pfarrer.

«Dieser Herr Offizier spricht polnisch», kommt der Vikar uns zuvor. «Und er wünscht, dass wir die heilige Messe feiern, denn seine Begleiterin möchte das gerne.»

«Aber wir beide haben heute schon die Messe gelesen», protestiert der ältere Priester. «Und wir sollen das nicht mehr als einmal täglich tun. Es geht nicht, dass irgendjemand einfach kommt und die Messe von uns verlangt.»

«Interessiert mich nicht», erwidere ich.

«Das glaube ich. Aber wenn die Dame die Messe hören will, dann ist sie katholisch und die Gebote unseres Glaubens werden ihr etwas bedeuten. Von daher …», fährt der Priester fort.

«Pfaffe …», sagt Dzidzia hinter meinem Rücken. Sie ist ihm ins Wort gefallen, er verstummt.

Sie sagt das sehr leise. Zischelt beinahe. Sagt es, wie nur wahre Aristokraten das können. Doch das ist keine Frage des Blutes, auch meine Mutter konnte so sprechen, letztlich eine Kleinbürgerin, auch mein Vater, obwohl seit siebenhundert

Jahren, seit Ewigkeiten ritterliches Blut durch die Familie strömt.

Die Priester schrumpfen von diesem Wort zusammen. Sie wissen genau, wer so zu ihnen sprechen darf, in diesem Ton, solche Worte, auf diese Weise.

«Pfaffe», wiederholt Dzidzia. «Ich will die Messe hören. Ich bin nicht ‹irgendjemand›.»

Die Gesichter über den Soutanen werden lang. Sie schweigen einen Augenblick.

«Selbstverständlich, ich meine nicht Sie, verehrte Dame. Bitte um Verzeihung», flüstert der Pfarrer unterwürfig. «Bitte warten Sie in der Kirche.»

So antworten die Sklaven dieser Welt den Herren dieser Welt. Und den Herrinnen. Aber dir gab das einen Stich, Konstanty, obwohl du doch mit Herz und Seele der Herrenwelt angehörst, schließlich bist du kein Sklave, aber einen Stich gab es dir, einen Moment warst du auf der Seite dieses Priesters, auch wenn du in deutscher Uniform mit der Maschinenpistole vor ihm stehst. Aber du weißt doch, Konstanty, dass die Welt so eingerichtet ist, immer wird es Herrschende und Beherrschte geben, und die Grenze zwischen ihnen ist unüberwindlicher als die Grenze zwischen Erlösten und Verdammten, das sind entgegengesetzte Pole dessen, was Menschsein heißt.

Ob ein römischer Senator und sein Leibeigener, ein Baron im Panzerhemd und sein Bauer, Bellator und Laborator, ob Dzidzia und dieser Pfarrer mit dem Bauerngesicht oder irgendeine andere Konfiguration dieser beiden grundlegenden und unvereinbaren Arten von Menschsein, der Herrschenden und der Beherrschten.

Und ich war einen Augenblick lang auf Seiten dieses Priesters, auch wenn ich in deutscher Uniform vor ihm stehe. Obwohl ich weiß, dass Gewalt und ihre Androhung, auf die jede Macht sich stützt, der Grund- und Urstoff dieser Welt ist. Und plötzlich, jetzt, jetzt gefällt mir das nicht, dabei habe ich so viel gelacht über diese Kaffeehaussozialisten, als es noch richtige Kaffeehäuser und Sozialisten gab. Wir haben sie verspottet, und sie entflammten in heiliger Empörung und hielten uns für Lumpen, für privilegierte Lumpen, die in ihren teuren Schlitten durch die Gegend fahren, unempfindsam für das Leid, das anderen angetan wird, dabei wussten wir alle, solche wie Jacek und ich, dass sie uns zu Recht für Lumpen halten, aber wir wussten auch, dass das so sein muss, die Welt ist so eingerichtet, es muss solche wie uns geben und solche wie sie. Wir und unsere Kinder könnten uns auf jeder Seite dieser Mauer wiederfinden, aber die Mauer zwischen Herrschenden und Beherrschten muss stehen und wird immer stehen.

Wir betreten die Kirche. Dzidzia verbirgt ihr Haar unter dem bunt geblümten Seidentuch. Die Kirche innen: hässliche Gotik überputzt mit hässlichem Barock. Mich interessiert eine der Kapellen.

«Oh, hier ist Kochanowski begraben», staune ich.

«Was für ein Glück, dass ich von einem Mann keine Bildung verlange», lacht Dzidzia.

Ich schäme mich nicht einmal besonders.

Wir setzen uns in einer Bank.

In einem Grab unter dem Fußboden dieser hässlichen Dorfkirche liegt Jan Kochanowski.

Aber ohne Kopf, Kostek, der Kopf wurde aus der Gruft geholt, und später stellte sich heraus, dass die Leichen vertauscht waren, sein Kopf liegt im Grab der Ehefrau, und aus dem seinen hat eine Hyäne den Kopf der Frau für die Nachwelt geborgen, er liegt im Czartoryski-Museum; der falsche Kopf, nein – der richtige Kopf, eine nationale Reliquie, wurde im Schloss der Familie in Sieniawa bestattet und über dem richtigen und dem falschen grübeln die Forscher. Aber dich kümmert das gar nicht, Kostek, nicht wahr?

Der Priester tritt in die Kirche, seine mickrige Gestalt aufgedunsen, in Schichten von liturgischen Gewändern gehüllt. Hinter ihm ein kleiner Ministrant, weiß Gott, wo sie den so schnell aufgetrieben haben.

Der Pfarrer sieht kein einziges Mal zu uns her. Der Ministrant zittert vor Angst. Dzidzia steht auf, du tust es ihr nach.

Ich tue es ihr nach und werde das weiter so tun.

Der Priester verneigt sich vor dem Seitenaltar und nuschelt etwas auf Lateinisch, schlägt das Zeichen des Kreuzes.

Es stimmt nicht, dass ich nie zum Gottesdienst ging. Ich ging schon, in Grudziądz und später in Trembowla, mit den Ulanen, obwohl ich in den Personalbogen auf Empfehlung meiner Mutter immer «evangelisch» schrieb: Zur Kirche ging ich trotzdem, ich wollte nicht zurückstehen, das heilige Abendmahl nahm ich natürlich nicht ein, und so waren alle ganz zufrieden und stolz auf mich, dass ich mit dieser Situation so gut zurechtkam, genau das erwarteten sie ja von einem Pistolenmann: bleibt bei seiner Meinung, erweist der Mehrheit aber den nötigen Respekt. Das Christentum interessierte dort auch niemanden richtig, das waren schließlich keine alten Weiber, sondern junge Offiziere, Ulanen – zur Kirche geht man, weil man eben muss, der Rest bleibt den Pfaffen und alten Tanten überlassen. Also ging ich, den Rest überließ ich meinetwegen dem Teufel.

Priester und Ministrant wechseln ein paar Worte auf Lateinisch, bestimmt schon die Einleitung zur Messe.

Dzidzia, die sich gesetzt hatte, steht nun auf und bekreuzigt sich, der Priester und der Ministrant machen weiter mit ihrem Geschäft, verbeugen und bekreuzigen sich alle Augenblicke und nuscheln ihre Formeln.

«Und erlöse mich, Herr, von den Betrügerischen und den Ungerechten», sagt Dzidzia, ohne die Stimme zum Flüsterton zu senken.

«Bitte?», frage ich verwundert.

«Ab homine iniquo et doloso erue me», erwidert sie. «Das hat der Priester geflüstert, auf Latein, ich habe es dir übersetzt, Kostek, ich dachte, das könnte dir gefallen.»

«Hörst du denn, was die da reden?», staune ich.

«Ich muss es nicht hören, ich weiß doch, was die sagen», lächelt Dzidzia.

Ich verstehe gar nichts mehr. Der Priester macht weiter mit seiner Litanei, auf dem Altar brennt ein Lämpchen.

«Ich warte am Auto», flüstere ich Dzidzia ins Ohr, denn ich bringe es nicht fertig, laut zu ihr zu sprechen.

«Spera in Deo, quoniam adhuc confitebor illi: salutare vultus mei, et Deus meus», sagt der Priester.

Ich gehe raus. Verfluchter Kochanowski Fischficker. Verfluchte Pfaffen. Und Dzidzia. Sie spielen, alle spielen sie mit mir, als wäre ich ein Fußball, als wäre ich keine fünf Złoty wert. Ich werfe mir die MPi über die Schulter und gehe los. Trage Breeches und Kavalleriestiefel mit Sporen, schon wieder, dabei mag ich keine Pferde. Zwischen dem Ende der Zeit in Trembowla und dem Krieg habe ich kein einziges Mal im Sattel gesessen; furchtbar waren dann die ersten Tage, als wir in Großpolen aus dem Zug gestiegen waren und uns auf die Pferde quälen mussten. Als ich schließlich abstieg, waren meine Schenkel butterweich von den harten Pferdeflanken.

Abgebrannte Häuser. Eine vorübereilende Frau verwandelt sich vor mir in eine Bettlerin, streckt, als sie mich sieht, die Hand aus. Ich greife in die Manteltasche, leer, also hebe ich die Mantelschöße und fahre in die Hosentasche, ein bisschen Kleingeld, ich hole eine Handvoll raus, Pfennigmünzen: einmal fünfzig, zwei Zehner und ein Fünfer. Auf allen Adler, und die Adler halten Hakenkreuze in den Klauen.

Das Kleingeld meines Vaters. Was kann ein Mensch ohne Gesicht und ohne Schwanz für Kleingeld kaufen?

Ich werfe der Frau das Geld hin, und mir wird schwindlig, doch stürze ich nicht. Zum Weinen ist mir zumute, doch ich weine nicht, ich kann nicht, darf nicht weinen, wie sollte ich weinen in der Uniform der Sieger, weinen könnte ich, wenn ich statt des grauen Mantels meine Uniform aus grüner Gabardine tragen würde, aber bei der Niederlage habe ich nicht geweint, denn das war mir alles scheißegal. Aber jetzt ist mir zum Weinen zumute, worüber, über was, die Welt möchte ich in meinen Tränen ertränken, diese armselige Frau am Nacken packen und ihren Kopf in die Lache meiner Tränen drücken, ich erreiche den Marktplatz und würde gern jeden dieser Juden am Schopf fassen und in meinen Tränen ersäufen.

Ein Motorrad mit Beiwagen fährt auf den Markt, darin zwei Gendarmen, hinter ihnen ein Lastwagen. Sie steigen gerade aus, als ich hinter einer verrußten Mauer auftauche. Helme, gummierte, knielange Mäntel, auf der Brust an Ketten hängende Stahlkoppeln, schön geschmiedete Glieder, aber im Grunde doch erbärmlich, dieses Stümmelchen, ein atrophierter Plattenharnisch.

Sie salutieren bei meinem Anblick, und ich frage mich ängstlich, ob mein Deutsch gut genug ist. Versuchen muss ich es so oder so.

«Wo wart ihr, ihr Säcke!», brülle ich. «Diese Menschen warten hier seit einer Stunde auf euch!»

Sie entschuldigen sich vielmals, ich weiß nicht, was sie mehr erschreckt, dass sie hier ein Offizier mit den furchteinflößenden Buchstaben GFP an der Schulter zusammenstaucht oder dass ich sie gleichsam im Namen der hier versammelten Juden zusammenstauche, obwohl die, das muss ich gestehen, abscheulich stinken.

Ich war nie Antisemit, aber dass ich die Juden liebe, kann ich auch nicht behaupten. Das heißt: Einen Tuwim oder Leśmian könnte ich lieben, aber diese Kaftanvogelscheuchen hier, diese Peiesjüdlein kann man schwerlich gernhaben, das weiß jeder.

Ich wende mich ab.

Meine Hände beginnen zu zittern. In diesen grauen Handschuhen dürfen mir die Hände nicht zittern, ein Arm, der die schwarze Binde mit den Silberbuchstaben der Geheimen Feldpolizei trägt, darf nicht zittern, deshalb wende ich mich ab, als wäre es vor Wut, dabei bin ich nicht wütend, ich will sie nur zur Übung erniedrigen, und gehe zum Chevrolet, setze mich in den Wagen und lasse meine Hände dort zittern.

Die Gendarmen führen eine Selektion durch. Sie wählen die kräftiger gebauten Juden zur Arbeit aus, verteilen Schaufeln, Spitzhacken und Spaten, worauf die Juden ihre Werkzeuge auf die offene Ladefläche des Lkw werfen und sich dann selber hochhangeln.

Die, die auf dem Platz bleiben, kehren in ihr schläfriges, zielloses Dasein zurück, keine Hektik, wozu denn jetzt hektisch werden, da die Welt noch flüssig ist, zu keiner Form geronnen; damit die Juden hektisch sein können, muss die Welt eine Form haben. Ohne das lassen sie sich nur schläfrig treiben.

Ich lasse den Motor an, fahre vor das Pfarrhaus und gehe zurück in die Kirche. Das dumpfe Knallen meiner Absätze auf dem Steinboden des gotischen Schiffs, der Priester steht gerade schweigend vor dem Altar, sein Ornat wie eine goldbestickte Violine, ich gehe, und er hebt die Hostie, flüstert seine lateinischen Beschwörungen. Ich knie nieder, im gleichen Reflex, mit dem ich auch einem Vorgesetzten salutiere, dieselbe Angewohnheit aus Grudziądz.

Ich knie also im Mittelgang nieder, stehe aber gleich wieder auf, denn ich will nicht knien, ein Baldur von Strachwitz kniet vor niemandem.

Baldur von Strachwitz geht nur vor deiner Mutter in die

Knie, er kniet vor der Weißen Adlerin und erhebt sich nie wieder, und das weißt du, Kostek, das weißt du doch.

Der Priester vollendet sein Werk über dem Kelch. Der Wein verwandelt sich in Blut, oder er bleibt Wein, und in was verwandelt sich das Blut in deinen Adern, Konstanty, könntest du den Pfaffen nicht bitten, dass er nicht nur den Wein in Blut verwandelt, sondern auch dein Blut in ein anderes Blut?

Baldur von Strachwitz kniet vor niemandem, ich aber knie nieder.

«Unde et memores, Domine, nos servi tui, sed et plebs tua sancta, eiusdem Christi Filii tui, Domini nostri, tam beatae passionis, nec non et ab inferis resurrectionis, sed et in coelos gloriosae ascensionis», flüstert der Priester, und ihr hört kein Wort davon.

Du setzt dich neben die kniende Dzidzia, sie wirft dir einen Blick zu – und du kniest nieder.

«Offerimus praeclarae majestati tuae de tuis donis ac datis, hostiam puram, hostiam sanctam, hostiam immaculatam», flüstert fast stimmlos der Priester, schlägt das Zeichen des Kreuzes über der Hostie und dem Kelch, und mir kommt das alles bekannt vor, aber nicht vertraut wie anderen, die das aus ihrer Kindheit kennen, die es auswendig mitbeten können, ich kannte das nicht, bevor ich die Messen in Grudziądz und später in Trembowla besuchte, und danach bin ich ja auch so gut wie gar nicht wieder hingegangen.

«Panem sanctum vitae aeternae et Calicem salutis perpetuae», flüstert der Priester und flüstert immer fort, die Arme ausbreitend, die weißen Ärmel der Alba hängen an den hageren Armen wie weiße Fahnen, er spricht weiter, doch ich höre nicht mehr zu.

Ich sitze neben Dzidzia, und der Priester ist endlich bei seinem «Ite, missa est» angelangt, jenen Worten, die immer einen angenehmen Erregungschauder in mir hervorriefen, endete damit doch eine unerträgliche Stunde von Langeweile und Zauberei, vom missa est an wurde es wieder hell, noch das letzte Evangelium, in principio erat Verbum, et Verbum erat apud Deum, et Deus erat Verbum, dann noch das Ave Maria gratia plena, das Salve Regina. Und wir könnten genauso gut schon rausgehen, diese Messe ist ja privat, unsere eigene, bestellt und erzwungen, ich war gerade schon draußen gewesen, ich muss hier nicht ausharren, kann tun, was mir beliebt. Und ich warte dennoch, warum? Weil ich auf Dzidzia warte, was soll ich draußen tun in diesem beschissenen Judenstädtchen, und am Ende Cor Jesu sacratissimum miserere nobis und Schluss, Schluss, ich hab ausgehalten bis zum Schluss, wie in einer Regimentsmesse in Trembowla, endlich aufatmen und raus, raus, der Priester geht raus, Dzidzia steht auf und geht und ich ihr nach, und um mich herum gehen die graugrüne Uniform und der Mantel und der Gürtel mit Halfter und aus der Kirche.

«Wir übernachten hier», sagt Dzidzia draußen.

«Das heißt?»

«Im Pfarrhaus. Es ist schon spät. Ich hab doch gesagt, dass wir nicht im Freien schlafen werden. Regle das.»

Der Pfarrer kommt aus der Sakristei, ohne die bunten Kaplanengewänder, nur in schwarzer Soutane, ich gehe auf ihn zu, er hat keine Angst vor mir. Vorhin hat er Angst gehabt, jetzt nicht mehr, oder vielleicht nicht mehr so viel.

«Wir werden im Pfarrhaus schlafen», sage ich.

Der Priester nickt nur zur Bestätigung, dass er das gehört hat, eine Zustimmung wird von ihm nicht verlangt.

«Der Junge soll unsere Sachen aus dem Kofferraum holen», sage ich noch.

Der Priester nickt erneut und lädt uns mit einer Geste, aber wortlos ins Pfarrgebäude ein.

Wir treten ein. Eine ziemliche Unordnung, wie in Polen üblich, aber keine Spur von Krieg zu erkennen – denkt Baldur.

Baldur?

Im Flur der Vikar, er führt uns ins Speisezimmer. Ich reiche ihm Dzidzias Mantel, dann meinen und die Mütze, er hängt sie sorgfältig an die Kleiderhaken und in den Schrank.

Wir nehmen an einem Ende des großen Tisches Platz.

«Das Abendessen wird sehr bescheiden sein, bei uns herrscht fast Hunger.»

«Wir haben Geld», sage ich.

«Nein, nein, vielen Dank, aber nein», sagt der Pfarrer, als er hereintritt. Auch er setzt sich an den Tisch.

Kurz darauf schaut der Junge ins Esszimmer.

«Ihr Gepäck habe ich auf die Zimmer getragen», sagt er leise. Das kluge und traurige Gesicht eines Lehrersohnes.

«Ich möchte bitte getrennte Schlafzimmer», äußert Dzidzia.

Der Vikar und der Pfarrer sehen sich an, wie, erstaunt? Ich weiß nicht.

«Sie können in meinem Zimmer schlafen, und der Herr beim Vikar, wenn Sie diesen Wunsch haben», sagt der ältere Priester.

Die Haushälterin, jung und gut gewachsen, kommt ins Esszimmer und stellt eine Suppenterrine auf den Tisch, legt einen halben Brotlaib dazu. Nicht viel.

«Mehr ist nicht da.»

«Danke, das reicht», sage ich.

Versöhnlich? Oder nicht versöhnlich?

Die Haushälterin schenkt Suppe in die Teller und zieht sich zurück, sie wird ihre Mahlzeit in der Küche zu sich nehmen. Kräftige, breite Hüften, auch die Arme stark wie die einer Schwimmerin, die Brust groß und schwer, nicht sehr sportlich und auch nicht elegant, aber sie passt hier ins Bild. Sehr ärmlich gekleidet.

Der Pfarrer spricht ein Gebet und nimmt, als Hausherr, als Erster einen Schöpfer von der dünnen Suppe.

«Seltsam. Dass Sie, Herr Pfarrer, mit einem so jungen Vikar in der Pfarrei, eine so junge Haushälterin haben», knüpft Dzidzia ein Gespräch an, genau zum richtigen Zeitpunkt, nach dem vierten Löffel Suppe, als das Schweigen schon deutlich, aber noch nicht peinlich im Raum steht.

Was sind denn das für Gedanken, sagt Frau von Trąbecki Czesławowa Bielska, und überhaupt, na sag schon, Konstanty, wo gibt es denn so was, dass wir als geladene Gäste eines Abendessens die Konversation beginnen?

Der Vikar verschluckt sich fast an seiner Suppe. Der Pfarrer sieht Dzidzia an und schweigt, überlegt, wie man überhaupt auf so ein Diktum reagieren könne. Wenn er darauf eingeht, den Faden aufnimmt, bedeutet das womöglich, dass er diese Polnisch sprechenden Deutschen nicht nur unter unausgesprochenem Zwang beherbergt, sondern sie als richtige Gäste empfängt. Sie steigen nicht bei ihm ab, sondern sie sind seine Gäste. Wie reagiert man auf die im Grunde unverschämte Bemerkung dieser seltsamen, mutigen Frau, wer ist sie? Wird er es wagen, sie mit einer ausbleibenden oder auch groben Antwort vor den Kopf zu stoßen? Schließlich wird dieser Mensch in der grauen Uniform ihn wohl nicht gleich erschießen, Offiziere schießen nicht auf Priester, und ganz bestimmt nicht beim Abendessen, selbst wenn es ein bescheidenes ist. Aber soll er den Vikar verletzen, indem er auf dieses Spiel eingeht, der Bemerkung nicht widerspricht, sie auch nicht abtut? Und wenn sie die Wahrheit angesprochen hat?

Deshalb schweigt der Pfarrer eine Weile und sagt schließlich:

«Es war gerade keine alte und hässliche zur Hand.»

Das löst den Gesprächsknoten aber noch nicht, denn nun liegt die Frage der Attraktivität des Vikars in der Waagschale. Der ist wieder zu Atem gekommen, heftet den Blick starr auf den Teller und löffelt eifrig, als interessierte ihn nichts auf dieser Welt mehr als die Suppe. Womöglich ist das tatsächlich so: Erst das Fressen.

«Aber unser Vikar ist doch so einer nicht, und unsere Hanna verheiratet, sie schaut nur vorbei», erklärt der Pfarrer, und Frau Hanna trägt eine traurige Flasche Wein auf. Ein vernichtender Blick des Pfarrers.

«Vier sind noch übrig, Euer Gnaden, da dachte ich, ich trag ihn auf, wenn Gäste da sind, vielleicht mögen sie …», verstummt sie langsam.

«Na stellen Sie schon her, Hanna, machen Sie auf und gehen Sie», sagt der Pfarrer leer.

Und ich weiß, warum, denn jetzt hatte er nicht nur einen Deutschen zu Gast, er trinkt auch mit einem Deutschen, tränkt einen Deutschen.

«Ich bringe Gläser», erwidert sie, ohne die Fassung zu verlieren. «Und der Herr Vikar öffnen.»

Er öffnet, gießt Wein in die Gläschen. Ich probiere, miserabel, aber manchmal schmeckt sogar das Miserable. Wir trinken aus. Alle schweigen, Dzidzia amüsiert von der über dem Tisch lastenden Stille, als hätte sie alles und alle am Tisch Versammelten unter Kontrolle, und vielleicht ist das tatsächlich so, bestimmt ist es so, wer sonst.

«Zeit für die Nachtruhe, denn morgen früh …», beginnt der Pfarrer, erhebt sich vom Stuhl und wird sich bewusst, dass ihm keine Ausrede einfallen wird.

Jetzt lacht Dzidzia schon sehr laut.

«Na, dann begeben wir uns zur Nachtruhe. Wo werden denn die Hochwürden nächtigen, wenn wir die Zimmer belegen?»

«Ach, wir kommen schon zurecht …», sagt der Pfarrer verlegen.

«Hochwürden gewiss, aber der arme Vikar … Er wird wohl nicht auf dem Flur schlafen.»

Dieser Flirt ist so offensichtlich, dass sogar der Pfarrer ihn bemerkt. Dem Vikar, wahrscheinlich noch jungmännlich, zittern die Hände, das Gesicht glüht.

«Bleiben Sie doch noch eine Weile sitzen, wir bereiten mit Hanna Ihre Zimmer vor», stammelt der Pfarrer, und sie gehen. Durch die geschlossene Tür hören wir, wie der ältere Kaplan den jüngeren zusammenstaucht, aber einzelne Worte sind nicht zu verstehen.

«Gefällt mir, dieser Vikar», sagt Dzidzia.

«Du lügst. So ein Lappen von Mann kann dir nicht gefallen, fast noch ein Knabe.»

«Kann nicht? Soll das ein Verbot sein?»

«Eher Verwunderung.»

Sie lächelt. Wirklich in Sektlaune.

«Vielleicht sollte ich ihn verführen?»

«Viel wirst du von ihm nicht haben, so ein Unschuldslamm, der kommt ja schon, wenn er dich mit deinen Haaren spielen sieht.»

Ich versuche, ruhig Blut zu wahren und gleichgültig zu tun, sie weiß das zu schätzen. Sie dreht weiter eine Haarsträhne auf den Finger, und ich habe einen Augenblick Angst, wie sie auf so eine offen vulgäre und zynische Bemerkung reagieren würde. So hätte es Frau Czesławowa Bielska von Trąbecki gesagt: Dieses Mädchen wirkt auf mich vulgär und scheint zynischen Affären zugeneigt, ich glaube, wenn du dich nach ihr umdrehst, machst du alles zunichte, was wir uns in diesen Lektionen zu lernen bemühten, denn ein wahrer Pole guckt sich nicht nach solchen Mädchen um, die sich die Nähte der Strümpfe an die Waden malen. Dabei ging es mir gerade um diese Nähte, dir ging es auch gerade um diese Nähte, ich war fünfzehn und malträtierte mein Glied nächtelang und beschmutzte das Laken bei der Vorstellung, was so ein Mädchen in solchen Strümpfen mit mir anstellen könnte, nie dachte ich daran, was ich mit ihr anstellen könnte, immer nur, was sie mit mir.

Der Pfarrer kommt wieder ins Esszimmer, zwei entzündete Öllampen in den Händen.

«Bitte, die Zimmer sind bereit.»

Wir folgen ihm, Treppe, Flur, eine Tür für mich, daneben eine andere für Dzidzia, eine Lampe für mich, die andere Lampe für sie.

«Gehen wir schlafen?», frage ich dumm. Dumm.

Dzidzia seufzt anzüglich und macht die Tür des Pfarrerschlafzimmers hinter sich zu. Also gehe auch ich in mein Vikarszimmer und schließe die Tür, ich kann sie ja nicht offen stehen lassen. Ich öffne den Gürtel, ziehe die Uniformjacke aus und habe keine Kraft, mich mit den Stiefeln zu quälen, also lege ich mich in den Stiefeln aufs Bett, achte nur darauf, dass die Sohlen das Bettzeug nicht verdrecken, die Füße ragen über den Rand, einer über dem anderen, nicht sehr bequem. Kurz darauf kommt der Junge und fragt, ob ich noch etwas brauche. Ich heiße ihn, mir die Stiefel auszuziehen, und er hilft mir heraus wie eine geübte Ordonnanz; ich frage nicht, woher die Übung?, und er geht.

Ich liege, draußen ist schon Nacht, obwohl es erst sechs Uhr sein kann. Ich blicke auf die Uhr. Fast halb acht, nicht sechs. Da hat es gar keinen Zweck mehr, sich noch mal aus dem Bett zu bewegen, also schlafe ich ein.

Schritte auf dem Flur. Ich öffne die Augen. Füße auf dem Flur, barfuß, keine Sohlen zu hören, nur das weiche Knarren der Bohlen. Vor dem Fenster der Mond, fast Vollmond, mit Tendenz zum Neumond. Der Spalt unter der Tür dunkel, also geht da jemand ohne Licht. Ich stehe auf, so leise ich kann, trete an die Tür und öffne sie einen Spalt, als höbe ich den Deckel des eigenen Sarges an, und da sehe ich sie gehen. Die Haushälterin schleicht herum, ihre prachtvollen Hüften,

Hanna geht da, aber sie übernachtet doch gar nicht hier. Ich schließe die Tür. Es klopft.

«Jacek», flüstert es. «Jacek! Mach auf», flüstert sie.

Jacek? Mit Igas Stimme. Der Vikar heißt Jacek? Mit Salas Stimme.

Ich öffne nicht. Die Tür.

Sie ist gar nicht hier, sondern weit entfernt, Kostek, in dem unverbrannten Haus, denn weit vom Städtchen hütet sie in diesem Haus Kinder, denen noch so viel Unglück bevorsteht, so viel Leid, so viel Schmerz, die vierziger Jahre und die fünfziger und die sechziger in Zwoleń, und wozu pflegt sie die Kinder, zu was für einem Leben, wozu? Doch du weißt das nicht, oder vielleicht weißt du es gerade, weißt es zwar nicht von ihnen, sondern allgemein. Weißt du es?

Schritte auf dem Flur, und ich öffne die Augen. Barfüßige, leise Schritte, ohne Absätze, nur die Bohlen knarren weich. Ich lasse mich leise vom Bett gleiten und trete leise, damit nichts knarrt, zur Tür, aber es knarrt doch, und von der Wand sieht mich der Herr Jesus an, ich öffne die Tür einen Spalt, als würde ich die Stahltür eines Bunkers öffnen, Kugeln fürchtend, langsam, ich würde gern mein Nachtsichtgerät hinaushalten, aber ich habe keins und strenge nur die eigenen Augen an.

Im dunklen Flur des Pfarrhauses Dzidzia, aber der Mond steht fast rund am Himmel, und Dzidzia ist nackt, nur in ein weißes Laken gewickelt, und wohin sie geht, ist klar, in ihr Pfarrerszimmer, aber woher kommt Dzidzia?

«Kostek?» Sie dreht sich zu mir um.

Ich schließe rasch die Tür, und mein Herz pocht plötzlich schnell, als hätte sie mich bei etwas Beschämendem ertappt, vielleicht ist das wirklich so. Die Bohlen knarren, der Fußboden. Der Mond fast voll, in Richtung Neumond.

«Kostek. Mach auf», sagt sie durch die Tür, ganz nah. Sie steht dicht dahinter.

Ich öffne. Sie nackt, nur ein Laken verhüllt diese Nacktheit, kommt rein, ohne zu fragen. Sie schließt die Tür hinter sich, und ich sehe ihren Körper, auch wenn er weiter vom Laken bedeckt ist, ihren Körper, der so mager ist, so gar nicht nach meinem Geschmack, und den ich so sehr begehre, und sie ist gekommen und ist hier bei mir, mit mir.

Ich greife nach diesem in ein Laken gewickelten Körper und ziehe sie zu mir, und sie wehrt sich nicht, wehrt sich nicht. Schmiegt sich an mich, drängend. Also doch.

«Hast du eine Pistole in der Tasche, oder freust du dich einfach über meinen Besuch?», scherzt sie, ohne das Gesicht von meiner Schulter zu nehmen. Warum scherzt sie?

Ich erschaudere in einem flachen Lächeln, nur ein bisschen, versuche, sie zu küssen, was nicht leicht ist bei ihrem Gesicht an meiner Schulter, das Gesicht sucht einen Weg zu dem anderen Gesicht, das Gesicht versucht, das andere Gesicht zu sich zu drehen, und sie weiß schon, dass der Mund zum Mund will, zu ihm drängt, schon spüre ich auf meinen Lippen ihren Atem, und wenn das geschieht, dann wird alles geschehen.

«Konstanty!», stößt sie mich weg. «Was ist in dich gefahren!»

Ich lasse mich wegstoßen, also stößt sie mich weg, hat mich weggestoßen, und schon trennen uns Ozeane, schon trennt uns alles, auch wenn ich barfuß in Breeches und Hemd dastehe, hinter mir der Mond, und sie nackt in ein Laken gewickelt und barfuß vor mir, zwischen uns schwarze Ozeane.

«Bist du verrückt?», fragt Dzidzia, prustend.

Ich schlucke und wozu, wozu?

«Entschuldige. Du kommst hierher, fast nackt …», erkläre ich mich.

«Und da hast du gedacht, du kannst mich ficken?», fragt sie so, wie sie nicht fragen sollte, warum dieses Wort, warum? So kann ein Fleischer fragen. Oder ein Korporal. Dabei ist sie es, die so spricht, Dzidzia spricht. Ich dachte, ich sei schon ein anderer, dank ihr, hätte mich verändert, ich hatte verstanden, dass ich ich bin, jemand Eigenes und Starkes. Und jetzt wieder.

«Ich werde nicht mit dir schlafen, Konstanty.»

«Aber du schmiegst dich nackt an mich, nur in ein Laken gewickelt.»

Dzidzia zuckt mit den Schultern.

«Zünd die Lampe an.»

Also suche ich Streichhölzer, ich habe sie doch neben die Lampe gelegt, da habe ich sie, hebe den verrußten Schirm, zünde sie an, drehe den Docht heraus, es brennt.

Dzidzia setzt sich ganz unten ans Bettende, dreht den Kopf, nimmt eine Haltung ein, die mir klarmacht, ich muss mich ganz oben hinsetzen, weg von ihr, aber ihr zugewandt, und das tue ich.

«Konstanty!», sagt Dzidzia, und in ihrer Stimme liegt weder Ärger noch Hohn.

Ich höre zu.

«Konstanty …»

«Wo warst du?», frage ich, weil ich dumm bin, sie war kurz davor, mir etwas Wichtiges zu sagen, etwas, das ich gern gehört hätte, aber ich musste ja fragen, und jetzt wird sie es nicht sagen, weil ich gefragt habe: Wo warst du, wo war sie, Dummkopf, Dummkopf, und ich sehe – dass sie kurz davor war, mir etwas Wichtiges zu sagen, und jetzt kalter Ärger und kalter Hohn. Hab alles verdorben.

«Beim Vikar war ich.»

«Beim Vikar?»

Dummkopf, Dummkopf, Dummkopf.

Sie lacht mich aus. Nicht an – aus.

«Beim Vikar. So ein Lappen ist das gar nicht.»

Dabei weiß ich doch, dass sie lügt. Weiß ich denn, dass sie lügt?, ich weiß, dass sie lügt, und doch nicht. Denn vielleicht lügt sie, vielleicht nicht.

«Soll ich dir erzählen?», spottet sie.

«Nein.»

Denn wenn du es nicht erzählst, werde ich denken können, das sei nicht wahr, das sei doch eine Lüge, aber wenn du von dieser Lüge noch mehr sagst, werde ich das nicht mehr denken können, auch wenn du ja überhaupt nicht bei ihm warst.

Sie war nicht da, Kostek. War sie?

«Konstanty, du könntest anders leben.»

«Wie?»

«Du könntest als du selbst leben, nicht als einer wie alle anderen. Wirklich, das könntest du.»

Ihre Stimme, ihre Worte, ihre Augen. Ich weiß, es wird keine körperliche Nähe geben, aber vielleicht eine größere Nähe, eine nähere, stärkere?

«Wer bist du, Konstanty?»

Wer bin ich? Ich bin Konstanty Willemann und mag Frauen, Autos und Morphin, ich sitze gern mit bekannten Leuten im Café, ohne selbst bekannt zu sein, und sitze dennoch dabei, saß mit ihnen wie inter pares, was mich über sie erhob, denn jeder, der dort saß, musste sich durch irgendetwas auszeichnen, General allein genügte nicht, es musste schon ein Wieniawa sein, Dichter war zu wenig, es brauchte einen Tuwim oder Lechoń, und ich sitze zwischen ihnen, saß, ich niemand und deshalb ein Jemand, denn alle wussten, der Sohn eines abtrünnig gewordenen deutschen Grafen, und dennoch wussten sie es, und mein Niemandscharakter erhob mich über sie.

Ich bin Konstanty Willemann, ich mag Frauen, ich tanze gern und mag keine Pferde, ich bevorzuge Autos, mag schottischen Tweed und Sommeranzüge aus dünnem Tropical, ich mag Autorallyes und das Drehparkett im Adria, ich mag Jazz, mag Champagner und Morphin, Militär und Uniformen mag ich nicht.

«Wer bist du, Konstanty?», wiederholt Dzidzia ihre Frage.

Und steht auf, bläst die Flamme aus und kehrt dorthin zurück, wo sie gesessen hat, ohne mich dabei zu berühren, obwohl sie mir nah kommt. Das gelbe Licht erlischt, ein bläuliches bleibt.

«Wer bist du, Konstanty?» Hallt es nach, die Worte sind nicht erloschen.

«Ich bin Baldur von Strachwitz.»

«Wer bist du, Konstanty?», wiederholt sie.

Ich komme nicht davon.

«Ich weiß nicht.»

«Du bist der, der du bist, verstehst du? Bist so, wie du bist. Niemand anders. Verstehst du?», sagt Dzidzia und hält das weiße Laken auf ihrem mondgeweißten Körper fest.

«Verstehe ich nicht.»

«Ich weiß, dass du nicht verstehst. Sonst wärst du ein anderer Mensch.»

«Ich bin kein Deutscher.»

«Ich weiß.»

«Bin ich Pole?»

«Das ist unwichtig.»

Unwichtig. Und was ist wichtig? Mein ganzes Leben unter diesem Zeichen: Pole sein. Pole sein.

Dzidzia steht auf, das Laken um ihren mageren Leib, drückt die kleinen Brüste.

«Geh schlafen, Konstanty.»

Sie ist gegangen. Ich bleibe allein mit dem Mondlicht, das ich nicht wollte, also zieh ich die Vorhänge vor, werfe mich aufs Bett und schlafe ein.

KAPITEL ELF

Aufstehen, Kostek.»

Sie riecht nach Tabak. Dunkel draußen, im Zimmer gelbes Licht. Die Uhr, grün leuchtende Zeiger. Fünf. Was?

«Steh auf, es ist Zeit.»

Dzidzia mit einer Zigarette in der Hand, reisefertig angezogen, und ich kaputt. Sie muss die Lampe angezündet haben. Ein Becher steht auf dem Nachttisch, es riecht nach Kaffee, nach gutem.

«Ich warte am Auto.»

Und geht raus.

Ich ziehe mich rasch an, nur mit den Stiefeln habe ich Probleme, irgendwie sind meine Waden geschwollen, aber schließlich schaffe ich es doch. Dann putze ich mir die Zähne über dem Blechwaschbecken, das Wasser im Krug sehr kalt, ich rufe in den leeren Flur, Hanna bringt mir gleich heißes, zum Rasieren. Sie sieht mich nicht an, ihr Blick auf den Boden. Über dem Waschbecken ein kleiner, fleckiger Spiegel. Darin mein Gesicht, abgerissen, zerbrochen, gebissen von einem englischen Schrapnell, anders, als es in meinen Papieren steht, ein Maskengesicht, ein Nicht-Gesicht-Gesicht, ein Scheusal, kein Gesicht. Und pinkeln, wie pinkle ich?

Ich pinkele mit Konstantys Schwanz, rasiere Konstantys glattes Gesicht.

Ich kämme mein zerzaustes Haar, mache die Jacke zu, dann

den Mantel, zwei Reihen Knöpfe, den Gürtel mit Holster und Schulterriemen knöpfe ich am Mantel fest, nehme mein Gepäck und die Maschinenpistole und gehe nach draußen, wo es noch stockdunkel ist.

«Ich warte seit einer Viertelstunde. Du hättest mir wenigstens den Schlüssel geben können.»

«Du warst doch schon weg, bevor ich überhaupt aus dem Bett kam.»

Wir steigen ein, ich starte den Motor. Das Wetter hat sich verschlechtert, bewölkt, sehr kalt, feucht.

«Wohin fahren wir?», fragt Dzidzia.

Die Karte habe ich im Kopf, wir fahren nach Süden. Ich schalte die Scheinwerfer ein, ihre Lichtgarben geleiten uns durch zerstörte Straßen bis zum Markt, wir biegen nach links ab, dann nach rechts, weg vom verwüsteten Marktplatz, auf dem sich zu dieser Zeit niemand herumtreibt.

Die Straße nach Ciepielów ist leer und eigentlich keine richtige Straße, auch wenn die Fahrbahn befestigt scheint. Man muss vorsichtig fahren, schneller als vierzig geht gar nicht; ich fahre also langsam.

Unter der dunkelblauen Wolkenkuppel beginnt es zu tagen, als wir an Sycyna vorbeikommen; dann Ciepielów, dort über den kleinen Markt, wenig los, weniger Juden als in Zwoleń, aber während sie dort auf Arbeit warteten, treiben sie sich hier im Morgengrauen herum, suchen nach Essbarem, genau wie ein paar traurige Bauern. Und dazwischen drei schmutzige Kinder.

«Halt an, bitte», bittet Dzidzia, und das sind die ersten Worte, die sie seit Zwoleń gesagt hat, obwohl wir schon eine gute halbe Stunde unterwegs sind.

Zwei kleine Jungs, barfuß. Ein Mädchen, größer, mit Lappen an den vielleicht zehnjährigen Füßchen.

«Was macht ihr da, Kinder?», fragt Dzidzia, nachdem sie die Scheibe heruntergekurbelt hat.

«Wir leben, gnädige Dame», antwortet das Mädchen.

Meine Gefährtin streckt einen silbernen Piłsudski aus dem Fenster.

«Bitte, hier habt ihr zehn Złoty.»

Die Jungs sehen die ältere Freundin fragend an. Die beachtet sie nicht.

«Und was muss man für diese zehn Złoty tun, gute Dame?»

«Nichts. Nehmt nur. Kauft Brot zum Frühstück für euch und eure Mama.»

Das Mädchen nimmt die Münze, besieht sie genau, ich warte schon darauf, dass sie gleich hineinbeißt, aber sie steckt sie in die Manteltasche.

«Mama ist tot», sagt sie.

«Im Krieg?», fragt Dzidzia besorgt.

Das Mädchen sieht durchs Fenster zu mir herein, sieht mich an, mich, ihr Blick bleibt auf meinem dunkelgrünen, deutschen Kragen hängen. Dem deutschen Kragen.

«Nein», antwortet sie. «Das sind jetzt drei Jahre, dass Mama tot ist. Sie ging die Schwangerschaft abtreiben zu einer Jüdin, und darüber ist sie gestorben.»

«Fahren wir», stoße ich aus beklommener Kehle hervor.

Dzidzia ignoriert mich, obwohl ich doch am Steuer sitze, ich lenke, es in meiner Macht steht, den Gang einzulegen, die Kupplung kommen zu lassen, die Drosselklappe zu öffnen und zu fahren, zu fahren. Ich habe die Macht. Aber ich fahre nicht.

«Wie heißt du?», fragt Dzidzia.

«Ist das wichtig?»

«Nein.»

«Madzia.»

«Und deine Geschwister hier, Madzia?»

«Ach wo. Findelkinder, die kenn ich gar nicht», erwidert das Mädchen resolut.

«Und teilst nicht mit ihnen …», fragt Dzidzia.

«Kommt nicht in Frage.»

Dzidzia nickt verständnisvoll, kurbelt die Scheibe zu.

«Na, dann fahren wir.»

Ich biege die erste nach links ab, die Straße ist sehr schlecht, miserabler, als ich in Erinnerung hatte, wenn ich das in Erinnerung hatte. Früher war ich einmal hier entlanggekommen. Sicher? In Zwoleń ja, in Zwoleń sicher, aber hier?

Links ein kleiner See, eine Mühle. Armselige Hütten und ein Mann an der Straße, die kaum noch ein Pfad ist, mit Gras überwachsen.

«Die Straße nach Lipsko?», frage ich.

Er erschrickt vor der deutschen Uniform und den polnischen Worten, läuft aber nicht weg, vielleicht hat er Angst. Ein armer Schlucker, wuschiger Schnauzbart, hohe Bauernstiefel und eine Mütze, die er sofort vom Kopf reißt. Trotz des Regens, der jetzt gerade lustlos zu nieseln beginnt.

«Nicht nach Lipsko, der Herr», verneint er.

«Dann nach Ciepielów zurück?», frage ich.

Er denkt eine Weile nach.

«Nicht zurück, der Herr, nicht zurück, wär ein Umweg. Da hinten gleich rechts nach Kałkowy abbiegen, da führt so ein Weg wie dieser durch den Wald, in Struga kommen der gnädige Herr dann auf die Straße nach Lipsko.»

Ich sehe ihn mir genauer an. Alter Schnauzbart, die Mütze in den Händen. In so einer Welt leben wir: Ich sitze in einem amerikanischen Auto in deutscher Uniform, habe eine Waffe und eine schöne Frau neben mir, und er knetet die Mütze in den Händen und hat kein Auto, keine Waffe, keine Uniform, nichts, nur diese Mütze. Warum haben manche schon immer alles, und die anderen haben nichts? Dümmste aller Fragen! Wenn alle das Gleiche hätten, dann müsste man erst recht fragen, warum …

Ich fahre weiter. Biege ab, nach rechts, wie er gesagt hat. Dzidzia schweigt, guckt aus dem rechten Fenster, wie beleidigt – warum, etwa meinetwegen, was könnte zwischen uns sein, dass Dzidzia beleidigt ist? Blödsinn. Draußen armselige Höfe, Kałkowy.

Und dann Wald. Kiefern. Wir fahren.

Dzidzias Gesicht von mir abgewandt. Dzidzia ganz weit weg. Mein Knie, der Hebel der Gangschaltung, das perforierte Blech der Maschinenpistole, und dann Dzidzias Knie, in fleischfarbenen Strümpfen ihr Knie.

«Pass auf!» Ein Schrei.

Die Welt schrumpft, sie verdichtet sich.

Bremse, Knirschen, furchtbares Schaben, das Auto schrammt am Straßenrand, der Körper bäumt sich auf in steifer Verhärtung, ich kenne das, ich hatte zwei Unfälle vor dem Krieg, ich kenne das. Die Innereien verschnüren sich. Aber ich sehe: Ich schaffe es noch, nur zurück auf die Straße, die Hände am Lenkrad starr wie ein Gestänge, ich gebe Gas, nach links, und weiß schon.

Es gelingt.

Einen halben Meter vor einer quer über der Straße liegenden Kiefer kommen wir zum Stehen. Endlich Luft, unsere Lungen atmen aus. Aber ich spüre noch ein Zittern im Körper, eine Erregung, ich sehe hin, denke schneller: Der Baum ist umgesägt. Frisch.

«Hinlegen», schreie ich zu Dzidzia und öffne mit der Linken die Tür, greife mit der Rechten nach der MPi und stürze mich aus dem Auto. Geschafft. Zu spät.

Aus dem Wald eine grüne Uniform, die auf mich losgeht. Das Bajonett auf dem Gewehrlauf, das Bajonett wird meine Brust durchbohren. Der französische Adrian-Helm. Aber er stolpert über einen Stein, verliert das Gleichgewicht, stürzt nicht, kommt aber aus dem Rhythmus.

Ich schaffe es. Den Verschluss zurückgerissen. Ich habe nie mit einer Maschinenpistole geschossen. Ich schieße, schlecht, bizarr, im Liegen und aus der Hüfte, den Kolben auf die Erde gestützt, aber die grüne Uniform, der französische Adrian-Helm sind nah.

Getroffen, zwei Kugeln in die Brust: Er stürzt, liegt da. Im Wald Pferdewiehern. Ein Hinterhalt. Polnische Ulanen. Ich habe einen Menschen getötet.

Ich kenne das Gesicht dieses Soldaten, dem zwei Kugeln in der Brust sitzen.

Ein Gewehrschuss fällt, trifft aber nicht, ein Staubwölkchen, ganz in meiner Nähe, ich kann den Schützen nicht sehen. Ich hätte sterben können, jetzt und für alle Ewigkeit Amen. Aus der geöffneten Autotür über mir knallt Dzidzias Pistole. Ein zweiter Gewehrschuss, wieder daneben, ich drehe mich auf den Bauch und feuere eine Serie in den Wald ab, als hätte ich ein MG, ich treffe niemanden, und das Schloss klackt, wenn die Nadel die Luft in der leeren Patronenkammer löchert; Stille, Ende. Ich weiß, dass ich verloren habe, niemanden getroffen, kein zweites Magazin zu Hand, das liegt in der Patronentasche im Auto. Unerreichbar. Hätte nicht alles in einer einzigen blöden Salve verschießen sollen. Auch Dzidzias kleine Pistole schweigt. Ich drehe mich auf den Rücken und greife nach dem Holster an der Hüfte, weiß aber, dass ich es nicht schaffen werde, denn aus dem Wald rennt jetzt eine zweite grüne Uniform, ein Ulan, Helm ebenfalls französisch, Adrian, und darunter erkenne ich: Oberulan Bociąga, nur ohne MG, dafür mit einem kleinen Gewehr. Stürzt mit dem Bajonett auf mich los, Bociąga schießt nicht.

Der lebt doch gar nicht mehr, hat sich in der Górska einen Kopfschuss eingefangen, am Sielce-Wäldchen, als ich ihn ans MG scheuchte, durch den Helm ging die Kugel mitten in die Stirn, hinten kam sie wieder raus, die Schultern mit Blut und

Hirn besabbert, den Kopf ließ er auf den Kolben sinken und auf den Unterarm, als schliefe er nur, der Rücken voll Blut und Hirn, und jetzt stürzt er sich auf mich – nicht auf mich, auf Baldur von Strachwitz, das Bajonett kommt auf mich zu, Ende.

«Halt!», schreit es aus dem Wald.

Bociąga, der nicht lebt, wir haben ihn an der Kirche der Auferstandenen vor nicht mal einem Monat begraben, was allerdings keinerlei Rechtfertigung dafür ist, dass er jetzt mit dem Bajonett auf mich zustürzt, dessen Kopf schnurstracks durchschossen war und dessen Körper vollständig und katholisch begraben liegt, auch wenn es bei den Auferstandenen war. Er stürzt auf mich zu, ist er wiederauferstanden? Ich knöpfe den Holster auf, ich werde es nicht schaffen.

Aber er kommt nicht. Eine Sekunde lang denke ich, Dzidzia hätte ihn mit der Pistole erschossen, aber Dzidzia hat ihn nicht erschossen, sie scheint das zweite Magazin in ihrer Handtasche nicht rasch genug gefunden zu haben, wenn sie überhaupt eins hatte, und jetzt zerrt jemand sie an den Haaren aus dem Chevrolet, und Dzidzia brüllt, lass los, du Dreckskerl!, brüllt sie. Ihr Schreien kündigt das Hochreißen des Rocks an, das Zerreißen von Unterwäsche. Ich habe so ein Schreien noch nie gehört, niemals hat jemand vor meinen Augen eine Frau vergewaltigt, dennoch kommt es mir bekannt vor.

Es ist wohl kaum wegen Dzidzia – aber der furchtbare Ulan Bociąga ist stehen geblieben. Er hat mich nicht mit dem Bajonett durchbohrt, das Bajonett hat an meiner Kehle haltgemacht, die Spitze auf der Haut, meine rechte Hand erstarrt am halbabgeknöpften Holster, schon war der Gürtel von der Klammer gelöst, nur noch das Holster aufknöpfen und die Pistole ziehen, doch zu spät.

«Nicht töten!», ruft es aus dem Wald.

Ich kenne die Stimme. Er kommt raus. Wie eine Sanduhr,

der Mantel eng gegurtet, unten breit, in den Schultern breit, die Taille eng, Säbel, Rogatywka, der Virtuti-Orden an die Brust geheftet, Stiefel geputzt, Sporen, das Holster am Gürtel, die ViS-Pistole in der Hand. Rittmeister Chochoł. Hinter ihm zwei weitere Männer: ein Ulan und ein Infanterist mit tiefem Infanterie-Helm.

«Was ist mit Korporal Waniczek?», fragt er und zeigt auf den, den ich erschossen habe.

Der Infanterist zieht die Hand über die Kehle.

Ich habe einen Menschen getötet. Ich empfinde nichts. Ich habe nicht erwartet, irgendetwas zu empfinden. Ich habe keine Angst davor, Menschen zu töten, denn ich fürchte auch meinen Tod nicht.

«Tot.»

«Tot», sagt Chochoł nachdenklich, dann kommt er auf mich zu, bleibt über mir stehen, erkennt mich plötzlich und erkennt mich nicht. Erkennt mein Gesicht und erkennt mich nicht.

«Willemann?», fragt er. Und wenn man seinen Augen überhaupt trauen kann, er tat es nicht. Manche trauen ihren Augen nie.

«Das ist er, Herr Rittmeister», erwidert Bociąga. «Nur in einer anderen Uniform. Aber er ist es. Ich erinnere mich an ihn, in der Dąbrowski-Festung …»

«Scheiß auf Dąbrowski, du warst doch in meinem Zug, du Scheißkerl, und bist erschossen worden!», sage ich.

«Orządała, nehmt ihm die Waffen ab», befiehlt der Rittmeister.

«Er hat Waniczek umgebracht. Totgemacht.»

«Das ist doch Bociąga, der Oberulan Bociąga», bestehe ich auf der Anerkennung der Wahrheit.

«Bist nicht bloß ein Verräter, Willemann, bist jetzt auch noch verrückt geworden?», fragt Chochoł nüchtern. «Bociąga ist in der Górska erschossen, bei der Kirche der Auferstandenen begraben. Das hier ist Wachtmeister Orządała, Chevauleger von den zweiten Chevaulegers, der ist in keinster Weise erschossen, Willemann, hast dir zu wenig Mühe gegeben.»

«Herr Rittmeister, was machen wir mit der Deutschennutte?», fragt der Soldat, der Dzidzia aus dem Auto gezerrt hat und sie jetzt an den Haaren festhält, sie im Dreck knien lässt.

«Warum Deutschennutte?», wundert sich der Rittmeister und steckt die Pistole weg.

«Weil sie Polnisch geschrien hat. Und sich mit einem Deutschen rumtreibt.»

«Ach so, richtig. Aber, was sollen wir denn mit ihr machen ...?» Er bricht etwas begriffsstutzig ab.

Der Soldat wird verlegen.

«Na ja, Herr Rittermeister ... Sie wissen doch. Die ist ein Prachtweib. Und wir haben lange nicht ...»

«Später vielleicht. Jetzt muss ich sie verhören, bevor wir entscheiden, was und wie, und wo? Klar?»

«Waniczek hat er umgebracht», sagt Bociąga-Orządała düster, als er mir die Waffe abgenommen hat, sagt es, als wolle er mich hier auf der Stelle erschießen, bevor ich überhaupt auf die Beine komme.

«Ich habe den Herrn Rittmeister in Warschau gesehen. Vorgestern. Ich habe Sie auf der Straße angefahren, mit diesem Auto, dem Chevrolet», sage ich, immer noch auf dem Boden liegend, zu meiner Verteidigung.

«Kann mich nicht erinnern, dass wir uns gesehen hätten.»

«Aber wirklich.»

«Wissen Sie, Herr Willemann, mir war nicht ganz gut in den letzten Tagen.»

Sie heben mich auf, Orządała und der Schütze im runden Helm, heben mich und tragen mich und Dzidzia hinter mir durch den Wald ins Feldlager, und es regnet die ganze Zeit.

Unverdient werde ich gedemütigt von diesem Nieselregen,

Baldur von Strachwitz, denn ich habe doch niemanden verraten.

Unverdient, weil ich niemanden verraten habe, ich, Konstanty Willemann, ich.

Hinter mir her ziehen sie Waniczek, den ich erschossen habe, über die feuchte Streu des Waldes. An Bociąga-Orządałas Schulter baumelt leblos und untätig meine Maschinenpistole.

«In Warschau haben Sie gesagt, Herr Rittmeister, wenn ich mich nicht täusche, dass Sie der König von Polen sind», sage ich.

Chochoł dreht sich zu mir, verwundert.

«Ich heiße Jan Chochoł und bin der letzte König von Polen», sagt er, erstaunt, dass ich das überhaupt hinterfrage.

Orządała nickt und bestätigt das Unstrittige.

Das Leben ist ein Traum.

Aber dies ist keiner.

Im Lager brennen Feuer, zwei ärmliche Zelte, drei Pferde – ein gutes Reitpferd und zwei Schindmären, Tiere für zweirädrige Infanteriewagen, keine Kavalleriepferde, und bei ihnen ein Pferdeführer.

Man setzt mich ans Feuer, neben mir die Deutschennutte Dzidzia. Auf pferdelosen, im Kreis aufgestellten Sätteln sitzen wir, denn Pferde gibt es zu wenig, und irgendwo drauf muss man sitzen.

«Orządała, führ den Rest auf Patrouille. Den Waldrand lang Richtung Westen, die Straße absuchen, aber so, dass man euch von Anusin nicht sieht, bis Dąbrowska Poręba, von dort durch die Schneise zurück.»

«Dort wo … Na, Sie wissen schon, Herr Rittmeister …», stottert Bociąga, der sich für Orządała ausgibt.

«Nein, dort müsst ihr nicht hin, was soll dort schon noch passieren. Die Toten bleiben auch in der Morgendämmerung tot. Ich werde die Gefangenen verhören. Abtreten!»

«Zu Befehl, Herr Rittmeister! Bitte eine Frage zu gestatten.»

«Ja.»

«Die Munition ist alle. Wie sollen wir auf Patrouille?»

Chochoł springt regelrecht hoch.

«Was heißt das, alle? Ihr hattet doch was, Orządała, zwei Patronen, heute Morgen hattet ihr zwei Patronen! Was ist der Ehrgeiz des Schützen, Wachtmeister, ha?»

«Melde gehorsamst, der Ehrgeiz eines Schützen beim Einzelfeuer hat zu sein, dass er nach jedem Kampf sagen kann, auf welches Ziel er mit jedem Schuss gezielt hat», leiert der Wachtmeister lustlos runter.

«So ist es. Auf welche Ziele habt ihr mit den Schüssen gezielt, Wachtmeister?»

Korporal Orządała blickt bedrückt zu Boden.

«Melde gehorsamst, ich hatte zwei Kugeln, aber ich habe zweimal geschossen, als dieser Deutsche uns mit der MPi beharkt hat.»

«Na bitte, und wie viele Male habt ihr getroffen, Wachtmeister?», staucht Chochoł ihn zusammen.

«Keinmal, melde gehorsamst», erwidert der Wachtmeister, aber es ist nicht Reue, die ihm die Kiefer zusammenpresst, sondern Wut.

«Ich hab gesagt: Nicht schießen! Kugel ist dumm, Bajonett hat Mumm!»

«Bitte untertänigst zu entschuldigen, Herr Rittmeister. Melde, dass ich dem Deutschen die Pistole abgenommen habe und die Maschinenpistole. Für das Kaliber sieben gibt es zwei volle Magazine, die MPi ist leer.»

Chochoł durchbohrt ihn mit dem Blick, wild, wütend.

«Ihr bildet euch doch wohl nicht ein, Orządała, dass ihr mit seiner Pistole auf Patrouille geht?»

Mir sieht das alles danach aus, als würde sich hier bald ein Soldatenrat bilden. Und es geht bis zum Abtrennen von

Schulterstücken oder noch weiter. Orządała legt meinen Gurt mit dem Halfter und die MPi hin.

«Melde gehorsamst, hätte im Traum nicht daran gedacht», sagt er schwer.

«Gut so. Abtreten. Und räumt mir unterwegs den Baum von der Straße.»

Orządała nickt, und sie ziehen los, Gewehre über die Schultern geworfen. Chochoł nimmt die ViS-Pistole aus dem Halfter, in das sie erst kürzlich gesteckt worden war. Wirft Holz ins Feuer.

«Na, dann sag, Willemann.»

«Was soll ich sagen?»

Chochoł antwortet nicht. Dzidzia neben mir, dem Rittmeister gegenüber, sitzt steif da, aber ohne Angst. Obwohl sie ihr Vergewaltigung angedroht hatten. Es hätte mich schon fast gewundert, wenn sie das erschreckt hätte.

«Sag ihm nichts …», flüstert sie plötzlich.

«Das hab ich gehört!» Chochoł hebt drohend Pistole. «Wisst ihr, dass es ganz in meiner Macht stünde, euch jederzeit zu erschießen?»

«Ohne die Pistole in der Hand hättest du überhaupt keine Macht. Niemand hat sie dir von oben verliehen», erwidere ich.

«Irrtum!», empört sich Chochoł. «Ich heiße Jan Chochoł und bin der König von Polen! Meine Macht kommt von dem, der mich erschaffen hat.»

«Ein Verrückter», flüstert Dzidzia.

«Ge-hört!», zischt Chochoł wütend. «Ich lass euch wohl doch erschießen. Dich wegen Verrat.» Der Lauf zeigt auf mich. «Und dich, Frau, wegen Verbrüderung mit dem Feind.»

«Tu was», flüstert Dzidzia. «Du darfst ihm nur nichts verraten.»

Diesmal hatte Chochoł nichts gehört. Warum bin ich ruhig?

«Ich werde euch meine Geschichte erzählen, und ihr werdet eure Kleinheit erkennen», verkündet der Rittmeister, sich vom Sattel erhebend. Er faltet die Hände hinter dem Rücken, die Vis immer noch in der Hand. Beginnt, langsam ums Lagerfeuer zu gehen, ich glaube schon, er würde zu mir kommen, mir den Lauf hinters Ohr setzen wie einem verletzten Pferd, doch nein, er wandert nur redend herum, ein Peripatetiker im Wald.

«Nie habe ich dir getraut, Willemann. Du weißt doch, was über dich gesagt wurde, du falscher Fuffziger? Pole nur von außen, wenn man ein bisschen an dir kratzt, kommt der Deutsche durch. Und hatten sie nicht recht, Ksyk, sogar Rudnicki hat das gehört und nicht protestiert, hatten sie nicht recht?»

Er hebt die Hand mit der Pistole, setzt ein Bein auf den Sattel wie ein Schauspieler bei einem großen Monolog und spricht. Der in der Nähe lagernde Pferdeführer unterbricht sein Schläfchen und lauscht Chochołs Rede wie bezaubert, murmelt etwas in sich hinein, und dieses Murmeln fließt mit dem Rauschen des Waldes zusammen und bildet eine monotone, doch erhabene Begleitung zu des Rittmeisters Worten. Und der spricht:

«Ich werde die Waffen nicht strecken, niemals. Erst wenn sie kalt und tot ist, wird meine Hand von der Waffe lassen. Diesen Eid habe ich Pani Jazłowiecka gegeben, bevor wir in den Krieg zogen, und von diesem Eid kann mich weder der Oberst noch der Oberbefehlshaber Śmigly-Rydz, nicht einmal Gott kann mich davon entbinden, nur sie allein. Und von ihr habe ich keinen Kapitulationsbefehl gehört und erwarte ihn auch nicht. Im ganzen Volk habe ich fünf Männer gefunden, die bereit waren, diesen Eid vor mir nachzusprechen, und sind diese fünf Männer nicht genug, das ganze Volk auferstehen zu lassen? Sie werden der Gärstoff des Neuen Polen sein, eines Polen aus dem Geiste, eines Polen, das aufersteht nicht nur in den Grenzen und Ämtern, sondern das auch wiedergeboren wird in den Herzen. Aus ihrem Blut – denn ihr Blut muss fließen, wie auch meines fließen wird. Ihr Blut wird säen das Samenkorn der Wiederauferstehung.»

Er verstummt plötzlich, als würde ihm bewusst, was für törichte Dinge er da redet. Der Pferdeführer hört auf zu brummeln.

Dabei war das absolut passend, Kostek.

Warum hast du keine Angst, Kostek? Der Rittmeister setzt seinen Kreis um das Feuer fort.

«Reiß ihm die Pistole weg, und wir hauen ab», flüstert Dzidzia.

Tu das, Dummkopf! Du bist jünger als er, stärker! Der Mann wird dich ja am Ende doch erschießen, er ist verrückt, und selbst wenn er es nicht tut, dann bringt dieses Überbleibsel, dieser Oktoberpartisan es fertig und knallt dich ab.

Aber vielleicht hast du deshalb keine Angst, weil du mehr weißt als ich, ist das möglich, dass du mehr weißt als ich, die Einzige, die dich wirklich liebt?

«Was für Tote im Morgengrauen meinten Sie vorhin?», fragst du plötzlich. Frage ich.

Chochoł guckt entgeistert, hält inne in halbem, peripatetischem Schritt. Sieht dich an, sorgenvoll, aufmerksam, wachsam.

«Dreihundert Ermordete!», flüstert er. «Bestialisch umgebracht, wehrlose Kriegsgefangene vom Dreiundsiebzigsten Infanterieregiment, abgestochen wie Tiere, von den deutschen Schergen.»

Ich schlucke, bin ziemlich nervös. Wenn er sich jetzt da hineinsteigert, könnte er mich auf der Stelle erschießen.

«Sie kamen mit gepanzerten Transportfahrzeugen, die Raupen rumpelten über die masowische Scholle», deklamiert Chochoł. «Und sie kämpften, unsere Jungs, sie ergaben sich erst, als ihnen die Munition ausging. Sie hatten nicht daran gedacht, die letzte Kugel für sich selbst aufzubewahren.»

Der Pferdeführer verbirgt kopfschüttelnd das Gesicht in den Händen.

«Doch für die Sieger gab es das Wort Ritterlichkeit nicht, sie rissen unseren tapferen, unterlegenen Soldaten die Jacken vom Leib, schnitten ihnen die Hosenträger durch, damit sie nicht wegrennen konnten, und erschossen sie wie Banditen, mit Maschinengewehren, warfen die Leichen in einen Graben, unweit von hier, in Dąbrowa.»

«Unsere Infanterie hat keine Hosenträger. Hatte, meine ich», sagt leise der Pferdeführer.

Chochoł lässt sich auf einmal auf den Sattel sinken, wirft die Pistole auf die Erde, stützt den Kopf in die Hände.

«Jetzt», zischt Dzidzia.

Ich sehe sie an, erschrocken. Ich habe Angst, nach der Pistole zu greifen.

«Tu es, verdammt. Das ist ein Irrer.»

Also greife ich nach dem Holster. Der Pferdeführer rollt sich geschickt weg, hinter einen Baum. Ich knöpfe auf, ziehe die Sauer. Chochoł weint, hebt den Kopf nicht, also lade ich die Pistole und erschieße Chochoł.

Ich gehe hin – er ist tot. Ich hebe die ViS, ziehe das Magazin heraus, leer.

«Erschieß den anderen Trottel auch», befiehlt Dzidzia, als ginge es darum, einen Apfel zu pflücken, und im Grunde ist es auch nichts anderes. Einen Menschen töten ist wie einen Apfel pflücken.

Anders als viele meinen, ist es ganz einfach. Manche haben eine abergläubische Angst davor, als wäre das Töten eines Menschen etwas anderes als einen Stein in den Fluss zu werfen, einen Baum umzuhauen oder Sand zu schippen. Manche, gar nicht so viele, glauben, Gott erlaube das nicht; doch selbst wenn irgendein Gott oder irgendwelche Götter über dem lichten Himmelsgewölbe schweben sollten, dann haben sie den Menschen so erschaffen, dass er nichts ist als ein Stein, den die Strömung des Flusses rollt. Und er ist nichts anderes.

Andere meinen, nur weil sie selbst den Tod fürchten, dürfe man auch dem Nächsten nicht antun, was einem selbst nicht lieb wäre; sie begreifen nicht, die Dummköpfe, dass die Angst vor dem eigenen Tod ein ebenso guter Grund ist zu töten wie jeder andere, ebenso gut wie das Fehlen eines Grundes.

Wieder andere meinen, der Mensch sei ein Wert an sich; das ist er in der Tat, so wie die Bäume, die Eidechsen und der Kies in den Gebirgsbächen. Der Tod schmälert diesen Wert nicht und raubt ihn nicht, selbst wenn der letzte Mensch auf der Erde sich das Leben nähme, und dieser Augenblick wird ohne Zweifel kommen, die Himmel werden sich öffnen, und überhaupt nichts wird geschehen, nur die Denkmäler unseres Nichtseins werden auslüften, die Farbe wird abblättern von den Fassaden der großen amerikanischen Häuser in den Vorstädten Chicagos, die Lehmhäuser der Bantu werden zerfallen, und Schakale werden auf der Spanischen Treppe bellen und Tiger auf dem Roten Platz lungern, Löwen durchstreifen das hartlaubige Gesträuch, das Marseille überwuchert, und die Igel werden auf Birkenrinde Bücher über uns schreiben oder auch nicht, je nachdem, wonach ihr Igelsinn trachtet.

So denken andere. Ich dagegen verstehe, dass einen Menschen zu erschießen nicht mehr wiegt als die Kugel, die Kanäle durch seinen Körper bohrt. Nicht mehr als ein Herz, das aufhört zu schlagen, und das Gehirn, das sich selbst nicht mehr spürt – mehr nicht, das ist alles. Nur der kleine Sieg dessen, der tötet, so alt wie der Mensch selbst.

Und wer denkt das, ich denke das, Konstanty? Du, Konstanty, denkst das nicht, denke ich das also, deine stille, durchsichtige Gefährtin, die über dir schwebt wie die Qualle in der

Meeresflut? Denke ich das, Baldur ohne Gesicht? Und wo bin ich jetzt?

Ich denke das.

Ich.

«Erschieß ihn doch!», sagt Dzidzia.

«Nicht nötig, gnädige Frau», erwidert der Pferdeführer hinter dem Baum. «Ich war sowieso schon so gut wie tot.»

«Ich habe nicht die Absicht», sage ich, denn einen Menschen nicht zu erschießen ist genauso leicht wie es zu tun, also wirst du ihn nicht erschießen, hast du gesagt, mein Lieber.

«Beerdige ihn», sage ich zum Pferdeführer, der keinen Namen hat.

«Beerdigen hat keinen Sinn.»

«Was ist mit diesen ermordeten Kriegsgefangenen?»

«Nichts, gnädiger Herr. Ermordet oder nicht ermordet. Vergraben im Graben bei Dąbrowska Poręba oder nicht begraben. Verfault oder gar nicht zu faulen angefangen. So oder so.»

«Wir gehen», befehle ich.

«Gut, Konstanty», erwidert Dzidzia sanft und wird ganz weich, verliert plötzlich ihre kriegerische Amazonensteifheit, sogar ihre spitze Nase kommt mir jetzt runder vor.

Ich packe das leere Maschinengewehr, und wir gehen zurück durch den Wald zum Auto.

Am Auto, auf dem zur Seite geräumten gefällten Baum sitzt Orządała, an dem ich plötzlich keine Ähnlichkeit mehr mit Bociąga erkenne. Zwischen den Männern liegen kugellose Gewehre. Sie rauchen Zigaretten. Die Pferde rupfen am Oktobergras. Ich trete zwischen den Bäumen heraus, mit der Waffe in der Hand, aber du hast nicht auf sie gezielt, Kostek, ich habe nicht gezielt.

Als sie uns sehen, stehen sie schwerfällig auf. Ziehen weiter gierig an ihren Zigaretten. Greifen nicht nach der Waffe, wozu auch, wenn du hier als Sieger ankommst. An meiner Seite eine

Frau, die sie widerlich beschimpft hatten, die sie hatten entehren wollen. Woran denken sie?

Ich sehe Dzidzia an. Sie versteht meine Frage ohne ein Wort. Winkt ab – und in dieser Geste liegen alle Jahrhunderte ihres aristokratischen Stammes, Generationen von Gouvernanten und Kindermädchen, die die kleinen Rochacewizcs mit Kinderstube traktierten. Dzidzia erlässt ihnen einfach jegliche Strafe, sie kann das.

Und sie verstehen nach kurzer Anspannung, dass ihnen vergeben war, so wie man Hunden vergibt, dass sie beißen.

«Was ist mit diesen ermordeten Kriegsgefangenen?», fragst du.

Sie sehen sich an, geben keine Antwort, fragen aber auch nichts, weder nach den Schüssen, die sie gehört haben mussten, noch nach irgendwas anderem.

«Wir müssen das überprüfen», sagt Konstanty zu Dzidzia.

«Wozu?», wundert sie sich.

«Für den Ingenieur. Er könnte das irgendwie nutzen, so eine Nachricht ...»

«Na dann sagen wir eben, dass sie wehrlos erschossen worden sind», lächelt sie.

«Aber wir müssen doch wissen, wie es gewesen ist!»

Sie schaut mich an, als interessiere sie sich für etwas Bizarres, dass sie zum ersten Mal sieht und deshalb genau betrachten will.

«Es war so, wie es sein sollte. Es hilft nichts, hier im Sand zu wühlen, nachher finden wir da noch diese verfaulten Leichen. Um Gottes willen. Weißt du, wie so was stinkt, Kostek?»

Der Schlüssel steckt noch im Zündschloss, ich hoffe nur, dass die Batterie sich nicht entladen hat, dass ich noch starten kann. Der Chevrolet besitzt nicht mal eine Kurbel, um ihn per Hand anzulassen. Aber bevor ich mir richtig Sorgen machen kann, springt der Motor an.

«Vielleicht sollten wir das doch nachprüfen. Das ist ja keine Kleinigkeit, dreihundert Gefangene ... Und Chochoł hat sogar gesagt, welches Regiment es war, das dreiundsiebzigste der Infanterie ...», sagst du.

Dzidzia lacht und wischt das mit ihrer Hand weg, sie lacht wie bei einem ungehörigen Possenreißer.

Ich lege ein volles Magazin in die Maschinenpistole. Für alle Fälle. Wir fahren so schnell wie möglich, die Straße führt durch Felder und Wiesen, oft leicht sumpfig, manchmal ein Wäldchen. Die ganze Zeit Dzidzias Schweigen und mein Schweigen und des Motors gleichmäßiges Rauschen und Gołębiów und wieder ein Wäldchen und wieder Felder und eine Windmühle, und wir erreichen Lipsko.

Lipsko ist wie jedes andere Städtchen aus Holz, Stroh und Mist. Verschlammt. Stinkt nach Gülle und jüdischen Ausdünstungen und Winden von ihrem Tscholent und ihren Zwiebeln, und den polnisch-bäuerlichen Ausdünstungen, dem Furzen vom Kohl. Menschen auf den Straßen. Ich denke, was ist das denn für eine Rasse – wenn es Bauern sind, dann sind sie entweder mickrig, missraten, kränklich, zur Arbeit unfähig, oder aber gesund und kräftig, nur irgendwie affenhaft, diese langen Arme, fassrunden Rümpfe, kurzen und meist affig krummen Beine. Einen großgewachsenen, athletischen und schlanken Mann bekommt man in solchen Dörfern nicht zu sehen. Es gibt zwar junge Mädchen, die schlank und biegsam wie Zirkusartistinnen sind, die verschwinden aber dann, und die reifen Frauen zeigen keinerlei Rasse mehr, ihre ganze Schönheit welkt mit dem ersten Kind, die Hüften gehen in die Breite, die Gesichter verhärten, die Blicke stumpfen ab, viele solcher Weiber habe ich gesehen, als ich mit unseren Autorallyes durch Polen fuhr, je weiter nach Südosten, desto schlechter die Leute. In Großpolen ist das Völkchen zwar auch ein bisschen schwerfällig, aber doch gesund, und wenn nicht schön, so doch sauber und ansehnlich. Die Schlesier sind mickrig und die Frauen eher hässlich, aber ebenfalls gesund, die Bergler rassig, ein schönes Volk, die Frauen so lala, aber die Männer prächtig, obwohl es natürlich auch da viele Kretins gibt – aber dann der ganze Rest, guter Gott, das soll noch die menschliche Art sein? In den Städten sieht es etwas anders aus, dorthin sind die Besseren ja schon immer abgeflossen, und die Intelligenz liegt auch höher, das ist gleichsam ein anderer Stamm.

Solche Gedanken kommen mir, als ich langsam durch diese dörflichen Hütten fahre, ich werfe einen Blick auf die Uhr – gerade erst Mittag. In Lipsko die Synagoge, Brandreste, tiefschwarz. Auf meiner Frontscheibe und auf den verkohlten Balken plötzlich erste Schneeflocken. Erst eine, die verschwindet, dann fünf, die zehnte bleibt liegen. Es war schon am Morgen sehr kalt gewesen.

Ich fahre, wir kommen durch Lipsko, beim Flüsschen an einer Mühle vorbei, das Wasser dreht das Rad wie das große Chakra der Welt, denke ich, und wir fahren, immer weiter.

«Wir müssen irgendeinen Plan machen, wie wir über die Grenze kommen und wie … Und wo wir übernachten», sage ich vor mich hin, in die Fensterscheibe. Die Scheibenwischer schieben den Schnee weg.

«Fahr, Konstanty. Fahr einfach. Immer geradeaus. Nicht anhalten.»

Ich fahre. Die Straße führt durch Felder, die rasch weiß geworden sind. Eine steile Schlucht, hinein geht es leicht, am Ende zerfurchter, tiefer Matsch, von Schnee bedeckt, dreimal muss ich zurücksetzen, um den Chevrolet aus dem Hohlweg herauszubekommen, und wieder fahren wir, links zieht ein Park mit einem ansehnlichen Herrenhaus vorbei.

«Daniszów», sagt Dzidzia schon, als der Park von weitem herüberschimmert.

Vor dem Herrenhaus Deutsche. Lastwagen mit roten Kreuzen auf weißem Feld, Menschen in weißen Kitteln über graugrünen Uniformen. Ein Spital. Wir halten nicht an.

Und weiter über weiße Felder, zuerst eine pfeilgerade Straße, dann Hals über Kopf hinab ins Tal der Kamienna, Czekarzewice, fast keine Menschen zu sehen, wegen dieses Oktoberschnees hat sich alles in die Häuser verzogen, die Straße wird für einen Moment geradezu gebirgig, die Brücke zum Glück unzerstört, also durchs Tal und wieder bergauf, ich fahre sehr schnell, gefährlich, aber ich fürchte, stecken zu bleiben, das wäre das Ende, man müsste ins Dorf, Pferde besorgen, und ich habe keine große Lust, durch den Schnee zu stapfen, also schnell, gefährlich, aber ich fahre gut, wir kommen aus dem Kamiennatal heraus, mein alter Olympia hätte das nicht geschafft, aber der Chevrolet mit seinen sechs Zylindern heult auf, und schon sind wir aus dem Tal.

Ich heiße Konstanty Willemann und kann nicht viel mehr über mich sagen, als dass ich so eine absichtliche Verkleidung trage, Vogelscheuchengesteck, Rattenfell, Krähengefieder.

Weiße Felder, gerade Straße, genug Benzin. Hinter Tarłów führt die Straße nach Ożarów pfeilgerade und Schnee, Oktoberschnee, weich, feucht und klebrig, die Scheibenwischer schieben ihn von der Frontscheibe, und wir fahren langsam, es wird immer dunkler, mit dreißig bis vierzig fahren wir in die Dämmerung, nicht schneller.

«Wir müssen wohl irgendwo anhalten», sagt Konstanty, sage ich.

«Fahr», sagt Dzidzia zur Scheibe. Nicht zu mir.

Warum ist sie jetzt so, kalt und gleichgültig? So war sie doch nicht, als wir losfuhren. Spielt sie wieder die Erhabene, oder schweigt sie aus einem anderen Grund?

«Es wird dunkel.»

«Du hast Licht vorn, oder nicht?»

«Aber irgendwann werden wir halten müssen.»

«In Budapest.»

«Du willst, dass ich bei diesem Wetter weiterfahre, auf solchen Straßen ohne Pause bis Budapest?»

Dzidzia dreht sich zu mir, nicht bloß den Kopf, sondern ganz, auf ihrem schmalen Hintern dreht sie sich ganz mir zu. Ich sehe das nur im Augenwinkel, weil ich fahre, weil Schnee weil die Scheibe beschlägt trotz Ventilation weil rutschig weil dunkel, und sie gräbt in ihrer Tasche, zieht schließlich eine Phiole aus braunem Glas hervor.

«Nimm zwei», sagt sie.

«Was ist das?»

«Isophan.»

«Das heißt?» Ich habe nie davon gehört.

«Wie Pervitin, nur gereinigt. Firma Knoll. Nimm. Ich werde auf der Rückbank ein Nickerchen halten, wir schaffen das. Nimm.»

Ich nehme die Phiole. Darin Tabletten, flache weiße Drops. Kein Etikett.

«Nimm», sagt Dzidzia. «Nimm zwei.»

Mit dem Daumen drücke ich den Plastikkorken heraus, setze das Glas an die Lippen, zwei Tabletten rutschen in meinen Mund.

«Zerbeiß sie, schluck sie zerkaut.»

Ich zerbeiße sie, bitter, zermahle sie mit Zähnen und Zunge zu einem dicken, speichelfeuchten Staub, als würde ich Gips im Mund verrühren, und schlucke die nasse, schwere Masse dann hinunter.

«Ich versuch zu schlafen», sagt Dzidzia. «Du fahr.»

Und dann wird ihre Stimme weicher:

«Fahr, bitte, Kostek, fahr.»

«Aber wir haben nicht mal besprochen, welche Strecke, wo wir über die slowakische Grenze fahren, ob wir ganz direkt nach Ungarn fahren, ins Transkarpatische Ruthenien oder nach Uzhgorod … Nichts haben wir ausgemacht.»

«Das ist unwichtig, Kostek. Fahr. Du findest schon hin.»

Gerade weiße schwarze Straße schwarz weiß Nacht weiß weil Schnee schwarze weiße Straße. Ich spüre, wie der Schnee am Reifengummi haftet, spüre, wie er die Laufrillen verklebt. Gerade weiße schwarze Straße nach Ożarów.

«Ich leg mich hin», sagt Dzidzia warm, klettert auf die Rückbank, streckt beim Rübersteigen den Hintern raus, deckt sich mit dem Mantel zu, ich sehe sie im Rückspiegel aus dem Augenwinkel, ich fahre, fahre.

Ożarów.

Eine Weile suche ich den Weg nach Opatów, will weiter nach Opatów fahren, finde eine Straße, halte sie für den Weg nach Opatów.

Dzidzia schläft. Und ich denke an Jureczek: Als ich dich das erste Mal in den Armen hielt, warst du wenige Wochen alt, vorher wurde ich nicht zu dir gelassen. Hela hatte dich in der Villa meiner Mutter zur Welt gebracht, das Haus in der Madalińskiego stand noch nicht, auch das Mietshaus des alten Peszkowski in der Podwale nicht, wir fanden Unterschlupf bei meiner Mutter, und ich flüchtete erst vor deinem großen Bauch, Hela, denn mit diesem Bauch kamst du mir völlig fremd vor, später floh ich dann vor diesem Bündelchen in deinen Armen, denn ich wollte das nicht, hatte keinen Sinn dafür, fürchtete, der Beginn deines kleinen Lebens, mein Sohn, könnte mich bei meinem stürmischen, flackernden Champagnerleben stören, bei meinen frühmorgendlichen Heimwegen aus irgendwelchen gemieteten Zimmern, nicht meine eigenen, und du mit deiner Mutter Helena, mein Söhnchen, so klein und bläulich rosa, und der Arzt machte sich Sorgen, ich konnte nicht hin, ich warf nur einmal einen Blick aus der Ferne auf dich und vollführte irgendwelche Gesten, die ich für

Rituale eines stolzen Vaters und Elternteils hielt, und die ganze Zeit ging mir das Wort «gezeugt» durch den Kopf: Ich hatte einen Sohn gezeugt, als wäre diese Zeugung der Akt eines bestimmten Handwerks, als müsste man etwas Bestimmtes können und ausführen; dabei geht es doch bloß darum, dass man seinen Samen in der Mutter des zu zeugenden Kindes ablegt, das hat nichts von Handwerk, jedes Tier kann das, und dennoch sprechen sie mit einem Stolz davon, als bedienten sie eine Maschine mit Hebeln und Getrieben, und diese Maschine läuft in ihrem gleichmäßigen, schönen Rhythmus, wenn sie sagen: Ich habe einen Sohn gezeugt, einen Erben, einen Nachkommen, der meinen Stamm weiterführt.

Dabei führen sie doch nichts fort als ihr leeres, tristes Leben, nichts weiter ist von uns in diesen Kindern, die wir zeugen, ernähren, aufziehen und in die Welt entlassen, sie sind überhaupt nicht wir, in keiner Weise, was ist schon das Blut, und wenn uns einer Hörner aufgesetzt hat und wir ziehen sein Kind groß, was dann, welche Bedeutung hat das? Keine.

Also trank ich in Kristallpalästen mit Porzellanprinzessinnen, schwere Brillanten und schneeweiße Hemden, gestärkte Manschetten, Nadeln wie das Sonnengold und silbergefasste Perlmuttknöpfe, Sekt und Wodka weiß wie Öl, die Fliege weiß und der Frack und die Musik und der letzte Sonntag, Selbstmördertango, und danach alles bekleckert mit Essen, Soßen und Rotwein und mit roter Schminke auf der steifen Hemdbrust, wir wickelten uns und die Frauen in Mäntel, wenn wir mit einem Gelächter, dass fast die Innereien zerriss, eine Droschke oder ein Taxi suchten und irgendwohin durch die Warschauer Straßen fuhren (aber nicht dahin, wo Jureczek war), wir fuhren mit Frauen oder allein mit Alkohol, immer schon betrunken, manchmal Kokain holen, manchmal Opium beim Chinesen, manchmal schlugen wir uns mit Apachen, Messer und Schlagring, ich fürchtete nichts, schon gar nicht den Tod, weshalb sollte ich den Tod fürchten, zerprügelte aufgerissene Fressen Visagen nicht unsere, wenn wir irgendeinen neureichen Geschäftemacher zusammengeschlagen hatten, weil er uns schief angeschaut hatte, und du, Jureczek, warst bei deiner Mutter Helena.

Die Straße, nasser Schnee, Dzidzia auf der Rückbank.

Anfangs floh ich vor ihnen, vor Hela und vor ihm, der in Spitzendeckchen gewickelt aussah, als hätte er keine Ärmchen und Beinchen, eingewickelter weißer Wurm mit bläulichem Kindergesicht, fast Mensch, ein bisschen Affe.

Dann wickelte man ihn aus dieser Larvengestalt, dann machte er seine ersten Schritte, und ich verliebte mich plötzlich in diesen Jungen, den ich gezeugt haben soll, den ich aus meinem Körper abgelegt haben soll wie eine Maschine. Ich verliebte mich, weil er sich mir an den Hals warf, «Papa» zu mir sagte, weil er wie verrückt lachte, wie ein Kind, Kinder sind immer verrückt und grausam, und ich verliebte mich restlos. Ich wollte ihn immer ansehen, ihn herzen und küssen. Wollte sein Glück und wollte seine Stimme hören und seine Schritte, und damals verlor Hela ihre Angst, sie könnte mich verlieren, denn sie wusste, dass sie mich durch diese Frucht ihres Leibes für immer bei sich haben würde.

Nicht mich selbst als einen Neuen und Besseren liebte ich in ihm. Er war nicht ich. Er hatte nichts mit mir gemeinsam. Gewiss: Ich war sein Vater, er hatte meine Züge, meine blaugrauen Augen. Aber was heißt das, er war nicht ich und hatte nichts mit mir gemeinsam, nichts.

Wen, was liebte ich in ihm bis zum Wahnsinn, in diesem kleinen dummen Menschlein? Ich weiß es nicht.

Berge. Sind das Berge? Nein.

Da ist die Weichsel.

Die Weichsel?

Wir fliegen, ich blicke im Taschenlampenlicht auf die Karte, auf die fremder werdenden Ortsnamen: Dort ist Stopnica, und neben den Buchstaben die kleinen, schwächlichen Lichter der jüdischen Häuser. Und mir fällt ein, was der Oberst erzählte, dem ich vor fast zwei Wochen im Lours begegnet war.

Zwei Wochen waren das nur? Zwei Wochen wie ein halbes Leben. Oder sogar ein ganzes.

Mir fällt die Erzählung von der deutschen Musikkapelle ein, dem durchsiebten Autobus. Und dort steht dieser Bus tatsächlich, ein deutscher Wehrmachtsbus, wahrhaftig durchlöchert, warum hat man ihn noch nicht beiseitegeräumt, man hätte das doch die Juden machen lassen können. Warum nicht?

Musikanten im Krieg. Zu Kosteks kleinen Soldaten hätten diese Musikanten gepasst mit ihren Trommeln und Trompeten, sie hätten zum Angriff spielen können wie die Trommler und Pfeifer bei Austerlitz oder Borodino. Aber wozu Musikanten in so einem dunklen Krieg, alle in Unwissenheit, wo wir sind und wo der Feind, so einem Versteckspielkrieg, Panzer aus dem Nichts, Flugzeuge aus dem Nichts, wir verstecken uns in den Wäldern, die Ulanen suchen meinen Blick, Herr Leutnant, was wird mit uns?, wir gewinnen diesen Krieg nicht, Herr Leutnant. Aus reiner Höflichkeit, ich bin ja bloß Unterleutnant. So einen sollte ich wegen Defätismus zusammenstauchen, zusammenscheißen wie eine Sau, als Schlappschwanz beschimpfen und mit dem Kriegsgericht drohen. Aber stattdessen sage ich zum französischen Helmrand: Nein, tun wir nicht, Mensch, den gewinnen wir nicht. Und über uns schreddern die deutschen Kugeln die Baumstämme.

Und im Bus die deutschen Musikanten, durchlöchert wie ein Sieb, ihre Trompeten werden nie mehr schmettern, nie mehr erdröhnen die Trommeln, denn die lassen sich nicht mehr stimmen.

Musikanten oder nicht. Und wenn sie statt der Trompeten

nun Gewehre vom Typ Mauser hatten, statt der Flöten Parabellums auf dem Schoß, statt der Trommeln Granatwerfer, statt der Oboen Maschinengewehre, statt der Becken Minen, und auf solche haben die unseren geschossen? Oder vielleicht war der Bus leer und fuhr überhaupt nicht, sondern stand gerade da? Denn wenn er gefahren wäre, hätte er nicht unter dem Beschuss verunglücken müssen, statt elegant zum Stehen zu kommen? Vielleicht wollte der Oberst einfach nur eine hübsche Anekdote erzählen? Welche Bedeutung hat das? Es ist so unwichtig wie die polnischen Kriegsgefangenen, vergraben oder nicht vergraben. Musikanten, erschossen oder nicht erschossen.

Und wir fliegen weiter, auf der Landkarte Pacanów in Kapitälchen, seine wenig zahlreichen Lichtlein draußen. Ach, ein Elend ist's mit Ziegenbock, riefen alle ganz verdrießlich, nehmt das Gewehr ihm weg, sonst wird er jemand noch erschießen, rezitierte Jureczek.

Die Weichsel.

Die Brücke gesprengt, davor ein Posten.

Der Wachmann leuchtet mit der Laterne. In die Frontscheibe. Er sieht die Uniform. Schnee auf seinem Helm und den Schultern und dem rauen Mantelstoff.

Ich kurble die Scheibe runter.

«Guten Abend.»

«Guten Abend, Herr Offizier», antwortet der Soldat höflich. «Darf ich Ihre Papiere sehen?»

Ich zeige die GFP-Scheibe. Der Soldat salutiert.

«Wo kann ich die Weichsel überqueren?»

«Die Polen haben die Brücke gesprengt. Aber gleich daneben ist unsere Pontonbrücke, provisorisch. Hier die Straße entlang wie zu der gesprengten. Herr Offizier kommen durch. Aber das Wetter ist grauenhaft, oder?»

«Stimmt, stimmt …»

«Schnee im Oktober!»

«Merkwürdiges Jahr.»

«Ein ziemlich merkwürdiges, Herr Offizier. Gute Fahrt.»

«Wo kann man hier tanken?»

«Auf der Wache an der Brücke haben sie Benzin, sie geben es Ihnen, wenn Sie es fordern.»

«Danke.»

Ich drehe das Fenster hoch, fahre, wir fahren, dann vor mir die Brücke, tatsächlich gesprengt, Straße und Bahn zerfetzt, verbogene Schienen in Luft und Schnee, man muss hinabfahren, unten ist eine Pontonbrücke, daneben ein verfrorener Posten. Ich zeige das Medaillon, ist Benzin da? Tanken! Sie zögern, denn wenn das nun eine Falle ist? Volltanken, aber sofort! Schon werden sie hurtig. Fertig, Herr Offizier. Weiter geht's, wir können fahren.

Die Weichsel, der Schnee ertrinkt sofort in ihrem Schwarz. Ich fahre. Spüre, wie der Fluss die Brücke trägt, leere Kähne verdrängen das schwarze Wasser, darauf eine Fahrbahn, und auf ihr ich wir fahren noch ich fahre.

Und jetzt? Schon Szczucin. Die Kirche, wie eh und je, die Synagoge kann verbrannt sein oder nicht, doch eine Kirche gibt es immer, groß klein hölzern gemauert von weitem sichtbar oder versteckt, aber da.

Die Kirche wie eh und je.

Weiter. Schon Dąbrowa? Richtung Tarnów.

Urwald. Eichen, Hainbuchen und Ulmen, älter als der Mensch oder jünger als der Mensch? Wir fahren vorbei am Unterholz und durch dicke Stämme, und ich weiß nicht: Ist das Wald, der vor uns gewachsen ist, oder Wald, der nach uns gewachsen ist?

Dąbrowa. Tarnowska.

Aus einem Seitenweg kommt ein Motorrad mit Anhänger, im Sattel ein Deutscher, gummierter Mantel, Helm, die blecherne Gendarmenkoppel am Hals, darauf gelblich grün das Wort «Feldgendarmerie». Er winkt mit dem blinkenden Lutscher wie ein Polizist, ist er ja schließlich auch, will die Papiere sehen, aber ich zeige meine GFP-Zauberplakette, und das genügt, weiter geht's die Straße nach Tarnów.

Berge.

Vor uns Berge, um uns Berge.

Als ich klein war und wir einmal nach Zakopane fuhren, habe ich zum Ersten ein Gebirge gesehen und gedacht, die Berge drohten Gott, sie widersetzten sich ihm, piksten ihn. Wir fuhren mit dem Auto zum Morskie Oko, Mama hatte einen gewaltigen, offenen Cadillac und einen ebenfalls gewaltigen Chauffeur.

Die Bergler musterten uns misstrauisch, wie die finsteren Gesichter von Wilden.

«Ich werde jetzt fahren, du schläfst», sagt Dzidzia von der Rückbank.

«Ich hab doch Isophan genommen.»

«Ich auch. Ruh dich aus, sonst schläfst du beim Fahren ein und baust einen Unfall.»

Dichter Schnee fällt, ich halte am Fahrbahnrand und weiß schon, dass wir durch Tarnów durch sind, über den Marktplatz sind wir gefahren. Jetzt fällt mir ein, dass auf dem Marktplatz vor dem Rathaus Armeelastwagen und Autos standen, viel Militär, und wir fuhren einfach vorbei.

Ich steige aus. Dzidzia setzt sich ans Steuer. Dzidzia, aber ich habe einen Moment lang den Eindruck, das sei Iga, es könnte genauso gut Iga sein wie Dzidzia, wie Salomé, wie Helena, alle verflucht.

«Schlaf», sagt sie. «Ich wecke dich an der slowakischen Grenze.»

Sie fährt los. Ich schließe die Augen.

«Wo ist Jureczek?», schreie ich.

Aber ich öffne den Mund lautlos, schreie ohne Worte, der Schlaf hat mich stumm gemacht.

Jureczek steht am Straßenrand. So klein, in kurzen Höschen und Wollstrümpfen bis zum Knie, einem Mäntelchen und einer Schirmmütze, wie Studenten sie tragen, nur eben für einen kleinen Jungen. Jureczek schaut den im Schneetreiben verschwindenden Hecklichtern des Chevrolets nach. Jureczek ist allein. Im Oktoberschnee. Er weint. Er wird durch den Schnee stapfen, dann wird er hinfallen, er ist erst drei Jahre alt, vier Jahre, wie alt ist Jureczek?

Oder er wird bösen Menschen begegnen, es gibt gar keine anderen, er wird bösen Menschen begegnen, und sie werden ihn mit zu sich nach Hause nehmen, dort wird er das Leben eines Findelkindes leben.

Jureczek ist mit Hela in Warschau, in der Wohnung des alten Peszkowski in Podwale, er sitzt auf den Knien von Opalein, Opalein träufelt ihm sein Gift ins Ohr, Tropfen für Tropfen wie Speichel sickert Peszkowskis Gift in das Ohr meines Jureczek: Heilig Heimat unserer Väter, Land von heldenhaften Tugendtätern, bist getränkt von deiner Söhne Opferblut. Und nicht umsonst, du edles Ahnenerbe, hieß man dich in frühster Glut auch Heilig Erde, war Gott doch dir am ehsten gut.

«Wo wohnst du?»

«Unter meinesgleichen», sagt der infizierte Jureczek, irre vom Gift.

«In welchem Land?»

«Auf Polens Boden.»

«Was ist dir der Boden?»

«Mein Vaterland.»

«Wie errungen?»

«Mit Blut und Narben.»

«Was bist du ihm?»

«Ein dankbar Kind.»

«Was schuldest du ihm?»

«Mein Leben ihm zu geben.»

Das Leben zu geben. Peszkowski will dem Land das Leben meines Jureczek opfern, und sein eigenes würde er auch gern opfern und meines sowieso, Helas Leben auch, warum nicht.

Lieber sähe ich Jureczek hier im Schnee als auf Peszkowskis Knien.

Vom Marktplatz in Tarnów fährt ein Lkw Opel Blitz ab, auf der Ladefläche sitzen Panzerschützen der zweiten Panzerdivision, zweites Schützenregiment. Der Lastwagen fährt nach Süden, folgt den Spuren unseres Chevrolet, fährt die Zwölf nach Grabów, in Tuchów kommt er ins Tal der Biała und fährt, vorbei an Tuchów und Zagrody und Dąbrówka Tuchowska, aber für die Panzerschützen haben diese Orte keine Namen, sie fahren einfach auf einer Straße, durchs ehemalige Südpolen, fahren in einem Land, dass noch keine Gestalt und keinen Namen hat, denn Polen gibt es nicht mehr, es ist nicht das Reich und auch noch nichts anderes. Es ist besetztes Gebiet, deshalb fahren sie, und im Scheinwerferlicht unseres Blitz scheint mein Junge am Randstreifen auf: kurze Hose, Wollstrümpfe und nackte Knie, ein zweireihiges Jäckchen, wie ein Kind aus begütertem Hause, ein Stadtkind, der Lastwagen hält an, sie heben den Jungen hoch, fragen ihn auf Deutsch aus, er antwortet nicht, doch Gefreiter Hube stammt aus der Krajna, ist in Złotów geboren und lernte als Kind den polnisch-kaschubischen Dialekt, mit dem seine Großmutter manchmal mit dem Vater sprach, und er fragt den Jungen, so gut er kann, nach seinen Eltern aus.

«Meine Eltern leben nicht mehr», sagt Jureczek. «Ich heiße Jerzy Willemann.»

Und mit diesen Worten und den großen Augen und dem deutschen Namen wird er zum Sohn des Regiments, bekommt eine kleine deutsche Uniform, die ihm der Regimentsschneider auf den schmalen Leib schneidert, und später, als der kleine Georg Willemann aus dieser Uniform mit rosa benähten Schulterstücken herauswächst, näht er ihm eine neue.

Nein. Er sitzt auf Peszkowskis Knien. Dein Papa lebt nicht mehr. Dein Papa ist von dir gegangen. Er ist nicht mehr unter uns Polen. Und Hela schaut sich das alles mit an.

Aber vielleicht erlaubt sie es ja nicht. Vielleicht wagt Peszkowski nicht, etwas zu sagen, wenn er ihren Blick sieht, vielleicht besitzt er genug väterliches Feingefühl seiner beinah verwitweten Tochter gegenüber, oder hat er das nicht?

Ich schlafe, die Frau lenkt, und ich bette den Kopf auf Jaceks Knie.

«Ich war immer ein Freund für dich», flüstert er, wiederholt es wie ein Mantra. «Immer.»

«Weißt du noch, Kostek, wie wir uns kennengelernt haben, weißt du noch? Erinnerst du dich an das Sommerlager, als wir Iga trafen und sie erst dir gehörte, und dann habe ich sie mir genommen, als du sie nicht mehr wolltest, und dann hast du sie wieder genommen, einfach weil dir der Sinn danach stand, erinnerst du dich?»

Das ist nicht so, liebster Jacek, so ist es gar nicht, will ich schreien, aber ich bin ein Stummer, meine Lippen öffnen und schließen sich wie die eines Fisches, sprachlos auf deinen Knien.

Erinnerst du dich, wie ich dich mit Salomé bekannt gemacht habe? Noch bevor sie meine Geliebte wurde. Du hättest sie haben können. Ich habe euch zusammengebracht. Aber du wolltest nicht. Warum wolltest du Salomé nicht, hat sie dir nicht gefallen, warum nicht?

Jaceks Hand gleitet von meinem Haar auf meinen Hals und drückt mir den Adamsapfel zusammen, wir rangeln, und gleich darauf wird alles ruhig.

«Schlaf, ruh dich aus, du wirst später wieder fahren müssen, ich wecke dich an der slowakischen Grenze», sagt Salomé.

Salomé?

«Warum wolltest du mich nicht?», weint sie.

Ihre Hände, in Zwirnhandschuhen, umklammern das Lenkrad.

«Warum hast du mich von Anfang an wie eine Nutte behandelt?»

Du hast recht, ich habe dich von Anfang an wie eine schöne, leidenschaftliche, betörende Nutte behandelt.

«Was habe ich dir getan, Kostek, warum? Ich hätte keine Nutte sein müssen. Für dich hätte ich eine andere werden können.»

Salomé. Mit Iga. Auf der Rückfahrt von Kobryń nach Warschau. Die blau gewordenen Striemen auf ihren weißen Leibern, den Oberschenkeln, den Gesäßbacken und Rücken.

Ich schlafe. Bin nicht da. Jureczek?

Nicht da. Auf den Knien. Im Schnee. Peszkowski.

Jacek? Der depressive Jacek. Unter meinem Kopf. Wo seid ihr?

«Konstanty?», fragt Dzidzia.

«Ja?»

«Du schreist im Schlaf.»

«Ich schlafe gar nicht», antworte ich.

Ich träume nicht. Ich schlafe nicht. Ich schreie im Wachen die Schneeflocken an, durch die der Wagen sich seinen Weg bahnt, die auf dem Zeltstoffdach schmelzen und die Scheiben hinabrinnen, vorn und hinten.

Ich schreie die Schatten der Bäume an. Schreie die Schatten der Häuser und Hügel an, den Rhythmus der Schlammwege und kleinen Brücken, das Knattern des Motors, meinen schmerzenden Rücken und eingeschlafenen Hintern und Schenkel, schreie alles an, was mich ausmacht und was ich jetzt bin. Ich schreie.

«Schlaf, Konstanty. Deck dich mit meinem Pelz zu.»

Keine Straße mehr zu erkennen, dafür die Landkarte. Bahnlinie, Bogoniowice, Ciężkowice, der Fluss Biała. Nach Süden. Hügel, man sieht die Hügel kaum. Wir fahren. Wie auf einem Ausflug. Weiter.

Scham. Große, erstickende, lähmende Scham.

Für alles. Jureczek im Schnee auf Peszkowskis Knien. Hela. Das ist ihre Schuld, ihre Schuld, ihre große Schuld. Alles.

Schnee und Oktober und Nacht und der Motor, und ich kann nicht schlafen, nicht in so einer Situation, einfach überhaupt nicht, deshalb setze ich mich immer wieder auf, greife nach der Karte, leuchte mit der Taschenlampe darauf, Ciężkowice, Zborowice, Schnee. Und dann setze ich mich nicht mehr auf und leuchte nicht mehr.

Weg der Scham, Weg der Schande.

KAPITEL ZWÖLF

Die Dunkelheit weicht, durch die geschlossenen Lider dringt rosig das grauende Tageslicht.

«Wir sind vor Bardejov», sagt Dzidzia.

So weit? Und die Grenze?

«Und die Grenze?», frage ich, ohne den Kopf zu heben, ohne die Augen zu öffnen.

Der Motor läuft, das Auto bebt leicht, wir fahren. Ich setze mich auf, wir fahren auf der linken Straßenseite.

«Wollten die nicht zum Rechtsverkehr wechseln? Ich habe gehört, sie hätten das im Frühling geändert», frage ich.

«Im Protektorat, ja. Hier ist unabhängiges Gebiet, angeblich sind sie gerade dabei, das zu ändern, aber bislang fährt man hier links. In Ungarn ebenso», erklärt sie.

«Seltsam.»

«Bei uns in Krakau war das auch so. Mein Papa kann sich bis heute nicht daran gewöhnen und fährt nicht Auto, wenn er in Polen ist.»

«Aber wie bist du über die Grenze gekommen?»

«Da standen zwei Slowaken. Ich hab ihnen hundert Dollar gegeben, sie haben dich gesehen, ich hab gesagt, der Herr Kapitän ist komplett besoffen und muss morgen in Budapest sein, da haben sie salutiert, eine angenehme Fahrt gewünscht und mich darauf hingewiesen, dass wir links fahren sollen. Dann sind wir weiter.»

«Das ist nicht möglich», sage ich.

«Denk mehr wie ein Deutscher, Konstanty.»

«Ich weiß nicht, wie die Deutschen denken.»

Es hellt auf, es tagt, die Sonne des Tages geht auf. Rechts bewaldete Gipfel, Berge, nicht sehr hoch, aber Berge, links kahle grasbewachsene Gipfel, darüber die Sonne.

Hütten aus Lehm und Reisig. Die Straße halbwegs in Ordnung. Wir fahren, ich will mich wieder unter dem Pelz verkriechen, aber nein, ich weiß nicht, wie viel Zeit vergangen ist, eine Minute oder zwei Viertelstunden, ich setze mich auf, reibe mir den Schlaf aus dem Gesicht. Der Tag, aber grau und bedeckt, Schnee fällt nicht mehr.

Und dann Bardejov. Viele Kirchen, sechs zähle ich, und dann noch eine mit Doppelturm, auf dem Hügel über der Stadt.

Ich habe so ein seltsames Gefühl, als wären wir gar nicht bei uns.

«Wir sind nicht bei uns», sage ich.

«In dieser Uniform bist du überall bei dir. Denk wie ein Deutscher, Kostek. Heute gehört uns Deutschland und morgen die ganze Welt.»

Ich habe ein seltsames Gefühl, seltsam allein schon, dass ich es habe angesichts der Situation, aber ich hatte es genauso, wenn wir früher über die Grenze fuhren, auch wenn es ganz nah war, wie in die Sommerferien zum Sopot.

Wir fahren über den Marktplatz, durch die Altstadt. Schreiende Armut, wo haben sie bloß all die denkmalreifen Gebäude her, hat hier seit dreihundert Jahren niemand etwas Neues gebaut? Die Stadt noch leer, die Sonne geht auf. Der Milchmann, eine Bäckerei hat geöffnet.

«Wir können uns frisches Brot kaufen», sage ich, «wir haben nichts gegessen.»

«Wozu essen», erwidert Dzidzia, als wische sie eine Banalität weg.

Also fahren wir aus Bardejov heraus, Richtung Süden, nach Prešov, so sagt die Landkarte. Von Bardiów nach Preszów.

«Ich war mal in einen Ungarn verliebt, aber er wollte mich nicht, er war verheiratet.» Dzidzia beginnt zu reden. Die Straße ist trocken und schnurgerade, es geht bergab, und Dzidzia redet und öffnet dabei die Drosselklappe immer weiter.

«Er war Schriftsteller, stammte aus Kassa, wohnte aber in Budapest. Er mochte mich, ich gefiel ihm, aber nach einem kurzen Flirt schickte er mich weg, verabschiedete mich so zartfühlend wie nur möglich; ich hasste ihn dafür bis auf die Knochen, denn er hatte sich wie ein Gentleman benommen, wie ein absoluter Gentleman.»

Wir rasen dahin.

«Ich bot mich ihm an, servierte mich wie auf dem Silbertablett, ohne jede Verpflichtungen, ich wollte ihm einfach nur gehören, wenigstens für eine Nacht, aber er wies mich zurück, obwohl er Lust auf mich hatte, das sah man deutlich, durch die Hose, er begehrte mich außerordentlich und gestand es mir sogar, aber er wies mich zurück. Nicht aus Liebe zu seiner Frau, die er liebte, auch wenn er ihr nicht immer treu war; er lehnte mich ab wegen des Respekts, den er für mich hatte. Ich sei keine Frau, die man zur Geliebten macht, sagte er. Niemand hat mich je härter verletzt. Und niemand war edelmütiger zu mir.»

«Warum erzählst du mir das?», frage ich und klettere auf den Vordersitz, wobei ich mich ein bisschen frivol verrenke, jedenfalls unangemessen der ernsten Stimmung, die nach Dzidzias Geschichte herrscht. Aber ihr Rasen macht mir langsam Angst, ich hoffe, sie auf dem Vordersitz ein bisschen zügeln zu können.

«Ich weiß nicht. Wir redeten Deutsch miteinander. Er sprach Deutsch wie ein Wiener, so wie du. Wir haben uns noch ein paarmal getroffen. In einer Gaststätte, in Cafés. Wir tanzten. Manchmal bat ich ihn, Ungarisch für mich zu sprechen. Ich liebte ihn, wenn er Ungarisch sprach. Er war verliebt in mich, er begehrte mich und hat mich trotzdem nicht gewollt, als ich mich angeboten habe.»

«Ich will das nicht hören. Weshalb erzählst du mir davon?»

«Ich weiß nicht. Ich liebe Budapest.»

«Warum?»

«Was heißt, warum?»

Dumme Frage, was ist das für eine Konversation, ich frage wie eine Oberschülerin, «und warum, warum», als könne ich keine normale Konversation führen, nur immer «warum, warum».

Mir war Budapest so gleichgültig wie jede andere Stadt, Kattowitz oder Warschau. Wie kann man denn eine Stadt überhaupt lieben? Häuser, Straßen und Brücken – was gibt es da zu lieben?

«Und, hat die Stadt deine Liebe erwidert?», frage ich.

«Nein, nein», antwortet Dzidzia ganz ernst.

«Wollen wir die Plätze tauschen?»

«Nein, ich will fahren.»

Wir fahren eine Weile schweigend.

«Erinnerst du dich an die Sache des Hauptmanns Pawlikowski? Vor ein paar Jahren», fragt sie plötzlich.

«Ja. Er war ein Bekannter von Jacek.»

«Von wem?»

«Jacek, Freund von mir, Arzt.»

Pawlikowski war Hauptmann, Flieger. Er hatte den Taxifahrer Stróżyk auf der Straße erschossen, weil der, von ihm als Lump beschimpft, die kühne Erwiderung hatte: «Selbst ein Lump.» Pawlikowski hatte das als Beleidigung der Ehre und Uniform eines polnischen Offiziers betrachtet, die Pistole gezogen und den Taxifahrer auf der Stelle erschossen. Pawlikowski wurde zu drei Jahren verurteilt, hat sie abgesessen und kam frei.

«Früher einmal war ich so wie er.»

«Du hast einen Taxifahrer erschossen?», lache ich, dumm, dumm.

«War nicht nötig.»

Und wieder, Stille, kilometerlang Stille.

Ich sehe sie von der Seite an, ihre Nase, ihr helles Haar. Das Hütchen und das braune, teure Kostüm, die Aufschläge des Jacketts, mit gelbem Atlas verbrämt, die Hände am Lenkrad, die Nase. Und die Augen auf die Fahrbahn gerichtet.

Kein Schnee mehr, auch kein Regen, nur triste Wolken. Und die Slowakei, seltsame Sache, früher hat nie jemand von der Slowakei gehört, und jetzt ist sie da, ein unabhängiges Land, natürlich nur vorgeblich unabhängig. Seltsam, dass Länder geboren werden und sterben wie Menschen, denn wo ist heute die unabhängige Ukraine, aber früher einmal hat es sie gegeben?

Hinter Bardejov nackte Armut. Ein paar slowakische Hütten, dann ein Zigeunerlager, dreckige, verlauste Kinder, dreckige zerlumpte Menschen. Die Kinder sehen mager und hungrig aus, Dzidzia hält natürlich gleich wieder an, kurbelt die Scheibe runter, die Kinder kommen angerannt wie Hunde in den Hof des Fleischers, wenn sie das Gitter aufgehen hören.

«Als würden wir durch Afrika oder Indien fahren», sage ich.

«Es sind irgendwo doch auch Inder», antwortet Dzidzia.

Die Kinder drängeln sich vor dem Fenster, schweigend, dunkle Haut, schwarze Augen und Lumpen im düsteren Licht. Sie strecken nicht die Hände aus, sie gucken, warten, und Dzidzia sieht sie an.

«Das sind Menschen», sagt sie. «Stimmt's, Konstanty?»

«Sicher.» Ich zucke mit den Schultern. «Ziegen ja wohl nicht, auch keine Blumen.»

«Wenn das Menschen sind, und wir sind Menschen, und Säuglinge sind Menschen und auch Russen und irgendwelche afrikanischen Kannibalen, was heißt dann Mensch, Konstanty?»

Sie spricht, ohne mich anzusehen, spricht mit dem Blick auf die Zigeunerkinder. Ich weiß nicht, ob sie mich auf den Arm nehmen will, deshalb prüfe ich erst einmal, wie ich in der grauen Jacke und unter der grauen Mütze mit schwarzem Schirm aussehe. Ich klappe den Spiegel aus dem Sonnenschutz heraus.

Ich sehe aus wie ein Deutscher.

«Hitler steckt sie in die Lager. Wie die Juden», sagt Dzidzia.

«Die Juden wandern jetzt von Deutschland angeblich nach Palästina aus», bemerke ich. «Oder nach Amerika.»

Die Zigeunerkinder wollen plötzlich nicht mehr nur reglos abwarten, es kommt Bewegung in die lockigen Köpfe, ein Kind wird nach vorn geschubst.

Ein Kind wie die anderen, mager und großäugig, aber anstelle der Wange läuft eine große, trockene Wunde vom Ohr bis zur Nasenwurzel, vom Auge bis zum Unterkiefer. Ein Loch, als hätte jemand mit dem Messer das Gewebe weggeschnitten und das Blut trocknen lassen, man sieht die Schichten wie bei einem anatomischen Präparat: Muskeln, rötliche Knochen und ein paar schiefe gelbe Zähne. Und zwischen ihnen die lebendige Zunge und der Rest auch lebendig, pulsierend, aber nicht blutend, nur kleine, helle Blutfäden am geschrumpften Zahnfleisch.

«Sie schieben sie vor, weil sie fürchten, wir gucken nur und geben kein Geld», erklärt Dzidzia. «Manchmal verstehe ich Hitler. Dass er Tiere mag und Menschen nicht.»

Sie wirft ihnen ein paar Münzen hin. Die Zigeunergören stürzen sich gierig darauf. Ich schaue wieder in den Spiegel. Mein Gesicht, gesund, und meins. Das Gesicht des Krüppels, das vernarbte des Vater, meins. Verwundetes, offenes Gesicht,

Gesicht ohne Gesicht, das des Kindes, meins. Dzidzia fährt weiter, Hertnik, Osikov, Raslavice, Slovacek, und dann Uhorske, die Straße in gutem Zustand, wir fahren schnell, Dzidzia lenkt kräftig, aggressiv.

«Was hatte dieses Kind?», frage ich.

«Noma, Wangenbrand. Eine Krankheit.»

«Krankheit? Keine Wunde?»

«Nein. Eine Krankheit.»

«Wovon?»

«Unterernährung und Dreck.»

Die Straße führt durch ein enges Tal zwischen halb bewaldeten, halb von Weiden überzogenen Anhöhen. Ich schaue auf die Karte.

«Bis zur Grenze ist es nicht mehr weit. Von Prešov ungefähr fünfzehn, zwanzig Kilometer. Nach Kassa etwa vierzig.»

«Dieser Ungar, von dem ich dir erzählt habe, in den ich verliebt war, kam aus Kassa, aber nach dem Vertrag von Trianon ging er weg. Er hasste die Tschechen, denn er machte sie für diesen Raub verantwortlich, die Slowaken waren ihm egal, die hielt er für ein beschränktes Völkchen, das man nicht für seine Untaten verantwortlich machen kann.»

«Wie kommst du jetzt wieder auf ihn, Dzidzia?»

«Weil ich mich frage, ob die Tschechen Menschen sind. Ob diese schmutzigen Zigeunerkinder Menschen sind. Ob wir Menschen sind. Ob die Juden Menschen sind. Ob die Deutschen Menschen sind. Ob es überhaupt Menschen gibt.»

Ich schweige. Sie ist viel klüger als ich und älter, was bleibt mir, als zu schweigen? Ich mache ein gelangweiltes Gesicht, das tat ich immer, wenn ein Gespräch in Gesellschaft mich überforderte. Die Masche hat mir den Ruf eines ungewöhnlich intelligenten und viel herumgekommenen Menschen eingebracht.

«Ich glaube, es gibt überhaupt keine Menschen. Wir haben eine Idee von Menschheit ausgedacht, und manche leben sogar so, als gäbe es so etwas, aber das gibt es nicht, niemand wird ihm gerecht. Die Menschen sind nach der allgemein anerkannten Definition gar keine Menschen; nach dieser Definition sind sie nur Tiere.»

«Pass auf!»

Dzidzia tritt auf die Bremse, der Chevrolet gräbt sich mit den Reifen in den Asphalt, aber wir fliegen weiter nach vorn, nur langsamer, auf die unausweichliche Schafsherde zu. Ein Tier streifen wir ganz am Ende des Bremsmanövers sogar, aber nicht sehr heftig, es fällt hin und rappelt sich wieder auf. Der grimmige Hirte zieht entschuldigend den Hut und macht sich dann eilig daran, seine Schafe von der Straße zu treiben, damit die Herrschaften vorbeifahren können.

Die Herrschaften fahren vorbei.

«Wir tauschen die Plätze», sage ich. «Du fährst mir zu gefährlich.»

Ich sage das aber irgendwie anders. Ich weiß nicht, wie anders, aber so, dass Dzidzia das Auto anhält und ohne Grimassen wartet, bis ich um den Wagen herumgegangen bin, damit sie auf den rechten Sitz rutschen kann. Dieses weibliche Privileg bekommt ihr nicht gut, sie reißt sich die Strümpfe an der Kimme der Maschinenpistole auf.

Ich setze mich ans Lenkrad. Ausgeschlafen und unausgeschlafen, frisch und schmutzig, nüchtern und benommen zugleich.

«Was machen wir an der Grenze?», frage ich. «Das haben wir noch nicht überlegt.»

«Du sagst, ich bin deine Nutte, und sie sollen einem Verbündeten keinen Ärger machen. Ich bin deine Kriegsbeute. Kleine Polackin, aus dem Krieg mitgebracht, damit du in Budapest was zum Ficken hast.»

«Sie sehen dich an und wissen, dass das nicht stimmt», antworte ich sofort, intelligent und naiv, treffend und völlig daneben.

Dzidzia weiß das zu schätzen. Nicht so sehr die Antwort als die Tatsache, dass ich nicht plötzlich ausraste, nicht dümmlich protestiere, schließlich auch, dass ich schlagfertig bin, von selbst versteht sich das nicht.

Ich fahre. Gut, wieder selbst zu fahren. Auf der Rückbank sitzt man nicht so angenehm. Die Fahrbahn ist ordentlich, der Motor läuft. Ich bin Konstanty Willemann, ich mag Autos und mag keine Pferde. Ich habe hohe Stiefel mit Sporen an, die Sporen stören ein wenig beim Fahren.

Ich bin Baldur von Strachwitz und habe eine Narbe anstelle eines Gesichts.

«Ich habe viele gute Sachen», sagt Dzidzia und öffnet ihre Tasche. «Trink was.»

Sie reicht mir einen Flachmann. Ich nehme einen Schluck. Cognac. Ich mag zwar keinen Cognac, aber Alkohol mag ich, deshalb genieße ich die knapp fünfzig Prozent und ignoriere den Rest.

Nachdem wir die ausgedehnten, nicht sehr hohen Hügel verlassen haben, führt die Straße geradewegs auf eine Inselkette von verwegen herausgemeißelten Bergen zu. Auf einem davon blinken die weißen Ruinen eines gar nicht so kleinen Schlosses.

Solche haben meine Rittervorfahren erobert. Der schwarze Wildschweinkopf auf Gold und auf dem Helm zwei Straußenfedern, schwarz und golden. Ich bin Strachwitz. Ich bin schlesischer Uradel. Ich bin kein Strachwitz. Ich bin Konstanty Willemann. Ich habe keine Rittervorfahren, ich ward von meiner Mutter unbefleckt empfangen.

Der schwarze Keilerkopf.

Ich umfahre den Hügel mit dem Schloss, das auf der Karte Kapusiansky heißt, und plötzlich kommen wir aus den Höhen heraus auf weite Wiesen und leicht gewellte Felder, aus denen diese Bergkette regelrecht hochschießen muss, wenn man sie von Süden nach Norden, aus der Gegenrichtung, erreicht.

Ich trinke mehr. Dzidzia bettet sich unter ihrem Pelz auf die Rückbank. Mir gefällt es in der Slowakei nicht. In der Tschechoslowakei hat es mir besser gefallen. Die Tschechoslowakei war das moderne Zentrum Europas, die Slowakei ist ein balkanisches Loch.

Vor einem luxuriösen Restaurant sitzt ein Stadtstreicher am Rinnstein, ruht aus und schaut sich die Gesellschaft an, die gerade aus dem Speisesaal wankt, schöne Damen, Schmuck und elegante Kleider, schöne Herren, Fracks und Pelerinen, Lackschuhe und Zylinder, bitt recht schön, Verzeihung, aber nicht doch, ja, bitte, und der Vagabund schaut und kaut an seinem Brot, er ist ein Niemand, und wie schaut er?

Ich bin ein Niemand, aber er ist auf andere Weise ein Niemand als ich. Er ist ein Niemand, weil er niedrig ist, ein Gestrüpp aus Lumpen, Fetzen, Gestank, Dreck und Barthaaren, die anderen sind glattrasiert, mit Brillantine geschmiert, gebürstet und glänzend, die schmalen Brusthemden weiß, schneeweiß gestärkt und Perlmuttknöpfe in goldener Fassung, er aber ist ein Niemand, niedrig, säuft zum erbettelten Brot kaltes Wasser aus einer Flasche, die mit einem Lappen oder einem Stock zugekorkt ist, nehme ich jedenfalls an, denn ich bin längst vorbei, und er existiert nicht mehr für mich, und die anderen trinken kristallklaren Wodka zum Eierkuchen mit Kaviar.

Pawlikowski hat den Niemand Taxifahrer Stróżyk erschossen, weil jener Niemand die Ehre der Uniform eines polnischen Offiziers beleidigt hat. Der Offizier mag privat keiner Fliege etwas zuleide tun, für einen Taxifahrer, den Ernährer einer Familie, Vater von Kindern oder auch Junggeselle, Vater unehelicher Bälger oder gar impotent, oder den Ehemann irgendeiner Frau – für solch einen Niemand hätte er sich mit seinem Leben eingesetzt, aber dennoch hat er auf diesen Niemand geschossen, weil der Niemand seine Ehre verletzt hat, und es gibt nichts Höheres als die Ehre, deshalb hat Hofmokl-Ostrowski ihm für diese Erschießung drei Jahre Gefängnis verschafft, nicht mehr, drei Jahre, unter uns.

Ich aber bin ein Niemand anders.

Ich stehe nicht niedrig: Ich stehe hoch. Ich trage eine Uniform und könnte ebenfalls so einen Stadtstreicher oder einen Taxifahrer-Niemand wie Stróżyk erschießen, wenn er mich als Lump bezeichnet. Jetzt könnte ich sogar Pawlikowski erschießen, aber darum kümmert sich bestimmt schon wer anders. Ich habe einen Frack. Nicht bei mir, aber im Schokoladenhaus habe ich einen Frack. Hab ihn nicht mitgenommen, schließlich ist Krieg, was soll mir da ein Frack. Nur einen Smoking habe ich mit. Hat Dzidzia gesagt, ich solle einen Frack mitnehmen?

Ich muss anhalten, die Maschinenpistole verstecken. Eine Waffe am Gürtel, kein Problem, ein Symbol von Freiheit und Aggression, aber der perforierte Lauf einer MPi ist etwas anderes, eines Offiziers beinahe unwürdig, also halte ich an, Dzidzia schaut nicht, stopfe die MPi hinter unsere Koffer und Taschen, tief hinein, wir brauchen dich nicht mehr, liebes Gewehr, jedenfalls für den Augenblick.

Ein Schlückchen Cognac. Ich achte nicht mehr auf die Landschaft. Die Landschaft interessiert mich nicht.

Weiter. Zur Grenze. Nach Ungarn.

Cognac. Die Grenze. Putzig. Die slowakisch-ungarische Grenze. Das ist keine Grenze jener Art, wie sie Deutsche und Russen bei ihrer Begegnung mitten in Polen aufgebaut haben. Nein. Dies ist die kleine ungarisch-slowakische Grenze. Auch sie hatten hier ihren kleinen Krieg, keinen mit Armeen, einen mit Bataillonen, Kompanien, ein paar slowakische Avia wurden in den Himmel gejagt und ein paar ungarische Fiat, ein paar sind abgestürzt, einige Dutzend Tote, mehr nicht, dann ein schwieriger Friedensvertrag, ein paar Orden und Schluss, ein Minikrieg, und der hat diese kleine Grenze hierher verschoben, an diesen gestreiften Pfahl, vor diesen nagelneuen Schlagbaum mit grellbuntem Wappen, eine Bude davor, ein Schild «Magyar Királyság» und zwei hübsche Gendarmen in schwarzen Hüten, Federbüschen und Mänteln mit zweireihig glänzenden Knöpfen und buschigen Schnauzbärten, aber sicher, und Bommel und ein richtiger Säbel und kurze Gewehre, lange Bajonette auf den Gewehren.

«Jó reggelt. Magyar határellenörzés. Láthatnám a papírjait, uram?», sagt der dumme Gendarm, als ich anhalte und die Scheibe herunterlasse. Obwohl er sehen muss: Der Chevrolet hat ein polnisches Kennzeichen, und darin sitzt ein Deutscher.

«Guter Mann, sprichst du Deutsch?», frage ich mit der ganzen Verachtung, die ein Soldat für einen Greifer empfindet, selbst für so einen mit Säbel, Bommel und Federbusch.

Geheime Feldpolizei.

Du selbst bist ein Greifer, Kostek. Du bist Baldur von Strachwitz, früher warst du Ulan, konntest im gestreckten Galopp mit schwerem Säbel dahinrasen, jetzt hast du keinen Schwanz, kein Gesicht, trägst die Uniform der Geheimen Feldpolizei, vor der sich richtige Soldaten mehr fürchten als vor dem Feind. Du brauchst keine Waffe, hast nur deine kleine Pistole, Kaliber sieben, eine Beamtenwaffe, die vor allem nicht stören soll.

«Natürlich spreche ich Deutsch. Aber wir sind hier in Ungarn, ich bin ungarischer Gendarm, und als ungarischer Gendarm bitte ich Sie um Ihre Papiere.»

Ich reiche sie ihm. Hier ist Ungarn. Selbstverständlich. Dzidzia auf der Rückbank macht keinen Mucks, sie schläft, unter ihrem Pelz. Der Gendarm fragt mich überhaupt nicht nach ihr. Er reicht die Papiere zurück, salutiert.

«Einen schönen Aufenthalt, Herr Offizier.»

«Danke. Auf Wiedersehen.»

Also fahre ich weiter. Wir fahren, wir sind zwei oder fünf Kilometer gefahren, da kommt eine Kreuzung, rechts nach Hernádszentistván. So ein Wort, bei dem man am Ende schon vergessen hat, mit welchem Buchstaben es anfing. Für den Weg nach rechts gibt es kein Straßenschild.

«Ich habe überhaupt nicht geschlafen», sagt hinter meinem Rücken plötzlich Dzidzias Stimme. «Und jetzt muss ich pinkeln.»

Es schüttelte mich geradezu, warum schüttelte es dich? Mich schauderte, so überraschend kamen die Worte, wie aus dem Nichts, wie ein «Hopp» aus dem Hinterhalt, furchtbar. Aber nicht so furchtbar wie dieses «pinkeln». Eine Dame sagt so etwas nicht. Nur Dzidzia kann, Dzidzia darf sich das erlauben.

Dzidzia ist das nicht peinlich, Dzidzia muss sich für nichts schämen, Dzidzia ist über jede Scham erhaben.

Du hältst, zweihundert Meter hinter der Kreuzung halte ich an. Es ist ganz warm, viel wärmer als bei uns. Die Karpaten schirmen die Kälte ab. Dzidzia steigt an der Beifahrerseite aus, nachdem sie geschickt von der Rückbank geklettert ist, entfernt sich zwei Schritte vom Auto, greift in der Hocke unter ihren Rock und zieht das Höschen runter.

Hab ich geguckt? Geguckt hab ich nicht, aber gesehen, hab heimlich wie ein Dieb geschielt.

Das Höschen schiebt sie bis zu den Knien, rafft den Rock hoch, hockt sich hin und pinkelt, wischt sich mit etwas ab, das sie aus der Tasche holt, zieht die Hose hoch, streift den Rock nach unten und kommt zurück zum Auto.

«Hier hast du eine Karte, Straßenkarte von Ungarn, schon

mit den neuen Grenzen. Fahr und halt erst an, wenn wir vor dem Hotel Gellért parken», befiehlt sie, während sie sich auf die Rückbank zwängt.

«Aber wie finde ich dieses verfluchte Gellért?», frage ich verzweifelt und schäme mich sogleich, dass ich so verzweifelt weinerlich traurig dumm gefragt habe. Ich, ganz ich.

«Ganz einfach. Fahr so lange, bis du an die Donau kommst. Dann fahr den Donauboulevard am Fluss entlang, bis zur Franz-Josef-Brücke. Ferencz József híd, auf Ungarisch. Wenn du an die Horthy-Brücke kommst, dann bist du zu weit und musst umkehren. Du fährst über die Brücke und bist direkt beim Hotel Gellért. Dann weck mich.»

Und sie deckt sich mit ihrem Pelz zu.

Und ich, statt mich um den Weg zu sorgen, denke wieder über ihr Pinkeln nach. Warum hatte sie das getan, sie hätte es anders, feiner machen können.

Gleich kommt Kassa, schon sind wir da. Ich will nicht mehr schauen, will mir Kassa nicht ansehen, Kassa interessiert mich nicht, ich bin doch kein Tourist. Kassa. Mietshäuser und Kirchen.

Ich bin Baldur von Strachwitz und fliehe gerade aus Warschau.

Vor wem? Wozu? Was heißt denn fliehen, warum fliehe ich, was ist mit mir los, wo ist mein Leben?

Auf den flandrischen Feldern, dort wo mein Schwanz und mein Gesicht geblieben sind, genau dort, und ich denke sogar auf Polnisch, nicht auf Wasserpolnisch, und dabei könnte ich auch auf Wasserpolnisch denken, denn ich habe dieses seltsame, heisere Volapük von der Kinderfrau gelernt, die mich gehütet hat, meine Mutter hat mich nie gehütet, und die Kinderfrau sprach Wasserpolnisch.

In Kassa keine Spur mehr vom ehemaligen Košice. Statt des wohlwollend verständlichen Tschechoslowakisch nur das unzugängliche ungarische Lallen, wie aus einer anderen Welt. Welches Wunder hat diese schlitzäugigen Steppenwilden vor tausend Jahren zu Europäern gemacht, mit dieser Sprache?

Die schlitzäugigen Wilden haben sich im slawischen und walachischen Substrat spurlos aufgelöst wie ein Tropfen Wein im Meer, die Steppenkultur ist verschwunden, sie haben ihre Filzjurten aufgegeben und sich Schlösser gebaut, und als sie dreihundert Jahre nach ihrer mythischen Landnahme von den Mongolen überfallen wurden, da hatten diese Nachfahren der Steppenreiter keine Ahnung mehr, wie man leichtpferdig kämpft, sie unterlagen den Mongolen auf sehr ritterliche und europäische Art, mit Lanzen und auf schweren Lastpferden, gemeinsam mit meinen Großvätern, die sich alle bei Liegnitz von den Mongolen töten ließen, bis auf einen, dem die Strachwitz entsprossen.

Die Wilden also haben sich aufgelöst mitsamt ihrer Säbel- und Bogenkultur; warum aber hat die Sprache überdauert, warum die Steppenlegenden und die asiatische Steppenmusik in ihrem Bauerntum, warum? Warum passiert etwas so und nicht anders? Warum findet sich auf der Krim keine Spur mehr von den Goten, während die Magyaren geblieben sind? Warum gibt es in Schlesien keine Spur von den Kelten?

«Wenn ich deinen hellen Teint sehe, das blonde und etwas rötliche Haar, den rötlichen Bart und die weiße Haut mit den Sommersprossen, dann glaube ich, du bist ein Kelte, mein Lieber», sagt meine Mutter, die Weiße Adlerin. «Du bist ein Kelte, ob du willst oder nicht.»

Der Wagen windet sich durch die schmalen Straßen von Kassa, ein mitteleuropäisches Städtchen wie jedes andere, deshalb ganz anders als das asiatische Warschau, anders, andere Mietshäuser, andere Kirchen, Dzidzia schläft, und ich entdecke am Ende den Wegweiser nach Miskolc, nach Budapest.

Das Gesicht meines Vaters. Wir fahren die Straße nach Miskolc, und die Landschaft wird immer eintöniger, langsam werden die Berge kleiner, wir haben die Karpaten überquert. Barcá. Eniycke. Seltsame Namen.

Die Karpaten zu überschreiten – Abaújszina. Schwarze, düstere Toponymie. So viele sind in den Karpaten gescheitert, sind irgendwo auf den verschneiten Pässen steckengeblieben, doch das war früher, ich schaffe es. Und fahre. Hidasnémeti. Ich fahre neben einem schweren, von Ochsen gezogenen Wagen mit Vollreifen … oben auf dem Wagen schläft eine Frau, meine Gefährtin. Forró. Auf dem Bock der Kutscher, ein Knecht, ein Niemand-Mensch, an den man nie wieder denkt, ein Mensch ohne Namen. Und ich daneben, auf einem kleinen Pferd, im tiefen Sattel, angetan mit einem goldbestickten, prachtvollen Gewand, auf dem Haupt eine Mütze aus Wolfspelz, ich habe einen langen, hellen Bart, einen blonden Schnurrbart und zum Zopf geflochtenes Haar. Csabád.

Es ist immer noch hell, als ich die wichtige Kreuzung der Heerstraßen erreiche: Nach links führt die schlechtere Straße nach Nyíregyháza, das heißt in Richtung Puszta, Alföld.

Insel der euroasiatischen Steppe, mitten im grünen Ozean des Archipels Transsylvanien. Als die Magyaren die schrecklichen Gebirge Siebenbürgens überschritten hatten, mussten sie sich wie zu Hause fühlen, wie zu Hause. Vielleicht haben sie sich deshalb hier niedergelassen, obwohl sie Raubzüge von Dänemark bis zu den Pyrenäen unternahmen?

Warum, warum denke ich daran, als ich nach rechts abbiege, nach Miskolc, Miskolc ist nicht mehr weit, fünfzehn Kilometer, ein Streifen Feld, ein Streifen Wald, Landschaft bar jeder Exotik, das Gras am Straßenrand wie überall, die Bäume wie überall, der Himmel bewölkt wie überall, aber kein Schnee, kein Oktoberschnee fällt. Wir fahren.

Ich würde dir etwas sagen, wenn du mich nur zu Worte

kommen ließest, Kostek, mein geliebter, mein lieber, mein einziger schöner Junge, mein Leben mein Herz meine Liebe.

Wenn du nur für einen Augenblick die Klappe hieltest, Kostek, wenn diese Logorrhö aufhörte, die diese kleine, fiese Nutte in dir auslöst, die jetzt auf der Rückbank schläft, die schamlos gepinkelt hat, gepinkelt, um dich zu erniedrigen, Dummkopf, um dir zu zeigen, dass du ihr Diener bist, in dessen Gegenwart man pinkeln scheißen mit einem anderem vögeln kann, weil du keine Augen hast, weil du keinen Menschen in dir hast, erniedrigt hat sie dich, die dumme Schlampe, ich hasse sie, und wenn dein Wortschwall mal zum Versiegen käme, mein Lieber, würde ich dir sagen, warum.

Ich werde es dir so oder so sagen, mein lieber Junge.

Du denkst nicht deshalb an die Kelten Slawen Awaren Siedlungsorte Sprachen Isoglossen Etymologien indoeuropäischen ugro-finnischen Substrate, weil dich deine Mutter damit angesteckt hätte. Du denkst daran, weil du dir einbildest, du würdest einen Sinn und eine Ordnung darin entdecken. Weil du dumm bist und nicht weißt, dass du dergleichen nicht einmal entdecken könntest, wenn da wirklich eine Ordnung wäre; aber keine Sorge, es gibt sie nicht, und du wirst sie umso weniger entdecken, da kannst du dir die Augen über den Büchern blindlesen, mein Lieber, nichts wirst du erkennen.

Und doch begehrst du nach dieser Ordnung, mein Lieber, wie nach nichts anderem; denn wenn du sie hättest, dann gäbe es auch einen Sinn, und dein Dasein könnte von ihm erfüllt sein, trotz der Brüche und der Leere, die du in dir trägst.

Ich sehe dich jetzt an, mein Liebling: wie du mit dem stolzen amerikanischen Auto über die gute Straße durch das vom Krieg unberührte Ungarn fährst; in stolzer, deutscher Uniform. Du hast kräftige Hände und lange Finger, mein Lieber, du umgreifst das Lenkrad, hast mit der Schuhspitze das Fernlicht eingeschaltet, es zerschneidet die graue Dämmerung.

Ich sehe dich an und überlege, wie leicht sich jemand täuschen lassen könnte, sogar jemand, der alles weiß: Der weiß von deinem kristallenen Champagner Wodka Morphin Kokain von den Frauen von Salomé Iga Dzidzia von den Autos und Pferden und der polnischen Uniform von dem Zivilanzug dem ausgeschälten Auge der Lemberger Kanaille, vom Scheißen im Hauseingang auch, von deinen schrecklichen Warschauer Eskapaden und denen aus der Vorkriegszeit, von der deutschen Uniform und deiner Mutter und deinem Vater ohne Gesicht, von allem; jemand, der das wüsste, wie leicht würde der sich täuschen lassen und glauben, nichts von dir wissen, doch ich weiß, Kostek, ich weiß, weiß alles.

Denn was gibt es hier schon zu wissen.

Dich gibt es nicht; du bist leer, im Innern leer, ein hohler Mensch, als blickte man ins Innere einer Statue, durch die offenen Fenster der Augenhöhlen, des Mundes, der leere, hohle Kostek trägt deutsche Uniform, hält das Lenkrad des Chevrolet und fährt gerade durch Miskolc. Und dieser Kostek guckt auf die Benzinanzeige, wird es reichen? Es wird. Auf den Tachometer guckst du auch, aber anders, und du fährst, mein leerer, eitler Kostek, der in diesen vorhistorischen Spinnereien niemals eine Ordnung gefunden hat, auch keine Rechtfertigung, denn nichts ist gerechtfertigt und nichts hat einen Sinn.

Und du fährst weiter, mein Lieber, fährst. Und sie schläft, obwohl sie dieses Isophan genommen hat. War es Isophan? Ich weiß, weiß es, aber ich kann es dir nicht sagen, Lieber, denn du hörst mich nicht mehr, hörst nicht mehr auf mich, brauchst mich nicht, willst mich nicht, richtig, mein Lieber? Du willst mich nicht.

Du fährst durch Miskolc, Brücken und Viadukte, Pflaster, Kopfstein, dann wieder Asphalt, die Autos die ganze Zeit alle auf der falschen Straßenseite, in den Städten fährt sich da schwieriger.

Es dämmert, und wieder die blassen, schwächlichen Lichter des Dorfes, anders als die gesunden, munteren, elektrischen Lichter unserer Städte, die kräftigen Lichter der Städte. Hier ist kein Krieg.

Gute Straße, gute Fahrbahndecke, besser als bei uns, draußen die Nacht. Man fährt achtzig, neunzig, sogar auf hundert kann man ein paarmal beschleunigen, und dann ist es gut, der Rand der Straße verschwindet, es bleibt nur Nacht, die Straße, das Dröhnen des Motors und die Scheinwerferkegel auf dem Asphalt, der rechte Fuß auf der Drosselklappe, der linke auf dem Schalter fürs Fernlicht, wenig Verkehr, fast gar keiner, im Licht das Schild: Harsány.

Und dann plötzlich Budapest, und alles ist anders.

Nicht einmal plötzlich, aber anders: Gar nicht plötzlich, denn zuerst kommen die Felder, und zwischen den Feldern taucht die Vorstadt auf, ein Bahnhof, mehr Vorstadt, kleine Landhäuser, dann schon eher städtische, man sieht nur das, worauf das Licht der Straßenlaternen fällt, also nicht viel, und plötzlich die Stadt.

Rechter Hand Pest, der XIV. Bezirk, von dem ich nichts weiß, weil ich nie in Budapest war, was hätte ich in Budapest verloren? Wien ja, Wien natürlich, Berlin Paris London Rom, aber Budapest liegt doch am Rand, es gibt hier alles, aber trotzdem, nein. Ich bin nie hier gewesen und fertig, muss mich nicht rechtfertigen, auch wenn jetzt zur rechten plötzlich der XIV. Bezirk von Pest aufsteigt und die Stadtbahn H. É.V., so heißt sie an den Haltestellen, also wie unsere EKD, Gödöllő H. É.V., und darunter Mietshäuser und überall Laternen, hellleuchtende Laternen, warum sind die Mietshäuser hier größer als die in Warschau? Weil dies eine Hauptstadt eines Imperiums war, das nicht mehr existiert, nur die Hauptstadt gibt sich weiterhin imperial, was kann da mein Warschau, nichts, eine provinzielle, jüdische, russische Stadt, die irgendwann mit einem Mal zur Hauptstadt erklärt wurde, aus irgendeinem Grunde, weil sie groß genug war? Groß vielleicht, aber Budapest ist größer, und die Mietshäuser sind einen Stock höher oder noch mehr, die Straßen breiter und schöner, das ist Pest, Buda ist auf der anderen Seite.

Auch sonst ist alles anders, alles nicht so, wie es sein soll; denn es ist Nacht, und zwar Wochennacht, von Dienstag auf Mittwoch, und trotzdem hell.

Keine Verdunkelung, keine von Bomben lädierten Laternen, dafür glatte Straßenpflaster, darauf sind Autos und Straßenbahnen unterwegs, andere als bei uns, und Busse, andere als bei uns. Sie haben große Lichter und starren mich damit an, und auf der Maske des Kühlergrills wölbt sich ein Strauß von glänzenden Chromstäben, öffnet sich wie eine Lyra oder eine straff gebundene Garbe. Die Straßenbahnen vollgestopft mit Menschen. Und Taxis, darin lachende Damen, gewöhnliche Damen und professionelle, die dem Taxifahrer selbst die Adresse geben. Aus den Weinstuben schwanken Berauschte hinaus ins Laternenlicht, denn noch ist nicht Winter, bis zum Winter ist es noch hin und bis Advent, noch ist Oktober, ein guter Weinmonat, der beste Monat zum Weintrinken, und ich fahre langsam, halte nach den Straßenschildern Ausschau, doch wozu, wozu?

Bei uns in Warschau herrscht Schwärze und Finsternis, wenn man nachts unterwegs ist, und in dieser Dunkelheit trifft man entweder auf eine deutsche Streife oder einen jüdischen Dieb, vielleicht auf einen polnischen oder von anderswoher, sonst ist da nichts, weder nächtliche Straßenbahnen noch Weinstuben, aus denen Berauschte schwanken, selbst wenn welche geöffnet haben, huscht man ängstlich dort heraus, statt fröhlich zu schwanken, so wie ich mit Jacek, was bin ich mit dem geliebten Jacek herumgeschwankt in Warschau, aber jetzt ist aus mit dem Schwanken. Ich bin Soldat geworden, erst so einer, dann so einer, und Jacek ist in Warschau geblieben in einer trockenen, zehrenden Verzweiflung, und aus dieser Verzweiflung wird Iga ihn nicht herausholen, das schafft sie nicht, Jacek wird bestimmt wieder auf dem Bett liegen, an die schwarze Zimmerdecke starren, tagsüber wird er herumsitzen und ins helle Fenster starren, auf die Straße, wird nichts sehen, das er gern sehen würde, und selbst wenn er sich am Ende überwindet, wäscht, rasiert, anzieht und ins Spital geht, was soll's, es hilft nicht, da sind jene, denen er gern helfen möchte, denen er helfen muss und nicht kann, und was bleibt ihm dann?

Ich nehme noch einen Schluck Cognac. Kerepesi út, das heißt wohl Kerepesistraße, was immer Kerepesi sein mag, zur Rechten die ungarische EKD und Mietshäuser, links irgendwelche Felder, Rennbahnen augenscheinlich, dann wieder die Bahn, sie kreuzt die Straße, die mich zum Baross tér führt, einem Platz mit einem großen Bahnhof, Keleti p.u., größer als der in Warschau, ich fahre weiter, nach unten, bergab – so kommt es mir vor –, die Rákóczistraße.

Eine Stadt, eine richtige, lebendige Stadt, eine Hauptstadt des Imperiums. Kutschen. Taxis. Hell. Neonlicht. Die Rákóczistraße breit und schön. Straßenbahnen. Der banale Lujza tér, aber darauf ein großes, würdiges Gebäude, ein Schild: Nemzeti Színház, sieht aus wie ein Theater und hat gegenüber dem Warschauer Theatern den Vorteil, nicht im Geringsten ausgebrannt zu sein. Linksverkehr, daran gewöhnt man sich schwer, auf freier Strecke ist es einfach, in der Großstadt schwieriger, ich fahre vorsichtig. Lichter, Laternen, Neon.

Mein Leben, das mir weggenommen wurde. Ich ließ es mir wegnehmen. Ließ es zu. Ich mochte dieses Leben. Ich wünsche ihnen, dass die Fenster dieser Stadt auch bald kreuzweise verklebt sind, dass sie verbrennt, denn es ist nicht meine Stadt, die meine ist verbrannt und vergewaltigt, ihr Straßenpflaster ist aufgerissen, die Laternen leuchten nicht mehr.

Auf der Brücke, die nach Kaiserin Elisabeth benannt ist, hätte ich fast Dzidzia geweckt, damit sie das sieht: Hunderte von Laternen spiegeln sich in der Donau, am Ufer sind Barken und Schlepper vertäut und kein, kein, kein Krieg, als hätte es hier noch nie einen Krieg gegeben, als würde auch niemals Krieg sein. Aber ich wecke sie nicht, schließlich kennt sie Budapest, hat es tausendmal gesehen.

Nach der Brücke eine scharfe Kurve, ich bin überrascht, die Reifen quietschen, ich kann gerade noch links abbiegen und fahre den Donauboulevard entlang, am Fuß einer Erhebung, die ich anhand der über mir vorbeigleitenden Lichter erahne, und ich fahre, auf der anderen Flussseite fahren sie auch, die Scheinwerferlichter, die erleuchteten Vitrinen von Cafés und Restaurants. Auf meiner Seite des Flusses eine flache türkische Kuppel, die türkischen Bäder, das Rudas fürdő.

Wie hungrig bin ich auf Stadt, auf lebendige Stadt, nach diesem Nisten in einem Kadaver wie Warschau.

«Hier ist es», sagt Dzidzia.

Ich fahre zusammen, sie hat mich erschreckt, ich hatte sie vergessen. Ein Blick in den Rückspiegel.

«Was?», frage ich.

«Das Gellért. Hier. Parken.»

«Sehr hell die ganze Stadt, nicht wahr?», frage ich.

Dzidzia scheint das egal.

Auch das Hotel strahlend erleuchtet, Hochparterre und vier Stockwerke, historisch anmutende Dekorationen, die sich gleichwohl in Pflanzenformen winden und über dem Eingang Kuppeln bilden wie die Köpfchen von Keimen, die durch die Erde stoßen, ausnehmend phallisch in ihrer Gestalt.

Ich steige aus, will Dzidzia die Tür öffnen, da kommt schon ein Junge herbeigelaufen und macht sie ihr auf, ich reiche Dzidzia ihren Pelz, werfe mir dann meinen Mantel über die Schultern, behalte den Gürtel darunter an.

Ein kurzer Blick aufs Gepäck, plötzlich fällt mir das wirkliche Leben wieder ein, und ich weiß: Um das Gepäck wird man sich kümmern.

Ein Portier im Zylinderhut öffnet uns die Eingangstür, im Foyer Marmor und Gold, wie leicht man sich entwöhnt, doch jetzt weiß ich wieder: Das ist dein Element, Konstanty, nicht der Dreck, kaltes Wasser und zugeklebte Fenster.

Ich schwanke leicht, ich bin ein wenig betrunken und unfrisch, doch der Rezeptionist hat hundert Jahre Erfahrung und empfängt mich mit einem Blick von vollendeter Höflichkeit, der geflissentlich übersieht, was zu sehen sich nicht gehört.

«Guten Abend. Haben Sie freie Zimmer? Von Horn mein Name; meine Ehefrau.»

Er mustert mich mit einem Blick, aus dem ich den klaren, geduldigen Vorwurf lese: Wer kommt denn ohne Reservierung in ein Hotel wie dieses? Er hält diesen Blick einen Moment lang, diese Warteschleife ist die Strafe, meine Strafe dafür, dass ich nicht vorgesorgt habe, dass diese Dinge nicht geregelt ablaufen können, wie sie ablaufen sollten.

«Aber natürlich», antwortet er schließlich. Kein Blättern, kein Nachprüfen, keine Anrufe. Schließlich trage ich Uniform, deutsche Offiziersuniform, also habe ich Geld, recht sicher habe ich Geld, zumindest ist es naheliegend anzunehmen, dass ich Geld habe, zumal in Begleitung einer Frau.

Ich sage ihm, dass ich ein Apartment mit zwei getrennten Schlafzimmern wünsche. Aber natürlich; ob man Abendessen im Hotel einzunehmen wünscht? Ich bin hungrig, mordshungrig, der Alkohol im leeren Magen stachelt den Hunger noch an. Aber Dzidzia protestiert.

Also essen wir in der Stadt, wenn sie meint, essen wir in der Stadt, der Boy trägt das Gepäck nach oben, natürlich, ein bisschen Sorgen macht mir das Maschinengewehr im Kofferraum. Wir gehen hoch, ein kleiner Mensch in Livree geleitet uns, das Apartment vorzüglich, im zweiten Stock, ich gebe dem Menschlein einen Dollar, die Fenster gehen auf die Donau und die Franz-Josef-Brücke hinaus.

Lautlos schließt sich hinter uns die Tür, mächtige, geschmacklose Möbel im Raum, schwere Stores um die großen Fenster, flauschige Teppiche und hohe Decke und verzierte Türen zu den Schlafzimmern und ein elektrischer Kronleuchter mit unzähligen kristallenen Tränen, an keiner davon eine Spur von Staub. Das ist ein Hotel.

Dzidzia hat sich auf die Couch geworfen, ohne Mantel oder Schuhe auszuziehen. Es klopft, ich öffne – der Boy bringt unsere Koffer und Taschen. Ich gebe ihm einen Dollar, er dankt artig auf Deutsch und verschwindet.

«Ich mache mich frisch, zieh mich um, dann können wir los», sage ich schüchtern.

«Mach, mach.» Dzidzia winkt gleichgültig ab.

Also gehe ich. Rufe den Concierge an, gebe Auftrag, mir Smoking und Hemd zu bügeln und die Schuhe zu putzen, binnen drei Minuten kommt ein Lakai und holt alles ab, und ich steige in die Wanne und schlafe dort ein.

«Na los, rasier dich und zieh dich an, ich würd gern heute noch rauskommen, es ist schon zehn Uhr», sagt Dzidzia, und ich denke, dass ich das träume, aber nein. In Unterwäsche steht sie in meinem Badezimmer, ich hebe mich aus dem Wasser, bedecke meine Scham. Sie lacht und geht raus. Ich steige aus der Wanne. Habe Kopfschmerzen, schaue in das Spiegelschränkchen und finde darin Aspirin, nehme zwei, spüle sie mit Leitungswasser runter.

Dusche kalt, um wach zu werden, warm, um mich aufzuwärmen. Rasieren, guter Gott, im warmen Bad, mit warmem Wasser, im hellen Licht und alles, wie es sein soll, heißes Wasser, Öl, Schaum, langsam mit dem Strich, ein zweites Mal Schaum und gegen den Strich, kaltes Wasser, Balsam. Die gebügelte Kleidung liegt auf dem Bett in meinem Schlafzimmer, also frische Unterwäsche, weißes Hemd mit gestärkter Brust, schmucke Perlmuttknöpfe, Smoking. Die Fliege binden. Eau de Cologne. Ein Blick in den Spiegel: Ich bin's. Das bin ich.

Ich trete in den Salon. Dzidzia wartet schon, elegant, bescheiden, schön und hässlich gleichermaßen, alterslos, wie alt mag sie sein, fünfundzwanzig oder zweiundvierzig? In einem knielangen Kleid, sehr dunkles Burgunderrot. Kein Krieg, woher denn Krieg.

«Darin bist du gut, Konstanty», sagt sie anerkennend. «Als wärst du geschniegelt auf die Welt gekommen.»

Den Staubmantel, den ich eingepackt hatte, nehme ich nicht mit, er passt nicht zum Smoking, also bitte ich den Portier, uns ein Taxi zu rufen, und frage Dzidzia nach der Adresse, radebreche sie verunstaltend an den Fahrer weiter, der nickt fügsam, und wir fahren, nicht lange, einmal um den Gellértberg herum, wir fahren vorbei am Budaschloss auf dem Budahügel, es ist gut zu sehen, weil ebenfalls illuminiert, kein Krieg hier, überhaupt kein Krieg, ein paar Dollar habe ich im Hotel getauscht, ich zahle in Pengő, und wir steigen aus.

«Hier ist es», sagt Dzidzia.

Ein kleines Schild, Borozó, grüne Tür. Drinnen nicht gerade ein Smoking-Etablissement, aber ein Smoking stört hier auch nicht. An den Tischen Arbeiter, schnauzbärtig, hellhaarig, leeren ihre Gläser mit Weißwein, sagen nichts, schweigen. Daneben eine Handvoll Intellektueller, anständig gekleidet, einige sehen nach Juden aus, sie trinken auch, essen eine Art Pastete, weiter hinten wieder Arbeiter oder Kutscher, dieser Typ, und in der Ecke zwei Männer im Frack, die dünn geschnittenen Speck essen und etwas Durchsichtiges aus kleinen Gläsern trinken. Ich kenne die ungarischen Sitten nicht und weiß doch, was sie tun, ich selbst habe das oft getan – mich in einer anspruchslosen Kaschemme warm trinken, bevor es in die goldenen Spiegel- und Kristallsäle ging, so ist es besser, gesünder, lustiger.

Wir nehmen an einem langen, schweren Tisch Platz, einem massiven Eichentisch.

Ich bin sehr erschöpft, jetzt spüre ich das. Habe nicht geschlafen, habe seltsame Tabletten geschluckt, Cognac getrunken, fast einen ganzen Flachmann am Ende, aber ich bin auch sehr hungrig, und mir dreht sich plötzlich alles im Kopf, aber Dzidzia bestellt schon bei dem höflichen Kellner mit pomadisiertem Schnurrbart und pomadisiertem Haar, Dzidzia bestellt: Leberpastete, Speck mit Paprika und Salz, Brot mit Schmalz und Rotwein. Niemand schenkt uns Beachtung, man hatte wahrgenommen, dass wir hereinkamen, uns setzten, bestellten, und das war's, mehr nicht, was sollte sein, und dennoch war es fast seltsam und ist nun ein seltsamer und schöner Überreichtum – man schenkt ein, deckt den Tisch und trägt auf.

Ein himmlischer Stapel dicker Schmalzstullen, bedeckt mit Zwiebelringen, bestreut mit Paprika. Ein verlockendes Stück Speck auf dem Brett mit dem scharfen Messer, zwei Scheiben schon appetitlich abgeschnitten, dünner Speck, und aus dem gelblich-weißen Fett schimmert gerade einmal eine hauchzarte rosa Schicht heraus, was für wunderbarer Speck!

Die graubraune Pastete duftet nach Leber und Petersilie, dazu Weißbrotscheiben und zwei Gläschen Wein.

«Hier schenkt man in Dezilitern aus. Wir haben jeder nicht mal ein Achtel, aber dabei werden wir es nicht belassen, nicht wahr, Konstanty?»

Ganz gewiss nicht, aber der Wein kommt später; erst essen, und wie hungrig ich bin! Ich zerdrücke die Pastete auf dem Brot, beiße ab und wie gut das ist, Lebergeschmack, mit etwas Gutem begossen, ein Hauch von Alkohol, Nusslikör, das ist nussig, und ich esse und trinke, die Scheibe Speck und das Brot mit Schmalz.

Dzidzia hält mein Tempo, ohne sich im Geringsten um den Rat des Dichters Byron zu kümmern, dass die Frau überhaupt nicht essen solle, höchstens Krabben und ein Glas Sekt; nein, Dzidzia haut rein für zwei, und als der angebissene halbe Zwiebelring zwischen ihren Lippen, der nicht mehr ganz in ihren Mund passt, noch oben klappt und die Nase mit rotem Pulver einstaubt, niest sie in das blitzartig gezogene Taschentuch, lacht, isst weiter, wischt sich Pastete aus dem Mundwinkel, und wir bestellen die nächsten Gläser Roten und schnuppern nicht groß, achten nicht auf das Bukett, jetzt wird einfach ein Dezi nach dem anderen getrunken und dazu geschmaust; dann rauchen wir, immer wieder nippend, satt gegessen, voll, gesprächsunlustig, glücklich, bestellen die nächsten Gläser, trinken und knabbern noch ein bisschen, ganze Scheiben kriegt man nicht mehr runter, also Häppchen mit Pastete beschmiert und weiter, die nächsten Dezi, Gesundheit – «Egészségedre», bringt mir Dzidzia bei, der Kellner hört es und lacht, korrigiert die Aussprache, und schon lernen wir gemeinsam, auf Ungarisch zu prosten.

Dann torkelt betrunkenes Warschau in die ungarische Weinstube. Zwei Offiziere, ich kann es nicht fassen. Schon recht blau. Sie setzen sich. Bestellen. Haben Geld, trinken nicht zu knapp. Uniformen. Und wir sind erschüttert, verwundert, wie das?

Der Kellner erhascht unsere Blicke, überlegt einen Moment, mit wem er es wohl zu tun hat.

«Wir sind aus Wien», erklärt Dzidzia, mit passendem Akzent. «Wir hassen den Hitler. Wo kommen denn diese armen Polen her?»

Der Kellner nickt, akzeptiert diese Hitler hassenden Wiener, warum nicht.

«Polen sind es hier überall sehr viele. Angeblich gibt es in Budapest ein paar tausend polnische Offiziere, vielleicht sogar mehr als zehntausend, sagen manche. Man sieht sie hier überall», erklärt er und entfernt sich dann, kommt kurz darauf wieder und stellt uns zwei Gläschen Pflaumenschnaps hin, geht aufs Haus. Gleichsam als Dank dafür, dass wir Hitler nicht mögen. Beim Tischabräumen brummelt er, mit hochgezogenen Brauen und der Nase auf die Offizier weisend:

«Und so geht das seit drei Wochen. Das Vaterland haben sie verloren, aber amüsieren und erholen tun sie sich trotzdem.»

Die polnischen Offiziere bekommen keinen Pflaumenbrand aufs Haus. Ach, wie gut kenne ich deinen Ekel, verfluchter Kellner, ich kenne das. Ich weiß nicht, was du als Ungar zu deinen Nationalheiligtümern rechnest, aber ich kenne solche wie dich, kannte sie, kannte sicher zu viele von eurer Sorte. Und sogleich gefallen mir die Offiziere besser, als sie es verdienen. Sie sitzen in einer Ecke, auf seltsame Art wirken sie in diesem Weinkeller unfreier als wir, sie bestellen Pflaumenschnaps, bestellen Gulasch, bekommen nicht, was sie erwarten, denn erwartet haben sie bestimmt diesen bräunlich grauen Brei mit knorpeligen Fleischbrocken, den die miserablen Kaschemmen bei uns der anspruchslosesten Kundschaft vorsetzen. Stattdessen kommt eine klare, scharfe Suppe mit schönen Rindfleischstücken; ich weiß das, denn der gelbschnauzige Plebejer neben uns isst die gleiche, sich Mund und Schnurrbart mit dem haarigen Handrücken abwischend.

Wir essen und trinken fast schweigend, und wenn wir mit gedämpfter Stimme ein paar Worte wechseln, tun wir das auf Deutsch, wir wollen nicht als Polen erkannt werden.

Der polnische Hauptmann und der Major sind rasch völlig betrunken, der Hauptmann setzt sich jetzt auf die andere Tischseite neben seinen Kameraden, an die Wand, und sie trinken weiter, in zärtlicher Umarmung.

Ich könnte bei ihnen sein. Könnte ich das noch? Sie in Zivilkleidung umarmen, mit ihnen trinken und dann irgendeinen Weg heraus aus allem finden, hier oder da entlang, nach Frankreich, dort wieder in die Armee, vielleicht auch ohne Pferd, wieder Uniformen, Tages- und Sonderbefehle, Rapports, Kommandos, Personalbögen, und am Ende vielleicht ein Krieg, und was dann im Krieg? Jahre im Schützengraben vor sich hin faulen, auf einer Seite die Deutschen, auf der anderen wir, Bunker, Geschütze und Stacheldraht, Schlamm und irgendwann das Schicksal meines Vaters, ohne Gesicht und Schwanz; oder anderes – ein schneller Krieg wie bei uns, Verfolgungsjagd über Felder und Hügel, zerstörte Verbindungen, niemand weiß, wo die Front ist, und es gibt auch keine, mechanisierte und Panzerdivisionen durcheinander, alle jagen sich gegenseitig, ungeschützte Flanken, Hinterhalte und Rückzüge, wir ziehen in Berlin ein oder Berlin in uns.

Und was sollte ich da überhaupt?

Ich bin Konstanty Willemann und mag es bei Frauen, wenn der Hintern leicht hervorsteht, muskulös und straff, wie bei der kleinen ungarischen Köchin, die ab und zu aus der Küche lugt. Ich mag weder Militär noch Pferde noch Uniformen noch Gewehre; ich habe gern eine Pistole bei mir, das gehört sich für einen Gentleman, am liebsten eine kleine, flache vom Kaliber sieben, so wie die Sauer meines Vaters, die ich im Hotel aus dem Halfter genommen und mir für alle Fälle hinten in den Hosenbund geschoben habe. Entgegen meiner Befürchtung fällt das Jackett trotzdem glatt, ich habe ein bisschen abgenommen.

Ich habe den Pflaumenbrand getrunken, er war angewärmt im eisgekühlten Glas. Ich bin betrunken. Dzidzia lächelt, sie isst und trinkt so viel wie ich, so viel wie ein hungriger, erschöpfter Mann.

«Ich weiß nicht, wer ich bin», sage ich leise auf Polnisch, Polnisch muss man leise sprechen, und dabei spüre ich den Alkohol in der Kehle brennen.

Ich bin betrunken. Sehr betrunken. Ich bin die Mitte der Welt, ihre Achse; das Wirtshaus, die Menschen, die Decke und Tische drehen sich um mich.

«Hier habe ich mich mit ihm getroffen, weißt du?», flüstert Dzidzia mir auf Polnisch zu.

Ich antworte nicht, was soll ich sagen? Ich bin verstummt. Und sie, betrunken, beginnt zu flüstern, zu mir, aber eigentlich mehr zu sich selbst, sie sucht meinen Blick nicht, achtet nicht darauf, ob ich zuhöre, flüstert nur, leise und fast unterbrechungslos:

«Hier haben wir gesessen, hier an diesem Tisch. Wir tranken Wein und aßen, wir unterhielten uns auf Deutsch oder Französisch, und manchmal, wenn wir schon lustig waren, redeten wir in unseren Sprachen miteinander, wobei ich kein Wort Ungarisch kann, er immerhin ein paar Brocken Polnisch, denn er war in Oberungarn aufgewachsen und verstand ein bisschen Slowakisch, also auch Polnisch, na ja, einzelne Wörter. Neunmal haben wir uns gesehen. Nicht immer hier, hier fünfmal vielleicht. Er hatte keine Angst, sich hier mit mir zu verabreden, obwohl er ganz nah wohnte, in dieser Straße. Er wohnt bestimmt immer noch da. Am ersten September hat er mich angerufen, da funktionierten die internationalen Verbindungen noch, er sprach mir seine Solidarität aus, sein Mitgefühl und sein Bedauern über den Krieg. Aber ich hörte, dass seine Stimme vor Fröhlichkeit bebte, ich begriff überhaupt nicht, warum, und ich wurde wütend und knallte den Hörer auf, er rief dann noch mal an und entschuldigte sich, bevor ich mich entschuldigen konnte, und erklärte: Er habe gerade einen Sohn bekommen. Am ersten September. Dennoch hat er an mich und an uns, an Polen, gedacht und angerufen. Ich gratulierte ihm, ich erinnere mich an seine Frau, ich habe sie gesehen, eine große, ätherische Jüdin mit edlem, schmalem Gesicht und langen Händen. Als ich sie sah, habe ich gedacht, die würde ihm nie ein Kind schenken, mit ihren schmalen Hüften. Hat sie aber. Ich sagte, er solle sich keine Sorgen machen, wir würden Hitler bald schlagen und unsere Pferde in der Spree tränken. Ich wusste, dass wir verlieren würden, bin ja nicht blöd, aber ich sagte das, um ihn zu beruhigen.»

Sie verstummt. Ich verstehe, dass das wichtig war. Wichtiger als Polen, Deutschland, Ungarn und die Juden zusammen. Wichtiger als der Krieg. Wichtiger als unsere Konspiration, der Endsieg oder die Endniederlage, wichtiger als mein Kampfweg und das Tapferkeitskreuz und das Eiserne und die deutsche Uniform und der polnische Smoking, den ich trage. Dzidzia und ihr Ungar, der sie nicht wollte, das ist wichtig. Nichts ist wichtiger.

«Wirst du dich jetzt mit ihm treffen?», frage ich ebenso leise, wie sie sprach.

«Nein. Wozu?»

«Gehen wir.»

Dzidzia nickt gedankenverloren. Ich bitte um die Rechnung. Die polnischen Offiziere wanken hinaus, nachdem sie ein sattes Trinkgeld gegeben haben. Das Trinkgeld freut den schnauzbärtigen Kellner aber nicht, wie denn, die Herren Offiziere verschwenderisch, lieben die ihr Vaterland nicht? Ich mag dich nicht, schnauzbärtiger Kellner. Aber ich lasse ihm ordentlich was springen, wir gehen. Die Nacht ist kalt, aber wir gehen zu Fuß.

Wir torkeln, also lege ich den Arm über Dzidzias Schulter, und wir torkeln gemeinsam. Da bleibt sie plötzlich stehen und fängt an zu weinen.

«Was, Liebes, was denn?», stammle ich.

«Hier war der Tabán, so hieß es, ein mieses und wunderschönes Viertel, Häuschen, Kneipen, Bordelle, die Zigeuner spielten … Ich weiß noch, wie ich das erste Mal hier war, ist zehn Jahre her, ich war so ein gutsituiertes Fräulein, war zu

Hause weggelaufen und wollte etwas sehen, eine Zigeunerin las mir aus der Hand und sagte mir weis. Sie sagte, sie sieht mich inmitten von serbischen Banditen und dass ich unglücklich würde, aber ein erfülltes Leben haben werde, eines wie zwanzig andere Menschen zusammen nicht, dumme Zigeunerin. Und jetzt haben sie das alles abgerissen.»

Dzidzia weint, ich drücke sie noch fester an mich, ich weiß ja, dass sie nicht um dieses Tabán weint, sondern um ihre Liebe, um ihren Ungarn, der sie nicht wollte und dessen Frau ihm einen Sohn geschenkt hat, trotz ihrer schmalen Hüften.

Wir gehen runter an den Fluss, zur Elisabethbrücke, wir gehen den lichterglänzenden Boulevard entlang, als normale Menschen unter normalen Menschen, ein betrunkener Mann im Smoking mit beschwipster, eleganter Frau, kein Krieg; bei uns zu Hause ist auch kein Krieg mehr, aber anders als hier, hier gibt es keine Deutschen, nur meine deutsche Uniform, es gibt Baldur von Strachwitz, und den habe ich zur Reinigung gegeben, jetzt blasen sie ihn bestimmt gerade mit Dampf auf, meinen Vater Baldur, bürsten ihn aus und hängen ihn dann in den Zimmerschrank, hängen ihn, zugeschnitten auf seinen Leib auf meinen Leib, graugrün und mit Orden geschmückt, in den Schrank.

Hotel, Fahrstuhl, Zimmer. Dzidzia weint nicht mehr. Ich würde sie gern küssen, ihre Lippen suchen meine Lippen, oder suchen sie sie nicht? Aber nicht so, so will ich nicht. Nüchtern schätzt sie mich gering, und betrunken ist sie mein, nein, so will ich es nicht, also setze ich sie in den Sessel und greife in die Bar, schenke Cognac in zwei Gläser, zum Abschluss der Nacht und des Tages und der Nacht, der Reise, der glücklichen Reise, denn Chochoł und die Schießerei habe ich vergessen, auch Dzidzia denkt wohl nicht mehr daran, als hätte es das nie gegeben, also reiche ich ihr das Glas und setze mich ihr gegenüber.

«Auf unser Wohl, liebe Reisegefährtin», sage ich.

Dzidzia schaut verständnislos in ihr Glas, dann sieht sie mich herausfordernd an, ich weiß nur nicht, wozu sie herausfordert, bis sie den ganzen Cognac auf einmal runterkippt, im Sessel zusammensinkt und plötzlich hochfährt, sich den Mund zuhält und ins Bad rennt. Ich weiß, das gehört sich nicht, ich sollte das nicht tun, aber ich laufe ihr nach, halte ihr Haar, als sie in die Klomuschel kotzt, reiche ihr Wasser im Zahnputzbecher, sie spült den Mund aus, sieht sich im Spiegel und sieht mich im Spiegel, dreht sich um, auf einmal nüchtern oder zumindest wie nüchtern.

«Geh raus, bitte. Aber geh noch nicht schlafen», flüstert sie.

Ich gehe raus, sinke in den Sessel. Lasse den Cognac stehen, habe keine Kraft mehr zu trinken, will nicht mehr trinken. Die Reise, die Glückspillen, ich weiß immer noch nicht was für welche, Cognac aus der Flasche, Wein, Obstbrand, nun wieder Cognac, es reicht.

Ich stehe auf, ans Fenster. Draußen die Brücke, die Bögen angestrahlt, irgendwo dort schon das Grau des Morgens, Nebel über der Donau und in diesem Nebel die zerstäubten Lichtkugeln der Laternen und die Reihen der Glühlampen auf der Brücke, ebenfalls zerstäubt. Autoscheinwerfer. Eine Straßenbahn.

«Willst du mich, Konstanty?»

Ich drehe mich um. Konstanty. Dzidzia in der Tür, in Unterwäsche, in Strümpfen.

«Ja. Aber nicht so …», antworte ich und wundere mich über meine Worte und fürchte plötzlich, sie verletzt zu haben, aber ein Blick genügt, um zu sehen, dass sie nicht verletzt ist.

Sie kommt zu mir, umarmt mich, ihre mageren Arme an meinem Hals und ich weiß: Das ist keine Aufforderung, sie gibt sich mir nicht hin in dieser Umarmung. Und gleichzeitig ist es keine schwesterliche Geste, diese Umarmung verheißt etwas Erotisches.

«Danke. Du bist großartig», flüstert sie mir ins Ohr und küsst mich auf die Wange. Lässt mich los. Geht in ihr Schlafzimmer, und ich bleibe, und plötzlich dreht sich die Welt, ich spüre, dass ich mich sofort hinlegen muss, kann gerade noch meine Jacke ausziehen, mich aufs Bett werfen, aber ich schlafe nicht ein, sondern tauche ab in Unbewusstes, als würde ich in einem Sumpf versinken. Ich denke weder an Dzidzia noch an meine Mutter noch an meinen Vater.

Das helle Fenstviereck, der Stuck an der Decke, der Kronleuchter, alles kreist über mir, bis es schließlich zu einem stickigen, schweren Schwarz zusammenfließt.

KAPITEL DREIZEHN

Ich habe Kopfschmerzen, mir ist übel, ein Magenkrampf, ich müsste sofort auf die Toilette, nur die Aussicht, aufrecht gehen zu müssen, schreckt mich, also bleibe ich mit geschlossenen Augen im Halbschlaf liegen, nichts in meinem Bewusstsein als die Übelkeit und dass mir der Schädel platzen will. Dann fällt mir das Aspirin im Bad ein, ich steige endlich aus dem Bett, schaue auf die Uhr: elf. Ich habe bis elf geschlafen. Ich schlucke dieses Aspirin mit einem Glas Wasser, unter die Dusche. Unter dem heißen Strahl wird es etwas besser. Ich rasiere mich, Zahnbürste und Pulver, ich scheure meine Zähne. Hülle mich in den Bademantel und gehe in den Salon.

Dzidzia sitzt schon da, bei Kaffee, Weißbrot und Eiern.

«Guten Morgen», sage ich, schüchtern und unsicher: Unsicher meiner selbst, dessen, was gestern war, unsicher der eigenen und ihrer Erinnerung, dabei weiß ich bei ihrem Anblick sofort: Nein, da war nichts, ich habe sie nicht einmal geküsst, ist das gut oder nicht, ich weiß es nicht.

«Guten Tag, Konstanty», erwidert sie strahlend, als freute sie sich wirklich bei meinem Anblick. Vielleicht freut sie sich auch. «Iss Frühstück mit mir, bitte.»

Sie freut sich tatsächlich, mich zu sehen. Sitzt da in einem eleganten, etwas altmodischen Morgenkostüm, bestreicht eine Brotscheibe mit Honig und lächelt mir zu. Tatsächlich? Offenbar, sie freut sich.

«Guten Tag, Dzidzia.»

Und plötzlich verstehst du, stimmt's, Konstanty? Du verstehst.

Das ist das Ende. Wir werden uns wohl nicht mehr treffen, mein Lieber. Plötzlich verstehst du.

Sie hat dich verwandelt, du Dummchen. Sie, ihr Geist und ihre Kraft. Sie ist alles, wovon ich nie wollte, dass du es seist. Sie hat dich mir weggenommen. In ihr hast du einen Menschen gesehen. In ihr siehst du jemanden, der über dem steht, was dir menschlich scheint. Sie, die von den Blicken anderer unberührt bleibt. Sie, die sich nicht fürchtet. Sie, die liebt, weil sie lieben will, die begehrt, weil sie begehren will, und nicht, weil sie geliebt und begehrt sein möchte – wie du.

Nichts verstehe ich. Ich setze mich zum Frühstück.

«Iss nicht zu viel, zum zweiten Frühstück gehen wir ins Centrál Kávéház. Das ist wie die Ziemiańska, nur größer und schöner und mit besseren Schriftstellern.»

Ich lächle süffisant. Unsere Schriftsteller habe ich nie gemocht. Ich brauchte ihren Ruhm um mich, so wie den anderer Künstler, aber gemocht habe ich sie nicht. Sie hatten etwas, was ich nicht habe, ich kann nicht genau definieren, was, aber ich spüre oder spürte ihn, den Mangel.

«Vor allem ist es da», füge ich hinzu.

«Bitte?»

«Es ist da. Und das Ziemiańska gibt es nicht mehr. Das heißt, das Lokal schon, ich war kürzlich sogar dort, es hat geöffnet, aber das Ziemiańska gibt es nicht mehr, denn wer geht da jetzt hin und wozu?»

«Traurig», sinniert Dzidzia.

«Gar nicht», erwidere ich sofort. «Gar nicht traurig. Mir ist es nicht schade drum. War da, ist weg. Und kommt bestimmt nicht wieder. Na und?»

Sie nickt. Jemand klopft an der Tür. Ich öffne – der Lakai

mit einer Nachricht. Ich nehme das Kärtchen, gebe einen Pengő, schließe die Tür.

«Bestimmt von Steifer», sagt Dzidzia.

«Wem sonst», stimme ich zu.

Ich öffne den Brief, setze mich ans Tischchen.

«Herr von Horn wird gebeten, am Mittag in die Badeanlagen des Hotels zu kommen. M. S.»

Ich reiche Dzidzia das Kärtchen.

«Das wird dir gegen den Kater helfen», lächelt sie.

Die Welt hat eine andere Tönung. Ich verstehe das nicht, akzeptiere es aber.

Ich schneide ein Ei durch, das Eigelb noch feucht, gebe ein Stückchen Butter und eine Prise Salz darauf, esse, das Ei ist sehr gut. Trinke Kaffee. Dzidzia schweigt, lächelt mich nur an. Ich greife nach den Zeitungen, deutsche, französische und englische, aber ich habe keine Lust zu lesen, was soll man lesen, wenn alles klar ist.

Kaffee.

«Wirst du ihn anrufen?», frage ich plötzlich.

Dzidzia antwortet nicht sofort. Die Frage verletzt sie nicht, sie denkt einfach über die Antwort nach.

«Ich weiß nicht», sagt sie schließlich. «Bestimmt. Oder ein Telegramm schicken.»

«Was wirst du tun, wenn ich mich in den Thermen mit Steifer treffe?», frage ich mit einer Vertraulichkeit, die gestern noch nicht zwischen uns war.

«Ich werde aus dem Fenster schauen, ob er draußen nicht vorbeigeht, und werde weinen», antwortet sie ohne Ironie. «Warst du jemals verliebt, Konstanty, so richtig?»

Ob ich jemals verliebt war, so richtig. Habe ich es denn je geschafft, mich nicht zu verlieben? War es irgendwann einmal richtig? War ich in Iga verliebt? Oder in Hela? Um die zu nehmen, in die ich mich gleichsam unschuldig und rein verliebt habe. War ich in Salomé verliebt? Nein, verliebt war ich in Salomé nie, ich begehrte sie nur, begehrte sie mit dem Leib, nicht mit dem Herzen, das ist etwas anderes. Schön ist das nicht, aber wahr.

Ob ich jemals verliebt war? Das ist wichtig und unwichtig zugleich. Wichtig. Weil es die Substanz des Lebens ausmacht. Daraus besteht es, aus Herzensstürmen und Lendenzuckungen. Und unwichtig, weil das Leben unwichtig ist, überhaupt.

«Ja», antworte ich einfach.

Dzidzia nickt, ja, ja, ja, genau so, was konnte ich schon sagen. So sitzen wir schweigend, und draußen ist Budapest, im Zimmer ist das Leben, normales Leben, normales Essen, normale Heizung, alles normal, und ich freue mich darüber und werde es ohne Bedauern aufgeben, obwohl es mir, wenn ich darüber nachdenke, vorkommt, als sollte ich es bedauern, aber nein.

Schließlich schaut Dzidzia auf die Uhr.

«Geh schon.»

«Wie werde ich ihn erkennen?»

«Er wird dich erkennen.»

«Soll ich mich anziehen oder im Bademantel gehen?», frage ich, noch unsicher.

«Im Bademantel. Das ist hier üblich.»

Ich hülle mich in den weichen Stoff, nehme die Zigaretten mit, fahre im Lift nach unten und gehe in die Bäder, hohe und jugendstilhafte Gewölbe.

Hinter der Garderobentheke steht ein Prachtexemplar von Masseur, ein gargantuesker Dickwanst mit den hängenden Augen eines Bassets und Mundwinkeln, herabgezogen von der Schwerkraft wie von stiller Verachtung für Leute wie mich: Was sprichst du mich hier auf Deutsch an, du ausländischer Affe, wie kommst du auf diese Idee? Was hat dich hierher verschlagen, du unechter Mensch, kommst in deinem Hotelbademantel und mit der dümmlichen Visage eines selbstzufriedenen Kretins, was? Und ich Idiot lächle, wie man Verkäuferinnen anlächelt, plappere blöde von Handtüchern und dem Mantel, und dieser großartige Zweihundertkilomann, glatzköpfig und überall sonst behaart, guckt mich an, sein Handtuch reicht ihm bis unter den großen Bauch, nasse Locken, die schweren Wangen ziehen seine Lider nach unten, er guckt mich an mit fetter Geduld und wartet gleichgültig, bis ich fertig bin, dann reicht er mir einen dicken Stapel Handtücher und sagt sehr verächtlich etwas. Ich frage mich, was er zu mir sagen könnte, ich weiß ja, dass er recht hat, wozu bin ich hier, sind diese Bäder etwa für mich, bilde ich mir ein, mir für meine Pengő das Recht aufs Hiersein kaufen zu können, wie ich es mir mit einer Eintrittskarte erkaufe? Eintreten kann ich, bitte, herein mit mir, aber hier sein? Sein – kommt gar nicht in Frage. Ich weiß, dass er recht hat; ich stimme ihm zu, teile seine Abneigung gegen solche wie mich, würde mich gern dafür entschuldigen, dass ich überhaupt gekommen bin, wenn ich das nur könnte. Also gehe ich gehorsam weiter, folge den Weisungen der mürrischen, fürsorglichen Bademeister, ziehe mich aus, wenn sie es sagen, ganz nackt, wenn sie es wollen, betrete das Becken mit dem kühleren Wasser, dann das mit dem warmen Wasser und warte, warte, bis Marian Steifer, der mich finden soll, mich findet.

Ich liege also in Wasser, das Körpertemperatur hat, dann ins Dampfbad, dann wieder in sechsunddreißig Grad eintauchen, dann wieder Dampf, dann eine Wanne mit kochend heißem Wasser, in der ich eine Zigarette rauche, bis mir schwindlig wird.

Ich warte nicht mehr, soll er kommen, wann er will. Ich gehe nackt herum, wie alle hier, und denke an die Frauen, an meine Frauen.

Ich habe mich verändert: Ich denke ohne Schuld und ohne Scham an sie. Warum? Ich weiß nicht. Schließlich ist der körperliche, erotische Schmutz meiner Verbindung mit Salomé nicht gereinigt, das bleibt schmutzig. Doch gleichzeitig sehe ich mich selbst anders, von oben, aus der Entfernung, als hinge ich unter der Glaskuppel des Bades und schaute auf mich herab, wie ich da ins heiße, mineralische Wasser tauche, in dem ich eher hänge, gewichtslos schwebe, statt zu sitzen.

Umgeben bin ich von nackten Greisen, die ihre Scham mit Schürzchen bedecken, und selbst wenn ich wüsste, wo man so ein Schürzchen bekommt, würde ich es nicht anlegen, die Schürzchen kommen mir greisenhaft vor, genau richtig für diese Pimmelchen, die zu nichts mehr als zum Pinkeln taugen, runzlige, unfähige, abgestorbene Pimmel – während sie zugleich die nackten Greisengesäße frei lassen.

Und es sind gebrechliche Greise, die gerade noch schlurfen können, Greise mit bleichen Körpern, die Hände zittern ihnen, aus Erinnerung an all jene überflüssigen Tätigkeiten, denen sie sich im Leben gewidmet haben. Langsam und vorsichtig steigen sie in die Becken, welch eine Erleichterung, wenn das warme Wasser ihre Greisenleiber trägt, die sich selbst nicht mehr tragen wollen; Greise eingetaucht bis zu den zitternden Kiefern, auf dem grünen Wasser Kreise von ihrem Zittern.

Dort sind auch Alte, die noch nicht so greisenhaft daherkommen, das Entsetzen vor dem heraufziehenden Alter aber schon spüren, rüstige Greise, die ihre verkümmernde Brust herausstrecken und den trotz regelmäßiger Gymnastik erschlaffenden Bauch einziehen, und als ich ihre Körper betrachte, bin ich ihr Bruder, auch wenn sie Ungarn sind oder etwas anderes, Deutsch höre ich auch reden, alle Nackten hier sind meine Brüder.

Auch Jünglinge sind hier, Männer in mittleren Jahren und angealterte, schließlich ein paar jener Männer, deren Leib das

Alter nicht recht zu fassen bekommt, die sowohl dreißig wie fünfzig Jahre sein können. Da sind auch Männer mit den schönen Körpern von Kriegern, die Brust umwölbt von mächtigen Rippenbögen, Sportler mit biegsamen, schnellen Leibern, Jünglinge mit Spinnengliedern und eingesunkenen Brustkörben, Fettsäcke sind da und schwammig Beleibte, Greise, die ihrer vergangenen Schönheit nachsinnen und Greise, die sich freuen über die egalitäre Hässlichkeit des Alters. Und alle sind sie ruhig, nackt, still und auf sich konzentriert, auf die eigenen Leiber im warmen Wasser und im Dampf, sogar wenn sie in Gruppen sind, sie alle treiben feierlich im warmen Wasser, wie Medusen, vernarrt in den Anblick der eigenen Zehen.

Und da ist mein Körper, mager, nicht besonders schön, weil wenig athletisch, mit dem üblichen Bauch eines Dreißigjährigen, gerade noch so, dass der Anzug sitzt, wenig Muskeln, wenig helles Haar, das Glied weder groß noch klein, normal. Lange hatte ich mich für diesen nichtssagenden Körper geschämt, noch lange nach Iga, hatte mit Gewichten herumhantiert, damit mir ein paar Muskeln wüchsen, aß viel, um männlicher zu werden, wollte sogar Sport treiben, doch nichts veränderte sich, sodass ich am Ende schon zufrieden war, dass ich wenigstens nicht dicker wurde.

«Guten Tag», sagt jemand hinter meinem Rücken, sagt das ganz einfach.

Ich rudere mit den Armen und drehe mich mit meinem ganzen nackten Körper im Wasser um.

Über mir, am Beckenrand, steht ein nicht sehr großer, hagerer Mann um die fünfzig. Ein ansehnlicher, dicker Schwanz im Gewöll schwarzer Schamhaare. Das Haupthaar ebenfalls dunkel, ein Offiziersschnauzer, das üppige Brusthaar angegraut, es wird nun unsichtbar, als er eintaucht.

«Verschwörung hin, Verschwörung her, Manieren müssen sein», erklärt er. «Steifer mein Name. Aber – Augenblick mal, stellen Sie sich nicht vor, gleich fällt es mir ein, ich kenne Sie …», sagt er und mustert mich eindringlich.

Ich bin durcheinander, kann das Erkennen nicht erwidern, was Steifer bemerkt und lachend erklärt:

«Ach nein, doch nicht persönlich. Aus den Akten.»

«Den Akten?», wundere ich mich und schaudere leicht.

Was schaudert da in mir? Dasselbe, was schauderte, als Leutnant Żabiński sagte: Ich kenne Euch, Willemann – und mich tatsächlich kannte und alles verstehen, alles voraussehen, mich durchschauen konnte, durch und durch, auf einen Blick?

Genau das erschaudert in mir, doch viel schwächer.

Und Steifer überlegt. Einen Moment lang. Kratzt sich das glattrasierte Kinn.

«Ich weiß!», ruft er. «Willemann, Konstanty. Unterleutnant der Reserve, Neuntes Ulanenregiment! Richtig erinnert?»

«Richtig …», stimme ich zu, unsicher, nackt, erschrocken. Ich reiche ihm die Hand, er drückt sie forsch, fest, kräftig. Ich mag diese forsche Art nicht, kann sie nicht ertragen.

«Na, das Gedächtnis jedenfalls funktioniert noch, trotz der fünfzig Jahre auf meinem Buckel. Aber Sie waren ein spezieller Fall, wir haben uns sofort für Sie interessiert, als Sie nach Grudziądz kamen. Im Grunde reine deutsche Abstammung, nicht?»

«Ich bin Pole.»

«Hören Sie! Was sagen Sie da! Sehe ich etwa wie ein Faschist aus? Ich heiße Steifer.»

«Und Mosdorf heißt Mosdorf, na und?»

«Na gut, schon gut. Dass Sie Pole sind, ist ja klar, aber auch egal. Wir haben uns jedenfalls schon lange für Sie interessiert, schade, dass Sie nicht Berufsoffizier werden wollten. Das ist auch ein Leben. Obwohl nicht so eins, wie Sie es hatten.»

«Oberst Steifer …», setze ich an, aber er fällt mir ins Wort.

«Ach gut, nehmen Sie's mir nicht übel. Wichtig ist, dass Sie der richtige Mann am richtigen Ort sind, wenn auch wahrscheinlich durch Zufall, stimmt's? Aber besser hätte ich mir das für Sie auch nicht ausdenken können.»

«Freut mich von Herzen», antworte ich bissig.

«Eins muss ich Sie noch fragen, bevor wir gleich zur Sache kommen. Ihr Vater, Baldur von Strachwitz ...»

«Ist in Warschau», antworte ich, und als ich das sage, ist mir klar, dass ich lüge. Ich hätte es ihm sogar gern erklärt, aber Steifer lässt mich nicht.

«Ach, dann wissen Sie, dass er lebt? Denn Ihre Mutter hat das wohl vor Ihnen zu verheimlichen versucht?»

Was für eine Lüge, wie verlogen ist, dass ich gesagt habe, mein Vater sei in Warschau.

Baldur von Strachwitz ist in Warschau, Feldpolizeikommissar Baldur von Strachwitz ist in Warschau. Ist er nicht in Warschau? Wo ist Baldur von Strachwitz?

Das weißt du doch, Kostek. Aber ich muss schweigen, auch wenn das Schweigen über ihn schwerfällt. Baldur von Strachwitz ist auf den Feldern von Flandern geblieben, und von dort wird er nicht mehr zurückkehren. Den Rest weißt du.

Ich muss nicht lügen.

«Ich bin hier als Baldur von Strachwitz. Ich habe seine Uniform und seine Papiere. Die Spezis des Ingenieurs haben daran gebastelt, mein Foto eingeklebt, die besonderen Merkmale korrigiert ...»

«Die Merkmale ... ach, stimmt ja», erinnert sich Steifer.

«Und mein Vater ...», fahre ich fort. «Nun, ich weiß nicht, was jetzt mit ihm ist. Er hat mir alles abgegeben. Seine Identität, seine Uniform, die mir genau passt, die Waffe, alles.»

«Glauben Sie, dass er ...»

«Ich weiß es nicht», fahre ich ihm über den Mund.

Steifer nickt.

«Konstanty, der Himmel hat uns Sie geschickt. Der Himmel. Gehen wir ins Bad, im Dampf redet es sich besser.»

Also gehen wir, setzen uns in den weißen, heißen Wolken, setzen uns nebeneinander, breiten die Handtücher unter unsere Hintern.

«So passen die Dinge manchmal sogar in schlechten Zeiten zusammen. Sie sind zufällig auf den Ingenieur gestoßen, ich bin den Bolschewisten von einem Transport nach Kozielsk entwischt, und jetzt sitzen wir beide hier im Dampfbad in Budapest. Hätte ich in diesem Waggon – und das war so ein Viehwaggon –, hätte ich da geglaubt, dass ich eine Woche später in Budapest baden würde? Nein. Aber jetzt sitze ich hier und werde gebraucht.»

Von mir erwartet er nur, dass ich ihm beipflichte. So viel ist mir schon klar.

«Ich werde Ihnen eine Anekdote erzählen. Das Dampfbad ist ideal für Anekdoten. Ich bin also von diesem Transport geflohen, richtig?»

«Ja.»

«Genau genommen habe ich den Wärter unschädlich gemacht. Noch genauer hab ich ihn umgebracht. Hab ihm sein eigenes Bajonett in den Bauch gerammt, ihm das Gewehr abgenommen und bin abgehauen.»

«Ganz schön mutig», sage ich und bin gespannt, ob er das für sarkastisch halten wird.

«Eher ein Reflex, als plötzlich Gelegenheit war. Ich bin also geflohen, hab mich durchgeschlagen, bin hungrig übers Görgenyer Gebirge und am Ende in Királymezo gelandet, dort haben mich die Zänger geschnappt.»

«Die Gendarmen, ja?»

«Genau. Die wollen mich also entwaffnen und festsetzen, richtig? Darauf ich: Kommt nicht in Frage, ich fordere, dass man mich telefonieren lässt. Sie streiten eine Weile, behaupten, da hatten sie sogar recht, dass ich stinke wie ein Ziegenbock, dass ich den Krieg verloren habe und nichts mehr zu melden hätte. Ich bestehe auf meiner Forderung. Und so weiter. Am Ende durfte ich doch anrufen.»

«Und wen haben Sie angerufen?»

«Augenblick noch … Ich rede also, reiche dann den Hörer an den Gendarmen weiter, der mich bewacht, und der macht jetzt ein ganz langes Gesicht. Die Waffe brauche ich nicht abzugeben, aber jetzt heißt es nur noch warten. Dann geh ich schlafen. In einer Zelle zwar, aber nicht verschlossen. Am Morgen stehe ich auf, wir warten noch ein bisschen, doch nicht mehr lange. Und stellen Sie sich vor, was für Gesichter die Zänger machte, als eine Fahrzeugkolonne bei der Dienststelle vorfährt und aus einem Auto Bartha höchstselbst aussteigt.» Er macht eine Pause, in Erwartung meines erstaunten Ausrufs.

Ich überlege. Nein, Moment mal, da schwant mir doch etwas.

«Bartha … Der Minister …?»

Steifer atmet erleichtert auf.

«Genau der. Károly Bartha de Dálnokfalva. Und wissen Sie was? Er steigt aus, bleibt vor mir stehen und salutiert, vor so einem dreckigen, stinkenden, zerlumpten Kerl, salutiert lange und schweigend. Und wissen Sie, warum?»

«Um dem Heldenmut des polnischen Soldaten die Ehren zu erweisen?», frage ich süffisant.

Steifer lächelt anerkennend.

«Gut! Aber falsch. Er ist sehr deutschfreundlich, wissen Sie?»

«Warum dann?»

«Weil das mein Kamerad aus der Armee war!», lacht er. «Wir haben zusammen in den Alpen gekämpft. Er war Pionier. Ich habe ihn verwundet aus dem Feuer geholt, den Berg runtergetragen, den halben Berg. Sie haben mich sofort nach Budapest geholt. Jetzt verstehen Sie, warum ich hier nützlich sein kann, mit solchen Beziehungen.»

Ich verstehe.

«Ja. Die haben hier beim Kriegsministerium so einen Bevollmächtigten ernannt, beim Honvéd-Ministerium, wie es heißt. Dembiński haben sie ernannt.»

«General Dembiński?»

«Nein, den gemeinen Korporal Dembiński aus Niederlazisk», lacht er. «Natürlich den General. Aber ich werde das schon deichseln, dass ich hier zum Bevollmächtigten werde. Dann wird sich alles regeln. Und wie seid ihr hergekommen?» Er wechselt das Thema.

«Mit dem Auto.»

«Prima! Das Auto lasst ihr mir hier, ich kann es brauchen. Die Internierungslager sind über ganz Ungarn verstreut, das muss alles abgeklappert werden. Was für ein Wagen ist es?»

«Ein Chevrolet Master. Cabriolet», antworte ich, fast verärgert, als handelte es sich um mein eigenes Auto. Mein eigenes, meinen Olympia haben sie mir ja schon weggenommen, solche wie er. Und jetzt nehmen sie es mir wieder weg. Aber das ist etwas anderes. Nein, das ist das Gleiche. Nur ich bin schon ein anderer.

«Ganz vorzüglich. Nur schade, dass es ein Cabrio ist, der Winter kommt. Aber das Dach wird wohl dicht sein?»

«Ja. Und wie kommen wir dann zurück?»

«Sehen Sie, das ist es gerade. Heute Abend fährt ein deutscher Sonderzug, direkt nach Warschau. Hab ich zufällig erfahren. Ein Zivilzug, die Ungarn lassen keine Militärzüge durch, aber natürlich ist hauptsächlich Wehrmacht darin. Da Sie gute Papiere haben, werdet ihr ohne Probleme durchkommen. Und ich brauche das Auto.»

«Verstehe», sage ich.

«Gut. Wissen Sie, jetzt sitzen wir ja hier schon eine Weile. Vielleicht gehen wir was essen.»

«Ja. Ich bin nur hier mit … Also gewissermaßen …»

Ich weiß nicht, wie ich es sagen soll.

«Sie sind mit einer Frau hier.»

«Nein, nein … Das heißt ja, mit einer Frau, aber es ist nicht … Das heißt, sie ist eine Mitarbeiterin des Ingenieurs, nicht meine Frau … Sie verstehen.»

«Ach. Verstehe. Und wie heißt sie?»

«Die konspirativen Regeln …»

«Hören Sie doch auf.»

«Dzidzia Rochacewicz.»

«Ach, Fräulein Rochacewicz. Dann ist alles klar.»

Ich würde ihn gern fragend ansehen, aber im Dampfbad geht das nicht, wir sitzen nebeneinander und können uns durch die Wolke fast nicht erkennen.

Steifer steht auf.

«Nun, Herr Willemann, ich werde dann gehen.»

«Fräulein Rochacewicz wollte im Centrál Kávéház frühstücken.»

«Meinetwegen. In zwei Stunden», erwidert er und geht.

Und ich, was soll ich tun?

Ich sitze eine Weile da, nehme dann eine kalte Dusche, tauche noch einen Augenblick in das Becken mit heißem Wasser ein, um Steifer nicht im Umkleideraum über den Weg zu laufen, dann hülle ich mich in meinen Bademantel und trete in den Flur.

Wieder der feiste Bademeister, er bietet mir in gebrochenem Deutsch eine Massage an, als ich an seinem Stand vorbeikomme.

Ich ekle mich vor Berührungen. Im Bett lasse ich mich von Frauen anfassen, aber nichterotische Liebkosungen, Zärtlichkeiten im Alltag, das hasse ich. Helena gestatte ich so etwas, weil ich weiß, dass sie das mehr braucht als das Sexualleben, also lasse ich mir von ihr durch die Haare fahren oder den Hals tätscheln, aber ich mag es nicht. Und jetzt auch noch ein Mann, der mich anfassen will? Vor dem ich mich nackt hinlegen soll, nur ein Handtuch auf dem Po, und dieser Riese mit den Bassetaugen soll mich mit öligen Händen massieren? Widerlich.

Ich sage ja.

Ich folge dem Gargantua, strecke mich auf die Liege, die er mir zuweist, nachdem ich mich zuvor in ein Handtuch gewickelt habe, der Masseur ölt sich die Hände ein und beginnt, mir die Schultern zu kneten. Daran ist nichts Ekelhaftes; mehr noch, es ist sogar angenehm.

Ich bin Konstanty Willemann, und es ist nicht wichtig, was ich mag und was ich nicht mag. Wichtig ist, dass ich da bin.

Mit dem Lift fahre ich hoch, gehe zurück aufs Zimmer.

Dzidzia sitzt am Fenster, die gefalteten Hände auf den Knien. Sie dreht sich zu mir.

«Hast du Zigaretten?», fragt sie. Ihre Augen sind nicht verheult, allenfalls ein wenig gerötet.

Ich gehe zu meinen Sachen, hole ein Päckchen, biete Dzidzia an und rauche selbst. Starke, französische, die ich gerade bei mir habe.

«Ich habe ihn angerufen. Seine Frau hat abgehoben. Ich hab aufgelegt.»

Ich nicke nur, was hätte ich sagen sollen?

Wir rauchen schweigend, dann drücken wir die Zigaretten aus.

«Steifer will unser Auto. Man kann schwer nein sagen. Er behauptet, die Internierungslager seien über ganz Ungarn verteilt und er müsste sie abfahren. Wir sollen mit dem Zug zurück, heute Abend fährt ein deutscher Sonderzug nach Warschau, sie müssten mich reinlassen.»

«Ich fahre nicht, Konstanty.»

«Wie bitte?»

«Ich bleibe hier.»

«Wie das?»

«Eine Zeitlang, nicht für immer. Eine Woche, vielleicht ein bisschen länger.»

«Aber wie kommst du zurück? Du hast doch nur polnische Papiere.»

«Über das Gebirge.»

«Es wird Winter.»

«Ich komme schon klar. Ich kenne die Berge, ich fahre Ski. Ich komm schon zurück, keine Angst. Ich muss ja zurück …»

Ich stehe auf, gieße mir kalten Kaffee ein.

«Du musst nicht. Du kannst hierbleiben oder dich nach Frankreich durchschlagen oder nach London.»

«Ich weiß. Aber …»

«Ja, ja, der Ingenieur. Das Vaterland. Der Dienst», spöttele ich dümmlich, unnötig, und spöttele doch.

«Nein. Du.»

Ich erstarre mit der zum Mund gehobenen Tasse.

«Was?»

«Ich will dich … wiedersehen. Ich muss eine Weile hierbleiben, ich dachte, wir bleiben zusammen hier, aber wenn es nicht geht, kehrst du allein zurück, ich muss bleiben. Ich weiß, es ist Krieg, Vaterland, Aufklärung, Konspiration, aber …»

«Erklär mir nichts, ich verstehe. Ich bin verheiratet, Dzidzia», sage ich leise, sehr leise.

Sie zuckt mit den Schultern.

«Ich suche keinen Ehemann.»

Ich nicke nur und weiß selbst nicht – zum Zeichen, dass ich verstanden habe, dass ich es gehört habe, oder zum Zeichen des Einverständnisses?

«Ich habe mich mit Steifer in deinem Café verabredet. Ist das weit?»

«Nein. Wir gehen zu Fuß, das Wetter ist schön.»

«Ich ziehe mich an.»

«Man hat mir gesagt, du wärst ein Morphinist.»

«Wer sagt das?»

«Die Leute.»

«Bin ich bestimmt auch.»

«Nein, bist du nicht. Ich kenne Morphinisten. Du hast seit mindestens vier Tagen kein Morphin genommen. Ein Morphinist würde zittern wie Espenlaub und alles tun, um an ein bisschen Rauschmittel zu kommen.»

Ich breite die Hände aus, soll heißen: Ich weiß nicht, ob ich ein Morphinist bin. Oder auch: Was kann ich dafür, was die Leute sagen? Oder: Denk, was du willst, ist mir egal.

Und ich gehe in mein Schlafzimmer.

Beim Binden der Krawatte schaue ich in den Spiegel.

Ich bin.

Ich bin Konstanty Willemann oder – Konstanty Willemann ist ich? Konstanty Willemann ist ich – das heißt, mein ganzes Sein erschöpft sich in Konstanty Willemann, während Ich bin Konstanty Willemann bedeutet, dass dies eine Rolle ist, die mein Ich spielt, das auch andere Seiten hat, die nicht Konstanty Willemann sind.

Ich knöpfe die Weste zu, ziehe die Jacke an. Noch einmal blicke ich in den Spiegel. Ich müsste zum Friseur, war lange nicht beim Haareschneiden. Das letzte Mal war noch in Uniform, vor der Kapitulation, vor fast einem Monat. Ich muss mir die Haare schneiden lassen. Ich werde hier in Budapest zu einem richtigen Friseur gehen, in einer richtigen Stadt, ich will mir nicht in Warschau die Frisur zurichten lassen; als ich mir das letzte Mal in Warschau die Haare schneiden ließ, hat die Stadt noch gelebt, hat noch gekämpft, im besiegten, vergewaltigten Warschau will ich mir nicht die Haare schneiden lassen.

Ich schaue in den Spiegel. Ich bin Konstanty Willemann und bin kein Morphinist. Ich bin Konstanty Willemann und befinde mich nicht in der Gewalt meiner Mutter. Ich bin

Konstanty Willemann und befinde mich weder in der Gewalt meines Vaters noch seines Geistes, des Gespenstes, das über meiner Kindheit und Jugend schwebte. Ich rücke den Krawattenknoten zurecht, ziehe ihn etwas nach oben, damit er hübsch heraussteht, streiche die Falte glatt. Ich bin Konstanty Willemann, und keine Frau herrscht über mich. Ich bin Konstanty Willemann und niemandem zu Diensten. Ich bin Konstanty Willemann und diene weder Polen noch den Deutschen, weder Gott noch dem Teufel, ich diene niemandem. Ich bin Konstanty Willemann und kein Soldat, bin kein Offizier. Ich bin nicht gut. Ich bin nicht böse. Ich bin Konstanty Willemann.

Ich gehe zu Dzidzia, wir verlassen das Hotel, es ist der fünfundzwanzigste Oktober, aber noch warm, deshalb trage ich den Mantel über der linken Schulter, habe einen Tweed-Anzug an, einen brauen Fedora schief auf dem Kopf, den rechten Arm reiche ich Dzidzia, in der einen Tasche die Pistole, in der anderen Geld, wir spazieren über die Franz-Josef-Brücke, die Oktobersonne scheint, und ich bin glücklich und ruhig. Ich möchte heute gern an der frischen Luft zu Abend essen, eine Decke über den Knien, Wein trinken und eine fette Ente essen, beim Blick auf die Donau.

Ich bin glücklich. Ich lebe.

Hinter der Brücke biegen wir nach links in die Veres Pálné utca ab und gehen durch Pest, schon das zweite Auto mit polnischen Kennzeichen fährt an uns vorbei, Menschen gehen vorüber, ganz unterschiedliche, reiche und arme, Geschäfte und Cafés sind geöffnet, und wir gehen, schön gekleidet, Arm in Arm, und die Leute sehen uns und denken: Was für ein fesches, hübsches Paar, dieser schlanke, große Mann mit dem Fedora und diese schlanke Frau mit Hütchen, wie sie da untergehakt gehen, gar nicht wie ein Ehepaar, sondern einfach wie zwei Menschen, die einander nahe sind.

Wir erreichen die Iranyistraße, an der Ecke das Café, in das wir wollen, wir setzen uns, der Saal ist geräumig und traditionell, ganz anders als das Ziemiańska, hohe Decke und Art Nouveau und eine blitzende Spiegelbar und eine Galerie mit leicht separierten Tischchen und überhaupt alles, was ein Café haben sollte, Zeitungen an hölzernen Haltern.

Wir setzen uns nah an die Fensterfront, das Straßenleben treibt zum Greifen nah vorüber, Steifer ist noch nicht da, also bestellen wir auf Deutsch: Cappuccino, Rührei, Brot, Weißwein, Wasser, wir breiten die Servietten über die Knie, trinken Kaffee und Wein, sprechen über nichts, es gibt keinen Krieg, keine gebrochenen Herzen, keine unerfüllten Lieben, keine ermordeten Menschen, keine getöteten Städte, keine verwaisten Kinder, keine kleinen Zigeunerkinder, denen der Wasserkrebs das Gesicht wegfrisst, es gibt meinen Vater nicht, dem der Krieg das Gesicht und die Männlichkeit aufgefressen hat, nicht meine Mutter, die verrückt ist und einsam, keine entsetzten, verzweifelten Menschen, keine bösen Menschen und auch nicht die noch schlimmeren, die guten.

Nur wir sind da, Dzidzia und ich, Frau und Mann, wir haben nicht miteinander geschlafen, obwohl wir es hätten tun können, wir essen Rührei mit Paprika, Zwiebeln und Salamischeiben, beißen dazu in Weißbrot und trinken Cappuccino, die auf den Lippen einen weißen Schnurrbart hinterlassen, wir wischen uns den Mund und trinken Grünen Veltliner, bis es leicht summt im Kopf vom guten morgendlichen Rausch, wir lächeln uns an und sind zusammen, auch wenn wir uns bald trennen werden.

Wir haben gegessen, rauchen Zigaretten und bestellen Wein nach und sitzen uns gegenüber, und es ist gut, einfach gut, ich bin glücklich und ruhig.

Ich bin Konstanty Willemann.

Und dann kommt Oberst Steifer im hellen, über den schicken Zweireiher geworfenen Trenchcoat und setzt sich zu uns an den Tisch, klopft mit der Zigarette auf die Zigarettendose, bestellt Wein, und wir rauchen zusammen und trinken, wechseln nur banale Bemerkungen über das Wetter, das sehr schön ist, und die Sonne fällt durch die Kristallfenster des Cafés auf unseren Tisch. Ich sitze so, rauche und nippe am Wein, und da wird mir erst bewusst, dass Steifer schon eine ganze Weile redet:

«... denn, wie gesagt, dieses Konsulat verfolgt natürlich seine eigenen Ziele, expediert sie nach Frankreich oder sonst wohin und versucht, die richtigen Bedingungen zu schaffen. Aber nicht darum geht es uns.»

«Worum dann?», frage ich geistesabwesend, aber Steifer hört nicht zu, denn er hat eine höfliche, dabei sanft spöttische Bemerkung von Dzidzia als echtes Interesse missdeutet – Interesse womöglich nicht nur an seinen Worten, sondern an seiner Person.

«Also darum geht es uns nicht. Das ist natürlich wichtig, was Emisarski macht, und sehr gut, dass er es macht, aber beim Honvéd-Ministerium ist jetzt Dembiński, der ist nämlich ein alter k. u. k. Offizier, und sie hoffen, dass er sich mit dem Honvéd einigen kann. Aber ich bin auch ein alter k. u. k. Offizier, er ist älter, schon richtig, aber ich werde den Kerl da ohne Probleme rauskriegen. Dass ich Leutnant war und er Major, ist das eine, dass ich mit Bartha befreundet bin, das andere, außerdem können die Deutschen ihn nicht leiden, gemeinsam mit Bartha werde ich das hübsch deichseln, dass ich an seine Stelle komme, obwohl diese Blödmänner noch nicht einmal wissen, dass ich schon in Budapest bin, und zwar nicht, um ihnen zu dienen, denn die sind doch jetzt blutdürstig, dieser ganze Sikorski und der Rest, sollen die mal ihr Ding tun und ich meins. Mich werden sie nicht anrühren, denn Rydz ist, wie er ist, aber einen anderen haben wir nun mal nicht, wir müssen auf ihn setzen. Und auf die Deutschen.»

«Was meinen Sie?», fragt Dzidzia. Einen Augenblick lang denke ich, sie stellt diese Frage, wie es Teresa Łubieńska täte – eine Frage, auf die bei falscher Antwort sofort das furchtbare Wort «Verrat» fällt. Aber dann ist mir klar: Dzidzia wäre gar nicht imstande, auf diese Weise zu fragen.

«Werte Dame. Das ist doch klar. Man muss sich mit ihnen einigen. Glauben Sie, die Franzosen marschieren für uns gegen Berlin? Niemals. Und in Polen muss schließlich etwas entstehen, eine ganz neue Form. Da kann ja jetzt nicht einfach ein großes schwarzes Loch bleiben. Dreißig Millionen Polen können sie nicht einfach so zu Deutschen machen, nicht mal zu Reichsangehörigen. Andere Zeiten. Man muss da was machen. Irgendein Polen muss es geben. Oder wenigstens ein Großfürstentum Warschau.»

«Hundertzwanzig Jahre lang hat es weder Polen noch ein Großfürstentum gegeben», stelle ich bitter fest.

«Aber wenn es nun schon mal entstanden ist, wird es nicht so einfach wieder verschwinden. Etwas hat sich in den letzten zwanzig Jahren ja schon bewegt, meinen Sie nicht?»

«Schon. Aber ich sehe auch, was sich in den letzten zwei Monaten bewegt hat.»

«Gut. Das sind so strategische Erörterungen, die mögen wichtig sein, sind aber jetzt nicht am allerwichtigsten. Richtig?»

Ich stimme zu und schalte wieder ab. Ich rauche. Wende mich sogar zum Schaufenster, betrachte die Fußgänger, die Autos und Radfahrer draußen. Steifer redet weiter, aber ich höre nicht zu. Er langweilt mich. Dzidzia tritt mir unter dem Tisch ans Bein.

«Hier haben Sie also die gesammelten Verfahrensregeln für unseren Kurierverkehr», sagt Steifer und schiebt mir ein Stück Rasierseife der Marke Truefitt & Hill zu.

«Ich habe diesen Bericht geschrieben und ihn auf Mikrofilm gebracht.»

«Der Ingenieur weiß, was er damit zu tun hat, nehme ich an?», frage ich.

«Haben Sie mir überhaupt zugehört?», fragt er plötzlich verärgert.

«Natürlich, Oberst.»

«Er wird es wissen. Das sind, wie gesagt, die Regeln für die gesamte Kommunikation. Kurierstrecken, Harmonogramme der Übergänge, Kontaktstellen und Verteilungspunkte, in Krakau, Żylin und in Podhale, in Nowy Targ, Baligród und Sanok, völlig unabhängig von den Strecken und Kurieren, die die Sikorskileute organisieren, denn Unabhängigkeit ist uns in diesem Fall sogar wichtiger als Zuverlässigkeit, richtig?»

«Richtig», bestätige ich mit großer Überzeugung, ohne zu wissen, warum.

«Bleibt die Geldfrage, aber das wird, glaube ich, der Ingenieur regeln.»

«Ganz sicher», beruhigt Dzidzia.

«Außerdem bin ich überzeugt, Konstanty, dass Sie den Großteil des Transfers von Mitteln, Menschen und Informationen zwischen der Zentrale in Warschau und Budapest sowieso auf üblichen Wegen hinbekommen, richtig? Im Grunde ist all das, was ich hier in den paar Tagen auf der Basis des Vorkriegsnetzes auf die Beine gestellt habe, im Lichte Ihrer Möglichkeiten eher als Ersatzverbindung wichtig, als Reserve, wenn wir uns richtig verstehen.»

«Natürlich, Herr Oberst», erwidere ich und schaue durchs Fenster. Natürlich.

«Und wissen Sie, wie man uns in Paris nennt?»

«Wie?»

«Die Fledermäuse!», brüllt er und lacht sehr laut los, und ich weiß nicht einmal, wen er mit «uns» meinte. Aber das ist bedeutungslos. Wenn sie wollen, werde ich fahren. Budapest ist eine helle, freie Stadt, warum soll ich nicht wieder nach

Budapest zurückkommen, das, was sie Dienst nennen, wird mich schon nicht verrückt machen. Ich bin Konstanty Willemann, wenn sie wollen, fahre ich, warum nicht.

«Ich hätte gern die Schlüssel und alle Papiere für das Fahrzeug. Ich werde es sowieso hier anzumelden versuchen, damit es nicht auffällt, aber ohne polnische Papiere wird das schwieriger.»

«Fräulein Rochacewicz bleibt in Budapest», antworte ich. «Sie wird Ihnen alles geben. Im Kofferraum ist eine Maschinenpistole, machen Sie damit, was Sie wollen, ich werde sie ja nicht mit in den Zug nehmen.»

Aber die Maschinenpistole meines Vaters interessiert Steifer überhaupt nicht. Er streicht seinen Schnurrbart glatt, beugt sich über den Tisch und beißt sich kurz auf die Lippen.

«Ach, Sie fahren also ganz allein nach Warschau zurück, Konstanty … Und das Fräulein bleibt hier, ja? Allein, ganz allein?», sagt er halb zu uns, halb zu sich selbst, seine Augen ruhen nachdenklich auf der Tapete.

Mein Blick und Dzidzias treffen sich über dem Tisch, und ihr fast unmerkliches, sofort wieder verschwundenes Lächeln, der kaum angehobene Mundwinkel genügt mir als Beruhigung, als Erklärung, als Erniedrigung Steifers, gegen den ich ansonsten gar keine Abneigung verspürte – genügt mir für alles.

Und ich verstehe: Wir würden uns in Warschau wiedersehen und etwas würde zwischen uns passieren, was, das wusste ich noch nicht, aber eine unstrittige erotische Anziehungskraft webt hier ihre Fäden, dennoch wird es keine banale Affäre werden, so wie ich sie früher hatte, denn ich bin jetzt ein anderer Mensch, ein völlig anderer. Etwas wird geschehen; und ich werde zu Helena zurückkehren, die mich überhaupt nicht liebt, aber das macht nichts; ich habe ihr ja auch nie Grund gegeben, mich zu lieben, ich werde zu Jureczek zurückkehren und ihm vielleicht irgendwann ein Vater sein können.

Und dann wird Dzidzia nach Warschau kommen, und etwas wird geschehen, und nichts wird geschehen, also kann ich sie hier ruhig mit Oberst Steifer und seinem schwarzen, womöglich geschwärzten Schnurrbart zurücklassen, denn ich lasse sie zu seiner sicheren Niederlage und Demütigung zurück, kehre heim nach Warschau wie ein Heerführer nach siegreicher Schlacht, der die Verfolgung des Feindes und das Niedermetzeln beaufsichtigen muss.

Ich lasse die Rasierseife Marke Truefitt & Hill in die Manteltasche gleiten. Nicht in die Jacke, die würde davon ausbeulen. In den Mantel.

Steifer sitzt noch eine Weile, sieht mal Dzidzia, dann wieder mich an, unsicher in dieser Situation, ein schöner Triumph für mich.

Denn natürlich ist er unvergleichlich viel größer als ich. Stärker, besser, klüger. Zum Teil, weil er älter ist, überlegen wie ein alter Löwe dem jungen, denn vor allem war er mir durch das überlegen, was er getan, was er erreicht hatte: Oberst, Berufsoffizier der wirklichen Aufklärung, früher zudem k. u. k. Offizier, Bartha und alles andere – wer war ich vor so einem Mann, wer bin ich?

Ich bin Konstanty Willemann, und das ist schon etwas, aber immer noch zu wenig, um mich mit so einem Oberst Steifer zu messen.

Ihm gegenüber bin ich ein Niemand. Mit einem Niemand aber hätte Steifer weder am Tisch gesessen noch im Dampfbad, ich war offenbar jemand, aber jemand Geringeres, denn er ist Oberst Steifer und vermag viel, er darf zum Beispiel mein Auto verlangen, und ich bin Unterleutnant der Reserve Willemann, und mir bleibt nur das gehorsame Einverständnis, mehr vermag ich nicht.

Schlimm ist das nicht, nicht schrecklich, nicht das sind die Abgründe der Erniedrigung. Das tut nicht weh. Es kommt ohnehin so gut wie gar nicht vor, dass man mit jemandem auf genau der gleichen Augenhöhe am Tisch sitzt. Zwischen Freunden vielleicht, zwischen sehr guten, und auch das ist selten. Also nicht schlimm.

Ich bin Konstanty Willemann und fertig, mehr nicht. In der Hierarchie unserer Helden stehe ich weit unter dem Oberst Marian Steifer.

Desto süßer ist mein kleiner Triumph über ihn, hier und jetzt an diesem Tisch, wo er und Dzidzia und ich sitzen und er von diesem Triumph gar nichts weiß, wir aber schon, mein kleiner, heimlicher Sieg.

Dabei sehe, spüre ich, dass etwas nicht stimmt. Etwas läuft nicht so, wie es nach dem unausgesprochenen, unsichtbaren Gefüge der zwischenmenschlichen Mechanik sein sollte.

«Ich werde mich dann verabschieden», Steifer hisst die weiße Flagge.

Wir stehen auf, Handschlag. Dzidzia küsst Steifer natürlich die Hand. Auf Wiedersehen, ganz sicher, auf Wiedersehen, wir werden uns ja wohl noch häufiger sehen, nicht wahr?

«Ach, und natürlich: Sie sind meine Gäste», verabschiedet er sich geistesgegenwärtig, wirft den Trench über die Schulter, zahlt an der Bar und geht, mit einer letzten Verbeugung.

Dzidzia und ich lächeln uns an, Worte sind überflüssig, keine Erklärungen, alles ist klar.

«Hier bin ich nie mit ihm gewesen», sagt Dzidzia. «Hier kam ich allein her, nur um ihn zu sehen. Manchmal hat er mich nicht einmal bemerkt. Er saß hier mit seinen Freunden, einige erkenne ich sogar wieder, dort, hinter deinem Rücken, aber dreh dich jetzt nicht um, sonst merkt einer was und kann sich denken, wovon wir reden, guck später. Also er saß hier, saß mit seinen Freunden, trank, diskutierte, stritt; er verbat mir nicht, herzukommen und ihn anzusehen. Wenn er mich bemerkt hatte, hob er nur kurz das Glas auf mich, mehr nicht, nie kam er zu mir oder fing ein Gespräch an, meistens ging ich als Erste, aber wenn seine Freunde mal früher wegwollten, blieb er nicht, sondern ging mit ihnen, schickte mir nur eine banale Verbeugung von der Tür. Ich dachte, er wäre heute vielleicht hier. Er kam immer um diese Zeit. Aber er ist nicht da.»

Ich bestelle noch Wein, reiche Dzidzia eine Zigarette, wir rauchen.

Ich weiß, jetzt weiß ich, weiß sehr gut, dass sie das nicht erzählte, um mich eifersüchtig zu machen, und ich war auch nicht eifersüchtig, nicht im mindesten, ihr Ungar gehörte zu einer anderen Welt, einer Welt ohne mich; ich war eine eigene Welt.

«Gehen wir spazieren», schlage ich vor.

Was konnten wir sonst tun? Unsere aufklärerischen Pflichten hier sind mit Steifers Übergabe der in Rasierseife eingeschmolzenen Instruktionen erfüllt. Der Zug geht erst abends. Ich schaue auf die Uhr: sechzehn. Gerade genug Zeit für einen Bummel, ein Abendessen, dann ins Hotel und zum Bahnhof.

Dzidzia führt mich, ich lasse mich führen, also zur St.-Stefans-Basilika in Pest, dann mit der Metro zur Andrassy-Straße bis zum Adolf-Hitler-tér, dem nach ihm benannten Platz, übrigens sehr schön. Wir sehen vier polnische Offiziere, drei davon sturzbesoffen und sehr fröhlich, einer ernst und traurig, deshalb sprechen wir nicht Polnisch. Unser Spaziergang gehört zu einer anderen Welt, es ist ein normaler Spaziergang in einer normalen Stadt, keine Flucht nach der Niederlage. Hier sind wir so, wie jeder Europäer aus einer beliebigen europäischen Stadt von Riga bis Palermo gewesen wäre, wir haben sogar vereinbart, dass wir uns gegebenenfalls als Österreicher vorstellen, damit das schreckliche, schwarze Odium der Niederlage uns nicht belastete.

Vom Hitler-tér gehen wir zum Heldenplatz, dessen riesige, von edler Patina begrünte Reiterfiguren in engem Kreis den auf einer Säule stehenden Erzengel Gabriel umringen. Es sind, wie Dzidzia erläuterte, Árpád und seine Führer, und im weiten Ring um den Platz die Unberittenen, die Helden der magyarischen Geschichte vom heiligen Stefan bis zu Franz Josef.

Und ich weiß, dass ich zu dieser Welt der Helden zu Fuß und zu Pferde nicht gehörte, obwohl ich beritten kämpfte: Sie haben gedient, so war es wenigstens im kollektiven Gedächtnis der Ungarn geblieben, hatten dem Stamm, dem Volk, dem König gedient, dann auch dem Vaterland, als sie sich dieses Vaterland einmal ausgedacht hatten. Ich diene nicht. Ich bin Konstanty Willemann, und das heißt nicht mehr, als dass ich Konstanty Willemann bin. Ich bin wie eine Rose: Die Rose blüht, weil sie blüht, sie kennt kein Warum. Ich bin Konstanty Willemann, denn ich bin Konstanty Willemann, das definiert mich vollständig und beschreibt mich zur Gänze. Ich bin auf dieser Welt nur da, um zu sein. Wenn ich die Befehle des Ingenieurs ausführe, diene ich niemandem, weder ihm noch Polen noch einer Organisation; mein Sein dient meinem Sein.

Wir fahren mit der Metro zum Vörösmarty-Platz zurück und gehen zu Fuß weiter, auf dem Uferboulevard, erst Hand in Hand, dann Arm in Arm, kommen an der Kettenbrücke vorbei und erreichen die Margreteninsel, wo wir uns in der letzten Oktobersonne auf eine Bank setzen.

«Ich möchte dich küssen», sagt Dzidzia, und ich küsse sie, kümmere mich nicht um die erbosten Mienen zweier Matronen, deren Kleider bestimmt noch zu Franz Josefs Zeiten genäht worden sind.

Ich küsse Dzidzia, ganz ohne Warum und Wozu, ich küsse Dzidzia, um sie zu küssen.

Dann gehen wir weiter und stoßen direkt hinter einer Biegung des Spazierpfads auf ein Restaurant mit Terrasse, von wo der Blick auf die Donau und ihre Brücken geht, keine polnischen Offiziere sind zu sehen, was uns angenehm ist, wir wollen nicht erinnert werden, wie dieser Abend verwehen wird, auch nicht an meine unweigerliche Rückkehr in das vergewaltigte, in sich zusammengesunkene Warschau, in seine kalten, feuchten Wohnungen, den ersten Schnee, die kreuzverklebten Fenster, erloschenen Laternen und das aufgerissene Pflaster, das die Straßen plötzlich in hohe Wogen zu versetzen schien.

Warschau ist weit weg, so weit, als existierte es überhaupt nicht. Wir bitten um Decken und um die Karte, hüllen unsere Knie ein, bestellen und beginnen das Festmahl. Wir essen beide das Gleiche, das scheint uns vertrauter und angemessener zu sein.

Als Aperitif Pflaumenbrand, danach als Vorspeise Schwarzbrot mit Liptauer, köstliche Creme mit gehackten Zwiebeln, Sardellen, Kapern, Kümmel und einem Schuss Bier. Danach eine dicke, gehaltvolle Fischsuppe mit Weizenbrötchen, die Literkaraffe Olaszrizling dazu haben wir bald geleert; Dzidzia belehrt mich, dass dieser Wein nichts mit der elsässischen Plörre ähnlichen Namens gemein hat, wir trinken den Wein aus dickwandigen, grünen Gläsern, dann essen wir ein ordentliches, nach Wiener Art gesottenes Stück Fleisch – einen schönen Tafelspitz mit Meerrettich und Spargelbohnen, dazu trinken wir roten Sankt Laurent aus Erlau, und nach dem Fleisch, wie es sich gehört, Fisch, Zander vom Grill mit Bratkartoffeln und Sauerkraut, und zum Abschluss noch ein Stück Zitronenwurst und noch einen Liter Erlauer Blaufränkischen, dann bestellen wir Kaffee, starken Kaffee, und jeder ein Stück Sachertorte, abschließend noch einmal Schnaps zur Verdauung. Wir stecken uns starke, französische Zigaretten an, und derart satt gegessen, erhitzt vom Alkohol und dem üppigen Mahl, spüren wir die Kühle nicht, die von dem sogar hier nahenden November kündet.

Die Stadt verändert uns, sie macht uns wieder zu Menschen, wir essen und trinken, sind wie Frau und Mann zueinander, Dzidzias Ironie hat sich aufgelöst, sie braucht sie nicht mehr, muss sich nicht mehr vor mir verstecken, wir sind wieder Menschen.

Weiter unten tut die Donau, was man von ihr erwartet, strömt langsam zum Schwarzen Meer, die Zeit strebt dem Ende aller Zeit zu, und wir, betrunken, aber nicht zu sehr, streben langsam dem Tod entgegen, ich begleiche die Rechnung, zwölf Pengő und dreißig Fillér, gebe reichlich Trinkgeld, runde auf zwanzig auf, bitte den Kellner, ein Taxi zu rufen, und wir fahren mit dem schicken Buick, der darauf kommt, auf der Budaer Seite zum Hotel.

«Wann kommst du wieder nach Warschau?», frage ich, noch im Auto.

«Ich weiß nicht. Aber ich komme», sagt sie mit fester Gewissheit.

Wüsste sie nur, wie viel sie noch von dem schrecklichen, aber Erleichterung bringenden Tod im serbischen Wald trennt. Wüsste sie, dass sie noch zurückkommen wird, bevor sie stirbt. Aber das weiß sie nicht, Kostek, sie spürt höchstens etwas ganz dicht unter der Oberfläche des Bewusstseins. Doch du bist taub, mein Lieber.

Bald werde ich dich verlassen.

Dzidzia sitzt neben mir, wir halten uns an der Hand, und ich denke an sie, als wir an den erleuchteten Brücken der seligen Margarete, der Kaiserin Elisabeth und des Kaisers Franz Josef vorbeikommen, und ich weiß: Ich verliebe mich in sie, genau in diesem Augenblick, langsam, in diesem Augenblick, verliebe ich mich Minute für Minute mehr in Dzidzia, Konstanty Willemann verliebt sich in Dzidzia, und Dzidzia verliebt sich in Konstanty Willemann, der Frau und Kind hat, aber das spielt keine Rolle.

Ich denke auch daran, ob wir jetzt, bevor ich fahre, miteinander schlafen werden, und komme zu dem Schluss, dass wir das vermutlich nicht tun. Sicherlich, wenn das Schicksal es erlaubt, wird das früher oder später geschehen, so viel ist sicher, diese Sache ist im Lauf der letzten Tage zwischen uns gewachsen, ist geworden, noch ehe wir es bemerkten. Aber noch nicht jetzt. Das wäre übereilig, und wir wollen doch nicht, dass es voreilig geschehe, vielleicht wird uns diese Nähe nur einmal gegeben sein? Außerdem haben wir zu viel gegessen und zu viel getrunken, und zweifellos sind weder Dzidzia noch ich in der richtigen Stimmung, die vollen Bäuche und die tätigen Mägen und Därme schrecken von Intimitäten ab. Es reicht uns, dass wir uns an den Händen halten.

Als wir im Hotel zurück sind, packe ich einfach meine Koffer und ziehe die Uniform an. Dzidzia wartet lesend im Salon. Ich blicke wieder in den Spiegel und sehe meinen Vater, sehe Baldur von Strachwitz in mir, doch das bin ich, und er in mir, aber dennoch ich, Konstanty Willemann. In deutscher Uniform. Ich knöpfe den Gurt mit dem Halfter zu, den Schulterriemen. Schon im Mantel, einen Koffer in der Hand, trete ich in den Salon.

Sie legt das Buch beiseite, kommt zu mir, küsst mich auf die Wange, dann auf den Mund.

«Auf Wiedersehen, Konstanty. Hinterlass mir eine Nachricht bei der Łubieńska, wie ich dich finden kann. Auf Wiedersehen in Warschau.»

«Ja. Auf Wiedersehen, Dzidzia.»

Ich streiche ihr übers Haar, gehe – und drehe gleich wieder um.

«Ich muss dir Geld dalassen.»

Ich reiche ihr ein Bündel Dollar und behalte selbst einen Hunderter. Sie nickt und lächelt. Dann gehe ich endgültig. Das Taxi wartet schon, wir fahren zum Keleti-Bahnhof. Ich zahle, steige aus und weiter zum Bahnhof, suche den Sonderzug nach Warschau. Ich frage den ersten Dienstmann – der Zug wartet am zweiten Bahnsteig. Die Waggons sind verschlossen, am ersten Wagen hinter der Lokomotive steht ein deutscher Gendarm, unterstützt von zwei gelangweilten ungarischen Blauen mit Bajonetten auf den Gewehren, davor eine kurze Schlange von Offizieren in deutschen Uniformen. Ich stelle mich bescheiden am Ende an. Das Monogramm GFP auf meinen Schulterstücken weckt ein gewisses, kaum verhohlenes Interesse bei den vor mir Stehenden, sie sind jedoch bald wieder dabei, sich vor den Gendarmen umständlich auszuweisen. Unter ihren Papieren erkenne ich immer wieder ein bestimmtes Dokument, das ich natürlich nicht habe. Zweifellos verbreite ich eine Alkoholwolke um mich, was einen Offizier disqualifiziert hätte, nicht jedoch einen Häscher, der den Soldaten nur spielt, nicht den Gestapomann, der ich war oder dessen Uniform ich trug und der mein Vater war, ein Häscher darf alles.

Manchmal versteht man mehr, als man angesichts seiner Erfahrung eigentlich verstehen kann – mir war, als hätte ich mit der Uniform meines Vaters auch das Gespür für die Position und Situation eines Funktionärs übergestreift, als verstünde ich unbewusst, zu wem diese Uniform mich in den Augen der Offiziere und Soldaten macht. Dabei konnte ich das eigentlich nicht verstehen oder wissen; man muss sich lange mit den Augen der anderen betrachten, um solche Dinge wirklich zu begreifen.

Statt also irgendwelche Dokumente vorzuzeigen, halte ich die GFP-Scheibe hin, und der Gendarm frage nur:

«Nach Wien, Prag oder Warschau, Herr Kommissar?»

«Nach Warschau», erwidere ich, der Mann salutiert und entschuldigt sich bei zwei Offizieren, die sich inzwischen hinter mir angestellt haben, weil er mich – was mir gewiss keine Sympathie einbringt – nun in den Zug begleitet, in einen Pullmanwagen führt, der auch bestimmt nach Warschau fährt. Er weist mir ein Schlafabteil mit einem Bett, salutiert und geht.

Ich möchte mich nicht ausziehen, bevor der Zug losfährt, weiß Gott, warum, aber es wäre mir unangenehm, also setze ich mich auf die Bettwäsche, ohne auch nur den Mantel abzulegen, und warte, nehme ab und zu einen Schluck Cognac, und der Zug fährt endlich los, fährt nach Norden, und ich pelle eine Gabardineschicht nach der anderen von mir ab, ziehe das Hemd aus und wühle mich, nur in Unterwäsche, in das frische, gestärkte, deutsche Bettzeug. Ich hätte einkaufen sollen, fällt mir noch ein, so viele Sachen, die es in Warschau jetzt nicht gibt, hätte ich mitbringen können, nichts habe ich gekauft, aber dann denke ich: Gut, dass ich nichts gekauft, mich nicht bemüht, mir die Taschen nicht vollgestopft habe. Dadurch lebe ich vielleicht noch. Und wenn ich lebe, werde ich weiterleben.

«Ich bin Konstanty Willemann», flüstere ich im Dunkeln.

Betrunken schlafe ich ein, noch bevor draußen die Lichter Budapests ausgehen.

Ich träume.

Ich sehe Ritter mit schwarzen Wildschweinköpfen und scharfen Hauern, Pfauenfedern wachsen aus diesen Köpfen, ich sehe sie mit dem grünspanfarbenen Árpád kämpfen, der an der Spitze seiner Fürsten über den Werezkyj-Pass drängte. Die Wildschweinköpfe, wie Masken, verbergen verstümmelte Gesichter.

Ich sehe, wie ihnen vom Wald aus Frauen zuschauen, die ihre Kinder an sich drücken, darunter Hela mit Jureczek und Iga und Salomé, die schwarzhaarige Kinder an sich drücken.

Der Zug hält an, ich werde wach. Vor dem Fenster das Schild «Bratislava». Rucken und heftige Stöße zeugen davon, dass der Zug geteilt wird. Ich nehme einen tiefen Schluck Cognac.

Als wir nach einer Viertelstunde weiterfahren, ziehe ich die Fenstervorhänge zu und schlafe wieder ein, aber diesmal träume ich nichts, ich schlafe wie ein Toter und bin tatsächlich nicht weit vom Tod entfernt, als ich so schlafe, besinnungslos, wie tot.

Ich nehme dich in die Arme, mein Lieber, wie du da im Schwarz versinkst, bald aber werde ich dich verlassen.

KAPITEL VIERZEHN

Nach dem Aufwachen schaue ich auf die Uhr. Die Zeiger schimmern blass im Dunkeln, lassen aber seltsamerweise erkennen, dass es bald zehn ist, also Tag sein müsste. Erst als ich den Schlaf abgeschüttelt habe, fällt mir ein, dass ich in Bratislava den Fenstervorhang dicht geschlossen hatte. Ich richte mich auf, der Zug fährt, nicht schnell, aber er fährt, ich öffne das Fenster und blicke in die verhasste masowische Ebene.

Nach einer Weile erkenne ich sogar, wo wir sind: Gerade an Żyrardów vorbeigekommen, befinden wir uns etwa auf der Höhe von Marjampol. Gleich müsste Grodzisk kommen, dann Brwinów, Józefów, Włochy und – Warschau.

Ich aber habe immer noch – jetzt säuerlich-bitter, widerlich – den Geschmack des Budapester Schnapses auf meiner Zunge, ich spüre Leben.

Also werde ich weiterleben.

Morgentoilette, in aller Eile: Zahnpulver, Bürste, Zähne. Öl, Seife (nur nicht verwechseln), Pinsel, Rasierapparat, spülen, Balsam. Die Achseln waschen. Frisches Hemd. Einen Augenblick frage ich mich, ob ich in Uniform rausgehen soll, denke dann, dass es das Beste sein wird, also die Uniform. Als ich den Gürtel mit dem Halfter am Mantel festknöpfe, zieht draußen schon Włochy, die südwestliche Vorstadt, vorbei.

Ich packe die Kleinigkeiten in den Koffer. Sehe nach, ob Steifers Seife noch da ist. Ist sie.

Ich weiß noch nicht, was ich weiter tun werde. Weiß nicht, was mit meinem Leben werden soll. Weiß nicht, was ich überhaupt tun werde. Weiß nicht, wer ich bin, außer dass ich Konstanty Willemann bin, was so viel heißt wie, dass ich ich bin. Mein ganzes Leben habe ich gebraucht, um das zu verstehen, und nun nimmt es all meine alten Ängste und Wünsche hinweg, ohne meine Taten und meine inneren Erlebnisse zu entwerten, aus denen mein bisheriges Leben besteht.

Fürs Erste steige ich am Hauptbahnhof aus. Der Gendarm salutiert, ich erwidere den Gruß. Die militärischen Sitten ähneln sich zum Glück, auf einer elementaren Ebene sind sie im Grund überall die gleichen.

Der Bahnhof eine Ruine: Ein Wunder, dass hier überhaupt noch Züge ankommen. Ich gehe hinaus auf die Jerusalemer Alleen, direkt aufs Hotel Centrum zu.

Warschau.

Die Jerusalemer Alleen haben hier ohnehin nicht viel abbekommen, der Krieg würde gar nicht in die Augen stechen, abgesehen zum Beispiel vom Fehlen jeglicher Taxis.

Die Fenster verklebt. Zettel. Bielecki Józef sucht seinen Bruder Andrzej, verschollen am 23. IX. des Jahres.

Warschau und Nieselregen.

Ich gehe nach links, vorm Polonia parkt eine einsame Kutsche, also steige ich ein und sage, ohne zu zögern, zu meiner großen Überraschung, schließlich will ich ja eigentlich zum Erlöserplatz, zur Łubieńska, sage ganz einfach, ohne den Deutschen zu spielen:

«In die Dobra zweiundfünfzig.»

Und finde Zuflucht unter dem Kutschdach, verstecke mich unter meinem Mützenschirm, zwischen den hochgestellten Mantelkrägen, aber nicht aus Scham oder Angst, dass mich jemand in deutscher Uniform sehen könnte. Ich weiß ja, dass alle, an deren Meinung mir etwas liegt, mich ohnehin seit Tagen für einen Verräter und Renegaten halten. Solche Gerüchte verbreiten sich schneller als überraschende Todesnachrichten.

Ich verstecke mich nicht vor Warschau, ich verstecke mich, um Warschau nicht zu sehen. Ich denke an Helena. Daran, dass unsere Ehe eine Farce ist, leer, und ich denke an Dzidzia, denn in mir keimt dieser dumme, wilde Zustand auf, gegen den es Tabletten am Kiosk geben müsste, etwas wie Aspirin.

Ich zahle fünf Dollar, habe keinen kleineren Schein als diesen mit Lincoln darauf, und das ist so viel, dass der Droschkenkutscher dem Deutschen sogar herausgeben will, ich winke ab, der Schnauzbart druckst ein «danke», als spucke er aus, und fährt ab, und mir geht durch den Kopf, dass ich ihn erschießen könnte, ich habe nur keine Lust dazu. Aber ich könnte schon. Wenn man das vor dem Krieg konnte und höchstens drei Jahre dafür bekam, unter Brüdern, dann konnte ich es auch nach dem Krieg. Aber ich habe keine Lust.

Ich steige die Treppe hoch, die vertrauten Stiegen, aber ich steige schon wie ein anderer, anders als früher; so oft hatte ich mich an dieses morsche Geländer geklammert.

Da stehe ich vor der vertrauten, guten Tür. Zögere eine halbe Sekunde, dann drücke ich die Klinke – die Tür ist offen, nur die Kette eingelegt. Ein Ruck – die Kette hält.

«Was ist da los, zum Teufel!», brüllt eine männliche Stimme aus der Wohnung, und ich höre Schritte, sehe gleich darauf von nahem ein Gesicht, das ich kenne, den Deutschen mit den wässrigen Augen, den ich vor zwei Wochen bei Salomé getroffen habe, mit Tumanowicz, und dieser Kerl ist jetzt bei Salomé, allein.

Und als er mich sieht, in Uniform, ist er die ersten Sekunden schockiert, dann erkennt er mich und ist noch viel schockierter, und als ich ihm die Plakette Geheime Feldpolizei zeige, wird er ohnmächtig und stürzt zu Boden.

Hinter ihm taucht Salomé auf.

Meine Salomé. Eine Woche habe ich sie nicht gesehen, und schon ist sie eine ganz andere. Ich weiß nicht, ob es meine Einbildung ist und nur so aussieht, aber sie ist eine ganz andere.

Sie bemerkt mich durch die einen Handbreit offene Tür.

«Gott, was hast du ihm getan?», stöhnt sie.

«Nichts. Er ist ohnmächtig geworden. Vor Angst vermutlich», erwidere ich.

Salomé hängt die Kette aus, lässt mich ein. Und mustert mich beziehungsweise meine Uniform.

«Was ist das überhaupt?» Sie zeigt auf mich.

«Verkleidung», antworte ich wahrheitsgemäß.

Wahrheitsgemäß? Die Uniform meines Vaters – eine Verkleidung? Ich ein Schauspieler, der sich in einen Kommissar der GFP Baldur von Strachwitz verwandelt hat? Die Sporen an seinen Kavalleriestiefeln – Verkleidung?

«Das ist die Uniform meines Vaters. Er hat sie mir gegeben», erkläre ich, ganz überflüssig, erkläre dennoch.

«Und was soll ich jetzt mit ihm machen?», fragt Salomé vorwurfsvoll, als wäre es meine Schuld, dass ihr Freier das Bewusstsein verloren hat.

«Warum ist er so über mich erschrocken? Weil er sah, dass ich eine Uniform der Geheimen Feldpolizei trug?»

Salomé sieht mich jetzt aufmerksamer an.

«Geheime Feldpolizei? A schto eto?»

«Militärgestapo».

«Dein Papa ist Militärgestapo und hat dir seine Uniform gegeben?»

«War er, jedenfalls.»

«Aha. Na, dann ist klar, warum der sich erschrocken hat.»

«Aber warum?»

«Weil er ein Jewrej ist. Ein Jude. Er ist zur Wehrmacht gegangen, um nicht ins Lager zu müssen. Und als er dich als Polizisten sah, dachte er, du kommst ihn holen.»

Ich sehe zu ihm hin. Ich sehe ihn deutlicher als damals, als ich ihm das erste Mal begegnet bin. Damals sah ich nur den Deutschen mit den Wasseraugen, jetzt, in der Uniform meines Vaters, sehe ich ihn mit den Augen meines Vaters. Leutnant. Infanterie.

«Mach ihn wach, er soll verschwinden und nie wiederkommen.»

«Aber wie kriege ich den wach?» Salomé ringt die Hände.

Ich gehe in die Küche, fülle einen Blechbecher mit kaltem Wasser und gieße es dem Leutnant ins Gesicht.

Er wird sofort munter, sieht mich an mit diesen Augen, die mir damals blass, groß, warm, feucht und bedrohlich vorkamen, er sah mich damals an, als wollte er mir klarmachen, dass es für ihn ein Leichtes wäre, mich zu töten, aus der Nähe, auf der Stelle, sofort. So war mir das vorgekommen.

Jetzt sehen mich dieselben großen, hellblauen Augen an, wie die schwarzen Augen des Rehs vor Görings Doppelflinte. Er hat Angst, verzweifelte, hoffnungslose Angst.

«Verschwinde», sage ich. «Und komm nie wieder.»

Er steht ohne ein Wort auf, packt rasch seine Sachen zusammen, den Mantel, den Gurt mit Halfter, die Mütze, und rennt fast aus der Wohnung, ohne noch etwas zu sagen. Er hat niemals einen Fuß in diese Wohnung gesetzt. Und ich bleibe mit Salomé allein.

Nehme die Mütze ab, ziehe den Mantel aus, setze mich an den Küchentisch.

«Ich habe Morphin», sagt sie und setzt sich mir gegenüber.

«Das ist gut.»

«Was willst du, Kostja? Wer bist du?»

«Ich will nichts. Ich bin Konstanty Willemann.»

«Willst du Tee?»

«Mach.»

Sie hebt den Herdring, stellt den Teekessel aufs Blech, wirft zwei größere Holzscheite in den Ofen und setzt sich wieder an den Tisch.

Ich sehe sie an. Sie kommt mir so schön vor wie nie zuvor, obwohl sie ungeschminkt ist, in einem Hauskleid unter dem warmen Pullover, das Haar im Nacken zu einem straffen Coque zusammengesteckt.

Niemals hatte ich ihr irgendwelche Fragen gestellt. Niemals gefragt, woher sie kommt, wer sie ist, warum sie hier wohnt.

«Bist du eine Jüdin, Sala?»

«Zur Hälfte», erwidert sie nach einer zögerlichen Sekunde. «Ich bin geboren in Odessa. Mama Russin, Batjuschka Jewrej, sie flohen aus Odessa, als ich fünf war, bevor die Bolschewiken kamen, gingen nach Lwów, und dort haben wir gelebt.»

«Und nach Warschau kamst du wie?»

«Ich war schwanger. Mein Batjuschka hat sich taufen lassen, als er aus Odessa floh, er war streng orthodox. Als ich schwanger wurde, hat er mich aus dem Haus gejagt. Eine Hure sei ich, und eine Hure werde er nicht in seinem Haus dulden. Hatte recht damit, ich bin eine.»

Ich sehe sie an, wage die Frage nicht. Sie versteht sie von allein.

«Ich habe nicht abgetrieben. Ich bin eine Hure, aber unschuldiges Blut klebt nicht an meinen Händen. Sie ist in einem jüdischen Heim. In Lublin, in der Grodzka. Schlecht hat sie es dort nicht.»

Sie steht auf, schaut in den Ofen unter dem Teekessel, wirft zwei Scheite nach.

«Später wollte ich sie abholen, selbst erziehen, aber sie gaben sie mir nicht. Ich schreibe ihr Briefe. Bestimmt lesen sie sie ihr nicht vor. Bei uns zu Hause wurde nur Russisch gesprochen, mein Batjuschka wollte Russe sein, kein Jewrej, er wartete nur darauf, dass der Zar zurückkommt. Ging immer zur Kirche und betete dafür. Aber der Zar kam nicht.»

«Sala, du sprichst doch reines Polnisch, wenn du willst.»

«So wie du, Kostja. Wenn du willst, sprichst du reinstes Polnisch. Aber ich will eben nicht. Ich will das Polnische und das Russische mischen, dann weiß ich, wer ich bin. Ich bin Sala Zylberman, und wenn ich Polnisch und Russisch mische, dann weiß ich, wer ich bin. Panijamesch?»

«Ich verstehe. Es kocht.»

Sie steht auf, übergießt die Teeblätter, stellt die Kanne auf den Tisch, dazu die Tassen.

«Willst du Morphin?»

«Ja, aber später.»

«Und Liebe machen? Kokain habe ich auch.»

«Jetzt will ich Tee.»

«Ich gieße schon ein. Ich bin Russin. Auch wenn ich Zylberman heiße. Du bist auch Poljak, auch wenn du Willemann heißt. Was für eine Jüdin soll ich sein, Kostek? Mein Schlitz geht nicht quer.»

«Stimmt. Gib mir Zucker.»

Sie reicht ihn mir. Ich trinke drei Schluck. Nicht gut, aber süß und heiß.

«Jeder lebt, wie er kann, Kostja.»

«Stimmt. Ich werde die Nacht bei dir bleiben.»

«Bleib, Kostja, bleib. Wir werden uns lieben. Ich habe nur nichts zu essen hier.»

«Ich gebe dir Geld. Gehst du was kaufen?»

«Ja.»

Der Tee wärmt und beruhigt mich.

«Ich glaube, die Juden werden es jetzt nicht leicht haben, nicht wahr, Kostja?»

«Weiß nicht.»

«Aber ich mach mir keine Sorgen. Ich bin keine Jüdin. Hab den Schlitz nicht quer. Und mein Töchterchen – sein Vater ist Pole. Offizier wie du, nur kein Ulan, sondern Flieger. Also ist sie halb Polin, Viertel Russin und nur ein Viertel Jüdin. Nur meinen Namen hat sie, keinen guten Namen, der Vater wollte ihr seinen nicht geben. Den Kindern werden die Deutschen doch nichts tun, nicht wahr, Kostja? Nicht wahr?»

«Ja.»

«Sie hat es gut dort, in Lublin, in der Grodzka. Gut, dass ich sie nicht getauft habe, sonst hätten sie sie nicht genommen. Das ist ein jüdisches Heim. Dort hat sie es besser als bei mir. Ich spare ein bisschen Geld, dann kann ich hinfahren, sie besuchen. Vielleicht erinnert sie sich noch.»

Ich sehe sie zum ersten Mal. Zum ersten Mal sehe ich Sala Zylberman. Das ist nicht Salomé.

«Geh schon, kauf uns was zu essen.»

«Ich werde in die Hala Mirowska gehen, das ist näher, der Kercelak ist immer noch ein Trümmerhaufen, dort verkauft niemand was.»

«Ich habe nur Dollar.»

«Dollar sind gut, besser als Złoty.»

Ich gebe ihr was.

«Brot kostet ein Złoty siebzig das Kilo, wo gibt's denn so was. Ein Pfund Butter sieben Złoty.»

Ich gebe ihr noch fünf. Sie zieht Mantel und Hut an und geht.

Ich bleibe allein.

Und sie geht, Kostek, ins kalte Warschau hinaus, geht die Obożna, die Traugutt und die Kredytowa, gehüllt in ihr wollenes Kopftuch. Bei einem kleinen Zeitungshändler kauft sie den «Nowy Kurjer» und liest auf der Titelseite, dass zum achtundzwanzigsten Oktober, das heißt für übermorgen, eine Zählung der jüdischen Einwohner der Stadt angesetzt sei, und beschließt, sich nicht zu melden, Jüdin ist sie ja nur väterlicherseits, das zählt nicht. Nur dieser Name, dieser verfluchte Name, kann sie nicht anders heißen, Zielińska zum Beispiel.

Und um sie herum, unter den Passanten, kreisen die Boten des Todes. Es sind nicht viele, in den Taschen tragen sie mit Geheimtinte geschriebene Papiere, im Kopf Pläne, in den Aktentaschen, die Erschießung riskierend, eine Pistole, die für irgendjemandes Hände bestimmt war, nicht für denjenigen, die sie jetzt trägt.

Ich brühe noch Tee auf, sitze eine Weile am Tisch, sitze lange. Ich denke nichts, sitze einfach da und denke wirklich nichts, ich bin einfach da. Lange.

Dann fällt mir die Mappe ein, in der Salomé meine Zeichnungen aufbewahrte. Ich zieh sie heraus, öffne sie, stürze die Skizzen auf den Boden.

Ich kann nicht zeichnen. Bin kein Künstler. Hab kein bisschen Talent. Mit großer Mühe begriff ich die technischen Grundsätze, wie man eine Perspektive konstruiert, die Fluchtlinien, oder wie man die Anatomie abbildet, Farben mischt und Lasuren aufträgt.

Salomés Hintern. Auf einem anderen Blatt die Brüste, auseinanderfließend, weil sie auf dem Rücken liegt, gespreizte Beine, die Scham. Das ist nicht sie. Hintern. Taille. Schultern. Titten. Bauch. Falten am Bauch, wenn sie nach vorn gebeugt sitzt, das Gesicht von den Haaren verdeckt. Es ist ihr Körper, aber nicht sie.

Ich nehme all diese Schmierereien, zerknülle sie, trage sie in die Küche und stecke eine nach der anderen ins Feuer. Ohne Eile.

Sala kommt zurück. Kommt in die Küche.

«Brot hab ich gekauft, Kartoffeln, ein halbes Pfund Butter, gute Wurst, Wodka, Schokolade und ein frisches Huhn, aber mager, und ein bisschen Gemüse. Ich werde Hühnerbrühe machen, und das Fleisch zum Abendessen. Hab irre viel bezahlt. Du verbrennst die Zeichnungen. Schade.»

«Sie sind nicht gut.»

«Nein. Aber ich mochte es, wenn du mich gezeichnet hast.»

«Ich kann nicht zeichnen.»

«Das ist unwichtig. Aber wenn du sie verbrennen willst, tu das.»

Ich verbrenne den Rest. Sitze am Tisch, Sala reicht mir Wodka im Glas, Brot und Wurst, also trinke ich und esse etwas und schaue zu, wie sie sich zu schaffen macht, das Huhn rupft und Wasser für die Brühe aufsetzt.

Als alles fertig ist, der Topf gemütlich auf kleiner Flamme rumpelt, fragt Sala:

«Wollen wir jetzt Liebe machen? Gibst du mir noch Geld?»

«Ich hätte es dir auch ohne Liebe gegeben.»

«Ich habe dich immer gemocht, Kostja, deshalb mache ich auch gern Liebe mit dir. Und Morphin, willst du?»

«Gib.»

Sie gibt es mir. Wir gehen ins Bett, Sala zieht mit der goldkörbigen Spritze die Lösung aus einem unbeschrifteten Fläschchen auf, schnürt mir das Gummiband um den Unterarm zu, beklopft die Vene, spritzt es mir.

Ich spüre die bekannte Wärme, doch wie von fern. Als wäre die Lösung zu verdünnt, nur noch ein Schatten der früheren und doch so entfernten Erfahrungen.

Salomé zieht mich sanft aus, wie man ein Kind auszieht. Die Jacke habe ich schon weggehängt, jetzt müht sie sich einen Augenblick mit meinen Kavalleriestiefeln ab, dann knöpft sie mir Hemd und Hose auf und zieht sie vorsichtig herunter, dann wickelt sie ein Pulver aus, bestimmt Kokain, zieht es in die Nase, schlüpft aus ihren Kleidern, und ich sehe ihren Körper: fette Schenkel und den Bauch, sehr schöne und schwere Brüste, alles weiß, Milch oder Tod.

Dann küsst sie mich lange, auch wenn ich anfangs meinen Mann nicht stehen kann, später aber, als ich allmählich aus dem Bewusstsein abdrifte, funktioniert der Körper auf einmal so, wie er soll, wir lieben uns kurz, ich nur halb bei Sinnen, dann schlafe ich ein, später weckt sie mich mit ihren Küssen.

«Ich mag dich und deinen Schwanz, Konstanty.»

«Du musst nicht lügen.»

«Tu ich nicht. Ich mag dich. Du bist anders jetzt; vorher mochte ich dich auch, du warst ein wildes, verwundetes Tier. Hast um dich geschlagen. Jetzt nicht mehr, und ich mag dich noch mehr. Gibst du mir noch Geld?»

«Ja. Lass uns das Huhn essen.»

Und wir essen das in der Brühe gekochte Huhn, die Tür geschlossen, in Salas Wohnung ist es warm, feucht und muffig, an der Wand blüht wie immer der Schimmelpilz, und dann gehen wir schlafen, und ich schlafe mit ihr, mir fehlte dieses Schlafen unter einer Decke mit einem warmen, weichen Frauenkörper; und am Morgen werde ich vor ihr wach und will mich heimlich verdrücken.

In der Küche ziehe ich den zivilen Anzug an, aber ich will weiterhin als Baldur von Strachwitz auftreten und stecke mir die Dokumente und die magische Plakette ein, schiebe die Sauer hinter den Gürtel. Uniform, Zubehör und Militärstiefel verstaue ich im Koffer.

Geld für Sala, für Sala Zylberman. Ich lege dreißig Dollar auf den Tisch.

Als ich schon an der Tür bin, kommt Sala heraus, in die Bettdecke gewickelt, nackt unter der Decke.

«Du kommst nicht mehr zu mir, Kostja, stimmt's?»

«Nein.»

«Hast du mir Geld dagelassen?»

«Auf dem Tisch. Lass es dir gutgehen, Salomé.»

«Ja. Ich leg mich noch ein bisschen schlafen.»

«Gut.»

Ich gehe. Es ist früh, die Sonne ist gerade erst aufgegangen,

Kälte, ich will nicht nach Hause gehen, will nicht in das Schokoladenhaus, ich habe Angst vor Geistern.

Ich gehe in Richtung Altstadt, biege aber in die Karowa ab, steige die Stufen zur Anhöhe hinauf und komme ein bisschen außer Atem.

Über der Stadt graue Wolken, aber wenigstens schneit es nicht. Ich weiß nicht weiter, doch zum ersten Mal im Leben stört mich das überhaupt nicht. Denn plötzlich ist mir klar, und ich weiß nicht, woher, dass man den Dingen nur erlauben muss zu geschehen.

Zwei Halbwüchsige kleben gelbe Bekanntmachungen ans Gebäude der Polnischen Hygiene-Gesellschaft. Einer hält das Papier, der andere pinselt darüber, sie drücken es fest. Und schon die nächste, die dritte; ich gehe zur ersten.

Ein gewisser Hans Frank proklamiert die Bildung des Generalgouvernements für die besetzten Gebiete Polens. Steifer hat sich nicht geirrt: Hier muss etwas entstehen. Fragt sich nur, was.

Ich gehe weiter, durch die Krakowskie, die Trębacka, bis zur Fredro. Die ausgebesserten und geräumten Straßenpflaster mehren sich, auch die geradlinigen Gleise, doch die Stadt versinkt im Schlamm. In der Fredro graben drei alte Kaftanjuden ein Grab auf.

«Was tut ihr da, Leute?», frage ich verwundert.

«Allgemeine Exhumierung wurde befohlen, da graben wir, wo man uns gesagt hat.»

Das Loch ist schon tief, ich schaue hinein. Man sieht eine Leiche, die Leiche einer Frau, im Kleid. Mit den Spaten legen sie sie frei. Das Kleid verdreckt, aber man erkennt kleine, weiße Blüten darauf. Rosen. Rosengetupfte Sommerkleider habe ich immer gemocht.

«Lasst die Spaten, zieht sie schon raus», befehle ich.

Sie sehen mich unwillig an.

«Wenn Sie so schlau sind, Mensch, dann holen Sie sie doch selber raus», knurrt einer.

«Nicht frech werden, Jude. Du sprichst zu einem Deutschen», schnappe ich zurück.

Warum tat ich das? Ich tat das einfach so. Oder tat es, weil ich nicht will, dass sie mit den scharfen Spaten einen ohnehin toten Körper verletzen, und das will ich nicht, weil ich es einfach nicht will?

Sie gucken sich an und mich, mehr Angst als Abneigung. Sie legen die Spaten beiseite, machen sich daran, den Leichnam mit den Händen freizulegen, buddeln ihn aus und ziehen ihn nach oben. Es stinkt.

Ich befehle noch, sie zuzudecken, aber bevor sie das tun, kann ich genauer hinsehen: eine Leiche wie jede andere, nichts Besonderes. Rosengeblümtes Kleid. Das Alter nicht zu erkennen, der Körper von Erde verklebt. Der eine Jude breitet eine Plandecke über den Leichnam.

Der Wachmann vor dem Deutschen Klub erkennt mich, was mir das Hervorkramen meiner Willemann-Papiere erspart, denn hier hätte ich durchaus Befürchtungen, mich als Baldur auszuweisen.

Ich trete ein. Gehe zu ihrem Büro, Leute kommen an mir vorbei, ich komme an niemandem vorbei, sehe niemanden. Trete ein, ohne anzuklopfen. Ich weiß, dass sie schon hier ist, und sie ist da, in Uniform, das Haar gefasst, am Schreibtisch tippt eine uniformierte Sekretärin in die Maschine, und meine Mutter hebt den Blick von einem Papier, wütend, dass jemand ohne anzuklopfen hereinplatzt, doch die Wut verfliegt bei meinem Anblick sofort.

«Konstanty!», freut sie sich und blafft, ohne ihre Freude zu unterbrechen, die Sekretärin an: «Raus, Hilda. Aber sofort!»

Die Sekretärin ist wie weggefegt, nicht einmal ihr Gesicht bekomme ich zu sehen, ihr Blick zu Boden gerichtet.

«Guten Tag, Mama», sage ich.

«Guten Tag, Konstanty. Setz dich.»

Ich setze mich auf dem Bittstellerstuhl und bin doch keiner.

«Trinkst du einen Tee, Konstanty?», fragt sie.

Und jetzt habe ich verstanden. Sehe alles in ihrem Blick. Sehe all meine Selbstlügen.

«Ich will keinen Tee.»

«Gut, gut. Was gibt's bei dir, mein Sohn? Ich habe in der Madalińskiego angerufen, niemand hat abgehoben.»

«Ich war in Budapest», antworte ich unwillkürlich.

Sie sieht mich durchdringend an, aber was heißt das, durchdringend? Sie schaut gar nicht durchdringend; sie betrachtet mich aufmerksam, doch ihr Blick durchdringt mich nicht. Jetzt verstehe ich das. Früher kam es mir so vor, als könnte sie in mich hineinsehen, könnte mein Inneres erkennen, aber jetzt begreife ich: Das ist nicht so. Ich bin jemand anders.

Bin ich jemand anders?

Ich habe mich verändert. Dzidzia hat mich verändert.

Wirklich?

Ich weiß nicht. Aber wenigstens sehe ich klarer.

Ich sehe dich jetzt: arme, wahnsinnige Alte, deren ganzes Leben dein einer, einziger Sohn ist. Ich. Konstanty Willemann. Eine intelligente, verrückte Alte, die sieht und versteht, wie mein Leben sinnlos verstreicht, die versteht, dass aus mir nichts werden wird, und die weiß, dass das ihre Schuld ist. Nicht meine, ihre. Sie gab mir alles, und das war zu viel. Alles, was ich habe und hatte – habe ich bekommen. Ruhe, Wohlstand, sogar die Frau habe ich von ihr, wenn man es genau bedenkt. Nur die Nutten, der Wodka, die Drogen, die Affären, nur das war meins, das habe ich allein geschafft. Schließlich habe ich mir weder Grudziądz erarbeitet noch das Offizierspielen im Regiment, die Ulanen, die Maschinengewehre, die Leuchtmunition, all das hat sie mir gegeben, wer wäre ich ohne sie?

Und sie ohne mich – wer?

Deshalb sieht sie mich an und macht sich Sorgen, einfach so, als Mutter. Warum Budapest? Wozu Budapest? Und wirklich Budapest?

Und warum hat sie diese Uniform angezogen – jetzt, dumm, wie ich bin, begreife ich erst. Natürlich. Ich kann es schwer ertragen.

«In Budapest warst du? Wozu?», fragt sie endlich.

«Ach, Sachen erledigen. Verschiedene. Ich muss auch schon wieder weg.»

«Warte, Konstanty, du sagst gar nichts, was ist denn mit dir …»

Aber ich stehe auf. Ich wende mich ab. Dummkopf. Dummkopf. Das ganze Leben, dreißig Jahre lang, Dummkopf.

«Bleib noch sitzen, Konstanty! Brauchst du nichts?»

Sie würde mir gern Geld geben. Aber ich öffne schon die Tür.

«Warte!» Sie fährt geradezu von ihrem Schreibtisch hoch.

Aber ich gehe. Laufe beinahe hinaus, trotz des Koffers laufe ich. Ich laufe, der Koffer haut gegen meine Beine, Dummkopf, blöder Dummkopf.

Wohin laufe ich? Ins Lours? Nein, das Lours ist eine Lüge. Schon bin ich außer Atem, die Leute schauen komisch, ein Kerl mit Koffer, der rennt, aber nicht zum Bahnhof, nicht zum Zug, also werde ich langsamer, gehe, aber ich gehe wie mechanisch und weine sogar ein bisschen, alles Lüge, blöder, blöder Dummkopf, das ganze Leben Lüge.

Ich bin Konstanty Willemann Lüge. Ich mag Autos Lüge. Ich mag keine Pferde Lüge.

Die Podwale-Straße Lüge. Treppe Lüge. Tür Lüge. Ich klopfe Lüge. Ich keuche Lüge.

Hela öffnet die Tür einen Spalt weit. Sie haben eine neue Kette.

«Komm rein, Vater ist nicht da», sagt sie einfach und macht auf.

Ich gehe rein. Weiß nicht, was ich sagen soll, sage nichts.

«Jurek?», frage ich nur.

«Jureczek!», ruft Hela.

Und er kommt. Verängstigt.

«Jureczek, sag dem Papa guten Tag.»

«Guten Tag, Papa.»

«Guten Tag, Jureczek.»

Lüge.

Ich laufe auf ihn zu, er weicht zurück, nichts habe ich ihm mitgebracht aus Budapest, nicht mal ein Stück Schokolade, nichts.

Er weicht zurück, aber ich ziehe ihn an mich, drücke ihn fest, Jurek, mein kleiner Jurek, wie konnte ich dich verlassen, vergessen, nicht bei dir sein, dich nicht beschützen, nähren, dir, der du so klein bist, die Welt nicht geneigt machen, du bist ja gar kein anderer kleinerer Ich, sondern jemand völlig anderes.

«Lass mich, Papa, lass», schreit Jureczek.

Ich lasse ihn los. Er rennt in sein Zimmer.

«Du kannst hier nicht so einfach herkommen», sagt Hela.

«Ich liebe dich, Helena», sage ich und drehe mich zu ihr um.

«Mach darüber nicht einmal Witze, Kostek, keine Witze. Geh nach Hause.»

«Ich kann so nicht. Ich ertrage diese Farce nicht, dieses Getue, ich will mit dir und Jureczek sein.»

Lüge.

«So wie es jetzt ist – das ist wahrhaftiger, ehrlicher, als wenn wir so tun würden, als ob, Konstanty.»

Ich stehe. Jureczek spielt mit einem Lastwagen, fährt damit über den Teppich.

Wie Helena ist, weiß ich nicht, schließlich habe ich sie nie kennengelernt, weiß nichts von ihr, hat sie mich überhaupt je interessiert, kann ich das noch wiedergutmachen, kann ich überhaupt noch irgendetwas wiedergutmachen?

«Kann ich das noch wiedergutmachen, Helena? Kann ich überhaupt etwas wiedergutmachen?»

«Du musst jetzt gehen, mein Vater kriegt noch einen Schlaganfall, wenn er dich hier sieht. Geh schon, Konstanty, geh. Ich rufe bei dir in der Wohnung an, wir treffen uns im Park, dann kannst du mit Jureczek spielen. Aber jetzt geh. Geh nach Hause, wo immer du mit diesem Koffer auch herkommst.»

«Ich gebe dir Geld», stammle ich und fummle den letzten Fünfzigdollarschein aus der Tasche, nicht mein Geld.

«Brauch ich nicht.»

«Nimm, für Jureczek.»

«Er braucht es auch nicht. Nimm deine Dollar und geh, Konstanty.»

«Ich gehe, wenn du es nimmst.»

«Gut.»

Sie nimmt es. Bringt mich zur Tür. Ich trete auf den Treppenabsatz, sie bleibt in der Wohnung, hat die Kette schon eingelegt und sieht mich durch den Türspalt an, ich warte, was sie sagen wird.

«Iga ist wieder verschwunden», flüstert sie nach einem Augenblick.

«Wie, verschwunden?»

«Deinetwegen.»

«Hela …»

Sie schüttelt nur den Kopf und schließt die Tür.

Ich gehe.

Nach Hause. Suche lange nach einer Kutsche, um nicht zu Fuß zu gehen, finde erst auf dem Schlossplatz eine. Auf dem Platz tummeln sich viele Deutsche.

Wir fahren, der Kutscher stellt mir das Dach auf, ich verziehe mich darunter, mache mich klein, schließe die Augen, um Warschau nicht sehen zu müssen, um nichts zu sehen, alles Lüge.

Wir fahren lange, fahren eine Ewigkeit, der gebeugte, runde Rücken, die Mütze des Kutschers, Flicken am Mantel, der triste Zweig der Peitsche, der Gestank des Pferdes, ich mag keine Pferde.

E. Wedel. Schokolade.

Ich will zahlen. Habe kein Geld. Bitte den Kutscher, zu warten, laufe in die Wohnung, die Treppen hoch, Schlüssel, Schlüssel, wo sind die Schlüssel, weg, der Ingenieur war hiergeblieben, als wir gingen, aber ich habe doch die Schlüssel mitgenommen, da sind sie. Im Koffer.

Ich öffne, werfe drinnen den Koffer hin, er geht auf und die Sachen fallen raus, Kleidungsstücke im Flur verstreut, Uniform, Stiefel, aber egal. Ich schau aus dem Fenster, der Kutscher wartet.

Im Sessel im Wohnzimmer sitzt Jacek und schläft. Er schnarcht. Auf den Knien hält er eine Pistole. Neben ihm eine leere Wodkaflasche. Ich suche Geld, um Jacek kümmere ich mich später, soll er schlafen, ich muss den Kutscher bezahlen, also suche ich Geld.

«Beweg dich nicht!»

Er ist wach geworden. Zielt mit der Pistole auf mich, ohne aufzustehen.

«Jacek. Ich muss die Kutsche bezahlen. Ich bin sofort da, nur bezahlen. Verstehst du?»

«Rühr dich nicht», sagt er zu mir und steht auf.

«Jacek, schau aus dem Fenster. Der Kutscher wartet, dass ich runterkomme und ihn bezahle, ich hab mein Portemonnaie verloren und konnte ihm kein Geld geben. Hast du zehn Złoty?»

Wozu lüge ich denn?

Er guckt aus dem Fenster. Betrunken, seine Hand zittert, ich könnte ihn anspringen und ihm die Waffe aus der Hand schlagen, könnte meine Pistole ziehen und ihn erschießen, Jacek erschießen, meine Pistole die Pistole meines Vaters ich könnte.

Könnte nicht.

Seine Hand zittert.

«Jacek. Das war nicht so mit Iga, wie du glaubst. Jacek. Wirklich», sage ich, versuche es im Ton ruhiger Beschwichtigung, versuche es. «Ich gehe runter, zahle und komm gleich wieder, dann reden wir.»

«Setz dich», antwortet er und etwas in seiner Stimme macht, dass ich mich setze.

Er geht zur Tür.

«Er wird hochkommen und sein Geld wollen, Jacek. Er kommt hier in die Wohnung, verstehst du? Das ist peinlich. Ich muss runter, ihn bezahlen.»

Er stolpert über meine Sachen, über meine Uniform, meines Vaters Uniform, eine deutsche Uniform. Schaut sich die Uniform an. Lange, lässt dabei die Pistole sinken, kein Blick für mich, er glotzt die Uniform an.

Ich könnte. Aber nein.

Er schließt die Tür.

Geht zum Sessel zurück. Setzt sich.

«Woher hattest du den Schlüssel?»

«Hast du mir mal gegeben, erinnerst du dich nicht? Du warst mein Freund, du hast mir einen Schlüssel nachgemacht, für alle Fälle, weißt du nicht mehr?»

«Ach ja, da war so was.» Erinnere ich mich oder nicht?

«Sie ist weg. Wegen dir.»

«Jacek, ich habe nicht mit ihr geschlafen. Ich habe nicht mit ihr geschlafen, verstehst du? Wir haben uns schon einmal duelliert wegen solcher Dummheiten, wegen meiner Dummheit, wozu schon wieder?»

«Wie dumm du bist, Konstanty», lallt Jacek. «Wie dumm, wie dumm. Und sie hatte nur ein Kleid an, als sie ging. Wegen dir. Dein Lieblingskleid, du Fischficker, deins.»

«Ziel nicht auf mich, Jacek, bitte. Ich bin blöd, ja, aber ziel nicht auf mich. Ich habe nicht mit ihr geschlafen.»

«Das hat keine Bedeutung mehr, Kostek. Du bist verurteilt worden. Zum Tod. Wegen Verrats. Du Scheißdeutscher.»

«Ich muss den Kutscher zahlen, Jacek.»

«Verurteilt, Konstanty, verstehst du nicht?»

«Wer hat mich verurteilt?»

«Der Dienst für den Sieg Polens.»

«Polen hat verloren.»

«Und zwar wegen solchem Geschwätz. Wie konntest du mich verraten?»

«Die Kutsche wartet, ich muss zahlen, Jacek.»

Er greift mit der Linken nach dem Wodka, ein Rest ist noch in der Flasche, zieht mit den Zähnen den Korken raus und nimmt einen großen Schluck.

«Wie konntest du mich verraten? Diese Uniform …»

«Die ist von meinem Vater», falle ich ihm ins Wort, aber er hört nicht.

«Diese Uniform, alles. Und ich habe dich so in Schutz genommen, Konstanty. Vor allen. Ich hielt sie für Dummköpfe, für beschränkte Philister, wenn sie so redeten. Ich habe dich in Schutz genommen, immer.»

«Ich weiß. Jacek, ich muss runter zum Kutscher. Der Mann wartet, wie lange wird er warten?»

«Schnauze, Kostek. Das Urteil ist gefallen. Gegen dich. Wie konntest du mit den Deutschen zu Peszkowski gehen, wie konntest du, du Scheißdeutscher? Wie konntest du meine Iga …?»

Ich schweige. Wenn er das will, schweige ich eben.

«Du bist verurteilt, verstehst du? Ein Urteil. Dienst für den Sieg Polens. Das erste Urteil. Feldgericht. Erstes Urteil. Und ich habe mich gemeldet, verstehst du? Sie sagten, ich würde es nicht fertigbringen, aber ich habe mich gemeldet.»

«Du bist besoffen», antworte ich, obwohl ich schweigen sollte.

«Du bist besoffen durch dein ganzes Leben gekommen, Konstanty. Wieso hast du mich verraten?»

«Das ist nicht so, Jacek. Ich kann dir darüber nicht viel sagen, hab nie etwas von diesem Dienst für den Sieg Polens gehört, ich bin selbst bei einem, bei dem richtigen – verstehst du? – Dienst. Bei der Aufklärung. Ich soll auch dich da reinholen, das ist sogar mein Befehl.»

Er hört zu, hört er zu? Er schaut mich nicht an. Hat die Augen geschlossen, bedeckt sie mit der linken Hand, die Pistole, die Hand mit der Pistole auf den Knien. Ich könnte.

«Ich bin aus Budapest zurück. Als Kurier. Hab die Kommunikationsvorschriften für die Kuriere mitgebracht, Dzidzia ist dort geblieben, ich war dort mit Dzidzia Rochacewicz, deshalb die Uniform, das ist Verkleidung, verstehst du?»

Er hört nicht zu.

«Ich muss den Kutscher zahlen, Jacek. Ich bin sofort wieder zurück, und wir können reden, gut?»

Ich stehe auf.

«Wie konntest du mich so verraten, Konstanty? Nur ich habe dich geliebt, nur ich habe dich wirklich geliebt, und du hast mich verraten.»

«Ich erkläre dir doch gerade …»

Schuss. Wie eine furchtbare Faust in den Magen. Ich auf dem Boden. Jacek weint.

«Wie konntest du, sie war … Du musstest sie nehmen, weil du gerade Lust auf sie hattest, ja? Musstest du, gerade sie?»

Die Zimmerdecke. Steifers Kommunikationsvorschriften. Wer bringt sie zum Erlöserplatz? Ich muss den Kutscher zahlen. Wer zahlt ihn? Er wartet. Warm. Jacek setzt sich neben mir, bettet meinen Kopf auf seine Knie.

Jacek streicht mir über das Haar.

Ich habe dich geliebt, Konstanty, aber jetzt werde ich ihn lieben, denn jemanden muss ich lieben, also werde ich ihn lieben, der hohl ist und übervoll von Verzweiflung. Er wird um den Feigenkaktus tanzen, wenn du ins zweite Reich des Todes eingehst, und ich werde mit ihm tanzen

«Warum, Konstanty, warum?», weint Jacek.

Ich schweige. Ich atme noch. Es gibt kein Warum. Nichts ist für etwas, alles ist nur. Ist nur dunkle, schwarze, pulsierende Substanz unter der dünnen Haut dieser Welt und sucht dort draußen, an der Oberfläche, eine Antwort auf die Frage – warum?

Nichts ist für etwas.

Ich muss den Kutscher bezahlen.